Magus Magellan

Das Geheimnis der Gezeitenwelt

Zu diesem Buch

Der langerwartete Einblick in die Vergangenheit der Gezeitenwelt. Auf der Flucht vor den Wirren eines sich anbahnenden Zeitenwechsels gelangt der junge Schwindler Varatreo in ein abweisendes Bergland. Dort entdeckt er in einer verlassenen Stadt uralte Manuskripte, die von einer weit zurückliegenden Epoche der Wunder berichten. Sie handeln von der Geschichte der Prinzessin Genia, die sich gemeinsam mit dem Ritter Lorenzo und einigen Getreuen auf der Flucht befindet. Es beginnt eine Jagd, wie sie die Gezeitenwelt noch nicht erlebt hat: Denn dies sind die Jahre, da Magier und Ungeheuer, Riesen und Hexen ihr Unwesen treiben. Und so führt Genias Flucht geradewegs in die wahr werdenden Träume und Alpträume eines jeden Menschen …

Magus Magellan ist ein Pseudonym für die vier preisgekrönten deutschsprachigen Autoren Thomas Finn, Bernhard Hennen, Hadmar von Wieser und Karl-Heinz Witzko. In ihrem Epos über die Gezeitenwelt erzählen sie von der Wiedergeburt der Magie und fordern ihre Leser auf, ihnen in eine Welt zu folgen, in der Träume sich erfüllen und Legenden wahr werden. Für die ersten drei Romane ihres Zyklus »Die Gezeitenwelt« erhielten sie den begehrten Deutschen Rollenspiele Preis 2003 in drei unterschiedlichen Kategorien. Bisher sind in diesem Zyklus erschienen: »Der Wahrträumer«, »Himmlisches Feuer«, »Das Weltennetz«, »Die Purpurinseln« und »Das Traumbeben«.

Magus Magellan

Das Geheimnis der Gezeitenwelt

ROMAN

Piper München Zürich

In Magus Magellans Gezeitenwelt-Zyklus sind bei Piper erschienen:
1 Der Wahrträumer (von Bernhard Hennen; auch Serie Piper 6541)
2 Himmlisches Feuer (von Hadmar von Wieser; auch Serie Piper 6542)
3 Das Weltennetz (von Thomas Finn)
4 Die Purpurinseln (von Thomas Finn)
5 Das Traumbeben (von Karl-Heinz Witzko)
Das Geheimnis der Gezeitenwelt (Serie Piper 6566)

Originalausgabe
Dezember 2004

Umschlagkonzept: Büro Hamburg
Umschlaggestaltung: Nele Schütz Design, München
Umschlagabbildung oben: Art Wolfe/gettyimages
Umschlagabbildung unten: Haag + Kropp/mauritius
Karte: Franz Vohwinkel, 2004
Satz: Satz für Satz. Barbara Reischmann, Leutkirch
Druck und Bindung: Clausen und Bosse, Leck
Printed in Germany ISBN 3-492-26566-9

www.piper.de

das imperium

Prolog

»Und das hier?« fragte die jüngere der beiden fettleibigen Frauen und drehte einen kleinen blauen Stein zwischen den Fingern.

Seitdem Varatreo ihr und ihrer Schwester hatte weismachen können, die Glassteinchen mit dem aufgeschmolzenen Blattgold seien Klümpchen reinen Goldes, hatte er jegliche Hemmungen abgelegt. Dennoch wollte er nicht völligen Unsinn von sich geben. Schließlich war das Ganze längst kein Spiel mehr, sondern eine Frage von Leben und Tod.

Varatreo betrachtete das blaue Steinchen, das die Frau aus dem Mosaik gebrochen hatte. Soweit er wußte, stammte die Farbe der Glasur tatsächlich von einem zerstoßenen Edelstein. Welcher war es bloß? Amethyst? Beryll? Aquamarin? Das klang gut!

»Es ist ein Aquamarin!« log er andächtig.

»Kenn ich nicht«, antwortete die Frau und besah das Steinchen, als wäre es bloß ein Klumpen Dreck.

»Man findet ihn nur am Meer«, schwindelte Varatreo. »Er wird dort an den Strand gespült und von den Fischern eingesammelt.«

»Ist er wertvoll?«

»Sicherlich. Dafür bekommst du einen Schleier, wie ihn die reichen Frauen in Maganta tragen. Hauchdünner Stoff, fast durchsichtig.« Er merkte sogleich, daß sie mit der Erklärung nichts anzufangen wußte. Flor oder zerschlissenes Leinen – für diese dumme Gans und ihre Schwester war das ein und dasselbe. Er verbarg ein Lachen. »Für ein Aquamarinsteinchen bekommst du mindestens zwei fette Gänse.«

Das verstand sie! Entschlossen setzte die Frau ihr Zerstörungswerk fort. Blaue, rote und goldene Blättchen schossen durch die Luft, als sie erneut mit dem faustgroßen Stein auf die Mosaiken einschlug, mit denen die verlassene Basilika des Abwesenden Gottes ausgeschmückt war. Viel war von ihnen sowieso nicht mehr übrig geblieben. Die Jahrzehnte, in denen das Gotteshaus leergestanden hatte, hatten ihren Tribut gefordert. Was die steinernen Wandbilder einst dargestellt hatten, war kaum noch zu erkennen. Hier eine einzelne Hand mit einer Locke – zweifellos Teil eines Bildnisses der Hochheiligen Sarmantha –, dort ein Kopf mit Helm. Vielleicht der heilige Malachias, vielleicht auch jemand anderes. Die Kirche Aionars kannte viele wehrhafte Heilige.

Varatreo zwang sich dazu, sich wieder mit dem Naheliegenden zu beschäftigen. Selbst wenn die einfältigen Geschöpfe bis zum letzten Mosaiksteinchen glaubten, Gold und Edelsteine von den Wänden zu schlagen, hätte er damit sein Leben nicht gerettet. *Mutter* wäre mit dem vermeintlichen Schatz nicht zufrieden! Er mußte bald eine Möglichkeit finden, ihr und ihrer Brut zu entkommen.

Zum tausendunderstenmal verfluchte sich Varatreo. Wegen ein paar Bechern scharfen Schnapses hatte er sich in diese Lage gebracht. Um die zu erschnorren, hatte er in der Schenke geprahlt, wie weitgereist, gebildet und welterfahren er sei, und als Beweis eine seiner erfolgreichsten Lügengeschichten zum besten gegeben: die von der verlassenen Stadt mit dem Tempel voller Gold. Wer hatte auch ahnen können, daß es zwei Tagesmärsche entfernt einen verlassenen Ort gab, auf den seine Beschreibung annähernd zutraf? Wer hätte ahnen können, daß zwei der Gimpel, die ihm zuhörten, jedes Wort vollkommen ernst nähmen?

Varatreo hatte das und noch viel mehr erfahren, als er Stunden später mit dröhnendem Schädel und einer riesigen Beule das Bewußtsein wiedererlangt und *Mutter* kennengelernt hatte: ein Weib, halb so schwer wie ein Ochse und doppelt so reizbar wie ein Stier! Sie und ihre zehnköpfige Brut hatten ihn in dieses seit mindestens hundert Jahren aufgegebene Städtchen geschleppt, auf daß er ihnen die Schätze zeige. Aber hier gab es keine! Hier gab es nur leerstehende Häuser, und das zuhauf. *Mutter* würde arg enttäuscht sein, wenn sie das erst einmal begriff.

Eine der Frauen schrie auf. Blut lief ihr über die Stirn. Ihre Schwester hatte ihr erbost mit dem Stein auf den Kopf gehauen, nachdem sie von einem der durch die Luft schwirrenden Mosaikplättchen getroffen worden war. Unverzüglich fielen die beiden übereinander her. Sie kratzten sich, hieben aufeinander ein und wälzten sich ineinander verkrallt über den Boden. Welch günstige Gelegenheit, dachte Varatreo. Die beiden waren beschäftigt. Wie er wußte, räumten mindestens sechs ihrer Brüder Schutt aus den Kellergewölben der Basilika. Blieben also höchstens noch zwei übrig ...

Varatreo schlich zum Eingang, spähte hinaus und rannte so schnell er konnte davon: vorbei an eingeschossigen Häuschen aus unbehauenen Steinen, die mit Schiefer gedeckt waren. Man sah ihnen auf den ersten Blick gar nicht an, daß sie schon so lange leerstanden. Einst hatten sie mindestens tausend Menschen als Zuhause gedient. Was war aus den Bewohnern geworden? Warum waren sie weggezogen? Der Ort mußte einmal sehr wohlhabend gewesen sein. Die Straßen waren sogar gepflastert. So etwas gab man nicht ohne weiteres auf! Hatte eine Krankheit die Bewohner dahingerafft, oder waren sie vor einem Kriegsherrn geflüchtet? Das Spießland war ein unruhiges Land. Viele hatten Varatreo gewarnt, als er vor gut vier Wochen erwähnt hatte, daß er hindurchreisen wolle.

Meide dieses schreckliche Land! hatten sie ihm geraten. Dort wohnen nur böse Leute! Er hatte es nicht glauben wollen, hatte standhaft beteuert, ein Land voller Bösewichte gäbe es nicht. Unsinn! Natürlich gab es das! Jetzt wußte er es. Alle hatten recht gehabt. Alle bis auf ihn.

Varatreo lauschte dem Klatschen seiner Sandalen. Er wunderte sich, wie spärlich Gras und Keimlinge in den Fugen zwischen den Pflastersteinen wuchsen. War der Boden so schlecht, oder sorgte heimisches Getier dafür, daß der Bewuchs niedrig blieb? Vielleicht Ziegen?

Sein erster Fehler war diese Reise gewesen, dachte Varatreo grimmig, aber nicht sein letzter! Der war es, durch das Bergland von Enostasia zu wandern. Wieder hatte er alle Warnungen in den Wind geschlagen, sogar mit gewitzelt, als jeder gespottet hatte: Willkommen in den Bergen, wo der Schnaps blendend schmeckt und auch so wirkt und jeder Jüngling zu seiner Liebsten Schwester oder Mammi sagt! Enostasia, Inzuchtasia! Ja, ja, wie lustig hatte das aus der Ferne geklungen!

Aus der Nähe aber nicht mehr, wenn man überall dieselben leeren Gesichter um sich hatte, derselben verbissenen Wortfaulheit ausgeliefert war und demselben lauernden Schweigen. Vor drei Tagen hatte Varatreo am Eingang eines Dorfes einen Mann ausspucken sehen. So weit er blicken konnte, hatte das jeder Mann im gesamten Dorf fast gleichzeitig ebenso gehalten. Ganz genau dieselbe Bewegung. Und wenn er *Mutters* Brut betrachtete, so legten auch ihre Söhne und Töchter beredtes Zeugnis ab. Angeblich stammten sie von sechs verschiedenen Vätern. Das sah man nicht.

Allerdings, räumte Varatreo ein, hatte er gar keine Wahl gehabt, als den Weg über Enostasia zu nehmen, nachdem dieses Land voll bösartiger Menschen von einem Tag auf den anderen wahnsinnig geworden war. Binnen einer Woche hatte ein kleiner Priester den höchsten Würdenträger der Aionarskirche ermordet, sich an seine Stelle gesetzt und verkündet, ein Zeitenwandel stehe bevor. Die Bauern hatten sich erhoben und lieferten sich seither blutige Schlachten mit den Heeren des Adels. Oft erfolgreich, da sie nach Landessitte kaum schlechter bewaffnet waren als deren Spießträger und Speerwerfer. Man sprach von Zehntausenden Toten. Angeblich brannten ganze Städte, und Fische waren aus den Flüssen gesprungen, weil ihnen zuviel Blut im Wasser war.

Die einzige Begründung, die Varatreo für dieses Aufflackern von Gewalt gehört hatte, war der Verweis auf den neuen Stern, der vor kurzem entdeckt worden war. Wie konnte ein einzelner Stern ein ganzes Land in Unordnung stürzen? Am Nachthimmel hingen unzählige Sterne. Wer hatte sie je gezählt? Wer konnte guten Gewissens bezeugen, daß nicht jede Nacht ein Stern verschwand oder hinzukam? Wie konnte man deswegen nur so viel Aufhebens machen?

Gewiß, anders als andere Sterne wurde der neue Nacht für Nacht ein wenig heller und größer. Inzwischen war er sogar schon bei Tag zu sehen. Wenn das so weiterging, würde er in zwei Wochen der Sonne den Himmel streitig machen und ihn in zwei Monden ganz ausfüllen. Doch wenn es heute zu regnen begönne und nie wieder aufhörte, wäre in zwei Monden trockenes Brennholz ebenfalls ein nebensächliches Problem …

Varatreo hörte ein Meckern. Aha, die Ziege, dachte er. Zwei Schritte später blieb er wie erstarrt stehen.

Das Tier trat aus einem Hauseingang. Es war fast so groß wie ein Kalb. Seine Hufe, die Ohren, der Schwanz, der Rumpf und auch das kurzhaarige, braun-schwarz gescheckte Fell erinnerten an eine Ziege. Doch nicht der Kopf und schon gar nicht die Zähne, die nicht zum Graszupfen und Blätterzermalmen taugten. Varatreo hatte von Wolfsziegen gehört. Niemand mußte ihm erklären, daß er einer gegenüberstand. Wenn diese Tiere etwas verschmähten, dann allenfalls Gras oder junge Triebe. Ganz gewiß aber nicht totes oder lebendiges Fleisch.

Bisher war Varatreo die abschüssigen Straßen der Ortschaft aufwärts gerannt: hin zu den Berggipfeln, weg von *Mutter* und dem blutrünstigen Wahn in den Tälern und Ebenen. Nun lief er wieder zurück. Umgehend hörte er hinter sich Hufe auf Pflastersteinen und ein verlogenes, Harmlosigkeit vortäuschendes Meckern.

Wohin? dachte er.

In eines der Häuser? Wer konnte sagen, wie es dort drinnen aussah? Das wäre leichtsinnig. Vielleicht begäbe er sich damit in eine ausweglose Falle und führte sein eigenes Ende herbei! Was dann? Da vorn wuchs ein Baum … Das war die Rettung!

Nur noch fünf Schritt! Das Hufgetrappel kam näher. Nur noch drei! Varatreo vermeinte heißen Atem in seinem Nacken zu spüren. Nur noch einer! Er sprang, zog sich an einem Ast hoch und meinte ein Schnappen ganz in der Nähe zu hören.

Er setzte sich auf den Ast. Der Baum, nein bestenfalls das Bäumchen, wie ihm bewußt wurde, geriet ins Schwanken. Die Wolfsziege rieb sich am Stamm. Varatreo krallte die Finger in die rauhe Borke. Ihr Heiligen, laßt mich nicht hinunterfallen, flehte er. Ein furchtbarer Gedanke schoß ihm durch den Kopf. Hoffentlich hatte das Raubtier nicht noch mehr Gemeinsamkeiten mit Ziegen. Die kamen in Herden. Zwanzig oder dreißig Stück dieser absurden Ungeheuer waren nichts, was er sehen, geschweige denn treffen wollte!

Plötzlich richtete sich die Wolfsziege auf die Hinterbeine auf. Mit den Hufen der Vorderbeine stützte sie sich gegen den Stamm. Varatreo schrie auf, als das zähnestarrende Maul immer näher kam. Blitzschnell zog er die Füße an und richtete sich mit pochendem Herzen auf. Nun stand er mit angehaltenem Atem auf dem zitternden Ast. Das Tier ließ sich wieder auf alle viere nieder.

Hufe, dachte Varatreo erleichtert. Wenigstens konnte die Bestie nicht damit klettern. Doch welche unfreundlichen Überraschungen hielt sie wohl noch bereit?

Ein Stein traf ihn am Kopf.

Mühsam gelang es Varatreo, sich auf den Beinen zu halten. Er klammerte sich an den Baumstamm und sah, daß *Mutter* und ihre gesamte Bande gekommen waren. Sie trugen Fackeln und warfen mit Steinen nach der Bestie. Ganz außer sich brüllte *Mutter* ihren Zweitgeborenen an, der offenbar den Stein geworfen hatte.

»Nicht auf den, du Nichtsnutz«, kreischte sie. »Den brauchen wir doch. Auf das Vieh! *Auf das Vieh!*«

Zornig prügelte sie auf ihren Sohn ein. Daß sie keinen Stock in der Hand hielt, sondern eine brennende Fackel, kümmerte sie nicht weiter. Der beinahe dreißigjährige Mann duckte sich unter den Schlägen, wagte aber selbst dann, als er unter dem wütenden Ansturm seiner Erzeugerin zu Boden ging, keine Gegenwehr. Er schützte sich nur mit den Armen und schrie: »Nicht, Mammi! Nicht!«

Mutter ließ erst von ihm ab, als die Wolfsziege bereits das Weite gesucht hatte. Der junge Mann riß sich rasch die Kleidung vom Leib, da sie Feuer gefangen hatte, und trampelte auf ihr herum. *Mutter* kam unterdessen zum Baum.

So also ging sie mit ihren Kindern um, dachte Varatreo verzweifelt. Was blühte dann ihm? Daß er zu flüchten versucht hatte, ließ sich nicht leugnen.

»Runter!« befahl *Mutter* düster. Als Varatreo vom Baum geklettert war, fuhr sie fort: »Zur Basilika!«

Varatreo verstand die Welt nicht mehr. Er hatte damit gerechnet, von der ganzen Schar verprügelt, verbrannt oder in Stücke gerissenen zu werden. Doch nichts dergleichen geschah. Was hatte das zu bedeuten? Der Singsang einer leisen Stimme in seinem Rücken ließ ihn vor Entsetzen schaudern: »Mammi mag dich!«

Das Ziel waren die Kellergewölbe der Basilika. Varatreo hatte die Söhne nur deswegen dazu angestiftet, dort unten nach Schätzen zu suchen, um sie los zu sein. Doch wider Erwarten waren sie fündig geworden. Eine Tür mit Eisenbeschlägen und mehrere achtstrahlige rote Sterne, die Tür und Rahmen versiegelten, bewiesen es.

Mutter deutete auf eine Inschrift über der Tür. »Lies!«

Varatreo zuckte die Schultern, da er keine Ahnung hatte, was die Schriftzeichen bedeuten mochten.

»Du kannst nicht lesen?« fragte *Mutter* drohend.

»Doch, doch«, antwortete er erschrocken. Diese Fähigkeit schützte ihn schließlich vor ihr. »Aber es ist eine alte Schrift. Sie hat nichts zu bedeuten. Wäre sie wichtig, so wäre sie so geschrieben, daß ich sie lesen kann.«

Als *Mutters* Kinder die Tür aufbrachen, verfluchtete sich Varatreo. Vielleicht war das sein letzter Fehler gewesen. Warum hatte er nicht einfach behauptet, die Inschrift bedeute: Diese Kammer ist gefüllt mit Schätzen. Wer sie stehlen will, ist des Todes ...

Vielleicht hätte er auf diese Weise entkommen können!

Die Fackeln leuchteten in einen rotgetünchten Raum. In die Wände waren Wandbilder eingelassen. Auf Lesepulten standen Leuchter und lagen dicke Wälzer. Die Leuchter waren aus Kupfer und bis auf zwei dunkel angelaufen. Die verbliebenen glänzten in strahlenderem Rot, als es Kupfer gemeinhin tat. An Haken hingen Überwürfe aus Leder. Varatreo entdeckte Geräte, deren Bestimmung ihm ein Rätsel war, und seltsam geformte Vasen. Eine von ihnen war mit einem vielarmigen blauen Geschöpf bemalt. Sie ging unter einem Fußtritt zu Bruch, kaum daß er einen Blick auf sie geworfen hatte.

Die Bilder zogen ihn magisch an. Eines zeigte einen großen und viele kleine Sterne, die vom Himmel fielen. Ein anderes eine große Gestalt mit Löwenmähne, die von Lichtstrahlen umgeben war. Danach wurden die Darstellungen wirrer. Er sah Wesen, die nur aus einem Rachen und Tausenden von Beinen bestanden, geflügelte Pferde, schwebende, vielleicht auch aus großer Höhe stürzende Männer und Frauen, die aus Pflanzen wuchsen.

Was für Fieberträume waren das?

Eine von *Mutters* Töchtern schrie auf. Sie hatte ein Buch geöffnet und schlug Seiten um, die so alt waren, daß sie beim Umblättern aus ihrer Bindung brachen. Was darauf stand, war ebenfalls in der alten Sprache verfaßt, so daß Varatreo nichts damit anzufangen wußte. Doch die sorgfältig gemalten Bilder ähnelten denen an den Wänden, stellten aber noch weit Schreckliches dar. Sie flößten Varatreo so viel Angst ein, daß er sich einige Augenblicke lang sogar mit *Mutters* Tochter verbunden fühlte.

»Keine Schätze«, erklang *Mutters* Stimme.

Varatreo wußte nicht, wie er sie noch länger hinhalten sollte. »Nein, keine Schätze«, gab er zu.

»Er lügt«, behauptete einer ihrer Söhne. Auch er hatte in einem der Bücher geblättert.

»Ich lüge nicht«, widersprach Varatreo. Denn wenn *Mutter* zu der Ansicht gelangte, er wolle ihr etwas verheimlichen, würde sie ihn sicherlich foltern lassen.

»Doch, er lügt«, beharrte der Sohn. Er legte den Finger auf eine der Buchseiten und sagte zögernd: »Gold ... Edelstein ... Schätze ... Kronen ... drei Reiche ...«

Varatreo starrte ihn an: »Du kannst lesen?«

»Nur die wichtigen Worte«, antwortete der Sohn und kam mit dem Buch zu ihm.

Varatreo blickte auf das wellige Pergament. Das Buch war zwar nicht in der alten Sprache verfaßt, dennoch klangen die Worte altertümlich. Er staunte. Hier war tatsächlich von Zehntausenden Goldstücken die Rede, von Edelsteintruhen, Kaiserkronen und der Macht des Imperiums. Varatreo wunderte sich. Imperium? Anscheinend war damit nicht das Merkantilische Imperium gemeint, sondern das alte, das vor Jahrhunderten zerstört worden war.

Er blätterte einige Seiten weiter, las von Prinzessinnen und Königen und entdeckte Angaben in einer längst nicht mehr gebräuchlichen Zeitrechnung. Noch ein paar Seiten weiter sprangen ihm die Worte ins Auge: *»Wie gestern erscheint es, doch bereits ein halbes Menschenleben ist es her, daß sich der fleischgewordene Gott Aionar gen Süden wandte, um seine geflügelte Widersacherin zu bekriegen. Das wiederum war lange nachdem die Sterne verschwunden und sich die vier Himmel verdunkelt hatten. Derweil befahl er dem Heer seiner Diener, das Reich des Gottkaisers zu bestürmen.«*

Varatreo schwindelte. Das Buch gab vor, aus einer Zeit zu stammen, als sich die allmächtige Kirche Aionars noch nicht über den ganzen Kontinent verbreitet hatte und der Abwesende Gott leibhaftig unter den Sterblichen gewandelt war. Dann mußte es vor rund fünfhundert Jahren geschrieben worden sein … Nun, nicht gerade dieses Buch, jedoch das Original, von dem es wer weiß wie oft kopiert worden war. Damit kannte er sich aus. Immerhin hatte er selbst eine vergleichbare Tätigkeit im Kontor seiner eulykischen Herrin ausgeübt, bis er eines Tages mit der Kasse durchgebrannt war. Eine der wenigen klugen Entscheidungen seines Lebens, auch wenn er seither vermied, länger als ein halbes Jahr am selben Ort zu bleiben.

Varatreo schloß das Buch und betrachtete es von allen Seiten. Der Einband war nicht verziert, das Buch war auch keine Urschrift. Warum wurde es dann in diesem Kellerraum voller Seltsamkeiten aufbewahrt?

»Wo sind die Schätze?« brachte sich *Mutter* in Erinnerung.

Varatreo wußte im selben Augenblick eine Antwort. Er lächelte und klopfte auf den Einband des Buches: »Hier drin. Hier drin steht es irgendwo. Man muß nur die richtige Stelle finden.«

»Wo?«

»Ich muß es erst lesen.«

»Lies laut«, befahl *Mutter* und ging mit schwerem Schritt zur Treppe. Varatreo folgte ihr nach oben in die Kulthalle des Gotteshauses. Dort suchte er eine Stelle, wo er bequem sitzen konnte und ausreichend Licht hatte. Bald darauf begann er mit klarer Stimme vorzutragen: *»Es begab sich nicht lange vor der Regenzeit des Jahres 243 seit Gründung des Imperiums, daß der göttliche Imperator in den Krieg gegen die Götzendiener Aionars zog. Nach Hunderttausenden zählten die Krieger, die sich bei Duros Xenthos unter den Sternenstandarten versammelt hatten. Der Imperator hatte sich geschworen, die Horden des Savannengottes durch die reine Macht des Willens zu brechen und Weh und Pein in ihre Länder zu tragen. Um die Barbaren aus den grasbewachsenen Ebenen durch den Glanz seiner Herrlichkeit zu blenden, ließ er auf den Höhen über dem Grünen Kalykados die besten Ritter aus neunzehn Königreichen zum Turnier antreten. Unter ihnen befand sich auch der stolze Lorenco, der an jenem Tag die Gunst einer Prinzessin gewann und die eines Gottes verlor ...«*

Das Lächeln einer Prinzessin

Bei den Ruinen von Duros Xenthos, Königreich Gatanien,
Kaiserreich der Fünf Rosen, am 30. Tag des Roten Erntemondes,
im 243. Jahr des Imperiums, Vergangenheit

Rotgoldenes Abendlicht brach sich in hundert Sternen. Rings um die weite Tribüne waren die Standarten des Imperiums aufgepflanzt, die Feldzeichen des größten Heeres, welches das Reich jemals gesehen hatte.

Ein Geier wollte sich auf einer der Standarten niederlassen; seine Krallen griffen nach dem goldenen Stern und fanden keinen Halt. Krächzend machte er sich mit schwerem Flügelschlag davon. Die Standarte geriet ins Schwanken. Ein Soldat eilte herbei, ein großer blonder Krieger der Leibwache, doch er kam einen Herzschlag zu spät. Die scharlachfarbene Stange mit dem goldenen Stern stürzte in den Staub. Alle Zuschauer auf der Tribüne wurden Zeuge des Vorfalls.

Seit Jahren waren die Sterne vom Himmel verschwunden. Ein böses Vorzeichen für ein Imperium, das Sterne als Feldzeichen trug! Und nun stürzte eine der Standarten am Vorabend der Schlacht gegen die Barbaren …

Lorenco, der Erste Ritter des Imperiums, war kein abergläubischer Mann. Und doch beunruhigte ihn, was er gesehen hatte. Dieses Omen warf einen Schatten auf seinen Sieg im Turnier, dachte er verärgert.

Müde lenkte er sein Pferd vor den Ehrenplatz des Imperators Rigorius Gratianus. Blanker Schweiß stand ihm auf der Stirn. Er war versucht, sich mit der Hand über das Gesicht zu wischen. Doch diese Geste wäre zu bäurisch für einen Adeligen. Jedenfalls wenn der ganze Hofstaat zusah. Verfluchte Hitze! Auch der Abend brachte keine Kühlung. Die stickige Luft des Dschungels machte ihn noch ganz krank!

Erwartungsvoll blickte der Ritter zum Herrscher empor und senkte dann die Lanzenspitze. Das stumpfe Krönchen, das anstelle eines geschliffenen Speerblatts auf der Spitze der Waffe steckte, war verbogen.

Cassandra, Tochter und Favoritin des Imperators, beugte sich vor und schlang ihren Schal um den Lanzenschaft. »Heil, Lorenco Nardes Odera, Erster Ritter des Imperiums, Schwert und Schild meines Herrn des Imperators«, hauchte sie mit dunkler Stimme.

»Heil, Lorenco Nardes Odera, Erster Ritter des Imperiums, Schwert und Schild meines Herrn, des Imperators«, rief der Orator Guelfo, die Stimme des Kaisers, und sein Ruf hallte weit über den Turnierplatz, um tausendfach aufgenommen zu werden.

Dem Ritter ging das Herz auf. Er hob die Lanze und streckte die Arme zum Himmel. Wieder umtoste ihn Jubel.

Cassandras Schal rutschte den glatten Lanzenschaft herab. Zart wie Rosenblätter berührte der flatternde Stoff sein Gesicht. Er duftete nach Moschus, nach dunkler Verheißung. Ein Lächeln zwischen Einladung und Triumph spielte um die sinnlichen Lippen der jungen Frau. »Wollt Ihr etwas sagen, Ritter?«

Lorencos Mund war plötzlich staubtrocken. Damit hatte er nicht gerechnet, er, der sonst nie um schöne Worte verlegen war. »Es war mir eine Ehre, meine Lanze in Eure Dienste zu stellen …« War er von Sinnen? Was sagte er da!

Die Prinzessin erbleichte kurz. Dann überspielte sie die Bemerkung mit einem falschen Lachen. Sie war wohl die schönste Frau des Imperiums. Wie Kaskaden geronnener Nacht fielen ihre gelockten Haare auf die sanft gerundeten Schultern. Ihre Augen hatten das zarte Grün junger Zedernnadeln. Weiß wie Stutenmilch schimmerten die Zähne. Ihr Pharos, der perlenbestickte rote Prunkmantel, war ihr von den Schultern gerutscht; die Fibel, die den Mantel hielt, hatte sich gelöst. Deutlich zeichneten sich die Knospen ihrer zarten Brüste durch den Chiton ab.

Cassandra stand in der Blüte ihrer Jugend. Sie war sechzehn, Tochter und Geliebte des Imperators, zumindest für diesen Sommer. Und er, Lorenco, hatte ihr in Anwesenheit ihres Vaters und des Hofstaats ein zweideutiges Kompliment gemacht, auf das sie mit einer einladenden Geste antwortete.

Lorenco bemerkte den Blick des Imperators. Dem Herrscher war nichts entgangen.

Förmlich verneigte sich der Ritter noch einmal. Auf der ganzen Tribüne herrschte atemlose Stille. Kein Zweikampf des Turniers war so aufmerksam verfolgt worden.

Lorenco war sich bewußt, das jedes weitere Wort seine Lage nur noch verschlimmern würde. Langsam wendete er das Pferd, ritt an der Tribüne entlang und dann quer über den Turnierplatz. Auf der anderen Seite des Kampfplatzes hatte man nicht hören können, was vor der Loge des Imperators gesprochen worden war. Hier wurden dem Ritter Blumen und schmachtende Blicke zuteil.

Lorenco beachtete all dies kaum. Hoch aufgerichtet saß er im Sattel und spürte den Blick des Imperators in seinem Rücken. Jeder bei Hof wußte, wie eifersüchtig Rigorius Gratianus war. Und Lorenco hatte einen gewissen Ruf, was schöne Frauen anging. Der Ritter war sich nur allzu bewußt, was folgen würde. Nur zu gut erinnerte er sich an Gigondros von Pandrakur, einen jungen Adligen, der zur Garde gehört hatte. Er war ein gutaussehender Mann und vielversprechender junger Ritter gewesen. Und dann war das Gerede laut geworden. Es hatte geheißen, Cassandra habe Gefallen an ihm gefunden. Vor zwei Wochen hatte man ihn tot in seinem Zelt gefunden. Er sei an einer Fischgräte erstickt, so sagte man … Lorenco war dabei gewesen, als man den Toten fortgetragen hatte. Die Meuchler hatten sich nicht einmal die Mühe gemacht, Gigondros die Lederschlinge vom Hals zu nehmen, mit der sie ihn erdrosselt hatten.

Der Imperator kann mir nichts tun, versuchte Lorenco sich einzureden. Zumindest nicht morgen bei der Schlacht. Sein Blick schweifte über das weite Land zu Füßen des Hügels. Der Ort war gut gewählt, um sich dem Heer der Savannenvölker zu stellen. Der Dschungelgürtel, der den Süden des Kaiserreichs der Fünf Rosen einnahm, konnte von einem Heer nur entlang der Via Antilopia durchquert werden. Und hier, bei Duros Xenthos, war gewiß der beste Ort, einen Gegner aufzuhalten. In nur fünf

Meilen Abstand bildeten der Grüne Kalykados und der Arkos, der nach Nordwesten strömte, zwei mächtige Barrieren, die es zu überwinden galt. Zwischen ihnen lag ein langgezogener Hügelkamm, den das kaiserliche Heer besetzt hielt. Das Land unmittelbar um den Hügel war eine Ödnis. Früher einmal hatte hier Duros Xenthos gestanden, doch von der legendären Alabasterstadt waren nur Ruinen geblieben. Zerbrochene Säulen hatten einen Großteil der Straßen unter sich begraben. Auf halbem Weg zum Fluß stand ein einsamer Triumphbogen. Das Ruinenfeld war das Herz einer zerklüfteten Steinlandschaft. Dort, wo sich einst Äcker erstreckten, hatte der Monsunregen den Mutterboden bis auf den blanken Fels ausgewaschen. Wie ein Wundmal lag Duros Xenthos inmitten des undurchdringlichen Dschungels. Das einzige, was an seine einstige Blüte gemahnte, war der Tempel der Fruchtbarkeitsgöttin Verda, der Herrin des Frühlings. Er lag auf einer steilen Felsklippe, der Kolibri-Insel, welche die Fluten des Grünen Kalykados teilte.

Noch immer quoll dichter, schwarzer Rauch aus dem Tempel. Am Morgen war die Insel von den Leomannen gestürmt worden. Beide Brücken südlich und nördlich der Insel waren in der Hand der Barbaren. Morgen schon würden sie versuchen, den Fluß zu überqueren. Ein selbstmörderisches Unterfangen! Mehr als dreihundert Speerschleudern standen in hintereinander gestaffelten Stellungen auf dem Hügel bereit. All ihr Mut würde den Anhängern Aionars nicht helfen, diese Verteidigungslinie zu durchbrechen. Und doch zweifelte niemand daran, daß sie angreifen würden, denn morgen war der Tag des Krönungsfestes. Der Tag, an dem einst Gratianus der Große, der Gründer des Imperiums, zum Imperator ausgerufen worden war. Die Erfahrung mit den Savannenkriegern hatte die Heerführer des Imperators längst gelehrt, daß die Wilden so bedeutende Tage niemals verstreichen ließen, ohne ihrerseits ein Zeichen zu setzen. Sollten sie wider Erwarten nicht angreifen, dann würde das kaiserliche Heer morgen den Grünen Kalykados überschreiten, denn Rigorius Gratianus verlangte es nach einem Siegeslorbeer zur Feier seines Ehrentages.

Dabei ging es um mehr als nur um Eitelkeit. Ihnen lief die Zeit davon. Nach sieben Wochen des Wartens war die Regenzeit nicht mehr fern. Niemand, nicht einmal der vergöttlichte Imperator, konnte dann noch Krieg im Dschungel führen. Deshalb mußte die Entscheidung bald fallen.

Welch eine Verschwendung von Menschenleben war der Feldzug bisher gewesen, dachte Lorenco ärgerlich. Die Savannenvölker verfügten über eine ausgezeichnete leichte Kavallerie, die hier im Dschungel freilich nicht viel nutzte. Denn noch todbringender als für die Menschen war der Dschungel für die Pferde.

Die Gelehrten waren sich einig darin, daß es die stickige, faulige Luft war, die die Tiere tötete. Lorenco hatte in den letzten Wochen neun der zwölf Pferde verloren, mit denen er hierhergekommen war. Die Hälfte der Adelsgarde war nicht mehr beritten. Andere Reitereinheiten hatte es noch schlimmer getroffen. Aber auch die Leomannen hatten den Großteil ihrer Pferde verloren. Sobald morgen ihr erster Angriff abgeschlagen wäre, würde das Heer des Imperators über den Fluß drängen und den überlebenden Kriegern des Götzen Aionar ein unrühmliches Ende bereiten. Dann konnte das Heer nach Süden vorstoßen und all die Länder zurückerobern, welche die Savannenvölker mit ihrem überraschenden Angriff zu Beginn des Jahres überrannt hatten.

Daran, daß die Kaiserlichen morgen siegen würden, konnte es keinen Zweifel geben. Und doch ... Lorenco war zornig über die Art, auf die der Imperator seinen Sieg vorbereitet hatte. Nicht die Kraft ihrer Waffen hatte dem Feind den entscheidenden Schlag versetzt. Es war der Dschungel gewesen. In den sieben Wochen, in denen sich die Gegner gegenübergestanden und ständig Nachschub nachgeführt hatten, waren Zehntausende Männer und Pferde am Fieber und den Ausdünstungen des Regenwalds zu Grunde gegangen. Kein Schlachtensieg wäre so blutig gewesen! Doch der Imperator wollte den Barbaren beweisen, daß er über sie triumphieren konnte, ohne daß auch nur einer seiner Soldaten das Schwert zog. Wie hoch der Preis war, den seine eigenen Männer dafür zu zahlen hatten, war ihm gleichgültig. Genau so gleichgültig wie der Umstand, daß ein Turnier am Vorabend einer Schlacht die blanke Unvernunft war.

Da der Großteil der Pferde der Barbaren verendet war, war ihnen die Flucht nun verwehrt – eine Taktik, mit der sie sich aussichtslosen Schlachten bisher stets entzogen hatten. Nach dem Lächeln Cassandras hatte Lorenco keinen Zweifel mehr daran, daß ihm die Ehre zuteil werden würde, die Angriffsspitze über die Brücke zu führen – falls er überhaupt die Nacht überlebte. Hätte er nur den Mund gehalten, dachte er bitter. Wie konnte er nur so einen Unsinn reden! *Es war mir eine Ehre, meine Lanze in Eure Dienste zu stellen.* Der Blick des Imperators hatte keinen Zweifel daran gelassen, wie er das verstanden hatte. Und dann hatte Cassandra auch noch ihren Mantel fallen lassen … Schlimmer hätte es kaum kommen können.

Lorenco lenkte sein Pferd die südliche Hügelflanke hinab in Richtung des Lagers der Adelsgarde. Sie mußten ihre Zelte stets eine Meile entfernt vom Dormon aufschlagen, dem wandernden Palast. Seit die Adelsgarde zu Zeiten von Fulvius Gratianus in eine Palastrevolte verwickelt gewesen war, hatte man sie aus der unmittelbaren Umgebung des Imperators verbannt. Ihn bewachten nun die ›Tausend Gefährten‹, eine Garde aus Leomannen aus den Steppen im Süden, die sich als Söldner verdingten. Ihre Treue galt allein dem Gold. Und da niemand mehr Gold besaß als der Imperator, war ihre Treue unverbrüchlich. Nicht so wie bei der Adelsgarde, in der die Söhne von Königen und Fürsten dienten, die im Lauf der Jahrhunderte Teil des Imperiums geworden waren. Obgleich niemand sie offen so nannte, war sich Lorenco dessen bewußt, daß sie dem Kaiser auch als Geiseln dienten. Plante einer der vielen unterworfenen Herrscher Verrat, so durfte er nicht damit rechnen, seine Söhne aus der Adelsgarde jemals lebend wiederzusehen.

Man überschüttete sie mit Pomp und Ehren. Sie trugen die prächtigsten Rüstungen des Imperiums und waren doch nur eine Gruppe verweichlichter Höflinge gewesen, bevor Lorenco zu ihrem Ersten Ritter aufgestiegen war. Er hatte die Unfähigen in die Schreibstuben verbannt und dafür gesorgt, daß Turniere nicht mehr durch Bestechung, sondern wirklich auf dem Felde entschieden wurden. Unter seiner Führung war die Adelsgarde wieder zu dem geworden, was sie einst in den glorreichen Tagen des Imperators Gratianus des Großen einmal gewesen war: die Elite der Ritterschaft. Die beste Reitertruppe des Imperiums. Und langsam wog der Stolz auf gemeinsame Siege schwerer als die verletzten Eitelkeiten längst begrabener Ahnen. Im Heer hatte man wieder Respekt vor ihnen.

Lorencos Blick wanderte über das riesige Heerlager, das sich entlang der Nordseite des Hügels bis hin zu den Ufern des Arkos erstreckte. Hunderttausend Mann standen allein unter den Sternenstandarten. Sie waren das Feldheer des Imperiums, das sich auf den Ruf des Kaisers hin vor drei Monden in Pentarosae versammelt hatte. Gedrillte Fußsoldaten, abgehärtet in zahllosen Gefechten, die leichte Leinenpanzer und fast mannshohe Schilde trugen. Wenn sie marschierten, dann waren sie wie eine Mauer. Verstärkt wurden sie durch mindestens weitere hunderttausend Krieger, die aus allen Königreichen und Fürstentümern des Imperiums stammten. Da waren wilde Dschungelkrieger aus dem südlichen Gatan, Armbrustschützen aus Mediogenien und Schleuderer von den Hochebenen Gondallos sowie die Plänkler aus dem fernen Gardiamara, die mit ihren heulenden Pfeilen die letzten Pferde der Savannenvölker scheu machen würden. Manche der hier versammelten Einheiten waren mehr als 2000 Meilen marschiert, um auf dem Schlachtfeld von Duros Xenthos ihrem Kaiser zu dienen.

Stolz erfüllte Lorenco, als er die langen, himmelblauen Zelte dicht unter dem Hügelkamm betrachtete. Darin verborgen lagen leichte Flußgaleeren. Baumeister und Zimmerleute aus dem fernen Maganta würden morgen an zwei Stellen Schiffsbrücken über den Grünen Kalykados schlagen, während die Hauptschlacht um die große Steinbrücke zur Kolibri-Insel tobte.

»Heil, Lorenco Lanzenbrecher«, grölte eine Schar bärtiger Krieger in meergrünen Tuniken und hob ihm zum Gruße die tönernen Trinkbecher. Die Nachricht seines Sieges mußte ihm vorausgeeilt sein. Jeder im Heer kannte ihn, und Lorenco genoß es, wie die Männer ihm zuriefen und vor ihm salutierten.

Allein die Adelsgarde trug noch Maskenhelme. Sie waren aus bestem gondallischem Stahl geschmiedet; die kunstvoll gestalteten Gesichter aber waren vergoldet. Wie ein zweiter, festerer Schädelknochen umschlossen sie den Kopf. Manche Ritter hefteten das Haar ihrer Geliebten auf die Helme, so wie sein Freund Laikos, der blonde Locken auf seinem Helm trug, obwohl er selbst langsam ergraute. Lorencos ›Haar‹ hingegen war aus kunstvoll getriebenem, brüniertem Stahl. Darauf ruhte ein eiserner Lorbeerkranz, das Zeichen des Ersten Ritters. Jedes Kind im Imperium wußte, wer vor ihm stand, wenn es diesen Helm sah.

Sein Weg führte ihn vorbei am Heerlager der Hilfsvölker aus Kurjameos. Sie hatten die leichten Lanzenreiter des Sultans geschickt und dreihundert gepanzerte Kriegselefanten. Der Ritter konnte die Unruhe seiner Stute spüren, als sie sich den grauen Kolossen näherten. Sie hatte sich immer noch nicht an die Elefanten gewöhnt und scheute, wenn sie in ihre Nähe kam. Pferde, die noch nie einen Elefanten gesehen hatten, warfen ihre Reiter ab und gingen durch, wenn sie in einer Schlacht auf die grauen Riesen trafen.

Rüstmeister waren dabei, die Kräne aufzustellen, mit deren Hilfe man morgen die aus zähem Bullenleder gefertigten Kampftürme auf die Rücken der Elefanten hieven würde. In langen Reihen lagen die Bronzerüstungen bereit, mit denen die Elefanten gewappnet werden würden. Lamellenpanzer würden dem Schutz der Rüssel, der Sehnen an den Beinen und der empfindlichen Kehle dienen. Dazu trugen sie große, mit Schlachtszenen geschmückte Stirnplatten. Die Besatzungen der Elefanten wetteiferten darum, die Tiere möglichst prächtig auszustaffieren. So waren viele Kampftürme mit farbenprächtigen Blumen oder verschlungenen geometrischen Mustern bemalt worden. Einige Krieger hatten auch Federschmuck für die Rüstungen der Tiere entworfen oder die Kampftürme mit Bannern geschmückt, auf denen auf goldenem Grund die Gesichter ihrer Fürsten prangten.

Schnell brach die Abenddämmerung herein. Überall entlang der Hügelflanke glühten Feuer auf. Als Lorenco den Lagerplatz der Adelsgarde erreichte, empfing ihn sein Pferdemeister mit vorwurfsvollem Blick. Rufus war ein bulliger Mann, in dessen Bart sich breite graue Strähnen zeigten. Er stammte aus einem Fischerdorf in Cornia und kümmerte sich um Lorencos Pferde, seit der Ritter ein Knabe gewesen war.

»Das war nicht klug, Herr«, brummte der Pferdemeister. »Ihr hättet die Stute am Zügel führen sollen. Ich hatte Euch doch gewarnt. Sie ist schwach.«

»Sie hat sich im Turnier bewährt«, verteidigte sich Lorenco.

»Zu Schanden geritten habt Ihr sie! Morgen in der Schlacht könnt Ihr der Stute nicht mehr vertrauen. Ich werde Euch den Grauen geben müssen. Wie kann man nur am Vorabend einer Schlacht ein Turnier abhalten!« Rufus spuckte verächtlich aus und griff nach den Zügeln. »Der Imperator mag ein großer Feldherr sein, aber von Pferden hat er keine Ahnung. Auf die Kraft seiner Reiterei sollte er morgen lieber nicht bauen!«

Lorenco verzichtete darauf, den Diener zu tadeln. Was hätte er auch sagen sollen? Rufus hatte recht. Er sollte nur vorsichtiger sein, wenn er über Seine Illuminiszenz sprach. Das Lager hatte tausend Ohren, und man konnte schon für viel weniger als ein paar freche Worte gepfählt werden.

Lorenco trat in sein Zelt. Es war stickig und schwül. Er wünschte sich, er wäre noch einmal wie in Kindertagen am Meer. Auf den roten Klippen von Porta Oldio, wo mit dem Abend stets eine kühle Brise aufkam.

Müde öffnete er die Lederlaschen an seinem Maskenhelm und setzte ihn ab.

»Steht dir der Sinn nach einem Henkersmahl?« erklang eine Stimme. Die Zeltplane wurde zurückgeschlagen, und ein sonnenverbranntes Gesicht erschien: Laikos, sein Schildbruder, der

Krieger, der in der Schlacht stets zu seiner Rechten ritt. Er war ein Adliger aus Cita, der die vierzig bald erreicht hatte. Das Haar an seinen Schläfen war ergraut. Niemand in der Adelsgarde wagte so offen mit Lorenco zu sprechen wie sein Schildbruder.

Laikos stellte eine mit schwarzen Figuren bemalte Schüssel auf den kleinen Tisch im Zelt. »In Öl gesottene Kolibris.« Er nahm eines der Vögelchen, die kleiner als sein Daumen waren, und schob es sich in den Mund. Lorenco hörte die zarten Knochen zwischen den mahlenden Zähnen knacken.

»Man erzählt sich, die Priesterschaft der Verda habe sich an besonderen Festtagen Kolibris reichen lassen«, sagte Laikos mit vollem Mund und griff nach dem nächsten Vögelchen. »Heute steht ihr Tempel in Flammen. Was glaubst du, wie dich dein Ende ereilen wird?«

»Du weißt es also schon?«

»Schlechte Nachrichten haben Flügel! Alkmaion kam ins Lager geritten, als wäre Gorgonia hinter ihm her, und erzählt jetzt jedem, der es nicht wissen will, du habest die Favoritin des Imperators mit einem deiner bei den Hofdamen so geschätzten anzüglichen Komplimente bedacht. Alkmaion sieht sich schon als dein Nachfolger als Erster Ritter.« Knirschend wurde ein weiterer Vogel zermahlen. »Stimmt es, was er sagt?«

»Cassandra hat mich angelächelt und aufgefordert, etwas zu sagen …«

»Und du hirnloser Pferdeschinder hast natürlich zurückgelächelt und dich begeistert um Kopf und Kragen geredet!«

Lorenco zuckte resignierend mit den Schultern. Wie sollte man das Unerklärliche in Worte fassen? »Ich weiß nicht, was mich geritten hat. Ich habe es wirklich nicht so gemeint …«

Laikos wischte die fettigen Finger an seinem Umhang ab. »Natürlich hast du es so gemeint! Ich kenne dich! Sobald ein Weib im Spiel ist, übernimmt die Lanze zwischen deinen Schenkeln das Denken, Lorenco Lanzenbrecher, Krone der Ritterschaft des Imperiums. Wir müssen hier weg!«

»Ich laufe vor niemandem davon!«

Laikos packte ihn bei den Armen. »Das Ritterspielen ist vorbei, Lorenco! Glaubst du, vor dem Zelt wird ein leomannischer Leibgardist erscheinen, um dich zum Zweikampf um die Ehre Cassandras zu fordern? Wach auf! Du bist ein Toter, der noch auf den Beinen steht. Du weißt doch, was geschieht, wenn der Kaiser eifersüchtig wird. Erinnerst du dich an diesen Adligen aus Kataraktis? Wer begeht schon Selbstmord, indem er sich in einem mit Nägeln gespickten Faß einen Hang hinabrollt? Oder dieser Schönling aus Pandrakur. An einer Fischgräte erstickt ... Daß ich nicht lache! Die Eifersucht des Imperators hat ihn erstickt! Ich kann mir auch schon vorstellen, was mit dir geschehen wird ... Gehst du heute abend auf das Fest des Imperators, dann wird man dir einen Becher mit vergiftetem Wein reichen, und hinterher wird es in heuchlerischer Trauer heißen, daß auch der Erste Ritter von einem Fieber dahingerafft worden sei. Gehst du als Sieger des Turniers nicht auf das Fest zu deinen Ehren, dann wird Seine Illuminiszenz dies als Beleidigung auffassen. Und du weißt, was geschieht, wenn du den Kaisergott beleidigst! Noch vor Morgengrauen wird dein Zelt von den Leomannen des Imperators umstellt sein. Keiner von deinen vermeintlichen Freunden in der Adelsgarde wird dir helfen.«

»Nicht einmal du?« fragte Lorenco.

Laikos wich seinem Blick aus. »Ein Schwert mehr oder weniger an deiner Seite würde keinen Unterschied machen.«

»Du bist mein Schild in mehr als einem Dutzend Schlachten gewesen. Wir haben lange aufgehört zu zählen, wie oft wir uns gegenseitig das Leben gerettet haben ...«

»Deshalb bin ich hier! Du mußt verschwinden, Lorenco!«

»Und wohin sollte ich fliehen vor einem Kaiser und Gott? Sie werden mich finden, Laikos, ganz gleich, wohin ich gehe. Ich habe nicht mehr die Wahl zwischen Leben und Tod. Wie nanntest du mich? Einen Toten, der noch auf den Beinen steht? Du hast recht. Die einzige Wahl, die ich habe, ist, ob ich auch noch meine Ehre verspiele, indem ich fliehe.«

Laikos ließ sich auf den Faltsessel neben dem kleinen Tischchen sinken und griff in die Schüssel mit den gesottenen Kolibris. »Wenigstens werden wir nicht verhungern, während wir auf die Leomannen warten.«

»Ich sollte zu Cassandra gehen und ihr vor versammeltem Hof meine Liebe gestehen.«

Laikos hustete. Einen Moment schien es, als würde er an dem Kolibri ersticken. »Du willst was? Bist du vollkommen ...«

»Ich werde wegen eines Lächelns sterben. Was habe ich noch zu fürchten? Wenn ich schon den höchsten Preis zu zahlen habe, warum sollte ich dann nicht ganz offen um Cassandras Gunst buhlen?«

»Du weißt, was das bedeuten würde, Lorenco! Das würde nicht nur dich, sondern auch deinen Bruder Valerianus, den *dux* von Mons und den Rest deiner Familie den Kopf kosten.«

Der Ritter winkte müde ab. »Ich weiß. Ich lasse nur meine Gedanken schweifen. Einmal in Cassandras Armen gelegen zu haben wäre diesen Preis wert. Aber ihr Lächeln ...« Lorenco griff nach seinem Helm und klemmte ihn unter den Arm. »Komm, Laikos! Ich war nie ein Mann für Hofintrigen und lange düstere Reden. Kühne Reiterattacken, unvernünftige Liebschaften, Duelle und schöne Pferde, das ist meine Welt. So habe ich gelebt, und wenn es sein soll, dann sterbe ich auch so. Unten am Fluß gibt es ein Hurenhaus, in dem die Frauen die Männer erwählen. Ganz gleich, wieviel Gold du ihnen hinlegst, sie schenken ihre Gunst nur denen, an denen sie Gefallen finden.« Lorenco lachte, kurz und abgehackt. Die Furcht hielt ihn fester im Griff, als er sich eingestehen mochte. »Alkmaion soll man dort gestern hinausgeworfen haben. Rufus hat es mir heute morgen erzählt. Mir scheint, dieses Hurenhaus ist der beste Ort, an dem ich meine letzte Nacht verbringen kann.«

Laikos erhob sich schwerfällig. »Wenn du in voller Rüstung dort hinmarschierst, dann kannst du den Meuchlern Seiner Illuminiszenz auch gleich eine Nachricht schicken, wo man dich findet.«

»Ein Nardes Odera verkriecht sich nicht!« Lorenco trat an den alten Ritter heran und legte ihm die Hand auf die Schulter. »Komm besser nicht mit, mein Freund. Eine Nacht mit schönen Frauen und im Morgengrauen ein letztes Duell mit den Meuchlern des Vergöttlichten, das ist ein gutes Ende für ein trauriges Ritterlied. Ein richtiges Leben sollte nicht auf diese Weise enden.«

»Wer soll das Ritterlied singen, wenn nur die Meuchler und ein paar Huren Zeugen waren?«

Die beiden sahen einander lange an. Ich sollte ihn nicht mitnehmen, dachte Lorenco. Aber er wußte, daß Laikos nicht auf ihn hören würde. Und er war erleichtert, diesen Weg nicht allein gehen zu müssen.

Rufus brachte ihnen Pferde. Er machte keinen Hehl daraus, was er davon hielt, die kostbaren Tiere unnötigen Strapazen auszusetzen. Außerdem beharrte er darauf mitzukommen und behauptete, man werde die Pferde stehlen, wenn sie nicht bewacht würden, ganz gleich, wem sie gehörten.

Entlang der Flanke des Hügels brannten nun Tausende Lagerfeuer. Fast schien es, als wären all die Sterne, die vor mehr als zwanzig Jahren vom Nachthimmel verschwunden waren, auf die Erde gefallen, um ihnen zu leuchten.

Es war stickig heiß. Die Nacht hier im Dschungel brachte keine Kühle. Sie brachte Mosquitos, die sich in dichten Schwärmen von den Ufern der Flüsse erhoben. Es roch nach Fleisch und frisch gebackenem Brot. Am Nachmittag waren von den Quartiermeistern zusätzliche Rationen ausgegeben worden. Seitdem wußten alle, daß es morgen zur Schlacht kommen würde.

An den Feuern war es stiller als in den vergangenen Nächten. Die meisten Männer saßen einfach nur dort und starrten in die Flammen. Oder sie sprachen leise miteinander.

Unten vom Fluß hörte man die Seesoldaten von Porta Oldio singen. Lorenco war das Lied aus Kindertagen wohl vertraut. Es handelte von einem Harpunier, der vor seiner Hochzeit noch ein letztes Mal ausfahren wollte, um die gewaltigen Norgas zu jagen, und von seiner Braut, die am Ufer stand und wartete, bis ihr Haar weiß wie die Gischt war.

Lorenco mußte schlucken. Verdammter, rührseliger Unsinn! Warum konnten diese Narren kein Schlachtlied oder ein freches Trinklied singen! Es gab keinen Zweifel, daß sie morgen einen triumphalen Sieg erringen würden. Doch was half das am Abend vor der Schlacht, wenn niemand wußte, ob er an der Siegesfeier teilnehmen oder kalt auf dem Schlachtfeld liegen würde?

Dunkel zeichneten sich die Umrisse von Schiffen gegen den Arkos ab. Hunderte von Flußgaleeren und schwerfälligen Lastkähnen hatten dort angelegt. Es gab schwimmende Bordelle und riesige Garküchen, die Speisen aus aller Könige Länder anboten. Am Ufer herrschte großes Gedränge. Ausrufer überboten einander darin, die Vorzüge ihrer Küche zu preisen oder Zuschauer für Hundekämpfe auf die Schiffe zu locken.

Manche Galeeren waren durch Ketten und breite Planken miteinander verbunden worden, um große, schwimmende Tanzböden zu bilden. Junge Mädchen hatten die Wickelröcke geschürzt und trugen zu viel Rot auf den Wangen. Trommler überboten einander in wilden Wirbeln. Tausend Gerüche lagen in der Luft, der Duft von gebackenen Pfirsichen, von Zimt und rotem Pfeffer, von frischem Fisch und Anis. Doch all dies vermochte den Geruch des Todes nicht zu verdrängen. Der felsige Boden erlaubte es nicht, Gräber auszuheben. Jedenfalls nicht so viele Gräber, wie man brauchte, um Tag für Tag die Toten aus dem Reich des Lebens zu entfernen. Deshalb hatte man die Leichen in den Fluß geworfen, ebenso wie Tausende von Pferden, die in den letzten Wochen verreckt waren. In der Hitzezeit floß der Arkos jedoch nur träge dahin, und es hieß, daß immer wieder Sklaventrupps ausrücken mußten, um die Kadaver zu zerhakken, wenn sie sich verknäulten und Dämme aus verrottendem Fleisch bildeten.

Auf den Rahen der Schiffe kauerten Geier dicht an dicht. Für sie hatte der Krieg eine Festtafel gedeckt, ebenso wie für die Krokodile, die Fraß im Überfluß fanden.

Lorenco wedelte ständig mit der Linken vor seinem Gesicht. Überall waren Fliegen und Mosquitos. Es war unvermeidlich, seinen Blutzoll zu entrichten, wenn man sich dem Fluß näherte. Der Ritter fürchtete jedoch, in den Augen der geheimnisvollen Hure keinen Gefallen zu finden, wenn sein Gesicht zerstochen wäre. Stumm betete er zu Phailos, dem Gott der kleinen Dienste, daß er ihn vor Stichen bewahren möge, und versprach, ihm und auch Verda eine große Amphore mit süßem Wein aus Cita zu stiften, wenn ihm das Liebesglück hold wäre und er die Nacht überlebte.

Ihr Weg führte sie zu einem Uferabschnitt, der von verfallenen, steinernen Kais gesäumt war. Hier standen dickbauchige Gefäße gleich einem tönernen Heer Schulter an Schulter. Fässer und Kisten türmten sich zu Bergen. Selbst nachts wurden noch Schiffe entladen, und lange Reihen von Lasteseln trugen all die tausend Kleinigkeiten hinauf zum Lager, die ein Heer brauchte, um auch nur einen einzigen Tag zu überleben: kurjamäischen Mais, Nägel, Zeltplanen, Stiefel, Wetzsteine und auch jene abgeschnürten Ziegendärme, die man an die Dirnen im Troß verteilte, um zu verhüten, daß sich das Heer auf ungewollte Weise vermehrte.

Wachen patrouillierten hier in Fünfergruppen und maßen sie mit drohendem Blick, bis sie den Maskenhelm bemerkten, den Lorenco vor sich auf den Sattel geschnallt hatte. Der Helm des Ersten Ritters verbot jede Frage.

»Hier! Das muß es sein!« Rufus deutete auf eine Ruine, die von geborstenen Säulen gesäumt wurde. Als sie aus den Sätteln stiegen, eilten Diener aus den Schatten herbei und griffen nach den Zügeln. Rufus aber machte ihnen lautstark klar, daß außer ihm niemand die Pferde anrühren dürfe. Dann verschwand er.

Eine Kette kleiner Öllämpchen, die in Abständen von weniger als einem Schritt auf dem Boden aufgestellt waren, wies gleich einer Schnur aus Lichtern den Weg tiefer in das Ruinenfeld. Einst mußte dies der Palast eines mächtigen Fürsten gewesen sein. Wo sich der Verputz der Mauern erhalten hatte, waren

Fresken aus verblaßten Farben zu erkennen: Bilder von Bootsfahrten, schlanken Delphinen, Flußpferden und Krokodilen, die mit weit aufgerissenen Mäulern am Ufer lagen.

Leises Flötenspiel erklang in der Ferne. Lachen war zu hören. Immer weiter folgten Lorenco und Laikos dem Pfad des Lichtes. So gelangten sie in eine Säulengalerie. Bunte Bahnen aus hauchzartem Stoff hingen von der hohen Decke und verschleierten den Blick. Einmal glaubte Lorenco eine schlanke Frauengestalt hinter einem der Schleier zu erspähen. Dann war sie verschwunden, als wäre sie nur ein Trugbild, geboren aus dem Spiel von Licht und Schatten.

Glockenhelles Lachen erklang. Leichte Schritte eilten über den steinernen Boden. Lorenco verharrte und sah sich um.

»Vielleicht sollten wir wieder gehen?« Laikos hatte die Stimme zu einem Flüstern gesenkt, obwohl niemand ringsherum zu sehen war. »Das ist kein Hurenhaus. Dieser Ort ist nicht geheuer!«

Etwas streifte Lorenco am Arm. Er fuhr herum, und seine Hand griff nach dem Schwert. Eine kleine Frau stand neben ihm. Sie reichte ihm nicht einmal bis zu den Schultern.

»Ihr seid schreckhaft, mein Ritter.«

»Und Ihr allzu leichtfertig. Dies ist ein Feldlager, und es ist die Nacht vor einer Schlacht«, erwiderte Lorenco ärgerlich.

Die Frau lächelte. »Nein, Ritter, da irrt Ihr. Ein Feldlager ist dies gewiß nicht. Das liegt außerhalb der Mauern dieses Hauses.« Sie maß ihn mit einem Blick, wie ein Pferdehändler einen jungen Hengst betrachten mochte. »Vielleicht findet Ihr das Gefallen meiner Herrin Ianassa. Am Ende des Säulengangs liegt eine kleine Kammer. Wartet dort.« Sie wandte sich nun Laikos zu und zwinkerte kokett. »Ganz gewiß hingegen findet Ihr mein Gefallen, Held im Silberhaar. Folgt mir!«

Sein Gefährte wirkte unsicher.

»Geh nur mit ihr«, ermutigte ihn Lorenco, dann nahm er den Weg, den ihm die Fremde gezeigt hatte, ohne sich noch einmal zu seinem Gefährten umzudrehen. Laikos war Manns genug, sich selbst um seine Unterhaltung in einem Freudenhaus zu kümmern.

Schon nach wenigen Schritten gelangte Lorenco in eine kleine Kammer, in der drei Räucherpfannen standen; feiner, weißer Weihrauch schwelte darin. Das Flötenspiel war verstummt. Drei Türen führten aus dem Raum heraus. Sie waren mit schwerem grünem Stoff verhängt. Angespannt sah der Ritter sich um. Die Wände zeigten vollendet ausgeführte Fresken. Es waren Bilder von Flußdelphinen, die Boote begleiteten.

»Sie sind schön, nicht wahr? Mögt Ihr Delphine?«

Diesmal erschrak Lorenco nicht. In der Tür zu seiner Linken stand eine tief verschleierte Frau, ganz in Grün gekleidet. Sie war barfuß, deshalb hatte er sie nicht kommen hören.

»Ianassa?« fragte der Ritter unsicher.

»Ja, Lorenco Nardes Odera, so nennt man mich.« Ihre Stimme war sinnlich. Voller Verheißung und Geheimnis

»Mein Name ...«

Sie deutete auf den Helm unter seinem Arm. »Man muß nicht hellsichtig sein, um dich zu erkennen. Was führt dich in mein Haus?«

»Der Tod. Ich suche Trost in den Armen einer Frau, bevor der ewige Schlaf nach mir greift.«

Ianassa fuhr sich in fahriger Geste über das Gesicht, als wollte sie den Schleier ablegen. Ihre Pupillen weiteten sich, so daß ihre Augen schwarz wie die Nacht wurden. »Du sprichst wahr, Lorenco. Mir scheint, der Tod wird wegen einer Frau zu dir kommen. Doch nicht in dieser Nacht.«

Sie nahm ihn bei der Hand, führte ihn durch die verhangene Tür und dann eine schmale, gewundene Treppe hinab in ein weites Gewölbe. Hier gab es ein großes Becken mit kristallklarem Wasser. Die Wände waren mit wundersamen Bildern bemalt, und in Nischen brannten Öllampen hinter grünem Glas.

Der Ritter hatte das Gefühl, als streife ihn ein kalter Luftzug. Die feinen Härchen in seinem Nacken stellten sich auf. Ianassa trat dicht an ihn heran und löste mit geschickten Fingern die Riemen seiner Rüstung.

»Vertraue mir. In dieser Nacht wirst du finden, was du suchst.«

»Ich bin ...«

Sie legte einen Finger auf seine Lippen. »Du mußt dich nicht erklären. Ich habe dich erwählt. Hättest du mir nicht gefallen, hättest du diesen Ort verlassen vorgefunden.«

Sein Panzer fiel zu Boden, und Lorenco wurde sich peinlich bewußt, daß seine Tunika schweißnaß am Körper klebte. Er bückte sich und streifte die Stiefel ab.

Als er wieder aufblickte, löste Ianassa die Fibel, die ihr Gewand hielt. Der zarte grüne Stoff glitt zu Boden. Sie war schlank, fast knabenhaft, und ihre Haut war von ungewöhnlicher Blässe. Ianassa hob den Schleier. Sie hatte hohe Wangenknochen und Augen wie Mandeln, von der Farbe des Meeres an einem Regentag. Gelocktes aschblondes Haar fiel ihr in üppigen Strähnen über die Brüste und den Rücken.

»Gefalle ich dir?«

Lorencos Mund war trocken. All die Komplimente, die ihm sonst so leicht von den Lippen gingen, waren wie Staub. Ianassa war von fremdartiger Schönheit. Sie entsprach keinesfalls seinem Ideal, und doch strahlte sie eine Sinnlichkeit aus, die ihn trunken machte und seiner Sprache beraubte. So nickte er nur.

Sie deutete auf das Becken. »Ich liebe das Wasser.«

Lorenco zögerte. Er dachte an den Fluß, an die Leichen.

»Das Wasser kommt aus einer Quelle tief im Fels«, beruhigte sie ihn und stieg in das Becken.

Erst jetzt wurde Lorenco klar, daß es in dem Gewölbe kein Lager gab. Nichts, worauf er Ianassa hätte betten können, um sich mit ihr dem Spiel der Liebe hinzugeben.

Entschlossen streifte er die Tunika ab und warf sich mit kühnem Sprung ins Wasser. Warm und doch erfrischend umfing ihn das Naß. Es erregte ihn.

Plötzlich wurde er von hinten umarmt. »Du hast viele Narben, mein Ritter.« Ianassas schlanke Hände tasteten über seine Brust. Ihre Berührung ließ ihn erschauern. Sie zog ihn unter Wasser, und sie rangen im Scherz wie spielende Kinder.

Lorenco wunderte sich, wie stark Ianassa war. Sie war ihm

durchaus gewachsen, und sie zu halten war so schwer, wie mit bloßer Hand einen Fisch zu fangen.

Das Gewölbe hallte wider von ihrem ausgelassenen Lachen. Wellen schlugen über den Rand des großen Beckens. Wasser und Hände waren wie eins, um seinen Körper zu liebkosen.

Der schwere Duft des Weihrauchs machte ihn benommen. Ihr Spiel wurde langsamer, sinnlicher. Ianassa schlang die Beine um seine Hüften.

Sie beide schienen zu schweben. Die Lippen der Dirne raubten Lorenco den Atem. Er gab sich hin, ließ sich sinken und begehrte nicht auf, als sich das Wasser über ihnen schloß.

Feuer und Flamme für dieses Reich

Feldlager des Imperators, am Tag des Festes der Kronen, im 243. Jahr des Imperiums

Sarmantha, Sarmantha!

Heute war Sarmanthas Tag. Wer ihre schmale Gestalt mit eigenen Augen sah, mußte zwangsläufig zu dieser Ansicht gelangen. Sarmantha leuchtete! Die Entbehrungen der vergangenen Monde, der ständige Mangel an Schlaf, die Not und der Kummer waren ihr zwar noch immer anzusehen, doch sie hatten die Macht über sie verloren. Sie drückten sie nicht länger nieder. Selbst die leichte Traurigkeit, die stets Sarmanthas Begleiterin war, schien nicht mehr ganz so gegenwärtig zu sein wie sonst.

Manchmal wünschte sich Eleta, eine Dichterin zu sein, und sei es nur, um einen Augenblick wie den gegenwärtigen festzuhalten. Denn morgen, in einem Jahr und solange die Zukunft reichte, würde dieser Tag ansonsten nur noch eines sein, nämlich der, an dem das fleischgewordene Unrecht seine Macht verloren hatte und der Kaiser, der beanspruchte, ein Gott zu sein, gestürzt worden war.

Wie aber würde, wie *sollte* eine Dichterin diesen Augenblick schildern? Etwa so: Sarmantha, die das Wort unseres Gottes verkündet, schreitet über das Schlachtfeld, doch unter ihren Füßen wird es zu einer Wiese. Es ist kein Feld des Todes mehr, sondern eines, auf dem bald lange Halme wogen werden, deren Frucht Hoffnung heißt. Sarmanthas langes braunes Haar flattert im Wind. Wie stets umgibt sie die Schar ihrer Schüler und Gefährten: Kelomachos, Caetulus, Andrimedea, die kleine Ruta und die große, Glauca, Urbald, Wutbranth und all die anderen, ein gutes Dutzend. Lachend eilen sie neben und hinter ihr her, als wäre sie ihrer aller Mutter. Das ist sie auch in mancherlei Sinn. Sie ist die Löwenmutter!

Eleta schüttelte den Kopf. Dieser Vergleich war ungünstig. Auch wenn Sarmantha mit ihren knapp vierzig Jahren fast doppelt so alt war wie die meisten, mit denen sie sich umgab, so wurde sie nicht gern an den Altersunterschied erinnert. Eigentlich war sie von ihrer ganzen Erscheinung her alles andere als das, was man sich gemeinhin unter mütterlich vorstellte. Sarmantha war schmal, dünn, ein wenig knochig, weder breit in den Hüften noch üppig. Dichterische Freiheit, dichterische Lüge! Genaugenommen schritten Sarmantha und ihr Anhang auch längst nicht mehr über das Schlachtfeld, sondern durch das Feldlager der geschlagenen Kaiserlichen, zwischen langen Reihen kleiner und großer Zelte hindurch und vorbei an siegestrunkenen Leomannen und ungezählten Gefangenen.

Eleta seufzte. Sie war eben keine Dichterin. Noch nicht. Doch wenn sich das Reich Gottes erst einmal über alle Länder erstreckte, dann fände sie vielleicht einen Lehrer, der ihr beibrächte, die richtigen Worte zu finden und Reime zu schmieden. So lange mußte sie sich eben einprägen, was sie sah, hörte und empfand.

»Träumst du, Eleta?« fragte Sarmantha und streckte die Hand nach ihr aus.

»Ja«, gab Eleta lachend zu und drängte sich an Kelomachos und Caetulus vorbei, um an ihre Seite zu gelangen. Sarmantha legte ihr den Arm um die Schultern und wischte ihr mit der freien Hand eine Strähne aus dem Gesicht. »Freust du dich auf heute abend? Es wird ein großes Siegesfest geben.«

»Die Schlacht ist noch nicht zu Ende.«

»Aber fast, Eleta, fast. Wer sich nicht ergeben hat, der flieht. Unsere Krieger verfolgen die Kaiserlichen noch eine Weile, damit sie nicht so bald stehen bleiben. Da geschieht jedoch nicht mehr viel. Sie werden bald zurück sein. Nun aber erzähl, wovon du geträumt hast. Hast du ein Auge auf jemanden geworfen?«

Eleta schüttelte den Kopf.

»Ehrlich? Du verheimlichst mir nichts?« erwiderte Sarmantha und blickte sie forschend an. »Gewiß gibt es genügend hübsche Burschen, die dich gern umwerben würden.« Sie deutete auf eine Gruppe von Kriegern, die rund um ein eingestürztes Zelt herum einen Kreis gebildet hatten und sich singend in einem Stampftanz wiegten. »Schau sie dir an. Sind sie nicht prächtige Löwensöhne?«

»Ja«, antwortete Eleta leise. »Aber die meisten sind es ein wenig zu sehr.«

»Was meinst du damit?« entgegnete Sarmantha ebenfalls mit gesenkter Stimme.

»Sie riechen alle wie Kater.«

Sarmantha lachte laut. »Wir haben den Fluß erobert. Bestimmt wird sein Wasser den einen oder anderen auf den Gedanken bringen, daß man mehr damit machen könnte, als sein Pferd darin zu tränken oder mit einem Schiff darauf zu fahren.«

»Ich hoffe es. Und du, Sarmantha, freust du dich auf das Fest?«

»Sehr, aber ich werde ihm lieber fernbleiben und Schlaf nachholen. Darauf freue ich mich noch mehr.«

»Sarmantha will nicht mit uns feiern«, empörte sich Eleta. Sogleich begannen sich alle laut zu beschweren.

»Kommt nicht in Frage!« erklärte Kelomachos.

»Schändlicher Verrat!« beteuerte Caetulus.

»Sie mag uns nicht mehr«, jammerte Andrimedea.

Sarmantha hob hilflos die Hände. »Genug, genug! Ich füge mich, doch lange werde ich nicht bleiben.«

»Wohin geht ihr?« rief Vergilia und kam schnellen Schritts herbei. Sie war eine oft etwas zu laute junge Frau, die sich vor ein paar Wochen dem Troß des Gottesheeres angeschlossen hatte. Damals hatte sie sich auf der Flucht befunden. Sie stammte aus einem Dörfchen im Königreich Pentarosae und war die einzige Überlebende einer Gemeinschaft von Aionarsgläubigen, die an die dortige Obrigkeit verraten und gemäß dem vorgeschriebenen Verfahren abgeschlachtet worden war.

»Komm mit! Wir wollen zum Zeltwagen des Imperators«, lud Sarmantha sie ein. Im Nu verschwand aller Frohsinn aus Vergilias Augen. Sie sah aus, als wollte sie sich am liebsten verkriechen.

»Du mußt keine Angst haben«, versicherte ihr Eleta. »Rigorius und seine gesamte verderbte Sippschaft sind tot. Sie werden nie wieder befehlen können, daß jemand gehängt, gevierteilt, entbeint und ausgeweidet ...«

»Scht!« zischte Sarmantha und legte ihr den Finger auf die Lippen. »Laß uns heute nicht von Grausamkeit und Leid reden. Es ist ein Freudentag.«

Vergilia folgte ihnen trotz ihrer Furcht. Einen Grund, diesen Entschluß zu bedauern, erhielt sie kurz darauf, als Sarmanthas Schar an einer Gruppe Gefangener vorbeikam. Bewacht von bärtigen Kriegern, kauerten sie in der prallen Sonne. Das einzige Kleidungsstück, das man ihnen belassen hatte, waren die eisernen und goldenen Maskenhelme. Mit den metallenen Köpfen auf den nackten Schultern wirkten sie wie menschenfressende Ungeheuer. Vergilia schrie auf, als sie die Gefangenen erblickte. Kelomachos nahm sie schützend in den Arm.

»Die Adelsgarde«, murmelte er und spuckte nach den Gefangenen. »Nichtstuer und Schinder. Allesamt Sprößlinge von Fürsten und Königen.«

Eleta nickte unwillkürlich. Das wußte jeder: Der einzige Sinn der Adelsgarde war es, verwöhnte Prinzchen zu erbarmungslosen Herrschern und gefügigen Handlangern ihres Gottkaisers zu erziehen. Wiederholt hatte sie gehört, daß die Adelsgardisten den Reiterkampf mit unbewaffneten Gefangenen und überführten Aionarsgläubigen einübten. Eleta war froh, als sie ihr aus den Augen waren.

Überall wurde geplündert. Lachende Leomannen trugen aus den Zelten Amphoren oder Dinge, mit denen sie nicht viel anzufangen wußten. Sie alberten mit Chitons, Rückenkratzern, Badschabern und langzinkigen Schmuckkämmen herum. Plötzlich scherte Sarmantha aus und hielt auf eine Gruppe Gefangener zu, schmutzige, blutverkrustete Jammergestalten, deren Hälse durch ein Seil miteinander verbunden waren und die ziemlich grob von ihren Bewachern vorwärtsgetrieben wurden.

»Etwas mehr Nachsicht«, verlangte sie. »Die da sind nicht unsere Feinde.«

Einer der Bewacher wandte sich zu ihr um. »Was willst du, dürres Weib? Selbstverständlich sind sie das.«

Eleta wunderte sich über das Geräusch, das gleichzeitig hinter, links und rechts von ihr ertönte. Aha, dachte sie. So hörte es sich also an, wenn fünfzehn Menschen gleichzeitig die Luft ausstießen!

Eleta blickte von Sarmantha, die nun aussah, als hätte sie einen Speer verschluckt, zu ihrem Gegenüber, einem bulligen Kerl. Er war mehr als einen Kopf größer als sie und, wie bei den Leomannen üblich, nur mit Hüftrock und Schärpe bekleidet.

»Wie heißt du?« fragte ihn Sarmantha.

Der Krieger stemmte lässig eine Hand in die Hüfte und antwortete: »Man nennt mich Hrodleip den Langen. Aber nicht, weil ich so groß bin.« Er grinste anzüglich.

Jeder, der ihn hören konnte, lachte dröhnend, selbst einige Gefangene, die sich hiervon vielleicht eine bessere Behandlung versprachen.

Als wieder Ruhe eingekehrt war, antwortete Sarmantha: »Ich heiße Sarmantha.«

Hrodleip hörte auf zu grinsen und sah sie mißtrauisch an: »*Die* Sarmantha?«

»Ich weiß nicht, wen du mit *die* meinst. Allemal bin ich *eine* Sarmantha, mit der du keinen Streit haben willst, Hrodleip.«

Eleta hörte Andrimedea leise kichern. Verständlich, dachte sie. Diesen Ausspruch hatte Sarmantha nicht zum erstenmal getan. Auch der kühne Löwenkrieger verwandelte sich vor ihr sogleich in ein schüchternes Kätzchen.

»Wie ich sagte, sind sie nicht unsere Feinde«, belehrte Sarmantha den Krieger. »Man hat sie gezwungen, gegen uns zu kämpfen. Sie wissen nicht einmal, warum. Wahrscheinlich haben ihnen die Adligen vorgelogen, du, Hrodleip, seist ein Menschenfresser, der in seiner Brunst nicht einmal seine Schwestern und Töchter verschont. So wie es ihr Imperator hält.«

Sie hob die Stimme, damit sie nicht nur von den Umstehenden gehört wurde: »Ich sage nicht, daß ihr die Gefangenen gleich in euer Herz schließen sollt. Doch vergeßt nicht, warum wir diesen Krieg führen. Wir führen ihn in Aionars Namen, um ihnen sein Wohlwollen zu bringen und ihre Unterdrücker wegzufegen. Sie sind unsere geblendeten Brüder und Schwestern. Lehrt sie zu sehen!«

Danach gab Sarmantha das Zeichen zum Weitergehen. Ein Krieger, der sie sprechen gehört hatte, schloß sich ihrem Haufen an und drängte sich vor, bis er neben ihr ging. Seine Kleidung war steif von getrocknetem Blut. Ihr Schnitt verriet, daß ihr Träger gestern noch zum Heer des Imperators gehört hatte. Offenbar war der Mann ein Angehöriger der übergelaufenen Leomannengarde.

»Man sagt, du habest Aionar gesehen«, hob er an. »Wie sieht er aus?«

Erneut hielt Sarmantha inne. Sie musterte den Krieger: »Wie die Gerechtigkeit.«

Der Mann starrte sie unschlüssig an, als wartete er auf mehr.

»Weißt du, wie die Gerechtigkeit aussieht?«

»Nun …«, stammelte der Krieger verwirrt.

»Du weißt es nicht«, schnitt ihm Sarmantha das Wort ab. »Du weißt vielleicht, wie gerechte Verhältnisse aussehen, doch womöglich nicht einmal das. Sagen wir: Du weißt, wie ungerechte Verhältnisse aussehen, und hast Vorstellungen davon, was sich ändern müßte, damit es gerechter zuginge. Doch wenn du Aionar erblickst, so weißt du, wie die Gerechtigkeit selbst aussieht.«

Ihr Gegenüber wirkte nicht allzu glücklich. »Er soll zornig sein«, versuchte er es aufs neue.

Sarmantha lächelte: »Weißt du, wie es ist, wenn jemand zornig ist?«

»Natürlich«, seufzte der Krieger und erweckte den Anschein, als erwartete er eine weitere unverständliche Ausführung.

»Natürlich«, stimmte Sarmantha zu. »Wer wüßte das nicht? So wie jemand, der brüllt, daß dir die Ohren klingen. Man versteht kaum, was er sagt. Beim Schreien versprüht er Speichel. Sein Gesicht ist dunkelrot, vielleicht treten die Adern an Hals und Schläfe hervor. Er ballt die Fäuste und stampft womöglich auf. Da denkt man: Ich möchte nicht in den Schuhen dessen stecken, auf den er zornig ist. Manchmal auch: Hoffentlich wird er nie auf mich zornig sein! Und wenn der Ausbruch zu Ende ist, so dröhnen dir noch immer die Ohren, aber du bist froh, daß alles überstanden ist. Das kennst du doch?«

»Ja, das kenne ich«, entgegnete der Krieger erleichtert.

»Bei Aionar ist es aber ganz anders«, sagte Sarmantha geschwind. »Sein Zorn ist gewaltig, doch du denkst nie: Ich möchte nicht in den Schuhen dessen stecken, dem der Zorn gilt. Denn du weißt, daß jener Aionars Zorn verdient hat. Du kommst auch niemals auf den Gedanken: ›Hoffentlich ist er nie auf mich wütend‹, denn du weißt mit jeder Faser, daß dieser Zorn nicht das Geringste mit dir zu tun hat. Weißt du nun, wie er aussieht?«

»Meine Frage war dumm«, erwiderte der Krieger.

»Warum?«

Der Mann sah sie verdutzt an. Urplötzlich leuchteten seine Augen: »Weil man ihn nicht sieht! Ich will sagen: Es gibt keinen Unterschied; Aionar zu sehen und ihn zu erleben ist dasselbe! Man kann es nicht voneinander trennen.«

»Auf den Kopf gefallen bist du nicht«, lobte ihn Sarmantha. »Nun führe uns zum Dormon!«

Der Krieger gehorchte, schwieg aber auf dem weiteren Weg. Er war sichtlich damit beschäftigt, das, was er gehört hatte, zu verstehen. Am Ziel verabschiedete er sich wortkarg.

An der Stätte, wo die kaiserliche Familie erschlagen worden war, war erbittert gefochten worden. Zelte waren umgestürzt, allenthalben lagen Tote. Die Leomannengarde hatte teuer für den Kaisermord bezahlt. Gerade erst hatte man damit begonnen, die Leichen von Freund und Feind voneinander zu trennen.

»Haben sie sich im Blut gewälzt?« flüsterte Vergilia angesichts der überlebenden Gardisten, deren Gewänder ähnlich blutgetränkt waren wie das ihres Führers. Der Anblick war auffällig.

»Gut möglich«, gab jemand zurück.

»Das ist widerlich!« stieß Vergilia aus.

»Eher abergläubisch«, brummte Kelomachos. »Wahrscheinlich wollen sie sich vor dem bösen Geist des Imperators schützen. Sie denken, daß er sich nicht gegen sein eigenes Blut wenden wird. Also wälzen sie sich im Blut seiner Familie.«

»So groß ist die Familie gar nicht, daß es für alle gereicht haben könnte«, warf Andrimedea ein.

Kelomachos zuckte mit den Schultern. »Wahrscheinlich mußten ein paar Pferde oder Zugochsen einspringen.«

Im Mittelpunkt der Kampfesstätte stand das Dormon des Imperators. Es war das größte Gefährt, das Eleta je erblickt hatte, und maß rund sieben Schritt im Geviert. Sein wichtigster Bestandteil war eine hölzerne Plattform mit Rädern. Gegenwärtig waren sie nicht zu sehen, da sie hinter vergoldeten Blenden verborgen waren, solange der Zeltwagen stand. Auch die langen Deichseln für die rund vierzig Zugochsen waren abmontiert und unter dem Gefährt verstaut worden. Die Plattform war mit den Symbolen der drei Kaiserreiche bemalt, aus denen das Imperium bestand – dem Adler, den Stoßzähnen und den Rosen –, und mit Schnitzereien geschmückt. Ranken wandten sich an Stangen aufwärts, winzige Vögel und Äffchen saßen darauf. Ein zierliches

Geländer aus Rosenholz führte um die Plattform herum. Es war an etlichen Stellen zertrümmert.

Auf der Plattform erhob sich ein scharlachrotes Zelt. Mit Edelsteinen geschmückte Stangen und goldene Kordeln machten die Frage nach seinem Bewohner überflüssig. Wachen standen davor. Sarmantha trat zu ihrem Anführer, den Eleta als Gultger kannte. Er kam sogleich zur Sache: »Wir haben nur zwei Kronen gefunden, Verkünderin. Die Krone des Nordens fehlt.«

»Vielleicht hat sie jemand gestohlen?«

»Ich glaube nicht. Wir fanden kein Behältnis, in dem sie aufbewahrt worden sein könnte.«

Sarmantha nickte. »Veranlasse, daß die Lakaien befragt werden.« Sie deutete auf das Zelt: »Wer ist dort drin?«

»Alle«, antwortete Gultger.

»Ich will sie sehen. Eleta, Kelomachos, ihr kommt mit! Vergilia, willst du die Schuldigen am Tod deiner Eltern, Geschwister und Freunde sehen?«

Die junge Frau biß die Zähne zusammen.

»Keine Angst«, raunte Eleta und nahm sie an der Hand. Gultger ging voran.

Das Licht, das durch die Zeltwand drang, färbte alles im Innern rot. Dadurch sahen die rund fünfzig Leichen der Herrscherfamilie nicht ganz so blaß aus. So, wie sie gefunden worden waren, hatte man sie hereingetragen und aufeinandergeworfen. Vergilia gab bei dem Anblick einen erstickten Laut von sich und sagte erschüttert: »Ich wünschte ihren Tod aus ganzem Herzen, aber jetzt ...«

»Sie tun dir leid«, antwortete Sarmantha, die die Toten einzeln besah. »Das ist menschlich, Vergilia. Vor allem, wenn sie jung und hübsch sind, erscheint ihr Los ungerecht. Man vergißt darüber leicht, wieviel schmutzige, nicht halb so hübsche Kinder verhungern mußten, damit der Imperator und seine Sippschaft im Überfluß schwelgen konnten.«

Sie deutete auf ein junges Mädchen, dessen weit geöffnete grüne Augen ins Leere starrten. Auch im Tod sah sie noch schön aus; ihr durchstochener Leib änderte daran nichts.

»Schau sie dir an«, forderte Sarmantha Vergilia auf. »Die Tochter und Gespielin des Imperators. Sie war lebenslustig und liebte es, jungen Männern den Kopf zu verdrehen.«

Sarmantha schwieg einige Augenblicke. Wer sie kannte, wußte, daß sie noch nicht alles gesagt hatte.

»Was ist daran schlimm?« fragte Eleta schließlich.

»Der Imperator mochte es nicht«, sprach Sarmantha weiter. »Er ließ die jungen Männer umbringen. Das hübsche Kindchen wußte das, aber es war ihm einerlei.« Sie wandte sich an Gultger: »Sie sollen gesäubert und in einfache Gewänder gekleidet werden ... Was *wir* unter einfach verstehen. Dann werden sie ausgestellt. Jeder soll sehen, daß sie tot sind. Unsere Krieger, aber auch die Gefangenen. Wachen sollen dafür sorgen, daß sich niemand an ihnen vergreift. Spucken ist erlaubt. Zur Linken und Rechten bahrt ihr Tote von uns und den Kaiserlichen auf. Einfache Soldaten nur. Niemand soll vergessen, wer ihretwegen sterben mußte.«

Erwachen!

Nahe dem Ufer des Arkos,
am selben Morgen

Ferner Glockenklang drang gedämpft in das Bewußtsein des Ritters. Lorenco blinzelte. Sein Kopf war schwer vom Weihrauchduft. Tastend glitt seine Hand über den Boden. Er lag auf kaltem Marmor. Der matte Schein der Öllampen stach in seine verklebten Augen.

Seine Finger ertasteten fein gegerbtes Leder und ein langhaariges Fell. Die Bilder der vergangenen Nacht hielten ihn noch gefangen. Die Erinnerung an die Ekstase.

»Ianassa?« Seine Stimme hallte von den Wänden des Gewölbes wider. Der Ritter stemmte sich auf die Ellbogen. Neben ihm lag eine feine Haut. Blasses Leder, gekrönt von langem aschblondem Haar.

Lorenco starrte einige Herzschläge vor sich hin, bis er begriff, was dort auf dem Marmor lag. Ianassas Haut, sauber abgezogen und noch mit dem Haar verbunden. Der Schreck tilgte den Weihrauchrausch. Lorenco fühlte sich wie in eisiges Wasser getaucht. Das Geräusch des Glockenklangs änderte sich. Mit einemmal war es das scharfe Klirren aufeinanderschlagender Schwerter.

Etwas Warmes streifte die Wange des Ritters. Von einem Riß in der gewölbten Decke tropfte Blut.

Mit einem Satz war der Krieger bei seinem Schwert. Die blanke Waffe in der Hand, stürzte er die Treppe hinauf, zerteilte den schweren grünen Vorhang und fand Laikos im Kampf mit zwei Leomannen. Die Männer waren fast nackt und hatten sich mit gelber und weißer Farbe beschmiert. Der kleinere der beiden trug eine Kette aus Löwenzähnen um den Hals und hatte einen Schurz aus fleckigem Leder um die Hüften geschlungen. Ein dritter Barbarenkrieger lag niedergestreckt neben der kleinen Frau, die Laikos vergangene Nacht für sich erwählt hatte. Sie preßte sich die Hände auf den Bauch. Dunkles, zähflüssiges Blut quoll zwischen ihren Finger hervor und versickerte in einem Spalt in den Marmorplatten. Sie hob den Kopf und blickte zu Lorenco auf. Ihr Gesicht war bleich wie eine Totenmaske.

Mit einem wütenden Schrei stürzte sich der Erste Ritter auf die Krieger. Der Jüngere der beiden, eine Hüne von fast zwei Schritt Größe, wollte erschrocken zurückweichen, als ihn Laikos' Schwert unter der Achsel traf.

In blindem Zorn wandte sich Lorenco gegen den letzten Gegner, den stiernackigen Kerl mit der Kette. Geschickt wehrte der Wilde sich gegen die Hiebe, die wie Hagelschlag auf ihn niederprasselten. Schritt um Schritt trieb Lorenco den Leomannen zurück.

Der Mann schrie etwas in der Sprache der Savanne, als sein unförmiges Schwert über dem Heft zerbrach. Lorencos Klinge traf ihn zwischen Schulter und Hals. Der Stahl zerteilte das

Fleisch. Ein Ruck riß dem Ersten Ritter fast die Waffe aus der Hand, als mehrere Rippen unter der Wucht des Treffers splitterten. Der sterbende Leomanne sackte in sich zusammen.

Lorenco setzte einen Fuß auf die Brust des Barbaren und befreite seine Klinge. Die schwarze Galle hatte den Ritter übermannt. Wieder und wieder schlug er auf den Gegner ein, bis die beschwörende Stimme von Laikos ihn in die Wirklichkeit zurückholte. »Er ist tot. Es ist vorbei.«

»Ianassa ...« Lorenco begann am ganzen Körper zu zittern. Nach solchen Wutanfällen war er stets zu Tode erschöpft. »Sie sind gekommen, als wir geschlafen haben. Sie ... sie haben sie gehäutet ... Ich habe daneben gelegen und ... und nichts bemerkt. Sie ist sauber gehäutet ... Da war kein Blut! Was ...« Die Stimme versagte ihm. Er blickte zu der verletzten Frau hinüber. Sie lag reglos da.

»Hast du die Leiche gesehen?« fragte der ältere Ritter mißtrauisch.

»Ich sagte doch ... die Haut ... Sie haben sie gehäutet!«

»Und außer der Haut – wo war ihr Leib? Warum hast du nicht gehört, wie man sie tötete?«

Lorenco sah seinen Gefährten fassungslos an. Was fragte er da? »Ich war betäubt vom Weihrauch ... Ich ...« Er stutzte. Laikos hatte recht. Da war nur die Haut gewesen, keine Leiche. »Ihren Körper habe ich nicht gesehen.«

Laikos schlug das Zeichen des schützenden Halbmonds. »Laß uns von hier verschwinden!«

»Was ist los?«

»Begreifst du es wirklich nicht?« fauchte er gereizt. »Kennst du die Geschichten nicht? Von den Geschöpfen, die sich die Haut eines Menschen überstreifen, um uns zu täuschen? Ich weiß nicht, wem du gestern gefolgt bist und was in der Nacht geschehen ist. Ich weiß nur eins: Eine Sterbliche war Ianassa nicht! Bete zu den Göttern, Lorenco! Bete zu den Göttern. Es ist kein gutes Omen, die Aufmerksamkeit dieser Geschöpfe geweckt zu haben. Du mußt ...«

Hufschlag ließ den Boden erbeben. Dicht über die Mähne des Grauen geduckt, preschte Rufus den Säulengang hinab und führte die anderen beiden Pferde an langen Zügeln mit sich.

»Leomannen! Sie sind überall!« Er riß den Grauen herum, daß die Hufeisen Funken schlugen. »Schnell, Herr. Alles ist verloren. Die Barbaren ... sie sind überall. Es heißt, die Leibwache habe den Imperator und seine ganze Familie ermordet! Die Leomannen kommen zu Tausenden auf Schilfbündeln den Arkos hinabgeritten. Unser Heer ist in Auflösung begriffen. Es ist alles verloren!«

»Laikos, rüste dich!« befahl Lorenco, erleichtert, nicht länger über Ianassa nachdenken zu müssen. Er war Ritter und Heerführer und war es gewohnt, einen kühlen Kopf zu bewahren – solange ihn nicht die schwarze Galle übermannte. Doch das geschah nur im Kampf Mann gegen Mann.

Was Rufus berichtete, konnte nicht wahr sein! Selbst wenn es den Leomannen gelungen sein sollte, dem Heer mit ein paar tausend Kriegern in den Rücken zu fallen, war gewiß nichts verloren. Die Truppen des Imperiums waren vorbildlich und diszipliniert. Die Soldaten würden sich vom Schock des überraschenden Angriffs erholen, wenn sie nur richtig geführt wurden.

Entschlossen eilte Lorenco in das Gewölbe hinab und legte seine Rüstung an. Bevor er den Maskenhelm aufgesetzt hatte, blickte er noch einmal nach der Haut. Er entdeckte keinen einzigen Schnitt darin. Hatte Laikos recht? Oder war hier finstere Leomannenmagie am Werk? Der Ritter konnte sich nicht vorstellen, daß Ianassa ein Fabelwesen war. Sie war so ... Nein! Sie hatte ihn gewiß nicht getäuscht. Lorenco streifte seinen Siegelring ab und legte ihn als letzte Gabe für ihre Reise ins Jenseits auf den Rand des Beckens. Der Ring war aus rotem Gold gefertigt, in das ein Türkis eingelegt war, der einen Delphin zeigte – das Wappentier der Nardes Odera. »Du wirst gerächt sein, Ianassa!« flüsterte er leise und lief zur Treppe zurück.

Wieder bei seinen Gefährten, stieg der Erste Ritter in den Sattel. Eilig verließen sie den langen Säulengang. In das Ruinenfeld waren keine weiteren Plünderer eingedrungen, versprachen die Flußschiffe am Ufer doch ungleich reichere Beute.

Hinter dem wuchtigen Sockel eines Tetrapylons verharrten die drei Reiter. Von hier aus hatte man eine gute Sicht auf das Heerlager an der Hügelflanke. Schon auf den ersten Blick begriff Lorenco, daß Rufus nicht übertrieben hatte. Das Heer war verloren. Ganze Einheiten streckten kampflos die Waffen, und rings um das Dormon standen Feldzeichen mit Antilopenhörnern und Löwenfellen aufgerichtet. Allein das mußte reichen, um die Moral der Mehrzahl der Truppen zu brechen.

Lorenco beobachtete, wie eine der Flußgaleeren aus den großen Zelten unter dem Hügelkamm geschoben wurde. Die Ruderer hatten über Nacht ihren Einsatz vorbereitet. Das schlanke, mehr als zwanzig Schritt lange Schiff war auf zwei hochrädrige Wagen verladen worden. So hätte es schnell zum Fluß geschafft werden können, wenn der Imperator den Gegenangriff befohlen hätte. Doch jetzt war das Schiff von Leomannen umringt, die Fackeln darauf schleuderten. Als hätten die Wilden den Rumpf mit Öl getränkt, brannte die Galeere lichterloh. Unter Gejohle ließen sie sie den Hügel hinabrollen. Schon brach das erste der übermannsgroßen Karrenräder; wie von der Faust eines Riesen getroffen, wurde das Gefährt herumgeworfen. Die Halteseile der Galeere rissen. Sich seitlich überschlagend, rollte sie den Hügel hinab. Mit zerschmettertem Rumpf stürzte sie schließlich mitten ins Lager der Hilfstruppen aus Kurjameos. Die Elefanten gerieten in Panik und zerrten an ihren schweren Fußfesseln. Drei der grauen Kolosse wurden unter den brennenden Trümmern des Schiffsrumpfs begraben. Einigen Elefanten gelang es, ihre Fesseln zu sprengen. Sie stoben auseinander und trampelten nieder, was ihnen in den Weg geriet.

Laikos und Rufus warteten mit gezogenen Schwertern auf einen Befehl. In dieser Schlacht zu kämpfen schien sinnlos. Selbst wenn es ihnen gelingen sollte, einen Teil der fliehenden und verwirrten Truppen wieder zu sammeln, dieser Tag war verloren!

Lorenco blickte zum scharlachroten Dormon, das sich wie eine blutende Wunde gegen den hellblauen Himmel abzeichnete.

»Wer hat gesagt, daß die kaiserliche Familie ermordet wurde?« fragte er leise.

»Ein Mann, der die goldbestickte Tunika eines Leibdieners trug«, brachte Rufus stockend hervor. »Er sagte, er sei einer der Vorkoster von Prinzessin Cassandra gewesen. Sie haben sie geschlachtet wie Vieh.«

Lorencos Hand senkte sich auf den Schwertknauf. Er hätte in dieser Nacht bei der Adelsgarde sein sollen. Hätte er ein wenig früher eine Botschaft erhalten, dann wäre die Katastrophe vielleicht zu verhindern gewesen. Er mußte einen klaren Kopf behalten! Selbst wenn nicht die ganze Familie ermordet war, so war es unmöglich, dort hinzugelangen und jemanden zu befreien.

»Prinz Nicandrius und Prinzessin Genia ... wir müssen sie warnen! Solange die kaiserliche Blutlinie nicht ganz versiegt ist, besteht noch Hoffnung für das Reich. Wir müssen die beiden retten!«

Laikos sah ihn verblüfft an. »Nicandrius ist sterbenskrank, und von Genia heißt es, sie sei romantisch und weltfremd. Wie sollten sie je das Reich regieren?«

»Indem sie treue Berater an ihrer Seite haben«, entgegnete Lorenco entschieden. »Nur einem Sproß des Imperators werden die Könige und Fürsten des Imperiums folgen. Dem Blut des Gottkaisers beugen sie sich, aber gewiß niemand Geringerem. Wenn es nicht gelingt, die Erben zu retten, dann ist am heutigen Tag bei Duros Xenthos das Imperium zerbrochen.« Lorenco zog die Zügel herum. »Wir müssen durch den Arkos schwimmen und uns dann nach Norden durchschlagen.«

»Wir sollen fliehen?« fragte Laikos ungläubig.

»Erinnerst du dich an den Tag, als du vom Kaiser vereidigt wurdest? Wir haben geschworen, dem Imperium zu dienen. Wenn wir leben und Nicandrius und Genia vor den Barbaren erretten, dann erweisen wir dem Reich einen besseren Dienst, als wenn wir in den Kampf reiten und vielleicht ein Dutzend Feinde erschlagen, bevor wir selbst hingemetzelt werden.«

Lorenco gab seiner Stute die Sporen. Tausende versuchten den Hügel hinab zum Arkos zu flüchten, doch am Fluß erwartete sie eine Mauer aus Feuer. Die Leomannen hatten die Schiffe am Ufer in Brand gesetzt. Dichter Qualm trieb ihnen entgegen. Aus dem Rauch heraus schossen Bogenschützen und Schleuderer nach den Flüchtlingen. Überall lagen Tote und Sterbende, während die Masse zwischen den Flammen und den Truppen der Savannenkrieger, die inzwischen den Hügelkamm besetzt hielten, hin und her wogte. Vereinzelt versuchten Offiziere die Fliehenden aufzuhalten und zur Ordnung zu bringen, doch sie wurden in der Panik von ihren eigenen Männern niedergemacht.

Ohne Rücksicht trieb Lorenco sein schweres Schlachtroß durch die Reihen der Soldaten. An seiner Seite war Rufus, der mit der Reitgerte losdrosch, um sich Platz zu verschaffen und dabei in allen Zungen des Imperiums fluchte. Ein Stück hinter ihnen folgte Laikos.

Plötzlich war die Luft voller Pfeile. Eine Gruppe von gut dreißig Kriegern kam aus dem Rauch an den Kais gelaufen. Es waren langhaarige Männer, mit Lederschurzen bekleidet. Stilisierte Löwenfratzen schmückten ihre Schilde. Einige trugen sogar gehörnte Masken, die sie wie Ungeheuer aussehen ließen.

Ihr Anführer deutete auf Lorenco und brüllte etwas. Der Erste Ritter warf sich nach vorn und krallte die Hände in die Mähne seiner Stute, um nicht aus dem Gleichgewicht zu geraten. Ein Wurfspeer mit breitem Blatt verfehlte ihn nur knapp. Er trieb die Stute voran. Mit einem Schwerthieb drosch er einen der leichten Lederschilde zur Seite und schlug in fließender Bewegung mit einem Rückhandschlag einen Schädel ein.

Lorencos Helm hallte wie eine Glocke, als ein Schleuderstein von ihm abprallte. Jetzt war Laikos an seiner Seite. Einander Deckung gebend, brachen sie durch die Reihe der Leomannen und trieben die Pferde den Kai entlang.

Immer neue Krieger tauchten aus dem Rauch auf. Pfeile umschwirrten die Flüchtlinge wie wütende Hornissen. Lorenco wußte: Sobald das erste Pferd strauchelte, wäre ihre Flucht vereitelt. Der Rauch trieb ihm Tränen in die Augen. Sie mußten in den Fluß!

Die Pferde scheuten vor den brennenden Schiffen. Lorenco hieb der Stute die Sporen in die Flanken. Das große Tier tat erschrocken einen Satz, dann rutschte es vom steinernen Kai. Die schmutzigen Fluten schlugen über Lorenco zusammen. Als sie wieder auftauchten, spuckte der Ritter prustend Wasser. Die Stute wieherte schrill. Funken prasselten auf sie nieder.

Keuchend sah der Erste Ritter sich um. Auch Rufus hatte seine häßliche Mähre ins Wasser getrieben. Er fluchte lauthals und trieb das Tier an, schnell vom Kai wegzuschwimmen. Dort oben war Laikos. Sein Hengst bäumte sich auf. Die Vorderhufe trommelten auf einen bärtigen Krieger, der dem Pferd in die Zügel fallen wollte. Aus dem Gleichgewicht gekommen, kippten Roß und Reiter seitlich ins Wasser und streiften die Bordwand eines der Schiffe.

Bogenschützen erschienen auf der Kaimauer. Lorenco drängte sich vor Rufus, um den Reitknecht zu decken, der nur eine Tunika trug. Hier unten im Wasser waren sie dem Beschuß wehrlos ausgesetzt. Laikos war im trüben Fluß verschwunden.

Die Pferde strampelten verzweifelt und gelangten langsam aus dem Bereich der brennenden Schiffe. Auf dem offenen Fluß patrouillierten einige Reitboote, die lediglich aus einem großen, mit Seilen verschnürten Schilfbündel bestanden. Jeweils zwei Leomannen saßen rittlings auf den primitiven Flußfahrzeugen. Einer trieb es mit einem kurzen Paddel voran, während der andere mit einem langen Speer Jagd auf Flüchtlinge machte, die durch den Fluß zu entkommen versuchten.

Einer der Krieger hatte Lorenco entdeckt und stieß einen gellenden Schrei aus. Mehrere Boote hielten nun auf den Ritter zu, der verzweifelt sein Pferd antrieb. Ein brennendes Schiff hatte sich aus seiner Vertäuung gelöst und trieb steuerlos in die Mitte des Flusses. Den meisten Verfolgern verlegte es den Weg. Doch eines der Boote war schon ganz nah.

Lorenco blickte über die Schulter. Der Mann, der vorn auf dem Schilfbündel kauerte, hatte einen langen rotblonden Bart. Siegessicher hob er den Speer. Der Stoß verfehlte den Ritter und traf die Stute in die Kruppe. Schrill wiehernd bäumte sie sich auf. Das Speerblatt war tief ins Fleisch eingedrungen.

Lorenco griff nach dem Schaft der Waffe und umklammerte ihn mit der Linken. Die Strömung hatte das Schilfbündelboot fast parallel zu ihm gebracht. Verzweifelt zerrte der Leomanne an der Waffe, als Lorenco mit dem Schwert nach ihm hieb. Ein breiter Schnitt klaffte im Hals den Kriegers, als er nach hinten sackte, selbst im Tod noch den Speerschaft umklammernd. Blanke Wut stand in den Augen des Mannes am Paddel. Er warf sich seitlich vom Boot in die Fluten, um außer Reichweite des Schwertes zu gelangen.

Die Kräfte der Stute erlahmten. Kaum schaffte sie es noch, den Kopf über Wasser zu halten. Ringsherum trieben Leichen. Immer mehr Flußschiffe lösten sich vom Kai und wurden von der Strömung erfaßt. Laikos und Rufus waren nirgends zu sehen.

Beruhigend redete der Ritter auf die Stute ein und strich ihr sanft durch die Mähne. Sie waren nun in der Mitte des Flusses und damit außer Reichweite der Bogenschützen.

Plötzlich griff etwas nach Lorencos Bein. Der Paddler! Er hielt einen Sicheldolch in der Rechten und versuchte den Ritter aus dem Sattel zu ziehen. Lorenco hieb mit dem Schwertknauf nach dem Kopf des Kriegers und verlor dabei das Gleichgewicht.

Ineinander verknäult versanken sie im Wasser. Im Ringkampf entglitt Lorenco das Schwert. Das Gewicht seiner Rüstung zog sie beide in die Tiefe. Der Ritter hielt das Handgelenk des Leomannen umklammert und bog es langsam zurück, während die Dolchspitze noch immer auf seine Brust zeigte. Lorencos Lungen begannen zu brennen. Immer stärker wurde der Wunsch einzuatmen. Er dachte an das Lächeln Cassandras. Sie war von diesen Barbaren ermordet worden! Und wieder übermannte schwarze

Galle den Ritter. Auch wenn dies die Stunde seines Todes war, diesen Mistkerl würde er noch mit sich nehmen! Mit einer wütenden Kraftanstrengung bog er das Handgelenk des Kriegers zurück und drückte ihm den Sicheldolch in die Brust.

Wie eine dunkle Wolke quoll Blut aus der Wunde. Der Leomanne grinste. Seine Finger hatten sich in Lorencos Wehrgehänge gekrallt. Verzweifelt versuchte der Ritter sich zu befreien, doch er wurde immer tiefer hinabgezogen. Ein dunkler Schiffsrumpf glitt über ihn hinweg.

Verzweifelt kämpfte Lorenco gegen das Ende an. Stumm flehte er zu Kymo, der Inselgebärerin und Schutzgöttin seiner Familie. Seine Lungen schienen mit flüssiger Glut gefüllt. Ein Atemzug, und das Wasser des Arkos würde diesen Brand auf immer löschen.

Da schob sich etwas mit sanfter Kraft unter den Leib des Ritters. Im trüben Wasser konnte er zunächst nur einen undeutlichen Schemen erkennen. Seine Finger ertasteten glatte Haut. Lorenco wurde dem Licht entgegengehoben. Verzweifelt preßte er die Lippen zusammen und unterdrückte den immer übermächtiger werdenden Wunsch einzuatmen.

Endlich durchbrachen sie die Wasseroberfläche. Die stickige Dschungelluft erschien Lorenco köstlich wie eine frische Meeresbrise. Gierig atmete er ein, berauschte sich daran, noch am Leben zu sein. Ein graublauer Flußdelphin war sein Retter. Ein Delphin! Das Wappentier seiner Familie!

Dankbar klammerte er sich an der Rückenfinne des Tieres fest. Kymo hatte ihn erhört und für würdig befunden weiterzuleben!

Der Delphin trug ihn ein kleines Stück flußabwärts. Entlang des Ufers retteten sich Flüchtlinge an Land. Die Leomannen ließen sie ziehen. Warum auch nicht! Sie waren ein undisziplinierter Haufen, und Beute machte man am anderen Flußufer, dort, wo das Heerlager lag, und nicht bei den Jammergestalten, die froh waren, mit dem Leben davongekommen zu sein.

Der Delphin brachte ihn zu einem sandigen Uferstreifen. Lorenco erkannte Laikos, der sich über eine leblose Gestalt beugte. Ein Stich durchfuhr sein Herz, als er sah, wer dort lag. Rufus! Ein Pfeil steckte zwischen seinen Schulterblättern. Neben dem Pferdemeister stand der häßliche graue Hengst und stieß den leblosen Körper immer wieder mit seiner Schnauze an.

Lorenco ließ die Finne des Delphins los. Aufgewühlt von widerstreitenden Gefühlen, watete er ans Ufer. Welch grausames Spiel trieben die Götter! Ihn retteten sie, und zugleich kannten sie keine Gnade mit Rufus, der ihnen immer ein ehrfürchtiger Diener gewesen war.

»Er war schon in Sicherheit«, stammelte Laikos. »Er kam zurück, um mir zu helfen ...« Dem Ritter stockte die Stimme. »Er ist an meiner statt gestorben.«

»Unser Leben liegt in der Hand der Götter«, sagte Lorenco leise. »Unser Schicksal ist es, Nicandrius und Genia beizustehen. Wenn wir sie retten, ist Rufus nicht vergebens gefallen. Laß uns reiten! Die Mörder sind gewiß schon auf dem Weg.«

»Du ... du willst ihn nicht begraben?« fragte Laikos vorwurfsvoll.

Der Erste Ritter sah seinen Gefährten traurig an. »Ich trage ein Ehrenmal für Rufus in meinem Herzen. Dies wäre ihm wichtiger. Dort wird er leben, so lange ich atme. Was hier am Ufer liegt, ist nur noch ein toter Körper. Und auf dem Ritt, den wir vor uns haben, zählt jede Stunde.«

Laikos preßte die Lippen aufeinander. Widerspruch stand ihm ins Gesicht geschrieben. Er sagte jedoch nichts.

Der Erste Ritter wandte sich ab, um sich dem stummen Vorwurf zu entziehen. Ganz nah, im seichten Wasser, war der Delphin. Fast schien es, als wartete er auf etwas. Lorencos Blick fiel auf die Augen des Tiers. Sie waren graublau, und rings um die Pupille lag ein goldener Kranz. Dort aber, wo er an Land gegangen war, blinkte etwas im Uferschlamm. Ohne den Delphin aus den Augen zu lassen, ging er zum Wasser zurück. Das Tier war sein Retter, aber es war ihm auch unheimlich. Ob Kymo es wirklich geschickt hatte?

Lorenco bückte sich. Im Schlamm lag sein Wappenring, den er im Gewölbe zurückgelassen hatte. Einen Herzschlag lang war er wie versteinert. Wie war das möglich? Als er wieder aufblickte, war der Delphin verschwunden.

Der Silberfalke

Der Schwebende Palast, Kaiserpfalz Venabulae, auf dem Gipfel des Berges Kyporus, Königreich Gatanien, Kaiserreich der Fünf Rosen, am 1. Tag des Hitzemondes, im 243. Jahr des Imperiums

Prinzessin Genia stand im Schatten des doppelten Säulengangs und blickte hinab auf das Blätterdach des Dschungels, der den Palastberg wie ein Meer umschloß. Grün, soweit das Auge reichte, erstreckte sich der urwüchsige Wald bis zu den Flanken des Gaba-Massivs fern im Nordosten, dessen Umrisse nur schwach zu erahnen waren. Die Prinzessin wußte von dem Gebirge lediglich, daß dort die Quellen des Grünen Kalykados entsprangen.

Sie schloß die Augen, spürte dem Wind nach, der ihr feuchtheiße Dünste zutrug, und lauschte den fremdartigen Geräuschen der Natur. Ein tausendstimmiger Vogelchor vermengte sich unter ihr mit dem Kläffen der Affenhorden, und in ihren Ohren klang es wie der Ruf ungebändigter Freiheit. Verheißungsvoll schwebte er über den Wipfeln der Bäume. Doch so nah der Wald auch schien, für Genia blieb er unerreichbar.

Seit über einem Jahr schon lebte sie im Schwebenden Palast von Venabulae. Trotz seiner Abgeschiedenheit galt er im ganzen Reich als ein Prunkstück imperialer Architektur. Kaiser Gratianus, ihr legendärer Urahn, hatte auf dem Gipfel des Kyporus eine Wehranlage errichten lassen, die in den letzten 150 Jahren immer weiter ausgebaut worden war. So war eine Dschungelresidenz entstanden, die mit ihren Lustgärten und Badehäusern der kaiserlichen Familie ungetrübte Zerstreuung und Vergnügungen aller Art bot. Die Abgeschiedenheit des Tafelberges, die aufwendig errichteten Zisternen, die reich gefüllten Speicher und nicht zuletzt die hohen Mauern sorgten dafür, daß die Kaiserpfalz im Notfall sogar einer mehrjährigen Belagerung standhalten könnte.

Doch die steinerne Wucht der Anlage verblaßte angesichts der Erhabenheit, die den Schwebenden Palast umgab – das Juwel der Festung. Direkt am Nordhang des Kyporus gelegen, wo es stets kühl und schattig war, erstreckte sich der marmorne Säulenbau über drei untereinander liegende Felsterrassen. Seine vorzügliche Lage gestattete dem Imperator und seiner Familie einen freien Blick nach Westen, Norden und Osten. Die heitere Eleganz, mit der die Marmorsäulen dem Himmel entgegenstrebten, die filigranen Ornamente, mit denen Kapitelle und Firste geschmückt waren, und die verspielte Leichtigkeit, mit der Treppen, Portale und Terrassen zueinanderfanden, ließen einen Außenstehenden glauben, der Palast schwebe leicht wie ein Wolkenschloß über dem felsigen Untergrund des Berges.

Auch Genia, die all die Kaiserpfalzen, Königshöfe und Fürstenpaläste des Reiches kannte, war von seinem Anblick sogleich in Bann geschlagen worden, als Imperator Rigorius, ihr vergöttlichter Vater, sie vor 15 Monden nach Venabulae hatte bringen lassen.

Hin und wieder traten im Palast Gaukler, Musikanten und Schauspieler auf, die eigens zu Genias Unterhaltung angereist kamen. Unter ihnen waren auch Künstler, die Komödien und Tragödien aus allen Teilen des Reiches auf leichtverständliche Weise darboten. So sehr die Prinzessin Abwechslungen dieser Art auch entgegenfieberte, hatten die Darbietungen doch einen bitteren Beigeschmack. Sie erinnerten sie an das Leben, das unwiederbringlich hinter ihr lag.

»Der Silberfalke, Imperiale Hoheit.«

Genia blinzelte und strich sich eine lose Strähne aus dem Gesicht. Wie jeden Morgen hatten tüchtige Dienerinnen ihr langes nachtschwarzes Haar streng hochgesteckt. Und gleichfalls wie jeden Morgen hatte sie kurz darauf wieder einige Strähnen gelöst. Sie wußte selbst, daß ihre trotzigen Versuche, gegen die engen Regeln des Hofzeremoniells aufzubegehren, mehr als kindisch waren. Aber viele Freiheiten besaß sie seit dem Verlust ihres Fürstentums nicht mehr. Niemand verstieß ungestraft gegen einen Befehl des Imperators. Auch sie nicht, seine älteste Tochter. Nicht einmal seine Favoritinnen wagten dies – eine zweifelhafte Ehre, die ihr Vater ihr glücklicherweise nie hatte zuteil werden lassen. Denn mit ihr hatte er andere Pläne gehabt; Pläne, die wegen ihres Ungehorsams gescheitert waren …

Anmutig wandte sie sich zu dem Sprecher um. Wie alle Falkner von herausragendem Ruf stammte auch Rygus aus der Gegend um Mediogenia. Der untersetzte Mann mit dem Federspiel am Gürtel hatte weiche Gesichtszüge, doch noch nie hatte Genia ihn lächeln sehen. Andererseits, was wußte sie, wie sich der Falkner unter seinesgleichen verhielt? Wenn sie ehrlich zu sich war, mußte sie sich eingestehen, daß sie sich bislang nur selten über das Leben ihrer Untergebenen Gedanken gemacht hatte. Das betraf Rygus ebenso wie die beiden muskulösen Hünen ihrer Leibgarde, die in strahlendweißen Tuniken die Treppe hinauf zum Pfauensaal flankierten. Statuen gleich, hielten die gebürtigen Leomannen Äxte und Schwerter vor den Beinen überkreuzt. Was fühlten diese blonden Söldner, wenn sie jene bewachten, die mit den Völkern der Savanne im Krieg lagen? Offensichtlich veränderte sie der ungewöhnlich lange Aufenthalt auf Venabulae.

Genia, die es gewohnt war, mit dem Dormon ihres vergöttlichten Vaters von Königreich zu Königreich zu ziehen, konnte sich nicht daran erinnern, jemals zuvor so lange an einem Ort gelebt zu haben. Venabulae war längst zu dem geworden, was ihr Vater beabsichtigt hatte: ein goldenes Gefängnis.

Ihr Blick ruhte auf der zwei Schritt hohen Falkentrage, die Rygus in Händen hielt. Auf der langen, hölzernen Querstange saß mit majestätischer Ruhe ein ungewöhnlich großer Falke, dessen Federkleid verschattet war. Wie wundersam mußte das Aussehen des Silberfalken gewesen sein, bevor er eingefangen worden war!

Sein Kopf wurde von einer ledernen Falkenhaube verhüllt. Hätte man einen Beizvogel unverkappt getragen, wäre er auf der Faust unruhig geworden. Doch Genia wußte, daß dieser Vogel die Kappe noch aus einem anderen Grund trug ...

»Hoheit, ich muß noch einmal darauf aufmerksam machen, daß ich nicht weiß, ob der Silberfalke für die Beiz geeignet ist. Er ist kein gewöhnlicher Falke. Er stammt aus den Träumenden Wäldern nahe Pentarosae.«

»Ich weiß, Rygus.« Der Falkner hob erstaunt eine Augenbraue, als Genia ihn mit Namen ansprach. »Ihr habt mir die Geschichte seiner Ergreifung bereits erzählt.«

Die Prinzessin streckte die Hand aus – und hielt unvermittelt inne. Sie wagte es nicht, das wundersame Wesen zu berühren. Der Falke roch nach Oleander und nach harziger Erde. Vor zwei Monden hatte sie ihn in einem Verschlag des Curiosums entdeckt, einer jener Lustḿstätten Venabulaes, in der die kaiserlichen Kreaturensammler zahlreiche seltsame Geschöpfe aus dem ganzen Imperium ausgestellt hatten. Einer alten Sage aus Pentarosae zufolge trug das Wesen auf der Falkentrage sogar einen eigenen Namen: Speranto, was im Dialekt Pentarosaes ›Hoffnung‹ bedeutete. Fragte man die Bewohner rings um die Träumenden Wälder, so hieß es, ein Silberfalke sei der Sendbote geheimnisvoller Waldgeister, die ihre Gunst allein denen schenkten, die rein im Herzen waren. Obwohl der Silberfalke seit seiner Ergreifung vor drei Jahren nachweislich nichts zu sich genommen hatte, lebte er noch immer. Doch das herrlich silberne Federkleid, das Speranto noch in den Monden nach seiner Ergreifung getragen hatte, war längst stumpf geworden. Genia war nach Aussage der Kreaturenwärter die einzige, die er in seiner unmittelbaren Nähe duldete. Und jetzt auch Rygus. Die Prinzessin fand, daß dies für den Mann sprach.

»Ich werde den Silberfalken nicht für die Beiz verwenden«,

erklärte sie mit fester Stimme. »Ich habe mich dazu entschlossen, den Vogel freizulassen.«

»Ich habe deine Worte gehört, törichtes, dummes Mädchen!« Bevor der Falkner etwas darauf sagen konnte, wurden auf der Treppe zur Empfangshalle Schritte laut. Kurz darauf rauschte eine hochmütig blickende Frau in die Säulenhalle, deren ausladendes Äußeres bei Hofe für gewöhnlich als stattlich heruntergespielt wurde. Ihre dunklen Haare waren zu einer Frisur hochgesteckt, deren abstehende Zöpfe ihr vage die Umrisse einer Amphore verliehen. Gehalten wurde die Haarpracht von einem Netz aus Golddraht und kleinen Smaragden, die grün im Nachmittagslicht funkelten.

Emerentia war eine Schwester von Genias Vater Rigorius. Sie war vom Imperator persönlich als ihre Unterhaltungsdame ausgesucht worden, in den Ohren der Prinzessin lediglich ein anderer, wenig verschleiernder Ausdruck für ›Gefängniswärterin‹. Denn in Wahrheit war ihre Tante dazu ausersehen, ihren Stolz zu brechen.

Wie immer blitzten Emerentias dunkle Augen in mühsam unterdrückter Wut, kaum daß sie ihre Nichte erblickte. »Glaube nicht, dein Vorhaben sei mir entgangen«, keifte sie in einer Lautstärke weiter, die jetzt auch Salada, Genias ergraute Amme, besorgt in den Säulenhof treten ließ.

»Reicht es nicht, daß du dich dem Befehl des Imperators verweigert hast? Mußt du ihn jetzt auch noch um seine wertvollsten Besitztümer bringen?«

Genia ballte kämpferisch die Fäuste. »Mein Vater weiß wahrscheinlich nicht einmal, daß der Silberfalke existiert. Wie kann ich ihm diesen Vogel da wegnehmen?«

Emerentia trat dicht an sie heran, und ihre Stimme nahm einen lauernden Unterton an. »Es geht ums Prinzip, meine Teure. Wenn du diesen Falken freiläßt, sehe ich mich leider gezwungen, das zu melden, sobald der Imperator diesen leomannischen Abschaum bei Duros Xenthos in die Savanne zurückgetrieben hat. Daß es überhaupt zu diesem Krieg kommen konnte, ist allein deine Schuld, wie du sehr gut weißt.«

Genia spürte die Empörung wie einen heißen Geysir in sich aufsteigen. »Emerentia, du kannst noch so oft versuchen, mir dies einzureden. Aber es wird dadurch nicht wahrer. Die Savannenvölker treibt ein heidnischer Glaube, das weiß ich von meinem alten Lehrer Guelfo. Er dient meinem Vater nicht umsonst als Orator. Es ist äußerst zweifelhaft, ob *irgend etwas* unsere Feinde davon hätte abhalten können, den Boden des Imperiums zu betreten.« Tatsächlich war sich Genia dessen nicht so sicher, aber das mußte sie ihre Tante schließlich nicht wissen lassen.

»Guelfo ...« Emerentia verzog die feisten Lippen zu einem höhnischen Lächeln. »Dieser sogenannte Zauberer ist nichts weiter als ein speichelleckerischer Scharlatan. Früher oder später wird das auch der Imperator erkennen. Welche Weisheiten will man in dieser Angelegenheit schon von einem ›Orator‹ erwarten, der durch seine eigene leomannische Herkunft befleckt ist?!«

Genia glaubte zu spüren, wie sich ihre beiden Leibgardisten bei Emerentias Worten versteiften. Oder irrte sie sich?

»Alles wäre anders gekommen«, giftete ihre Tante weiter, »wenn du dich dem Befehl deines Vaters nicht widersetzt hättest!«

»Bei den Dornen des Rosenhains! Ich konnte nicht anders!« Genia hob trotzig ihr Kinn. »Wenn du es genau wissen willst: Odia, die Rosenfee Pentarosaes, hat mir bei meiner Geburt prophezeit, daß meine Liebe dereinst dem größten Streiter des Nordens gehören werde. Wenn es nach den Beratern meines Vaters gegangen wäre, hätte ich mich wie die goldene Antilope erlegen lassen sollen, nur um Ruchhelm als Trophäe das Bett zu wärmen. Und das, obwohl er dreimal so alt ist wie ich – und mindestens so fett wie ... wie ...«

Das ›du‹ verschluckte die Prinzessin wohlweislich. Einen Augenblick lang schien es, als wollte Emerentia ihr eine Ohrfeige geben. Doch sie beherrschte sich.

»Kindchen ... du glaubst offenbar wirklich an diesen Unsinn mit der Prophezeiung? Wenn ich das nur höre ... *Liebe.* Hier geht es um Politik! Da ist kein Platz für Märchen. Und was deine *Rosenfee* betrifft, für die gibt es nur eine einzige Zeugin: Salada, deine schwachköpfige Dienerin! Wahrscheinlich hat sie sich das Ganze ausgedacht, um sich wichtig zu machen. Deine Mutter hätte sie besser steinigen lassen sollen, statt dich ihr anzuvertrauen. Aber ebenso wie du war Pinella ja zeit ihres Lebens für ihre kindischen Schwärmereien berüchtigt. Hättest du nur etwas von deiner Schwester Cassandra! *Sie* würde ...«

»Cassandra? Cassandra ist eine liederliche Dirne!« platzte es aus Genia heraus. »Die macht jedem Dummkopf schöne Augen, wenn das nur ihren Intrigen dient ...« Erschrocken schlug sie sich die Hand vor den Mund. Ihre Schwester war immerhin die Favoritin ihres Vaters.

»Sagtest du ›Dummkopf‹?« Emerentias Augen blitzten siegestrunken. »Daß Seine Illuminiszenz dich nur mit Verbannung bestrafte, nachdem du seinen Wunsch ausschlugst, war mehr Glück, als du verdientest. Aber das eben ... das war Blasphemie! Mehr noch, Genia: Es war dein Todesurteil!«

Emerentias höhnischer Blick ruhte auf dem Silberfalken. »Tu nur, was du willst, und verschlimmere deine Lage. Mir soll es recht sein. Schon bald wird ein Bote eintreffen, um uns über den großartigen Sieg des Imperiums bei Duros Xenthos in Kenntnis zu setzen. Ich kann es kaum erwarten, ihm eine Nachricht an den Imperator mitzugeben. Wenn ich dich erst los bin, kann ich endlich wieder nach Gondallo zurückkehren.«

Ihre Tante wandte sich mit triumphierendem Lächeln um und strebte zurück in Richtung Pfauensaal. Genia starrte ihr beklommen nach, wohl wissend, daß der Unterhaltung fast ein halbes Dutzend Zeugen beigewohnt hatten.

»Herrin, macht Euch keine Sorgen.« Ohne es zu bemerken, war Salada an ihre Seite getreten. Die alte Dienerin berührte sie mitfühlend am Arm und entblößte beim Sprechen eine Zahnlücke.

»Glaubt mir«, nuschelte sie. »Die Rosenfee stand an Eurer Wiege. So gewiß, wie *ich* jetzt an Eurer Seite stehe. Gebt die Hoffnung nicht auf. Ihre Prophezeiung wird sich erfüllen.«

»Hoffnung? Ach, Salada ... ich fürchte, diesmal bin ich zu weit gegangen.« Genia seufze sorgenvoll und wandte sich wieder dem Silberfalken zu. Ihr Falkner tat indes so, als hätte er von dem Wortgefecht nichts mitbekommen. »Es reicht, wenn einer an diesem Ort gefangen ist.«

Trotzig streckte sich Genia und öffnete den Verschluß der Kette an der Klaue des Tiers. Rygus senkte die Falkentrage ein wenig, so daß sie die Haube lösen und dem wundersamen Vogel vom Kopf streifen konnte. Erstmals bewegte sich das Wesen.

Doch statt den Blick dem nahen Dschungel zuzuwenden, drehte Speranto den Kopf der Prinzessin zu. Salada entfuhr ein Laut des Staunens. Denn dicht hinter dem stark hervortretenden Schnabel glitzerte spiegelgleich ein silberhelles Augenpaar – über das im nächsten Moment eine rasche Abfolge von Bildern huschte. Dann breitete der Vogel mit lautem Krächzen die Schwingen aus, stieß sich kraftvoll von der Trage ab und jagte pfeilschnell zwischen den marmornen Pfeilern des Säulengangs hindurch. Wenige Augenblicke später war er am trüben Himmel jenseits des Schwebenden Palasts verschwunden.

Genia wandte sich versonnen zu ihrer Leibdienerin um. »Salada, hast du gesehen, was ich gesehen habe?«

»Ja, Herrin!« lächelte diese. »Das waren Rosen. Wunderbare rote Rosen.«

Die Gewalt des Wortes

Feldlager des Gottesheeres, am 3. Tag des Hitzemondes, im 243. Jahr des Imperiums

Ein gut hundert Schritt durchmessender Ring von Wachen umgab das Feuer, an dem die Anführer des Gottesheeres beratschlagten. Die handverlesenen Krieger hatten die Aufgabe, Spione und neugierige Lauscher fernzuhalten. Sarmantha hielt auf einen von ihnen zu. Er hatte einen auffälligen Überbiß und verzog das Gesicht, als er sie und ihre über zwanzig Begleiter nahen sah. »Die Beratung ist geheim. Nicht jeder ist zugelassen.«

»Ich werde nichts ausplaudern, Prandevlis«, versprach Sarmantha. »Oder hältst du mich für geschwätzig?«

»Es ist nicht gegen dich gerichtet, Verkünderin«, antwortete Prandevlis und deutete mit der Lanze auf ihr Gefolge. »Die da sind gemeint.«

Sarmantha legte ihm die Hand auf die Brust und blickte ihn eindringlich an. »Sie sind mein Gedächtnis und meine Stütze. Mach dir deswegen keine überflüssigen Gedanken, Prandevlis. Wir bleiben nicht lange. Kommt, Kinder!«

Ohne sich um den Krieger zu kümmern, ging sie weiter. Sie konnte sich gut vorstellen, was in ihm vorging. Aber was wollte er schon tun? Er würde nicht wagen, die Hand gegen ihre Begleiter zu erheben.

Am Feuer war ihr Kommen nicht unbemerkt geblieben. Köpfe wandten sich, Hälse reckten sich. Sarmantha hielt nach Wiltrach Sigfolk Ausschau, dem obersten Anführer der Leomannen. Sie konnte ihn nirgends sehen. Anscheinend war der Herzog doch schwerer verwundet worden, als man sie es hatte wissen lassen. Allerdings traute sie ihm nicht ganz. Wiltrach verabscheute solche Beratungen und verließ sich lieber auf seine Eingebungen und sein Gespür. Gut möglich, daß er seine Verletzungen etwas übertrieb. Der Schwarze Swidpal war statt seiner gekommen. Er war als Zweiter geboren und würde dies sein Lebtag lang in jeder Hinsicht bleiben. Sein Gesichtsausdruck war aufschlußreich. Wie immer lag darin die stumme Frage: Welches lästige Anliegen mag sie wieder haben?

Er sagte jedoch etwas anderes, während er ihre Begleiter mit einem unwilligen Blick bedachte: »Wir versuchen hier einen Kriegsrat zu halten.«

»Wir werden nicht lange stören«, erklärte Sarmantha herzlich.

Swidpal rollte nicht mit den Augen; es wäre überflüssig gewesen. »Ich nehme an, daß es wieder einmal dringend ist? Du wirst dennoch einen Augenblick warten müssen.«

Sarmantha nickte und sah sich um. Ein Lockenkopf weckte ihre Aufmerksamkeit. Er war viel zu jung, um in diese Runde zu gehören. Offenbar hatte es jemand für nötig befunden, seinen Erstgeborenen mitzubringen. Eitelkeit und der Dienst für Aionar schlossen sich nicht aus.

Der Junge tuschelte mit seinem Nachbarn. Der sah zu ihr herüber und antwortete etwas. Darauf starrte sie der Bursche neugierig über das Rund hinweg an.

»Wer ist das?« fragte Sarmantha niemand Bestimmten.

»Malachias«, antwortete eine Stimme.

»Malachias wie *der* Malachias?«

»Er ist es selbst«, erklärte die Stimme.

»Unsinn!« stieß Sarmantha aus. »Malachias ist Mitte Zwanzig. Das Bübchen ist allenfalls siebzehn. Außerdem ist er irgendwo im Süden.«

»Er ist heute angekommen.«

Sarmantha schüttelte den Kopf. Dieser junge Kerl sollte der außergewöhnlich befähigte Krieger und Heerführer sein, von dem sie schon so vieles gehört hatte? Kaum zu glauben!

Sie wandte sich zu dem Mann um, der zu ihr gesprochen hatte. Er war ein knapp dreißigjähriger Leomanne mit den verwirrendsten grünen Augen. Strahlend nannte er seinen Namen: Hyggald.

Sarmantha spürte eine Hand auf ihrem Rücken. »Du bist dran«, flüsterte Eleta.

Sie riß sich los und wandte sich an die Versammlung, brauchte aber einen Herzschlag lang, um zu sich zu finden. »Ich komme wegen unserer besiegten Feinde.«

»Was ist mit ihnen?« fragte Swidpal. »Wer sich uns anschließen will, ist willkommen. Der Rest darf gehen. Wir können uns kaum selbst ernähren. Was bleibt uns also übrig? Das gilt natürlich nicht für die Adligen.«

»Was ist mit den Hilfstruppen der Kaiserlichen? Ich hörte, daß ihr sie ebenfalls ohne Bedingungen abziehen lassen wollt. Wäre es nicht besser, wenn sich ihre Anführer, Häuptlinge und Fürsten zu Aionar bekennen würden?«

Swidpal sah sich im Rund um: »Wir haben einen Waffenstillstand mit ihnen. Wenn wir sie zwingen, müssen wir vielleicht kämpfen. Wir sollten sie einstweilen in Ruhe lassen und alle Kraft gegen das Imperium wenden. So führt man besonnen Krieg. Man setzt Schwerpunkte.«

»Aber wir führen keinen gewöhnlichen Krieg«, hielt ihm Sarmantha vor und erhob die Stimme. »Wofür kämpfen wir?«

»Für Aionar!« brüllte ihr Gefolge einstimmig und klatschte in die Hände: »Für Aionar! Für Aionar!«

»Für Gott!« stimmte Sarmantha mit ein.

Im Grunde verabscheute sie derartige Machtkämpfe.

Würgegeister

Der Schwebende Palast, Kaiserpfalz Venabulae,
auf dem Gipfel des Berges Kyporus, früher Morgen,
am selben Tag

»Herrin! Ein Bote! Soeben ist ein Bote aus Duros Xenthos eingetroffen!« Genia hielt in ihrem Gesang inne und senkte die kleine Harfe, deren Klang die Kammer erfüllt hatte. Salada hatte ohne Ankündigung ihr Gemach betreten und hielt sich keuchend den Busen.

Dann war ihr Vater also siegreich gewesen? Natürlich. Wer oder was vermochte der Macht des Imperiums schon zu trotzen? Die Prinzessin war sich im klaren darüber, daß ihre mißgünstige Tante nur auf diesen Tag gewartet hatte.

»Jemand, der mir bekannt ist?«

»Es heißt, es sei Guelfo, Herrin«, nuschelte die alte Dienerin. »Euer alter Lehrer. Man wird ihn in den Pfauensaal führen, sobald Ihr bereit seid, ihn zu empfangen.«

»Guelfo!? Wirklich?« Ein freudiges Lächeln huschte über Genias Züge, und schon war sie aufgesprungen. »Das wird Emerentia nicht gerade glücklich machen.«

Mit lautem Klatschen hieß Salada vier Kammerdienerinnen einzutreten, die bereits ein prachtvolles, mit goldenen Drähten verstärktes Brokatgewand sowie die Zedernschatulle mit dem fürstlichen Schmuck bei sich trugen. Genia haßte diesen Zierat. Er war viel zu schwer für ihre schmalen Schultern. Wie immer würde ihr in diesem Staat der Schweiß in Bächen den Rücken hinunterrinnen. Doch Salada hatte die Lage richtig eingeschätzt. Sie mußte sich beeilen, wenn sie vor ihrer Tante im Pfauensaal eintreffen wollte.

Schweigend und mit großer Hast kleideten die Frauen die Prinzessin an. Salada rückte selbst die ausladende Brokathaube zurecht und legte letzte Hand an die diamantgeschmückte, dreireihige Sternenkette. Dann machten sich die Frauen zusammen mit zwei von Genias Leibgardisten auf, um über die Korridore und Treppen des Schwebenden Palasts hinauf zum Pfauensaal zu gelangen. Als sie ihr Ziel erreicht hatten, fragte sich Genia im stillen, warum ihr Vater ausgerechnet Guelfo als Boten gesandt hatte.

Die Säulenhalle war das Herz des Palasts und stellte an Prunk jeden anderen Teil der Residenz in den Schatten. Die Fenster bestanden aus buntem kurjamäischem Glas, die marmornen Wände und Säulen waren mit Blattgold verziert, und überall in der Halle verteilt standen vergoldete Amphoren mit ausladenden Wedeln, deren Enden von Dutzenden Pfauenfedern geschmückt wurden. Dennoch verstellte die opulente Ausstattung der Halle nicht den Blick auf den prachtvoll gestalteten Mosaikboden. Kaiser Gratianus war hier dargestellt, wie er von seinen besiegten Gegnern die drei Reichskronen entgegennahm: die *corona ivoris*, die Elfenbeinkrone des Südens, die *corona rosarum*, die Rosenkrone Pentarosaes, und die *corona aquilina*, die Adlerkrone des Nordens. Jedes Kind im Reich lernte, daß dies die Herrschaftsinsignien jener Großreiche waren, die ihr Urahn einst zum Imperium vereinigt hatte. Der Besitz der drei Kronen besiegelte noch heute den Machtanspruch der Imperatorenfamilie.

»Schlagt die Augen nieder! Schlagt die Augen nieder! Ihre Imperiale Hoheit Prinzessin Genia Gratiana hat den Saal betreten!«

Die Kaisertochter achtete kaum auf die zeremonielle Litanei des Palastvogtes, dem auf Venabulae die Verwaltung und auch die gewöhnlichen Truppen unterstanden. Kaum hatte sie sich auf dem Thron ihres Vaters niedergelassen, zogen sich die Dienerinnen wieder zurück, und die Leomannen nahmen seitlich Aufstellung. Wie sie es befürchtet hatte, war Emerentia bereits eingetroffen. Ihre Tante saß mit säuerlichem Gesichtsausdruck zu ihrer Linken und vermied es, sie anzusehen. Sie durfte ihr keine Gelegenheit geben, allein mit Guelfo zu sprechen. Wenigstens schwitzte Emerentia in ihrem Brokatgewand noch mehr als sie selbst.

»Führt den Boten herein.«

Kaum war der Ruf der Prinzessin verhallt, zogen zwei Männer der Wache den großen Sternenvorhang beiseite, der den Pfauensaal vom Vorraum trennte. Genia lächelte in stiller Vorfreude, als sie Guelfo nahen hörte. 15 Monde hatte sie ihn nicht mehr gesehen. Augenblicke später betrat der Kaiserpriester den Saal und näherte sich eilig dem Thron.

Der Orator Seiner Illuminiszenz war Mitte der Vierzig und großgewachsen, wenn auch nicht ganz so groß wie die Hünen seines Volkes, die der Kaiserfamilie als Söldner dienten. Sein Gesicht wurde von einem langen blonden Kinn- und Backenbart eingerahmt, wie es sich für einen imperialen Zauberer geziemte. Wie immer trug Guelfo sein Ornat, die Insignien seines Amtes und den Sternenstab; seltsam war heute nur, daß er eine schwere, abgewetzte Satteltasche geschultert hatte. Darüber hinaus war der Saum seiner Kleidung schmutzig, an einer Seite sogar eingerissen. Die Augen, in denen sonst eine Begeisterung loderte, für die Genia ihn so liebte, waren verschattet. In diesem Moment wußte sie, daß er alles andere als gute Nachrichten brachte.

Der Zauberer blieb inmitten des Kronenmosaiks stehen und verbeugte sich knapp. Der Prinzessin kam es so vor, als irrlichterte Guelfos Blick zu den Kriegern ihrer Leibgarde.

»Imperiale Hoheiten, ich habe schlimme Kunde zu überbringen. Die Schlacht bei Duros Xenthos ... ist verloren!«

Genia und ihre Tante fuhren hoch.

»Wie konnte das geschehen?« keuchte Emerentia, sichtlich um Fassung ringend. »Niemand ist in der Lage, das Vereinigte Imperiale Heer zu schlagen. Niemand!«

»Was ist mit der kaiserlichen Familie?« Genias Stimme klang belegt. Plötzlich lastete eine bleierne Stille im Saal.

Guelfo räusperte sich. »Seine Illuminiszenz ist tot, Hoheiten. Das Heer auf der Flucht. Es war ...«, der Orator zögerte kurz, »es war Verrat im Spiel. Imperiale Hoheit Genia Gratiana, ich muß Euch um ein Gespräch unter vier Augen bitten. Ich habe eine Botschaft Seiner Illuminiszenz, die Euch allein betrifft. Aber nicht hier.«

Emerentia schnaubte ungehalten, doch etwas in Guelfos Blick verriet der Prinzessin, daß ihr alter Lehrer noch aus einem anderen Grund mit ihr allein sein wollte. Ohne ein weiteres Wort erhob sie sich und gab ihrer Leibgarde einen Wink.

»Unter vier Augen, Prinzessin!« zischte Guelfo gerade so laut, daß nur Genia verstehen konnte, was er sagte. Verblüfft hielt sie inne. Sie gebot den Gardisten im Saal zu bleiben und schritt würdevoll am Palastvogt vorbei, der ihr besorgt hinterherblickte.

Der Imperator war tot, sein Heer geschlagen. Genia schwindelte, als die Nachricht in ihr Bewußtsein drang. Und doch mußte sie sich eingestehen, daß ihr Vater ihr all die Jahre über fremd geblieben war und sie nur wenig Trauer verspürte. Nun würde wohl ihr ältester Bruder Crispinus die Nachfolge antreten. Obwohl Hunderte weiterer Fragen in ihr brannten, sprachen sie und Guelfo kein Wort, bis sie endlich ihre privaten Gemächer betreten hatten. Dort war Salada gerade damit beschäftigt, ein leichtes Gewand für sie herauszulegen.

»Bitte schickt Eure Dienerin fort, Imperiale Hoheit.«

Genia reagierte ungehalten. »Guelfo, es ist genug. Salada ist meine engste Vertraute. Was ich weiß, das darf auch sie wissen. Nun sagt, was Ihr mir bestellen sollt.«

Der Leomanne warf einen hastigen Blick zurück in den Gang. »Wie Ihr wünscht, Prinzessin. Salada, ich will, daß sich Ihre Hoheit so schnell wie möglich Jagdkleidung anlegt. Außerdem brauchen wir Verpflegung für mehrere Tage. Gibt es einen geheimen Gang von hier aus hoch zur Festung? Oder noch besser: hinunter in den Dschungel?«

Genia und Salada sahen sich fassungslos an.

»Guelfo, was redet Ihr? Ist das feindliche Heer etwa schon so nah? Venabulae ist unbezwingbar. Erzählt mir lieber, was vorgefallen ist. Was ist mit Crispinus und Desiderius, meinen beiden älteren Brüdern? Und mit Naria und Cassandra? Was ist es, was Ihr mir von Seiner Illuminiszenz ausrichten sollt? Nun erzählt endlich, wie es geschehen konnte, daß ...«

»Sie sind tot, Prinzessin. Alle! Wir haben keine Zeit mehr. Ihr seid hier nicht sicher!«

Genia war, als hätte man sie ins Gesicht geschlagen. Sprachlos sah sie mit an, wie Guelfo an ihr vorbei zu einer der großen Kommoden ihres Gemachs eilte und die Schubladen mit den Schminktiegeln und Flakons herausriß. Hastig öffnete er eines der Behältnisse und spähte hinein. Fluchend ließ er es fallen und griff nach dem nächsten Gefäß.

»Guelfo!« Die Prinzessin schrie hysterisch. Der Orator hielt unvermittelt in seiner Bewegung inne und warf ihr einen mitfühlenden Blick zu. Seine Nasenflügel bebten vor Anspannung. »Was sagt Ihr? Sie sind tot? Alle?«

»Ja, alle, Hoheit. In der Thronfolge ist nur mehr Prinz Nicandrius übrig – und Ihr. Ihr könnt es nicht wissen ... Es war die Leomannengarde. Sie hat rebelliert. Es muß von langer Hand vorbereitet gewesen sein. Vielleicht hätten die Gefährten die Niederlage noch abwenden können, aber auch sie haben versagt.«

Der Kaiserpriester verstummte und fuhr plötzlich Salada an. »Beim Geifer des Behemoth, was steht du noch da und glotzt wie der Affe vor der neuen Palme? Sorge endlich dafür, daß sich die Prinzessin umzieht. Ich muß sie aus dem Palast schaffen! Umgehend!«

Salada trat scheu heran, doch Genia stammelte verlegen: »Ich kann mich nicht umkleiden, solange Ihr im Raum seid.«

Guelfos braune Augen blickten überrascht. »Ich durchsuche die Arzneien im Schlafraum!« schnaubte er. »Wenn ich zurückkehre, tragt Ihr Eure Reisekleidung!«

Salada bewegte sich, als hätte sie ein Affe gebissen. Unmittelbar nachdem Guelfo in den Nachbarraum gestürmt war, zerrte sie Genia das schwere Brokatgewand vom Leib, während der Orator nebenan fieberhaft weitere Kommoden und Schränke durchsuchte. Schlafmittelchen, Salben und Pasten polterten lautstark zu Boden.

Die Prinzessin war wie betäubt. Nur verschwommen nahm sie wahr, wie die alte Amme ihr das grüne Jagdgewand überstreifte und ihr in die Stiefel half. Nicandrius, ihr jüngerer Bruder, war jetzt der Thronfolger. Hoffentlich kümmerte sich auch jemand um seine Sicherheit!

»Nichts. Das war zu befürchten.« Guelfo erschien im Durchgang zum Schlafzimmer, als über ihnen im Pfauensaal gedämpfte Schreie und Kampfeslärm zu hören waren. Erstaunlich behende sprang er zu einem der Fenster.

»Wie ich es mir gedacht habe! Sie haben keine Zeit verloren. Hoheit, wie viele Leibgardisten haben Euch nach Venabulae begleitet?«

»Zehn«, erwiderte Genia tonlos. »Und zehn weitere, die Emerentia unterstehen.«

»Jeder von ihnen kann es mit drei gewöhnlichen Wächtern aufnehmen«, erklärte Guelfo bitter und sah sich erneut im Raum um. Genia schien es, als hielte er nach einer Waffe Ausschau. Doch eine solche Suche war hier vergebens.

»Dem Palastvogt unterstehen etwa 50 Mann«, fuhr Guelfo fort. »Auch wenn er nicht als Erster erschlagen wurde und die Palastwache jetzt kopflos dasteht, werden die Aufrührer den Schwebenden Palast ohne Mühen halten können. Zumindest so lange, bis sie Euch und Eure Tante als Geisel genommen haben. Doch sagt, lebte auf Venabulae nicht ein hervorragender Alchimist und Heiler? Ich glaube, sein Name war Cinctus Guavinus. Existiert sein Apothekarion noch?«

»Ja, das existiert noch«, nuschelte Salada an Genias Stelle.

»Dann bitte ich Euch, stellt mir jetzt keine weiteren Fragen, sondern führt mich dorthin. Schnell!«

Die drei schlichen aus dem Gemach und hielten sich im Schatten der Säulen, während nicht weit über ihnen die Schreie von Männern und das Klirren von Schwertern laut wurden.

Genia führte Guelfo zu einer verschlossenen Tür, die jenseits des überdachten Innenhofs lag. »Hier!«

Der Zauberer schob sie unsanft beiseite und warf sich mehrmals mit Macht gegen das Holz. Krachend flog die Tür auf. Die dunkle Kammer, die sich ihren Blicken darbot, stand voll mit Regalen und Schränken, in denen ungezählte Phiolen, Töpfe und Kruge verwahrt wurden. Von der Decke hingen Dutzende getrockneter Kräuterbündel, die den Raum mit aromatischen Gerüchen füllten. Guelfo eilte hinein; leise murmelnd wühlte er in Schubladen, schüttelte Phiolen, öffnete Säckchen und warf sie zurück. »Hatte überhaupt nichts, der alte Guavinus.« Der Orator füllte zwei Schälchen mit etwas, das Genia für Salz und Kalk hielt. »Vulkanschwefel – damit kann man wenigstens Geister rufen. Ich brauche Kupferkies. Hoheit, seht nach, ob Ihr etwas Glänzendes findet.«

Auch Genia kramte nun in den Fächern. Kranichdung, Froschlaich, getrocknete Blutegel – es war einfach widerlich.

»Ist das brauchbar?« Sie hielt einen Beutel mit metallischen Körnern hoch.

»Bleiglanz!« brummte Guelfo. »Der tut es vielleicht auch. Ich hätte die Alchimie gründlicher studieren sollen. Etwas wie Feuerlehm habt Ihr nicht gefunden?«

Genia schüttelte den Kopf.

»Vielleicht steht auch Phosphoros darauf – oder etwas mit Lux?«

»Nein.«

In diesem Augenblick waren im Innenhof Schritte zu hören.

»Danke!« Guelfo griff nach den Körnern und warf sie hastig in einen Gluttopf, den er aus seiner ledernen Satteltasche zog.

Saladas überraschter Ruf ließ Genia herumwirbeln. Im Innenhof standen keine Leomannen, sondern der Palastvogt und zwei seiner Männer. An ihren Waffen klebte Blut. Einer von ihnen war verwundet, und ihre Blicke wirkten gehetzt.

»Vogt, was ist mit der Leomannengarde?«

»Es tut mir leid, Hoheit!« preßte der Palastvogt hervor. »Aber wir wurden überrumpelt. Der Palast ist praktisch in ihrer Hand. Ich muß Euch der Gnade meines Schwertes ausliefern.«

»Was ... was redet Ihr da?« Genia wich entsetzt einen Schritt zurück. Hatte sich nun selbst die Palastwache gegen sie verschworen? Die Lippen des Vogts zuckten. »Ich folge nur dem Befehl Ihrer Hoheit Emerentia. Ihr letzter Wunsch war es, daß kein Mitglied der Kaiserfamilie als Geisel zurückbleibt. Ich habe ihr versprochen, daß es schnell gehen wird«, er hob die blutige Klinge, »und ich habe mein Versprechen gehalten ...«

Salada stieß einen spitzen Schrei aus. Der Mann trat mit gezücktem Schwert vor, als unvermittelt Guelfo aus der Kammer trat.

»Haltet ein! Der Imperator und seine gesamte Familie wurden auf dem Schlachtfeld erschlagen.«

»Kaiserpriester, tretet beiseite! Laßt es mich hinter mich bringen, oder ich muß auch Euch töten.«

»Seid Ihr von Sinnen, Mann? Wir müssen die Prinzessin retten! Vertraut mir, ich weiß einen Weg.«

»Nein, Zauberer. Die Lage ist hoffnungslos. Jeder von uns ist zum Sterben verurteilt. Nur bei Euch bin ich mir nicht sicher. Vielleicht setzt Ihr ja darauf, daß man Euch Eurer leomannischen Herkunft wegen verschont?«

»Ich diene dem Imperator, Vogt!«

»Der Imperator ist tot. Außerdem hat mich Ihre Hoheit Emerentia vor Eurer Schläue gewarnt. Versucht also nicht, mich zu beschwatzen. Ich werde nicht riskieren, daß Ihr die Imperiale Hoheit Genia Gratiana dazu benutzt, um Euer eigenes Leben zu retten.« Der Vogt leckte sich fahrig über die Lippen. »Ich werde nun den Befehl ausführen, so wie ich es geschworen habe!«

»Gut, Vogt, Ihr wollt es nicht anders!«

Guelfo hob mit der Linken gebieterisch den Gluttopf in die Höhe. »Ist Euch bewußt, daß ich das giftige Flußpferd Behemoth allein mit der Macht meines Wortes getötet habe?« Seine Stimme nahm einen bedrohlichen Ton an, und die Bewaffneten hielten beunruhigt inne. »Nicht nur, daß es groß wie ein Hügel war und die Seelen von Menschen fraß. Sein Blut war so giftig, daß jeder Tropfen Würgegeister zeugte. Würgegeister, Vogt! Ich habe sie in diesem Gefäß eingesperrt. Wollt Ihr wirklich, daß ich sie wecke?«

Verunsichert blickte sich der Vogt zu seinen Begleitern um. Die starrten Guelfo angsterfüllt an.

»Was, wenn Ihr doch nur ein Hochstapler und Scharlatan seid? Männer, ergreift ...!«

Bevor der Vogt den Befehl aussprechen konnte, schnellte Guelfos Rechte vor, und eine kleine Wolke aus Vulkanschwefel senkte sich über den Gluttopf. Schlagartig breitete sich ein unsäglicher Gestank nach faulen Eiern aus. »Fühlt Ihr die Würgegeister, Vogt?«

Ein geisterhafter Windstoß kam auf, fuhr in die Glut und trieb den Rauch in dunklen Schwaden auf die Männer zu. Keuchend wichen die Wachen zurück. Guelfo streckte den Gluttopf hastig weit von sich. Einen Moment lang sah es so aus, als wäre er selbst von der Wirkung überrascht.

»Zurück!« zischte er der Prinzessin in einem Tonfall zu, der keinen Widerspruch duldete. Majestätisch fuhr er fort: »Fühlt Ihr die Klauen an Eurem Hals?«

Genia verspürte einen betäubenden Brechreiz und wich zurück, wie Guelfo ihr geheißen hatte. Als sie mit ansah, was den Männern widerfuhr, die inmitten des Qualms standen, weiteten sich ihre Augen. Die Männer ließen hustend die Waffen fallen, griffen sich an die Kehlen und gingen röchelnd in die Knie. Der Vogt taumelte würgend und mit hervorquellenden Augen rücklings gegen eine der Säulen, dann hatte ihn augenscheinlich der Tod ereilt. Der Gluttopf erlosch von einem Augenblick zum anderen, und lähmende Stille senkte sich über den Innenhof. Der Orator war blaß geworden. Das Gefäß rutschte ihm aus der Hand und zerbarst mit einem dumpfen Laut auf dem Boden. Kurz darauf waren erneut Schritte zu hören.

»Niemals hätte ich gedacht, daß ... Welch eine Vergeudung!«

Genia wußte nicht, ob Guelfo den Zauber oder den Verlust der Menschenleben meinte. Sie kam auch nicht mehr dazu, ihn zu fragen. Denn in diesem Moment betraten fünf Leomannen ihrer Leibgarde den Säulenhof. Sie hatten sich die weißen Tuniken vom Leib gerissen und Oberkörper und Waffen mit Blut beschmiert. Ihr Anführer starrte verblüfft zu den Toten, dann musterte er Guelfo mißtrauisch. Doch seine Worte galten der Prinzessin.

»Ihr werdet von nun an einem wahren Gott dienen, Genia Gratiana. Betrachtet Euch als Gefangene Aionars.«

Das Gebrüll des Löwen

Im Elfenbeinzimmer des Schwebenden Palasts von Venabulae, wenig später

»Könnt Ihr uns nicht einfach in Freiheit zaubern?« Prinzessin Genias Stimme war verhalten, aber sie gab sich keine Mühe, heimlich zu tun.

Guelfos Antwort war ein unverkennbar leises Flüstern. »Nicht ohne Vorbereitungen, nicht mit dem, was uns in diesem abgeschlossenen Raum zur Verfügung steht.« Der Zauberer hatte während des Ritts von Duros Xenthos fünf Tage Zeit gehabt, sich einen Plan zurechtzulegen für den Fall, daß auch die Leomannen auf Venabulae rebelliert hätten. Immer wieder hatte er sich alchimistische Rezepte ins Gedächtnis gerufen, um Qualm oder Gestank zu erzeugen. Er wußte besser als jeder andere, wie empfindlich Leomannen auf alles reagierten, was ihnen den Atem raubte. Der Löwe in ihnen mußte brüllen. Aber sein Plan hatte wenig gebracht. Wie es aussah, hatte erst seine Nachricht Genias Leibgardisten zur Rebellion bewegt. Und den Zauber, der ihnen einen Fluchtweg durch die Reihen der Leomannen hatte schlagen sollen, hatte er an diesen selbstmörderischen Vogt verschwendet. Hatte der Mann wirklich dem Befehl Emerentias folgen oder sich doch eher bei den Siegern beliebt machen wollen, indem er die letzte Prinzessin erschlug? Welch eine sinnlose Tat, welch ein sinnloser Tod …

»Aber Ihr habt Geister bezwungen und das Flußpferd Behemoth …«

Der leomannische Kaiserpriester sah sich in dem quadratischen Raum um: Die Türflügel mit den Elfenbeinschnitzereien waren von außen verriegelt, die Fenster zu hoch, um an Flucht auch nur zu denken. »Ja«, seufzte er, »magische Kreaturen. Doch gegen leblose Wände und versperrte Türen bin ich machtlos.«

Die Prinzessin blickte gedankenverloren auf die geschnitzten Elefanten mit der Krone auf dem Rücken. Ihr Lehrer hatte sie zu jener Zeit, als sie sein Schützling gewesen war, oft vor Gemälden von Tieren oder Blumen vorgefunden, wenn sie wieder einmal versucht hatte, sich Hofzeremoniell und Unterricht zu entziehen. Genias Amme saß im Hintergrund, die Hände im Schoß, bisweilen mit ihren alten Kiefern schmatzend.

Guelfo lugte aus dem schmalen Glasfenster auf den Hof und bemühte sich, selbst nicht gesehen zu werden. »Es hat den Anschein, als vertrüge sich Euer Falkner mit den Leomannen.« Seine Gedanken rasten. Er mußte einen Überblick darüber gewinnen, wer dort draußen zu welcher Partei gehörte: die Rebellen, die Verräter, die Überläufer, die Getreuen.

»Der Burgvogt«, wisperte Genia ungläubig, »meine eigene Leibgarde.« Ihre Augen hoben sich hilfesuchend. »Und selbst Rygus. Ich vertraute ihm Tag für Tag mein Leben an, wenn ich ausritt.«

»Habt Ihr mit ihm gesprochen, Hoheit?« Guelfo wandte sich

zu der Prinzessin um. »Wißt Ihr, was dieser Mann dachte, wenn er vor Euch durch den Wald ritt?«

Genia schwieg betreten.

Für die da draußen, dachte Guelfo, ist sie eine Prinzessin – nichts sonst. Ein Symbol, eine Verpflichtung, eine Trophäe vielleicht.

Was hatte er selbst gedacht, als er fortgerannt war, hinter sich das Gemetzel am scharlachroten Zelt, rings um sich aus den Wäldern brechende Horden von Leomannen, noch tropfnaß von der Durchquerung des Flusses? Er war gewiß nicht der erste gewesen, der sich ein Pferd genommen hatte und davongaloppiert war – eher einer der letzten. Er war wohl der erste gewesen, der an die ungehorsame Prinzessin gedacht hatte, deren Verbannung sie das Massaker an ihrer Familie hatte überleben lassen. Aber vermutlich war er auch in dieser Hinsicht nicht der einzige gewesen ...

Welch dumme Entwicklung: über hundertachtzig Meilen zu reiten, um die Prinzessin zu befreien, und nun selbst mit ihr in Gefangenschaft zu harren.

»Gibt es eine Schließerin, eine Schaffnerin oder dergleichen? Der Palastvogt trug doch gewiß nicht alle Schlüssel bei sich, oder?«

Genia schüttelte hilflos den Kopf. »Ich kenne die Dienstboten von Venabulae doch kaum.«

Der Zauberer stellte weitere Fragen, tastend wie eine Hand, die eine Wand nach einer Geheimtür absucht. »Wenn der Falkner also ausfällt: Habt Ihr da draußen einen jungen Edelknaben, der euch ergeben ist? Einen Steigbügelhalter?« Wieder schüttelte sie den Kopf. »Euer Vorkoster? Schleppenträger? Wedelsklave? Wer schminkt Euch? Eine Lieblingssklavin, die uns vielleicht helfen würde?« Warum sollte sie, dachte er bitter. Auch er, Guelfo, war in der Savanne mit Menschen aufgewachsen, die seinem edelblütigen Vater rechtlos unterworfen gewesen waren – aber kein Leomanne hätte sie als Besitz bezeichnet.

Es war erschreckend, wie wenig die Prinzessin über die Menschen zu sagen hatte, die sie umgaben und ihr ein Leben in Luxus und Tatenlosigkeit ermöglichten – und dabei fragte Guelfo ohnehin nicht nach den einfachen Näherinnen, Gärtnern, Wasserträgern und Maultiertreibern, die dieses Ungeheuer von einem Palast am Leben erhielten.

»15 Monde!« Guelfo zog einen der kunstvoll geschnitzten weißen Stühle heran und setzte sich der Prinzessin gegenüber. »Ihr seid zu einer berückend schönen Jungfrau herangewachsen.« Er hatte sich in den letzten Monden oft in der Nähe ihrer Schwester aufgehalten, wenn er seine laute Leomannenstimme für den Imperator erhoben hatte. Wie verblüffend ähnlich zwei Gesichter sein konnten – und wie unterschiedlich der glutvolle Blick. Ebenso der Duft: Die Schwester hatte gerochen wie eine mit Blumen und Gewürzen überschüttete Antilopenstute; Genia hingegen umgab ein unschuldiger Hauch erblühender Rosenknospen.

Die Prinzessin lächelte höflich, dann wurde ihr Mund trotzig. »Ihr habt mich einfach verlassen.«

Der Zauberer lächelte zurück. »Die Berufung zur Stimme des mächtigsten Mannes der Welt lehnt man nicht ab.« Vor allem nicht, fügte er in Gedanken hinzu, wenn man der einzige Leomanne ist, der jemals zum Kaiserpriester geweiht wurde. Wofür eine Liebschaft mit der gelangweilten Gattin eines Priesters doch gut sein kann …

Vom Korridor hörte man das Kreischen eines Mädchens. Guelfo lauschte mit zusammengekniffenen Augen.

»Glaubt Ihr, daß sie meinen Sklavinnen … Gewalt antun?« Genias Miene war gefaßt. Also doch Mitgefühl, dachte Guelfo grimmig; diesem Kind fehlt nur das Wissen.

»Noch vor einer Woche hätte ich nicht für möglich gehalten, daß jemand einer Dienerin der kaiserlichen Familie auch nur zu nahe tritt. Aber ich hätte auch nicht für möglich gehalten, daß jene Männer, die Seine Illuminiszenz, Euren kaiserlichen Vater, ein Dutzend Mal mit ihrem eigenen Leib vor Geschossen und Dolchen von Attentätern beschützt haben, plötzlich ihre Waffen gegen seinen unantastbaren Leib richten könnten.« Ebenso, fügte er in Gedanken hinzu, wie ich manche Ankündigung des Imperators nicht für möglich gehalten hätte, ehe ich sie selbst weitergab. Und dabei hatte er den Kaisergott stets nur in der Öffentlichkeit erlebt und nicht inmitten seiner Könige, Heerführer und Berater, wenn er seine wirklich gefürchteten Befehle erteilt hatte.

Was für eine schmutzige Welt!

Wieder stand der großgewachsene Zauberer auf, trat zu dem schmalen Glasfenster und blickte in den Hof. Eine Weile lauschten die beiden Gefangenen noch, doch auf den Gängen wurden keine Geräusche mehr laut. Guelfos unruhiger Blick fiel auf die Tierstandbilder, die das Elfenbeinzimmer beherrschten: weiße Elefanten, welche die Abbilder der Elfenbeinkrone bewachten. In Elephantinos hatte Guelfo vor fünfzehn Jahren erstmals den Fuß auf imperialen Boden gesetzt. Wie viele Menschen hatten wohl ihr Leben lassen müssen, damit allein dieses Königreich zum Imperium gehörte?

»Wie starben meine Geschwister?«

Der Mund des Orators zuckte.

»Grausam, aber schnell. Ziemlich schnell, so hoffe ich.« Er griff nach seinem an der Wand lehnenden Sternenstab und drehte ihn zwischen den Fingern. Dann nahm er erneut der Prinzessin gegenüber Platz und betrachtete sie. »Ich kann mir nicht vorstellen, daß dieser Angriff ohne Planung und Vorbereitung geschah, aber er machte allen Anschein eines plötzlichen ... Blutrausches.« Nach dem letzten Wort in der *lingua regia* hatte er suchen müssen. *Liwaskergangr* nannten es die Leomannen, wenn sich Menschen in Tiere verwandelten. Aber ein leomannisches Wort in dieser Situation erschien ihm wie ein Frevel.

»Ihr wart also kein Zeuge?«

Der Kaiserpriester lachte humorlos. »Es gibt keine Zeugen. Niemand, der im Morgengrauen näher als hundert Schritt am Dormon weilte, hat überlebt.« Das war übertrieben. Aber die Brutalität, mit der die Gardisten in ihren blutgetränkten Tuniken aus dem Zelt gestürmt waren und umstehende Edelleute und Dienstboten niedergemacht hatten, hatte etwas Wahlloses gehabt. Niemand konnte so schnell entscheiden, wie nahe eine von tausend Personen dem Imperator stand. Guelfo jedenfalls hatte nicht abgewartet. Er hatte getan, was er seit seiner Jugend angesichts tobsüchtiger Leomannenkrieger stets getan hatte.

»Und meine Schwestern? Hat man ihnen … Gewalt angetan?«

Das arme Mädchen, dachte der Kaiserpriester. So wenig sie es in all den Jahren für nötig befunden hatte, in die Köpfe ihrer Mitmenschen zu blicken, so sehr verstieg sie sich nun darin. Was sollte er der jungen Prinzessin antworten?

Guelfo sprang wieder auf und sprach, während er auf und ab ging wie ein in die Enge getriebenes Tier. »Hoheit, für derartige Begierden war weder Raum noch Zeit.« Auch das entsprach nicht der Wahrheit. Er hatte schon von Männern gehört, die einen Sieg so feierten – an lebenden oder toten Frauen. Aber das war es nicht, worum es bei diesem Massaker gegangen war.

»Hoheit«, er rang nach Worten, »Ihr müßt verstehen, was in Duros Xenthos geschah. Ihr müßt verstehen, was Euer Vater war – und ist. Der Imperator ist das Licht des Reiches. Wer die drei Kronen trägt, ist ein Gott. Und einer seiner Nachfahren ist der zukünftige Kaisergott. Dies versieht die gesamte Familie, das Blut des Kaisers, mit einer Aura der Unantastbarkeit.«

Welch ein sinnentleertes, größenwahnsinniges Gewäsch, dachte er bei sich. Die ›Unantastbarkeit‹ hatte sich unter Hacken und Schneiden ins Gegenteil verkehrt. Genia lauschte, die Hände im Schoß, wie bei einer seiner Lektionen – aber ihr Gesicht verriet Verwirrung und Qual.

Guelfo wühlte in seinem Zauberwissen, das er noch nie mit jemandem geteilt hatte. Das Mädchen mußte verstehen. Er wollte, daß sie verstand – für das, was kommen würde.

»Für diese Männer war Eure Familie ein lebender Mythos. Dieses Wort beschreibt etwas, vom dem man weiß, daß es existiert, obwohl man es noch nie gesehen hat. Wie die Götter oder die Geister der Vorfahren.«

Guelfo ging vor der Prinzessin auf die Knie und widerstand dem Bedürfnis, ihre Hände zu umfassen. »Es braucht sehr viel

Mut, solch einen Mythos anzugreifen. Sehr viel Zorn. Sehr viel Schmerz.« Hastig sprach er weiter: »Diese Männer müssen sehr zornig gewesen sein. Da war kein Platz für Gier und Lust.«

»Aber welchen Grund hatten sie, zornig zu sein? Das Haus Gratianus war immer gut zu den Tausend Gefährten. Ihr selbst, Guelfo, habt mir erklärt, wie sehr wir die anderen Familien des Adels brüskierten, indem wir uns Barbaren als Garde wählten. Barbaren, die uns gegen unsere eigenen Verwandten und Vasallen beschützten, gegen ihre Dolche und Intrigen und Gifte.« Ihre Augen schimmerten feucht. »Barbaren aus der tiefsten Savanne. Halbwilde, die zu Hause in Tierfelle gehüllt umherlaufen und womöglich Menschen fressen. Wir haben ihnen unser Vertrauen geschenkt. Und sie fallen über uns her wie Bestien …«

Guelfo erhob sich ruckartig, ging zum Fenster und redete sich ein, daß er den schmalen Ausschnitt des Palasts im Auge behalten mußte.

Einige Stunden später erklang Hufgetrappel. Guelfo blickte auf den Hof.

»Bei den Rätseln der Sphinx, da sind sie schon!« Seine Stimme war rauh.

Genia erhob sich, und ihre Anmut machte die Angst in ihrem Gesicht doppelt schmerzhaft. »Was werden sie mit mir tun?«

Guelfo behielt die Ankömmlinge im Auge, obwohl ihm Genias Angst fast das Herz zerriß. Markige Befehle und Waffenklirren drangen herauf, dann waren leichte Schritte auf den Marmorfliesen zu vernehmen. Keine Stiefel – die Ankömmlinge waren barfuß …

»Er geht kein Risiko ein«, sagte Guelfo mit widerstrebender Anerkennung. »Er verteilt seine Männer, obwohl ihm der Anführer Eurer Garde die Schlüssel übergeben hat.«

»Guelfo!« Genias Stimme war ganz nah. Sie hatte die Hände erhoben, um nach seinem Arm zu fassen, aber sie war eine Prinzessin – noch. »Guelfo, wenn Ihr wirklich zaubern könnt, dann tut es jetzt.«

Er sah ihr in die Augen und versuchte in seinem Gewirr aus Stolz, Ehrgeiz, Zynismus und eigener Angst irgendein Gefühl zu finden, auf das er sich stützen konnte. Schließlich zog er eine Gurunuß aus der Tasche und zerbiß sie. Die bittere Stärke erfüllte seinen Hals und Nacken.

An der Tür rumorte es, dann knirschte der große Bartschlüssel im Schloß.

Beide Flügel flogen auf, von ausgestreckten Armen herrisch beiseite gestoßen. Der Hüne trat ein wie ein Löwe, der von erfolgreicher Jagd zu seinen Bäumen zurückkehrte und bereits wieder Hunger verspürte. Ein maliziöses Lächeln spitzte die Oberlippe inmitten des dunkelblonden Vollbartes. Natürlich trug er ein Löwenfell über der Rüstung, den Kopfpelz mit dem Maul über der eigenen Mähne.

Seine barfüßigen Schritte führten ihn unnötigerweise in die Mitte des Elfenbeinzimmers, ehe er sich den beiden Gefangenen am Fenster zuwandte. Weitere Krieger seines Schlages drängten sich am Eingang.

»Prinzessin!« bleckte der Recknir die Zähne. Die Kriegsbemalung machte daraus das Zähnefletschen eines Raubtiers am Ende einer langen Jagd. Sein Akzent war schwer, selbst bei diesem einzelnen Wort. »Und Ihr seid der Priester!«

Guelfo fühlte, wie ihn der Blick ins Innerste traf. Er war fünfzehn Jahre älter als dieser junge Krieger, aber in seiner Erinnerung war er halbwüchsig, als er das letzte Mal zu einem Löwentöter aufblickte.

»Und wer seid Ihr, Fremder?« Genias Stimme in vornehmster *lingua regia* war von makelloser Würde.

Der Leomanne warf den Kopf zurück und lachte brüllend. Sein spitzer Adamsapfel tanzte über dem protzigen Goldschmuck. »Ich bin Hrodger Manwari«, grinste er zufrieden. Doppelname, dachte Guelfo, er hatte sich also zweimal in der *Leomanning* bewiesen. Aber es gab ohnehin keinen Anlaß zum Zweifel, daß dieser Mann mit seinen eigenen Händen nicht nur den Löwen getötet hatte, dessen Haut er trug.

»Priester«, fuhr er fort, »ich muß mit Euch sprechen.« Er legte die Rechte, zur Kralle geformt, auf seinen Brustpanzer. Guelfos Herz verkrampfte sich: der Löwengruß!

Zwei Krieger eskortierten Guelfo, als er Hrodger folgte. Der Geruch! Er schloß die Augen und sog die Ausdünstungen der drei Leomannen ein: männlicher Schweiß, sonnengegerbte Felle, halbwilde Pferde, Öl und Säfte der Kriegsbemalung, der würzige Duft von gebratenem Fleisch. Wie fremd ihm doch im Grunde die Parfüms und Tuche waren, die ihn seit nahezu zwanzig Jahren umgaben.

Sie führten ihn in die kleine Bibliothek, einen gediegen eingerichteten Raum, der anscheinend wenig benutzt wurde. Der Löwentöter baute sich vor ihm auf. Seine zwei Krieger blieben nahe der getäfelten Tür stehen.

»Mir ist zu Ohren gekommen, daß Ihr Guelfo heißt.« Man hörte, daß er die *lingua regia* selten und ungern sprach. »Ein Name aus meiner Sprache. Der Palastvogt sagt, Ihr habt einen leomannischen Vater.«

»Einen leomannischen Vater und eine leomannische Mutter.« Guelfos Stolz war schneller aufgeflammt, als ihm lieb war. »Ich gehöre zum Stamm der Hrochnir, südlich der Urassagundir und Gautamannen.«

»Unzählbar sind die Stämme des Löwen.« Hrodger sprach nun leomannisch, und die weit ausladende Geste seiner Hände drückte Großzügigkeit aus. Natürlich. Niemand kannte die Hrochnir. Deswegen hatte der junge Leomanne sie damals ja verlassen. »Guelfo ... du bist ein Priester des Imperators?« Im Leomannischen gab es nur die offene, ebenbürtige Anrede.

»Ja.« Der Orator blieb bei der Sprache des Imperiums. Er war froh, den Sternenstab zu haben, um sich daran festhalten zu können.

Hrodgers Augen verdunkelten sich leicht, aber seine Miene blieb friedfertig. »Was gehört zu deinen Pflichten?«

»Ein Priester des imperialen Kultes verkündet die unbedingte Göttlichkeit des herrschenden Sprosses des Hauses Gratianus. Das Licht ist in ihm, und des Reiches Licht ist er.«

»Der Herr des Hauses Gratianus ist tot.« Der Triumph war unüberhörbar. Der Hüne betrachtete den kostbaren Wandteppich mit der Blutlinie des Kaisers. »Du trägst sein Gesicht auf deinem Gewand. Warst du ... täglich an seiner Seite?«

Diesem Löwenjäger aus der Savanne war nicht klar, wie riesig der Hofstaat war, den er angegriffen hatte. Und getötet. Guelfo verging das überhebliche Lächeln.

»Ich gehörte nicht zu seinen Leibpriestern, und das Hofzeremoniell verbot mir, mich ihm auf Reichweite eines Speerwurfs zu nähern.«

Bis vor zwei Jahren war das die Wahrheit gewesen. Aber Guelfo hatte nicht vor, sich selbst auszuliefern und zuzugeben, daß er es gewesen war, der die Worte des Imperators hinausgebrüllt hatte, wenn die Menge der versammelten Edelleute unüberblickbar gewesen war. Falls die Leomannen ihn folterten, wollte er noch etwas zu gestehen haben; das mochte ihm das Schlimmste ersparen.

»Das geschieht«, sagte der leomannische Edle nachdenklich, während er den Kopf in den Nacken legte, um das Porträt von Gratianus dem Großen auf dem Teppich zu betrachten, »wenn ein Herrscher nicht mehr das *Ainari* seiner Krieger hat.« Ja, ein leomannischer Herzog mußte sich täglich die Achtung und das Vertrauen der Männer verdienen, die ihn gewählt hatten. »Hat sein Gesicht wirklich geleuchtet?« Die Neugier klang echt.

Du Barbar, dachte Guelfo. Du kannst ihn umbringen, aber seinem Mythos erliegst du trotzdem. »Für einen Zauberer war das Antlitz des Imperators hell wie der Mittag, aber jeder Sterbliche ahnte das Licht seines Blutes.«

Hrodgers Blick war nicht zu deuten. Er wandte sich dem gegenüberliegenden Regal zu, in dessen rautenförmigen Fächern Schriftrollen gestapelt waren. Konnte es ein, daß ihm das Wort Zauberer in der *lingua regia* nichts sagte?

»Und die drei Kronen auf deinem Gewand? Hast du sie täglich gesehen?«

»Die drei Kaiserkronen sind viel zu mächtig und schwer. Selbst ein Gott wie der Imperator trägt stets nur eine Krone.«

»Welche trug er?« Der Löwentöter zog eine Schriftrolle aus dem Regal und roch daran.

»Das alte Hofzeremoniell besagt, daß der Imperator sich die Corona jenes Reiches reichen läßt, dem er gerade Befehle erteilt.«

»Dann muß er die Kronen häufig gewechselt haben.«

Guelfo mußte unwillkürlich lachen. Der Mann hatte Humor. »Ja, das hat er.«

»Und die anderen zwei Kronen?« Der Leomanne griff mit kindlicher Neugier nach einem kostbar verzierten Zirkel zur Vermessung der Sterne. »Was geschah mit denen, die er nicht trug?«

Eine Falle. Guelfos Instinkt, der noch in der Jugend in der Wildnis geschärft worden war, ließ ihn zögern. Die gemalten Löwengesichter der beiden Krieger an der Tür waren undurchdringlich. Sie hatten den gleichen leidenschaftlichen Mund und wirkten wie weniger durchsetzungsfähige Abbilder Hrodgers. Auch das hatte er vermißt: im Imperium wurde Gefolge stets vor die Tür geschickt. Doch die beiden Krieger waren enge Verwandte, und ein Leomanne hatte vor seinem Schlag keine Geheimnisse.

Besprachen sie hier eben Geheimnisse?

»Drei Könige bewachen die Kronen«, erklärte Guelfo. Das war Teil des Mythos, das sollte eigentlich jeder Untertan und jeder Feind des Imperators wissen. »Das Imperium ist so groß, daß der Imperator seit den Zeiten Gratianus' des Großen von einem Königreich zum nächsten zieht – mit seinen Edelleuten und seinen Rittern.« Dieser Umstand klang nicht mehr so beeindrukkend, wo die Ritter nun tot im Schlamm von Duros Xenthos lagen. »Stets begleiten ihn der König, den er zuletzt verließ, der König, den er besucht, und der König, den er als nächstes besuchen wird.«

»Muß schwer gewesen sein, all diese Könige ständig im Auge zu behalten«, meinte Hrodger sarkastisch. »Aber das war ja wohl der Gedanke, um all diese Länder beherrschen zu können.«

»Das war die Idee«, bestätigte Guelfo. Sie sprachen noch immer verschiedene Sprachen, der Leomanne und ... der Leomanne.

»Zwei der Könige sind ebenfalls tot.« Ja, sie waren mit dem Mann gestorben, der zugleich ihr Herr, ihr Oheim, ihr Vetter und ihr Schwiegervater gewesen war. Die Inzucht im Kaiserhaus hatte bisweilen skurrile Ergebnisse gezeitigt. Der König von Gratiandien, so der Kalauer bei Hofe, war sein eigener Stiefvater gewesen.

»Die Krieger der Tausend Gefährten übergaben uns die Rosenkrone und die Elfenbeinkrone. Sie waren ein wenig besudelt, fürchte ich. Guelfo, du weißt nicht zufällig, wo die Adlerkrone des Nordens ist?«

Beim Gemächt des Löwen, dieser Hrodger war kein satter Löwe, sondern ein raffinierter Schakal! Ein Schakal auf einer Fährte!

»Selbst wenn ich es wüßte, warum sollte ich es dir sagen?« Der Kaiserpriester machte sich nichts vor: das war ein Verhör. Hrodgers Finger spielten mit bedrohlicher Geläufigkeit um den goldverzierten Knauf des Schwertes an seiner Hüfte. »Und ich weiß es nicht«, ergänzte Guelfo. »Ich ging bis eben davon aus, daß ihr den imperialen Kronschatz vollständig erobert habt ... nachdem ihn euch die treue Leomannengarde auf einem blutigen Leichentuch servierte.«

Unter den Löwenhäuten der beiden Krieger zeichnete sich eine leise Bewegung ab.

»Ja, es macht uns keine Ehre, daß wir diese Schlacht durch einen so schändlichen Totschlag unserer Brüder gewannen. Doch sie haben uns blutig und vorzeitig etwas geliefert, was uns ohnehin bestimmt war.« Hrodger straffte sich. »Die Welt, die Aionar uns verheißen hat, wird entstehen; niemand mehr kann das verhindern. Die grausamen Tyrannen und ehrlosen Könige dieser Welt fallen vor uns wie der räudige Ur vor dem Löwen.«

»Ist es das, was euch eure Runenwerfer erzählt haben? Ist es das, was die Tausend Stämme geeint hat und wie ein Rudel tollwütiger Hyänen über die Völker nördlich der Savanne herfallen läßt?«

»Du hast ihn nicht gesehen! Es sind nicht die Runenwerfer, die gesprochen haben. Aionar ist keiner dieser schwächlichen Götter, die aus verzauberten Grotten oder berauschten Priestern sprechen.« Er ballte die Faust. »Er ist an unserer Seite!«

»Aionar? Der himmlische Löwe?« Der Name war Guelfo unbekannt, aber auch die Hrochnir hatten einen Gott in Löwengestalt.

»Der Löwe mit dem Silberhaar«, war Hrodgers Antwort. «Der die Macht hat. Der alle Kraft allein besitzt. Der, dessen Kriegspläne und Jagdlisten wahr werden. Der Kinder zu Männern macht und Männer zu Löwen.«

»Der alte Löwe? Der Löwenvater? Oder der Beschützer der Krieger? Der Herr der Herden? Unsere Stämme habe so viele Götter, die einander ähneln.«

»Es gibt nur einen einzigen Löwengott. Es gibt nur einen Gott, der würdig ist, angebetet zu werden. Er ist ohne Ende wie die Savanne, ohne Ende wie die Stämme.«

»Nennt ihr ihn deswegen Aionar? Aion – die Unendlichkeit? Ein Begriff aus der kurjamäischen Sprache für einen leomannischen Gott?«

»Es ist der Name, den ihm die Stämme gaben. Gemeinsam. Aionar hat die Blutrache unter den Stämmen beendet. Wir sind alle Brüder, und Aionar ist unser Gott.«

Auch die beiden anderen Leomannen standen jetzt entspannt, als zehrten sie von einer inneren Kraft.

»Und du hast ihn gesehen?«

Der hünenhafte Leomanne lachte ein Löwenlachen und drehte sich im Kreis, die Arme ausgestreckt. »Wir haben ihn alle gesehen.« Auch seine Vettern strahlten.

»Wie ... erscheint er?« Guelfo bemerkte nicht, daß er nun leomannisch sprach. »Im Traum? Im Blutrausch?«

»Du hast immer noch nicht verstanden. Ich habe an seiner Seite gekämpft. Er ragt auf wie der Löwe über die Welpen.«

»Jeder seiner Prankenhiebe trifft einen Feind«, stieß kehlig der linke der beiden Krieger aus.

»Doch Aionar kämpft nur gegen Götter«, fügte der andere hinzu. »Und er hat noch nie verloren.«

»Er ist leibhaftig?«

»Aber natürlich«, brüllte Hrodger vor Stolz. »Ihr werdet ihn alle sehen. Ihr hättet ihn auch am Arkos gesehen, wenn er nicht im Süden gekämpft hätte. Er hätte euren Imperator mit eigenen Händen erwürgt, doch der war ein minderer Gott. Und im Süden wartet die Sphinx auf ihn und die Stadt, die sie gebiert.«

»Die Sphinx? Er wird mit der Sphinx kämpfen?«

Das Glänzen der ummalten Augen war Antwort genug.

Bei den Pranken des Löwen, sie kämpften auch unten am Leonîl! Was trieb die Savannenvölker voran? »Ich habe die Sphinx gesehen. Sie ist riesenhaft. Und sie kennt die Antwort auf jede Frage.«

»Dann weiß sie ja, was ihr bevorsteht«, lachte Hrodger, und seine Vettern grölten mit.

»Wie viele Götter hat ... Aionar getötet?«

»Aionar tötet nicht«, antwortete Hrodger überrascht. »Er hat sie im Zweikampf bezwungen, einen nach dem anderen. Und dann hat er sie in sich aufgenommen. Es waren Hunderte. Weißt du, wie viele leomannische Stämme es gibt? Aber Aionar tötet nicht mehr – er befreit. Und die Besiegten werden Brüder der Sieger.«

Der letzte Dienst

Der Schwebende Palast, Nacht

Lorenco stieg über den Toten hinweg und spähte in den Säulenhof. Niemand war zu sehen. Bedrückende Stille lag über dem Palast.

Der Erste Ritter kniete neben dem Erschlagenen nieder. Der Glutschimmer eines Kohlebeckens tauchte dessen Gesicht in Rot und Schwarz. Der Mann war alt. Nur ein dünner Haarkranz lief um den kahlen Schädel. Er hatte wohl ein Räucheropfer vor der Imago, dem Bild des Gottkaisers, darbringen wollen. Jemand hatte dem Alten die Kehle durchgeschnitten.

Der Ritter hatte das Gefühl, den Toten schon einmal gesehen zu haben. Hatte er nicht zur Priesterschaft des Palasts gehört?

»Mögest du ewigen Frieden finden«, murmelte er leise und stand auf.

Laikos winkte ihm. Von Schatten zu Schatten huschten sie durch den Säulenhof. Im Atrium lagen weitere Leichen.

Lorenco fluchte stumm. Es hatte also auch hier begonnen. Wer mochte den Leomannen das Zeichen zum Aufstand gegeben haben? Er und Laikos hatten ihre Pferde fast zu Schanden geritten, um schneller zu sein als die Nachricht von der Niederlage. Allein die Hoffnung, die Prinzessin noch lebend vorzufinden, hatte ihnen die Kraft und den Mut gegeben, den steilen Felsen von Venabulae mitten in der Nacht zu erklimmen, um in den Palast einzudringen. Alles war genau durchdacht. Sie hatten den Pferden der Garnison vergifteten Hafer verfüttert, damit man sie nicht sofort verfolgen konnte. Für Genia stand am Fuß des Palastfelsens eine junge, kräftige Stute bereit. Sie hätten den Leomannen entkommen können ... Diese Blutsäufer! Was war nur in sie gefahren? Jahrzehntelang hatten die Barbaren dem Kaiser treu als Leibwache gedient. Und jetzt das!

Lorenco erstarrte mitten in der Bewegung. Vor ihnen hallten

Schritte aus dem Treppentunnel, der tiefer hinab in den Palast führte. Licht erschien in dem marmorverkleideten Gang.

Der Ritter gab Laikos ein Zeichen, und sie ließen sich zu Boden sinken. In der Dunkelheit mochte man sie für zwei erschlagene Palastdiener halten. Sie trugen nur ihre Tuniken und hatten die Schwerter auf den Rücken geschnallt. Der Rest ihrer Ausrüstung war am Fuß der Steilklippe bei den Pferden zurückgeblieben.

Zwei Leomannenkrieger traten in das Atrium. Sie hatten sorgsam gestutzte Bärte und waren in die weißen Tuniken der Palastwache gekleidet. Einer hielt eine Blendlaterne hoch. »Sie kuscht wie ein ängstliches Kätzchen, die Kleine.« Er lachte. »Ein Weib, an dem man keine Freude hat.«

»Es heißt, nicht mal ihr Vater habe sie bestiegen. Sie muß wirklich Krallen gezeigt haben, um dem geilen Bock zu entkommen.«

Der Wortführer hielt inne und ließ das Licht der Laterne über den Innenhof wandern. »Die hier hat wohl noch keiner gefilzt.«

»Das sind doch nur Lakaien.«

»Hoflakaien«, berichtigte der Laternenträger. »Mancher von ihnen mag einen goldenen Ring tragen oder ein Amulett besitzen.«

Lorenco fluchte stumm. Das hatte ihnen gerade noch gefehlt. Plünderer! Es hieß, die Götter webten die Tragödien der Sterblichen zu ihrem Vergnügen. Mit ihm mußten sie in den letzten Tagen viel Spaß gehabt haben.

Der Ritter tastete nach der Schlinge an seinem Gürtel. Auf einen Kampf konnten sie es nicht ankommen lassen. Das Klirren der Schwerter würde weitere Leomannen auf den Plan rufen. Seine Rechte schloß sich um einen der beiden kurzen Holzstöcke, die als Zuggriffe der Drahtschlinge dienten. Laikos hatte Würgeschlingen aus der Umwicklung seines Schwertgriffs gefertigt. Er behauptete, es seien die besten Waffen, wenn es galt, jemanden zu töten und sicherzugehen, daß er keinen Schrei mehr ausstieß. Lorenco hatte seinen Kameraden nicht gefragt, warum er sich mit Meuchlerwerkzeug auskannte.

»Schau mal der hier«, erklang die Stimme des Laternenträgers. »Der trägt einen Weinschlauch umgeschnallt.«

Lorenco zuckte innerlich zusammen. Laikos trug in einem Lederschlauch einen Reflexbogen und ein Bündel Pfeile. Er hatte sie auf diese Weise transportiert, damit sie ihn beim Ersteigen der Felswand nicht störten.

»Der Kerl scheint gar keine Wunde zu haben.«

»Vielleicht haben sie ihn nur niedergeschlagen.« Lorenco hörte ein leises Schaben – das Geräusch einer Klinge, die aus einer Lederscheide gezogen wurde. »Stechen wir ihn ab, bevor er wieder zu sich kommt und Ärger macht.«

Mit einem Satz war der Ritter auf den Beinen. Zwei weite Schritte, und er stand neben dem hünenhaften Laternenträger, der sich über Laikos beugte. Der Barbar fuhr halb herum, um den Angreifer mit dem Dolch niederzustechen. Lorenco wich aus, warf ihm die Schlinge um den Hals und zog mit aller Kraft zu. Im Reflex griff der Krieger mit beiden Händen nach seiner Kehle und ließ dabei die Waffe fallen.

Der Ritter konnte spüren, wie der dünne Draht in das weiche Fleisch des Halses schnitt. Warmes Blut quoll ihm über die Finger. Der Leomanne richtete sich nun ganz auf und riß Lorenco damit von den Beinen. Es gab einen mörderischen Ruck. Der Draht schnitt tiefer. Ein gurgelndes Geräusch erklang, als der Krieger an seinem eigenen Blut erstickte.

Der zweite Leomanne hatte sein Schwert gezogen. Laikos brachte ihn mit einer Fußangel zu Fall und war sofort mit der Schlinge über ihm.

Lorencos Gegner ging in die Knie. Der Krieger hielt noch immer beide Hände an seine Kehle gepreßt, als könnte er auf diese Weise die Blutung stillen. Nach wenigen Augenblicken war der Mann tot.

Lorenco nahm die Laterne und blies das Licht aus. »Wir lassen die beiden hier im Atrium. Zwischen den anderen Toten sollten sie nicht auffallen.« Dann deutete er zum Treppenschacht. »Dort unten, auf der Felsterrasse genau über dem Abgrund, liegen die

Gemächer der kaiserlichen Familie. Da müßten wir die Prinzessin finden.«

Sie schlichen die Treppe hinab, die sie zu einem weiteren Atrium führte. Es hatte zu regnen angefangen, so plötzlich und heftig, wie es für die Dschungelprovinzen des Imperiums typisch war, wenn die Regenzeit kam. Donnergrollen rollte über den Himmel. Ein Blitz zerriß die Dunkelheit. Um das Zierbecken im Innern des Hofes lagen weitere Leichen. Der Regen wusch das Blut in dunklen Schlieren über die Marmorplatten. Offensichtlich war im ganzen Palast gekämpft worden.

Gleich Vorhängen aus Silberfäden troff der Regen vom Ziegeldach des Säulengangs, der den Hof umfaßte. Vorsichtig bewegten sich die beiden Krieger voran. Das allseitige Plätschern dämpfte alle Geräusche. Sie würden die Wachen nicht mehr kommen hören, falls noch andere Leomannenstreifen durch den Palast patrouillierten.

Laikos griff nach Lorencos Arm und hielt den Ritter zurück. »Dort!« Er deutete auf die gegenüberliegende Seite des Säulenhofs. »Warte.«

Lorenco kniff die Augen zusammen und spähte in die regendurchwobene Finsternis, doch er konnte nichts erkennen. Sie verharrten, bis ein weiterer Blitz die Dunkelheit vertrieb. Und dann sah auch er es. Zwei Wächter hatten vor einer Tür Posten bezogen.

»Das muß es sein.«

Laikos nickte.

Mochten die Götter ihnen beistehen, daß die Prinzessin lebte! Der Ritter gab seinem Gefährten ein Zeichen, rechter Hand den Säulengang zu umrunden. Er selbst ging links um den Hof. Die Dunkelheit verbarg sie, und der prasselnde Regen übertönte ihre Schritte.

Die beiden Leomannen starben schnell und lautlos. Lorenco schob den Riegel vor der Tür zurück und trat in ein großes Zimmer. Zwei Öllampen mit zurückgeschnittenen Dochten spendeten mattes gelbes Licht, das die Finsternis nicht aus den Ecken des Schlafgemachs vertreiben konnte. Die Flammen flackerten in der Zugluft. Leise raschelten die Mosquitonetze, die über der Schlafstatt hingen. Auf dem Boden verstreut lagen Scherben. Offenbar war auch hier gekämpft worden.

Plötzlich erhob sich ein Schatten aus der Dunkelheit. Ein bärtiger Mann mit einem Stab in der Hand trat in die Mitte des Raumes, um ihnen den Weg zu verstellen. Noch ein Leomanne?

Lorenco wich einen Schritt zurück und zog die Tür zu; sollte der Wächter schreien, so wäre seine Stimme weniger weit zu hören.

»Was wollt ihr beiden?« sagte der Mann eigentümlich leise.

Eine zweite, kleinere Gestalt erschien hinter ihm, eine zierliche, junge Frau in grünem Jagdgewand. Die Prinzessin – kein Zweifel! Nur dieser letzte Leomannenwächter mußte noch überwunden werden. Lorenco zog blank. »Imperiale Hoheit, bitte tretet zurück und wendet den Blick ab.«

Der Leomanne wich zurück und erhob drohend seinen Stab. Jetzt erkannte Lorenco ihn: Es war der Orator des Kaisers, der einzige Leomanne, der bis unter die höchsten Würdenträger aufgestiegen war. »Guelfo. Es wird mir ein Vergnügen sein, Euer Blut zu vergießen, so wie Euresgleichen das Blut des Imperators vergossen hat.«

»Meinesgleichen, doch nicht ich«, entgegnete der Priester ruhig. »Ich bin froh, Euch zu sehen, Lorenco Nardes Odera. So weiß ich die Prinzessin in Sicherheit.«

Laikos machte einen Ausfallschritt und griff an, doch Guelfo wich für einen Mann seiner Größe überraschend schnell aus.

»Was ... was tut Ihr da, Lorenco?« rief Genia empört und stellte sich mit ausgebreiteten Armen schützend vor den Priester.

»Verzeiht mir, Hoheit, doch dieser Mann ist ein Verräter. Er wird ...«

»Ein Verräter? Er hat mich beschützt! Ihm traue ich, doch wie steht es mit Euch, Lorenco? Ihr kommt in stürmischer Nacht mit blankem Schwert und blutverschmierter Tunika in mein Gemach, den Blick eines Mörders in den Augen. Warum sollte ich Euch trauen?«

Das durfte nicht wahr sein! dachte der Ritter verzweifelt. Hatte der Priester ihr derart den Kopf verdreht? Genia war bei Hofe schon immer als schwierig und uneinsichtig verschrien gewesen, doch das hier übertraf Lorencos schlimmste Befürchtungen.

Der Erste Ritter atmete langsam aus. Ganz ruhig, sagte er sich im stillen. Sie ist vielleicht die letzte Überlebende des Kaiserhauses. Du wirst sie nicht anschreien ... »Imperiale Hoheit, verzeiht mir, wenn mein Erscheinungsbild nicht dem entspricht, was die Gegenwart einer kaiserlichen Prinzessin gebietet, doch ich hatte einen steilen Felsen zu erklimmen und mußte mit Euren Wächtern kämpfen, um vor Euch treten zu können. Dies erforderte gewisse Zugeständnisse an meine Garderobe.«

»Euch sei verziehen.« Die Prinzessin lächelte huldvoll. »Wo sind die anderen?«

»Hoheit, ich fürchte, Ihr seid Euch Eurer Lage nicht bewußt! Es gibt nur mehr Laikos und mich. Das Heer Eures Vaters, Seiner Illuminiszenz, ist in Auflösung begriffen. Keiner kann zu dieser Stunde sagen, welcher seiner Vasallenfürsten schon zu den Leomannen übergetreten ist. Laikos und ich sind möglicherweise die letzten lebenden Ritter der Adelsgarde. Ich bitte Euch inständig, besinnt Euch. Traut nicht diesem ... Priester. Und bitte folgt mir. Jeden Moment können die toten Wachen gefunden werden. Dies mag die einzige Gelegenheit sein, die Ihr zur Flucht bekommen werdet, Eure Hoheit.«

»Der Ritter hat recht«, bestätigte Guelfo. »Geht zur Not ohne mich, Hoheit. Nur bitte geht!«

Die Prinzessin strich sich eine Strähne aus dem Gesicht, die sich aus ihrer kunstvollen Turmfrisur gelöst hatte. Sie war so schön wie ihre Schwester Cassandra, dachte Lorenco, auch wenn ihre Züge etwas weicher waren. Sie galt als romantisch-verträumt – und mitunter als überaus trotzig. Selbst ihrem Vater hatte sie sich widersetzt. Niemand sonst im Imperium hatte dies je gewagt und überlebt. Wenn sie nur jetzt nicht so dickköpfig wäre, dachte Lorenco verzweifelt.

»Ich habe mich entschieden.« Die Stimme der Prinzessin klang erstaunlich beherrscht. »Ihr habt den Auftrag, mich und Guelfo aus dem Palast und dann an einen Ort zu bringen, an dem man dem kaiserlichen Blut noch die gebührende Hochachtung zollt.«

»Aber wir können diesem Leomannen nicht ...«

»*Ich* kann ihm sehr wohl vertrauen«, schnitt sie Lorenco das Wort ab. »Im übrigen möchte ich Euch daran erinnern, daß die Adelsgarde der Kaiserfamilie bedingungslosen Gehorsam gelobt hat. Über die Befehle meines Vaters wurde niemals debattiert. Glaubt nicht, daß ich dergleichen dulden werde, nur weil ich eine junge Frau bin.«

»Mit Eurer Erlaubnis, Hoheit, würde ich vorschlagen, daß Guelfo vor uns geht. Ich werde ihm folgen, mit Euch an meiner Seite. Laikos deckt uns den Rücken.«

Genia nickte. »Zuerst müssen wir noch meine Amme Salada holen. Sie ...«

Was bildete sich dieses verzogene Gör ein? Lorenco atmete schwer aus. »Bei allem Respekt ...«

»Eure Hoheit«, unterbrach ihn Guelfo mit ruhiger Stimme. »Ich weiß um die Liebe, die Ihr für Eure Amme empfindet. Aber bitte bedenkt, daß Salada eine alte Frau ist und daß möglicherweise große Strapazen vor uns liegen. Es könnte zuviel für sie sein.«

Die Prinzessin schluckte und reckte dann stolz ihr Kinn. »Wie immer sprecht Ihr mit der Zunge der Weisheit, Guelfo. Ich ... Ihr habt recht. Brechen wir auf.«

Lorenco bedachte den Leomannen mit einem mißmutigen Blick. Er wünschte, auch er verstünde sich darauf, mit samtener Zunge zu reden wie dieser Barbar. Er packte Guelfo unnötig grob am Arm und schob ihn vor sich durch die Tür. »Macht einen Fehler«, zischte er, »und Ihr seid ein toter Mann. Glaubt nicht, daß ich Euch traue.«

In aller Eile durchquerten sie das Atrium. Der Regen hatte nachgelassen. Es war erfrischend kühl.

Ohne Zwischenfälle gelangten sie die Treppe durch den Felsen hinauf und durchquerten den zweiten, größeren Innenhof, wo das Kaiserheiligtum lag.

Als sie den Eingang des Palasts erreichten, lag ein weiter Platz vor ihnen. Es waren gut hundert Schritt bis zu dem Tor, das über den Steilweg hinunter zum Dschungel wachte. Hundert Schritt ohne Deckung! Die Regenwolken hatten sich aufgelöst. Blaßblaues Mondlicht spiegelte sich in den Pfützen auf dem Platz.

»Lauft!« befahl Lorenco und stieß den Priester grob nach vorn.

Sie hatten es fast geschafft, als eine Gestalt unter dem Torbogen hervortrat: ein Krieger mit wilder Löwenmähne und einer langstieligen Axt. »Verrat! Feind im Lager«, brüllte er aus Leibeskräften und griff nach dem Signalhorn an seinem Gürtel.

Noch bevor Lorenco bei ihm war, hatte der Wächter ins Horn gestoßen. Der Ritter wich einem Axthieb aus und hämmerte dem Leomannen seinen Schwertknauf unter das Kinn. »Nehmt den Querbalken vom Tor, Guelfo«, befahl er harsch und stellte sich vor die Pforte des Torturms.

Schon erschienen weitere Leomannen beim Palasttor. Die Pforte des Torturms wurde aufgerissen. Das gelbe Licht einer Öllampe warf einen breiten Streifen in die Finsternis. Ein Kämpe mit wildem blondem Bart stürmte hervor und trieb Lorenco mit ungestümen Schwerthieben vor sich her. Ein zweiter Leomanne trat aus der Pforte zum Turm. Laikos verstellte ihm den Weg, während Lorenco einen Überkopfhieb so parierte, daß sein Gegner von der Wucht des eigenen Schlags nach vorn gerissen wurde. Der Ritter machte eine tänzerische Drehung zur Seite und rammte dem Angreifer das Schwert in den Rücken.

Laikos war in der Defensive, wich aber keinen Schritt vor seinem Gegner zurück. Plötzlich tauchte aus dem Schatten des Torbogens der Kaiserpriester auf. Guelfo hatte den Querbalken des Tors über den Kopf gestemmt und schleuderte ihn nach dem letzten Verteidiger. Der Leomanne versuchte noch auszuweichen, wurde aber an der Schulter getroffen und stürzte. Keinen Herzschlag später hatte Laikos ihm das Schwert über den Hals gezogen. Der Ritter preßte sich eine Hand in die Seite und hinkte.

»Bringt die Prinzessin den Steilweg hinab«, rief Lorenco dem Kaiserpriester zu. Guelfo nickte und packte Genia beim Arm, um sie mit sich zu ziehen. Die Prinzessin bewegte sich fahrig und hielt ungelenk einen Dolch in der Hand, so als wäre sie entschlossen gewesen, in den Kampf einzugreifen. Ihre Augen aber waren vor Entsetzen geweitet. Das arme Mädchen hatte gewiß noch nie das blutige Handwerk des Krieges aus der Nähe gesehen.

Ein Speer schlug neben Lorenco in das Holz des Tors. »Komm schon, Laikos! Wir decken den Rückzug.«

Der Adelsritter ließ den langen Lederschlauch von seiner Schulter gleiten und zog den Reflexbogen hervor. Eine Gruppe von drei Leomannen stürmte über den Platz auf sie zu. Dreißig Schritte noch, dann wären sie beim Tor.

Laikos zog eine Sehne auf seinen Bogen.

Lorenco warf die Drahtschlinge fort. Mit dieser niederträchtigen Meuchlerwaffe wollte er nie wieder etwas zu tun haben. Er bückte sich und hob den Sicheldolch eines niedergestreckten Leomannen auf.

Noch zehn Schritt, dann wären die Angreifer über ihnen. Weitere Krieger drangen aus dem Palasttor. Laikos nahm einen Pfeil aus seinem Lederschlauch und zog in fließender Bewegung die Bogensehne zurück. Das Geschoß traf den vordersten der Leomannen mit solcher Wucht in die Brust, daß er rücklings von den Beinen gerissen wurde.

»Für den Imperator«, schrie Lorenco und stürmte den anderen Wachen entgegen. Er blockte mit dem Schwert einen Angriff ab und drängte sich so dicht an den vorderen Leomannen heran, daß der Leib seines Gegners ihn gegen den anderen Angreifer abschirmte. Dann rammte er dem Krieger den Dolch in die Kehle.

Der zweite Leomanne wechselte die Axt in die Linke und versuchte, um seinen Kameraden herumzuschlagen. Lorenco wich mit einem tänzelnden Schritt aus und gab dem Sterbenden einen Stoß, so daß er seinem Gefährten in die Arme fiel. Im selben Augenblick setzte der Ritter nach und traf seinen verbliebenen Gegner mit einem wuchtigen Hieb am Kopf.

»Zurück!« rief Lorenco. Ein neuer Trupp Angreifer hatte bereits den halben Platz überquert, und aus dem Palast eilten weitere Verstärkungen herbei.

Laikos hinkte und hielt wieder eine Hand auf seinen Leib gepreßt. Lorenco hakte seinen Gefährten unter und zog ihn durch das Tor. An Laufen war so nicht zu denken. Sie kamen nur quälend langsam voran. Der Weg hinab zum Dschungel war kaum mehr als ein schmaler Saumpfad. In weiten Kehren wand er sich die steile Klippe hinab.

Genia und der Kaiserpriester waren schon ein gutes Stück voraus. Der Ritter blickte zum Tor zurück. Die Leomannen verharrten dort. Sie sammelten sich, um ihrem nächsten Angriff mehr Stoßkraft zu verleihen. Bis zum Versteck der Pferde war es noch mehr als eine Meile. Ein Wunder war vonnöten, um ihren Häschern zu entkommen, dachte der Ritter bitter.

Laikos strauchelte. »Laß mich zurück.« Seine Stimme war kaum mehr als ein heiseres Krächzen. Zitternd kämpfte er sich wieder auf die Beine.

»Die Adelsgarde läßt keinen der ihren zurück!« entgegnete Lorenco entschieden. »Tot oder lebendig. Ich werde dich nicht diesen Wilden überlassen.«

Laikos hob seinen Bogen. »Mit ein bißchen Glück kann ich sie eine Weile aufhalten. Außerdem haben wir nur drei Pferde. Ich wäre eine Last für euch. Sieh doch ein, daß es so besser ist.«

»Reiß dich zusammen, verdammt noch mal! Ich befehle dir ...«

»Bitte laß meinen letzten Kampf nicht einen Akt der Befehlsverweigerung sein. Ich kann es nicht mehr schaffen. Es war der Wächter vor der Tür der Prinzessin. Er hat mir seinen Dolch tief in die Eingeweide gerammt. Mein Leben ist verwirkt ... Laß mich wie einen Krieger sterben ... in der Schlacht.«

Lorenco blickte verzweifelt zum Tor hinauf. Immer mehr Schatten drängten sich dort. Jeden Augenblick würden die Leomannen ihren Sturmlauf beginnen. »Verdammter Dickkopf. Du sollst deinen Willen haben.«

Laikos lächelte erschöpft und legte die verbliebenen Pfeile griffbereit auf ein Felssims neben sich. »Du bist jetzt … der letzte … Überlebende … der Adelsgarde. Der letzte … Ritter … eines sterbenden … Imperiums.«

Lorenco packte Laikos im Kriegergruß ums Handgelenk. »In der Halle der Helden sehen wir uns wieder, mein Freund.«

Keine weißen Pferde mehr

Venabulae, am 10. Tag des Hitzemondes, im 243. Jahr des Imperiums

»Warum sind wir hier?« fragte Andrimedea und beschrieb mit der Hand eine Geste, die das gesamte Gipfelplateau des Palastberges einschloß: die Mauern mit ihren Kasematten, die Stallungen und Wirtschaftsgebäude, den weiten Hof, über den ständig Wind wehte, und einige Kuppeldächer an seinem entfernteren Ende. Sie waren alles, was man von hier aus vom wichtigsten Teil der Anlage – dem Schwebenden Palast – erkennen konnte.

Weder Eleta noch sonst jemand sah sich veranlaßt, auf Andrimedeas Frage zu antworten, denn es war offensichtlich, daß sie kein Begehren um Auskunft gewesen war, sondern eine reine Unmutsäußerung. Eine von der Art, wie sie jeder von ihnen während der letzten zwölf Tage mindestens einmal ausgestoßen hatte. Sie alle wußten genau, daß es drei Gründe für ihr Hiersein gab – zwei vorgeschobene und einen wahren.

Zu den ersten beiden gehörte, daß sich in Venabulae ein Mitglied der Kaiserfamilie aufhalten sollte. Außerdem bestand die

Hoffnung, in dem Palast etwas über den Verbleib der fehlenden Kaiserkrone zu erfahren. Doch um beides hätte sich ein beliebiger Trupp Krieger kümmern können. So viel gehörte nicht dazu, ein schwächliches Kaiserkind ins Feldlager zu bringen oder ein Gebäude zu durchsuchen. Der eigentliche und maßgebliche Grund ihres Hierseins war, daß Sarmanthas Auftreten während des letzten Kriegsrates breites Mißfallen erregt und jemand die erstbeste Gelegenheit ergriffen hatte, sie ein paar Wochen lang loszuwerden. Sehr wahrscheinlich steckte Swidpal dahinter, vielleicht sogar der Herzog. Doch so genau wußte das niemand.

Eleta sah plötzlich, wie Caetulus angewidert das Gesicht verzog. »Was ist ...«, begann sie. Den Rest der Frage ersparte sie sich. Ein äußerst unangenehmer Geruch war in ihre Nase gedrungen, und wie sie sah, roch jeder um sie herum nun den Gestank. Wo kam er her? Der Wind mußte gedreht haben.

»Das kommt von den Stallungen«, rief Caetulus. »Irgend jemand sollte sich das näher ansehen.«

Als sich niemand bereit fand, zuckte er mit den Schultern, um seinen Vorschlag selbst zu verwirklichen. Entschlossen ging er einige Schritte und schaute sich dann um, ob ihn vielleicht jemand begleiten wollte. Keiner hatte es vor. Bloß Andrimedea forderte ihn mit einer aufmunternden Geste zum Weitergehen auf. Caetulus rannte den Rest des Weges über den leeren Hof zu den Ställen, zerrte ein Tor auf und verschwand. Einige Augenblicke angespannten Wartens verstrichen, bis er wieder zu sehen war. Mit einer Hand hielt Caetulus Mund und Nase bedeckt, mit der anderen bemühte er sich, das Stalltor wieder zuzudrücken. Als es ihm nicht rasch genug gelang, ließ er es sein. Er rannte ein Stück von Stall weg, nahm die Hand vom Gesicht, atmete durch und begann aus Leibeskräften zu schimpfen: »Vermaledeit! Widerlich! Schockschwerenot! So eine Sauerei!«

»Nun sag schon!« drängte Persea. Caetulus antwortete nicht. Er machte eine Handbewegung, die vermutlich »Später!« heißen sollte, und kam herbei.

»Los!« forderte ihn Persea erneut auf.

»Da drinnen liegen lauter tote Pferde!« stieß er aus. »Dutzende!«

»Du übertreibst!«

»Dann geh selbst hinein! Das ist widerlich. Ich werde diesen Gestank nie mehr los werden.« Er begann mit erhobenen Armen zu hüpfen und sich um sich selbst zu drehen. Dabei jammerte er: »Wind! Wind! Bitte blas es weg!«

»Sind sie verhungert?« wollte Persea wissen.

»Glaub ich nicht. Futter ist genug im Stall, und Menschen leben hier doch auch«, erwiderte Caetulus. Das stimmte zwar, allerdings waren es sehr viel weniger, als Sarmantha erwartet hatte. Schon das Tor war nur von zwei Leomannen bewacht gewesen.

»Was dann? Hast du sie dir nicht näher angesehen?« drängte Persea weiter.

Caetulus wurde ungeduldig: »Was werde ich! Ihre Bäuche sind so stark aufgebläht, daß ich fürchtete, sie könnten platzen, wenn ich ihnen zu nahe käme, und der ganze Moder würde ...«

»Du scherzt! So etwas gibt es nicht.«

»Wohl doch! Sie müssen nur lange genug verwesen. Geh in den Stall, Persea, und stupse einen Kadaver an. Vielleicht hast du Glück, und sie platzen einer nach dem andern. Plopp, plopp, plopp! Viel Spaß, aber erzähl mir danach nichts davon, und komm mir auch ja nicht zu nahe.«

Eleta schüttelte sich angeekelt. Ihr war, als hörte sie aus den Ställen das Geräusch der platzenden Pferde. Sie fing Perseas Blick auf. Ihr ging es nicht anders.

»Vielleicht wurden sie vergiftet?« schlug Andrimedea ungerührt vor.

»Wer sollte das tun? Dies ist ein Palast. Hier ...« Caetulus hörte auf zu hüpfen. »Dies ist ein Palast!« wiederholte er begeistert. »Hier gibt es Bäder! Hört, ich habe Gesichte! Ich sehe ein großes Becken aus Marmor. Es ist gefüllt mit warmem Wasser. Mit sauberem Wasser! Rosen treiben darauf und berauschen mit ihrem Wohlgeruch. Doch was ist das? Eine wunderschöne Frau erscheint und gießt aus einem goldenen Krug Wasser über mich. Es ist Andrimedea! Sie ist splitternackt ... Autsch!«

Caetulus rieb sich den Hinterkopf und brachte sich mit schnellen Schritten in Sicherheit und außer Reichweite Andrimedeas, die ihm in gespielter Entrüstung einen weiteren Klaps androhte.

»Was warten wir noch?« rief er. »Wer zuletzt kommt …«

Caetulus behielt für sich, was mit dem letzten geschehen solle, und rannte zum verjüngten Ende des trapezförmigen Hofes. Andrimedea setzte ihm sogleich hinterher. Gegen ihre langen Beine konnte er nicht viel ausrichten. Binnen kurzem hatte sie ihn eingeholt. Im Vorbeilaufen fuhr sie ihm mit der Hand durch die Haare und zerzauste sie. Als sie ein Stück vor ihm lag, drehte sie sich plötzlich um und bewegte sich mit den Armen schlagend ein paar Schritte lang rückwärts weiter.

Das Rennen, an dem sich alle beteiligt hatten, endete bei Sarmantha. Sie hielt sich am Eingang eines in den Felsen gehauenen Ganges auf, der zum eigentlichen Palast führte. Kelomachos und zwei Leomannenkrieger aus ihrer Bedeckung standen bei ihr. Alle vier unterhielten sich mit zwei weiteren Leomannen, die zweifellos der hiesigen Palastgarde angehört hatten. Ihre grimmigen Gesichter ließen alle verstummen. Zusammen mit ihren Gefährten begab sich Eleta ein Stück abseits, um geduldig das Ende der Unterhaltung abzuwarten. Als es soweit war, trat Sarmantha zu ihnen. Sie sah besorgt aus.

»Die Prinzessin ist entkommen«, erklärte sie. »Sie hatte Helfer. Einer von ihnen war ihr ehemaliger Erzieher, der *orator* Guelfo, der andere – ihr werdet es nicht glauben – der Befehlshaber der Adelsgarde! Kann das Zufall sein? Seiner Herkunft entsprechend, ging dieser Lorenco Nardes Odera gewohnt rücksichtslos …« Sie unterbrach sich: »Vergilia, merk dir den Namen. Es ist wichtig zu wissen, wie unsere Feinde heißen.«

Vergilia nickte wie stets übereifrig. Sie wußte selbst, daß sie gegenwärtig noch nicht von großem Nutzen sein konnte. Aber sie wollte um jeden Preis dabeisein. Was sie derzeit wahrscheinlich am meisten fürchtete, war, irgendwann hören zu müssen: Wir können dich nicht gebrauchen. Neulinge benahmen sich leicht so. Eleta hatte es schon oft beobachtet.

»... Dabei hat er mindestens drei Leomannen erwürgt, was die Überlebenden äußert erbost hat. Weißt du, warum ich das hervorhebe, Vergilia?«

Die junge Frau erwiderte hilflos lächelnd ihren Blick. Sarmantha deutete auf Andrimedea.

»Sie mögen es nicht, erwürgt zu werden«, erklärte diese und stieß einen kurzen Lacher aus. »Nun, das mag niemand. Was ich eigentlich sagen wollte, war, daß sie diese Art zu sterben als besonders schändlich erachten. Ein echter Leomanne stirbt mit einem donnernden Todesschrei! Das hast du vielleicht schon einmal gehört, Vergilia. Ich meine nicht den Todesschrei, sondern die Aussage: Ein wahrer Leomanne stirbt wie ein Löwe.«

»Tun sie's denn?« verlangte Persea zu wissen.

»Frag sie«, schlug ihr Andrimedea vor. »Ich widme mich lieber anderem Zeitvertreib, als Löwen beim Sterben zuzusehen.«

»Leider nicht dem richtigen«, beklagte Caetulus.

Sarmantha klatschte in die Hände: »Zur Sache, Kinder! Die Folge davon war jedenfalls, daß der größte Teil der Krieger Hals über Kopf die Verfolgung aufnahm, um diesen Schimpf zu rächen. Im Palast ist nur noch eine Handvoll zurückgeblieben. Jetzt wißt ihr, warum wir am Tor lediglich zwei Wachen vorgefunden haben! Das heißt aber, daß wir mehr oder weniger auf uns allein gestellt sind. Ich habe die Krieger unserer Bedeckung angewiesen, den Palast von oben bis unten nach der verdammten Krone zu durchkämmen. Wir anderen werden währenddessen jede Menschenseele befragen. Wir müssen vor allem herausfinden, welches Ziel die Prinzessin und ihre Befreier haben. Sollte etwa ihr Bruder Nicandrius zwei Tagesmärsche entfernt mit einem neuen Heer auf sie warten, so darf uns das nicht entgehen.«

Sarmantha blickte ernst von einem zum anderen. »Strengt euch an. Wenn wir jetzt etwas versäumen, so müssen womöglich Tausende mit ihrem Leben dafür bezahlen.« Sie verstummte und lachte plötzlich verlegen: »Ich weiß, daß ihr euch immer anstrengt. Ich weiß es ja. Die Prinzessin und die Krone, darum geht es uns. Am besten fangt ihr sogleich an.«

Kelomachos hob die Hand. »Du sagtest, wir sollten jeden befragen?«

Sarmantha nickte: »Ich weiß. Es gibt hier zwar ein paar Gefangene, aber ich meine wirklich jeden, der im Palast lebt. Das ganze Gesinde. Auch die, die behaupten, unsere Brüder zu sein. Ich will sichergehen. Wie ihr wißt, gelobt mancher angesichts eines bewaffneten Kriegers so flugs seine Treue zu Aionar, daß sein Herz nie davon erfährt …«

»Erlaube mir, zuvor ein Bad zu nehmen«, bat Caetulus. »Ich war in einem Stall voller verwesender Pferde. Ich kann mich selbst nicht riechen, oder vielmehr: ich kann es viel zu gut.«

Sarmantha lachte: »Das ist es also! Ich fragte mich schon, was der Mann aus Villarealis Übles gegessen habe. Du riechst nach Tod, Caetulus. Laß es so! Das kann uns bei den Verhören nutzen.«

Sie klatschte in die Hände: »Flugs, Kinder! Schwärmt aus!«

Sie schreitet über verdorrtes Land

Venabulae, am 12. Tag des Hitzemondes,
im 243. Jahr des Imperiums

Verglichen mit anderen Räumlichkeiten des Palasts, war das schlauchförmige Zimmer schon fast klein zu nennen. Er war nur spärlich eingerichtet. Großflächige Malereien schmückten die Wände. Caetulus blickte auf, als Sarmantha eintrat. Gelassen ging er um den Holzsessel herum, in dem die ältere Frau saß und die Wand anstarrte. Als er hinter ihr stand und sie ihn nicht mehr beobachten konnte, schüttelte er unmerklich den Kopf. Sarmantha deutete schweigend zur Tür.

»Ich komme später wieder«, sagte Caetulus laut und strebte zum Ausgang. Sowie er die gut drei Schritt hohe Tür hinter sich zugezogen hatte, ging Sarmantha zu einem Ziertischchen und stellte darauf den Wasserkrug ab, den sie mitgebracht hatte, und neben ihn eine leere Trinkschale. Als hätte sie sich anders besonnen, nahm sie den Krug einen Augenblick später wieder auf und goß ein wenig Wasser in die Schale. Sie trank aber nicht daraus, sondern tauchte nur die Finger in die Flüssigkeit und benetzte damit Stirn und Schläfen. Danach wandte sie sich zu der Frau um und stellte sich in beiläufigem Ton vor: »Ich heiße Sarmantha.«

So, als bestünde ihre einzige Aufgabe darin, die Zeit bis zu Caetulus' Rückkehr zu überbrücken, widmete sie sich zum Schein den lebensgroßen Wandmalereien. Auf allen war dieselbe Frau in unterschiedlichen Zusammenhängen abgebildet. Offenbar erzählten die Gemälde eine fortlaufende Geschichte.

Das erste Bild stellte die Frau nackt dar. Sie stand in einer großen Rosenblüte. Brust und Scham hielt sie züchtig mit den Händen bedeckt. Ihr langes Haar reichte bis zum Gesäß. In Kopfhöhe umschwebten sie zu beiden Seiten fette, nackte Jungen mit geblähten Backen. Entweder sollten sie Windgeister sein, oder dem Schöpfer war das Gemälde ohne sie zu leer erschienen. Zweifellos beschrieb das Ganze eine Geburt.

Das Bild daneben zeigte die Frau in einem mit Blüten bestickten Kleid. Auf dem Kopf trug sie einen Blumenkranz. Das war alles. Das folgende Gemälde war aufschlußreicher. Hier beugte sich die Frau über einen am Boden liegenden Ritter mit Krone. Das Schwert war seiner Hand entglitten. Ein König, der Krieg führte? Für diese Annahme sprachen drei gewundene Flammen, die über den angedeuteten Umrissen von Häusern züngelten.

»Ich bin durstig. Bitte gib mir etwas Wasser!« erklang plötzlich die Stimme der alten Frau.

Sarmantha wandte sich zu ihr um. »Gern. Sobald du mir erzählt hast, wo die Prinzessin weilt.«

»Ich weiß es doch nicht«, erwiderte die Frau. »Das habe ich bereits dem anderen erzählt.«

»Natürlich weißt du es nicht«, spottete Sarmantha. »Du warst ja nur ihre Erzieherin. So wie der Orator Guelfo nur ihr Lehrer war. Was ist das schon?«

»Ich wiederhole es nochmals: Ich kann nichts sagen, auch wenn ihr mich noch so grausam behandelt!« klagte die Frau.

»Wir sind nicht grausam«, widersprach Sarmantha. »Wenn wir grausam wären, so würden wir dich so behandeln, wie es die Häscher des Imperators mit unseren Gläubigen getan haben. Ich ließe dich zunächst windelweich prügeln und anschließend ein paarmal vergewaltigen. Wenn du nur noch ein wimmerndes Bündel wärst, so ließe ich dich zu einem Tisch schleifen, auf dem Zangen und Messer in unterschiedlichen Formen ausgebreitet lägen. Jemand würde dir jedes dieser Werkzeuge begeistert erklären: Das ist zum Abschaben von Haut, das daneben zum Entfernen einzelner Muskeln, ohne dabei unerwünschte Schäden anzurichten. Danach würden dir vielleicht noch Kessel mit siedendem Öl gezeigt. Du erführest, daß sie zum Verbrühen und Kochen ganzer Körperteile benötigt werden. So ginge das vier, fünf Tage lang. In dieser Zeit hättest du vielleicht das eine oder andere Werkzeug näher kennengelernt. Am sechsten Tag würde man dir dann endlich die erste Frage stellen. So handeln wir nicht! Ich frage dich gleich, Salada: Wo ist die Prinzessin?«

Genias Erzieherin schwieg. Sie preßte die Lippen zusammen und starrte streng und entschlossen geradeaus. Daß sie von der ersten Befragung durch Caetulus erschöpft war, konnte sie nicht verbergen.

»Mach es dir nicht unnötig schwer, Salada«, riet ihr Sarmantha und widmete sich wieder den Malereien.

Nach der Dramatik der Darstellung vom gefallenen König wirkte das vierte Wandgemälde seltsam unfertig. Die Frau im Blumenkleid schritt von links ins Bild. Sie ging über eine blühende Wiese, die jäh endete. Danach waren nur noch verschwommene, graubraune Schemen zu bewundern, welche die gesamte rechte Hälfte dieses Teilgemäldes einnahmen. War die Malerei vielleicht beschädigt? Nein, die Erklärung lieferte das anschließende Bild: Hier sah man die Frau in üppig blühender Landschaft und umgeben von Burgen und Schlössern. Sie waren mit Wappen gekennzeichnet, die vielleicht längst keine Bedeutung mehr hatten. Das machte die Erklärung einfach: Auf dem unfertig wirkenden Bild war die Frau offenbar dabei gewesen, das vom Krieg verwüstete Land gesunden zu lassen. Dieses fünfte und vorletzte Bild zeigte, wie alles wieder gut war und grünte.

Die Tür öffnete sich, und Eleta schaute herein. »Wir brauchen dich draußen«, flüsterte sie.

»Ich komme wieder«, versprach Sarmantha Salada und folgte Eleta den Gang entlang bis zu einem Erkerfenster. »Was gibt es?«

»Die Krieger machen mir Kummer«, erklärte Eleta leise.

»Welche?«

»Die von hier. Die Leibgardisten. Sie sorgen sich um den Verbleib ihrer Kameraden, welche die Verfolgung der Geflüchteten aufnahmen. Sie hätten längst wieder zurück sein müssen, ganz gleich, ob sie erfolgreich waren oder nicht.«

»Es ist Krieg. Da geschehen unvorhersehbare Dinge«, gab Sarmantha zu bedenken.

»Ich weiß. Doch sie haben sich in den Kopf gesetzt, daß die Vermißten ebenfalls erwürgt worden sein könnten. Diese Befürchtung macht sie unberechenbar.«

»Ich kann nichts tun. Damit mußt du allein zurechtkommen«, erwiderte Sarmantha. »Ich darf die Alte nicht zu lange allein lassen, sonst kommt sie zur Ruhe. Führe den Kriegern vor Augen, was diese Schlacht bedeutet hat. Wir haben ein Heer mit Zehntausenden von Feinden besiegt und zerstreut. Hunderte einzelner Grüppchen von kaiserlichen Soldaten sind auf der Flucht. Doch jeder dieser Haufen besteht immer noch aus mehreren Hundert Menschen. Viele mögen ihre Waffen weggeworfen oder gegen Essen eingetauscht haben. Andere mag nach Rache gelüsten. Wenn unsere Krieger nicht mehr zurückkehren, so ist viel eher anzunehmen, daß sie einer solchen Schar in die Arme gelaufen sind, als daß sie von einem einzelnen Feind erwürgt wurden. Mach ihnen das klar!«

»So ist es! Mach ihnen das klar«, wiederholte jemand. »Wem eigentlich?«

Die Stimme gehörte Kelomachos, der sich mit Gnutewig näherte. Beide Männer trugen schwere Hämmer und waren grau vor Staub. Er lag auf ihren Haaren und hing an ihrer Kleidung. Als sie heran waren, nahm Kelomachos vorsichtig einen Leinenbeutel von der Schulter, der von etwas Großem ausgebeult wurde. Dann ließen er und sein Begleiter sich ächzend auf dem Boden nieder.

»Habt ihr nichts zu tun?« fragte Sarmantha.

»Das ist unangebracht«, beschwerte sich Gnutewig. Er war erst kürzlich in Sarmanthas Schar aufgenommen worden und wußte noch nicht, wie er eine solche Äußerung deuten sollte.

»Wir haben den ganzen Vormittag hart gearbeitet. Unser Hämmern muß überall zu hören gewesen sein. Acht Statuen verflossener Imperatoren haben wir in der Palastkapelle vorgefunden, von dem Opferaltar gar nicht zu reden. Wenn sich diese Götzenkaiser wenigstens alle wie Rigorius hätten darstellen lassen: jung und rank mit schlanken Beinen und schmalen Fesseln, so daß wenige Schläge reichten, um sie vom Sockel zu hauen. Doch von wegen! Zuletzt hatten wir es mit einem besonders verabscheuenswerten Imperator zu tun: fett, sitzend und in weiten Gewändern. Es war, als wollte man einen unbehauenen Marmorblock zertrümmern!«

»Kennst du den?« fragte Kelomachos und holte aus dem Leinenbeutel wie zum Beweis einen abgeschlagenen Marmorkopf hervor. Selbst in seiner künstlerischen Umsetzung in glattem Marmor wirkte das Abbild des einstigen Herrschers noch aufgeschwemmt und verlebt.

»Nein«, antwortete Sarmantha nach kurzem Betrachten. »Aber ich habe Verwendung dafür.«

Sie nahm den Kopf entgegen und kehrte damit zu Salada zurück. Die Erzieherin sah sie zornig an. Der Wasserkrug lag zerbrochen in einer großen Pfütze. Wohin die Alte die Trinkschale geschleudert hatte, war nicht ersichtlich.

»Das Wasser war salzig«, sagte sie vorwurfsvoll.

»Ich weiß«, antwortete Sarmantha. »Es war ja auch nicht zum Trinken gedacht.«

»Du wußtest, daß ich davon trinken würde, sobald du weg wärest!«

»Das ist dein Fehler, Salada. Ich versprach dir Wasser, sobald du mir sagst, wo die Prinzessin ist. Mach nicht mich dafür verantwortlich, daß du unsere Vereinbarung gebrochen hast.«

»Wir hatten keine Vereinbarung«, zischte Salada. Nun bemerkte sie den Kopf. »Der ist aus der Kapelle!« rief sie aufgebracht.

Sarmantha hielt den Marmorkopf hoch, so daß ihn Salada gut sehen konnte. Dann ließ sie ihn fallen. Polternd schlug er auf dem Boden auf und blieb nach wenigen Umdrehungen liegen.

»Ich habe die Leiche des Imperators Rigorius gesehen, den du für einen Gott hieltest«, erklärte Sarmantha. »Sein Körper wies Einstiche von über vierzig Klingen auf. Die Statuen früherer Kaiser, die du ebenfalls als Götter ansahst, haben wir heute zerschlagen. Alles ist vergangen, und du bist niemandem mehr verpflichtet. Wo ist die Prinzessin?«

Als Salada keine Anstalten machte zu antworten, wandte sich Sarmantha erneut den Wandbildern zu. Das sechste und letzte Gemälde schien auf den ersten Blick keine Verbindung zu den anderen fünf zu haben. Dieses Mal stand die Frau vor einer Hecke oder einem Wald und blickte auf einen Spiegel, der auf einer Säule angebracht war. Doch vielleicht sollte es auch nur ein sehr schmaler Brunnen sein. Die Bedeutung erschloß sich mit etwas Nachdenken: Die Unbekannte war von einem überirdischen Ort gekommen. Sie war einem König begegnet und hatte sein zerstörtes Land wieder erblühen lassen. Danach hatte sie sich wohin auch immer zurückgezogen und beobachtete nun das weltliche Geschehen von fern. Das schloß natürlich nicht aus, daß sie zu Zeiten von Blüte oder Aussaat zurückkehrte.

»Ihr könnt bloß alles zerstören und habt vor nichts und niemandem Achtung«, murrte Salada.

Sarmantha sah die alte Frau an: »Vor wem sollte ich Achtung haben? Etwa vor dir?«

»Vor dem Alter!« entrüstete sich Salada, ohne aufzusehen. »Ich könnte deine Mutter sein.«

»Bestimmt nicht«, antwortete Sarmantha bewußt schroff. »Meine Mutter gebar vierzehn Kinder. Die Hälfte davon starb im ersten Jahr. Am Tag meiner Geburt arbeitete sie sogar noch während der Wehen. Sie hatte keine andere Wahl, da es das zweite Hungerjahr war, aber dennoch nicht weniger Abgaben zu entrichten waren. Weißt du, daß selbst in Jahren größter Not noch nie ein Fürst verhungert ist? Seltsamerweise trifft es immer die anderen.«

»Ich bin keine Fürstin«, klagte Salada. »Ich bin nur eine einfache Kinderfrau. Ich habe nichts zu bestimmen. Ich habe nichts zu sagen.«

»Du bist unschuldig?«

»Ja!«

»Unschuldig wie alle einfachen Kinderfrauen?« sagte Sarmantha nachdenklich. »Ihr zieht eure Prinzen und Prinzessinnen groß und habt nur ihr Wohl im Sinn. Doch wenn sich die Hälfte von ihnen in mitleidlose Unterdrücker verwandelt, tragt ihr keine Verantwortung. Wie alt war deine Prinzessin, als sie zum ersten Mal fragte: ›Salada, warum mußt du arbeiten und ich nicht?‹ Was hast du ihr geantwortet? ›Ich bin für dich da! Jeder Diener ist für dich da. Denn dein Vater ist ein Imperator und Gott. Ihm gehört das Land. Ihm gehören alle Menschen mit Haut und Haaren. Und weil du seine Tochter bist, ist die ganze Welt nur zum Vergnügen deiner Familie da. Ihr seid die einzigen Wichtigen, die einzigen, die etwas zählen!‹ Wie oft hast du ihr diese Weisheit mit den Jahren eingehämmert? Täglich? Wöchentlich? Wie oft hast du deiner Prinzessin stillschweigend beigebracht, daß jeder ein Verbrecher sei, der eine andere Meinung habe, der seine Abgaben nicht entrichten könne, der es wage, an einen wirklichen Gott zu glauben anstelle machtloser Götzen? Und der selbstverständlich deswegen sein Leben verwirkt habe? Wie oft?«

»So ist Genia nicht«, murmelte Salada. »Sie wurde hierher verbannt, weil sie dem Imperator nicht gehorchte.«

»Eine wahre Rebellin also«, spottete Sarmantha. »Ich hörte, daß sie die Vermählung mit einem Herzog verweigerte und dafür unbarmherzig mit dem Aufenthalt in diesem Palast bestraft wurde. Gewiß eignet sie sich damit als Vorbild für alle jungen Bauernmädchen, die von ihren Vätern an den Nachbarn verkauft wurden und denen ähnliches Rebellentum in der ersten Nacht ausgetrieben wurde. Wo ist die Prinzessin Genia?«

Sarmantha erwartete nicht, schon jetzt die gewünschte Auskunft zu erhalten. Daher zog sie sich ein paar Schritte zurück, um zu warten und zu beobachten.

Salada rieb sich die Kehle und schluckte trocken. Eine einzelne Träne lief ihr über die Wange. Stumm bewegte sie die Lippen. Betete sie etwa? Oder erflehte sie den Beistand eines Schutzgeistes? Sarmantha bedauerte, daß sie nicht mehr über die Frau in Erfahrung gebracht hatte. Es wäre nützlich gewesen zu wissen, welche Götzen sie verehrte. Allemal durfte sie ihr diese Art von Trost nicht erlauben, denn das würde die Befragung unnötig in die Länge ziehen.

Gerade wollte sie etwas dazu sagen, als ihr auffiel, daß Salada noch immer auf die Wand starrte. Oder vielmehr auf die Malereien. Genauer gesagt, auf die Frau. Galt das Flehen etwa ihr? Dies herauszufinden war einen Versuch wert!

Sarmantha zückte ihr Klauenmesser, schritt zu dem Bild, das die Geburt der Blumenfrau darstellte, und schabte mit der Klinge kräftig darüber, so daß Putz und Farbe auf den Boden regneten. Salada erhob sich aus dem Sessel und kreischte: »Nein! Das darfst du nicht!«

»Wo ist die Prinzessin?« verlangte Sarmantha zu wissen. Als keine Antwort kam, setzte sie beim zweiten Bild die Klinge an und führte sie über das Gesicht der Frauengestalt, einen tiefen Kratzer hinterlassend.

»Hör auf«, flehte Salada. »Hör auf! Sie … sie will zu ihrer Tante.«

»Welche?«

Die Kinderfrau sah zu Boden und stammelte: »O... O... Orta.«

Der Name sagte Sarmantha nichts, doch bei den weitläufigen Verwandtschaftsverhältnissen der kaiserlichen Familie hatte das wenig zu bedeuten.

»Wo hält sie sich auf?«

Salada schüttelte den Kopf.

»Mir macht es nichts aus, all diese Götzenbildnisse zu zerstören«, drohte Sarmantha. Einer plötzlichen Eingebung folgend, ging sie zu dem Bild des wiederhergestellten Landes. Mit den darauf abgebildeten Burgen und Dörfern war es so gut wie eine Landkarte. Ohne ihr Gegenüber aus den Augen zu lassen, setzte sie die Klingenspitze auf die Frauenfigur und drängte: »Erzähle mir, wohin sie will, sonst schände ich auch dieses Bild.«

Salada schwieg und starrte wortlos auf das Gemälde. Sarmantha folgte ihrem Blick und deutete urplötzlich auf eine schlichte Burg. »Will sie dorthin?«

Salada gab auf. »Castra Spindorum«, brachte sie mit gesenktem Blick hervor. »Castra Spindorum.«

Das Heim der drallen Kriegerinnen ist voller Enttäuschungen

Wald bei Castra Spindorum, am 21. Tag des Hitzemondes, im 243. Jahr des Imperiums

Dunkle Wolken ballten sich als Vorboten eines in Bälde einsetzenden Wolkenbruchs zusammen. Spätestens in einer Viertelstunde würden sich wahre Sturzbäche vom Himmel ergießen, so wie von nun an jeden Tag in den kommenden Wochen bis zum Ende der Regenzeit.

Was sich vor zwei Stunden im letzten Dorf, durch das sie gekommen waren, bereits abgezeichnet hatte, bestätigte sich nun. Hier gab es keine Burg, zu der die Prinzessin geflüchtet sein konnte. *Castra Spindorum* war schon vor langer Zeit zerstört worden. Ein Pflanzenteppich hatte die Ruine größtenteils überwuchert. Mächtige Baumwurzeln hatten die verbliebenen Mauern gesprengt, auf deren Überresten, verborgen hinter mannshohen Farnen, kriegerische Szenen mehr zu erahnen als zu erkennen waren: Wehrhafte, überaus prächtig entwickelte Frauen kämpften gegen bedrohliche Ungeheuer.

Neun Tage waren sinnlos vergeudet worden, dachte Eleta niedergeschlagen. Neun Tage Reise durch feindliches Gebiet, in denen sie ständig vor versprengten marodierenden Haufen auf der Hut hatten sein müssen. Alle Mühe war vergebens! Denn daran, daß ihnen die Prinzessin endgültig entkommen war, gab es nichts mehr zu deuteln. Die Schuldige an dieser Schlappe, die Erzieherin Salada, stand mit versteinerter Miene zwischen den Reittieren. Ihre ganze Haltung drückte tiefe Befriedigung aus. Fürchtete sie sich denn gar nicht? Grund dazu hatte sie genug! Vielleicht mußte man länger mit Sarmantha zusammen sein, um zu erkennen, wie wütend sie war. Doch selbst der Alten hätte bewußt sein sollen, daß ein Wort Sarmanthas reichte, um ihr den Tod zu bringen. An erbosten Freiwilligen herrschte kein Mangel. Doch wahrscheinlich hatte sie sich seit Tagen auf dieses Ende vorbereitet und erlebte den Augenblick als Triumph. Sie, die Standhafte und Treueste der Treuen, gab bereitwillig ihr Leben für die Prinzessin und verhöhnte die Häscher mit ihrem letzten Atemzug. Eine wahre Märtyrerin!

Sarmantha klatschte in die Hände: »Laßt uns aufbrechen, bevor es zu schütten anfängt. Hier gibt es nichts mehr für uns zu tun. Es war mein Fehler. Ich habe ihr zu bereitwillig geglaubt.«

Einer nach dem anderen saß wieder auf.

»Es war genausogut mein Fehler wie deiner«, erwiderte Caetulus. »Ich hätte merken müssen, daß sie einfach aus den Wandbildern eine Geschichte zusammengesponnen hat.« Er packte die Zügel von Saladas bisherigem Reittier.

»Was ist mit mir?« fragte die Erzieherin unsicher.

»Du bist frei«, erwiderte Sarmantha. »Geh, wohin du willst, von mir aus zurück zum Palast. Bis dahin sind es drei- oder vierhundert Meilen. Vielleicht geben dir die einfachen Leute von ihrem Essen ab, wenn du erwähnst, daß sich ihr Leid deinetwegen verlängern wird.«

»Aber ich weiß doch gar nicht, wo ich überhaupt bin«, rief Salada fassungslos.

»Das ist nichts Neues«, entgegnete Sarmantha und trieb ihr Pferd an.

Später, als der Regen eine Rast erzwang, sinnierte sie: »Daß uns die Prinzessin entkam, ist zwar ärgerlich, doch nicht ganz so schlimm, als wenn es ihr Bruder gewesen wäre.«

Vom Regen in die Rosen

Auf der Via Silvana nahe Pentarosae, im gleichnamigen Königreich, Kaiserreich der Fünf Rosen, am 2. Tag des Flutregenmondes, Wochen später

»Die Türme dort müssen es sein!«

»Ja, das ist Pentarosae«, bestätigte Guelfo grimmig. Er hatte festgestellt, daß sein Blick schärfer war als der Oderas – zumindest jetzt während der Regenzeit, auf weite Entfernungen, wie er sie aus der Savanne gewohnt war. Unvergleichlich war dagegen die Schärfe, mit welcher der junge Ritter ihn seit über sieben Wochen fixierte. Das Mißtrauen machte aus seinen Augen eine Waffe.

»Endlich«, seufzte Genia. »Trockene Tücher, trockene Kleider, ein trockenes Bett.« Das Regenwasser tropfte ihr unter der Kapuze vom Kinn. Sie hatte sich erstaunlich tapfer geschlagen für ein Mädchen, das sein ganzes Leben kaum einen Schritt ohne

Vorkoster, Garderobensklavin und Leibwächter getan hatte und beinahe nur in Pferdesänften gereist war.

»Dann wollen wir einige Worte wechseln.« Der Kaiserpriester deutete auf eine halbwilde Baumgruppe zwischen den terrassierten Hügeln mit den Hirsegarben, den Erdnußpflanzen und Maniokstäuchern. »Jene Brotfruchtbäume dort scheinen mir geeignet.«

»Schon wieder Heimlichkeiten?« knurrte der Erste Ritter unversöhnlich. »Noch zwei Stunden, und Ihre Imperiale Hoheit ist in Sicherheit.«

»Genau darüber will ich sprechen«, sagte Guelfo kühl und setzte sich wieder in Bewegung. Er widerstand dem Bedürfnis, nach Genias Arm zu fassen, hatte er doch festgestellt, daß die stolze Prinzessin diese Geste männlicher Führung haßte – insbesondere wenn ihr Lehrer damit eigentlich nur dem Ritter zeigen wollte, wer hier die Führung hatte.

Sie verließen die Steinplatten der Via Silvana und folgten einem morastigen Trampelpfad, der auf die hoch aufragende Wand des Dschungels zuführte. Sie hatten genug Regenwald gesehen, während sie allen Fremden ausgewichen waren, ob es nun Stoßtrupps der Leomannen oder marodierende Deserteure des zerschlagenen imperialen Heeres gewesen waren. Dabei waren sie auf Seitenstraßen und Dschungelpfaden immer tiefer in die Wildnis geraten und hatten nach und nach die Pferde verloren.

Zwischen den Gräben wucherte Unkraut, das längst verdorrtes Unterholz bildete. War dies wieder Land von Bauern, deren gewohnte Feldfrüchte nicht mehr genug Sonne bekamen, um ausreichend zu tragen? In den Jahren, seit der Himmel sich verschleiert hatte, hatte Guelfo so viele Länder bereist und war immer wieder hungernden Bauern begegnet, die sich an neuen Pflanzen versuchen mußten, deren Anbau ihre Väter sie nicht gelehrt hatten.

Die weit ausladenden Kronen der Baumgruppe boten willkommenen Schutz vor dem unaufhörlichen Regen.

»Welche Warnungen und Omina wollt Ihr uns diesmal vorlegen?« fragte Odera angriffslustig, während er formvollendet seinen Mantel für die Prinzessin ausbreitete. Mit einem erleichterten Seufzer nahm Genia den klatschnassen Reisemantel ab und ließ sich nieder. Guelfos Blick auf die Prinzessin war vieldeutig genug, daß der Ritter darauf einging.

»Was habt Ihr am Jagdgewand Ihrer Hoheit auszusetzen?« fauchte Odera. »Sie hat nicht nur seit Wochen das goldene Diadem mit dem Rosenstein abgenommen, sondern trägt auch die Brokatweste mit den Rosen- und Kronenstickereien nicht mehr. Aber ich bestehe darauf, daß sie zweifellos als Edeldame erkennbar bleibt.«

Als der Orator nicht antwortete, stieß der Ritter hervor, was ihm seit Wochen auf der Zunge gebrannt hatte. »Was immer Ihr bislang vorgebracht haben mögt: Von nun an ist es in unserem Sinne, daß Ihre Imperiale Hoheit als Mitglied der kaiserlichen Familie erkannt wird. Oder wollt Ihr Euch in die größte der Königsstädte schleichen, wie wir uns all die Wochen durch die Urwälder geschlichen haben?«

»Selbstverständlich nicht, Erster Ritter«, gab Guelfo sich großzügig. »Die Aufgabe ist nun vielmehr die gegenteilige: Ich möchte alle Sorge tragen, daß wir an den Toren von Pentarosae als Reisende imperialen Ranges erkannt werden – obwohl wir kaum ein angemessen großes Gefolge für eine Tochter Seiner Illuminiszenz darstellen. Für *die* Tochter Seiner Illuminiszenz.«

Der kurze Ausdruck des Schmerzes in Genias makellosem Gesicht war wohl nur für jemand zu erkennen, der es mehrere Jahre lang nach Anzeichen von Verstehen erforscht hatte.

Oderas Urteil folgte zielsicher: »Wir wollen, daß man uns erkennt und schnellstens durch die Straßen zum Palast geleitet. Mit einer Eskorte. Einer Eskorte, deren Treue über jeden Zweifel erhaben ist.«

»Wir haben genug Leomannenwitze getauscht während der letzten Wochen, nicht wahr?« Guelfos Lächeln war säuerlich; natürlich wußte er, daß er noch lange nicht die letzte Anspielung gehört hatte. »Was werden wir dem König erzählen? Und ehe wir die Frage beantworten: Was wird der König wissen?«

»Wir sind 480 Meilen von Duros Xenthos entfernt, wenn ich die Meilensteine richtig las«, rechnete Odera. »Die Boten können, wenn sie ihre Pferde zuschanden reiten, auf der Heerstraße 200 Meilen am Tag zurücklegen. Der König weiß also in jedem Fall seit fast zwei Monden, daß der Imperator tot und die Schlacht verloren ist.«

»Können wir zweifellos sicher sein, daß die überlebenden Heerführer die Nachricht in alle sieben Königsstädte geschickt haben? Ihr wißt, wie schnell Ihr das Schlachtfeld verlassen habt ...«

»Ich kam meiner ersten Pflicht nach!« brauste Odera schon wieder auf.

Guelfos Geste war beschwichtigend. »Ihr habt das erste getan, was Euch in den Sinn kam. Was, frage ich mich, kam wohl den Heerführern in den Sinn, als sich ihr Feldlager in eine Todesfalle verwandelte, während draußen die führungslosen Heerscharen zerstreut wurden?«

In den dunklen Augen des Corniers blitzte es. Jetzt grübelte auch er.

»Erbprinz Nicandrius in Gratianda – hoffentlich«, resümierte Guelfo. »Zwei von sieben Königen tot. Der Feind auf heiligem imperialem Boden. Welche Nachricht würdet Ihr schicken?«

»Die Wahrheit«, antwortete der Erste Ritter eine Spur zu stolz, »und die Anweisung, Truppen in jeder Hauptstadt zu sammeln.«

»Welche Wahrheit? Die Wahrheit verbirgt sich im Wort.«

In Odera schienen Abscheu und Intelligenz miteinander zu ringen.

Guelfo bohrte weiter: »Sagt Ihr: Wir haben verloren? Wir wurden geschlagen? Oder sagt Ihr: Gebt mir mehr Truppen? Sagt Ihr: Der Imperator ist tot, wir müssen sein Reich beschützen? Oder sagt Ihr: Ich eile an die Seite meines Imperators, um ihn zu beschützen?«

Odera schien einen Fluch hinunterzuschlucken, als er die Dolche sah, die sich in den Gewändern all dieser Botschaften verbargen. Bemerkenswert, überlegte Guelfo. Entweder war dieser aufbrausende junge Ritter ein ausgemachter Schakal, der das Spiel der Masken und Lügen viel besser als er selbst beherrschte – weil er es im Gegensatz zu den Barbaren seit seiner Kindheit spielte. Oder er war tatsächlich ein überraschend naiver Ehrenmann, dem nicht bewußt war, wie viele Geheimtüren Ehre besaß.

»König Severus von Pentarosae ist ein erklärter Feind der Leomannen, das ist allgemein bekannt.« Odera hatte aufgegeben, im Lügengespinst zu wühlen – oder er verweigerte es. Nun gut, es war die Aufgabe des Kriegers, ein Ziel ins Auge zu fassen. »Der Feind aller Leomannen – der im Imperium und der, die es offen angreifen.« Der junge Mann ließ wirklich keine Gelegenheit aus …

»So habe ich ihn ebenfalls erlebt«, kam ihm Guelfo entgegen. »Wie lange wird es wohl dauern, bis er sich fragt, ob er Königen und Heerführern trauen kann, die sich Leomannen als Garde halten?« Das sollte Odera nun aber wirklich zeigen, auf welcher Seite er, Guelfo, stand.

»Noch einmal wird uns leomannische Hinterlist nicht in den Rücken treffen«, stieß der Ritter hervor. »Jetzt sind wir gewappnet.«

Nicht gegen einen König, der sein eigenes Spiel treibt, dachte Guelfo. Nicht gegen Männer, die bereits die Lebenserwartung eines kränkelnden Jungen ausloten. Nicht gegen das, was dieses Reich von innen faulen läßt.

»Lorenco«, sagte Genia sanft, mit einem bittenden Unterton, »Guelfo. Ich verlasse mich darauf, daß Ihr beide dafür sorgt, daß ich mich bei meinem Oheim sicher fühlen kann.«

»Gewiß«, verneigte sich Odera knapp. »Der Kommandant der Adelsgarde steht an Eurer Seite.«

»Ihr seid die Tochter des Imperators«, lächelte Guelfo füchsisch, »und wir werden dem König klarmachen, daß ihm schon allein seinetwegen an Eurer Sicherheit gelegen sein sollte.«

König Severus

Der Palast der Königsstadt Pentarosae,
drei Stunden später

»Eure Imperiale Hoheit, willkommen im Königspalast! Ich bin Palasthofmeister Vigilius.« Der streng wirkende Mittfünfziger war den Korridor in aller Hast, die seine Würde zuließ, herabgeeilt und verneigte sich tief. »Seine Königliche Majestät erwartet Euch bereits.« Er wandte sich um, augenscheinlich bemüht, die Prinzessin nicht aufzuhalten. Während er voranschritt, zupfte er den hastig übergeworfenen Amtsmantel zurecht, mit dessen Silber- und Edelsteinbesatz man Guelfos Schlag – eine Sippe von drei Dutzend Männern in der heimatlichen Savanne – ein ganzes Jahr hätte anwerben können.

Sie schritten den endlos scheinenden Korridor entlang. Guelfo erinnerte sich an die handgeknüpften Teppiche an den Wänden, die Heldentaten aus all den Reichen darstellten, aus denen das Kaiserreich entstanden war. Er war angespannt. Alles lag nun bei Genia – und er konnte nur hoffen, daß sie sich diplomatischer gab als sonst.

Sie passierten den Innenhof, wo Hof gehalten wurde, wenn nicht gerade Regenzeit war; ein Säulengang schützte sie vor dem strömenden Regen. Gegenüber öffneten zwei Krieger in Kettenhemden und Kegelhelmen mit langen Stangen die gewaltigen Türflügel zum Thronsaal.

Der Thron stand im Schatten eines Baldachins, der mit glänzenden Rosen in fünf Farben bestickt war.

König Severus saß locker, doch in vollem Ornat da: Wickelgewand mit weiten Ärmeln, Königsmantel und die silberne Rosenkrone, die demütige, aber ehrgeizige kleine Schwester der kaiserlichen *corona rosarum.* Zu Füßen seiner Empore standen die zwei Thronstühle: für die Königin und den Erbprinzen. Letzteres war ungewöhnlich, aber es war allseits bekannt, daß der Thronfolger ein privilegierter junger Mann war.

Mindestens ein Dutzend Fürsten und hohe Würdenträger reihten sich auf, viele offensichtlich selbst eben erst eingetreten; einer der Herren erhob sich gerade aus dem Kniefall und eilte zur Seite. Dazwischen, dahinter und entlang der Säulengänge standen wohl an die hundert Leibwächter, Wedelsklaven und Musikanten.

»Ihre Imperiale Hoheit Prinzessin Genia Gratiana«, verkündete der Zeremonienmeister am Eingang. Brummende Hörner und hell klingende Zimbeln begrüßten die Besucher.

Genia schritt zügig über den Innenhof, empfindlich nahe bis auf fünf Schritt an die Empore heran. Dann sank sie mit vollendeter Grazie auf die Knie. Sie wirkte wundervoll und verloren zugleich in dem grünen Jagdkleid, das unverkennbar die Spuren der Wildnis trug, während ringsum jeder Mann und jede Frau in Brokat und feinem Tuch auftrat.

»Oheim, ich bitte um Eure königliche Gastfreundschaft und Euren väterlichen Schutz in dieser traurigen Stunde.« Guelfo hatte die Worte auf das Sorgfältigste gewählt, aber niemand hätte sie mit solch verletzlicher Würde sprechen können wie Genia. Er war stolz auf sie.

»Unsere königliche Gastfreundschaft ist Euch gewiß«, antwortete Severus mit fester Stimme. »Aber verzeiht uns, wenn wir Euch einige Fragen stellen, ehe wir Euch väterlichen Schutz gewähren. Als Seine Illuminiszenz das letzte Mal in Pentarosae Hof hielt, war Prinzessin Genia nicht in seinem Gefolge. Wir haben eine eben erst erblühende Jungfrau in Erinnerung.«

Guelfo, der selbstverständlich wie Odera hinter Genia kniete, hielt den Atem an. Der König hatte recht. Die Besucherin hätte irgendeine von Tausenden Edeldamen sein können, welche die Gunst der Stunde nutzen wollte, um sich als Mitglied einer nahezu ausgelöschten Familie auszugeben.

»Imperator Rigorius Gratianus besaß einen Leoparden, den er innig liebte.« Der Mann mit den markanten Gesichtszügen der Gratianer schnippte schauspielernd mit den Fingern. »Uns ist der Name entfallen …«

»Sein Name war Valido.« Guelfo sah, wie sich Genias Rücken stolz straffte. »Und er ist seit zwei Jahren tot, wie jeder weiß, der meinem Vater nahe stand.«

Gut gekontert, grinste Guelfo innerlich, eigentlich schon wieder zu angriffslustig.

Er hörte den König leise lachen. »Wie vermutlich der gesamte engere Hofstaat und alle Könige des Reiches wissen.« Er machte eine Pause, und Guelfo, das Haupt gesenkt, stellte sich vor, wie er nachdenklich über seinen graumelierten Bart strich. »Wir genossen die besondere Gnade Seiner Illuminiszenz, regelmäßig sehr persönliche Briefe von ihm zu erhalten.« Er zögerte noch einmal, dann sagte er entschlossen: »Euer Vater hat Euch in seinem letzten Brief erwähnt. Was, denkt Ihr, schrieb er über Euch?«

»Er war zweifellos zornig über meinen Ungehorsam und meinen Unverstand.« Der Stolz in Genias Stimme war nicht zu überhören.

Severus lachte laut auf, und seine Stimme wurde weich. »Unverstand – genau das war der Begriff, den er gebrauchte.« Er stieg von der Empore herab. »Wir waren außer uns vor Sorge, Genia. Liebste Brudertochter, sei willkommen und sei dir meines väterlichen Schutzes gewiß.«

Hörbar ging die Erleichterung durch den Hofstaat. Guelfo wagte den Kopf zu heben. Das leise Waffenklirren dicht neben ihm verriet, daß der Ritter ähnlich empfand.

Severus hatte Genia emporgezogen und hielt ihre beiden Hände. »Mein Weib, meine Söhne, tretet heran und begrüßt eure geliebte Nichte und Base.« Die Königin hob ihr schweres Brokatkleid an und umarmte Genia. Der beleibte Erbprinz erhob sich behende und trat hinzu, gefolgt von einem etwa Dreizehnjährigen, dem auf der Oberlippe erster Flaum sproß.

Brudertochter und familiäres Du, das war schon wieder zuviel des Guten. Der König war zwar Genias Oheim, aber in der väterlichen Linie hatte er mit dem Imperator bestenfalls einen gemeinsamen Urgroßvater.

»Das Haus Gratianus steht vereint. Vivat Genia Gratiana Princessa!« Der Ruf des Königs wurde aufgenommen und erfüllte aus hundert Männerkehlen den Saal. Das Haus vereint? Worauf zielte der König ab? Er konnte sich doch nicht ernsthaft als Sprecher der kaiserlichen Familie darstellen wollen? Dazu war er einfach nicht nahe genug mit Genia verwandt. Höchstens Rang zwölf der Erbfolge, selbst nach den entsetzlichen Todesfällen. Die Imperatoren hatten seit Generationen darauf geachtet, das traditionsreichste und mächtigste Königtum des Imperiums nicht so nahestehen zu lassen, daß der Reichtum der Rosenstadt einen Griff nach der dreifachen Krone legitim erscheinen ließe.

»Liebste Genia!« Das war die samtige Stimme von Erbprinz Prosperus. Das unverkennbare energische Kinn der Gratianer in seinem runden Gesicht verlieh ihm den Eindruck zielstrebiger Gemütlichkeit. Vermutlich hatte er mit dieser Eigenart durchgesetzt, daß er heute hier war. Als Sohn eines Königs hätte er eigentlich Geisel im Gefolge des Imperators oder Mitglied der Adelsgarde sein müssen – und in beiden Fällen hätte er die Katastrophe von Duros Xenthos wohl kaum überlebt.

»Genia, welch einzigartige Freude, dich zu sehen.«

»Lieber Vetter«, antwortete Genia artig.

»Als ich dich zuletzt sah, zeigtest du mir deinen Falken. Der dir damals sehr lieb war.«

»Das weißt du noch?« Die Prinzessin schien geschmeichelt. Sie spielte mit den Diamantsternen an ihrer dreireihigen Perlenkette.

»Palasthofmeister«, verkündete König Severus nun mit lauter Stimme, »räumt für die Prinzessin im Westflügel das erste Stockwerk. Das gesamte erste Stockwerk. Wählt eine Hofdame gleichen Alters aus unserer Familie aus. Stattet die Prinzessin mit Zofen aus, Wedelsklaven – natürlich Eunuchen –, einem Reitknecht, einer Wäscherin ... was eine Edeldame imperialen Ranges benötigt.« Das Winken seiner Hand signalisierte wohl, daß er sich in seiner Großzügigkeit mit Kleinigkeiten nicht aufhalten wollte.

Dann wandte er sich einem Gerüsteten zu, aber seine Stimme galt weiter dem ganzen Hofstaat. »Hauptmann, stellt zwei Ritter und zwei unserer persönlichen Leibwachen für Ihre Imperiale Hoheit ab. Männer von tadellosem Ruf mit etwas Feingefühl. Einheimische, keine von den Gwanapurern. Und zwei weitere Leibwachen für ihr Gefolge.«

Die Königin wisperte etwas. In Severus' Wange zuckte ein Muskel, doch dann sagte er laut zu Genia: »Ich hörte soeben, daß du deine gesamte Garderobe zurücklassen mußtest. Wende dich vertrauensvoll an die Königin, wann immer du ein neues Kleid anlegen willst. Um deinen Schmuck kümmere ich mich persönlich. Pentarosae hat einige meisterliche Edelsteinschleifer und Silberschmiede. Smaragde, nehme ich an.« Er kniff die Augen mit prüfendem Kennerblick zusammen. »Und Rosen natürlich.«

In seinen dunklen Augen leuchtete patriarchalische Freude, als er weitersprach. »In den nächsten Tagen suchen wir gemeinsam einige Sklavinnen und ein Pferd aus – als Willkommensgeschenk. Wir wollen alle dafür sorgen, daß du dich hier geborgen fühlst nach dieser Katastrophe.«

Als nächstes erkundigte sich Severus nach den Umständen ihrer Reise. Schnell fielen die Wörter Flucht und Leomannen.

»Eure Königliche Majestät, darf ich Euch meine Retter vorstellen? Mein früherer Lehrer Guelfo stellte sich den Barbaren in den Weg, als sie das Schloß besetzten. Und dem Ersten Ritter Lorenco Nardes Odera verdanken wir unsere Flucht.« Auf der Stirn des Königs bildete sich eine mißbilligende Falte, und Guelfo bereitete sich auf das Unvermeidliche vor.

»Ich erkenne Euren Helm«, ertönte scharf die königliche Stimme. »Das Verlassen umkämpfter Orte scheint Ihr ja bis zur Vollendung geübt zu haben, Odera. Nach dem barbarischen Verrat der Leomannengarde seid Ihr vermutlich die größte Enttäuschung für die Ehre des Imperiums an jenem schicksalhaften Tag.«

Der Erste Ritter stand wie vom Donner gerührt. Guelfo schwankte zwischen Schadenfreude und Mitgefühl und mußte zugeben, daß auch ihm keine Antwort in den Sinn kam, die man einem König darauf geben mochte.

»Orator Guelfo«, wandte Severus sich dem Leomannen zu. »Wie erfreulich zu sehen, daß es sehr wohl einen Mann leomannischen Blutes gibt, dem ein Eid heilig ist und bei dem Verstand und Ehre im Einklang sind.«

»Eure Königliche Majestät sind zu gütig«, hörte sich Guelfo sagen. Das hatte er nicht erwartet – nicht von einem König, der stets gegen die Überfremdung des Imperiums aufgetreten war. »Sicherheit und Wohlergehen Ihrer Imperialen Hoheit sind für mich keine Frage der Ehre, sondern des Herzens.«

»Dann wissen wir Euch an unserer Seite bei dem, was nun unser aller vordringlichste Aufgabe ist. Wir haben einen jungen Imperator zu krönen und dafür zu sorgen, daß seine einzige lebende nahe Verwandte die Stütze sein kann, die er in diesen schicksalsschweren Wochen und Monden benötigt. Wir werden nun das Mahl auftragen lassen und uns zu Tisch begeben. Man möge den Palasthofmeister anweisen, Euch einen Platz an meiner Seite zu bereiten.«

Wo Rosen erblühen

Palast des Königs von Pentarosae,
am 5. Tag des Flutregenmondes, drei Tage später

Die königlichen Kolonnaden waren von Rosenduft durchtränkt. Genia stand im Schutz des Säulengangs und starrte gebannt auf die Regenmassen, die auf den Palastgarten Pentarosaes niedergingen.

Zu Beginn der Regenzeit hatten die Palastgärtner die königlichen Rosenstöcke mit ihren roten, gelben und weißen Blüten im Schutz der überdachten Säulen in Sicherheit gebracht. Die

Kolonnaden glichen nunmehr einem Meer aus Farben, dessen Wohlgeruch die Prinzessin betörte.

»Sagt, Lorenco, mögt Ihr Rosen?« Verstohlen musterte sie den Ersten Ritter, der seinen jadegrünen Umhang glattstrich und näher zu ihr herantrat, um sie bei dem Regen besser verstehen zu können. Auch heute war sein Kinn sorgfältig geschabt und das seidig glänzende Haar auf die Länge eines kleinen Fingers zurückgeschnitten. Das Auffälligste an ihm aber waren seine warmen braunen Augen. Zu ihrer Überraschung gewahrte sie, daß ein schmaler, bernsteinfarbener Kranz um seine Pupillen lag, der seinem Blick etwas Strahlendes verlieh.

Wie immer hatte der Cornier Schwert und Dolch gegürtet. Lorenco trug einen Leinenpanzer, auf dem das Familienwappen der Oderas prangte: ein springender weißer Delphin. Es hieß, Delphine seien sowohl flinke als auch kluge Tiere. Genia fand, daß das Motiv zu Lorenco paßte.

Auf die Begleitung der beiden Leibgardisten ihres Oheims hatte sie wohlweislich verzichtet. Nach allem, was sie bisher erlebt hatte, traute sie nur noch Guelfo und dem tapferen Cornier.

Doch seltsam, manchmal schien es ihr, als vermiede Lorenco es, sie anzusehen. Diesmal aber wich er ihrem Blick nicht aus.

»In Mons Flora züchten wir ebenfalls Rosen, Hoheit. Wenn auch nicht so viele wie hier in Pentarosae.« Er räusperte sich. »Mein jüngerer Bruder Valerianus, der *dux* des Herzogtums Cornia, pflegt noch heute die Rosenstöcke am Fürstenhof von Mons Flora. Meine Mutter hat sie einst gepflanzt.«

»Wirklich?« lächelte Genia ihn an.

»Ja.« Lorencos Züge nahmen einen schelmischen Ausdruck an, und seine Hand glitt vom Knauf seines Schwertes. »Die cornischen Mädchen behaupten, von blühenden roten Rosen zu träumen verheiße Glück in der Liebe. Träumen sie aber von verwelkten Rosen, dann werden sie als unverheiratete Jungfern enden.«

Genia mußte lachen, und Lorenco stimmte darin ein. Es war das erste Mal, daß Genia den Ritter so gelöst erlebte.

»Hier in Pentarosae werfen die Bräute am Hochzeitsmorgen Rosenblätter in einen Teich, um damit ihren Abschied von der Jungfräulichkeit zu feiern. Das weiß ich von Salada, meiner Amme. Wie meine Mutter stammt sie aus Pentarosae.«

Sie stockte, als sie an ihre treue Leibdienerin dachte. Noch immer versetzte es ihr einen Stich, daß sie die alte Frau auf Venabulae hatten zurücklassen müssen. »Außerdem heißt es, das Gesindel bleibe fern, wenn man Rosen in einen Garten pflanzt«, beeilte sie sich hinzuzufügen.

»Rosen haben eben Dornen, Hoheit«, erwiderte Lorenco unerwartet ernst. »In alten Zeiten ehrte Kaiser Gratianus seine siegreichen Heerführer damit, daß er ihre Schilde persönlich mit einer Rose schmückte. Vielleicht ist deswegen auf so vielen Familienwappen eine Rose zu finden?«

»Euer Wappen wird von keiner Rose geziert.« Noch während sie es aussprach, bereute Genia ihre Feststellung.

»Nein«, antwortete Lorenco knapp.

»Dennoch, ein schöner Brauch.«

»Ja. Aber vergessen. Vergangen wie so vieles ...«

Ihr Erster Ritter blickte sie mit einem Anflug von Wehmut an, dann schüttelte er den Kopf. Mit einemmal wirkte er regelrecht betroffen. »Hoheit, Ihr solltet Euch dem Sturm nicht so aussetzen.«

Die Prinzessin bemerkte erst jetzt, daß sie tatsächlich fröstelte. Lorenco streifte den Umhang ab und legte ihn galant um ihre Schultern. Sie griff nach dem Stoff, und einen Moment lang berührten sich ihre Fingerkuppen. Heiß schoß ihr das Blut in die Wangen. Verlegen zog sie ihre Hand fort und wandte sich wieder dem Garten zu, wo sich das Regenwasser in Steinrinnen sammelte und gurgelnd in Richtung Stadt abfloß. Sie verhielt sich töricht. Lorenco war unter ihrem Stand.

»Liebe Base, mein Vater wünscht dich zu sprechen.« Unbemerkt war Prosperus hinter sie getreten. Mit der Hand am Schwert war Lorenco herumgefahren, doch als er den Erbprinzen sah, beruhigte er sich sogleich.

Der Königssohn musterte sie beide mit wachen Augen; auf seinem runden Gesicht war nicht zu erkennen, was er über ihrer beider Zusammensein an diesem Ort dachte. Hoffentlich zog der Prinz keine voreiligen Schlüsse!

Eine Spur zu hastig streifte die Prinzessin Lorencos Umhang von den Schultern und gab ihn dem Cornier zurück.

»Wünscht Ihr, daß ich Euch begleite, Hoheit?« fragte sie der Ritter mit fester Stimme.

»Mit Verlaub ...« Bedauernd seufzte Prosperus. »Seine Königliche Majestät besteht auf einer Unterredung unter vier Augen.«

Genia nickte huldvoll. Auch wenn sie den Nachmittag mit Lorenco genoß, die Bitte ihres Oheims auszuschlagen kam nicht in Frage. Offenbar ging es um etwas Wichtiges.

»Lorenco, vielleicht sucht Ihr in der Zwischenzeit Guelfo auf? In den letzten Tagen habe ich ihn nur einmal zu Gesicht bekommen.«

»Ihr werdet ihn im Theater bei den Barden finden, Odera«, warf Prosperus ein. Lorenco verneigte sich vor ihm und der Prinzessin und machte auf dem Absatz kehrt.

Der Prinz bot Genia den Arm und führte sie in den Palast. Einen Augenblick lang glaubte die Prinzessin Lorenco hinter einer der Säulen stehen zu sehen. War der Erste Ritter etwa eifersüchtig? Der Gedanke amüsierte sie.

»Und, liebe Base, hast du dich gut in Pentarosae eingelebt? Wenn ich mir vorstelle, was du in den letzten Wochen durchgemacht hast, wird mir vor Sorge noch immer ganz flau.«

Genia warf Prosperus einen dankbaren Blick zu. »Langsam erhole ich mich von den Strapazen. Ich bin sehr dankbar, daß das Schicksal mir zwei so tapfere Männer wie meinen Lehrer und den Ersten Ritter zur Seite gestellt hat. Ohne die beiden ...«

»Ja, es ist gut zu wissen, daß es noch Männer gibt, die um ihre Pflichten wissen«, ergänzte Prosperus nachdenklich. »Doch wenn es dir an etwas mangelt, dann kommst du zu mir, einverstanden?«

»Ach Prosperus, ich wüßte nicht, was ich ohne dich und

deinen Vater tun sollte. Aber sag, warum will Severus mich denn sehen?«

Der Prinz legte die freie Hand auf ihren Arm. »Ich weiß es nicht. Heute morgen ist ein berittener Bote im Palast eingetroffen. Mein Vater wird dir selbst berichten wollen, liebe Base, welche Nachrichten Pentarosae erreicht haben.«

Genia seufzte und beschloß, sich in Geduld zu üben. Der Erbprinz winkte zwei Diener heran, die geschwind die Türen zum kleinen Thronsaal öffneten.

Da der Innenhof des Palasts wegen des andauernden Regens nicht mehr genutzt werden konnte, pflegte ihr Oheim seine Gäste jetzt in der großen Basilika zu empfangen. Es handelte sich um eine beeindruckende Halle, deren zart geäderte Säulen aus rotem und grünem Marmor bestanden. Die Wände waren mit Reliefs und Plastiken verziert, die die Heldentaten längst verstorbener Könige des Reiches darstellten. Auffällig war auch der Schmuck an der Decke der Halle: große, herabhängende Fächer aus Zedernholz, die von einem goldenen Rahmen eingefaßt wurden. Auf jedem von ihnen war eine stilisierte Rose aus Blattgold zu erkennen. Von Sklaven in abseits gelegenen Räumen gezogen, schwangen sie sanft hin und her und verschafften doch nur wenig Linderung gegen die drückende Wärme im Saal.

König Severus stand neben dem prachtvoll verzierten Thron und unterhielt sich leise mit Vigilius, dem Palasthofmeister. Genia neigte huldvoll ihr Haupt.

»Verehrter Vater, wie du wünschtest, bringe ich dir meine geliebte Base Genia Gratiana«, verkündete Prosperus mit fester Stimme. »Es war nicht schwer, sie zu finden«, fügte er nicht ohne Ironie hinzu. Genia verkniff sich ein Lächeln. Offenbar war auch der Prinz kein Freund allzu strenger Etikette. Er wurde ihr immer sympathischer. »Hast du noch einen weiteren Auftrag für mich?«

»Nein, nein«, erhob der König ernst die Stimme. »Laß uns jetzt bitte allein.«

Prosperus zwinkerte Genia aufmunternd zu, dann zog er sich

zurück. Der Majordomus tat es ihm gleich. Überhaupt waren nur wenige Diener und Wachen im Saal auszumachen. Was mochte all das bedeuten?

Als Genia vor ihrem Oheim stand, nahm er in einer altväterlichen Geste ihre Hände in die seinen. »Liebe Brudertochter, ich habe leider schlechte Nachricht aus der Kaiserpfalz in Gratianda erhalten. Dein Bruder Nicandrius ist seiner Krankheit erlegen. Ein wenig zu schnell, nachdem man dort von der Niederlage gegen die Savannenvölker erfuhr, wenn du mich fragst. Kurz, ich kann dich nicht einmal damit trösten, daß sein Tod natürlich und gut war.«

Bestürzt wich Genia einen Schritt zurück. Jetzt auch Nicandrius! Sie hatte ihren jüngeren Bruder das letzte Mal kurz vor ihrer Verbannung auf Venabulae gesehen. Von all ihren Geschwistern war ihr der kleine Wirbelwind stets der Liebste gewesen. Der Tod ihres Vaters, der Tod der übrigen Familie hatte sie seltsam unberührt gelassen. Zu fremd waren sich die Mitglieder des Kaiserhauses stets gewesen. Doch jetzt ... Es war wie damals, beim Tod ihrer Mutter. Genia spürte einen bohrenden Schmerz tief in ihrer Brust, und plötzlich füllten sich ihre Augen mit Tränen.

»Dann bin ich jetzt ... allein?« schluchzte sie.

»Nein, liebste Genia, das bist du nicht«, versuchte Severus sie zu trösten. »Du befindest dich schließlich in Pentarosae. Ich verspreche dir, es wird dir hier an nichts mangeln. Allerdings ...« Der König zögerte. »Nicandrius' Tod verändert natürlich alles. Du bist die letzte der kaiserlichen Blutlinie. An dir allein liegt es jetzt, das Imperium zusammenzuhalten. An dir ... und dem künftigen Imperator.«

Severus blickte streng und staatsmännisch auf seine Nichte herab und räusperte sich. Genia vernahm seine Stimme wie aus weiter Ferne. Ihr Oheim schien nicht einmal bemerkt zu haben, welchen Kummer ihr die Nachricht bereitete.

»Genia, die Zeit ist gekommen«, fuhr er ungerührt fort, »dir einen Gemahl zu erwählen, bevor das Imperium an der Frage der Thronfolge zerbricht. Nur unter einem neuen Imperator kann das Reich den Savannenvölkern geeint entgegentreten. Die Schlacht bei Duros Xenthos mag verloren sein. Aber ein Krieg wird durch viele Schlachten entschieden.« König Severus trat vor und hob väterlich das Kinn der Prinzessin, so daß sie gezwungen war, ihn anzublicken. Seine Stimme klang mit einemmal wie geschmiedeter Stahl. »Der zukünftige Imperator muß über Erfahrungen im Kampf gegen die kriegslüsternen Savannenvölker verfügen. Und er muß die Härte und Entschlußkraft aufbringen, jene im Imperium im Zaum zu halten, welche die Hoffnung nach Höherem nicht aufgegeben haben. Mir fällt nur einer ein, auf den all das zutrifft.«

Genia kämpfte mit aller Macht gegen die Tränen an. Statt dessen bemühte sie sich, ruhig zu klingen, als sie fragte: »Und an wen dachtest du?«

»An mich, meine Liebe!«

Einige Atemzüge lang war in der Basilika nur das sanfte Rauschen der Fächer zu hören. Ohne es zu merken, schob Genia Severus' Hand beiseite. Ihr war, als drückte sie eine gewaltige Last zu Boden. Es war das gleiche Gefühl der Hilflosigkeit, das sie empfunden hatte, als sie sich dem Wunsch ihres Vaters verweigert hatte ... Severus war ihr nicht bestimmt. Nein, er konnte es nicht sein.

»Aber Ihr habt doch bereits eine Gemahlin!« stammelte sie. Ihre Mutter Pinella stammte aus Pentarosae. Genia konnte sich nicht daran erinnern, daß einer der Könige dieses Reiches mehr als eine Gemahlin gehabt hatte.

»Ich habe die alten Urkunden überprüfen lassen, Brudertochter«, antwortete Severus ohne Zögern. »Die Heiratsbräuche in Pentarosae erlaubten es den Königen in früheren Zeiten durchaus, mehrere Frauen zu ehelichen. Ich gebe zu, das ist in den letzten fünf Generationen nicht mehr vorgekommen, aber warum sollte man diese Tradition angesichts der Umstände nicht wieder aufleben lassen? So oder so, für Theabade wird sich eine Lösung finden. Jetzt müssen wir allein an das Imperium denken.

Es handelt sich um eine Entscheidung, die keinesfalls wieder an deinem … Unverstand scheitern darf.« Severus atmete tief ein und fuhr streng fort. »Genia, sind dir die Folgen deines damaligen Ungehorsams bewußt? Als du den Wunsch deines Vaters ausschlugst, Herzog Ruchhelm von Goldwango zu ehelichen, war das mehr als nur ein Skandal. Goldwango stand zwischen dem Imperium und den krieglüsternen Savannenhorden. Viele Adlige sind der Ansicht, du allein trügest die Verantwortung dafür, daß der Krieg ins Imperium getragen wurde. Sie sind davon überzeugt, daß uns das Herzogtum und die anderen Löwenanbeter nur deswegen in die Flanke gefallen sind, weil du Herzog Ruchhelm brüskiertest!«

Severus' Stimme wurde beschwörend. »Denk an die Regenzeit, Genia. Der Vormarsch der Leomannen ist zum Erliegen gekommen. Das verschafft uns die nötige Zeit, um die innere Ordnung im Imperium wieder herzustellen. Imperator Rigorius hat den Feind unterschätzt. Das war ein Fehler, den wir nicht wiederholen dürfen. Nur müssen wir umgehend handeln!«

Genia schwindelte es. Diesmal würde sie sich ihrer Verheiratung nicht entziehen können.

»Ich brauche … Bedenkzeit«, stammelte sie. »Ich muß Gewißheit darüber erlangen, welche Folgen diese Ehe für das Reich haben wird.«

»Natürlich, meine Liebe. Natürlich. Nur laß das Reich nicht allzu lange auf deine Antwort warten.«

Severus küßte die Ringe an Genias rechter Hand. Hastig knickste sie, dann wandte sie sich vom Rosenthron ab und schritt mühsam beherrscht zurück zur Vorhalle. Als sie sich vor den Blicken ihres Oheims sicher wähnte, stützte sie sich erschöpft an eine der Säulen. Ihre Beine zitterten, und sie konnte kaum noch klar denken. Nicandrius war tot. *Nicandrius war tot.* Warum nur hatte er sie mit dieser schweren Bürde alleingelassen?

Es war ihr gleichgültig, daß sie verstohlen von einem halben Dutzend Dienern beäugt wurde. Warum war Salada jetzt nicht bei ihr? Warum nur hatte sie auf die Begleitung Ihres Ersten Ritters verzichtet? Lorenco hätte ihr jetzt sicher den Arm geboten. Ein warmes Gefühl durchrieselte sie, als sie an ihn dachte. Sie mußte ihm und Guelfo Bescheid geben. Sie sollten die schlimmen Neuigkeiten aus ihrem Munde erfahren. Die beiden wußten sicher Rat.

Das Theater!

Genia eilte quer durch den Palast zu einem der Nebenhöfe. Als sie das Theater erreichte, umfing sie der Geruch von Schminkfarbe und brennenden Fackeln. Die Sitzreihen waren halbkreisförmig um die Bühne angeordnet, auf der Statuen und Kulissenteile standen.

Ehe sie das Rund vor der Bühne betrat, vernahm sie gedämpfte Stimmen. Zwei Männer stritten sich. Die Stimmen erkannte Genia zweifelsohne als die ihrer beiden Begleiter.

»... bei meiner Ehre, ich weiß nicht, wo sich die Adlerkrone befindet.«

»Aber wer kann es dann wissen? Ihre Imperiale Hoheit weiß es ebenfalls nicht. Ich habe sie bereits auf dem Herweg befragt. Und im Dormon des Imperators war sie auch nicht. Da hätte sie aber sein müssen!« hörte sie den Orator fauchen. »Man hat mich eigens deswegen auf Venabulae verhört.«

»Verhört? Ihr wollt auf Venabulae verhört worden sein? Als ich Euch aus der Residenz herausbrachte, wirktet Ihr ganz und gar nicht, als wäret Ihr von unseren Feinden ›verhört‹ worden!«

»Was wollt Ihr mir damit unterstellen, Odera? Glaubt Ihr etwa, daß ich ...« In diesem Moment bemerkten die Männer die Anwesenheit der Prinzessin. Verlegen verstummten sie.

»Hoheit, was ist mit Euch?« Aus Lorencos Blick sprach Besorgnis. Mit schnellen Schritten war der Ritter bei ihr und ergriff fürsorglich ihren Arm. Guelfo bot ihr einen Stuhl an.

Genia begann stockend zu berichten. Die beiden Streithähne warfen sich beunruhigte Blicke zu. Vor allem Lorenco wurde auffallend still.

»Ich fühle mit Euch, Hoheit.« Guelfo tat einen tiefen Atemzug, als sie geendet hatte. »Was Seine Königliche Majestät anbelangt … Ehrlich gesagt habe ich angesichts seiner Fragen bei unserem ersten gemeinsamen Mahl schon damit gerechnet, daß Euer Oheim Absichten dieser Art hegt. Nur nicht so bald …«

»Aber ist es wirklich notwendig, daß ich ausgerechnet Severus eheliche? Ich meine …« Genia brach tonlos ab und wandte sich Lorenco zu.

»Das Imperium braucht einen neuen Imperator. Zumindest was das betrifft, hat Euer Oheim recht!« preßte der Ritter hervor. »Wir alle müssen wohl irgendwann unserer Bestimmung folgen.«

Der Cornier war ein Stück von ihr abgerückt und starrte auf die Sitzreihen. Unnahbar, wie einst ihre leomannischen Leibgardisten. Die Prinzessin fühlte einen leisen Stich. Heftig brauste sie auf: »Ich will mich aber nicht dem Erstbesten hingeben. Ich will mir meinen Gemahl selbst aussuchen!«

»Gemach, gemach, Imperiale Hoheit.« Guelfo strich sich nachdenklich über die schiefe Nase. »Sicher wäre Euer Oheim nicht die schlechteste Wahl, wenn ich das bemerken darf. Doch bevor wir uns der Frage zuwenden, wer als Euer künftiger Gemahl in Frage kommt, gilt es, etwas anderes zu klären. König Severus hat bei seinem Antrag eine Tatsache von höchster Bedeutung vergessen. Denn um als Imperator anerkannt zu werden, reicht die Eheschließung mit der einzig verbliebenen Tochter des Kaiserhauses nicht aus.«

»Ihr meint die Kaiserkronen, richtig?« Auch Lorenco warf dem Orator einen gespannten Blick zu.

»Richtig!« antwortete Guelfo würdevoll. »Zwei von ihnen befinden sich leider in den Händen des Feindes. Aber die letzte, die *corona aquilina*, fehlt! Imperiale Hoheit, was wir jetzt brauchen, ist ein Plan, der das Gebot der Stunde mit den imperialen Notwendigkeiten in Einklang bringt. Denn selbstverständlich wird sich nur *der* König als neuer Imperator würdig erweisen, der Euch die Adlerkrone zu Füßen legt. Ich schlage daher vor, daß Ihr bereits morgen zu einer Queste aufruft und die Wahl Eures künftigen Gemahls von ihrem Ausgang abhängig macht!«

Entscheidungen

Palast des Königs von Pentarosae,
am 6. Tag des Flutregenmondes, nachts

Genia lag in ihrem Bett und wunderte sich über die Stille, die im Palast herrschte. Draußen stand die Sonne hoch am Himmel. War es schon Mittag? Warum nur hatten die Palastdiener sie nicht geweckt? Und das ausgerechnet heute! Sie schlug das Mosquitonetz beiseite und zog am Glockenstrang neben ihrem Lager. Noch immer hielt es keine der Dienerinnen für nötig zu erscheinen. Verärgert erhob sie sich. Immerhin hatte jemand den feingewebten Vorhang vor dem Balkon beiseite gezogen. Die Türen standen weit offen. Genia betrat den halbrunden Vorbau und blickte hinab auf die Vielzahl bunter Rosenstöcke, mit denen der Palastgarten ihr zu Ehren geschmückt war. Warmer Sommerwind liebkoste ihre Wangen. Mit sich brachte er ungezählte rote Rosenblätter, die in der Luft umherwirbelten und sie neckisch streichelten. Rot legten sie sich auf die Schleppe ihres blütenweißen Hochzeitsgewandes. Rot. Rot wie Blut.

Heute war ihr Hochzeitstag.

Sie mußte die Diener finden. Ihr Bräutigam würde es nicht gutheißen, wenn sie sich verspätete. Ihr Bräutigam? Ein Schatten verdunkelte den Palastgarten. Es wurde kalt. Fröstelnd zog sie sich zurück. Warum nur war es so schrecklich still? Im Palastgarten war nicht einmal das Singen der Vögel zu hören. Genia eilte durch ihr Gemach und hinaus auf den Korridor. Auch hier war niemand zu entdecken. Die marmornen Wände schienen ihr heute kahl, kalt und freudlos.

Mit raschelndem Gewand huschte sie zur Nachbartür. Dort hatten sie Lorenco einquartiert. Doch anstelle seines Zimmers erwartete sie ein weiterer Gang. Er kam ihr enger und düsterer vor als der Korridor zuvor. Verwundert durchquerte sie ihn bis zu der Tür an seinem Ende. Ein weiterer Gang tat sich auf. Hatte sie sich verlaufen? Sie rannte zurück, nur um einen ihr völlig unbekannten Korridor zu betreten.

Jemand beobachtete sie. Die Prinzessin wirbelte herum. Da war niemand. Doch das Gefühl blieb. Genia bekam es mit der Angst zu tun. Eilig rannte sie zu einer weiteren Tür, nur um erneut auf einen kahlen marmornen Gang zu stoßen. Sie zog die Tür zu und versuchte ihr Glück bei einer anderen. Wieder ein Gang. Und dann noch einer und noch einer. Sie wollte schreien, aber sie brachte keinen Laut hervor. Genia würgte und keuchte; es schien, als hätte sich eine unsichtbare Schlinge um ihren Hals gelegt. Taumelnd stürmte sie voran. Doch welchen Weg sie auch wählte, sie verlor sich nur noch mehr in dem unheimlichen Labyrinth der immer enger werdenden Gänge. Es war sinnlos. Erschöpft sank sie zu Boden. Da vernahm Genia den Flügelschlag eines Vogels. Sie blinzelte und sah auf. Nein, kein Vogel. Ein säuselnder Windzug hatte eine der Türen aufgedrückt. Warmes Sonnenlicht flutete den Korridor, und Dutzende weicher Rosenblätter wirbelten durch den Türspalt. Roten Schmetterlingen gleich tanzten sie um sie herum. Der säuselnde Hauch wurde zu einem Flüstern. Das Flüstern aber gebar eine sanfte Frauenstimme. *»Tränen ... Tränen werden dich auf deinem Weg begleiten, Jungfrau. Verharre nicht! Finde ...«*

Ein heftiger Knall ließ Genia aus dem Schlaf hochfahren. Es war mitten in der Nacht. Noch immer vermeinte sie den Nachklang der seltsamen Frauenstimme zu hören. Nur ein Traum? Nur ein Traum.

Doch warum fühlte sie sich noch immer so ... angestarrt? Blinzelnd schob sie das luftige Mosquitonetz beiseite, das ihr den Blick auf das Gemach verwehrte. Was war das für ein Geräusch gewesen? Ebenso sicher, wie sie wußte, daß sie geträumt hatte, fühlte sie, daß der Laut Wirklichkeit gewesen war.

Um sie herum herrschte Finsternis. Das Nachtlicht auf der Kommode war nahezu heruntergebrannt und spendete kaum mehr Helligkeit als ein verirrter kleiner Leuchtkäfer. Von draußen war das leise Plätschern abfließenden Regenwassers zu hören.

Sie schlug die Decke zurück, erhob sich von ihrem Lager und schlang sich fröstelnd das Nachtgewand um den Leib. Der Vorhang zu dem Balkon ihres Zimmers bauschte sich geisterhaft im Spiel des Windes. Nur schwach zeichnete er sich inmitten der Finsternis gegen die Fenster ab. Hatte der Sturm die Türen aufgedrückt? Von draußen drang nicht mehr als ein leises Säuseln herein. Genia schlich vorsichtig zu dem Vorhang. Da! Wieder ein Geräusch. Es kam von draußen. Klang das nicht wie der Flügelschlag eines Vogels?

Die Prinzessin faßte sich ein Herz und zog mutig den Vorhang beiseite. Beide Fenstertüren standen weit offen, und zu ihrer Verwunderung bemerkte sie, daß der Balkon mit Rosenblättern übersät war. Wie seltsam!

Gerade wollte sie die Türen schließen, als sie aus dem Stockwerk weiter unten verärgerte Männerstimmen hörte. Guelfo und Lorenco! Eigentlich war ihr Erster Ritter im Gemach nebenan untergebracht worden. Die Männer mußten sich also in der Kammer des Orators aufhalten und schienen etwas zu besprechen. Warum taten sie das ohne sie? Leise trat Genia in die Nacht hinaus und lauschte.

»... natürlich werden unsere Gegner irgendwann von der imperialen Queste erfahren, die Prinzessin Genia heute morgen ausgerufen hat«, war Guelfo zu vernehmen. »Auch wenn der Feind keinen der Boten zu den Hauptstädten des Reiches abfängt, wird sich die Suche der Könige nach der Adlerkrone schon bald herumsprechen.«

»Denkt Ihr wenigstens an die Folgen, die es oben im Norden haben wird, wenn Dutzende Provinzfürsten auf der Suche nach der *corona aquilina* aneinandergeraten?« Lorenco klang besorgt.

»Ich hoffe nicht, daß es soweit kommt. Wenn einer der Könige weiß, wo die Krone zu finden ist, dann wird er sich schon bald mit dem Brautgeschenk in Pentarosae einfinden. Nein, unser wahres Problem schläft im Gemach über uns!«

Genia zuckte zusammen, als sie ihren alten Lehrer so reden hörte.

»Ihre Hoheit? Was meint Ihr?«

»Gebraucht Euren Verstand, Odera. Die Prinzessin hat schon einmal ein Heiratsgesuch abgelehnt. Ihr wißt doch selbst, daß sie nicht freiwillig auf Venabulae weilte.«

»Prinzessin Genia wird wissen, welche Verantwortung auf ihr ruht.«

»Tut sie das? Darf ich Euch daran erinnern, was sie uns beiden gegenüber erklärte? Sie will sich nicht dem Erstbesten ... hingeben. Sie will ihren Gemahl selbst erwählen. Haltet Ihr das für die Aussage einer erwachsenen Frau, die begriffen hat, was auf dem Spiel steht? Odera, beantwortet mir eine Frage: Was ist, wenn Ihre Imperiale Hoheit den König, der die Krone findet, erneut brüskiert?«

Die Prinzessin schluckte.

»Sie ist jung, weltfremd und töricht!« erklang Guelfos Stimme. »Ein verwöhnter Sproß des Kaiserhauses. Sie ist es nicht gewohnt, selbständige Entscheidungen zu treffen.«

»Soll das Euer Eingeständnis sein, daß Ihr als Lehrer versagt habt?«

»Wenn Ihr wollt: ja. Ich wollte sie Gerechtigkeit und Milde als wichtigste Tugend einer Herrschergemahlin lehren. Aber wie es scheint, habe ich eher vergebliche Hoffnungen auf Freiheit in ihr geweckt – auf ihre eigene Freiheit, nicht die ihrer Völker. Ihr wart es doch, der die Adelsgarde wieder zu jener Waffe geschmiedet hat, die sie einst war. Ihr wißt selbst um die Dekadenz, die das Reich wie morsches Holz aushöhlt. Glaubt Ihr, die Familie des Kaisers sei davon ausgenommen gewesen?«

Lorencos Antwort blieb unverständlich, aber seine Stimme klang gequält.

»Ihre Imperiale Hoheit«, fuhr der Orator eindringlich fort, »ist trotz aller Sympathie, die ich für sie hege, nichts weiter als eine der beiden entscheidenden Figuren im Spiel um die Macht. Das weiß König Severus, und das wissen die anderen Adligen. Wenn wir das Imperium retten und ihm zu neuer Blüte verhelfen wollen, dann müssen *wir* die Entscheidungen Ihrer Imperialen Hoheit steuern – bevor es andere tun, die weniger hehre Ziele verfolgen. Schlaft eine Nacht darüber, Odera. Ich weiß, daß Ihr mir recht geben werdet.«

Genia fühlte sich wie vor den Kopf geschlagen. Sie schwankte zwischen Wut, Empörung ... und Scham. Niemals hätte sie gedacht, daß Guelfo so von ihr denken könnte. Ausgerechnet er. Hatte er am Ende gar recht? Niedergeschlagen schloß sie die Türen, als sie erneut ein leises Geräusch vernahm. Hinter ihr ... Da war jemand! Genia wirbelte herum.

»Wer ist da?« hörte sie sich ängstlich flüstern. Nahe dem Baldachinbett erspähte sie die Umrisse eines korpulenten Mannes.

Genia stieß vor Schreck einen kleinen Schrei aus. »Prosperus! Was ... Wie bist du hier hereingekommen?«

»Die Tür zu deinem Gemach war nicht verschlossen, Genia«, flüsterte der Prinz leise.

»Wie lange stehst du da schon?«

»Noch nicht lange.« Die Antwort kam zögernd und trug nicht dazu bei, Genias Mißtrauen abklingen zu lassen. Dennoch war sie froh, daß es Prosperus und nicht einer der Palastdiener war, der sie mitten in der Nacht aufsuchte.

Der Prinz bewegte sich langsam auf sie zu. Genia stieg der Geruch nach Moschus in die Nase.

»Ich muß mit dir unter vier Augen reden. Leider habe ich heute nachmittag keine Gelegenheit dazu gefunden.«

Der Prinz kam näher, so daß sie ihm in die Augen blicken konnte. Er wirkte ungewöhnlich ernst. Prosperus war in eine einfache Tunika gehüllt, die seine enorme Leibesfülle nicht verbergen konnte.

»Sag, was du zu sagen hast, und dann geh bitte wieder. Wenn dein Vater herausbekommt, daß du um diese Stunde hier warst, könnte er falsche Schlüsse daraus ziehen!«

»Genia, Severus ist es doch, wegen dem ich dich sprechen muß.« In seiner Stimme schwang unverhüllter Ärger mit. »Hätte ich geahnt, daß mein Vater sich zum neuen Imperator aufschwingen will, hätte ich schon früher gehandelt. Und ich werde diesem Lustgreis nie verzeihen, wie sehr er meine Mutter dabei brüskiert hat. Welch ein kluger Einfall von dir, ihn erst einmal auf die Suche nach der Adlerkrone zu schicken. Doch Severus ist hartnäckig und wird die Krone mit Sicherheit finden. Immerhin, das wird uns die Zeit verschaffen, die wir benötigen.«

»Prosperus, wovon sprichst du?«

»Ich spreche von einem kühnen Plan, der dich vor dem Schicksal bewahrt, meine Stiefmutter zu werden!« Prosperus lachte leise. Er griff nach ihren Händen und wurde wieder ernst. »Base, du wirst doch nicht ernsthaft das Wagnis eingehen wollen, diesen alten Narren zu ehelichen?«

»Ich ...« Genia fehlten die Worte. Konnte sie es sich erlauben, offen vor dem Prinzen zu sprechen?

»Nein«, fuhr Prosperus fort. »Das sehe ich in deinen Augen. Und ich verspreche dir, daß es dazu nicht kommen wird.«

»Aber wie?« entfuhr es Genia, bevor sie ihre Zunge im Zaum halten konnte. Tatsächlich erfüllte sie der Gedanke an Severus mit Ekel.

»Ganz einfach. Wir beide werden dafür sorgen, daß es dazu nicht kommt. Bis er mit der Krone zurückkehrt, werden du und ich Tatsachen geschaffen haben, die niemand übersehen kann. Severus wird nichts anderes übrigbleiben, als die Krone mir zu überreichen. Und wenn mein Vater erst tot ist, dann ... Meine Mutter und ich haben bereits alles arrangiert.«

»Was arrangiert?«

»Du wirst bis dahin meinen Sohn im Leib tragen – und falls ein anderer als mein Vater die Krone nach Pentarosae bringt, wird er eben einen bedauerlichen Unfall erleiden. So oder so, ich werde der neue Imperator – und du bekommst jede Freiheit, nach der es dich verlangt.«

»Hör auf!« Genia schlug seine Hände zur Seite und blickte den Prinzen fassungslos an. »Bist du wahnsinnig geworden? Wie kannst du nur glauben, ich würde dich und deine Mutter bei diesem widerlichen Vorhaben unterstützen! Und jetzt raus. Verlaßt augenblicklich mein Gemach, Prinz Prosperus! Eure Anwesenheit befleckt meine Tugend!«

»Tugend, Tugend ... Warum plötzlich so förmlich, Genia?« Prosperus' Züge verfinsterten sich. Genia erkannte mit einemmal, daß er sie die ganze Zeit über mit einer Maske falscher Freundlichkeit getäuscht hatte.

»Geht, oder ich schreie!«

»Dann schrei doch, Kusinchen. Glaubst du, ich wäre hier, wenn ich die Dienerschaft nicht fortgeschickt hätte?«

Mit einem Satz versuchte Genia an Prosperus vorbeizuspringen und die Tür ihres Gemachs zu erreichen. Doch seine Hand schnellte vor und krallte sich in ihr Nachtgewand.

Der häßliche Laut reißenden Leinens erklang. Die Prinzessin stolperte, stürzte zu Boden und versuchte ihre entblößte Schulter zu bedecken.

Verblüfft starrte Prosperus auf das abgerissene Stück Stoff in seiner Hand. Unwillkürlich fuhr seine Zunge über die dicken Lippen, dann wanderte sein Blick über Genias Körper.

»Du bist wirklich schön ... aber störrischer, als ich dachte. Was glaubst du, wo du dich befindest? Selbst die einfachste Dienerin weiß, daß man dem Erbprinzen Pentarosaes nicht zu widersprechen hat!« Prosperus ließ kopfschüttelnd das Stück Stoff fallen, und sein Gesicht nahm einen hochmütigen Ausdruck an. »Muß ich noch deutlicher werden? Ich habe dir keinen Vorschlag unterbreitet, sondern einen Plan!«

»Bitte, Prosperus, laßt mich!«

Der Prinz tat so, als hätte er sie nicht gehört.

»Was bist du denn schon, Genia? Die letzte deiner Blutlinie. Einzig dazu geschaffen, den nächsten Imperator zu gebären. Das ist dein ganzer Lebenszweck!« Er seufzte. »Glaube mir, was nun geschehen muß, wird mir sicher mehr weh tun als dir ...«

Prosperus näherte sich ihr, und Genia versuchte aufzuspringen. Mitten in der Bewegung traf sie sein Schlag. Mit brennendem Gesicht stürzte die Prinzessin neben das Baldachinbett. Sie stöhnte vor Schmerz, Tränen liefen über ihre Wangen. Er hatte sie geschlagen! Noch nie hatte jemand es gewagt, sie zu schlagen. Sie war die Tochter eines Gottkaisers!

Bevor sie sich versah, wurde sie an den Haaren gepackt und auf das Bett geworfen. Das Mosquitonetz zerriß.

Genia wimmerte und versuchte sich vom Bett zu rollen, doch Prosperus war stärker. Mit seinem ganzen Gewicht warf er sich auf sie, und plötzlich waren seine Hände überall.

Genia schrie gellend: »Nein! Bitte! Laßt mich. Laßt mich!« Ihre Rechte hämmerte gegen das feiste Gesicht des Erbprinzen, und ihre Nägel zogen blutige Striemen über seinen Hals. Prosperus schlug ihr erneut ins Gesicht und verschloß ihr dann den Mund. »Halt endlich still! Oder willst du etwa, daß ich dir ernstlich weh tue? Verstehe einer euch Weiber!«

Genia wimmerte und bekam nur am Rande mit, wie abermals Stoff riß. Machttrunken grabschte der Prinz nach ihren Brüsten, und sie spürte voller Panik seine aufgerichtete Männlichkeit. »Wir werden gleich viel Spaß haben. Du wirst schon sehen. Ich ...«

Prosperus kam nicht mehr dazu, den Satz zu vollenden. Unvermittelt wurde er nach hinten gerissen. Aus den Augenwinkeln heraus sah Genia Lorenco. Der Ritter stand neben dem Bett und schlug ihrem Peiniger die Faust ins Gesicht. Prosperus sank stöhnend zu Boden, während ihm das Blut von den Lippen troff. Überrascht blickte er auf.

»Odera, das werdet Ihr bereuen!« keuchte er.

Der Cornier baute sich vor ihm auf. Statt zu antworten, trat er ihm mit Wucht zwischen die Beine. Prosperus krümmte sich vor Schmerz. Der Ritter aber beugte sich über den Erbprinzen, packte ihn bei seiner Tunika und zog ihn dicht zu sich heran. Seine Stimme hatte den Klang geschliffenen Stahls.

»Ich habe zweiundsechzig Turniere bestritten, Prosperus. Ich habe Kämpfer aus dem Sattel gehoben, gegen die Ihr nichts als verfaulter Abschaum seid. Ich habe eine Schlacht überlebt, als uns Zehntausende blutrünstiger Barbaren überrollten. Und ich habe mit nur einem Gefährten Venabulae gestürmt, jene Feste, die als unbezwingbar gilt. Solltet Ihr die Prinzessin noch einmal anrühren, werdet Ihr es büßen. Auch wenn Ihr der Sohn eines Königs seid, nichts und niemand könnte Euch vor mir beschützen, und ich würde Euch finden, wo immer Ihr Euch verkriechen würdet! Und dann würdet Ihr Euch wünschen, daß Ihr nie geboren wäret.«

Lorenco ließ den Prinzen los, der wie ein Hirsesack auf den Boden fiel. Prosperus rappelte sich auf, kroch zur Tür des Gemachs und hetzte nach draußen.

Genia schluchzte. Mit der Decke hatte sie ihre Blöße bedeckt und kauerte dicht gedrängt an einem der Bettpfosten. Lorenco vermied es, sie anzusehen. »Es tut mir leid, Prinzessin. Ich habe versagt. Es ist meine Schuld!«

Eine Figur. Ja, sie war nicht mehr als eine Figur in einem Spiel. Genia brauchte eine Weile, bis sie sich beruhigt hatte. Dann wischte sie sich die Tränen vom Gesicht. »Nein, Lorenco«, brach es stockend aus ihr hervor. »Es ist nicht Eure Schuld, es ist die meine.«

In diesem Augenblick entdeckte sie eines der Rosenblätter auf dem Boden vor der Balkontür. Wieder war ihr, als hörte sie den Nachhall der seltsamen Frauenstimme aus ihrem Traum. Guelfo würde es nicht verstehen. Vielleicht noch nicht einmal Lorenco. Aber sie mußte fort aus Pentarosae. Jetzt. Noch diese Nacht. Tief atmete sie ein.

»Lorenco, ich wünsche, daß Ihr mich aus dem Palast bringt ...«

Wo Ananas verfaulen

In einem Ananashain, zwanzig Meilen nördlich der Königsstadt Pentarosae, im gleichnamigen Königreich, am folgenden Nachmittag

Guelfo schreckte hoch. Was ihn geweckt hatte, war keineswegs das Nachlassen des Regens auf dem Palmwedeldach des primitiven Unterstandes gewesen. Das Wasser prasselte so stetig wie den ganzen Vormittag, so stetig wie die Nacht zuvor, so stetig, wie es das den ganzen Flutregenmond tun würde. Bei allen Veränderungen in der Welt …

Der Blick des Zauberers glitt durch das Zwielicht zwischen den verlassenen Gerätschaften der Ananaspflücker. An einem der Pfosten stand der Erste Ritter stramm wie eine Statue, den Blick auf Guelfo gerichtet. Fast schien es, als bewachte er nicht den Zugang zwischen den Palmen, sondern …

Zwei Pferde! Die Stute der Prinzessin fehlte.

»Wo ist Ihre Imperiale Hoheit?«

»Sie hat ihren Ritt fortgesetzt.« Oderas Stimme klang unergründlich.

»Sie hat was?« Guelfo schnappte nach Luft, griff nach dem Sattel, der ihm als Nackenstütze gedient hatte, und ging auf sein Pferd zu. »Soll dich der Löwe bespringen!« fluchte er, zum Glück auf leomannisch. Als er den Sattel auflegte, sprach er wieder *lingua regia*: »Wie, beim Geifer des Behemoth, konntet Ihr die Prinzessin allein losreiten lassen?« Dieser Paraderitter hatte sich immer noch nicht bewegt.

»Ihre Imperiale Hoheit hat es mir befohlen.«

Fassungslos langte sich Guelfo an die Stirn. Sein Haar war noch feucht; er konnte nicht länger als eine Stunde geschlafen haben. Befohlen? Was hatte Genia vor?

»Hat die Prinzessin gesagt, wo sie hinreitet?«

»Nein.«

»Was war ihr genauer Befehl?«

»›Haltet weiter Wacht! Weckt Guelfo nicht! Und folgt mir nicht!‹«

»Das war alles?«

»Das war ihr Befehl.«

»Und Ihr bleibt stehen wie eine Heldenstatue und seht zu, wie die Prinzessin im Dschungel verschwindet?«

Der Erste Ritter wählte seine Worte mit Bedacht, beinahe mühsam. »Ich habe geschworen, jeden Befehl eines Mitglieds des Kaiserhauses auszuführen, ohne Zögern und Zweifeln, und wenn der Tod mich erwartet.«

»Bei allen Flüchen des Blutigen Pfeifers! Wenn aber der Tod ausgerechnet das Mitglied des Kaiserhauses erwartet?« Guelfo ging in die Hocke und zog den Sattelgurt an.

»Ich bin mir der Gefahr sehr wohl bewußt. Ich bin der Befehlshaber der Adelsgarde.«

Guelfo kam hoch und wollte auf leomannische Art aufs Pferd springen. Er schnellte zurück, als er Lorenco genau gegenüber stehen sah. Seine Augen waren von stechender Dunkelheit.

»Das war nicht alles. Ihre Imperiale Hoheit sagte noch: ›Und sorgt dafür, daß Guelfo mir nicht folgt!‹«

»Also wollt Ihr nun den Kaiserpriester töten, der tut, was Eure Aufgabe wäre: die Prinzessin beschützen?« Guelfo erwog kurz, nach dem Nacken des Pferdes zu fassen und aufzusteigen. Aber er war sich sicher, daß dieser kleine Ritter, der kaum über die Schulter des Pferdes ragte, einen Mann aus dem Sattel zerren und töten konnte, ehe sein Leib den Boden berührte.

»Ich muß Euch nicht töten, um Euch aufzuhalten.«

»Wäre es möglich, daß Euer Versuch, Eure Ehre reinzuwaschen, Euer Urteilsvermögen trübt? Daß Ihr, nachdem Ihr den Tod Seiner Illuminiszenz nicht verhindern konntet, dies nun gutmachen wollt – und seine Tochter ins Unglück reiten laßt?« Guelfo blickte die Landstraße zur Via Gondallo entlang, wo er Genia vermutete. »Was, bei den Rätseln der Sphinx, hat dieses Kind vor?«

»Ihre Imperiale Hoheit ist eine kaiserliche Prinzessin. Niemand wird wagen, Hand an sie zu legen.«

»Deswegen hat diese Prinzessin auch ihr ganzes Leben keinen Schritt tun dürfen, ohne daß die Leomannengarde sie begleitete.« Guelfo seufzte. »Ich kann Euch keinen Vorwurf machen, daß sie Euch überlistet hat. Mich selbst hat sie mit ihrem gratianischen Dickkopf mehr als einmal in Schwierigkeiten gebracht – und sich noch öfter. Vor allem sich selbst.«

Sein Blick schweifte nordwärts, dann zurück in Richtung Pentarosae, auf den Unterstand mit den Pferden und dann noch einmal nordwärts. Schließlich wandte er sich wieder dem Ritter zu. »Ich fürchte, unsere Prinzessin hat sich selbst aufgemacht, die Krone des Nordens zu suchen ...«

In Oderas dunklen Augen blitzte es.

Guelfo raffte sich auf: »Scheiß der Löwe darauf, daß sie eine Prinzessin ist. Vor allem ist sie eine siebzehnjährige Jungfrau, die in ihrem Leben nicht einmal zum Abtritt ohne Leibgarde ging. Während der letzten Wochen in der Wildnis hatte sie wenigstens uns ...« Mit einem Ruck stieg er in den Sattel. Die Augen auf den Horizont gerichtet, erklärte er:

»Odera, Ihr habt zwei Möglichkeiten. Entweder stecht Ihr mich aus dem Sattel. Das dürfte Euch ja keine Umstände bereiten. Anschließend könnt Ihr hier befehlsgemäß Wache halten und verschimmeln, während irgendwo ein Dutzend Straßenräuber über die Prinzessin herfallen.« Er blickte geradewegs in die Augen des Ritters. »Oder Ihr erzählt Euren Enkeln einmal: ›Einst war ich ein Ritter. Ich verlor meinen Kaiser, ich verlor meine Schlacht, ich verlor meine Ehre. Aber ich tat meine Pflicht – an der Seite eines wahnsinnigen Barbarenzauberers, der keine Ahnung von Ehre hatte, aber wußte, was Wahrheit ist.‹«

Vertrauen

Auf der Via Silvana, an der Grenze zum Fürstentum Zimmeta, im Kaiserreich der Fünf Rosen, noch am selben Tag

Die Reiter brachen aus dem dichten Gehölz neben der Straße. Lorencos Hand fuhr zum Schwert. Dann hielt er inne. Es war aussichtslos, es waren zu viele. Sie trugen kurze Umhänge und weiße Tuniken. Die langen Speere hielten sie drohend gesenkt. Schon umkreisten sie Guelfo und ihn. Es waren drahtige, dunkelhäutige Männer.

Der Erste Ritter blickte zu Guelfo. Der Kaiserpriester blieb erstaunlich gelassen. »In wessen Dienst steht ihr?«

Einer der Männer, ein Kerl mit einem breitkrempigen Stroh hut und weißen Bartstoppeln, lenkte sein Pferd näher. Er blickte kurz zum Unterholz neben der Straße. »Ich bin Lysimachos, Erster Ritter des Königs Sulpicius von Zimmeta. Und wir mögen hier keine Speichellecker des Imperators.«

Lorenco mußte an sich halten. König von Zimmeta. Vor wenigen Wochen noch war Zimmeta ein reiches, aber kleines Fürstentum gewesen, das dem König von Pentarosae unterstand.

»Du siehst, was ich bin«, sagte Guelfo kühl.

»Ein Kaiserpriester, ein übler ...«

»Ein Kaiserpriester und ein Leomanne«, sagte Guelfo und hob dabei die linke Augenbraue. »Ich hoffe, du begreifst, was das bedeutet.«

Lysimachos wirkte verunsichert. Hilflos blickte er wieder zu dem Dickicht, aus dem der Reitertrupp hervorgebrochen war. Schließlich löste sich ein weiterer Reiter aus dem Schatten der Bäume, eine hagere Gestalt mit gelbbemaltem Gesicht. Quer vor sich über dem Sattel lagen ein Wurf- und ein Stoßspeer. Der Krieger trug eine Reittunika aus feinem Leder. Sein mächtiger Bart war zu zwei Zöpfen geflochten. Ein silberner Stirnreif bändigte seine wilde Löwenmähne. Um die Hüften hatte er einen Perlengürtel geschlungen, der so gar nicht zu seiner Aufmachung passen wollte. Vermutlich der Brautgürtel einer Prinzessin, dachte Lorenco bitter. Das kostbarste Beutestück der Plünderer. Der Leomanne lenkte seinen großen Schecken gemächlich zur Straße. Die ganze Zeit über ließ er Guelfo nicht aus den Augen.

»Was bringt einen Mann wie dich dazu, einen Menschen als Gott anzubeten? Auf welchem Stamm lastet die Schande, dich seinen Sohn nennen zu müssen?« Der Reiter sprach sie auf leomannisch an.

»Ich bin Würmbald vom Stamm der Gautamannen, und bevor du deinen Atem mit weiteren Beleidigungen verschwendest, wisse, daß ich in geheimer Mission für Sarmantha reite. Einer Mission, die keine Verzögerung duldet!«

Der Reiter legte den Kopf schief und musterte sie eindringlich. Er war ohne Zweifel ein erfahrener Krieger, dachte Lorenco. Wer immer die Leomannin war, deren Namen Guelfo genannt hatte, von einer so durchsichtigen Lüge würde sich ihr Gegenüber gewiß niemals beeindrucken lassen.

»Ich bin Childewig vom Stamm der Goldwangir, Bruder.« Seine grüngrauen Augen ruhten nun auf Lorenco und er wechselte in die *lingua regia.* »Sag mir, Würmbald, woher hat dein Mann einen Helm der Adelsgarde?«

Lorenco schlug das Herz bis zum Hals. Er entspannte seine Nackenmuskeln, bereit, sein Schwert zu ziehen und sich dem Unvermeidlichen zu stellen. Zwei gegen zwanzig, das würde kein langer Kampf werden.

»Mein Leibwächter hat auf dem Hügel von Duros Xenthos gekämpft, Childewig. Er gehörte zu den ersten, die bis zum Dormon des Imperators durchbrachen und unseren Brüdern dort die Hände reichten. Den Fürsten, der diesen Helm einst trug, hat er eigenhändig erschlagen. Dies ist seine Beute vom Tag der Ehre. Seit wann darf ein Mann nicht bei sich tragen, was er durch die Kraft seines Schwertarms erobert hat?«

Childewig maß Lorenco noch einmal vom Scheitel bis zur Sohle. »Dieser kleine Kerl soll einen Fürsten der Adelsgarde erschlagen haben? Es heißt, zwei Leomannen hätten es nicht mit einem dieser Ritter aufnehmen können. Sie waren die mächtigsten Streiter des Imperiums. Die Truppe, die es zu fürchten galt wie keine andere. Und dieser Halbmann soll einen von ihnen bezwungen haben?«

Jedes Wort traf Lorenco wie ein Schwerthieb. Seine Rechte legte sich auf den Knauf seiner Waffe. »Willst du sehen, wie ich einen Mann von zwei Schritt niedermache?«

Der Leomanne sah ihn überrascht an. Dann brach er in schallendes Gelächter aus. »Bei Aionar, Bruder. Der Kleine ist richtig! Dem kocht ja Feuer im Blut.« Er gab den anderen Reitern ein Zeichen, die Straße freizumachen. »Möge der Löwe über euch wachen, Bruder. Viel Glück bei deiner Reise.«

Lorenco mochte es kaum glauben. Ein Wort von Guelfo hätte genügt, um ihn ans Messer zu liefern. Bis zum heutigen Tag hatte er dem ehemaligen Lehrer der Prinzessin nicht weiter getraut, als sein Schwertarm reichte. Und nun rettete ausgerechnet dieser Mann ihm das Leben.

Schweigend setzten die beiden ihre verzweifelte Suche fort. Sie folgten der Via Silvana durch den Dschungel nach Westen und wechselten am späten Nachmittag auf eine kleinere Straße, die nach Norden führte. Zweimal stießen sie auf Spuren von Plünderern, die Handelszüge angegriffen hatten. Ausgebrannte Wagen versperrten die breite Straße. Überall lagen Tote, deren Leiber in der schwülen Hitze des Regenwalds aufgequollen waren, so daß sie Arme und Beine steif von sich streckten.

Jedesmal, wenn Frauen unter den Toten waren, suchte Lorenco nach Genias Gesicht. Guelfo hatte recht gehabt. Er war ein Narr gewesen. Wie hatte er Genias Befehl nur gehorchen können! Sollte ihr etwas geschehen, so wäre es ganz allein seine Schuld. Dann hätte er ihr den Tod gebracht und nicht dieser Leomanne, dem er seit Tagen unterstellte, ein Verräter zu sein.

Ihr Weg führte sie hinauf in Hügelland. Der Dschungel wurde hier ein wenig lichter. Gegen Abend erreichten sie die Ruinen eines längst verlassenen Herrensitzes. Dort, wo einmal die Festhalle des kleinen Palasts gewesen sein mochte, erhob sich ein

Mangobaum. Der süße Duft der verfaulenden Früchte durchtränkte die Ruinen. Hier würden sie ihr Nachtlager aufschlagen.

Lorenco kümmerte sich um die Pferde, während Guelfo Holz für ein Feuer sammelte. Geschützt durch die Ruinen, würden sie in dieser Nacht nicht fürchten müssen, daß ihr Feuer Halsabschneider aus dem Wald lockte.

Schweigend aßen sie einen Brei aus Hirse und getrockneten Früchten. Nach dem Mahl zog Lorenco sich zurück. Hinter dem verfallenen Festsaal lag eine weite Terrasse, von der aus man weit über das Land blicken konnte. Wie blutige Banner zogen flache, zerfaserte Wolken über den westlichen Horizont. Sie erschienen dem Ritter wie die Vorboten des Heeres, das gewiß schon auf Pentarosae marschierte. Wie hatte das Imperium so schnell in die Knie gehen können? Was war geschehen, daß ein Schurke wie Prosperus es wagte, sich an der letzten überlebenden Tochter des Imperators zu vergehen? War denn auch jeder Sinn für Anstand und Ehre mit den Sternenstandarten auf dem Schlachtfeld von Duros Xenthos gefallen?

Die Dunkelheit kam rasch, und mit ihr steigerte sich der Lärm des Dschungels. Irgendwo erklang das majestätische Brüllen eines Tigers. Lorencos Blick wanderte über die weiten Hügel. Niemals würden sie Genia in diesem Dschungel wiederfinden. Selbst wenn sie eine Spur gehabt hätten, wäre sie nun durch den Regen zunichte gemacht. Sie wußten nicht, wohin die Prinzessin reiten wollte. Mochte Kymo fügen, daß sie überhaupt noch lebte. Und das alles war seine Schuld! Hätte er nur nicht auf sie gehört! Hätte er doch diesen einen Befehl verweigert!

Schritte erklangen auf der Terrasse. »Entschuldigt, wenn ich Euch störe«, erklang die Stimme des Orators. »Ich brauche Eure Hilfe, Odera.«

Überrascht wandte sich der Ritter um. Es war das erste Mal, daß Guelfo ihn um etwas bat. Der große Leomanne hatte bisher stets für sich selbst gesorgt.

Nun hatte er sein Priestergewand abgelegt und stand mit entblößtem Oberkörper vor ihm. Er verdrehte den Kopf und versuchte vergeblich auf seinen Rücken zu blicken. »Da … Kommt doch bitte ans Feuer. Da ist …« Ekel spiegelte sich in den Zügen des sonst so stolzen Priesters.

Sie gingen zurück in die Festhalle, und Guelfo kniete neben dem Feuer nieder. »Hier!« Guelfo verrenkte sich fast den Arm, um auf die Mitte seines Rückens zu deuten. Die Mühe wäre nicht nötig gewesen. Deutlich sah der Ritter die beiden Beulen im Fleisch. Auf den ersten Blick mochten sie wie Furunkel wirken, doch betrachte man sie länger, dann konnte man sehen, wie sich das Fleisch unter den entzündeten Stellen in leichten Wellen bewegte.

Lorenco hatte so etwas schon oft gesehen. Es war eine der harmloseren Unannehmlichkeiten, die dieser von Umbros verfluchte Dschungel für einen bereithielt. »Larven von gelben Büffelkäfern. Sie werden von Eurem Fleisch fressen, bis sie schlüpfen.«

»Das werden sie nicht«, entgegnete Guelfo aufgebracht. »Ihr schneidet mir diese Mistviecher heraus. Jetzt gleich!« Der Priester deutete auf ein leomannisches Sichelmesser, das in einer Schale neben dem Feuer bereitlag.

»Das ist nicht klug«, wandte der Ritter ein. »Ich kann sie herausschneiden, aber die Wunden könnten sich entzünden und Euer Blut vergiften. Am besten legt man rohes Fleisch auf die Beulen. Dann kommen die Larven heraus.«

»Nehmt das Messer!« beharrte der Leomanne. »Ich werde meinen Leib nicht jetzt schon mit Würmern teilen!« Er knurrte unwillig. »Ich kann fühlen, wie sie sich bewegen.«

Der Ritter nahm das Sichelmesser. »Seid Ihr sicher?«

»Ja!« schnaubte Guelfo gereizt.

Es waren nur zwei kleine Schnitte. Die Larven saßen dicht unter der Haut. Lorenco ließ die Wunden gut ausbluten und deckte sie dann mit einem Fetzen Tuch ab. Eine der Larven behielt er auf der Klinge des Messers. Mit ihrem spitz zulaufenden Körper erinnerte sie an ein lebendig gewordenes Bohrwerkzeug.

Guelfo nahm das Messer und hielt es über die Glut des Feuers. Sich windend verendete die Larve.

»Ich muß mich bei Euch entschuldigen«, sagte der Ritter leise. »Ich habe Euch wie einen Verräter behandelt.«

Guelfo blickte von der Glut auf. »Ich hätte mich an Eurer Stelle nicht anders verhalten.«

»Nein, das glaube ich nicht. Ihr seid ... besonnener. Ganz gleich, was geschieht, Ihr behaltet die Ruhe und entscheidet weise ... Wäre ich wie Ihr, dann wäre die Prinzessin jetzt nicht allein dort draußen im Dschungel.«

»Tut Euch nicht unrecht, Odera. Ihr seid ein Mann von Ehre – und seid über die Fallstricke der Ehre gestolpert ... Und was mich angeht: Vor wenigen Augenblicken habt Ihr mich noch getadelt, weil ich mir diese Würmer herausschneiden ließ, statt zu warten, bis sie von sich aus meinen Leib verlassen. Auch ich handle nicht immer weise.«

Lorenco grinste. »Das stimmt wohl.«

Eine Weile saßen sie schweigend beieinander. Der Ritter starrte in die Glut. Er mußte diesem Mann vertrauen! Hatte er heute nicht bewiesen, auf wessen Seite er stand? »Ihr glaubt, daß Genia nach der Adlerkrone sucht?«

Guelfo blickte auf. Die Glut spiegelte sich in seinen braunen Augen. »Sie ist klug. Sie weiß, daß nur dann, wenn sie die *corona aquilina* vorweisen kann, der Norden sich noch einmal unter die Herrschaft ihres Hauses beugen wird. Mit einer Heirat würde sie einen einzigen König an sich binden. Hat sie die Adlerkrone, dann werden ihr viele folgen, denn nur der rechtmäßige Kaiser des Nordens kann die corona aquilina besitzen. Aber wer weiß schon, wo die Krone ist?«

»Niemand. Sie wurde gestohlen!«

Der Leomanne runzelte die Stirn. »Gestohlen? Wann?«

»Schon vor Jahren. Ich weiß darum, weil der Verlust der Krone den letzten Kommandanten der Adelsgarde den Kopf gekostet hat. Gemeinsam mit einer Gruppe Leomannenleibwachen gehörte es zu den Pflichten der Garde, den Kronenturm der Pfalz von Marvinum nahe Guavia an der Inneren See zu bewachen. Der Imperator wollte dort für ein paar Tage rasten, als er sich auf der Reise von Gondallo nach Mediogenia befand. Niemand hat gesehen, wer die Krone gestohlen hat. Und merkwürdigerweise hat der Dieb auch nur die *corona aquilina* an sich genommen. Er ist durch eine zwei Schritt weite Wand gegangen, fast ohne Spuren zu hinterlassen. Der Diebstahl gehört zu den größten Geheimnissen des Kaiserhauses. Nur eine Handvoll Eingeweihte wissen darum.«

»Fast ohne Spuren zu hinterlassen?« hakte der Priester nach.

Lorenco senkte die Stimme. »Es gab Hufspuren im Stein.« Er hatte die Kammer gesehen, und sie hatte ihm angst gemacht. Etwas Dunkles war dort gewesen. Etwas, daß es nicht geben sollte.

»Es waren Hufspuren auf dem Stein? Wie von einem Pferd?«

Der Ritter schüttelte den Kopf. »Hört mir zu! Nicht auf dem Stein. *Im* Stein – so als wären sie in die Marmorplatten des Bodens gemeißelt.«

Der Leomanne strich sich über den Bart und lehnte sich zurück. »Hufspuren in Stein gegraben … Wenigstens haben wir also die Gewißheit, daß weder die Leomannen noch einer der kleinen Fürsten die Krone in ihrem Besitz haben. Wußte Genia von dem Raub?«

Lorenco nickte. »Die leiblichen Kinder des Imperators waren eingeweiht.«

Wieder starrten sie lange Zeit schweigend in die Glut.

»Wir werden nach Norden reiten«, erklärte Guelfo überraschend. Ich bin überzeugt, daß wir die *corona aquilina* im Norden finden werden – und dort werden wir auch auf die Prinzessin stoßen. Hoffen wir nur, daß wir vor ihr dort sind. Sie sollte nicht allein einer Kreatur gegenüberstehen, die durch Wände gehen kann und Hufabdrücke in Stein hinterläßt.«

Eine Gelegenheit im Sturm ergreifen

Feldlager des Gottesheeres bei den Ruinen von Duros Xenthos, am 12. Tag des Flutregenmondes, im 243. Jahr des Imperiums

Der Eingang des Zeltes verdunkelte sich. Von draußen klang die erregte Stimme Malachias' herein: »Und jetzt kommst du, Beteigir! Ich sage ihm: Ich war dreizehn, als ich meinen ersten Kampf austrug. Und was sagt er? Er sagt: Du sahst vielleicht aus wie dreizehn, Malachias, doch wahrscheinlich warst du längst siebzehn! Ich lache, antwortete ich. Ich lache dir ins Gesicht! Mit siebzehn hatte ich bereits fünfzehn Männer besiegt! Und das sind nur die, die ich erschlagen habe. Die Verwundeten, die Geflüchteten, die zähle ich überhaupt nicht mit. Man sollte denken, das reicht, aber was sagt er darauf? ... Willst du damit etwa um meine Großtante werben, Malachias? Die ist noch frei! ... Und das in diesem hochnäsigen Ton! Du weißt schon: Die ist noch frei! ... Du siehst, Beteigir: Ich hatte überhaupt keine andere Wahl.«

Sarmantha stieß einen Schmerzenslaut aus, als der Kamm an einem Haarknoten hängenblieb. Malachias schaute gleich darauf zum Zelt herein. Er wirkte verschwitzt und abgehetzt. Verwirrt blickte er sich um, als wunderte er sich, was die Anwesenden hier zu suchen hätten. Seine Augen wanderten von Eleta, die hinter Sarmantha stand und ihr das Haar kämmte, zu Caetulus, der zu ihren Füßen lag und auf einer Zwillingsflöte spielte, und weiter zu Persea, die neben ihm hockte und in einer Schriftrolle las.

Malachias verschwendete keine Zeit an einen Gruß. »Man sagte mir, du habest nach mir verlangt«, waren seine ersten Worte. »Ich hörte, daß das schon etwas länger her sei ... Es ging nicht eher, da ich etwas Unaufschiebbares zu erledigen hatte. Aber ich bin sogleich hergekommen, als ich wieder zurück war und davon erfuhr. Sieh mich an, ich bin noch ganz außer Atem! Es ging dabei um eine ... strategisch möchte ich jetzt nicht sagen ... Es hatte mit ... mit Kampfkunst zu tun. Gibt es hier etwas gegen meinen trockenen Hals?«

Ohne eine Antwort abzuwarten, ging er mit raschen Schritten durch das Zelt, griff nach einem Krug mit Wasser, hob ihn zum Mund und trank daraus in großen Schlucken. Daß ihm ein gut Teil des Inhalts über die Wangen und den Hals hinablief, störte ihn nicht.

»Ah!« sagte er zufrieden, wischte sich mit dem Unterarm über den Mund, stellte den Krug ab und zog einen hölzernen Klappsessel zu sich heran, den Sarmantha im Zelt eines Fürsten gefunden hatte.

»Nicht!« schrie Eleta entsetzt auf. Doch zu spät! Schon ließ sich Malachias in den Sessel fallen, den Andrimedea zwei Stunden lang versucht hatte wieder instand zu setzen. Er brach unter ihm zusammen. Malachias erhob sich, trat die Trümmer stirnrunzelnd zur Seite und fragte unbeeindruckt: »Nun sag, Verkünderin! Was willst du von mir?«

Sarmantha atmete tief durch. »Ich war gestern bei dir. Man sagte mir, du seiest eben zu einem Wettrennen aufgebrochen. Zu einem Ort namens Trespalmae. Du würdest erst heute wieder zurückerwartet.«

Malachias nickte heftig: »Eine Angelegenheit der Ehre, die sich sehr kurzfristig ergab. Ich hatte einen Streit mit dem Langen Hrodleip. Du kennst ihn, glaube ich. Er kennt jedenfalls dich. Wir liefen die ganze Nacht hindurch. Nun, nicht dauernd, aber ...«

»Du weißt, warum ich bei dir war?« unterbrach ihn Sarmantha.

Malachias sah sie mit leerem Gesicht an. »Hilf mir auf die Sprünge.«

»Du wolltest mich wegen irgend etwas sprechen. Ich weiß nicht, warum.«

Malachias schwieg und dachte nach. Plötzlich warf er die Arme in die Luft und rief: »Aber natürlich! Es ist wichtig! Es ist ungeheuer dringend. Aber nur unter vier Augen. Es ist geheim.«

Auf ein Zeichen Sarmanthas verließen Eleta, Persea und Caetulus das Zelt. Kaum waren sie draußen, sagte Malachias: »Nun erhebe dich. Ich muß dir etwas zeigen.«

»Wir bleiben nicht hier?« fragte Sarmantha.

»Nein.«

»Dann hätte ich die anderen gar nicht wegschicken müssen?«

»Das hatte ich auch gar nicht verlangt«, erwiderte Malachias vorwurfsvoll.

Sarmantha seufzte absichtlich laut. *Das* konnte ihr Besucher ruhig hören. Das sollte er auch hören! Malachias war der konfuseste Mensch, der ihr je untergekommen war. Er wirbelte in das Leben seiner Mitmenschen und hinterließ ein großes Durcheinander. Seine Angewohnheit, stets mehrere Gespräche gleichzeitig zu führen, machte den Umgang mit ihm nicht einfacher. Andrimedea hatte kürzlich behauptet, diese Eigenheit rühre daher, weil er ständig vergäße, mit wem er sich zuletzt unterhalten hätte.

Allerdings war das nicht der ganze Malachias. Es gab noch einen anderen. Einen, der insgeheim verbissen über etwas grübelte, während sein anderes Ich die Welt in Unordnung versinken ließ, und der ohne Vorankündigung kluge Pläne enthüllte, die bis in die letzte Einzelheit durchdacht waren. Malachias hatte die Anlagen, ein bedeutender Kriegsmann zu werden. Jedoch brauchte er dazu die richtige Frau an seiner Seite. Eine, die ihn an kurzen Zügeln hielt. Aber wer sollte diese Bürde auf sich nehmen? Als Andrimedea über Malachias gesprochen hatte, hatte sie gesagt: Wäre sie sein Weib, so hätte sie ihn längst erschlagen. Alle anwesenden Frauen hatten ihr eifrig zugestimmt.

Sarmantha ließ sich von Malachias durchs Lager führen. Es war deutlich kleiner geworden, seitdem Herzog Wiltrach Sigfolk mit der Hauptmacht nach Süden gezogen war, um beim Krieg gegen die Sphinx mitzuwirken. Zwischenzeitlich war mit dem Bau eines Kastells begonnen worden, doch die Arbeit ging nur langsam voran. Leomannen waren keine eifrigen Baumeister.

»Schau dir den an«, flüsterte Malachias und wies unauffällig auf einen Krieger mit einer frisch verschorften Platzwunde auf der Stirn. »Das hat er nicht vom Feind. Unsere Leute langweilen sich. Sie verwahrlosen und fangen untereinander Streit an. Mancher ginge am liebsten nach Hause. Das ist nicht gut! Es ist auch schlecht für die Neuen.«

Dieses Mal deutete er auf einen Haufen von etwa zweihundert ehemaligen kaiserlichen Soldaten, die rund um Kelomachos auf dem Boden saßen und lauschten, wie er ihnen von Aionar erzählte.

»Wir haben ihnen versprochen, ihre alten Herrscher zu verjagen, deren Schätze unter ihnen zu verteilen und Aionars Reich zu errichten. Sie wollen etwas tun! Sie wollen ihre Begeisterung beweisen, aber sie dürfen es nicht. Bald werden sie uns für Schwätzer halten.«

Mit einemmal entdeckte Sarmantha Hyggald. Er stand mit verschränkten Armen in ein paar Dutzend Schritt Entfernung und lachte ihr mit seinen unverschämt grünen Augen entgegen. Sarmantha sah weg. Der Mann verunsicherte sie. Sie wußte nicht, wie sie ihn einordnen sollte. Ob er einfach nur freundlich war oder versteckt um sie warb. Manchmal bildete sie sich ein, daß es so sein könnte. In dem Fall wäre es eigentlich gar nicht so versteckt. Doch das mußte Einbildung sein! Er war mindestens zehn Jahre jünger als sie und sah viel zu gut aus.

»Du bist mit deinen Gedanken nicht hier«, warf ihr Malachias plötzlich beleidigt vor.

»Das ist nicht wahr!« verteidigte sich Sarmantha. »Ich höre dir sehr wohl zu.«

»Also, was sagst du dazu?«

»Was soll ich schon dazu sagen?« erwiderte Sarmantha und blickte sich verstohlen um. Hyggald war nicht mehr zu sehen. Sie wußte nicht, ob sie deswegen erleichtert oder betrübt sein sollte. »Es ist, wie es ist, auch wenn es nicht schwer zu erraten ist, worauf du hinauswillst. Doch Herzog Wiltrach Sigfolk hat zwei von dreien unserer Krieger mit sich genommen. Außerdem hat er ausdrücklich befohlen, daß das Heer stillhalten solle, um einen möglichen Gegenangriff unserer Feinde abzuwehren. Der Schwarze Swidpal ist gewiß nicht der Mann, der von einem Befehl des Herzogs abweicht. Doch wenn die Vasallen des Götzenkaisers noch einmal ein Heer von solcher Größe aufbieten ... Ohne das Opfer der Leomannengarde hätten wir letztes Mal nicht gewonnen.«

Malachias blickte sie eindringlich, beinahe flehentlich an: »Du siehst es also genauso wie ich?«

Sarmantha mußte lachen. »Wir sollten einstweilen aus dem Spiel lassen, was ich wie sehe.«

»Es gibt etwas Neues«, flüsterte Malachias. »Der König von Pentarosae hat seine Stadt mit beträchtlicher Begleitung in Richtung Norden verlassen.«

»Warum? Führen die Schakale jetzt untereinander Krieg?«

»Ich weiß es nicht. Es war mir auch einerlei. Doch wenn wir jetzt schnell handeln, so können wir die Stadt erobern, bevor er von dem Angriff erführe. Damit fiele der ganze Landstrich an uns.«

»Irgendwer wird doch den Befehl in der Stadt haben?«

»König Severus hat einen Sohn. Wahrscheinlich der.«

Sarmantha dachte kurz nach: »Prosperus heißt er, soweit ich weiß. Er ist mir noch nie aufgefallen.«

»Dann kann er nicht viel taugen«, meinte Malachias. »Um so besser! Ich habe mir alles schon genau überlegt. In zwei Tagen wird wieder ein Kriegsrat abgehalten.«

»Swidpal wird nicht einverstanden sein.«

»Ich bin nicht der einzige, der denkt, daß wir nicht länger untätig bleiben sollten.«

»Swidpal ist auch nicht der einzige, der anderer Meinung sein wird als du.«

»Weiß ich«, sagte Malachias mürrisch. »Er und alle alten, verdienten Recken werden gegen mich sprechen. Swidpal wird an die Weisungen des Herzogs erinnern. Dann werden die anderen zustimmend brummen und andächtig nicken. Hält man ihnen vor, daß Wiltrach diese Gelegenheit nicht vorausgesehen habe, so werden sie antworten: Er heißt immer noch Wiltrach Sigfolk, Bursche! Danach werden sie von alten Zeiten und längst geschlagenen Schlachten reden. Es ist immer so. Ich habe nichts gegen diese Geschichten. Ich höre sie gern, wenn man viel dabei trinken kann, aber ...«

»Gibt es niemanden, der deine Ansicht teilt?«

»Doch, sagte ich ja bereits, die meisten der Jüngeren. Aber wir sind zu wenige. Deshalb brauchen wir dich.«

»Wofür?« fragte Sarmantha verwundert. »Swidpal frohlockt nicht gerade, wenn er mich sieht.«

Malachias grinste und sah plötzlich verlegen aus.

Was führt er im Schilde? dachte Sarmantha und nahm seine Hand. Malachias blickte auf seine Rechte und wirkte kein bißchen sicherer. Das war jedoch auch nicht der Zweck dieser Geste gewesen. »Weihe mich ein, Malachias«, drängte Sarmantha sanft.

Ihr Gegenüber sah geschäftig von ihr weg, als es antwortete. »Du sollst dasselbe tun wie an dem Abend, als ich dich zum ersten Mal sah.«

»Was tat ich da?«

»Du kamst mit deinen Schülern in den Rat. Alle schrieen so lange *›Für Aionar!‹*, bis geschah, was du wolltest.«

Sarmantha drückte seine Hand fester. »Sie hätten es nicht getan, wenn sie es nicht gewollt hätten.«

Malachias schüttelte heftig den Kopf. »Ich wollte dir nichts unterstellen. Aber ich höre, was mein Herz wünscht. Du hörst dasselbe von deinem. Viele von uns hören das gleiche Flüstern. Deine Gabe, Sarmantha, ist es, die vielen dazu zu bringen, diesen Wunsch auszusprechen. Ich wünsche mir, daß du mit Hundert, Fünfhundert, mit Tausend Kriegern zum Kriegsrat kommst, und alle sollen schreien: ›Für Aionar und gegen Pentarosae!‹ Sie sollen so lange brüllen, bis diese übervorsichtigen, alten Männer nicht anders können, als ebenfalls auf ihr Herz zu hören.«

»Ich werde mir dadurch so manchen Feind machen«, wandte Sarmantha ein.

»Wenn uns Pentarosae gehört, wird alles vergessen sein. Sie werden dir sogar danken.«

Das bezweifelte Sarmantha. Malachias war noch jung, dachte sie. Er mußte noch viel über Menschen lernen. Sie ließ seine Hand los. »Beim nächsten Mal will ich früher erfahren, wenn ein König irgendwohin aufbricht.«

»Meinetwegen«, erwiderte Malachias und wurde ganz ernst. »Verstehe mich, Sarmantha. Ich suche keinen Ruhm. Doch ich will nicht mein ganzes Leben lang für das Reich Gottes kämpfen. Ich will es noch erleben!«

Hirsekuchen

Nahe den Träumenden Wäldern, Fürstentum Zimmeta, Königreich Pentarosae, am 22. Tag des Flutregenmondes, im 243. Jahr des Imperiums

Der Regen hatte aufgehört, und am Waldrand war es heiß und schwül. Genia spürte kaum noch, wie ihr der Schweiß in Bächen herunterlief; sie hatte jedes Gefühl dafür verloren. Längst war ihr Jagdgewand an mehreren Stellen eingerissen, Myriaden summender Mücken hatten ihre Haut zerstochen, und sie fühlte sich schmutzig und ausgelaugt. Doch all das war nichts gegen jenes bohrende Gefühl in ihrer Leibesmitte. Der Hunger nagte schon seit Tagen wie eine hungrige Hyäne an ihren Eingeweiden. Der Prinzessin war so elend zumute wie noch nie zuvor in ihrem Leben.

Zusammengesunken hockte sie im Sattel und krallte sich erschöpft in das lange, weiße Deckhaar Ginopes, der Stute ihres Oheims, die sie bei Nacht aus dem Palast geführt hatte. Der Schimmel war der letzte Trost, der ihr verblieben war. Längst war das stolze Roß in müden Trott verfallen, während zu ihrer Rechten, Stunde um Stunde, unentwirrbare Laubkronen und undurchdringliches Rankenwerk vorüberglitten.

Genia hatte sich die Träumenden Wälder Pentarosaes stets anders vorgestellt: licht, heimelig und schön. In Wahrheit waren sie die Heimat schleichender Bestien und kriechenden Gezüchts. Ihr grauste vor ihnen. Gestern erst hatte sie eine fast handtellergroße Spinne dabei erwischt, wie sie mit ihren langen, haarigen Beinen versucht hatte, an ihr emporzukrabbeln. Sie war vor Angst fast wahnsinnig geworden. Und einen Tag zuvor hatte sie eine zischelnde Schlange aufgeschreckt, die sich mitten auf dem Dschungelpfad verborgen hatte. Nur mit Mühe hatte sie Ginope davor bewahren können durchzugehen.

Sie war eine solche Närrin gewesen! Dumm und töricht. Was wußte sie schon von dem Leben außerhalb der Paläste und Schlösser? Nichts. Gar nichts. Immer wieder mußte sie an Guelfos Worte während jener schicksalsträchtigen Nacht in Pentarosae zurückdenken. Es war bitter, sich einzugestehen, wie wahr er gesprochen hatte. Doch für weitere Tränen fehlte Genia die Kraft. Umzukehren verbot ihr der letzte Rest ihres Stolzes.

Dabei war ihr Plan so einfach gewesen.

Sie war aufgebrochen, um Odia zu finden, die Rosenfee. Noch vor kurzem war sie fest davon überzeugt gewesen, daß sie es gewesen war, die in jener schicksalhaften Nacht zu ihr gesprochen hatte. Doch dazu mußte sie zunächst nach Spinaradura gelangen. Salada, ihre treue Amme, hatte ihr stets mit leuchtenden Augen von dem Dorf ihrer Kindheit erzählt und davon, daß die Frauen des Ortes Odia schon immer verehrt hätten. Wer, wenn nicht diese guten Menschen, könnten ihr sonst den Weg zu der Fee weisen? Sie fragte sich, wie es Salada inzwischen erging. Sie und Guelfo waren die einzigen, zu denen sie je wirklich Vertrauen gefaßt hatte. Sie beide … und Lorenco. Der Ritter ging ihr schon seit Tagen nicht mehr aus dem Kopf. Ob daheim in Cornia eine Dame auf ihn wartete? Sicher nicht nur eine. Sie bereute es inzwischen, ihn zurückgelassen zu haben. Wann immer sie in eine verzweifelte Lage gekommen war, stets war er da gewesen, um sie daraus zu erretten. Hoffentlich glaubte er nicht, sie hätte Prosperus schöne Augen gemacht und ihn ermutigt.

Genia schloß bekümmert die Augen. Odia ... längst kam ihr der Gedanke an ihre Taufpatin kindisch vor. Was wäre, wenn Emerentia recht behielte? Was, wenn Odia nur in Saladas Erzählungen existierte? Inzwischen war es zu spät für Reue.

Die Prinzessin hatte sich auf einen Ritt von zwei oder drei Tagen eingestellt, doch längst waren zwei ganze Wochen verstrichen. Ihre Barschaft, die sie mit sich führte, war ihr schon wenige Tage nach ihrem Aufbruch in einem Gasthaus nahe der Via Gondallo geraubt worden. Selbst ihre Kleidung, die sie für jeden sichtbar als Adlige zu erkennen gab, hatte die Schurken nicht davon abgehalten, ihr den Beutel vom Gürtel zu schneiden.

Viel zu spät war ihr aufgefallen, daß nicht einmal eine gemeine Ziegenhirtin ohne Begleitung unterwegs war. Nur mit Hilfe Ginopes hatte sie drei entlaufene Sklaven verscheuchen können, die ihr eines Nachmittags mitten auf dem Weg aufgelauert hatten. Nach diesem Erlebnis hatte sie ihr Glück abseits der großen Heerstraße gesucht. Doch wen auch immer sie nach Spinaradura befragte, niemand schien zu wissen, wo das Dorf lag. Längst hatte sie ihre Ringe und die Perlen ihrer schlichten Halskette gegen Auskünfte, Quartiere und Nahrungsmittel eingetauscht. Sie wußte, daß man sie bei alledem mehrfach betrogen hatte. Doch was hätte sie tun sollen? Wie man mit dem Pöbel Handel trieb, hatte sie nie gelernt. Bereits vor zwei Tagen hatte sie ihre letzten Vorräte aufgezehrt, und inzwischen wollte sie nur noch schlafen. Schlafen oder sterben. Es war ihr eins.

Ginope verharrte unvermittelt in ihrem Schritt. Genia richtete sich mit schmerzendem Rücken auf und vernahm in der Ferne leisen Gesang. Ihr Schimmel stand zwischen zwei Bäumen, von wo aus sie einen guten Blick auf die lehmigen Hütten eines Dorfes hatte. Die Siedlung bestand aus drei Dutzend strohgedeckter Behausungen und lag inmitten eines großen Areals, das seine Bewohner dem nahen Wald abgetrotzt hatten. Umgeben war es von grüngelben Feldern, auf denen wohl Hirse gedieh. So genau wußte sie nicht, wie Hirse aussah. Aber sie erinnerte sich daran, was Guelfo ihr einst erklärt hatte: daß die Bauern zu Anfang des Sturzregenmondes die Saat ausbrachten, dann auf den Regen hofften, um anschließend die Früchte ihrer Arbeit zu ernten. Was hatten diese Menschen nur in den letzten Jahren getan? Denn da war der Regen oft ganz ausgeblieben oder mit solcher Macht über das Land gekommen, daß die Flüsse über die Ufer getreten waren. Hier stand die Ernte offenbar noch bevor. Ob es sich bei dem Flecken um Spinaradura handelte? Genia hatte die Hoffnung fast aufgegeben.

Erneut meldete sich ihr Hunger. Ob sie es wagen konnte, dem Dorf einen Besuch abzustatten? Ohne weiter nachzudenken, drückte sie Ginope die Stiefel in die Flanken und trabte quer durch die Felder geradewegs auf die Hütten zu.

Als sie den Dorfplatz erreicht hatte, fiel ihr auf, wie menschenleer er war. Irgendwo schlugen zwei Hunde an, doch Genia erblickte lediglich drei Bäuerinnen mit langen Stangen, die im Schutz eines Strohdachs um ein großes Stampfgefäß herumstanden. Bei ihrem Eintreffen unterbrachen sie jäh das Lied, das sie angestimmt hatten. Nicht weit von den dreien entfernt köchelte ein großer Topf mit Wasser, und auf einer einfachen Holzbank daneben lagen mehrere graue Hirseklöße. Genia lief bei dem Anblick das Wasser im Munde zusammen, obwohl sie solch grobe Kost früher keines Blickes gewürdigt hätte.

Weitere Bewohner des Dorfes traten aus den Hütten und starrten sie mit einer Mischung aus Neugier, Verblüffung und Mißtrauen an. Natürlich, sie war während der Mußestunde eingetroffen. Früher hatte sie immer geglaubt, die Menschen in den Dörfern würden zu jeder Tageszeit arbeiten. Aber bei der Hitze war das auch dem einfachen Volk nicht möglich. Aber das war früher gewesen. Da hatte sie keine Ahnung gehabt.

Die Prinzessin sprang vom Pferd und trat mit den Zügeln in der Hand auf die drei Frauen zu. Die musterten ungläubig ihre schmutzstarrende, aber noch immer vornehme Kleidung. Leise begannen sie miteinander zu tuscheln.

»Ich habe Hunger!« Genias Blick wanderte sehnsüchtig über die gekochten Hirseklöße. »Sicher wird es Euch nichts ausmachen, mir einen Eurer ... Kuchen zu überlassen. Ich komme aus Pentarosae. Aus der Königsstadt. Die kennt ihr doch, oder?«

Die Frauen blickten sich unsicher an. Auch hinter ihr begannen die Dörfler erregt miteinander zu flüstern. Genia deutete ihr Schweigen als Zustimmung und griff ungeduldig nach einem der Klöße. Herzhaft biß sie hinein. Er war nahezu geschmacklos, dennoch schien es ihr, als hätte sie nie zuvor etwas Köstlicheres gegessen. Schnell hatte sie ihn verspeist.

»Ist das hier Spinaradura?« wollte sie wissen. Vornehm tupfte sie sich den Mund ab. Noch immer schwiegen die Bäuerinnen. Ihr Hunger war längst noch nicht gestillt. Genia griff bereits nach dem nächsten Kloß, als sie das Weinen eines Kindes innehalten ließ. Sie drehte sich um. Hinter ihr waren inzwischen zwei Dutzend Bauern zusammengekommen. Von Augenblick zu Augenblick wurden es mehr. Ihre Gesichter wirkten eingefallen, und die Kinder unter ihnen schienen die Hirseklöße ebenso sehnsüchtig zu beäugen wie sie selbst.

»Sie ist eine Adlige. Das sieht man doch!« hörte sie eine krächzende Männerstimme sagen.

»Und wo sind ihre Bewaffneten?« wollte eine zweite Stimme wissen. »Ich hab noch nie eine Adlige ohne Gefolge gesehen.«

»Ist mir egal. Die letzte Ernte war schlecht, und diese wird es auch.«

Litten die Menschen dieses Dorfes denn auch Hunger? Da draußen auf den Feldern blühte doch alles. Oder etwa nicht?

»Es tut mir leid«, stammelte sie mit Blick auf die viel zu mageren Kinder. »Ich wußte nicht, daß ihr ...«

»Es tut Euch leid?« keifte plötzlich eine der drei Bäuerinnen neben dem Stampfgefäß los. Sie nuschelte, und Genia sah, daß ihr die oberen Schneidezähne fehlten. »Erst nehmt ihr uns unsere Söhne für Euren nutzlosen Krieg, und jetzt freßt Ihr uns das letzte Brot weg!«

»Ja, richtig, Bara!«

»Verjagt sie!«

»Sie soll uns ihr Pferd geben!«

»Nein, wir schlagen sie tot! Und dann nehmen wir das Pferd.«

Unerbittlich schloß sich ein Ring aus Leibern um die Prinzessin. Die Kinder wurden nach hinten gezogen, und Männer mit Forken, Hackmessern und Dreschflegeln schoben sich nach vorn. In ihren Augen funkelte Mordlust.

Entsetzt drängte sich die Prinzessin gegen die Flanken ihres Pferdes. »Nein, ich bitte euch ...!«

Einer der Bauern holte eben zum Schlag aus, als am Himmel über dem Dorf ein Krächzen laut wurde. Unvermittelt stürzte ein gefiederter Schatten herab und umflatterte hackend und beißend den Kopf des Angreifers. Schreiend wich der Mann zurück.

Speranto! Das mußte Speranto sein! Ungläubig starrte Genia auf den Silberfalken, dem sie auf Venabulae die Freiheit geschenkt hatte. Der hatte sich indes auf den nächsten Bauern gestürzt. Sein Gefieder schimmerte noch immer in dem stumpfen Braunton, den es während seiner Gefangenschaft angenommen hatte, doch ein Blick auf seine wundersamen Augen ließ keine Zweifel übrig.

»Sie ist eine Hexe!« gellte es hinter ihr.

Genia handelte, ohne zu zögern. Mit einem Satz sprang sie auf ihr Pferd und riß an den Zügeln. Ginope bäumte sich wiehernd auf, und sofort stoben die Bauern vor ihr davon. Verzweifelt preschte sie auf eine der Gassen zwischen den Hütten zu. Doch hier wurde sie schon erwartet. Kaum, daß sie die ersten Lehmbehausungen hinter sich gelassen hatte, stürmten linker Hand drei Halbwüchsige auf sie zu und warfen faustgroße Steine nach ihr. Ein jäher Schmerz an der Schulter ließ Genia aufschreien. Zurück. Nein, nach rechts. Doch auch aus diesen Richtungen nahte bereits das Gesindel. Wütend schwangen sie ihre Hackmesser und Knüppel.

Genia wimmerte vor Angst. In diesem Augenblick wurde der Bastvorhang der Hütte direkt vor ihr zur Seite geschlagen. Ein kleines Mädchen mit langen, seltsam roten Haaren stand dort und winkte ihr lächelnd zu. Sie trug eine weiße Rosenknospe im Haar. Wollte die Kleine etwa, daß sie in die Hütte ritt? Das war doch Wahnsinn. Der Mob war inzwischen so nahe herangekommen, daß Genia nicht länger überlegte. Sie duckte sich und ritt geradewegs durch den Eingang. Im Innern der dunklen Hütte roch es nach … Rosen.

Das Mädchen stand jetzt knapp neben dem Pferd und deutete auf eine der Außenwände. Sie war nicht aus Lehm gefertigt, sondern aus Stroh. »Reite, Jungfrau! Reite in den Wald!«

Die wütende Menge hatte den Platz vor der Hütte erreicht. Die Prinzessin fuhr herum und sah mit an, wie der Bastvorhang von zwei Männern mit Dreschflegeln zur Seite gerissen wurde. Genia wollte sich bei dem Mädchen bedanken. Doch es war verschwunden. Keine Zeit. Getrieben von Todesangst, spornte sie Ginope zum Galopp an und brach durch die Strohwand.

Bald schon hatte sie den Dorfrand mit den Feldern erreicht. Vor ihr gähnte dunkel die grüne Wand des Dschungels.

Enttäuschte Schreie wurden nahe der Hütte laut, in die sich lautes Hundegebell mengte. Genia hielt nichts mehr. Sie trat ihrem Schimmel in die Flanken und sprengte auf den Wald zu.

Der Dornenhain

Die Träumenden Wälder, am gleichen Nachmittag

Stunde um Stunde ritt die Prinzessin auf dem zwielichtigen Wildpfad entlang. Blattwerk streifte ihre Wangen, und wohin sie auch blickte, ragten turmhoch die hundertjährigen Stämme riesiger Urwaldbäume auf, an denen schlangenhafte Lianen und schmarotzende Schlinggewächse emporrankten.

Der Pfad wurde von einem Meer aus Farnen und verworrenem Wurzelwerk gesäumt, das sich über und unter dem feuchtwarmen Dschungelboden ineinanderkrampfte. Über allem schwebten die Dünste des Fiebers, in die sich der süßliche

Geruch Tausender unbekannter Düfte mengte. Alles, wirklich alles um sie herum schien von ewig triebhaftem Keimen erfüllt, das mit Macht höher und höher drängte, beständig dem Licht der Sonne entgegen.

Ginope schnaubte. Die erstickende Hitze unter dem Blätterdach des Urwaldes lastete bleiern auf Roß und Reiterin und nahm ihnen zunehmend den Atem. Und doch hatte Genia das unbestimmte Gefühl, das über den Träumenden Wäldern der Geist geheimnisvoller Ursprünglichkeit lag. Sicher wohnten hier ungezählte Dämonen. Aber seit sie Speranto gesehen hatte, spürte sie, daß die Geister der Wälder ihr nichts anhaben würden.

Hin und wieder vermeinte sie noch immer, von weit über sich den Schrei des wundersamen Falken zu vernehmen, auch wenn das ferne Brüllen, Schnattern und Keckern unbekannter Kreaturen rings um sie herum nie zu verstummen schien.

Zwischen den Baumstämmen vor ihr lugten unvermittelt die sengenden Strahlen der Nachmittagsonne hindurch. Genia strich sich überrascht das schweißnasse Haar aus dem Gesicht und gebot Ginope Halt. Hatte sie etwa schon den Rand des Waldes erreicht? Das war nicht möglich ... Sie glitt aus dem Sattel und führte die Stute einen farnbedeckten Hügel hinauf. Als sie oben angelangt war, weiteten sich ihre Augen vor Staunen.

Sie blickte auf eine große Dschungellichtung, die über und über mit einem Teppich roter, blauer und lachsfarbener Rosen bedeckt war. Der Duft, der von ihnen ausging, war so berauschend, daß Genia für mehrere Atemzüge die Sinne schwanden.

Inmitten des Blumenmeers aber thronten neun steinerne Stelen, die von wilden Kletterrosen überrankt wurden. Rechter Hand schmiegte sich ein kleiner, verträumter See mit unzähligen weißen Wasserrosen an einen dunklen Felsen, der den gegenüberliegenden Rand der Lichtung einnahm. An dem Gestein war eine Dornenhecke emporgewuchert, die sich im Halbrund bis zum äußeren Rand des Hains erstreckte.

Heftig blinzelte die Prinzessin, doch der wundersame Ort blieb. Nach dem undurchdringlichen Grün des Dschungels schien es ihr, als wäre er in seiner Schönheit geradewegs einem Märchen entsprungen. Und doch ... Sie war sich sicher, den Ort von irgendwoher zu kennen. Natürlich. Aus Venabulae! Die Wandgemälde aus dem Rosenzimmer! Ihre Mutter, Kaiserin Pinella, hatte sie für einen ihrer seltenen Besuche im Schwebenden Palast von einem Künstler aus Pentarosae anfertigen lassen. In den ersten Monden ihrer Verbannung hatte Genia viele Stunden davor verbracht.

Salada hatte ihr vor vielen Jahren erzählt, daß diese Bilder Odia darstellten, die alte Schutzpatronin Pentarosaes und ihre Taufpatin. Genia erinnerte sich daran, daß die Fee auf dem letzten jener Wandgemälde vor einem kleinen Spiegel zu sehen war. Nur wer sehr nahe an das Bild herantrat, konnte erkennen, daß in diesem Spiegel klein und unscheinbar das mythische Refugium Odias abgebildet war: der Dornenhain!

Genia lachte befreit. Ihre Bitte war erhört worden. Sie hatte ihr Ziel erreicht.

Beherzt führte sie Ginope den Hügel hinunter und betrat die Lichtung durch eine Öffnung im Dornengestrüpp. Von einem Augenblick zum anderen waren die Geräusche des Dschungels nur noch gedämpft zu vernehmen. Wie seltsam. Liebliches Vogelzwitschern erfüllte den Ort, das sich mit dem Glucksen eines Baches mengte. Alles um sie herum war friedlich; die Lichtung war ein Hort der Ruhe.

Befreit atmete die Prinzessin die Luft ein, die sich nun erfrischend kühl anfühlte, und ihre Hände streichelten die samtweichen Rosen, die überall auf der Lichtung blühten. Nashornfalter, Pfauenspinner und Nebelschmetterlinge taumelten um ihr Haupt und tanzten von Blüte zu Blüte. Verunsichert schaute sie sich um.

»Ist hier jemand?«

Ein leises, perlendes Lachen schwebte aus der Richtung des Sees an ihre Ohren. Genia entdeckte zwischen zweien der überwachsenen Stelen hindurch eine betörend schöne Frau in der Blüte ihrer Jahre. Sie stand am Ufer des Sees und streute Rosenblätter über das Wasser. Lange schwarze Haare umrahmten das blasse Gesicht wie schimmerndes Ebenholz, und ihre sinnlichen roten Lippen brachten in Genia eine Saite zum Klingen, die ihr bislang fremd gewesen war, ihr nun aber sehnsuchtsvoll vertraut erschien.

Kaum bewegte sie sich auf das Wasser zu, war die Gestalt verschwunden. Unsicher verharrte Genia am Rand des Gewässers. Wo war die Frau? Sie mußte wieder an die merkwürdige Begebenheit mit dem Mädchen aus dem Dorf denken, das sie in seine Hütte gelockt hatte.

Die Prinzessin ließ ihr Roß stehen und schöpfte eine Handvoll Wasser aus dem See. Es schmeckte köstlich. Doch kaum hatte sich das bewegte Wasser wieder beruhigt, entdeckte sie darin statt ihres Spiegelbildes das Antlitz der unbekannten Frau.

»Ohne Schmerzen wirst du mich nicht finden, Jungfrau …«, geisterte eine Stimme an ihr Ohr, die aus dem Plätschern des Baches geboren zu sein schien. Genia fuhr erschrocken hoch. Ein lautes Flattern ließ sie herumfahren. Auf einer der steinernen Stelen hatte sich der Silberfalke niedergelassen.

»Speranto!« hauchte Genia. Doch der seltsame Falke sah sie nur aus seinen silbernen Augen an und rührte sich nicht. Wollte die Rosenfee ihr ein Rätsel stellen? Unglücklich ließ Genia den Blick über den Rosenhain schweifen und dachte an die Worte zurück, die die geisterhafte Stimme ihr geflüstert hatte. Schmerzen. Warum Schmerzen? Überhaupt … Hier gab es keinen Ort, an dem sich jemand verbergen konnte. Oder lag die Antwort in der Art und Weise, *wie* Odia zu ihr gesprochen hatte?

Genias Blick erfaßte das Bächlein. Sie fühlte eine seltsame Erregung. Neugierig folgte sie dem Wasserlauf und war nur wenig überrascht, daß dieser unter der dichten Dornenhecke vor der Felswand hervorsprudelte. Verbarg sich hier ein Zugang? Doch wie sollte sie hineingelangen? Just vor ihr türmte sich ein dicker Wall aus Ranken, weißen Rosenknospen und spitzen Dornen.

Genia grübelte und lief dann zurück zu Ginope, um einer ihrer

Satteltaschen ein Messer und ein dickes Tuch zu entnehmen. Sie umwickelte die Hände, trat erneut vor das Dornengestrüpp und versuchte mit aller Macht, dem dichten Bewuchs zu Leibe zu rücken. Genia säbelte, riß und zerrte an den Ranken und bemerkte erst nach geraumer Zeit, daß sich das Dornengestrüpp immer wieder schloß. Verzweifelt wollte sie zurücktreten, doch längst hatte sich ihre Kleidung in der dichten Hecke verfangen. Wieder zog und zerrte sie, doch so sehr sie sich auch bemühte, die Ranken wollten sie nicht freigeben. Ein Anflug von Panik bemächtigte sich ihrer. Zornig schlug sie um sich und verhedderte sich nur noch mehr in dem Dornengewirr. Das dicke Tuch verrutschte, und plötzlich trieb ihr ein scharfer Schmerz die Tränen in die Augen. Sie hatte sich einen Dorn ins Handgelenk getrieben. Genia erschauerte.

Gebannt sah sie mit an, wie auf ihrer weißen Haut ein einzelner Blutstropfen perlte. Er rann bis zum Ballen ihrer Hand und tropfte schließlich auf eine der weißen Knospen. Der Schmerz verebbte, wie er gekommen war. Unter dem staunenden Blick der Prinzessin färbte sich die Knospe rot. Rot wie Blut. Schon hatte sie sich geöffnet und erblühte innerhalb weniger Augenblicke zu voller Schönheit. In der Hecke begann es zu knistern und zu knacken. Wie im Rausch gewahrte Genia, daß immer mehr der weißen Knospen rot zu blühen begannen. Es raschelte, und gleich einem Vorhang glitt die Hecke zur Seite und gab den Blick auf eine Öffnung im Felsgestein frei.

Genia war beklommen zumute. Ihr Blick suchte den Silberfalken, der ungerührt sein Federkleid putzte; dann betrat sie den Eingang zur Höhle und folgte dem Lauf des Baches.

Auch hier war die Luft von süßen Düften geschwängert; diesmal aber erinnerte sie der Rosengeruch an welke Blätter. Es dauerte nicht lange, und sie erreichte eine Grotte mit hoch gewölbter Decke, die von Rissen und Spalten im Gestein durchzogen war. Schmale Lichtlanzen zauberten auf dem erdigen Untergrund der Höhle Inseln von goldwarmer Helligkeit, deren Schein die ungezählten Kletterrosen an den Felswänden in ein magisches Licht tauchte. Einige der Blüten schienen schwarz wie Teer zu sein, und das, obwohl es hieß, daß es keine schwarzen Rosen gäbe.

Genias Blick ruhte auf der alten Frau, die an der Stirnseite der Grotte stand. Ihr wirres Haar war weiß; weiß wie die weißesten Rosen, weiß wie das Totengewand, in das man einst ihre Mutter gehüllt hatte. Ihre Hände ruhten auf dem wulstigen Rand eines steinernen Wasserbeckens. Wie ein übergroßer Blütenkelch ragte es aus der Höhlenwand. Klares Quellwasser sprudelte über die Wölbungen und sammelte sich zu Füßen der alten Frau, um schließlich in dem Bächlein zu münden, dessen Lauf Genia in die wundersame Grotte geführt hatte.

»Tritt näher, Jungfrau.« Ein Schauer rann über Genias Rükken, und ihre Finger krampften sich um den Saum ihres Jagdgewandes. Die Stimme der Alten klang weder alt noch jung. Sie erfüllte die Grotte gleich einem Saatkorn, das seine Triebe dem Sonnenlicht entgegenstreckte.

»Bist du Odia?«

»Ich bin die, die du suchst. So wie ich dich einst gesucht habe. Das ist dein Schicksal, und vielleicht ist es auch das meine ...« Erstmals wandte sich die Greisin Genia zu, doch von einem Augenblick zum anderen stand das lachende, rothaarige Mädchen aus dem Dorf vor ihr. Es hüpfte leichthin auf einem Bein und spielte mit einer weißen Rose; die Augen aber waren weiter die einer alten Frau.

»Ich ... brauche deine Hilfe.«

»Ich weiß, Jungfrau. Die meisten kommen aus diesem Grund zu mir«, plapperte das kleine Mädchen munter und schnupperte an der Blüte.

»Kannst du dem Krieg im Reich nicht Einhalt gebieten?«

»Nein, das kann ich nicht.« Das Mädchen bückte sich und benetzte die weiße Rose mit dem Quellwasser. Als sie sich wieder erhob, wuchs sie zu jener wunderschönen Frau heran, die Genia am Rand des Sees erblickt hatte. Die Rosenfee strich sich das ebenholzschwarze Haar in den Nacken und wandte sich Genia zu. »Niemand kann das Schicksal aufhalten, sei es das eines Menschen, sei es das eines Landes. Aber zumindest kann man es beeinflussen.« Sie lachte perlend, als sie Genias enttäuschten Gesichtsausdruck sah. »Nicht einmal die löwengestaltige Seherin tief im Süden vermag das Schicksal aufzuhalten. Ich ... habe angefangen, über sie nachzudenken.«

Odia musterte mit gerunzelter Stirn die rote Rose in ihrer Hand. »Die Menschen glauben, sie könne sehen, was kommen wird. Aber das kann nicht sein. Denn ich weiß, daß uns das Schicksal stets nur einen Weg aufzwingen kann, nicht aber das Ziel.«

Sprach die Fee von der legendären Sphinx?

»Das heißt, es ist noch nicht alles verloren? Wir können diesen schrecklichen Löwengott und seine Völker aufhalten?«

Odia schüttelte das Haar und steckte sich die Rose an. Als sie wieder aufsah, blickte Genia erneut in das eingefallene Gesicht jener Greisin, als die sie ihr zuvor erschienen war. Das Haar war weiß und hing wieder wirr herab. »Vielleicht. Vielleicht auch nicht. Nur eines ist sicher: Niemand kann seinem Schicksal entfliehen, auch ein Gott nicht ...«

»Bitte, du mußt mir sagen, was ich tun soll.«

»Du hast zu diesem Ort gefunden, dann wirst du auch das Ziel deiner Reise erreichen. Die Gabe von euch Menschen ist es, euer Schicksal in die eigene Hand zu nehmen. Meine Gabe ist es, euch den Weg zu erleichtern.«

»Dann ... bist du mir bei meiner Geburt erschienen!« Die Fee antwortete nicht. »Du hast mir prophezeit, meine Liebe werde einst dem größten Streiter des Nordens gehören.«

»Wenn ich das getan habe, wird es auch eintreffen.«

»Das heißt, du weißt doch, wie die Zukunft aussieht?«

»Nein«, die alte Frau musterte Genia neugierig. »Ehrlich gesagt weiß ich nicht, warum ich das gesagt habe. Ich scheine einige Dinge getan zu haben, von denen ich heute nicht mehr viel weiß.« Mit einemmal erweckte die Fee den Eindruck von Hilflosigkeit. »So lange bin ich schon, so lange ... Doch so sehr ich auch versuche, mich zu besinnen, ich sehe keinen Anfang – und auch kein Ende. Ich erinnere mich einfach nicht. Vielleicht erscheine ich euch Menschen deswegen? Ohne Erinnerung werdet ihr geboren, doch Erinnerungen bestimmen euer ganzes Leben. Selbst wenn ihr Abschied nehmt von der Welt, ist dies zugleich die Geburt einer neuen Erinnerung. Ich glaube ... Ich glaube, ich möchte auch, daß man sich an mich erinnert.« Sie zupfte nachdenklich eine der schwarzen Rosen von der Felswand, die sich sogleich weiß färbte. Lachend drehte sich der Prinzessin wieder das kleine Mädchen zu.

Genia war enttäuscht. Sie wußte nicht, wie sie sich Odia vorgestellt hatte. Irgendwie weiser, nicht so ... verwirrt.

»Aber da ich gesagt habe, was ich gesagt habe«, kicherte die Kleine munter drauf los, »wird es wohl geschehen.«

Genia überlegte. »Kannst du mir denn helfen, die Krone des Nordens zu finden? Ich muß sie finden. Dem Reich zuliebe. Und auch meinetwegen. Damit ich meinen künftigen Gemahl selbst bestimmen kann.«

»Die Krone des Nordens?« plapperte das wunderliche Mädchen und nahm von einem Augenblick zum anderen wieder das Aussehen der betörenden Schwarzhaarigen an. »Die kann leider nur ein Mann finden. Das war schon immer so. Aber ich bin, wer ich bin ... Ich werde dir also einen Wunsch gewähren, Jungfrau. Wähle ihn mit Bedacht! Er kann nicht den Lauf der Welt verändern, aber vielleicht verhilft er dir zu deinem Glück!«

Die Fee hielt plötzlich eine lange rote Rose in der Hand, die sie der Prinzessin überreichte. Staunend nahm Genia die prachtvolle Blume entgegen und betrachtete die leuchtend roten Blütenblätter. »Dann wünsche ich mir, zu jenem Ort geführt zu werden, an dem der größte Streiter des Nordens lebt!«

»So hauche gegen die Blüte, Jungfrau.«

Genia schloß die Augen und tat, wie ihr geheißen.

Ein Prinz aus Eisen in einer Stadt voller Rosen

Pentarosae, am 27. Tag des Flutregenmondes, im 243. Jahr des Imperiums

Mißmutig schaute der Prinz aus dem Fenster. Der Anblick der Hügelkette, die Pentarosae ringförmig umgab, beruhigte ihn heute nicht. Anders als sonst tummelten sich auf den Terrassen, die durch niedrige Mäuerchen in einzelne Gärten aufgeteilt waren, keine fleißigen Arbeiter. All die, die sich an anderen Tagen um das Gedeihen der Hundertausenden von Rosenstöcken kümmerten, legten heute die Hände in den Schoß. Schuld daran waren die Wilden. Sie waren während der letzten Stunden mit ihren Pferden, Wagen und ihrem Vieh angekommen, hatten die Straße verlassen und errichteten nun ein Lager. Kleine, geschäftige Ameisen, das waren sie aus Prosperus' Sicht. Einige Hundert von ihnen, die offenbar nichts Besseres zu tun hatten, waren unterdessen auf die Rosenhügel geklettert und trampelten durch die Gärten, als hätten sie noch nie zuvor Blumen gesehen. Wahrscheinlich wußten sie in ihrer Unvernunft nicht einmal, welche Werte sie mit ihren schmutzigen Füßen vernichteten. Hoffentlich stachen sie sich wenigstens oft genug an den Dornen!

Prosperus dachte verärgert an seinen Vater. Wegen der blutjungen Kaisertochter hatte sich der Alte auf die Suche nach der vermißten Krone begeben. Das war im Grunde nicht schlecht; so war er wenigstens eine Weile fort. Aber es hatte auch Nachteile, wie sich nun zeigte.

Prinz Prosperus seufzte. Hätten die Wilden nicht früher kommen können, als der Alte noch dagewesen war, oder später, wenn er bereits wieder zurückgekehrt wäre? Regent zu sein war kein leichtes Brot!

Der Prinz verspürte plötzlich das Verlangen, etwas zu essen. »Ich bin hungrig«, sagte er laut.

»Sehr wohl«, antwortete sein Leibdiener, ohne sich zu rühren.

»Willst du nicht rennen?« fuhr ihn der Prinz an.

»Wenn ich Eure Königliche Hoheit erinnern darf, so fastet Ihr derzeit. Daher habt Ihr mir verboten, Euch außerhalb der Mahlzeiten Speisen zu bringen.«

Das stimmte leider, erinnerte sich Prosperus. »Und wenn ich jetzt Gegenteiliges befehle?«

»So soll ich es ohne Furcht vor Bestrafung verweigern«, kam umgehend die Antwort.

Prosperus unterwarf sich seinem Los. Dann würde er sich eben wie geplant kasteien. Es würde ihn härter machen. Das wollte er auch sein, seitdem ihm bewußt geworden war, wie leicht er sich auf dem Sternenthron wiederfinden könnte, und sei es nur als Erbe seines Vaters. Imperator Prosperus der Eiserne, der Eiserne Prosperus – das wäre ein schöner Name für die Geschichtstafeln! Der Neubegründer des Reiches, der Zerschlager der Leomannen!

Die Gesandtschaft fiel ihm wieder ein. Die Boten der Wilden warteten seit fast zwei Stunden auf ihn. Irgendwann würde er sich doch mit ihnen abgeben müssen. Warum nicht gleich? Jetzt war er hungrig. Das sorgte für Biß! Diese Wilden würden keine Freude an ihm haben.

Mit schweren Schritten bewegte sich Prosperus zum Audienzsaal für mindere Angelegenheiten und ließ sich auf den äußersten der untergeordneten Thronsessel nieder. Ohne daß er etwas hätte sagen müssen, brachten Diener zwei Schalen mit Salzwasser, in die er seine geschwollenen Füße stellen konnte. Prosperus ließ den Blick über seine rund dreißig Berater schweifen, die ebenfalls schon seit zwei Stunden warteten, und nickte hoheitsvoll. Es konnte beginnen!

Wenig später wurden die Gesandten hereingeführt. Sie sahen noch schlimmer aus, als sich Prosperus ausgemalt hatte. Nicht einmal anständig bekleidet waren sie! Röcke, Schärpen, das war bereits alles, sah man von der Farbe ab, die sich die Hälfte von ihnen ins Gesicht geschmiert hatte. Die fünf Männer wirkten unsicher. Das war gut so. Prosperus hörte in seinen Gedanken eine ernste Stimme sprechen: Gleich bei ihrem ersten Zusammentreffen mit dem Eisernen Prosperus mußten die Leomannen erkennen, daß sie es von nun an mit einem weitaus gefährlicheren Gegner zu tun hätten. Wie gefährlich ...

Ergriffen schlug sich Prosperus auf die fleischige Brust, was die Gesandten als Aufforderung mißverstanden, das Wort an ihn zu richten. Der Prinz runzelte die Stirn. Ausgerechnet der am verschlagensten Aussehende hatte zu reden begonnen. Er hatte buschige, zusammengewachsene Augenbrauen; boshafte Äuglein blitzten unter dem härenen Riegel hervor. Das paßte ja gut!

Doch am schlimmsten war seine Sprache! Prosperus war sich sicher, daß selbst sein Hundeführer eine bessere *lingua regia* sprach als diese vorgeblichen *Gesandten*. Ungeduldig winkte er einen der Halbminister herbei und flüsterte: »Ich verstehe ihn nicht. Was sagt er?«

»Ihr Gott schickt sie«, übersetzte der Halbwesir.

»Welcher denn?« fragte Prosperus.

»Sie haben nur einen.«

Der Prinz schmunzelte: »Würde es diese Stallknechte vielleicht beeindrucken, wenn wir ihnen erzählten, wie viele *wir* haben?«

»Ich bezweifle es, Hoheit, denn sie wollen, daß wir unseren Göttern abschwören und uns ihrem unterwerfen.«

»Lächerlich«, rief Prosperus aus und unterstrich seine Äußerung mit einer schwungvollen Handbewegung. Verblüfft bemerkte er, daß der Gesandte sie als Aufforderung zum Weitersprechen ansah. Abermals mußte derPrinz schlechtverständliche und fehlerhafte Sätze erdulden. Verärgert über diese Zumutung, fragte er von nun an seinen Berater laut nach jedem Satz: »Was sagt er? Was sagt er?«

Prosperus war schon beinahe soweit vorzuschlagen, daß lieber ein anderer Gesandter reden solle, als ihm plötzlich ein Verdacht kam. Auf sein Zeichen beugte sich der Halbwesir zu ihm herab.

»Sagt«, fragte ihn der Prinz. »Haben diese Burschen etwas mit den Mördern meiner Verwandtschaft zu tun?«

»Sie sind Leomannen«, erklärte der Halbwesir nach einem Augenblick des Schweigens. Er wirkte unverschämt hochnäsig.

»Das weiß ich«, sagte Prosperus scharf. »Aber könnte es nicht sein, daß sie dieselben ...«

»Sie sind die Sieger von Duros Xenthos, Hoheit!«

»Dachte ich's mir«, erwiderte der Prinz zufrieden. »Setzt sie gefangen.«

Dem Befehl wurde umgehend nachgekommen. Binnen weniger Augenblicke lagen die Gesandten am Boden. Wiederum vernahm Prosperus die hoheitsvolle Stimme: Keinen anderen fürchteten die Leomannen so sehr wie den Eisernen Prosperus. Allein schon der Klang seines Namens ...

Der Prinz nickte zufrieden. »Hackt ihnen die Mörderhände ab und stecht ihnen die Augen aus«, ordnete er an. »Danach schickt sie zu den Ihren zurück.«

Nachdem Prosperus noch mehr Anweisungen erteilt hatte, fühlte er sich wieder hungrig. Zu Recht, wie er meinte. Er hatte viel geleistet.

Ein Lächeln umspielte seine Lippen, als ihm sein Leibdiener einfiel. Hier bot sich eine gute Gelegenheit, dem Burschen zu zeigen, daß sein künftiger Kaiser viel zu gerissen für ihn war.

»Bringt Speisen auf die Zinnen«, befahl der Prinz. »Ich will euch alle bewirten an diesem heldenhaften Tag.«

Sein Leibdiener würde es nicht wagen, ihm vor Zeugen das Gebäck aus der Hand zu nehmen! Beschwingt begab sich Prosperus auf die Zinnen. Eine halbe Stunde später wurde ihm mitgeteilt, daß die Gesandten nun zurückgeschickt würden. Der Prinz ging bis zu Rand der Mauer und beugte sich vor, so daß er das Stadttor gut im Auge hatte. Es öffnete sich und entließ fünf unsicher wankende Gestalten, deren Armstümpfe sich hilflos bewegten.

»Weise ihnen den Weg«, forderte Prosperus nach einer Weile eine Wache auf.

Zuerst rief nur eine Stimme, dann schallten viele von der Mauer: »Geradeaus! Ihr müßt geradeaus gehen!«

Vier der Gesandten gehorchten, doch der fünfte nicht. Prosperus fragte sich, ob er taub sei, weil man ihm vielleicht auch die Ohren zerstochen hätte. Das hatte er nicht befohlen! Solche Eigenmächtigkeit verlangte Bestrafung. Doch an diesem Tag des Triumphs wollte er nicht kleinlich erscheinen.

Als die Verstümmelten die halbe Strecke bis zu ihrem Lager bewältigt hatten, kamen ihnen andere Leomannen entgegen, die sie den Rest des Weges begleiteten. Drüben strömten von allen Seiten Menschen zusammen. Urplötzlich stürzten sich ihre eigenen Leute auf die Gesandten und machten sie nieder. Der Prinz wunderte sich. Das hatte er nicht erwartet.

Nun ertönte ein vielstimmiger Wutschrei, und Tausende zorniger Leomannen stürmten mit erhobenen Waffen wild auf die Stadt zu. Als sie nahe genug heran waren, begannen die unzähligen Wurfmaschinen Pentarosaes sie mit ihren Geschossen zu bedecken. Der Angriff kam ins Stocken, als allenthalben feindliche Krieger zerschmettert wurden. Die Überlebenden wandten sich zur Flucht. Der Prinz klatschte zufrieden in die Hände: Diese List war erfolgreich gewesen. Hätte der Eiserne Prosperus die Schlacht von Duros Xenthos geschlagen, so sähe die Welt jetzt anders aus.

Der größte Streiter des Nordens

An der Küste der Inneren See, 100 Meilen nördlich von Gondallo, Kaiserreich des Nordens, am 28. Tag des Flutregenmondes, im 243. Jahr des Imperiums

Warmer Seewind hob Genias langes Haar an, und Strähnen kitzelten ihr Gesicht. Aus der Ferne war das Rauschen der Brandung zu hören. Die Luft roch nach Salz und Tang. Vorsichtig öffnete die Prinzessin die Augen und gab einen überraschten

Laut von sich. Sie wußte nicht, wo sie sich befand, geschweige denn, wieviel Zeit vergangen war. Doch die Grotte, in der sie eben noch gestanden hatte, war verschwunden.

Statt dessen stand sie auf der Anhöhe eines Küstenstreifens mit Blick auf ein Meer, das sich aquamarinblau bis zum Horizont erstreckte. Über ihr am bewölkten Himmel war das Schreien von Möwen zu hören. Doch als sie den Kopf in den Nacken legte, entdeckte sie Speranto, der von den Winden getragen majestätisch durch die Lüfte glitt.

Der Silberfalke mit dem braunen Gefieder hatte sie nicht verlassen. Genia lachte. Wo auch immer sie war, ihr Wunsch schien in Erfüllung gegangen zu sein.

Noch immer hielt sie die prächtige Rose in Händen. Könnte ihre verstorbene Tante sie jetzt nur sehen! Sicher wäre Emerentia zum erstenmal in ihrem Leben sprachlos gewesen. Sogleich schämte sich die Prinzessin ihrer bösen Gedanken. Dennoch, das Gefühl der Genugtuung blieb.

Das Schnauben eines Pferdes ließ Genia herumfahren. Zu ihrer Erleichterung entdeckte sie ihre Ginope, die am Rand eines kleinen Pinienwaldes stand. Sie eilte zu der Stute und strich ihr erleichtert über die Nüstern.

Hier also lebte der größte Streiter des Nordens. Nur wo?

Ob er wohl ein Fürst war? Ein Ritter? Oder beides?

Der größte Streiter des Nordens mußte ein Held wie in den Sagen sein. Nein, sie war ein Dummkopf. Wenn er jetzt lebte, würden natürlich erst in ferner Zukunft Geschichten über ihn erzählt werden. Vielleicht, wie er ihr dabei half, den Savannenvölkern des Süden zu trotzen und das Imperium zu retten? Ihr wurde flau zumute bei der Vorstellung, ihm schon bald gegenüber zu stehen. Wie er wohl war? Sicher war er so tapfer wie Lorenco. Obwohl – sie konnte sich nur wenig vorstellen, vor dem der Ritter zurückschrecken würde. Ob er wohl … zärtlich war? Sie errötete bei dem Gedanken.

Nur, wo war er?

Genia nahm ein Band, flocht sich die Rose ins Haar und

suchte hoffnungsvoll den Strand ab. Das einzige Anzeichen von Leben, das sie entdeckte, war ein kleines Fischerboot, weit draußen auf dem Meer. Allerdings … sie umrundete einige Tamarisken und entdeckte in gut 200 Schritt Entfernung einen mächtigen Felsen, auf dem sich die Überreste einer alten Ruine befanden. Ein Turm oder ein Kastell mochte einst dort gestanden haben. Heute zeugten nur noch geschwärzte Mauern von der einstigen Wehr. Genia nahm Ginope am Zügel und ging auf die alte Anlage zu.

Eine Viertelstunde später hatte sie die Ruine erreicht. Eine Ewigkeit mochte über sie hinweggestrichen sein. Die Prinzessin erkannte die Fundamente eines alten Wehrturms, dessen geborstene Überreste etwa drei Schritt hoch über den felsigen Untergrund ragten. In früheren Zeiten war der Turm von einigen wenigen Gebäuden und Mauern umgeben gewesen. Wo einst Soldaten gedient haben mochten, lagen heute verwitterte Steine und Felsblöcke, zwischen denen karges Gestrüpp wucherte. Eine ehemalige Seefestung? Ein befestigter Beobachtungsposten? Oder der Wohnsitz eines alten Rittergeschlechts? Genia wußte es nicht. Zumindest hatte man von hier aus einen guten Ausblick auf das Meer.

Neugierig führte sie ihr Roß zu den Überresten des Wehrturms. Als sie das einstige Tor durchschritten hatte, blieb Genia überrascht stehen. Der Gestank nach verfaultem Fisch schwängerte die Luft. Vor ihr auf dem geröllübersäten Boden lag eine Bastmatte und darauf ein Haufen Thuna-Fische und Muscheln. Genia hielt sich die Nase zu und entdeckte eine verschlossene Weinamphore, die mitten auf dem Meeresgetier lag. Jemand hatte sie mit schlichten Schmuckstücken aus Holz und Fischbein behängt, deren Gestalt Krebsen und Seepferdchen nachempfunden war. Eine Opfergabe? Aber für wen?

Ein wunderlicher Ort.

Die Prinzessin trat näher an den Haufen aus Fischleibern heran und sah sich um. Auf einem Felsblock zwischen den Mauerstümpfen zu ihrer Rechten erhob sich das steinerne Standbild eines kopflosen Reiters, das dicht mit Moos bewachsen war. Das stolze Roß wurde am Bauch von einem steinernen Baumstumpf abgestützt, aber dennoch war ein Vorderhuf abgebrochen. Der Reiter selbst war in eine altertümliche Rüstung gekleidet und hielt eine Spitzhornmuschel in die Höhe. Genia suchte den Boden nach dem Kopf des Reiters ab, konnte ihn aber nirgends entdecken. Sicher war hier ein Herrscher abgebildet worden. Vielleicht aus jener Zeit, bevor der große Gratianus die drei Kaiserreiche unterworfen und zum Imperium vereinigt hatte?

Genia blickte zwischen den zerfurchten Mauerresten hindurch auf das unbekannte Meer. Noch immer war das einsame Fischerboot dort draußen das einzige Lebenszeichen weit und breit. Warum hatte die Fee sie an diesen Ort gebracht? Sie hatte sich doch gewünscht, zum größten Streiter des Nordens geführt zu werden.

Anscheinend hatte sie beim Wünschen irgendetwas falsch gemacht. Grübelnd setzte sie sich auf den Sockel der Statue und überlegte. Was genau hatte sie sich gewünscht? Sie wollte dorthin gebracht werden, wo der größte Streiter des Nordens lebte ... Er mußte also hier leben. Irgendwo. Bei allem Rosen des Dornenhains! Der Mann mochte ja hier *leben*, aber das Land war sicher groß. Riesig. Vielleicht hätte sie ihren Wunsch genauer formulieren müssen? Sie seufzte. Guelfo hatte Recht. Sie war töricht und unüberlegt. Selbst wenn sie hier jemanden fände, den sie fragen konnte, so sagte ihr die Erfahrung, daß jeder Fischer und jeder Bauer seinen eigenen Lehnsherrn als den größten Streiter des Nordens bezeichnen würde. Auf diese Weise konnte sie Monde in dem unbekannten Land verbringen, ohne fündig zu werden. Dennoch, es mußte einen Grund haben, warum sie an diesen Ort gelangt war. Die Prinzessin erhob sich, mied den stinkenden Haufen toter Fische und blickte sich ein weiteres Mal um.

Was war das? Zu ihrer Überraschung entdeckte sie in einer Mauernische nicht weit von ihr entfernt eine große Muschel. Sie ähnelte jener des Standbilds, nur daß diese weiß wie Alabaster schimmerte. Ihre Spitze aber bestand aus einem Mundstück aus dunklem Ebenholz. Ein Signalhorn! Natürlich.

Wer auch immer das Horn dort abgelegt hatte, sicher hatte er es nicht ohne Grund zurückgelassen. Vielleicht ... vielleicht mußte sie es blasen? Vielleicht war das der Weg, um den gesuchten Recken zu finden?

Zögernd blickte sie zu dem Standbild des kopflosen Reiters empor und nahm dann das Horn in die Hand. Es war schwerer, als sie gedacht hatte. Genia konzentrierte sich, füllte die Lungen mit Luft und pustete hinein. Nichts geschah.

Sie versuchte es noch einmal.

Wieder nichts.

Es war zum Verzweifeln.

Natürlich, es bedurfte Übung, in ein Horn zu stoßen. Das wußte sie von Rygus, ihrem ehemaligen Falkner. Sie versuchte sich daran zu erinnern, wie er es geblasen hatte. Lippen zusammenpressen und scharf die Luft ausstoßen. Einen Laut bilden.

Genia stieß ins Horn ... und hatte Glück. Ein tragender Ton hallte durch die Ruine, der sicher bis weit aufs Meer hinaus zu hören war. Erschöpft setzte Genia das Horn ab und wartete. Sie wollte das Horn bereits ein weiteres Mal an ihre Lippen setzen, als der Seewind jäh auffrischte. Mit sich brachte er ... zunächst einmal Nebel.

Dichte Schwaden stiegen über der See auf, und die Küste verschwand langsam unter einem grauen Schleier. Der Anblick war gespenstisch! Irgendwo aus der Richtung des Meeres war unvermittelt ein Rauschen wie fallendes Wasser zu hören, das lauter und lauter wurde. Kurz darauf begann der Boden zu Füßen der Prinzessin zu beben. Ginope wieherte ängstlich und tänzelte unruhig. Die Prinzessin griff nach den Zügeln der Stute und starrte beklommen in den grauen Dunst.

»Wer wagt es, mich zu rufen ...?« rollte die Frage wie donnernde Brandung heran.

Wer mochte das sein? Erschrocken taumelte Genia zurück. Da verfinsterte sich die unheimliche Nebelwand auf der Seeseite.

Mit schrillem Wiehern bäumte Ginope sich auf, dann ging die Stute durch. Genia wurde von einem der Hufe getroffen und fiel schreiend nach hinten, genau auf den großen Haufen glitschigkalter Fischleiber. Ihr Kopf dröhnte und schien zerspringen zu wollen. Sie schmeckte Blut, das von ihrer Stirn herablief.

Bevor die Prinzessin sich wieder aufrichten konnte, streifte ein heftiger Windzug ihren Leib. Beklommen starrte sie in die Höhe. Ihr Herz tat einen Satz, als sie die gewaltige Hand entdeckte, die den Nebel über der Ruine wie Rauch beiseite fächerte.

»Hoho!« donnerte es gewittergleich. »Das ist aber mal 'n feines Geschenk von den Winzlingen!«

Unvermittelt schälte sich ein gewaltiges Gesicht aus dem Dunst, das sich zu ihr herabbeugte, um sie aus wagenradgroßen Augen anzuglotzen.

Ein Riese! Der größte Streiter des Nordens ... ist ein Riese!

Genia verlor die Besinnung.

Eine Wende zeichnet sich ab

Pentarosae, am 4. Tag des Mosquitomondes,
im 243. Jahr des Imperiums

Trotz der frühen Stunde wimmelte es in den verwüsteten Gärten auf den Hügeln um Pentarosae bereits von Menschen. Zu Anfang der Belagerung waren die Rosenbüsche oft schierer Zerstörungswut anheim gefallen. Sie waren die Leidtragenden gewesen, wenn Zorn und Enttäuschung überhand genommen hatten, denn jeder entwurzelte Busch schadete der feindlichen Stadt und verhöhnte sie zugleich. Doch die riesige Zahl der dornigen Hecken hatte solche Vergeltung schnell schal werden lassen. Mittlerweile starben die Rosen vorwiegend deshalb, weil sie im Weg waren.

Die Belagerung hatte auf den Hügeln Pentarosaes die Welt auf den Kopf gestellt. Denn inzwischen waren die weißen und roten Blüten längst nicht mehr das Begehrenswerteste, das es auf ihnen zu finden gab, sondern die Mäuerchen der Gärten. Ihre Steine wurden in Schütten gefüllt und von Menschenkolonnen die Hügel hinabgetragen und auf Ochsenkarren geworfen. Diese beförderten die schwere Fracht sodann näher an die Mauern Pentarosaes heran, dorthin, wo die vordersten Schleudern und Wurfmaschinen aufgebaut waren und die Stadt unermüdlich mit denselben Steinen beschossen, mit denen sie sonst ihren Wohlstand geschützt hatte.

Jedenfalls solange die Geschütze nicht plötzlich Feuer fingen, dachte Sarmantha und schaute zur Stadt. Die Umrisse der beiden neuen Wurfmaschinen waren auffällig; die hohen Gestelle ähnelten großen Pendeln. Angeblich war die Zerstörungskraft der neuen Katapulte gewaltig. Doch der Beweis hierfür stand noch aus, da während der vergangenen beiden Tage noch keines ihrer Geschosse sein Ziel gefunden hatte. Wie das Geschütz, das die Woche davor grundlos gebrannt hatte, waren sie das Werk der Geschützgesellen des Belagerungsmeisters Leomedes. Das reichlich verschrobene Trio war vor kurzem mit einem eigenen Troß aus Handwerkern und Gehilfen eingetroffen. Sarmantha hatte sich in der Zwischenzeit schon mehrmals gefragt, ob die Geschützgesellen wirklich hier waren, um bei der Eroberung einer Stadt mitzuwirken, oder vielleicht eher, um ihre Geräte auszuprobieren.

Ein hochgewachsener Mann zog Sarmanthas Aufmerksamkeit auf sich und ließ ihr Herz schneller schlagen: Hyggald. Sie hatte ihn gar nicht gleich erkannt. Nun wurde ihr bewußt, daß sie ihn seit längerem nicht mehr gesehen hatte. Eine Zeitlang hatte er ständig wie zufällig ihren Weg gekreuzt. Wann hatte das aufgehört? Sarmantha wußte es nicht, beschloß aber, ihm in einigem Abstand zu folgen.

Hyggald blieb vor einem Zeltwagen stehen. Auf sein Rufen kletterte eine Frau heraus. Sie war noch jünger als Eleta oder

Vergilia. Sie und Hyggald sprachen miteinander, lachten zusammen und berührten sich mit einer auffälligen Flüchtigkeit, die genau verriet, wie vertraut sie sich wirklich waren. Sarmantha fühlte sich plötzlich ganz verlegen. Ihre Rolle als heimliche Beobachterin behagte ihr nicht. Rasch suchte sie das Weite.

Woran lag es, daß der grünäugige Leomanne sich einer anderen zugewandt hatte? fragte sie sich. Hatte sie sich zu spröde gegeben, oder hatte er sich von ihr, der Verkünderin Aionars, einschüchtern lassen?

Sarmantha zuckte zusammen, als sie ihren Namen rufen hörte. Doch die Stimme gehörte nicht Hyggald, wie sie im ersten Augenblick befürchtet hatte, sondern dem Langen Hrodleip.

»Malachias sagte, du wollest es erfahren, wenn es etwas Wichtiges gäbe«, begann er ohne Vorrede. Wie stets war ihm anzumerken, daß ihm ihre Gesellschaft nicht allzu behaglich war. Ohne nachzudenken berührte ihn Sarmantha am Arm, merkte jedoch gleich, daß sie damit Hrodleips Unwohlsein nur verstärkte. Sie zog die Hand wieder zurück.

»Wir haben gestern Gefangene gemacht, als die Pentarosaer versucht haben, eines der Katapulte zu zerstören«, erklärte Hrodleip mit rauher Stimme. »Einer von ihnen behauptet, sich uns absichtlich ergeben zu haben.«

Sarmantha wurde hellhörig. »Aus welchem Grunde?«

»Er sagt, er ist ein Unterhändler.«

»Wie schätzt du ihn ein?«

Statt einer Antwort zuckte Hrodleip mit den Schultern. Sarmantha ließ sich zu dem Gefangenen bringen. Er war von seinen Gefährten abgesondert worden und wartete in einem der Zelte. Der Mann wirkte überrascht. Vielleicht hatte er erwartet, mit jemandem wie Malachias oder einem anderen Leomannenführer sprechen zu dürfen. Sarmantha stellte ihm ein paar einführende Fragen, um sicherzugehen, daß ihr Gegenüber sie nicht nur beschwindelte, um seine Gefangenschaft angenehmer zu machen. Dieser Verdacht war schnell ausgeräumt. Der Mann war gründlich auf seine Aufgabe vorbereitet worden.

»Meine Auftraggeber sind bereit, Unruhen anzuzetteln und Euch die Tore zu öffnen«, sagte er. »Als Gegenleistung sollt Ihr sie und ihren Besitz verschonen. Auch den von ihren Verwandten und anderen, die sie Euch noch nennen werden.«

»Wir kämpfen nicht um Gold«, warf Sarmantha ein.

»Das ist meinen Herren bekannt. Deswegen wollen sie mehr über Euren Aionar hören.«

Sarmantha lächelte. »Darum müssen sie nicht bitten. Wir geizen nicht mit unserem Gott. Sie werden so viel von ihm hören, wie sie wollen.«

Der Mann schüttelte den Kopf: »Vorher. Es muß vorher geschehen. Ich will Euch nicht beleidigen, doch Euer Heer und Eure Priester haben keinen guten Ruf in Pentarosae. Man erzählt sich schreckliche Geschichten über leomannisches Wüten bei Duros Xenthos ...«

Bevor Sarmantha etwas dazu sagen konnte, hob der Unterhändler beschwichtigend die Hand: »Die Berichte mögen übertrieben sein. Versteht, meine Auftraggeber sind keine Kinder. Sie wissen, daß kein Krieg friedlich geführt wird, denn das widerspräche seiner Natur. Aber sie wollen mit eigenen Ohren hören, mit wem sie es zu tun haben. Sie wagen alles, wenn sie sich gegen Prinz Prosperus wenden und Euch vertrauen. Sie wollen später nicht als Narren dastehen. Also möchten sie sich mit jemandem treffen, der ihnen Auskunft über Euren Gott und Eure Ziele geben kann.«

»Und wo sollte diese Begegnung stattfinden?« erkundigte sich Sarmantha, obwohl sie die Antwort bereits ahnte.

»In Pentarosae. Einer Eurer Mutigsten müßte zu einer vereinbarten Stunde an einer Pforte warten, damit er in die Stadt gelassen werden könnte.«

»Das sollte sich machen lassen. Doch wie erfahren deine Herren davon?«

Der Gefangene schmunzelte: »List, Geschick, ein glücklicher Zufall und etwas Hilfe von Eurer Seite werden mir es bald ermöglichen, Eurer Gefangenschaft zu entkommen.«

»Auch das sollte sich einrichten lassen«, erwiderte Sarmantha.

Eine solche Gelegenheit durfte sie nicht ungenutzt verstreichen lassen, dachte sie, als sie wieder vor dem Zelt stand. Der Feldzug verlief anders als geplant, denn von einer handstreichartigen Eroberung Pentarosaes konnte längst nicht mehr die Rede sein.

Dennoch zeigte sich Malachias uneinsichtig. Alles verlaufe wie geplant, beharrte er. Vielleicht stimmte das sogar aus seiner Sicht. Allerdings argwöhnte Sarmantha, daß der junge Kriegsherr dem Schwarzen Swidpal und den anderen altgedienten Leomannenführern einen schnelleren Sieg versprochen hatte. Würde er nicht bald errungen werden, so würde Swidpal als Stellvertreter des Herzogs die Aufhebung der Belagerung und den Rückzug nach Duros Xenthos anordnen. Gründe brauchte er für diese Entscheidung nicht lange suchen. Jeder weitere Tag vor Pentarosae erhöhte das Wagnis, daß ein feindliches Entsatzheer dem Prinzen zu Hilfe käme. Würde das Gottesheer dann gar geschlagen, so stünde selbst der Sieg über den Imperator auf dem Spiel.

Die zugrunde liegenden Annahmen mochten vernünftiger klingen als sie waren, denn nach allem, was Sarmantha gehört hatte, war jeder in Frage kommende Verbündete Pentarosaes derzeit anderweitig beschäftigt. Allemal würden jedoch Malachias und jeder, der ihn unterstützt hatte, einen beträchtlichen Gesichtsverlust hinnehmen müssen. Die Zauderer bekämen wieder die Oberhand. Das Heer würde wie ursprünglich befohlen in seinen alten Stellungen warten und der Krieg im Norden, der mit Tatkraft hätte entschieden werden können, sich noch ein Jahr oder länger hinziehen.

Plötzlich stutzte Sarmantha. Selbst wenn Malachias gemäß ihrer Absprache ganz allgemein befohlen hatte, sie über auffällige Gefangene zu unterrichten, so wußte selbstverständlich auch er von dem Unterhändler. Aber wer noch? Keiner von Swidpals Getreuen war hier. Höchstwahrscheinlich deshalb, weil er noch nichts davon wußte. Wann sollte der ernannte Anführer des Heeres wohl davon erfahren? Sarmantha erkannte mit einemmal, daß sie ihre Bevorzugung nur zum Teil der Abmachung zu verdanken hatte.

Zweifel

In einer Hafentaverne in Guavia, an der Heerstraße von Gondallo nach Mediogenia an der Inneren See, am 5. Tag des Mosquitomondes, im 243. Jahr des Imperiums

»Es ist so aussichtslos.« Guelfo starrte in die verdächtig aussehende Suppe, die sie hier an der Inneren See aus Muscheln, Kokos und Brotfrucht zu brühen pflegten. »Im ganzen Imperium entsenden Könige ihre Kundschafter oder suchen selbst nach der Krone – dabei ist die Braut, für die jene Gabe gedacht ist, verschwunden. Wer hätte gedacht, daß wir eher eine Spur der *corona aquilina* und ihres Wächters finden als eine der Prinzessin! Vielleicht haben wir uns verrannt. Sie könnte noch immer im Süden sein. Allein das Königreich Pentarosae umfaßt fünf Fürstentümer – und das Kaiserreich der Fünf Rosen über ein Dutzend Länder.«

»Fangt Ihr schon wieder damit an?« Oderas Augen waren wieder wie glühende Kohlen. »Die Gaukler in Myrtenreich sprachen ohne Zweifel von Genia. Und der Wirt an der Via Gondallo hat sie eindeutig erkannt. Sie fragte nach der imperialen Heerstraße in das Kaiserreich des Nordens. Allein die unverschämte Geilheit im Blick dieses Bockes, als er von ihr sprach …«

»Eine junge schwarzhaarige Edeldame in einem grünen Kleid, die weinte, nachdem man sie ausgeraubt hatte. Mehr wissen wir nicht. Das Imperium hat Tausende von Familien, denen solche Jungfrauen entspringen.«

»Niemand könnte sie verwechseln. Sie ist überhaupt nicht imstande, ihre Würde zu verbergen.« Odera ballte die Faust. »Und ihre Sprache ist die makellose *lingua regia* des Hofes.«

»Aber selbst wenn sie sich tatsächlich auf den langen Weg in das Kaiserreich des Nordens gemacht hat: Wir sind der Heerstraße über 1000 Meilen weit gefolgt – ohne eine weitere Spur von ihr. Sie hätte in mindestens vier Ländern zu anderen Königsstädten abbiegen können: Gratianda, womöglich sogar Gardiamara. Wenn sie überhaupt auf der Heerstraße blieb …«

»Warum sollte sie die Heerstraße verlassen, ehe sie das Kaiserreich des Nordens erreicht? Ihr selbst habt doch vorhergesagt, daß sie die Krone suchen wird. Meinetwegen, sie mag den einen oder anderen Tag ausgewichen sein oder sich versteckt haben, so wie wir es gemeinsam auf der Reise nach Pentarosae taten …«

»Odera, das sind doch alles nur Gedanken, die sich aufeinandertürmen – ohne jede Grundlage. Wir haben keine Ahnung, was ihr zugestoßen sein könnte. Eine Jungfrau allein unterwegs in einem Imperium im Krieg! Intrigante Fürsten, Raubritter, Wegelagerer, Sklavenhändler … ich darf gar nicht daran denken!«

Der Ritter sprang auf, die dunklen Augen glühten. »Wollt Ihr aufgeben? Wollt Ihr dem Ersten Ritter der Adelsgarde nun raten aufzugeben – nachdem Ihr selbst ihn zu der Suche ermahnt habt? Ich bin kein Söldner, der weiterzieht, wenn es einige Monde lang keinen Sold gibt. Zwei Monde, zwei Jahre – das zählt nicht. Ehe ich nicht jedes Land und jede Stadt des Imperiums abgesucht habe, will ich nicht an Aufgeben auch nur denken.«

Guelfo stand ebenfalls auf, die Hände erhoben. »Odera, beruhigt Euch! Verzeiht mir. Ich hatte nicht die leisesten Zweifel an Eurer Treue.« Die Augen des Ersten Ritters flackerten, doch er nahm Platz.

Als auch der Zauberer wieder saß, betrachtete er seine Hände und fuhr leiser fort: »Ich habe nicht vor aufzugeben. Meine Heimat liegt ebenso weit von dem Schlachtfeld von Duros Xenthos entfernt wie die Strecke, die wir inzwischen gemeinsam zurückgelegt haben. Ich bin zwanzig Jahre gereist, zu Schiff, zu Pferd, im Gefolge des Imperators, auf der Suche nach etwas, das viel weniger gewiß war als ...« Guelfo unterbrach sich, hob den Kopf und lächelte: »Sie ist ein starkes und mutiges Mädchen. Sie hat den Willen der Gratianer – und der hat sich seit Jahrhunderten durchgesetzt.«

»Was gedenkt Ihr zu tun?« fragte Odera argwöhnisch.

»Ich werde zum Söldnermarkt gehen. Dort sollen in den nächsten Tagen einige ziemlich weit gereiste Gaukler ankommen. Ich suche weiter.«

Hoffnung

Auf einem Felsenturm in der Bucht des Riesen, Golf von Guavia, Kaiserreich des Nordens, am selben Abend

Genia starrte widerwillig auf das rohe Stück Fleisch, das sie mit Hilfe einer zerbrochenen Muschel aus dem großen Fisch herausgetrennt hatte. In ihren Eingeweiden nagte der Hunger. Doch beim Anblick des Meeresgeschöpfs wurde ihr speiübel. Alles, was ihr der fürchterliche Riese seit ihrer Entführung zum Essen vorgesetzt hatte, war roher Fisch gewesen. Fisch und noch einmal Fisch.

Inzwischen kannte sie zumindest den Namen ihres Entführers: Wademar!

Als sie aus ihrer Ohnmacht erwacht war, hatte sie zu ihrem Entsetzen feststellen müssen, daß der Koloß sie auf der Spitze eines mächtigen Felsens irgendwo an der fremden Küste abgesetzt hatte. Sie wußte nicht, wie weit er sie fortgebracht hatte. Die Ruine mit dem Standbild des Reiters war selbst von ihrem erhöhten Standort aus nicht mehr zu erblicken.

Längst hatte sie aufgehört, die Tage zu zählen, die seitdem verstrichen waren. Das einzige, was an diesem Ort zählte, war der Rhythmus der Gezeiten.

Ängstlich blickte sie hinaus auf das offene Meer. Bei Flut schlug die Brandung weit unter ihr gegen das Felsgestein; bei Ebbe zog sich das Meer zurück und enthüllte ein dunkles Watt. Das Wasser sammelte sich dann in verzweigten Prielen, und die Vertiefungen erinnerten sie stets an die Verästelungen eines Blitzes.

Auf der gegenüberliegenden Seite des Felsens ließ sich ein gewaltiger Dschungel ausmachen, der in Küstennähe von Palmen gesäumt wurde. Auch er war für sie unerreichbar. Hin und wieder brachte ihr der Riese von dort eine Kokosnuß vorbei, doch auch diese Kost war ihr inzwischen zuwider.

Zuwider wie so vieles. Der Fels war alles andere als ein gastlicher Ort; im Gegenteil, er war ein stürmisches Gefängnis. Tag und Nacht strich der warme Seewind über das Gestein hinweg. Die Fläche, auf der sie lebte, maß nicht mehr als sechs Schritt in der Breite und acht Schritt in der Länge. Dahinter fiel das zerklüftete Gestein steil ab. Wäre da nicht die behelfsmäßige Hütte, die ihr Wademar aus einigen mit Steinen beschwerten Palmblättern errichtet hatte, hätte sie vielleicht längst die Sonne verbrannt …

Einzig Speranto, der wundersame Silberfalke, der jeden Tag hoch am Himmel kreiste, gab ihr das Gefühl, nicht völlig allein zu sein. Sie wußte nicht, warum er bei ihr geblieben war, doch sein Anblick war tröstlich.

Dennoch, sie mußte fort von hier. Wenn sie noch länger in der Gesellschaft des Riesen ausharren müßte, würde sie wohl wahnsinnig werden – falls nicht etwas noch Schrecklicheres geschah. Ihre letzte Hoffnung war der Fluchtplan, den sie in den vergangenen Tagen geschmiedet hatte. Er war gewagt, aber nur er hielt sie noch aufrecht. Die Prinzessin atmete tief ein. Heute würde sie ihn in die Tat umzusetzen. Heute oder nie.

Angewidert ließ sie das rohe Fleisch fallen. Statt dessen griff sie zu einer der zwölf Kokosschalen neben der Hütte, um einen Schluck Regenwasser zu trinken. Wäre ihr nicht der Einfall mit den Schalen gekommen, wäre sie wahrscheinlich inzwischen verdurstet. Wademar begriff einfach nicht, daß sie kein Meerwasser trinken konnte.

Tagsüber fischte er im Meer mit gewaltigen Netzen, doch bei Sonnenuntergang kam er stets zu ihr, um sie anzuglotzen. Er lächelte dann wie ein unbeherrschter, kleiner Junge, der einen schönen Schmetterling gefangen hatte. Wie oft hatte sie ihn schon gebeten, nein, angefleht, sie freizulassen? Stets war er zornig geworden. Dann bleckte er seine schrecklichen Zähne, die so groß wie Mauern waren. In solchen Augenblicken fragte sie sich, ob er sie nicht eines Tages fressen würde.

Bei der Erinnerung an den gewaltigen Schlund Wademars fing sie an zu zittern. Zum Glück hatte sie inzwischen ein Mittel entdeckt, um den zornigen Riesen zu besänftigen. Wademar hatte sie dabei belauscht, wie sie ein Lied angestimmt hatte. Seitdem zwang er sie dazu, ihm immer wieder etwas vorzusingen. Zur Belohnung hatte er ihr sogar eine grobe Matte aus geflochtenem Seegras geschenkt. Sie hatte sie in die Hütte gelegt. Dort verwahrte sie auch die Rose. Das Geschenk der Fee war die letzte greifbare Erinnerung, die ihr von der Freiheit geblieben war.

Heute war es besonders wichtig, daß Wademar ihren Gesang so gerne mochte wie all die Male zuvor. Denn darauf stützte sich ihr Fluchtplan. Angestrengt zwang sie sich dazu, auf die Rückkehr ihres Peinigers zu warten.

Längst stand die Sonne dicht über dem Horizont. Genia sah ihr zu, wie sie langsam im Meer versank. Die Nacht stellte sich ein. Wo blieb Wademar nur? Er schien sich heute zu verspäten. See und Küste waren bereits in rotes Dämmerlicht getaucht, als sie vom Meer her ein lautes Brummen vernahm. Genia erhob sich und entdeckte die düsteren Umrisse des Riesen, der auf sie zugewatet kam.

Noch immer war sie erstaunt darüber, *wie* groß der Riese war. Die Bäume des Dschungels, selbst ihren Felsen überragte er um Längen. Er ragte höher auf als der höchste Turm, den sie je gesehen hatte. Ob schon einmal jemand gewagt hatte, ihn zu reizen? Sicher war Wademar wie eine Urgewalt über ihn hereingebrochen.

Trotz seiner Größe dauerte es eine Weile, bis der Koloß die Küste erreicht hatte. Die Kokosschalen neben ihrer Hütte zitterten, als er seinen Fuß auf den Strand setzte. Geräuschvoll ließ er sein Netz fallen, dann kramte er darin herum und stapfte mit einem großen Fisch in der Hand auf Genia zu.

»War kein guter Tag«, brummte er so laut, daß sie den Kopf einzog. Einen Augenblick später stand der Riese genau vor dem Felsen und starrte auf sie herab. Der Gestank seines Atems ließ sie schwindeln. Inzwischen war es so dunkel, daß sie Mühe hatte, Einzelheiten zu erkennen. Wademar war bis auf seinen Sarong nackt. Er hatte ihr wieder einen Fisch mitgebracht, der fast ihre eigene Größe erreichte.

»Haste Hunger?«

»Nein, danke«, antwortete sie beklommen. »Ich habe bereits gegessen.«

»Paßt einfach nichts in dich rein, kleines Mädel«, brummte Wademar enttäuscht. »Hat heut länger gedauert. Hab 'n Kraken gefangen, der mir's Netz kaputtgemacht hat. Mußt' ich erst tot machen und dann 's Netz flicken.«

»Oh, das war bestimmt anstrengend, oder?« antwortete Genia hoffnungsvoll.

»Nö, bin nämlich mächtig stark!«

»Ja, das bist du. Auf jeden Fall hast du dir eine Belohnung verdient. Komm, ruh dich aus. Ich singe dir etwas vor.«

»Fein. Hab ich mir verdient, das!« brummte der Riese zufrieden. Er legte den Kopf in den Nacken und verschlang den großen Fisch. Dann rülpste er laut. Genia traf eine Gestankswolke, die sie fast ohnmächtig werden ließ. Ächzend ging der Riese in die Knie und lehnte sich gegen den Fels. Zufrieden streckte er seine gewaltigen Beine aus und ließ seine Füße von der Brandung umspülen.

»Los, Mädel, sing!«

Genia schluckte. Jetzt kam es darauf an. Sie trat an die Felskante, blickte auf Wademars gewaltiges Haupt herab und erhob die Stimme. Sie sang Saladas altes Wiegenlied, von dem sie wußte, wie sehr er es mochte. Als das Lied endete, sang sie ein weiteres. Und dann noch eins und wieder eins, so lange, bis in der Dunkelheit unter ihr ein ohrenbetäubendes Schnarchen ertönte.

Jetzt oder nie! Genia brachte all ihren Mut auf und huschte zu der Schlafhütte. Dort hatte sie das Seil versteckt. Sie hatte es in den vergangenen Tagen aus der Matte geflochten, die der Riese ihr geschenkt hatte. Vorsichtig knotete sie ein Ende um einen Felsvorsprung, das andere ließ sie behutsam herab. Das Seil reichte zwar nur vier Schritt in die Tiefe, doch es baumelte genau über dem Haarschopf des Riesen, der noch immer zum Steinerweichen schnarchte.

Zitternd starrte sie hinab. Mit einemmal wurde ihr bewußt, welches Wagnis sie einging. Sie nahm all ihren Mut zusammen, atmete tief ein und kletterte über die Kante, das Seil krampfhaft umschlungen. Stück für Stück rutschte sie in die Tiefe. Als sie glaubte, sich nicht mehr halten zu können, spürte sie unter sich das Haar Wademars. Es war feucht und roch nach Tang und Seegras. Vorsichtig setzte sie die Füße auf den Kopf des Riesen auf und lauschte. Wademar hielt im Schnarchen inne, schmatzte vernehmlich und atmete nun leiser. Die Prinzessin atmete auf; sie hatte es bis auf seinen Kopf geschafft, ohne daß er erwacht war. Wenn es ihr jetzt noch gelänge, sich an seinen Haaren bis zu den Schultern herabzulassen, wäre sie fast in Freiheit. Dann brauchte sie nur noch an seiner Brust bis zum Bauch hinunterzurutschen und könnte an seinem Sarong hinab zum Strand klettern.

Sie blickte wieder nach unten – und plötzlich wurde ihr bewußt, in welch schwindelerregender Höhe sie sich noch immer befand. Panisch krallte sie sich im Haar des Riesen fest. Am Seil hatte sie immerhin Wademars Kopf unter sich gewähnt. Aber jetzt? Sein Haar war feucht und glitschig. Sollte sie daran abrutschen, dann hätte sie sich auch gleich vom Felsen stürzen können. Der Unterschied wäre nicht sehr groß.

Genia versuchte sich zu beruhigen, doch das Zittern ihrer Glieder wollte nicht aufhören. Ihr Verstand sagte ihr, daß sie weiterklettern konnte, aber ihr Körper gehorchte ihr nicht. Vor lauter Verzweiflung kamen ihr die Tränen.

»Na, Mädel. Keine Traute?« brummte es von unten her.

Erschrocken fuhr sie hoch und fühlte sich plötzlich von einer riesigen Hand gepackt, die sie wie eine Laus aus dem Haar zupfte. Keine zwei Atemzüge später hing sie knapp vor dem Gesicht Wademars. Der Riese hatte sich nicht einmal die Mühe gemacht aufzustehen. Er blinzelte sie aus wütenden Augen an. »Böses Mädchen. Böse, böse!« grollte er. »Bin schon die ganze Zeit wach. Hältst mich für dumm, was? Jetzt gibt's keine Geschenke mehr. Bis du wieder lieb bist!«

Mit knackenden Gliedern erhob sich Wademar und setzte sie behutsam oben auf dem Felsen ab.

»Noch mal, und ich hau dich zu Matsch!« dröhnte Wademars tiefe Baßstimme aus der Dunkelheit. Mit ohrenbetäubendem Lärm schlug er die Hände zusammen. Genia wurde von dem Luftzug von den Beinen gerissen und schlug neben dem großen Fisch auf. Mit schweren Schritten entfernte sich der Riese und ließ sich an einer anderen Stelle des Strandes nieder. Genia brach in Tränen aus. Sie hatte versagt.

Ihre Flucht war gescheitert. Jetzt gab es kein Entrinnen mehr.

Schluchzend schleppte sie sich zu der Hütte. Sie hatte sie fast erreicht, als ein scharfer Schmerz an ihrem Handgelenk sie zurückzucken ließ. Schniefend tastete sie den Boden ab und fand die Muschel, mit der sie das Fleisch aus dem Thunfisch geschnitten hatte. Sie kauerte sich hin und fühlte den scharfen Kanten nach.

Ihr Tränenstrom verebbte. Sie wurde plötzlich ruhig. Ganz ruhig.

Sie betastete ihr Handgelenk.

Sie blutete.

Noch ein Ritzer, und sie würde ein wenig mehr bluten.

Ein richtiger Schnitt, und …

Lautes Krächzen ließ Genia aufblicken. Nicht weit von ihr entfernt hatte sich Speranto niedergelassen. Der Silberfalke spreizte im Dunkeln sein Gefieder. Der Blick seiner silberhellen Augen brannte wie Eis auf ihrer Haut.

Hoffnung. ›Speranto‹ bedeutete Hoffnung!

Aber die hatte sie nicht mehr.

Genia schloß traurig die Augen und dachte an ihre Mutter. Ob sie auf sie wartete? Sie setzte die Muschel wie eine Klinge an und schnitt sie sich tief ins Fleisch.

Der Gaukelmeister

Auf dem Söldnermarkt der Stadt Guavia,
an der Küste der Inneren See, fünf Tage später

»Der Mann ist zweifellos ein Gauner und ein Zuhälter obendrein, der euch nur seine Schlampen zuführen will.« Oderas edelblütige Abscheu stand ihm ins Gesicht geschrieben, als sie zwischen die bunten Zelte vor den Stadtmauern traten. »Ich sehe noch immer nicht, warum Ihr mich hierherführt.«

»Der Gaukelmeister ist ein Könner seiner Kunst. Ich habe mich seiner schon vor Jahren bedient. Er kennt mehr Geschichten rings um die Innere See als jeder andere Barde. Und er hat eine einzigartige Art, sie zu erzählen: seine Geschichten sind ... wirklich.«

Zwischen den Zelten lungerte Volk aus aller Könige Länder herum. Ein Stelzengeher übte Kunststücke, ein Messerwerfer beruhigte ein halbwüchsiges Mädchen, das ihm als Ziel dienen sollte.

Guelfo steuerte zielsicher das größte Zelt an, das an einen einfachen vierrädrigen Wagen angebaut war. Davor saßen vier Schausteller, die auf Tablas, einem Zupfholz und einem Tamtam musizierten. Zwei trugen nur Sarongs um die Hüften, einem davon prangte zerrinnende blaue Schminkfarbe auf Gesicht und Oberkörper, eine Frau war in ein Wickeltuch gehüllt, und der Knebelbärtige in der Mitte war mit einem buntbestickten Wams bekleidet.

»Ah, Guelfo!« Der Mann mit der hellen, sanften Stimme legte Tamtam und Klöppel beiseite und sprang auf. »Der Mann, zu dem die Sphinx und die Vögel sprechen. Der Bezwinger des Behemoth.« Ein wenig geckenhaft machte er dem Kaiserpriester seine Aufwartung.

»Sei gegrüßt, Gaukelmeister! Es muß schon wieder drei Jahre her sein, seit wir uns zuletzt begegneten ...«

»Ja. Als Seine Illuminiszenz damals in Gondallo hofhielt. Man sagt, Ihr seid indessen ein Zauberer von mächtig großem Einfluß geworden.«

»Ich hoffe doch, daß du es bist, der das über mich sagt«, lachte der Leomanne. »Denn wenn du es sagst, weiß es bald das halbe Kaiserreich des Nordens.«

Der Kaiserpriester stellte den Ersten Ritter vor, und der feingliedrige Gaukler verbeugte sich tief. Sie tauschten einige Floskeln. Dann bat sie der Gaukelmeister in sein Zelt.

»Was weißt du über den Krieg im Süden?« fragte Guelfo, als sie Platz nahmen.

»Die Menschenfresser und die Wildhäuter? Die Feroci mit den bemalten Gesichtern?«

Der Zauberer nickte.

Der Gaukelmeister sprang behände auf. »›Die Leomannen kommen!‹, gellt der Schreckensruf.« Er untermalte seine Worte mit anschaulichen Gesten. »Über alle Grenzen zu Pardingard, Goldwango und Fieberland dringen sie ein. Löwengötzler, Rieslinge, Kamelhaarige. Sie belagern Gatan und marschieren auf den Krokodilfluß zu, heißt es, aber wer kann sagen ...«

»Gaukelmeister! Erspare uns die Aufführung. Ich will wissen, worüber ihr Gaukler untereinander redet.«

Folgsam setzte sich der Mann auf den Boden. Unter dem

glänzendschwarzen Knebelbart verzog sich ein empfindsamer, leicht spöttischer Mund zu einem Lächeln. »Ich nehme an, daß Ihr weit bessere Botenberichte über die Schlacht vernommen habt als ich ...«

»Ich will wissen, worüber ihr Gaukler untereinander redet«, wiederholte der Zauberer.

»Es heißt, die Adelsgarde sei desertiert.« Die sanften Augen, braun wie Tonkabohnen, huschten zu dem Ersten Ritter, als dieser heftig mit den Stiefeln scharrte. »Und die Macht des Löwengottes ist so stark, daß die Leibwache des Imperators den Verstand verlor und ihn erschlug. Überall entlaufen die Sklaven und schließen sich den Feinden an.«

»Was sagt man über die Feinde?«

»Es ist seltsam.« Der Gaukelmeister strich über seinen Bart. »Die Edelleute wollen uns weismachen, daß sie Menschenfresser sind. Aber man hört wenig von Greueltaten. Sie nennen sie Savannenvölker oder Leomannen. Aber es sind längst nicht mehr nur leomannische Krieger, sondern eine mächtig große Horde jubelnder Gläubiger, die nach Norden drängt. Pardingar, Blondermänner, Elefantenmenschen, Schleifer, Lotophaer. Alles, was im Süden lebt.«

»Weißt du etwas darüber, daß die Leomannen einen zweiten Krieg südwärts führen?«

»Südlich vom Süden, meint Ihr?«

Der Barbarenzauberer lachte. Ihm wurde bewußt, daß seine Heimat so weit entfernt lag, daß selbst ein welterfahrener Mann wie der Gaukelmeister sie nicht kannte.

Als nächstes sprachen sie über den Tod des Imperators. Das Volk schien ungläubig oder wenig beeindruckt. Man hatte ihnen so lange erzählt, daß der Imperator ein Gott und Teil einer endlosen Kette von Göttern war, daß sein Tod unangemessen schien. Aber die Gerüchte über die Suche nach der Krone beschäftigte zumindest die Gaukler.

»Sie nennen es das Königsrennen«, erzählte der Schausteller verhalten und fügte einige nebulöse Anekdoten hinzu: ein König, der in seinem Ehrgeiz ein benachbartes Königreich betreten hatte, ohne eingeladen zu sein; großartige Schwüre; ein König, der die Gelegenheit nutzte, in seinem Reich Wegelagerer und Fabelwesen auszumerzen.

»Ich bin überrascht«, warf Odera steif ein, »wie viel das Volk zu Dingen zu sagen hat, die eigentlich Angelegenheit des imperialen Adels sind.«

»Wenn Ihr verzeiht«, dienerte der Gaukelmeister, »ich denke, daß es beispielsweise das Volk von Gratiandien schon mächtig betrifft, wodurch ihr König ums Leben kam.« Guelfo und Odera bekundeten ihre Überraschung. Wie sich herausstellte, hatte die Suche nach der Krone ein Opfer gefordert: König Magnanimus von Gratiandien war knapp nach Ende der Regenzeit keinen Tagesritt von seiner Stadt entfernt gefallen. Die Gerüchte behaupteten entweder, er sei in einen Hinterhalt von Verwandten geraten oder die Göttin Gorgonia habe ihn versteinert, weil er gegen ein altes Gebot verstoßen habe, demzufolge er sie einmal im Jahr zu begatten hatte, um die Fruchtbarkeit seines Landes zu wahren.

»Ich weiß nicht, wie glaubwürdig dieser Kerl ist«, blieb der Erste Ritter unnahbar.

In dem herzförmigen Gesicht des Gaukelmeisters war etwas wie Stolz zu sehen. »Ich verstehe Eure Zweifel, Ritter. Aber Ihr müßt wissen, daß ich kein gemeiner Barde bin, der Spottlieder und Balladen zum besten gibt. Meine Leute und ich lassen unsere Geschichten Wirklichkeit werden – auf der Bühne.«

»Wie im Theater?« Ganz kurz klang Odera neugierig.

»Mächtig besser als im Theater! Wir spielen nicht wie die Priester alte Sagen nach, in einer Sprache, die seit Menschenleben keiner mehr spricht.«

»Ich verstehe die alten Formulierungen der *lingua regia* sehr wohl.«

»Weil Ihr ein Edelmann seid. Aber Eure Untertanen verstehen kein Wort. Wir hingegen spielen die Geschichten in der Sprache, die sie sprechen. Wir spielen die Geschichten der Gegenwart. Phantasmagorische Geschichten!«

Guelfo mengte sich ein: »Du weißt nicht zufällig eine Phantasmagorie über eine verschwundene Prinzessin? Oder eine kleine Klatschgeschichte von den Heerstrassen über eine Prinzessin auf der Flucht?« Oderas Kopf ruckte herum zu Odera, und sein Blick schien jedes weitere Wort zu verbieten.

»Ich habe eine Geschichte über eine gefangene Prinzessin. Es wird die großartigste Phantasmagorie, die wir je aufgeführt haben. Aber ich muß noch auf ihr Ende warten.«

»Was für eine Geschichte ist es?« fragte der Zauberer nun seinerseits mißtrauisch.

Der Gaukelmeister beugte sich verschwörerisch vor. »König Bellicus von Mediogenien hat ein Heer von tausend Rittern zusammengerufen, um die Prinzessin zu befreien. Denn sie wird von dem Riesen Wademar gefangengehalten.«

»In Mediogenia?«

»Nein, nein, hier im Süden – am Golf. Deswegen sind wir doch hier! König Bellicus hat über die Meerenge von Hormuras gesetzt und wird die Prinzessin befreien.«

»Kennst du den Namen der Prinzessin?« In den Augen des Ritters lag etwas Bedrohliches.

»Nein, niemand kennt ihn. Der Riese läßt keinen Menschen an sie heran.«

»Woher willst du dann von dieser Prinzessin wissen? Wir verschwenden wohl doch nur unsere Zeit.«

»Man hört sie singen«, rief der Gaukelmeister, noch lange nicht bereit, sein vornehmes Publikum zu entlassen. »Ihr Gesang ist so lieblich, daß die Fischer am Strand innehalten und weinen.«

»Das ist doch Unfug. Eine Frauenstimme am Meer hört man keine vier Meilen weit.«

»Aber die Prinzessin sitzt auf einem Felsen, den der Riese aufgerichtet hat – und der Riese ist mächtig groß.«

»Jetzt reicht es. Guelfo, wir gehen.«

»Ein treuer Falke fliegt um den Turm, in dem die Prinzessin sitzt.« Der Gaukelmeister grinste triumphierend: »Und nun werdet Ihr fragen, wohledle Zuseher, woher weiß der Gaukelmeister all dies?«

»Richtig, Kerl, das fragte ich bereits.«

Der Schausteller faßte in seinen Ärmel und zog einen Stofffetzen hervor. Beiden Männern stockte der Atem. Das war die blaßgrüne Wolle von Genias Jagdgewand – und sie war blutig. »Die Prinzessin ist nicht nur verzweifelt, sondern auch klug und mutig. Und so hat sie den Falken mit einer Nachricht entsandt, die sie mit ihrem eigenen Blute schrieb.«

»Gib her!« Oderas ausgestreckte Hand duldete keinen Widerspruch gegen seinen Befehl.

Widerstrebend und beinahe zärtlich legte der Gaukler den Wollfetzen in den Handschuh des Ritters. Guelfo beugte sich hinzu. »Wie Ihr sehen werdet, wohledle Herrschaften, handelt es sich um *lingua regia*. Nur eine Prinzessin ...«

»Princessa corona per salvatore«, entzifferte der Cornier die brüchigen rostroten Lettern. Peinlich, aber im Gegensatz zu dem leomannischen Barbaren konnte der Erste Ritter fehlerfrei lesen.

»Sie hat ihrem Retter die Adlerkrone versprochen«, staunte Guelfo.

»Es ist Genia!« stieß Odera hervor.

»Sie hat sich gesagt: Wer immer mich vor dem Riesen rettet, wird keine Einwände haben, sich die *corona aquilina* auch noch zu holen.«

»Ihr redet zu viel, Zauberer.«

»Verzeiht, Odera. Der Stolz des Lehrers – und die Erleichterung.«

Der Cornier wandte sich wieder dem Gaukelmeister zu, der unübersehbar lauschte. »Wo steckt dieser Riese, Kerl?«

»An der Küste natürlich.« Die Antwort klang erstaunt. »Aber Ihr wollt zweifellos wissen, wo der Turm ist ...« Er beschrieb eine Gegend am Golf, etwa fünfzig Meilen nordwärts, eine Bucht und eine ungewöhnliche Felsformation.

»Höher als ein Fieberbaum? Und das soll der Riese aufgerichtet haben?« knurrte Odera.

»Freilich.«

Guelfo strich sich über den Bart. »Es ist Wademar, sagtest du?«

»Ihr kennt den Riesen?«

Der Gaukelmeister lachte, und auch der Zauberer mußte schmunzeln. »Den kennt jeder, der an der Inneren See lebt. Er ist sozusagen ... seine Verkörperung, nicht wahr?«

»Ihr Sohn«, berichtigte der Gaukelmeister.

»Erzähl uns alles, was du über Wademar weißt.«

»Das sind mächtig viele Sagen. Das dauert mindestens zwei Weinkrüge lang. Mit Zimt. Aber ich schätze, da kann ich mit Euch rechnen?«

Eine schicksalhafte Begegnung

Pentarosae, am 13. Tag des Mosquitomondes, im 243. Jahr des Imperiums

Obwohl es Tag war, brannten über den Hauseingängen kleine Lichter. Die Menschen, die durch diese Straße schlenderten, ließen sich Zeit. Genüßlich, neugierig oder gelangweilt betrachteten sie die blutjungen bis reifen Frauen und Männer, die nebeneinander an den Hauswänden und unter den Arkaden standen und den Vorüberziehenden scheue oder kühne Blicke zuwarfen. Manche der Wartenden schwiegen bescheiden, andere priesen offen ihre Reize an. Bisweilen konnte Sarmantha nicht anders, als stehenzubleiben, um die bunten Malereien an den Hauswänden anzustarren, die Männer und Frauen beim Liebesspiel zeigten. Sie hatte sich kurz nach Betreten der Straße zu der Einsicht durchgerungen, daß einige Darstellungen übertrieben waren, ja, unweigerlich übertrieben sein mußten. Doch hin und wieder fragte sie sich, ob es Männern und Frauen tatsächlich gegeben sei, sich so wie auf den Malereien zu verrenken und zu verschränken und warum sie sich freiwillig dazu hergeben sollten. Sie war sich nicht sicher, ob ihre Fragen nur auf Unwissenheit beruhten oder ob die Darstellungen Teil einer Welt waren, die es nicht wirklich gab, so wie die Schüchternen unter den Bogengängen vermutlich nicht schüchtern waren und die Kühnen nicht zwangsläufig dreist. Kurzum, ob alles nur auf die Vorstellungskraft und unerfüllten wie unerfüllbaren Wünsche der Vorübergehenden abzielte. Darin lag Kraft, darin lag Macht, dachte sie beiläufig.

»Nicht stehenbleiben«, ermahnte sie ihr Führer. Er war nicht derselbe, der ins Lager gekommen war, und Sarmantha hatte den Eindruck, daß er sich heimlich über sie lustigmachte und nicht zufällig den Weg durch diese Straße der Sinnesfreuden gewählt hatte. War dies sein Plan, so war er erfolgreich, denn sie fühlte sich verlegen, auch wenn sie sich sagte, daß solche Gefühle lächerlich waren. In der Stadt des Feindes drohte ihr Gefährlicheres als ein Anschlag auf ihr sittliches Empfinden.

Die Straße mündete auf einen rechteckigen Platz, der mit Steinplatten ausgelegt war. An seiner Stirnseite erhob sich ein Podium, auf dem nebeneinander acht Säulen standen. Sie sahen aus, als wären sie einmal Teil eines Tempels gewesen. Allerdings waren sie gänzlich unbeschädigt, und zudem war das Podium viel zu schmal für ein Gebäude. In der Mitte des Platzes stand eine offene Säulenhalle. Unter ihrem Dach und um sie herum wurde gefeilscht und gehandelt. Waren in Fülle wurden den Besuchern des Marktes angeboten. Sarmantha erblickte nirgends Menschenschlangen oder verzweifelte Gesichter. Pentarosae war reich. Selbst nach über vierzig Tagen der Belagerung litt die Stadt keinen sichtbaren Mangel. Sicher gab es Bettler. Die hatte es bestimmt auch schon vorher gegeben. Sie saßen auf dem Boden und zeigten mitleidheischend ihre Gebrechen vor oder stützten sich auf Krücken und bettelten. Ein Almosen, der Herr oder die Dame!

Auch sie mußten nicht darben.

»Haltet den Dieb!« Zuerst war nicht zu erkennen, von wem

der Ruf stammte und wem er galt. Er schallte aus der offenen Halle und zerstreute sich über den Platz. Doch da der Bestohlene sich nicht damit begnügte, seinen Verlust anzuzeigen, sondern sich an eine unentschlossene Verfolgung gewagt hatte, war er bald zu sehen und deutlicher zu hören. »Haltet den Dieb, haltet den Dieb!« So forderte ein etwas besser gekleideter Mann in der Blüte seiner Jahre.

Und schon kam auch der Übeltäter. Er verriet sich durch eiliges Laufen, durch beherztes Springen über Körbe und Krüge, durch rüdes Anrempeln all jener, die im Wege waren. Er war ein gänzlich schlicht gekleideter Jugendlicher mit durch und durch Abneigung erweckender Ausstrahlung.

Im ersten Augenblick verspürte Sarmantha den Drang, nach ihm zu greifen und ihn festzuhalten, um ihm die Diebesbeute abzunehmen. Dann besann sie sich, daß sie in der Stadt keinerlei Aufsehen erregen durfte, und trat einen Schritt zur Seite. Nicht weit genug, wie der Dieb offenbar meinte. Er schubste sie an, als er vorbeirannte. Sarmantha prallte gegen jemanden, der hinter ihr stand, kämpfte darum, ihr Gleichgewicht zurückzuerlangen, und hörte Flüche. Sie wandte sich um. Der, den sie unabsichtlich angestoßen hatte, war einer der einbeinigen Bettler. Das verbliebene Knie gebeugt, die Krücken abgespreizt und mit ihnen stochernd, kämpfte er gegen das Fallen. Er erhielt befremdliche Hilfe von einer Marktfrau, die nicht tatenlos mit ansehen wollte, wie der Krüppel in einen Korb mit Eiern stürzte. Sie stieß ihn weg. Einen winzigen Augenblick lang stand der Einbeinige aufrecht, dann setzte sich sein Fall fort. Doch auch der Nachbar der Marktfrau wollte nicht derjenige sein, dessen Hab und Gut der Taumelnde unter sich begrübe und zerquetschte. Also gab auch er ihm neuen Schwung. So ging es weiter. Der Anblick wirkte wie ein seltsamer Reigen, bei dem ein Beteiligter sich in ständigem Sturz befand, während mannigfache Helfer ihm gerade so weit beistanden, daß sich sein Leiden unendlich verlängerte.

Doch irgendwann war damit Schluß, und der Versehrte stand wieder sicher. Längst hatte er allerdings erkannt, wer

Schuld an seinem Ungemach und seiner Schmach trug. »Törichtes Weib«, schnauzte er Sarmantha an. »Dürre Henne, ungeschickter Trampel.«

Unversehens ließ er die Schmähungen sein.

Sarmantha sah sich nach ihrem Begleiter um, ohne ihn jedoch entdecken zu können. Wo war er geblieben? War er etwa weitergegangen, ohne zu bemerken, daß sie ihm nicht mehr folgte, oder war er beim ersten Zeichen von Unruhe geflüchtet? Sie mußte ihn unbedingt wiederfinden, da sie nicht wußte, wo und mit wem das Treffen stattfinden sollte. Sarmantha ging zweimal aufmerksam über den ganzen Markt, dann entschied sie, daß ihr nichts anderes übrigbliebe, als geduldig auf die Rückkehr ihres Führers zu warten. Auch wenn ihr nicht ganz wohl dabei war, stieg sie die Stufen des steinernen Podiums zu den Säulen hinauf, damit er sie leichter ausmachen konnte.

Aus der Nähe war leicht ersichtlich, daß die acht Säulen nie einen anderen Zweck gehabt hatten, als zu schmücken. Sarmantha lehnte sich gegen eine von ihnen. Von hier oben hatte auch sie einen besseren Überblick über den Markt. Ein paarmal dachte sie, ihren vermißten Begleiter wiederentdeckt zu haben, doch jedesmal trog der Eindruck. Erneut sah sie den Einbeinigen, dessen unfreundliche Bekanntschaft sie gemacht hatte. Zwei bewaffnete Stadtwächter sprachen mit ihm. Als hätte der Einbeinige ihren Blick auf sich lasten gefühlt, wandte er den Kopf. Eine seiner Krücken hob sich und deutete auf sie. Umgehend setzten sich die Stadtwächter in Bewegung und hielten auf sie zu. Sarmantha hatte keine Vorstellung, was er ihnen gesagt haben mochte, spürte jedoch kein Verlangen, den Ordnungshütern Rede und Antwort zu stehen. Denn auch wenn sie weder in Kleidung, Haarfarbe noch Statur aussah, als gehörte sie zu den Belagerern, kannte sie sich in Pentarosae überhaupt nicht aus, wodurch schon die erste unbeantwortete Frage weitere verfängliche nach sich zöge. Sie mußte weg vom Markt!

Sarmanthas letzte Hoffnung, daß es die Stadtwächter doch auf jemand anderes abgesehen haben könnten, zerschlug sich, als sie herrisch zu rufen anfingen. Sarmantha rannte. Sie wußte nicht, wohin sie sollte. Plötzlich fand sie sich in der Straße der Freuden wieder.

»Nicht so eilig, schöne Maid«, sprach sie jemand an.

»Ich bin hier, Schätzchen«, hörte sie. »Deine Suche ist zu Ende.«

Sarmantha antwortete nicht, nahm aber die Bemerkung als Anweisung. Ihren Widerwillen niederkämpfend, stürmte sie in das erstbeste Haus. Sie rannte einen rotgetünchten Gang entlang, von dem türlose Kammern abgingen. Keuchen, lustvolles Schreien, Klatschen von nacktem Fleisch drang an ihr Ohr. Der Gang endete an einer Treppe. Von der Straße ertönten scharfe Rufe von befehlsgewohnten Stimmen. Zwei Stufen auf einmal nehmend, hastete Sarmantha die Treppe hinauf. Eine Stimme rief erzürnt: »He, was suchst du hier?«

Dann stand sie unversehens einem splitternackten Mann gegenüber. Er maß gewiß zwei Schritt und wog mindestens vierhundert Pfund. »Aus dem Weg«, fuhr Sarmantha ihn an.

»Was?« antwortete er und ließ sich in seiner ganzen rosafarbenen Pracht auf sie fallen. Sogleich brüllte er lauthals: »Sie ist hier!«

Sarmantha fühlte sich wie festgenagelt. Sie tastete nach ihrem Klauenmesser, ohne fündig zu werden. Sie hatte es nicht mitgenommen, um nicht aufzufallen, fiel ihr ein.

Die Wächter kamen. Der nackte Riese erhob sich und begann, nackt wie er war, seinen Heldenmut und die Erfüllung seiner Bürgerpflicht zu loben. In den Stadtwächtern fand er jedoch schlechte Zuhörer. Sie kümmerten sich nicht um ihn, sondern rissen Sarmantha auf die Beine, verdrehten ihr die Arme und schoben und zerrten sie die Treppe hinab und aus dem Haus. Draußen wartete der Krüppel. »Ist sie das?« fragten sie ihn.

»So wahr ich hier stehe«, antwortete er in bösem Frohlocken. »Ich sah sie in Duros Xenthos, und Ihr mögt mir glauben, daß ich nie vergessen werde, was ich dort erlebt habe. Ich sah sie und andere ihrer Sorte durch das Lager schreiten. Wie hoch trug sie den Kopf! Wie stolz gab sie sich! Zum Wagenzelt des Imperators wollten sie und andere ihresgleichen. Sie lachten, sie scherzten, sie erregten sich an den edlen Leichen und am vergossenen Blut. Für uns, die wir unter Schmerzen am Wegesrand standen, hatte sie keinen Blick übrig. So wahr ich hier stehe: Dieses Weib ist eine der Feldhuren der Leomannen! Wahrscheinlich wurden sie ihrer überdrüssig und verjagten sie. Doch das macht sie nicht unschuldig. Fügt ihr zu, tut ihr an, was sie verdient hat!«

Der Einbeinige mußte einer der freigelassenen kaiserlichen Soldaten sein, dachte Sarmantha enttäuscht. Etwas mehr Dankbarkeit hätte er schon zeigen können.

Tod eines Königs

Im Kerker von Pentarosae, am 15. Tag des Mosquitomondes, im 243. Jahr des Imperiums

Das Essen wurde von drei Gehilfen gebracht. Der erste trug einen Kessel mit zweifelhaftem Eintopf und war nach Sarmanthas Überzeugung schwachsinnig. Der zweite verteilte aus einem Säckchen Brot. Er war eine gänzlich graue Erscheinung und möglicherweise selbst ein Gefangener, vielleicht jemand, der schon so lange im Kerker weilte, daß sich niemand mehr fragte, auf welche Seite der Gitter er eigentlich gehörte. Das Wasser zu bringen blieb einem bleichen Jungen überlassen. Er füllte es aus einem Eimer in zwei Krüge, die für alle acht Insassen der Zelle genügen mußten.

Während der Schwachsinnige die Kelle in den Eintopf tauchte, der Graue in den Brotbeutel griff und der Junge das Wasser umgoß, hielten zwei Gefangenenwärter Wacht. Sie waren nicht übertrieben wachsam und gönnten sich Zeit für andere Dinge.

So nahm etwa einer von ihnen Sarmanthas Holzschale entgegen. Er reichte sie dem Schwachsinnigen, zwinkerte ihr zu und sprach: »Wen haben wir denn hier? Ein strammes Weib! Man sagt, du seiest sehr gelenkig. Gewiß willst du das irgendwann beweisen, oder?«

Dann reichte er die Schale. Sarmantha nahm sie stumm entgegen. Genau dasselbe hatte der Wächter schon gestern gesagt. Trotzdem fröstelte es sie auch heute.

Als Essen und Wasser verteilt waren und die Kerkertür sich hinter Wachen und Gehilfen geschlossen hatte, kam der König zu Sarmantha. Er verdankte seine Stellung seiner Körperkraft. Gleich in der ersten Stunde von Sarmanthas Gefangenschaft hatte er sie wissen lassen, daß er der unangefochtene Herr der Zelle sei: ein Herrscher von eigenen Gnaden, dessen Macht nur durch die Wächter beschränkt wurde. Er hatte sich viele Vorrechte zugesprochen: das, den ersten oder letzten Schluck Wasser zu trinken, auf Stroh zu schlafen, das weniger vermodert war als das seiner Mitgefangenen, und schließlich das Recht, sich nach Belieben am Hab und Gut aller anderen bedienen zu dürfen. Deswegen reichte Sarmantha dem stämmigen Sträfling ohne zu klagen ihre Essensschale, als er die Hand danach ausstreckte. Der König nahm die Gabe ohne Dank entgegen und setzte sich mit ihr auf eine Stufe der Treppe, die zum Zellenausgang führte. Von weit oben drang ein einzelner Sonnenstrahl in die Zelle. Er durchstieß das farblose Halbdunkel und setzte dem König so etwas wie eine Krone auf. Licht umspielte sein Haupt, während er fraß.

Sarmantha versuchte sich von ihrem Hunger abzulenken. Die Kerkergewölbe befanden sich tief unter der Zitadelle. Gegenwärtig standen sie größtenteils leer. Allein die Zelle, in der sie mit den anderen Häftlingen eingesperrt war, hätte zu anderen Zeiten gut dreißig Gefangene aufnehmen können. Sie war über vier Schritt hoch, und eine Treppe führte zur Tür hinauf.

Es war Glück im Unglück gewesen, sagte sich Sarmantha, daß der Einbeinige sie falsch eingeschätzt und nur für ein loses Weib aus dem Troß gehalten hatte. Rache und Zorn hatten ihn getrieben, aber nicht Wissen. Denn wäre in Pentarosae bekannt geworden, wer sie wirklich war, so hätte sich ihre Gefangenschaft längst qualvoller gestaltet. Solange niemand ihr Geheimnis kannte, war sie sicher. Nicht völlig sicher, und es war auch nicht das vollkommene Glück im Unglück.

Schon allein die Königin sprach dagegen. Denn der König hatte auch eine Königin. Er hatte eine Mitgefangene zur Frau an seiner Seite erwählt. Ob sie die Wahl begrüßt oder hingenommen hatte, war ihr nicht anzusehen. Meist war nichts von dem Bund der beiden zu bemerken. Doch schon in der ersten Nacht hatte Sarmantha davon gehört.

Da aber die Macht des Königs beschränkt war, gebot er auch nicht vollständig über die Königin. Das hatte Sarmantha am zweiten Tag gelernt, als der Wächter gekommen war, um die Herrin der Zelle auszuleihen.

Sarmantha hoffte, daß das Band zwischen König und Königin nie reißen und weder er noch die Wächter der Königin leid würden und auf den Gedanken verfielen, eine neue Herrscherin zu krönen. Sie hatte gehört, daß Menschen den Tod fänden, wenn sie genug Mut aufbrachten, sich die eigene Zunge abzubeißen. Ein rasches Verbluten sei der Schmerzen Lohn. Aber sie glaubte nicht daran.

Urplötzlich stieß der König einen Schrei aus. Er stand auf, die Finger in den Hals gekrallt, tat einige Schritte und stürzte. Liegend fand er keine Ruhe. Er wälzte sich auf dem Boden, bog den Rücken so weit durch, daß er gleich zu brechen schien, und stieß schreckliche, heisere, rasselnde Töne aus. Anders als die restlichen Gefangen zog sich Sarmantha nicht in einen Zellenwinkel zurück, sondern ging zu dem Sterbenden. Sein Gesicht war dunkelrot, Schaum stand ihm auf den Lippen. Seine Brust war mit Eintopf bekleckert. Ein Geruch wie von ranziger Kokosmilch ging von ihm aus.

Sarmantha sah zu der Essensschale, die der Mann weggeschleudert hatte. Sie hatte noch nie einen Vergifteten sterben sehen, war aber überzeugt, daß sie heute Zeugin dessen wurde. So überzeugt wie sie war, daß sich das Gift in ihrer Essensschale befunden hatte.

Dieses Glück war wahrlich nicht vollkommen! Zwar war dem Herrscher Pentarosaes unbekannt, wer sich in seiner Gefangenschaft befand, doch galt das nicht für jeden in der Stadt. Andere wußten es. Andere, die fürchteten, Prinz Prosperus könne von ihren Ränken erfahren, von ihrem Bestreben, mit dem Feind vor dem Tor einen Handel zu schließen.

Sarmantha blieb zu ihrer eigenen Überraschung gelassen. Sie hatte klare Vorstellungen, wie lange ein Mensch ohne Nahrung auskam. Was aber, wenn die Mörder beim nächsten Mal das Gift ins Wasser träufelten? Würden sie davor zurückschrecken, jeden in der Zelle zu vergiften? Wahrscheinlich nicht.

Was die Leute reden

In der Vogtei eines Fischerdorfes am Golf von Guavia, Kaiserreich des Nordens, am 16. Tag des Mosquitomondes, im 243. Jahr des Imperiums

»Dorfvogt, laßt die Ältesten zusammenrufen.«

»Sehr wohl, Euer Ehren.«

Während der beleibte Vogt aus dem Lehmhaus lief, machte Guelfo es sich auf dem Innenhof bequem. Sogleich stürzten sich die Fliegen auf seinen Schweiß.

»Ihr wollt Euch ernsthaft wieder das Geschwätz der Alten anhören?« ächzte Odera, während er sich von der Tochter des Vogtes aus der Rüstung helfen ließ. »Das muß das siebte Dorf sein, seit wir Guavia verlassen haben.«

»Ich zähle nicht. Entscheidend ist, daß wir keines auslassen.«

»Warum erscheint es Euch gar so wichtig, was das Volk sagt?

Solltet Ihr nicht viel mehr irgendwelche geheimen Schriften von Gelehrten, Priestern und Zauberern konsultieren?«

»Nun, Ritter, die meisten Kaiserpriester bestehen darauf, daß man Wissen nur bei den Klugen findet. Doch ich habe die Erfahrung gemacht, daß man der Wahrheit im Volk begegnet. Wenn Ihr wissen wollt, wie ein König ist, dürft Ihr nicht seine Höflinge fragen, sondern seine Untertanen. Wenn Ihr wissen wollt, wie ein Krieg verläuft, lauscht nicht Berichten der berittenen Boten, die vom Schlachtfeld zurückkehren, sondern den Spottliedern der Gaukler. Und wenn Ihr wissen wollt, was die Götter denken, dürft Ihr nicht die Weisen fragen, sondern die Narren. Die Wahrheit verbirgt sich im Wort.«

»Aber es sind doch stets die gleichen Geschichten. ›Die Klippen da unten, die hat der Riese gebaut.‹ Und immer hat er den größten Walfisch gefangen.« Odera ließ sich einen Becher mit Palmenwein füllen und zog anschließend die Tochter des Vogts auf seinen Schoß.

»Genau darum geht es«, bekräftigte der Zauberer und griff nach einem Fliegenwedel. »Worüber sind sich die Menschen einig? Jeder erzählt die Sagen anders, jeder hat seine kleine Anekdote. Aber das, was alle sagen, das ist der Riese.«

»Meinetwegen«, murmelte der Ritter, während die Tochter über etwas kicherte, was er am Saum ihres Hüfttuches tat. »Also was wissen wir?«

»Wademar ist der Sohn der Inneren See. Er ist der einzige, der sie vollständig durchwaten kann – dieser Satz fällt jedesmal. Er ist größer als der größte Fieberbaum. Er ist ein Fischer, aber er fängt nur die größten Fische; die anderen wirft er zurück. Wademar beschützt die Innere See und ihre Fischer und Seefahrer, aber die Städte meidet er. Er haßt Piraten. Wademar ist ein großer Baumeister: Überall am Meer findet man Felsen, die er aufgetürmt hat, Festungen, die er gebaut hat, und Kanäle, die er gegraben hat.«

»Meint Ihr, daß wir auf König Bellicus und seine tausend Ritter warten sollen?« Es war verblüffend, wie der Ritter gleichzeitig Kriegsrat halten und dabei die kleine Fischerin mit Aufmerksamkeiten bedenken konnte.

Guelfo lachte. »Ein netter Versuch. ›Tausend Mann können ihn nicht töten.‹ Damit ist Malachias berühmt geworden. Den Riesen Urassa hat er mit tausend Mann angegriffen. Zusammen waren sie tausendundeiner. Und da die tausend Mann ihn nicht töten konnten, konnte Malachias ihn töten. Ich nehme an, daß König Bellicus' Hofzauberer die Geschichte ebenfalls kennt.«

»Ich dachte, es hieße, daß Fabelwesen unsterblich sind!«

Der Zauberer überlegt kurz, wie weit er den Ritter einweihen sollte. Aber bei dem, was ihnen bevorstand, hatte es wenig Sinn, ihm etwas vorzumachen. »Teilweise. Manche kann man so bezwingen wie einen Löwen oder einen anderen Ritter. Aber vielen ist gemein, daß sie wiedererstehen.«

»Ihr meint, sie erheben sich von den Toten?«

»Es ist eher so, als ob sie nie gestorben wären. Es hat Fälle gegeben, wo Ritter den Kopf eines Riesen aufpflanzten. Und eine Woche später riefen die Bauern wieder um Hilfe.«

»Und die Trophäe?«

»Die blieb. Der Menschenfresser von Elephantinos ist schon dreimal erschlagen worden. Manche Zauberer bezeichnen ein Wesen überhaupt nur als Fabelwesen, wenn es die Eigenart hat wiederzuerstehen. Jedenfalls braucht es dann einen Zauberer, der sich der Sache endgültig annimmt.«

»Und wie ...?« Am Eingang des Innenhofes hatten sich die ersten Würdenträger versammelt: vermutlich wieder der Bootsbaumeister, der oberste Büttel, vielleicht auch die eine oder andere alte Hexe. »Ist es wahr, was man erzählt, daß Ihr einer der wenigen Zauberer seid, der mehrere Ungeheuer zur Strecke brachte? Ein feuerspeiendes Pferd oder dergleichen?«

»Das giftige Flußpferd Behemoth. Es tyrannisierte einen ganzen Landstrich eines Fürstentums im Königreich Gatanien. Es war riesenhaft und mächtig gepanzert, aber mehrfach gelang es einem Ritter, es zu verletzen. Doch das Blut war wie Schwefel, und die Ritter verröchelten grausig. Behemoth wurde mit jeder

Seele, die es fraß, fetter. Und jeder tote Ritter wurde zu einem Rachegeist, der im Gefolge des Behemoth herzog.«

»Wie konntet Ihr dieses Ungeheuer bezwingen?« Der Erste Ritter versuchte zu scherzen: »Doch gewiß nicht, indem Ihr alle Dorfältesten der Umgebung befragtet?«

»Hätte ich das nur gründlicher getan. Es war ein grausiges Gemetzel, das einem weiteren halben Dutzend Rittern Leben oder Gesundheit kostete. Aber schließlich fand ich die Schwachstelle des Behemoth.« Odera blickte erwartungsvoll, aber Guelfo hatte nicht vor, das Geheimnis seiner einzigen echten Heldentat preiszugeben. »Ich erzähle Euch die Geschichte ein anderes Mal, wenn ich nicht den Kopf voll habe mit den Geheimnissen eines anderen Ungeheuers.«

»Ich wußte nicht, daß Ihr ... Mit Verlaub, ich hatte stets den Eindruck, daß Zauberer weniger zu den bewaffneten Vasallen eines Fürsten als zum bunten Gefolge der Barden und Tänzerinnen gehören. Und die meisten der gepriesenen Zauberer des Imperators haben sich doch lächerlich gemacht, als er ihnen befahl, etwas gegen die Riesen, Geister und Ungeheuer zu unternehmen.«

»Ja. Aenigmatus, der gegen den Riesen Maganta nichts aufzubieten hatte, als zwei Wagenladungen Weihrauch zu verfeuern und Bannformeln in dreizehn vorimperialen Sprachen zu jodeln. Megakles Profundus, der vier Bücher über die Unterscheidung von *gigantos*, *kolossos* und Menschenfresser verfaßte, aber als ihn der Imperator gegen den elefantenköpfigen Riesen von Elephantinos entsandte, einfach desertierte. Und all die Priester, die der zunehmenden Gier der Regengötter und Erdgöttinnen nichts entgegenzusetzen haben als immer blutigere Menschenopfer. Nichtskönner und Hochstapler mit ererbtem Titel. Was denkt Ihr, warum dieser Leomanne von den Ufern des Lino so schnell nach oben gekommen ist?«

Es war das erste Mal, daß er dem Ritter gegenüber seine Herkunft mit Stolz nannte. Kurz war er versucht, ihm zu gestehen, wieviel am Verhalten jedes Zauberers überflüssiges Drumherum war. Andererseits: so wenig er über das Geheimnis wußte, das ihn an die Spitze der Priesterschaft getragen hatte, so mächtig war es. Also fügte er hinzu: »Ein geheimnisvoller Nimbus ist das wichtigste Attribut eines Zauberers.«

Als er aus den Augenwinkeln bemerkte, daß sich der Vogt und die Dorfältesten ehrfürchtig näherten, nutzte er die Gelegenheit, das Gespräch mit einer Bemerkung zu beenden, welche diese einfachen Menschen zweifellos bis an ihr Lebensende weiterverbreiten würden: »Ich entstamme einem edlen leomannischen Geschlecht. In meinen Adern fließt das Blut des ersten Herzogs von Urassagund. Aber das war im Imperium nie von Wert. Von Wert war, daß ich der Mann bin, der die Sprache der Vögel verstand und das Orakel der Sphinx enträtseln konnte.«

Der Dialekt der Guavier war kaum zu verstehen. Sei's drum, dachte der Leomanne, daß ich trotzdem mit ihnen spreche, ist meine besondere Stärke. Der kaiserliche Hof zog zwar von einer Königsstadt zur nächsten. Aber wo immer die Offiziere, Schreiber, Steuereintreiber und Priester auftraten, sprachen sie die höfische *lingua regia*, welche das Imperium verband. Schon auf die regionalen Ritter und anderen Gefolgsleute der Fürsten blickte man herab, wenn sie ihre kulturellen Eigenheiten nicht verbergen konnten. Vom gemeinen Volk bekamen die Höflinge ohnehin kaum etwas zu sehen, und sie hätten auch kaum ein Wort verstanden, das ihre Untertanen sprachen.

Guelfo hingegen war immer der Fremde gewesen und hatte verschiedene Sprachen erlernt. Ob damals als junger Söldner am unteren Leonîl, später als Leibwächter und Liebhaber der elephantinischen Edeldame Florinda oder dann, als der große Zauberer aus fernen Landen, der als Kaiserpriester Furore machte: stets hatte der Leomanne herausgefunden, welchen geheimen Regeln die fremde Kultur folgten, was die Gesellschaft unterschwellig glaubte und was man ihr daher als Wahrheit verkaufen konnte.

»Und die Burg des Fürsten von Guavia hat der Riese auch gebaut«, erzählte eben der Dorfbaumeister, unterstützt von zustimmendem Gemurmel der Greise und Hexen.

Guelfo neigte sich, beiläufig mit einer Gurunuß spielend, zu Odera und erklärte: »Das scheint ein häufiges Mißverständnis zu sein. Festungen werden in unvorstellbaren Frondiensten errichtet. Die späteren Generationen können sich nicht erklären, wer diese unmenschliche Arbeit geleistet haben soll. Also erklären sie, daß es ein Riese gewesen sei. Und jeder Herrscher hört natürlich gern, daß sein Vorfahre einen dienstpflichtigen Riesen hatte.«

»Der Riese frißt nur Walfische, Haifische und Riesenkraken«, berichtete ein anderer. »Was er sonst fängt, wirft er zurück.« Sie waren alle stolz, seit sie begriffen hatten, daß der fremde Zauberer und der Erste Ritter sich ernsthaft mit ihren örtlichen Sagen beschäftigten.

»Ein Vorbild«, erklärte Guelfo. »Fischer haben meist den Brauch, kleinere Fische zurückzuwerfen, damit man sie später fangen kann. Das kenne ich auch vom Leonîl und von den Küsten zwischen Elephantinos und Corallis. Und natürlich ist der Riese das Vorbild aller prahlerischen Fischersagen über den größten Fang. Wenn man dich fragt, wo der große Fisch geblieben ist, der dir angeblich im letzten Augenblick entwischte, sagst du, daß der Riese ihn dir weggeschnappt hat.«

»Nun klingt Ihr wieder«, raunte Odera zurück, »als glaubtet Ihr gar nicht an den Riesen …«

Wie konnte er Odera verdeutlichen, daß es diesen Unterschied nicht mehr gab? Die Tatsache, daß es für eine Sage eine profane Erklärung gab, änderte nichts daran, daß wirklich war, was sich die Menschen einbildeten. Nicht mehr. Irgend etwas war in den letzten Jahrzehnten geschehen. Irgend etwas hatte die Grenzen zwischen Tradition und Wirklichkeit verwischt. Und wer eine einsichtige Erklärung für die Tradition hatte, eine Erklärung, die einsichtiger war als die Wirklichkeit, der konnte die Wirklichkeit leugnen …

»Der Riese existiert«, bekräftigte der Zauberer. »Der Gaukelmeister hat uns einen Beweis geliefert.«

Der Fischer

An einem Strand des Golfes von Guavia,
im Dschungel, drei Tage später

»Es sieht aus, als ob der Baum mitsamt dem Wurzelteller ... ausgerissen worden wäre.« Odera gab selten Kommentare zu Guelfos Entdeckungen, aber diesmal klang er beeindruckt.

»Seht, es gibt keine Schleifspuren.« Der Zauberer glitt von seinem Wallach und stapfte durchs Unterholz zu der Lücke, die in der aufragenden Wand der Brettwurzelbäume klaffte. Der Krater in der rötlichen Erde sah aus wie eine Wunde. »Und jenes Loch wirkt so, als ob jemand einen Grabstock als Hebel eingesetzt hätte.«

»Einen Baumstamm, meint ihr.« Der erste Ritter richtete sein Augenmerk auf das Greifbare – wie immer.

Ein Grabstock von mindestens einer Elle Durchmesser, dachte der groß gewachsene Leomanne; auch er hatte Schwierigkeiten, sich das vorzustellen.

»Wollt Ihr weiter reiten, hohe Herren?« fragte Zeppo leicht beklommen. Der junge Fischer, der in seinem Dorf noch so prahlerisch gewesen war, berühmt dafür, den Riesen so nahe gesehen zu haben wie niemand sonst, hing nun auf seinem Esel, als müßte er dringend die Blase entleeren.

»Freilich, Kerl«, antwortete der Ritter verächtlich.

»Die Klippen da vorn, die hat Wademar gebaut.«

Guelfos Blick folgte Zeppos Fingerzeig. »Verständlich«, murmelte er angesichts einiger turmartiger Brocken, die an der felsigen Küste aus dem Grün des Dschungels ragten. »Unerklärliche und beeindruckende Felsformationen findet man überall«, erläuterte er Odera. »Steine, die so hoch liegen, daß nur eine Urgewalt sie dorthingeschafft haben kann. Ein Eisriese, der sie getragen hat, ein Wasserriese, der sie hingespült hat, ein Feuerriese, der sie hingespuckt hat. Oder ein Erdriese, der einfach schwer gearbeitet hat.« Im Grunde, gestand sich der Kaiserpriester, versuche ich mir nur selbst vorzumachen, daß ich etwas von Riesen verstehe.

»Dann vorwärts«, gab Odera seiner Stute die Sporen und führte sie weiter am Saum zwischen dem wuchernden Urwald und der steinigen Küste entlang.

Guelfo bedeutete dem jungen Guavier vorzureiten. Es hatte tatsächlich den Anschein, als ob sie sich dank seiner Hilfe den Fischgründen des Riesen näherten. Die meisten Helden, die ein Ungeheuer bezwangen – so hatte er Oderas Bedenken zerstreut –, hatten einen klugen Diener oder eine alte Amme, die ihnen den entscheidenden Rat gab. »Wenn sie nicht selbst von niederer Geburt waren«, hatte er gesagt. »Riesen werden eher von Hirten bezwungen als von Rittern. Wir sollten uns einen Einheimischen suchen, der über Wadcmar Bescheid weiß.«

Die vierzig Meilen an der Küste waren anstrengender und langwieriger gewesen als zweihundert Meilen auf einer der Heerstraßen, denen sie so lange gefolgt waren. Abseits der Via Mediogenia war die Provinz eine Halbwildnis aus Palmenurwald und Dornicht. Die Völker der Bergländer waren als notorische Wegelagerer berüchtigt, die in jeder Generation wieder unterworfen werden mußten. Die Fischer der Küste galten als treue Untertanen – die meisten wußten noch nicht einmal von einem Angriff der Savannenvölker, geschweige denn vom Tod des Imperators, der für sie ein unvorstellbar ferner Gott war. Doch auch das Flachland war kaum erschlossen. Da und dort führten Eselstrampelpfade von der Via zur Küste, ständig vom Verwuchern bedroht. Aber die Dörfer untereinander waren allenfalls durch Saumpfade verbunden, die sich, nur den Einheimischen ersichtlich, zwischen Klippen, Dschungel und Strand dahinschlängelten.

Erst Zeppo hatte ihnen verraten, daß man seit seiner Kindheit geradewegs durch die einstige Wattlandschaft reiten konnte: Die Innere See war wie alle Meere zurückgewichen. Mancherorts war das neue Land hundert Schritt breit, wo das Wasser selbst bei Flut nicht mehr hinreichte und wo die Samen der Stelzwurzelbäume und Palmen eben erst zu treiben begannen.

»Was ist das?« Odera lenkte sein Ross zum Strand, hin zu zermahlenen Felsen. Zwischen Tamarisken und Schopfpalmen hing eine Art Korb von der Größe eines Fischerbootes.

»Eine Reuse, hoher Herr«, kam Zeppos scheue Antwort.

»Kerl, willst du mir erklären, daß der Riese zwischen den Bäumen fischt?«

»Man sieht doch, daß er sie aus dem Meer gehoben hat«, erklärte Guelfo, der etwas weiter hinten geblieben war.

Odera wandte sich im Sattel um. »Woran wollt Ihr das sehen?«

»Ich bin kein Fährtenleser«, grinste der Leomanne, obwohl ihm nicht wirklich zum Lachen war. »Aber diese Fährte kann sogar ich lesen.«

»Welche Fährte?«

»Ihr steht darin.«

Der Ritter blickte ungläubig auf die Wanne im rötlichen, von der Sonne gebackenen Sand. Guelfo war vom Pferd geglitten und kam respektvoll näher. Einige kopfgroße Felsbrocken verfälschten den Abdruck hinter Odera. Rechterhand waren zwei Palmschößlinge tief in den Boden gepreßt. Aber anderthalb Schritt vor ihm, knapp vor den ersten Sträuchern: das waren zweifellos fünf Abdrücke nebeneinander, jeder eine Elle lang!

»Das ist unmöglich!« stieß der Ritter hervor.

Seine Stute schnaubte, dann stieg sie und wieherte. Der Leomanne hörte seinen Wallach davongaloppieren. Aber sein Blick war gebannt von dem, was er jenseits der Bucht sah.

»In `n Wald!« keuchte Zeppo, sprang ab und zerrte seinen Esel den Strand hinauf. Auch Guelfo lief los. Ein uralter Fluchttrieb jagte ihn ins Unterholz. Er duckte sich in den kühlen Schatten und wandte sich um.

»Odera!« Der Erste Ritter saß noch immer im Sattel und starrte nach links. Erst der Zuruf riß ihn aus der Erstarrung des Tollkühnen. Er schlug der Stute die Fersen in die Weichen und brach mit ihr ins Strauchwerk.

Sie brauchten über eine halbe Stunde, um sich durch den Urwald zur Bucht vorzuarbeiten. Die Mosquitos, die das Salzwasser ferngehalten hatte, tobten nun in dichten Wolken um sie. Aber sie fühlten die Stiche ebenso schwach wie die Dornen; was sie vorantrieb, war reine, ungläubige Neugier. Der Leomanne hatte das Klauenmesser seiner Heimat unter dem Ornat hervorgeholt und schnitt ihnen einen Weg, wenn die Schlingpflanzen undurchdringlich wurden. Oderas Schwert wäre zweifellos wirksamer gewesen – aber lauter!

»Wie weit entfernt war er?« zischte der Ritter. Jeder von ihnen hatte die Frage mindestens einmal gestellt. Guelfos fieberndes Gehirn versuchte, den Anblick, der sich ihm eingebrannt hatte, in irgendeine Beziehung zu den Bäumen ringsum zu setzen.

»Es hängt einfach davon ab, wie groß er ist!« Viel größer als ein Elefant, grübelte der Leomanne. Auch eine Giraffe reichte gerade an die untersten Blätter eines Affenbrotbaumes heran. Aber das, was sie gesehen hatten, hatte sich weit über die höchsten Bäume erhoben.

Guelfo blickte empor. Aber schon die Myrtensträucher und Palmen über ihnen waren so von Schlingpflanzen durchwuchert, daß man die Höhe der viel größeren Brettwurzelbäume nicht abschätzen konnte.

Endlich sahen sie durch das Unterholz ein Glitzern. Der Boden wurde wieder sandig. Sie duckten sich hinter zwei aufragende Brettwurzeln. Vor ihnen lagen noch gut drei Schritt Unterholz, dann, zwischen zwei Mangrovenzungen, etwas Geröll und schließlich der unnatürlich lange Sandstrand.

»Dort!« Fahrig deutete der Leomanne mit dem Klauenmesser. Die Bucht mochte etwa vier Speerwurfweiten messen – und vor der nächsten Landzunge, noch einmal so weit hinaus ins Meer, stapfte Wademar durch das Wasser, das ihm gerade eben die Waden befeuchtete.

Er war keineswegs so klobig oder ungeschlacht, wie Guelfo sich einen Riesen vorgestellt hatte. Er hätte einer der Fischer sein können, die rings um die Innere See lebten, mit breit ausladenden Schultern, aber dennoch eher sehnig, mit leicht gekrümmten Beinen, die ledrige Haut von Wind und Wetter gegerbt. Er beugte sich vornüber und wühlte mit beiden Händen im Wasser.

»Was tut er da?« knurrte Odera mißtrauisch.

»Er sucht die Netzschnüre, hoher Herr«, wisperte Zeppo, der zitternd hinter dem nächsten Baumstamm kauerte.

Ja, Wademar war tatsächlich ein Fischer. Er trug nur einen Sarong um die Hüften wie alle Männer hierzulande, ein grobes Stück strohgelben Tuches voller Löcher. Nun richtete er sich auf, lehnte sich zurück und spannte die behaarten Arme. Ein Netz tauchte auf, in dem es lebendig wimmelte. Wademar stapfte rückwärts, um seinen Fang weiter einzuholen.

Als ihm das Wasser nur noch bis zu den Knöcheln reichte, schulterte er das Netz und stapfte an Land. Sein Haar war felsgrau und das knochige Gesicht von unbestimmbarem Alter.

Es war ein Bild von friedfertiger Schönheit – bis er sich der Landzunge näherte.

»Bei den Pranken des Löwen!« Beide Gefährten keuchten auf, als sie ihn neben den Palmen stehen sahen – keine davon reichte ihm auch nur bis zu der einfachen Schnur, die seinen Sarong hielt.

»Was schätzt Ihr, wie groß ist er?« stieß Odera gequält hervor.

Wademar ließ sich auf den Boden hinab und beugte sich mit gekreuzten Beinen über sein Netz. In sich versunken sortierte er den Fang. Sein felsgrauer Schopf war noch immer auf einer Höhe mit den verwucherten Baumkronen hinter ihm. Immer wieder holte er einen zappelnden Fisch hervor, der kaum seine Hand füllte, und warf ihn ins Meer zurück. Und sie wußten selbst, daß die Wattzone mindestens sechzig, eher hundert Schritt maß, ehe man das Wasser erreichte.

»Was sind das für Fische, die er da aussortiert, Zeppo?« fragte Guelfo über die Schulter.

»Thuna«, antwortete der junge Guavier ehrfürchtig.

»Das sind die, die ihr am Strand zu viert an Land gezogen habt?«

»Ja.«

»Die sind so groß wie wir«, murmelte der Zauberer.

»Er ist der einzige«, flüsterte Zeppo, »der stark genug ist, einen Widderfisch mit der Hand zu fangen.«

Wieder beobachteten sie den Riesen eine Weile. Dann legte sich Odera bäuchlings neben den Kaiserpriester. »Dann muß der Felsen auf der anderen Seite jener Landzunge stehen. Da vorn, zwischen den Stelzwurzeln ... vielleicht können wir Genia von dort aus sehen. Denkt Ihr, daß der Riese uns dort erkennen kann?«

»Für ihn sind wir« – Guelfo vollführte einige messende Bewegungen an seinen Gliedmaßen – »Frösche oder Springratten. Nein, wenn Ihr Euer Schwert oder sonstiges Metall nicht mitnehmt, denke ich, daß er Euch nicht sehen kann.«

Tatsächlich stieß der Ritter sein Schwert in den Boden und kroch durch das Krautwerk. Das hätte er dem Jungen nicht zugetraut. Obwohl Zeppo leise zeterte, gab auch der Leomanne seinem Ehrgeiz nach. Wenn hier jemand durchs Buschwerk schlich wie ein Savannenjäger auf der Pirsch, dann ganz bestimmt nicht nur ein krummbeiniger imperialer Ritter.

Unter den vertrocknenden Stelzwurzeln waren die Mosquitos weniger lästig, dafür stank es atemberaubend.

»Ich frage mich, welche Pflanzenfasern er nehmen kann, um seine Netze zu knüpfen«, flüsterte Guelfo.

»Eure Sorgen möchte ich haben!« schnaubte Odera leise.

»Es macht schon einen Unterschied«, erklärte der Magier verhalten, »ob er sein Werkzeug selbst anfertigen muß oder ob es sozusagen zu seiner magischen Natur gehört, versteht Ihr?«

»Nein.«

Guelfo blickte sich um. »Lianen vermutlich. Ich nehme an, daß man Affenschaukeln zu Seilen verdrillen kann ... wenn die Finger kräftig genug sind.«

»Wo hält er wohl die Prinzessin gefangen?«

»Der Gaukelmeister und Zeppo haben nicht gelogen. Man kann einen Felsenturm jenseits dieser Landzunge sehen.« Der Zauberer deutete zwischen die Kronen der Brettwurzelbäume.

»Dort muß sie sein!«

»Hoch wie zwei Bäume, sagten sie über den Turm. Er habe ihn selbst gebaut. Jetzt wissen wir, warum er so groß ist.«

Niemand sprach, als sie sich erneut durch den Dschungel schlugen. Noch als sie wieder auf den Pferden saßen und am Strand zurückritten, drehten sie sich zwanghaft immer wieder um, aus einem Bedürfnis nach Sicherheit heraus, die sie nie wieder haben würden.

Schließlich überlegte Guelfo laut: »Wademar. ›Der im Meer watet?‹ Oder hat es mit Wade zu tun? Vermutlich beides.« Er rieb sich angestrengt die schweißnasse Stirn. »Beim Orakel der Sphinx, in den Sagen ist es immer so offensichtlich, wie der Held das Ungeheuer überlisten kann. Der Schlüssel liegt in dem, was die Kreatur magisch macht. Die Wahrheit verbirgt sich im Wort.«

Von dem Ritter kam keine Hilfe, und der Fischerjunge trieb lediglich seinen Esel unbarmherzig an.

»Was macht Wademar magisch?« grübelte der Zauberer weiter. »Er ist groß. Riesig. Er ist alles andere als klein. Alles, was klein ist, ist ihm fremd. Ein Kleiner kann ihn überlisten, weil er anders denkt.«

Odera schloß auf und ließ seine Stute neben dem Wallach gehen.

Guelfo sah ihn halb abwesend an: »Durchwaten. Waden. Wasser. Muß er bis zu den Waden im Wasser bleiben?« An Oderas kühnem Profil war nicht zu erkennen, ob er die Überlegungen des Kaiserpriester für unsinnig hielt – oder für dessen angestammte Aufgabe, in die er sich nicht einmengte.

»Baumeister und Fischer. Verkörperte Prahlerei. Wenn ein König prahlen will, baut er ein Monument. Und Fischer sind ohnehin sprichwörtlich.«

Die Sonne stand zu ihrer Rechten bereits nur mehr zwei Handbreit über dem Horizont, als Guelfo sich aufrichtete. Er faßte seine Überlegungen mehrerer Tage zusammen, die mit dem Anblick des Riesen Bestätigung gefunden hatten: »Er ist ein Beschützer und kein großer Kämpfer. Er beschützt die Mutter, die Seefahrer, die Küste. Ich glaube nicht, daß Genia in unmittelbarer Gefahr ist. Vermutlich will er sie ebenfalls nur beschützen. Er ist kein Menschenfresser, das wissen wir, und nicht einmal gewalttätig. Nein, ich denke, daß ihr keine unmittelbare Gefahr droht.«

War da etwas wie Dankbarkeit in Oderas dunklen Augen zu lesen?

»Ich bin sicher, daß er das Meer nicht weit verlassen kann. Er muß ›im Meer waten‹. Bei der Mutter bleiben. Ein Muttersöhnchen von kolossalen Ausmaßen.« Die beiden Männer grinsten einander kaum sichtbar an.

»Er ist vermutlich ein Prahler und im Grunde anständig. Somit ist er leicht zu verführen, Ankündigungen zu machen, die er kaum einhalten kann – aber er wird sein Bestes geben bei dem Versuch, sie einzuhalten. Und da Prahler keine Lügner sind, wird er die Prahlerei anderer ebenso für wahr halten …«

Guelfo hielt seinen Wallach ruckartig an. »Odera, ich glaube, daß wir Genia retten können. Ich glaube sogar, daß wir ihn überlisten können. Ich weiß nur nicht, wie man eine Begegnung mit ihm überleben kann. Aber das ist nicht meine Aufgabe. Um einen Riesen herauszufordern, braucht man einen Helden.«

Altes Brauchtum

Leomannisches Heerlager vor Pentarosae,
am 19. Tag des Mosquitomondes, im 243. Jahr des Imperiums

Langsam, unendlich langsam flogen die Steine der Stadt entgegen. Ein Vogel mußte sie mit Leichtigkeit überholen können, dachte Eleta.

»Trifft!« hörte sie Caetulus behaupten.

»Trifft nicht«, hielt Andrimedea dagegen.

Die Wette war sinnlos, da man ihren Ausgang vom Standort der beiden aus gar nicht zweifelsfrei entscheiden konnte. Entwickelt hatte sich dieses Spiel aus dem Beobachten der neuen Geschütze, bei denen es noch immer eine Glücksfrage war, ob sie trafen oder nicht. Der Feind schien sie jedoch sehr ernst zu nehmen. In den letzten vier Tagen hatten die Belagerten schon zwei Ausfälle in der Absicht unternommen, die Geschütze zu zerstören oder ihre Mannschaften zu töten. Beim ersten Mal hätte der Feind beinahe Erfolg gehabt. Mittlerweile wurden die beiden Wurfmaschinen von fast so vielen Kriegern bewacht wie alle anderen zusammen.

»Du mußt auch etwas sagen«, forderte Caetulus Vergilia auf. Die beiden saßen auf der Deichsel des Zeltwagens. Caetulus hatte den Arm um Vergilias Schultern gelegt. Man hätte die beiden für ein Paar halten können, doch die Geste war harmlos und rein freundschaftlich gemeint. Vergilias Augen waren geschwollen vom Weinen. Sie ertrug Sarmanthas Abwesenheit schwerer als alle anderen. Vielleicht ließ sie sich ihren Kummer auch nur stärker anmerken.

Eleta spürte hilflosen Zorn in sich aufwallen, wie immer, wenn sie an Sarmantha dachte. Zwar hatten sich vorgestern alle ihre Freunde gegenseitig versprochen, sich einstweilen nicht länger den Kopf über Fragen zu zerbrechen, auf die niemand eine Antwort geben konnte. Doch das war leichter gesagt als getan. Sarmantha war ihrer aller Kopf und Herz. Seit sechs Tagen war sie nun schon verschwunden: Lebte sie noch oder nicht? War sie in Pentarosae gefangen genommen worden? Wußte der Feind, welchen Fang er gemacht hatte, oder nicht? Hatte er sie vielleicht getötet, ohne zu ahnen, wer sie war? Doch wenn sie noch lebte – wie konnte sie noch leben? War sie vielleicht verwundet?

Ein Sumpf voller Fragen, in dem man sofort versank, wenn man sich mit ihnen beschäftigte. Sarmantha war noch nicht zurückkehrt. Das war das einzig Greifbare. Es war müßig, über etwas anderes nachzudenken. Doch wie dachte man daran, nicht zu denken?

»Ich weiß nicht, was ich sagen soll«, erklang Vergilias niedergeschlagene Stimme. »Was soll ich denn sagen?«

»Sag: Trifft!« schlug ihr Caetulus vor. »Sag einfach: Trifft!«

Kelomachos und Gnutewig kamen daher. Sie waren beim Kriegsrat gewesen. Beide wirkten aufgebracht. Das verhieß nichts Gutes.

»Sie unternehmen nichts«, gab Kelomachos bitter von sich.

»Hast du anderes erwartet?« erwiderte Andrimedea.

Auch darüber hatten sie wiederholt gesprochen, dachte Eleta. Was konnten die Anführer des Gottesheeres schon tun? Forderten sie von Pentarosae Sarmanthas Freilassung oder boten an, sie freizukaufen, so besiegelten sie vielleicht erst dadurch ihr Schicksal. Und zu erwarten, daß sie einen Angriff mit Hunderten, vielleicht Tausenden Toten befahlen, lag außerhalb jeder Vernunft. Dennoch konnte man ja hoffen, daß jemandem trotz allem eine Möglichkeit einfiele, Sarmantha zu retten.

»Es ist schlimmer«, erregte sich Gnutewig. »Ich könnte verstehen, wenn sie sagten, die Hände seien ihnen gebunden oder sie wüßten nicht, was sie tun sollen. Doch Swidpal und seine Riege sind nicht einmal bereit, darüber nachzudenken. Als wäre ihnen gleichgültig, was mit Sarmantha geschieht. Als ginge sie ihr Schicksal überhaupt nichts an.«

Eleta schüttelte den Kopf: »Sie ist ihnen nicht gleichgültig, sondern sogar sehr willkommen. Sie hilft ihnen dabei, den Druck loszuwerden, den die jungen Krieger auf sie ausüben. Malachias gelingt es nicht, Pentarosae zu erobern. Jetzt ist er auch noch schuld am Los der Verkünderin. Alles ist nur sein Versagen. Seines und das eines jeden, der ihm bisher gefolgt ist. Er wird gehen müssen. Sie werden ebenfalls gehen müssen. So einfach ist das.«

Aufgeregte Stimmen übertönten ihre Worte. Sie schallten von einem Menschenschwarm herüber, der soeben vorbeieilte. Eleta schnappte einige Worte auf, die sie bewogen, sich ihm anzuschließen. Das Ziel war das Zelt, wo der Kriegsrat stattgefunden hatte. Irgend etwas war vorgefallen, seitdem Gnutewig und Kelomachos von dorther gekommen waren.

Vor dem Ratszelt drängten sich schon reichlich Menschen, und jeden Augenblick stießen weitere Grüppchen hinzu. Die Fläche gleich vor dem Zelt war ausgespart geblieben. Dort stand der Lange Hrodleip mit einem Speer. Sein Gesicht und der nackte Oberkörper waren mit gelben und schwarzen Streifen bemalt. Zornesrot brüllte er seine Herausforderung: »Swidpal, ich heiße dich einen Zauderer und Feigling. Du bist es nicht länger wert, das Heer der Leomannen anzuführen. Überlaß diese Aufgabe jemandem mit Mumm. Ich fordere dich heraus. Schwarzer Swidpal nennt man dich. Doch ich kenne deinen wahren Namen! Er lautet nicht Schwarzer Swidpal, sondern Schwätzer Swidpal!«

Nach einer Weile traten Swidpal und seine Vertrauten Egilmar und der Träge Folkbod – das Dreigestirn leomannischer Unentschlossenheit – aus dem Zelt heraus. Swidpal brachte Hrodleip mit einer Handbewegung zum Schweigen.

»Ich habe dein Geschrei lange genug gehört!« sprach er. »Du willst mich nach alter Sitte aus meinem Amt vertreiben? Versuch es, Junge!«

Er entledigte sich seines Obergewandes und verlangte nach einem Speer. Ein Raunen ging durch die Menge. Als Führer des Heeres hätte Swidpal jedem beliebigen Krieger befehlen können, an seiner Statt zu kämpfen. Daß er der Herausforderung eigenhändig begegnete, bewies seinen Mut. Vielleicht zeigte es auch nur, für wie notwendig er es erachtete, seine Stellung durch diesen Akt persönlicher Tapferkeit wieder zu festigen. Eleta empfand ein undeutliches Schuldgefühl. Zu lange hatte sie Swidpal ausschließlich als Zauderer und Hindernis angesehen. Er mochte ein schlechter Anführer sein und über die Maßen engstirnig. Aber trotz allem war er ein Leomannenkrieger, der für Aionar focht. Doch das hatte sie ihm insgeheim abgesprochen.

Ihre Speere mit beiden Händen haltend, umkreisten sich die beiden Kämpfer. Eleta wandte dem Geschehen den Rücken zu. Dieses blutige Schauspiel wollte sie nicht in allen Einzelheiten mit verfolgen. Verblüfft stellte sie fest, daß Gnutewig gleich hinter ihr stand. Doch so erstaunlich war das nicht, besann sie sich. Wahrscheinlich war keiner aus Sarmanthas Haufen zurückgeblieben. Sie mußte an Duros Xenthos denken. Dort war ihr Hrodleip zum ersten Mal aufgefallen. Wie seltsam, daß ausgerechnet er zu Sarmanthas Kämpfer geworden war!

Überraschte Schreie ertönten und verstummten sogleich wieder. Abgesehen von solchen unwillkürlichen Ausrufen, verlief der Zweikampf in unüblicher Stille. Weder Swidpal noch sein Herausforderer wurden von der Menge angefeuert.

Eleta stupste Gnutewig an. »Was machen sie?«

»Sie umkreisen sich und stechen nach einander«, gab Gnutewig achtlos zurück.

»Und jetzt?« fragte Eleta einige Augenblicke später.

»Sie stechen nach einander«, erwiderte Gnutewig im selben Ton wie zuvor. »Warum schaust du eigentlich nicht selbst hin?«

»Ich ertrage den Anblick nicht.«

»Na gut«, antwortete Gnutewig beiläufig und legte ihr die großen Hände auf die Schultern. »Ich kann dir ab und zu berichten. Gegenwärtig stechen sie nach einander.«

Verwirrend, dachte Eleta. In den Weiten Usurugards wurde auf solche Art und Weise mitunter geklärt, wer künftig die Sippe anführen sollte. Angewandt auf die Führerschaft eines vieltausendköpfigen Heeres, wirkte der Brauch fehl am Platze. Hrodleip würde zum Glück nicht gleich Befehlshaber der Truppen werden, wenn er gewänne. Aber erwarb er wenigstens das Recht, den neuen Anführer zu bestimmen, oder nähmen einfach der Träge Folkbod oder Egilmar Swidpals Stelle ein? In dem Fall wäre der Kampf sinnlos.

Wieder wurde die Menge lauter.

»Was machen sie?«, verlangte Eleta zu wissen.

»Nicht der Rede wert«, gab Gnutewig zurück. »Sie fechten mit den Speerschäften ... Und jetzt, jetzt stechen sie wieder nach einander.«

Eleta gestand sich ein, daß sie bei solch blumigen Beschreibungen des Geschehens genausogut die Stätte verlassen könnte.

Allein die Vorstellung, wie zermürbend es wäre, fernab auf den Ausgang des Kampfes zu warten, hielt sie zurück. Plötzlich riß Gnutewig die Hände hoch. Von allen Seiten ertönten erregte Schreie.

»Was ist?« rief Eleta.

»Gleich«, antwortete Gnutewig.

»Was ist?«

»Augenblick!«

»Nun sag endlich!«

»Warte doch!«

Eleta konnte ihre Neugier nicht länger unterdrücken und wandte sich zu dem Kampf um.

»Er hat ihn«, erklärte Gnutewig im selben Augenblick.

Tatsächlich, Swidpal lag am Boden, und Hrodleip umkreiste ihn mit gesenktem Speer! Eleta atmete auf: Nun würde alles anders werden.

Urplötzlich schnellte Swidpals Speerschaft hoch und knallte gegen Hrodleips Knie. Der große Krieger schrie auf und schien mit einemmal Mühe zu haben, sich auf den Beinen zu halten. Swidpal stützte sich geschickt mit dem Speer ab und kam wieder auf die Füße. Er ließ seinem Gegner keine Zeit, sondern stieß sogleich mit dem stumpfen Ende des Speers nach dessen Gesicht. Hrodleip gelang es, den Speer mit einer Hand zu fassen. Beide Männer rangen um den Besitz der Waffe. Unversehens trat Swidpal gegen Hrodleips verletztes Knie. Der Krieger schrie vor Schmerzen auf und ließ los. Ein Faustschlag beförderte ihn zu Boden. Bevor sich Hrodleip auf die eigene Waffe besinnen konnte, hatte Swidpal seinen Speer gedreht. Mit einem kräftigen Stoß trieb er die Spitze durch Hrodleips Hals.

»Das war unnötig«, murmelte Gnutewig.

»Aber so ist der Brauch«, sprach Malachias düster.

Eleta war verwundert, ihn in Hörweite stehen zu sehen. Seine Anwesenheit war ihr entgangen. Malachias' Jungengesicht war heute bleich und versteinert. Jäh bemerkte Eleta, daß Swidpal zu ihr herübersah. Sie erwiderte fest seinen Blick, bis sie begriff, daß er gar nicht ihr galt, sondern Malachias. Ihr wurde flau. Glaubte der Führer der Leomannen etwa, Hrodleip habe ihn auf Weisung Malachias' herausgefordert? Hatte er ihn deshalb getötet, statt auf seine Unterwerfung zu warten? Hatte er am Ende sogar recht gehabt?

Swidpal hob den Speer mit beiden Händen über den Kopf und brüllte dröhnend seinen Siegesschrei. Er wurde von allen Seiten erwidert. Hoch unser alter und neuer Anführer!

Malachias nahm sich von dem Triumphschrei nicht aus. Auch das war Brauch. Tränen traten in Eletas Augen, als ihr bewußt wurde, daß soeben die letzte Gelegenheit vertan worden war, Sarmanthas Leben zu retten.

Auch Einbeinige haben Freunde

Kerker von Pentarosae, am 21. Tag des Mosquitomondes, im 243. Jahr des Imperiums

Die anderen Gefangenen mieden Sarmantha. Der Tod des Königs hatte vielleicht das Mißtrauen des einen oder anderen geweckt, doch ihre Weigerung zu essen und statt dessen den Eintopf heimlich wegzuschütten, war ein überzeugender Beweis, daß ihre Nähe gefährlich war. Dabei wußte Sarmantha gar nicht, wer den Anschlag auf ihr Leben ausgeführt hatte: der Wächter, der ihre Schale kurzzeitig in Händen gehalten hatte, oder der Schwachsinnige, der sie gefüllt hatte. Selbst der Brotverteiler kam in Frage. Wer konnte schon mit Sicherheit sagen, daß das Brotstück, das er ihr gereicht hatte, wirklich aus dem Beutel stammte und ihm nicht etwa ungesehen aus dem Ärmel geglitten war?

Von der Zellentür kamen Geräusche. Ein Schlüssel wurde im Schloß gedreht, Riegel wurden schabend zurückgezogen. Zwei Wächter stiegen die Treppe herab. Sie waren allein. Sie brachten keinen Gefangenen mit, und für das Verteilen des Essens war es noch zu früh. Die Königin erhob sich willenlos, doch die Wächter beachteten sie nicht.

»He, du, Dürre!« rief einer von ihnen und deutete auf Sarmantha. »Du kommst mit uns.«

Sarmantha erschrak. Unwillkürlich sah sie zur Königin. Sie stand knapp davor zu sagen, daß dies ein Mißverständnis sei, daß doch die andere Frau diejenige sei, die die Wächter gewöhnlich fortführten. Doch sie schwieg. Es war kein Mißverständnis. Panisch blickte sich Sarmantha um, ohne eine Zuflucht zu entdecken.

Sie wich dem ersten Wächter aus, als er näher kam, um sie zu packen. Zweimal, dreimal. Dann verstellte ihr sein Gefährte den Weg. Mit der flachen Hand schlug er Sarmantha auf den Hinterkopf und sagte entrüstet: »Was soll das denn?«

Sarmantha beschloß, sich einstweilen zu fügen. Zwischen beiden Wächtern stieg sie die Treppe hinauf. Hinter der Zellentür wartete ein sechsseitiger Vorraum. Noch vier weitere Türen gingen von ihm ab, die vermutlich zu ähnlichen Zellen wie ihrer eigenen führten. Auf der sechsten Seite setzte sich die Treppe fort. Sie mündete in einen Gang des darüberliegenden Stockwerks. Sarmantha sah ihre vielleicht einzige Gelegenheit zur Flucht gekommen. Sie stieß den Wächter vor sich so kräftig in den Rücken, daß er stürzte, und sprang an ihm vorbei. Doch schon fühlte sie seine Hand, die sich in ihr Bein krallte. Sarmantha verlor das Gleichgewicht und fiel ebenfalls hin. Sofort warf sich ein schwerer Körper auf sie und preßte ihr die Luft aus dem Leib. Eine Hand umschloß ihr Handgelenk wie eine Zwinge. Mit der freien Hand schlug Sarmantha nach dem auf ihrem Rücken liegenden Wächter. Mit einemmal mußte sie daran denken, wofür sie ihre Wächter hielten, nämlich für eine Frau, die dem Troß folgte und sich jedem anbot, der sie bezahlte. Sie war sich plötzlich unsicher. Was täte eine solche Frau in ihrer Lage? Wie sehr dufte sie sich wehren, ohne den Anschein zu zerstören?

Doch nun war der andere Wächter heran. Er packte Sarmantha am Genick und zerrte sie auf die Beine, nachdem sein Kamerad sie freigegeben hatte. Zufälligerweise war er derjenige, der schon einmal gefragt hatte: »Was soll denn das?« Nun stellte er dieselbe Frage wieder und ergänzte sie mit den Worten: »So schön bist du auch nicht.«

Dann versetzte er Sarmantha einen weiteren Schlag mit der offenen Hand. »Der Kerkermeister will etwas von dir. Er kann es nicht ausstehen, wenn er warten muß.«

Der Kerkermeister hielt sich in einem Zimmer am Ende des Ganges auf. Als die Wächter mit Sarmantha eintraten, sah er gerade zum Fenster hinaus. Er hatte es nicht eilig, die Eingetretenen zu begrüßen. Nachdem einige Augenblicke verstrichen waren, sagte er: »Trifft nicht« und wandte sich um. Seine sorgfältig gebrannten Locken ließen ihn jugendlicher erscheinen, als er war. Sarmantha hatte ihn ursprünglich für jünger gehalten als sich selbst. Nun, da sie sein Gesicht sah, erkannte sie Falten.

»Deine Freunde scheinen keine Lust mehr zu haben«, erklärte der Kerkermeister. »Ich habe mitgezählt. Sie schießen höchstens noch halb so oft auf die Stadt wie noch vor ein paar Tagen. An den Steinen kann es nicht liegen, denn wie ich sehe, haben sie noch nicht alle unsere Rosen zertrampelt. Ich glaube, sie planen uns zu verlassen. Doch damit ihre Niederlage nicht ganz so schmählich erscheint, versuchen sie, ihr Gesicht zu wahren. Die Stadt zu erobern haben sie nicht mehr vor, aber sie benehmen sich jetzt noch ein Weilchen zum Schein so, als ob. Alles ist nur ein wenig Muskelspiel. Was meinst du, meine Gute? Habe ich recht?« Er hob die Hand: »Sei unbesorgt, meine Gute! Ich erwarte keine Antwort darauf. Das war nur eine rhetorische Frage, falls du mit diesem Wort etwas anzufangen weißt.«

Der Kerkermeister setzte sich auf einen hölzernen Stuhl, rollte ein Pergament auf, das er die ganze Zeit in Händen gehalten hatte, und tat so, als müßte er sich erst kundig machen.

»Wir wissen, wer du bist«, erklärte er freundlich. »Wir wissen auch, was du bist, meine Gute. Der Veteran, der dich erkannte, hat einen Kameraden, dem er von dir erzählte. Dieser Bursche kennt dich ebenfalls. Anders als sein Freund hat er sich nicht den Verstand weggesoffen. Aber vielleicht muß man dem anderen auch zugute halten, daß ihn der Verlust seines Beines verbittert werden ließ.«

Ein leichter Vorwurf schlich sich in die Stimme des Kerkermeisters. »Du hättest uns verraten müssen, daß du keine Troßhure bist. Dann hätten wir dich ganz anders behandelt. Sarmantha, Sarmantha. Ein hübscher Name! Ich muß gestehen, daß ich nicht recht verstehe, welche Tätigkeit du eigentlich ausführst? Bist du eine Priesterin, Hexe, Einpeitscherin? Du mußt jetzt nicht antworten. Wir werden noch ausgiebig Gelegenheit haben, darüber zu reden.«

Er wandte sich an die Wärter: »Macht mit ihr alles, was euch gerade einfällt. Aber schlagt sie nicht ins Gesicht. Ich will ihre Antworten schließlich noch verstehen können.«

»Ich sage dir alles, was du wissen willst«, bot Sarmantha sogleich an. Sie fürchtete sich und baute darauf, daß ihr einige glaubwürdige Lügen einfallen würden.

»Natürlich wirst du das«, stimmte der Kerkermeister feierlich zu. »Aber alles zu seiner Zeit. Ich muß mir die Fragen schließlich erst ausdenken, die ich dir stellen will.«

Wademar

Am Felsenturm in der Bucht des Riesen, Golf von Guavia, Kaiserreich des Nordens, am gleichen Tag

»Genia!« Der Erste Ritter schlug der Stute mit flacher Hand auf die Kruppe und ließ sie davongaloppieren. Sie würde ohnehin gleich die Flucht ergreifen …

»Lorenco! Bei allen Dornenhainen, gebt acht.« Das Gesicht der Prinzessin war oben am Rand des Felsturmes aufgetaucht.

Sie war anscheinend bäuchlings zum Rand gekrochen, um in die Tiefe blicken zu können.

Der Cornier formte die Hände zum Trichter: »Ich hole Euch dort herunter!«

»Es gibt keinen Weg«, rief Genia verzweifelt und anscheinend bemüht, ihre Stimme nicht zu sehr zu erheben. »Und der Riese …«

Von der anderen Seite der Bucht war ein tiefes Brummen zu hören.

Lorenco sprang zurück. Wademar hatte von seinen Netzen aufgeblickt und sich erhoben. Instinktiv griff der Ritter zum Schwert – doch er mußte sich beherrschen.

Der Riese ließ das Netz fallen, daß er eben geflickt hatte, und setzte sich in Bewegung. Lorenco hatte gehofft, etwas mehr Zeit zu haben, um Genia zu erklären, was er tun mußte.

»Du da!« Die grollend tiefe Stimme überschallte das Rauschen der Brandung. Wademar stapfte näher. Er schien nicht beunruhigt – allenfalls verärgert.

Lorenco wandte sich dem Riesen zu. Das schien absurd, wo er noch über eine Viertelmeile entfernt war – aber der Leib des Ritters hatte schneller begriffen als der Kopf.

»Schleich dich!« Die sehnige Pranke machte eine Geste, mit der ein Mensch eine Ratte verscheucht.

»Lorenco!« kam von oben Genias Flehen.

Bei Gratianus, alles in ihm schrie, daß er jetzt rennen mußte.

Das Wasser gischtete hoch, als Wademar hindurchstapfte. Schon näherte er sich dem Strand und bückte sich beiläufig nach einem Stein. Ein Handvoll – eine Riesenhandvoll!

Lorencos Kehle war wie mit einem Riemen verschnürt, als er so laut wie möglich rief: »Sei gegrüßt, Wademar!« Nein, das konnte er überhaupt nicht gehört haben …

Noch hundert Schritt. Der Riese rollte den Brocken in der Hand, während er mißtrauisch näher kam.

»Was willst 'n du?« Die Stimme dröhnte wie zehn Kriegspauken herüber.

Der Edelmann formte die Hände erneut zum Trichter. »Ich bin Lorenco Nardes Odera, Erster Ritter der Leibgarde der Prinzessin Genia.« Du kannst noch umdrehen, dachte er. Sag es nicht. »Ich bin gekommen, die Prinzessin abzuholen.«

Wieder ein Schritt des Riesen – und diesmal konnte Lorenco ihn fühlen. Der Sandboden bewegte sich wie ein Trommelfell.

»Das Mädel bleibt hier!« Der nächste Schritt knirschte wie ein Schiff, das am Strand aufläuft. Bleib, wo du bist. Bogenschußweite. Auf diese Entfernung war der Riese irgendwie noch … überblickbar.

Wieder rief der Ritter, obwohl seine Kehle sich zuschnürte: »Du bist nicht ihr Beschützer! Du bist der Beschützer der Inneren See. Ich bin der Beschützer der Prinzessin.«

Der Riese verharrte. Wie viele seiner Schritte war er noch entfernt? Vier, höchstens fünf. Die über der Nasenwurzel zusammengewachsenen Augenbrauen zogen sich grübelnd zusammen.

»Ich bin stärker wie du!« In dem wettergegerbten Gesicht war keine Drohung.

»Das mußt du mir beweisen!«

Die tiefliegenden schwarzen Augen weiteten sich vor Verblüffung. Dann klaffte das Maul auf. Der Riese brüllte. Nein, er lachte. Ein Lachen, daß den Mann beinahe von den Beinen holte. Völlig entspannt warf der Riese den Stein. Er kam in hohem Bogen herunter und krachte zehn Schritt vor dem Mann in den Sand. Größer als ein Pferd!

»Heb 'n auf!« Wieder platzte der Riese zu einem Lachen heraus, das wie das Kriegsgebrüll einer Leomannenhorde klang.

Lorencos Kehle brannte vom Schreien. »Ich spiele nicht mit Steinen! Ich will einen Zweikampf!«

»Lorenco, nein!« wehte schrill vor Angst eine Frauenstimme herbei.

»Zweikampf?« grunzte der Riese. »Du willst dich mit mir prügeln?« Er machte ein ungläubiges Geräusch: ein Glucksen wie ein sinkendes Schiff.

»Einen Zweikampf, keine Prügelei! Ein Kampf zwischen Ehrenmännern.«

Wademar fuhr sich durchs felsgraue Haar. »Kannste haben. Ich mach dich halt platt!«

»Nicht vor den Damen«, schrie Lorenco. Lange würde seine Kehle nicht mehr durchhalten. »Nicht vor der Prinzessin, nicht vor deiner Mutter.«

Überrascht blickte der Koloß aufs Meer, dann zu dem Felsturm, den er in Augenhöhe hatte. Er brummte zustimmend: »Ja, wär' nicht hübsch.« Er kratzte sein stoppeliges Kinn. »Wo gehn wir hin?«

Der Cornier deutete landeinwärts. »Dort hinter den Hügeln finden wir gewiß eine Lichtung.«

Wademar blickte hinüber und dröhnte: »Dort ist alles zugewachsen.« Bei Gratianus, konnte er das von hier aus erkennen? »Ne, stimmt, da hat's vor 'n paar Jährchen gebrannt. Da gehn wir hin.« Er konnte die Stelle tatsächlich sehen!

Die Füße, jeder groß wie ein Boot, wandten sich ostwärts und stapften los. Mit drei Schritten war er bei den Bäumen.

»Kommste?«

Lorenco lief los. Hinter sich ahnte er Genias verzweifelten Blick. Das war vielleicht das letzte Mal, daß er sie gesehen hatte. Das letzte Mal von allem ...

Zwei Palmen ächzten, als der Koloß sich hindurchzwängte wie zwischen Schilfhalmen. Ein Myrtenstrauch kreischte, als ein Riesenbein hindurchstieg. Der Ritter wich dem letzten Fußabdruck vor dem Waldrand aus und versuchte aufzuschließen.

Aber Wademar hatte angehalten. Er beugte sich zwischen die Baumkronen. Lorenco schlängelte sich durch mannshohe Farne und Tapirkraut. Schon hatte er den Riesen aus den Augen verloren. Aber das Bersten und Splittern verriet ihm, daß keine zwanzig Schritt vor ihm eine Urgewalt zugange war. Der Mann ging unter dem Myrtenstrauch hindurch, der noch immer beleidigt schwankte. Überall hingen abgerissene Zweige und Blätter im Unterholz.

Zwischen zwei Bäumen schimmerten Wademars mächtige Oberschenkel durch. Nein, acht Schritt Höhe – das waren erst die Unterschenkel. Der Ritter kam näher, da wurde der Lärm ohrenbetäubend. Krachend barst ein Wurzelteller aus dem Boden. Im Umkreis von zehn Schritt zuckte das Dickicht, als sich Affenschaukeln spannten. Aus dem Geflecht der Schlingpflanzen zerrte Wademar einen Baum nach oben.

Bei Gratianus, er hatte sich bewaffnet!

Der Weitermarsch war ein Alptraum aus zersplitterndem Grün. Wademar kam kaum schneller voran als sein Herausforderer. Bisweilen schien er – dem Krachen in den Baumkronen nach zu folgern – seinen Baum zu gebrauchen, um allzu dichte Schlingpflanzen zu durchtrennen. Der Mensch seinerseits hatte nichts von der Schneise, die weit über seinen Köpfen entstand, und hackte sich mit dem Schwert durch Schachtelhalm und Rauken.

Immer wieder fielen Aststücke von zwei, drei Schritt Länge herab und verhedderten sich auf halber Höhe. Der Ritter brauchte eine Weile, bis er begriff, daß sein Gegner den ausgerissenen Stamm entastete, während sie weiter in den Urwald vordrangen.

»Das ist zu weit!« grölte eine Stimme aus dem grünen Himmel. Zwei suchende Hände, groß wie vierrädrige Wagen, schoben schnalzende Baumkronen auseinander. »Bist du überhaupt noch da, Winzlinger?«

»Hier bin ich!« keuchte Lorenco, dem der Schweiß schon jetzt heruntertroff.

»Zu weit, hörst du?«

»Nichts da«, brüllte der Ritter empor. »Hier im Dickicht siehst du mich doch nicht einmal!«

»Meinetwegen!« grollte es, als ob Gewitter aufzöge.

Sie kämpften sich weiter. Lorenco folgte dem unregelmäßigen Krachen vor sich, bisweilen auch einer nackten Ferse, die größer als ein Mühlstein vor ihm hochschnellte und wieder im Waldesdunkel verschwand. Zweimal mußte er geborstenen Stämmen ausweichen, die sich wie Rammen durch das Dickicht bohrten.

Nach einer weiteren Viertelstunde saßen die Fliegen in Trauben auf seiner Stirn.

»So, nu' reicht's aber!« trompetete es wieder aus den Baumkronen. »Da sin' zwei Baumriesen umgekippt, da seh ich dich, wennste stehst!«

Lorenco versuchte sich zu konzentrieren. Was hatte er mit dem Zauberer besprochen? »Das würde dir so passen. Wenn du zuschlägst und ich beiseite springe, sagst du, ich verstecke mich feige. Kommt nicht in Frage!«

Die Antwort war ein Grollen und ein Hieb in die Baumkrone, der mehrere Affen kreischend in die Flucht jagte. Die paar Affen im Umkreis von fünfzig Schritt, die nicht ohnehin bereits großräumig ausgewichen waren ...

Eine Viertelstunde später hatte Lorenco jede Orientierung verloren. Er hatte die stärkende Gurunuß zu kauen begonnen, die ihm Guelfo gegeben hatte, und allein sein Wille trieb ihn weiter voran.

»Weiter geh ich nich' für 'ne Klopperei!«

»Du hast mir einen Zweikampf versprochen«, schrie Lorenco heiser.

»Das is' mir zu weit!« Das Dröhnen jenseits der Baumkronen klang fast ein bißchen wehleidig.

»Mir ist es auch zu weit«, stieß der Erste Ritter hervor. »Aber ein Ehrenwort ist ein Ehrenwort.« Und ein wahnsinniger Plan eines Zauberers ist ein Plan, auch wenn er mich umbringt, dachte er.

Es war beinahe eine Erleichterung, als sich der Wald lichtete. Ringsum standen rußige Baumstümpfe. Dazwischen sprossen jüngere Sträucher. Auch das Unterholz war anders: Brennesseln, Salbei, Ginster. Endlich traten sie auf die Lichtung. Die Sonne brannte herab wie Feuer.

Noch schlimmer traf Lorenco der Anblick des Riesen, der nun keine zehn Schritt neben ihm stand. Eigentlich nahm er nur die behaarten Beine und den zerschlissenen Sarong wahr. Und die mächtige Baumkeule, auf die sich Wademar stützte.

»Muß noch ein wenig verschnaufen!« grinste der Riese mit schiefen Zähnen, von denen jeder so groß war, daß man damit einen Menschen hätte erschlagen können. Lorencos Nacken verkrampfte sich, während er hinaufblickte.

»Einverstanden«, sagte der Ritter erleichtert. Mit zusammengekniffenen Augen versuchte er, die etwa zweihundert Schritt umfassende Lichtung zu überblicken. Nichts außer hitzefahlem Gras und schwarzen Baumresten, die wie faule Zähne hervorragten. Und kein Zeichen von Guelfo. War auf diesen Zauberer überhaupt Verlaß angesichts solch einer Gefahr?

Lorenco holte den Wasserschlauch hervor und feuchtete seine Kehle an. Er trug nichts als Leinenrock, Hose und Stiefel gegen das Dornicht. Jede Rüstung wäre nur Behinderung gewesen. Er schielte zu der Keule, die gleich einem Schiffsmast aufragte. Es war ziemlich gleichgültig, ob ihn dieses Mordwerkzeug mit voller Wucht traf oder ob ihn nur eine der ellenlangen abgebrochenen Astspitzen aufspießte. Der Ritter entfernte sich einige Schritt weit, überprüfte dabei sein Schwert und säuberte es von Pflanzensaft und Ranken.

»Höre, Wademar!« rief er mit wunder Kehle. »Ein offener Zweikampf. Wer sich als der Stärkere erweist, ist der Beschützer der Prinzessin. Und der Schwächere muß dem andern gehorchen.«

»Werde dich plätten müssen«, röhrte es fast bedauernd vom Himmel herab. Der Riese richtete sich auf.

Lorenco zog demonstrativ sein Schwert. Selbst fünfundzwanzig Schritt Abstand waren noch zu wenig. Unmöglich, dem Riesen ins Gesicht zu schauen und gleichzeitig den Waffenarm im Auge zu behalten. Ganz zu schweigen von dem unebenen Boden mit dem dichten Gras.

Scharrend hob sich die Keule, Lianen baumelten hinterher.

»Bringen wir's hinter uns!« grölte die tiefe Stimme.

»Für Genia!« salutierte der Erste Ritter mit dem Schwert.

Die Lianen zuckten nach oben. Lorenco blickte kurz empor und rannte zur Seite, in die Lichtung hinein. Er sah den entsetzlichen Schatten herunterrasen und hörte, wie der Baumstamm hinter ihm den Boden aufwühlte.

»Hoho, du bist ja schnell!« Das folgende Knirschen war wohl ein Schritt. Doch dann kam schräg rechts der nackte Fuß herunter – vor Lorenco! Der Ritter schwenkte nach links. Er hörte das Pfeifen über sich und warf sich gleich noch einmal nach links. Lianen peitschten an ihm vorbei. Ein dröhnender Einschlag ertönte hinter ihm.

»Kann doch nich' dein Ernst sein!« Die Stimme kam jetzt fast genau von oben. Wieder ein Schatten, der ein Schritt war, dann bebte der Boden. Lorenco sprang nach rechts und beschleunigte. Bei Gratianus, der andere Fuß stand noch rechts!

Seit Tagen hatte er sich auf diesen Kampf vorbereitet – aber er hatte stets gehofft, Abstand zwischen sich und den Riesen bringen zu können. Nun kam er nicht einmal aus dessen Schatten heraus!

Ein seltsames Geräusch ließ Lorencos Nacken sich kräuseln; ohne nachzudenken, warf er sich nieder. Dem Luftzug folgte ein Beben, das er auf Bauch und Schenkeln fühlte. Der Riese hatte nach ihm getreten – nein, wohl eher versucht, ihn mit dem Fuß wegzuschubsen.

Ein dumpfer Schrei betäubte seine Ohren. »Verflucht das!« brüllte Wademar.

Lorenco sprang auf und stürzte gebückt voran. Nie lange geradeaus, hatte Guelfo gesagt. Er schlug einen Haken.

»Überall diese Spitzen!« tobte der Riese noch immer dicht über ihm. Er war in einen der abgebrannten Baumstümpfe getreten. Wenigstens dieser Teil des Plans ging auf. Der Cornier rannte weiter und versuchte mit einem kurzen Schulterblick die Lage einzuschätzen. War es möglich, daß der Riese soeben auf einem Fuß stand und sich den zweiten hielt?

Tatsächlich! Lorenco war fast fünfzig Schritt weit gelaufen, als der Riese zu fluchen aufhörte und er wieder wagte, sich umzudrehen. Der Riese hob wieder die Keule, der Ritter stand breitbeinig und schwer atmend da. Wademar machte einen Schritt, und Lorencos Zuversicht schwand. Schon der zweite Schritt ließ wieder einen Schatten auf ihn fallen.

»Jetzt entkommste mir nich' mehr!« trompetete der Sturmwind.

Nein, kein Entkommen – also vorwärts, auf den Riesen zu!

Bei Gratianus, diesmal kam die Keule seitlich. Der Riese hatte beschlossen, ihn einfach umzumähen. Links ein gigantisch aufragender Schenkel, rechts wohl auch.

»Listige kleine Ratte!«

Kurz blitzte der wahnwitzige Gedanke durch Lorencos Kopf, die Ferse zur Linken zu attackieren, aber dorthin waren es noch mindestens acht Schritt. Da hob sich der Fuß.

Haken schlagen!

Vorn war plötzlich ein Wall aus Fleisch, hinter dem Ritter ein Erdbeben. Die Füße stampften herunter!

»Bist 'n jetzt, Winzlinger?«

Keuchend schwenkte Lorenco wieder zur Seite. Lange würde er das nicht mehr durchhalten.

»Aaaaah!« gellte ein spitzer Schrei, der eine Palme hätte spalten können. Im Zickzack rannte der Ritter weiter. Dem Schrei folgte ein Stöhnen von überwältigender Kraft.

Noch ein Haken, der einen Seitenblick ermöglichte. Wademar stand herabgebeugt da und rieb sich die Ferse. Jetzt ist sein Kopf näher, rief eine tollkühne Stimme in Lorenco. Ja, höchstens noch zwanzig Schritt über dir, konterte eine ruhigere.

»Du kleiner Schurke!« grollte es Donner. Zum ersten Mal klang die Stimme bösartig. Drohend.

Der Ritter lief weiter, bemüht, nie mehr als acht Schritt in gerader Linie zu laufen. Plötzlich prasselten Steine herab, gefolgt von einer Wolke aus Gras und Staub. Halbblind warf sich Lorenco zur Seite. Eine Riesenhandvoll ...

Ein brutaler Schlag traf Lorencos Rücken – wie eine Peitsche. Er fühlte Rock und Haut aufklaffen. Wieder schwenkte er zur Seite. Er konnte nur raten, daß Wademar ihn mit Keulenschwüngen jagte und ihn eine der daran hängenden Lianen getroffen hatte.

Zugleich wurde ihm der Atem kurz. Wie lächerlich, vor einer Keule Angst zu haben und von dem Unkraut, das daran hing, verwundet zu werden!

Wieder ein Pfeifen! Ohne nachzudenken, warf der Ritter sich zu Boden. Schutt oder Ranken geißelten über ihn hinweg. Mühselig stemmte er sich hoch und rannte weiter. Keine Kraft mehr für irgendwelche Finten.

Kymo, Inselgebärerin, und alle imperialen Götter der Sonne und der Sterne, dachte er, wenn ich jemals euren Beistand brauchte, dann jetzt!

Weit über ihm stimmte der Riese sein ohrenbetäubendes Gebrüll an. Noch einmal versuchte Lorenco die Richtung zu wechseln, da stand plötzlich schräg ein Baumstamm im Weg. Er warf die freie Hand nach vorn und versuchte sich abzufangen. Das rettete ihn, als sich die Keule in Bewegung setzte und knapp vor ihm auf den Boden schlug.

Der Erste Ritter taumelte weiter. Seine Linke fühlte sich taub an, sein Rücken war feucht und warm, auf seinen Lippen brannten Salz und Blut. Er hatte in der Nacht mehrfach geträumt, zermalmt zu werden – aber daß er nun qualvoll zu Tode gehetzt wurde ...

Wo war der Riese eigentlich?

Lorenco schüttelte sich die Betäubung aus dem Kopf und blickte über die Schulter.

Wademar saß in der Mitte der Lichtung, die Beine halb angewinkelt, die Keule in der Rechten, die Linke um seine Wade geklammert. Sein knochiges Gesicht war vor Schmerz verzerrt.

Der Ritter blieb stehen und rang nach Luft. Er war noch immer keine dreißig Schritt entfernt und der Riese selbst im Sitzen noch so hoch wie eine Königspalme.

»Jetzt, Odera!« Von fern hörte der Ritter Hufgetrappel.

Lorenco straffte sich. Dann ging er vorsichtig auf Wademar zu. Hinter ihm näherte sich Guelfo auf seinem Roß.

Verwundert hob Wademar den Blick und richtete ihn auf die zwei Menschen. Der Schmerz verwandelte seinen Mund in zwei armdicke Stränge roten Fleisches.

»Ich kann nicht mehr kämpfen, Winzlinger!« stieß er entschuldigend hervor, noch immer lauter als eine Viehherde.

Der Wallach hielt neben Lorenco an. Eine Hand näherte sich ihm.

»Da, nehmt noch eine Gurunuß!« Ohne nachzudenken, griff der Erste Ritter zu und zerbiß die Schale.

»Ich fühle mich ...«, murmelte der Riese, und es klang wie eine entschwindende Reiterkavalkade. Er sackte zur Seite und stützte sich mühselig mit der Rechten ab. Die Keule lag unbeachtet am Boden.

»Schnell jetzt!« rief Guelfo. »Womöglich stirbt er sonst.«

Der Riese kippte hintenüber. Lorenco ging schneller. Er näherte sich den schmutzigen, hornigen Fußsohlen, die aufragten wie ein zweistöckiges Gebäude. Dann lief er, leicht humpelnd, am linken Bein entlang. Die gewaltige Hand hob sich himmelwärts und fiel kraftlos herab – immer noch schwer genug, um drei Männer zu erschlagen.

Der Ritter zögerte. Er versuchte den Arm zu umgehen. Dahinter ragte der Brustkorb auf, mindestens sechs Schritt hoch, schwer und unregelmäßig atmend. Und dort hinten war die Schulter.

Lorenco hörte die Hufe des Wallachs zu seiner Rechten. Der Zauberer hielt sicheren Abstand. »Odera, Ihr müßt zu seinem Hals – und wenn möglich auf seine Brust.«

»Nicht, solange er sich noch bewegt!«

»Wenn er sich nicht mehr bewegt, ist er für uns nicht länger von Nutzen.« Der Zauberer ritt heran. »Hier, das wird Euch schützen!«

Lorenco fühlte eine warme Flüssigkeit über seinen Kopf rinnen. Als sie seinen Rücken erreichte, brannte es wie Feuer.

»Was für ein unheiliges Gebräu ist das nun wieder?«

»Salzwasser. Seine Mutter«, antwortete Guelfo lakonisch. »Hier ein Schlauch für Euch. Und ein Seil. Habt Ihr den kleinen Fisch noch? Nur falls er doch bösartig wird?«

Wademar atmete noch, aber er bewegte sich kaum mehr, als der Erste Ritter zu seinem linken Oberarm trat. Er warf das Seil mit dem daran befestigten Stein hinüber, doch an der glatten Haut gab es keinen Halt. Also nahm der Cornier Anlauf und streckte die Arme empor. Die Haut war trocken und erinnerte ihn an gegerbtes Schweinsleder. Zweimal glitt er herab, bis er unten am Ellenbogen eine Sehne fand, an der er sich festhalten konnte.

Lorenco balancierte über den gewaltigen Oberarmmuskel. An der Schulter stieg er über spannenlange krause Haare hinweg. Das Schlüsselbein war ein Balken von zwei Schritt Länge.

Endlich stand er vor der Halsweiche. Wademars Lider flatterten, in den Venen pumpte das Blut, als kröchen lebende Schlangen unter der Haut. Sie hatten eine Nacht lang darüber gerätselt, ob der Riese sich von einem Schwert bedroht fühlen würde, selbst wenn es dem Ritter gelänge, es an seinen Hals zu setzen. Aber all das schien jetzt überflüssig.

»Ich fürchte, er stirbt!«

»Gebt ihm zu trinken! Ich werde nachher auch seine Waden befeuchten – aber erst, wenn wir seinen Eid haben.«

Lorenco hatte Hemmungen, auf den Adamsapfel zu treten, aber es war der einzige Aufstieg zum Kinn, das mannshoch aufragte. Zum Glück boten die Bartstoppel ausgezeichnete Griffe. Mit einigen Verrenkungen erreichte der Ritter das faßgroße Kinn.

Er öffnete den Wasserschlauch und goß warmes Salzwasser auf die Lippen. Zunächst war keine Wirkung zu sehen. Dann öffneten sich schabend die Lippen, und eine Zungenspitze erschien, breit wie ein Sattel.

»Was ... was is' mit mir?« Die Bewegung des Unterkiefers warf Lorenco um.

»Du hast vergessen, deine Mutter zu beschützen«, rief der Ritter und klammerte sich am Kinn fest wie ein Zureiter auf einem

Wildpferd. Welch ein Wahnwitz, mit jemandem zu sprechen und dabei auf seinem Kinn zu hocken. »Du bist der Beschützer der Inneren See. Ich bin der Beschützer der Prinzessin.«

»Gut«, stöhnte der Riese. Der Atem fauchte Lorenco heiß um die Ohren. »Ich will zurück.«

Diesmal verzichtete der Ritter darauf, sich festzuhalten, und ließ sich auf den Hals fallen. Von dort kroch er auf die Brust des Riesen.

»Wir sorgen dafür, daß du zum Strand zurückkommst«, rief Lorenco, hochaufgerichtet. Das Schreien brannte in der geschundenen Kehle. »Du läßt die Prinzessin frei. Und dann watest du mit uns dreien in die Innere See – zu der Insel, die nur du erreichen kannst. Habe ich dein Wort?«

Ein Licht in der Dunkelheit

Kerker von Pentarosae, am 24. Tag des Mosquitomondes, im 243. Jahr des Imperiums

In der Zelle herrschte fast völlige Dunkelheit. Ihrer Vollkommenheit stand nur das wenige Licht im Wege, das durch winzige Ritzen der Zellentür vom Gang hereinschimmerte. Sarmantha starrte mit offenen Augen in die Finsternis. Sie scheute sich, die Lider zu senken, da hinter ihnen die Bilder des Tages darauf lauerten, über sie herzufallen und das kurze Entkommen aus Pein und Demütigung zu beenden, das ihr die Nacht gewährte.

Sarmanthas Leib glühte. Obwohl sie durstig war, verzichtete sie darauf, sich zu einem der Wasserkrüge zu begeben, denn jede Bewegung war mit Schmerzen verbunden. Matt wartete sie darauf, daß der Schlaf sie überkäme.

Als Sarmantha wieder erwachte, schien nur ein kurzer Augenblick vergangen zu sein. Doch unwiderlegbar hatte sich die

Schwärze der Nacht in das dämmrige Grauen des Morgens verwandelt. Binnen eines einzigen Augenblicks schlug ihr Herz bis zum Hals. Das Ende der Nacht bedeutete das Ende ihrer Flucht. Gleich würde sich die Zellentür öffnen! Die Wärter kämen herein, um sie fortzuzerren. Dann würde sich der gestrige Tag wiederholen und der vorgestrige und der davor. Qual und Entwürdigung – davon gab es kein Entrinnen, es sei denn im Tode.

Aus den Augenwinkeln heraus bemerkte Sarmantha eine Bewegung. Eine Maus, dachte sie zuerst. Doch dann wurde ihr bewußt, daß jemand durch die Zelle schlich. Vielleicht einer ihrer Mitgefangenen, der sich bemühte, leise zu sein, dachte sie.

Doch so viel Rücksicht war üblicherweise nicht deren Art! Sarmantha winselte. Also konnte es nur einer der Wärter sein!

Doch sie hatte mit beidem unrecht, wie sie erstaunt feststellte, als sie das grinsende Gesicht erkannte.

»Malachias?« flüsterte sie verwundert. Tatsächlich, da stand er und lächelte sie an! Sie wiederholte ungläubig den vertrauten Namen: »Malachias!«

Der jugendliche Heerführer blickte sie spöttisch an, warf den Kopf in den Nacken und lachte schallend. Sarmantha glaubte, nie lauteres Gelächter gehört zu haben. Es ließ die Strohhalme auf dem Boden tanzen und sich in seltsamen Schlangenlinien anordnen, brachte die Zelle zum Schwingen und war zweifellos bis unters Dach zu hören.

Aber seltsamerweise weckte es nicht einmal ihre Mitgefangenen. Sie lagen still und schliefen ungestört weiter.

»Wie kommst du hierher?« fragte Sarmantha mißtrauisch.

»Wo ist hier?« gab Malachias zurück.

Sarmantha war verwirrt. Sie beschrieb mit der Hand einen Halbkreis: »In die Zelle.«

»Niemand sperrt mich in eine Zelle!« brüllte Malachias zornig. Oder genauer gesagt: nicht Malachias, sondern der Mann, der plötzlich an der Stelle stand, wo Sarmantha Malachias eben noch hatte stehen sehen. Er sah aus wie Herzog Wiltrach Sigfolk. Ein tiefes Knurren kam aus seiner Brust.

Sarmantha begriff: »Ich träume!«

»Wo ist hier?« fragte der Herzog grob.

»Ich weiß es nicht!« erwiderte Sarmantha hilflos.

Wiltrach Sigfolk verwandelte sich in den Schwarzen Swidpal und lachte verächtlich »Du tust doch sonst so gescheit! Doch im Traum scheinst du dich ganz wohl in einem Kerker zu fühlen. Hättest du mir das nur früher gesagt.«

Er ging zur Zellenwand, stützte sich mit den Händen ab und begann mit Dehnübungen.

»Ich weiß nicht, was ich dagegen tun könnte«, erklärte Sarmantha aufgebracht.

»Jetzt wird es spannend!« antwortete Swidpal fröhlich und beendete seine Übungen. Er ähnelte nunmehr Caetulus und kam mit ausgebreiteten Armen auf Sarmantha zu. Kurz vor ihr blieb er stehen, ließ die Arme sinken und fragte neckisch: »Fürchtest du mich eigentlich nicht?«

»Ich habe keinen Grund dazu« antwortete Sarmantha. Sie verstand den Sinn der Frage nicht.

»Aber vielleicht solltest du es dennoch, meine Gute«, entgegnete Caetulus mit mahnend erhobenem Zeigefinger. Er wandte sich ab, ging einige Schritte, drehte sich um und sprach ernst: »Wie du weißt, mag ich keine Schwäche, Verkünderin!«

Mit einemmal bestand für Sarmantha kein Zweifel mehr daran, wer ihr Besucher war. Malachias, der Herzog, Swidpal, Caetulus – sie hätte sich kaum mehr irren können! Jede Faser ihres Körpers drängte sie, sich demütig vor dem übermächtigen Wesen auf die Knie zu werfen, doch ihr Verstand hielt sie davon ab. Derjenige, der in der Gestalt seiner Diener zu ihr gekommen war, duldete Unterwerfung nur bei seinen Feinden.

»Ich bin deiner nicht mehr würdig«, wisperte Sarmantha.

Doch ihr Besucher schien sie nicht zu hören. Er hatte sich mittlerweile in den Langen Hrodleip verwandelt und sich dessen oft etwas großspuriges Gebaren zugelegt: »Ich bin milder als ich einst war. Zweifellos! Mancher verwechselt das mit Schwäche. Hörst du, Verkünderin? Doch wie falsch! Milde ist ein eherner

Zwang. Nur der kann sie ausüben, der willensstark genug ist, erbarmungslos zu zerschmettern, damit sie nicht mit Schwäche verwechselt werde. Die sanfte und die harte Hand verlangen einander.«

»Ich bin deiner unwürdig geworden«, schluchzte Sarmantha. »Ich bin beschmutzt.«

Hrodleip klatschte in die Hände und verwandelte sich in Hyggald. Er riß die Arme hoch und donnerte: »Ich bin die Gerechtigkeit! Ich bin das Licht! Ich bin alles, was zählt. Solltest du mich nicht lieber fürchten, Verkünderin, da ich Schwäche verabscheue?«

Urplötzlich überkam Sarmantha eine überwältigende Zuversicht. Worte sprudelten aus ihrem Mund, an die sie zuvor nicht gedacht hatte: »Ich fürchte dich nicht, denn du allein bist unsere Stärke! Mit dir kann ich nicht schwach sein.«

Von einem Augenblick auf den anderen war der Besucher verschwunden. Sarmantha verspürte den Verlust, betrauerte ihn aber nicht. Sie überwand ihre Verwirrung. Nun wußte sie, warum sie hier war und was sie zu erledigen hatte. Sie weckte ihre Mitgefangenen einen nach dem anderen. Als keiner mehr schlief, erhob sie die Stimme: »Ich bin die Verkünderin Aionars, des in Fleisch gekleideten Gottes! Er ist ein mächtiger Gott, denn er ist die Gerechtigkeit. Lauscht, damit euch nicht entgehe, was ich von ihm zu berichten habe!«

Die andere Hand

Kerker von Pentarosae, wenige Stunden später

Sarmantha blieb als einzige liegen, als die Wächter kamen. Sie lauschte dem Plätschern, als der Junge frisches Wasser in die Krüge goß, dem Schmatzen, als der Schwachsinnige die Kelle in den Eintopf tauchte, und dem Klappern, als er die Holzschalen der Kerkerinsassen füllte. Die Worte, die an ihr Ohr drangen, machten sie traurig. Wie kleinmütig ihre Mitgefangen doch waren! Stundenlang hatte sie mit ihnen gesprochen und ihnen von Aionar erzählt, dem lebendigen, durch die Welt schreitenden Gott, doch jetzt standen sie bei den Wächtern und verdrehten die Wahrheit. Sie logen und behaupteten schamlos Dinge, die sich so gar nicht zugetragen hatten!

»Gönnt ihr nur einen Tag«, hörte Sarmantha die Königin sagen. »Wenn ihr sie jetzt mitnehmt, könnt ihr sie genauso gut erschlagen. Was bedeutet euch schon ein Tag? Sie hat hohes Fieber und weiß nicht, was sie redet. Die halbe Nacht hat sie gebrabbelt, ohne daß wir sie zum Schweigen hätten bringen können. Sie sprach mit Menschen, die es nur in ihrer Einbildung gab. Als ich einmal erwachte, dachte ich, sie spräche zu uns. Vielleicht glaubte sie das sogar. Doch sie stammelte nur unverständliche Worte. Zeigt Milde, ich flehe euch an! Füllt ihre Schale, damit ich sie später füttern kann!«

»Ist sie jetzt dein Liebchen?« spöttelte einer der Wächter. »Keine Bange, Schatz! Dich haben wir nicht vergessen! Doch wie du weißt, ist Abwechslung der Liebe Würze.« Er lachte.

»Bitte!« sagte die Königin.

»Nichts da«, lehnte der Wächter ab. »Wer glaubt, zu schwach zu sein, um sein Essen selbst zu holen, der hat keinen richtigen Hunger. Wenn ihr der Magen knurrt, wird sie schon kommen.«

»Ich bin nicht schwach«, sprach Sarmantha. Doch die fernen Worte plätscherten ungestört weiter.

»Ich bin nicht schwach«, wiederholte sie. Dieses Mal hörte sie ein Krächzen aus ihrer Kehle kommen. Nun wunderte sie sich nicht mehr, daß niemand sie verstehen konnte. Sie erhob sich und ging mit unsicheren Schritten zu der Gruppe um den Eintopfkessel.

»Seht mal, wer da kommt!« rief der zweite Wächter. »Ja, wenn der Hunger drückt! Von wegen Milde. Diese Sprache versteht ihr Pack doch überhaupt nicht!«

»Ich bin die Verkünderin«, erklärte Sarmantha. Ihre Stimme war noch immer ein Krächzen, aber nicht mehr ganz so ein schlimmes wie noch eben. Vor dem Wächter, der zuletzt gesprochen hatte, blieb sie stehen und sagte in feierlichem Ernst: »Milde wird oft mit Schwäche verwechselt.«

Jäh stieß sie ihre linke Hand mit aller Kraft aufwärts. Ihr Handballen prallte auf die Nase des Wächters und ließ sie laut knacken. Sarmantha wunderte sich; die Berührung fühlte sich gar nicht an, als hätte sie dem Wächter die Nase gebrochen, sondern eher so, als hätte sie sie mit etwas Schwung an eine andere Stelle geschoben. Das war beinahe lustig.

Sarmantha kümmerte sich nicht mehr um den Mann, der plötzlich am Boden lag und in wilden Zuckungen um sich schlug, sondern wandte sich seinem Kameraden zu. Genau so hatte es Kelomachos ihr einst geraten: Frage dich nie, ob einer genug hat. Sorge dafür, daß du die Frage nicht mehr stellen mußt!

Doch der zweite Kerkerwächter war geistesgegenwärtiger als der erste. Er packte Sarmanthas Handgelenk, als sie auch nach ihm schlug, und verdrehte es halbherzig, da er den Blick nicht von seinem Kameraden losreißen konnte. Augenscheinlich verstand er nicht, warum jener starb. Plötzlich hing die Königin an seinem Hals. Sie hatte ihn mit beiden Armen umschlungen. Der Wächter stieß Sarmantha so heftig von sich, daß sie stürzte, und widmete sich seiner zweiten Angreiferin. Er bog ihre Arme auseinander und befreite sich. Dann schlug mit der flachen Hand wie ein Besessener auf sie ein. »Was soll denn das!« brüllte er dazu.

Sarmantha kam wieder auf die Beine. Das vielfältige Geschrei, das von allen Seiten auf sie eindrang, verwirrte sie. Sie hörte und sah den brüllenden Wächter, die um Hilfe rufende Königin, den seltsame Schnarchlaute ausstoßenden Sterbenden, den Schwachsinnigen, der schrill quiekte und begleitend mit seiner Kelle auf den Kessel mit Eintopf schlug. Sarmantha nahm dem über alle Maßen verängstigten Kind in Erwachsenengestalt die Kelle ab und hieb damit dem Wächter auf den Kopf; sie zerbrach sofort. Der Wächter schlug ein letztes Mal nach der Königin, ließ von ihr ab und wandte sich um. Sarmantha blickte auf den abgebrochenen Kellenstiel und stieß ihn dem Wächter in den Hals. Der fuchtelte mit den Armen und verlor bei dem Versuch, sich das Holzstück aus dem Fleisch zu reißen, das Gleichgewicht und glitt aus. Als er auf dem Zellenboden aufschlug, fiel die Königin sogleich über ihn her. Sie gebrauchte die einzige Waffe, die sie von Natur aus besaß, nämlich die Zähne. Diese grub sie in den Hals ihres ständigen Peinigers.

Doch für Sarmantha zählte jetzt nur noch die Treppe, denn an ihrem oberen Ende wartete die Tür, hinter der die Freiheit lag. Sie stieg langsam die Stufen hinauf und murmelte dabei fortwährend: »Die weiche und die harte Hand.«

Bei der Tür angekommen, verstummte sie und dachte: Eigentlich müßte es heißen die Pfote und die Pranke! Auch das war beinahe lustig. Sie kicherte und stieß die Tür auf. Aus den anderen Zellen drangen Rufe, aber Sarmantha beachtete sie nicht. Sie wandte sich ohne Aufenthalt der zweiten Treppe zu, die auf den Flur führte. Dort herrschte wüstes Durcheinander. Schreiende Menschen rannten wie flackernde Schatten an ihr vorbei. Einer verharrte plötzlich und verwandelte sich in ein bärtiges Gesicht, das sie durchdringend anstarrte. Sarmantha versuchte das Gesicht wegzuwischen. Plötzlich färbte es sich rot und verschwand aus ihrem merkwürdig verengten Blickfeld. Sarmantha hob an zu singen. Kein kunstvolles Lied, sondern vielmehr eine unablässig wiederholte, immergleiche Zeile: Aionar ist meine Stärke! Aionar ist meine Stärke!

Wieder kondensierte ein Schatten zu einem Menschen. Barsch fragte er: »Wohin des Wegs, Weib?«

»Aionar ist meine Stärke«, eröffnete ihm Sarmantha, worauf er in Entsetzensschreie ausbrach. Sie hielten nicht sehr lange an.

Nun entdeckte Sarmantha eine Tür nach draußen. Sie stand offen, und Tageslicht schien herein. Sie hielt darauf zu, doch schon versperrte jemand, der von draußen hereinstürmte, die Sicht. Sarmantha erkannte den Neuankömmling sogleich.

»Aionar«, murmelte sie froh und wunderte sich, daß der Gott schon wieder Malachias' Aussehen gewählt hatte. Mit großen Schritten eilte er zu ihr.

»Wunderbar! Du lebst!« quollen die Worte aus ihm heraus. »Ich hatte so gehofft, dich hier vorzufinden. Wie schön! Dieses einarmige Wiesel hat mich also doch nicht angelogen! Ich wollte es ihm auch nicht geraten haben. Was stehst du so stumm da, Sarmantha? Frag mich endlich, wie ich hierherkomme.«

»Wie kommst du hierher?« fragte Sarmantha mißtrauisch. Ihr Gegenüber kam ihr etwas zu geschwätzig für einen Gott vor. Möglicherweise stand sie gar nicht Aionar in Malachiasgestalt gegenüber, sondern Malachias in seiner eigenen.

»Wie ich hierherkomme?« wiederholte Vielleicht-Malachias genüßlich. »Die Geschütze, Sarmantha, die neuen Geschütze! Nicht daß sie allzu viel bewirkt hätten, doch unsere Freunde waren so begierig, sie zu zerstören, daß ich gar nicht anders konnte, als ihnen eine Gelegenheit dazu zu geben. Ich zog sichtbar die Krieger ab, die sie beschützten. Als unsere Feinde einen Ausfall unternahmen, schlug ich zu. Bestimmt vermuteten sie seit Tagen, wir wollten abziehen, weil ich den Beschuß verringern ließ. Die Narren ahnten nicht, daß ich nur die Zeit nutzte, unsere Katapulte auf ihre Tore auszurichten. Und als sie endlich eines öffneten, damit sie zu Meister Leomedes' prächtigen Maschinen gelangen konnten, schleuderten wir alles, was wir konnten, auf ihre Pforte. Wir blockierten und zerstörten sie! Welch ein Anblick, Sarmantha! Ihre Krieger rannten aus der Stadt heraus und wir hinein!«

Er klatschte vergnügt in die Hände und brüllte aus Leibeskräften: »Ich bin Malachias! Pentarosae, ich habe dich an den Eiern gepackt und sie zerquetscht!«

Sarmanthas Benommenheit wich. Sie war sich nun sicher, daß sie dem wirklichen Malachias gegenüberstand. Eine leichte Traurigkeit überkam sie, als sie an die verstrichene Nacht dachte. Sie zweifelte jetzt, ob das, was sie erlebt zu haben glaubte, Wirklichkeit gewesen war oder nur Traum und Einbildung. Leomannenkrieger fielen ihr auf, deren Anwesenheit ihr bisher entgangen war. Wahrscheinlich waren sie durch einen anderen Zugang eingedrungen, vielleicht auch mit Malachias.

Tote lagen im Gang, an denen sie zwar vor wenigen Augenblicken vorbeigekommen sein mußte, die sie aber nicht bemerkt hatte. Die meisten waren im Kampf Mann gegen Mann gefallen, doch der Anblick einiger ließ sie frösteln. Ihre Leiber waren aufgerissen und zerfetzt. Eine mächtige Hand schien sie zerschmettert zu haben.

»Ich freue mich ungemein, daß du wohlbehalten bist!« rief Malachias von seinen Gefühlen überwältigt und trat auf sie zu, um sie zu umarmen. Sarmantha wich mit einem verängstigten Aufschrei vor ihm zurück. Malachias hielt verwirrt inne und starrte sie an. Jäh wichen Triumph und Wiedersehensfreude aus seinem Gesicht. Augenscheinlich bemerkte er erst jetzt ihr zerrissenes Gewand, die zerkratzte und zerschundene Haut, die unter dem Stoff hervorlugte, die zahlreichen blauvioletten und schwarzen Verfärbungen.

»Was haben sie dir angetan?« rief er entsetzt aus. »Komm mit mir! Ich bringe dich ins Lager.«

Sarmantha erschrak bei der Vorstellung und hörte sich unabsichtlich winseln.

»Bitte nicht«, flehte sie. »Ich bin entehrt und beschmutzt. Jeder kann es mir ansehen.«

»Du sprichst närrisch«, antwortete Malachias zornig. »Du bist die Verkünderin des lebendigen Gottes. Was könnte mehr zählen?«

Er trat zu einem toten Ritter, riß ihm den roten Mantel von den Schultern und reichte ihn Sarmantha. »Wirf ihn über. Ich kann dich auf keinen Fall hier lassen.«

Eine kleine Eskorte geleitete Sarmantha aus der Stadt. Der Augenblick der Klarheit endete erneut. Sie ging, setzte einen Fuß vor den andern, nur um festzustellen, daß sie plötzlich das Lager erreicht hatte, ohne zu wissen, wie sie den Weg so schnell hinter sich gebracht haben konnte. Im Nu sah sie sich von freudig erregten Gesichtern umgeben. Sie erkannte das glückliche Lachen von Kelomachos, Caetulus und Gnutewig, Andrimedeas versteinertes Gesicht, Eleta, die mit aufgerissenen Augen die Hand vor den geöffneten Mund preßte, und Vergilia, deren Gesicht zersplitterte, als sie in Tränen ausbrach.

Dann vernahm Sarmantha Malachias' Stimme: »Wenn du willst, so zahle ich es ihnen hundertfach heim. Sag ja, Verkünderin, und keiner, der in dieser Stadt etwas zu befehlen hat, wird den Tag überleben. Kein Adliger, kein Grundbesitzer, kein angesehener Bürger.«

»Sag ja«, drängte Andrimedea rauh.

»Sag einfach ja«, forderte sie Caetulus auf. »Du bist die Verkünderin Aionars! Diese Schmähung können wir ihnen nicht durchgehen lassen!«

»Ja, Sarmantha, ja«, wisperte Eleta.

»Ja, ja, ja«, erklang es von allen Seiten.

»Ja«, stimmte Sarmantha leise zu. »Ja«, wiederholte sie noch einmal lauter und stieß schließlich schluchzend aus: »Töte sie alle!«

Zwei Ritter

Am Ufer der Insula Nebulae, Innere See, Kaiserreich des Nordens, am frühen Abend des 24. Tages des Mosqitomondes, im 243. Jahr des Imperiums

Wademar streckte die flache Hand aus, so daß die drei sicher auf den halbverfallenen steinernen Kai steigen konnten. Lorenco sah sich voller Unruhe um. Dichter Nebel hing über dem Wasser und sickerte durch das Baumdickicht, das fast bis zum Ufer reichte. Kein Lüftchen regte sich. Der Geruch von faulendem Blattwerk und verwestem Muschelfleisch hing schwer in der Luft.

Lorenco war einen Herzschlag lang versucht, seinen Arm schützend um Genias Schultern zu legen. Welch anmaßender Gedanke! Sie war die Erbin des Kaiserreichs und er ihr Erster Ritter. Sein Schwert würde sie schützen, er würde für sie sterben, wenn es das Schicksal forderte, aber es stand ihm nicht zu, sie in die Arme zu schließen. Auch wenn sie noch so verloren wirkte.

Der Leomanne strich sich über den Bart, an dem feine Wassertropfen hinabperlten. Seine Miene wirkte verschlossen. Es war unmöglich zu sagen, welche Gefühle ihn bewegten, nun, da sie am Ende ihrer Suche angelangt waren. Dieser Ort sollte den Sterblichen verborgen bleiben. Ohne Wademar hätten sie wohl niemals hierhergefunden. Drei Tage hatte der Riese sie getragen. Die Nächte hatten sie an einsamen Uferstreifen gerastet. Lorenco lächelte. Wo immer Wademar hinkam, war es menschenleer. Wer war schon so wahnsinnig, freiwillig seine Nähe zu suchen?

Meist waren sie durch seichte Gewässer gewatet. Sein behäbiger Schritt hatte Korallenbänke zermalmt. Möwen und eine Schule Delphine waren ihre ständigen Begleiter gewesen. Bis sie in den Nebel gekommen waren. Lorenco blickte zurück auf das Wasser. Nirgends zeigte sich die Rückenfinne eines Delphins. Und auch das Kreischen der Möwen war längst verklungen.

Kein Tier schien auf dieser Insel zu leben. Alles, was lebte, floh diesen unheimlichen Ort.

»Genug gesehn?« Wademars Stimme rollte wie Donnergrollen über die Bucht.

»Finden wir hier den Kaiser des Nordens?« schrie Lorenco dem Riesen entgegen.

Wademar nickte bedächtig. Er winkte sacht mit der ausgestreckten Hand. »Komm, Mädel. Soll der Ritterkerl doch allein sterben.«

»Nein!« Genias Stimme klang schrill. »Ich bleibe.«

Auch Guelfo machte keine Anstalten, zurück auf die ausgestreckte Hand des Riesen zu steigen.

Wademar schüttelte das gewaltige Haupt. »Nix lebt hier. Wenn ihr bleibt, seid ihr tot.« Lange starrte er auf sie herab. Als jedoch niemand Anstalten machte, auf seine ausgestreckte Hand zu steigen, erhob er sich schließlich. Seine Bewegung wühlte das stille Wasser der Bucht auf. Wellen brachen sich an dem steinernen Landungssteg und umspülten Lorencos Füße. »Wenn ihr gehen wollt, sucht 'n Muschelhorn. Wenn 's Muschelhorn dreimal ruft, komm ich.« Er schüttelte wieder den Kopf. »Werde kein Horn hören.«

Mit gebeugten Schultern watete er durch die Bucht. Lorenco sah ihm nach, bis die riesige Gestalt im Nebel verschwunden war.

»Wir folgen dem Weg ins Innere der Insel«, verkündete Guelfo entschieden und ging den Anlegeplatz hinauf, der in einen Pfad aus rissigen Steinplatten mündete. Mannshohe Brettwurzeln hatten die Platten des Weges gesprengt. Von Moos und Flechten überwucherte Statuen säumten den Pfad, der längst vom Urwald zurückerobert war.

Totenstille lag über dem Wald. Bartflechten hingen wie zerrissene, graue Schleier von den Ästen der Bäume. Je weiter sie ins Dickicht vordrangen, desto durchdringender wurde der Fäulnisgeruch. Die Bäume wirkten krank. Sie waren seltsam in sich gedreht, und dicke Polster aus Schwammpilzen, von denen ein fluoreszierendes Licht ausging, klammerten sich an die fahlen Stämme.

Lorenco hatte das Gefühl, beobachtet zu werden. Etwas lauerte hier, ganz nah im Nebel verborgen. Eine bedrückende Wesenheit, die kein Leben zuließ. Man erzählte sich viele Geschichten über den ersten Kaiser des Nordens. Doch in einem stimmten sie alle überein: Er war ein blutgieriger Kriegsherr. Er war der Adler der See und der Berge. Niemand war wie er. Es hieß, er habe selbst in seinem Grab keinen Frieden gefunden und seinen Nachfahren geschworen, die Krone einst zurückzuholen, wenn ein Unwürdiger sie auf sein Haupt setzte.

Die Gefährten wateten durch schwarzes, brackiges Wasser, das in flachen Tümpeln zwischen den Bäumen stand. Genias Hand hatte sich in Lorencos Rechte gestohlen. Die Prinzessin zitterte. So tapfer hatte sie in der Gefangenschaft des Riesen ausgeharrt. Doch das hier war etwas anderes. Immer bedrückender wurde die Umgebung.

Ganz nah floh etwas laut platschend durch das Wasser. War er das? Lorenco kniff die Augen zusammen und starrte. Nichts. Einige Herzschläge lang verharrten die drei, dann gingen sie weiter.

Die Bäume, die ringsherum im schwarzen Wasser standen, waren allesamt abgestorben. Ihre Rinde hatte sich von den mächtigen Stämmen geschält, die nun bleich wie Knochen aussahen. Gleich Skeletthänden griffen sie mit ihren ausladenden Ästen in den Nebel.

Ein Schatten glitt über sie hinweg. Lorenco duckte sich und zog Genia näher an sich heran. Würde sich dieser verfluchte Blutsäufer von einem Kaiser nur endlich zeigen!

»Was war das?« fragte die Prinzessin flüsternd.

»Sicher nur ein großer Vogel«, log Lorenco. Er sah an Genias Blick, wie gern sie ihm geglaubt hätte.

Irgendwo im Nebel erklang ein Geräusch, wie Hufschlag auf einer gepflasterten Straße.

»Seht nur!« Guelfo deutete voraus. Die Dunstschleier wurden dort etwas lichter. Inmitten des brackigen Wassers erhob sich ein Triumphbogen. Algen hatten den Marmor mit grünen

Schlieren überzogen. Die Seitenwände des Monuments waren mit prächtigen Hochreliefs bedeckt, die Reiterschlachten zeigten. Gekrönt wurde der Triumphbogen vom Standbild eines Kriegers, der auf einem sich aufbäumenden Pegasus ritt. Einer der Flügel des Fabeltiers war abgebrochen und ragte jetzt aus dem Wasser.

Lorenco trat als erster durch den Bogen. Dahinter wurde der tote Wald lichter, und bald gab es gar keine Bäume mehr. Das Wasser war nicht hierher gelangt. Ihre Schritte fanden festen Grund. Der Boden war mit breiten Marmorplatten gepflastert. Sie waren so makellos sauber, als wären sie erst am Morgen von Sklaven geschrubbt worden. Kein Gras, nicht einmal Moos oder Algen hatten sich in den Fugen festgesetzt.

Guelfo kniete nieder und strich über eine der Fugen. »Hier gedeiht nun endgültig kein Leben mehr«, sagte er düster. »Wir haben die Schwelle zum Reich des Todes überschritten.«

Voraus im Nebel erklang wieder Hufschlag.

»Zeig dich, Kaiser des Nordens!« rief Lorenco aufgebracht. »Komm her, wenn du ein Mann bist!«

Es war wieder völlig still. Der graue Dunst zerteilte sich, und Lorenco konnte in einiger Entfernung einen undeutlichen Schemen erkennen.

Der Ritter zog sein Schwert und eilte der Gestalt entgegen. Es war ein Reiter, der völlig reglos verharrte.

»Hat dir die Angst die Glieder gelähmt?«, rief der Ritter herausfordernd.

Der Fremde antwortete nicht. Nebelschleier umwirbelten sie. Lorenco war fast auf Armeslänge herangekommen, als er bemerkte, warum die Gestalt so reglos verharrte. Ross und Reiter waren tot. Man hatte das Pferd auf einen vierbeinigen Holzbock gebunden und seinen Kopf mit einem Ast abgestützt. Dem Reiter hatte man ebenfalls ein Korsett aus stützenden Ästen angelegt. Seine Lanze war mit dünnen Schlingpflanzen in seiner skelettierten Hand festgebunden und zusätzlich am rechten Fuß aufgestützt. Längst war dem toten Krieger alles Fleisch von den

Knochen gefallen. Seine Kleider waren nur noch Lumpen und seine Rüstung von Rost überzogen.

Lorenco umrundete den Leichnam. Die Brustplatte des Kriegers wies über dem Herzen ein beinahe faustgroßes Loch auf. Ein Lanzenstoß hatte das Leben des Kämpfers beendet.

Guelfo und Genia waren zu Lorenco geeilt. Der Ritter wollte verhindern, daß die Prinzessin dem Toten ins Antlitz sah, doch sie schob ihn entschieden zurück.

»Habt Ihr das Wappen gesehen?« fragte der Leomanne und deutete auf den Schild. »Ein weißer Turm auf blauem Grund. Das Wappen des *dux* von Guavia.«

Ein Windstoß zerriß die Nebelschleier. Lorenco sah noch einen zweiten Reiter, einen dritten ... Sie befanden sich auf einem weiten Platz, auf dem wohl noch mindestens vier weitere dieser schaurigen Trophäen aufgestellt waren. Die Mitte des Platzes aber wurde von einem langen, niedrigen Bau beherrscht. Es war eine Grabhalle, mit umlaufenden Reliefs, im Stil der alten Meerkönige.

Wieder erklang Hufschlag. Der Rhythmus war langsam. Das Pferd ging im Schritt.

»Bei den Geistern meiner Ahnen«, flüsterte Genia.

Aus dem Nebel schälte sich ein Reiter auf einem gehörnten Pegasus. Die mächtigen Schwingen des Tiers waren von öligem Schwarz, so wie Rabengefieder. Aus der Stirn ragte, lang wie ein Schwert, ein gewundenes schwarzes Horn, das von milchigweißem Saft benetzt war. Das Roß hinterließ flammende Spuren, wo es über die Steinplatten schritt.

Lorenco dachte an die Spuren im Stein, nach dem Kronenraub. Diese Kreatur mußte in den Schatzturm eingedrungen sein! Und ihr Reiter war der Dieb!

Er trug einen altertümlichen Muskelpanzer aus Bronze und einen Helm mit breitem Roßhaarkamm und einem Visier, das wie ein Adlerschnabel geformt war. Ein roter Umhang voll dunkler Stockflecken wallte um seine Schultern. Der Krieger war von hünenhafter Gestalt. Neben ihm wäre selbst Guelfo klein erschienen, wäre der Reiter abgestiegen ... Lorenco starrte wie gebannt auf den Sattel oder besser dorthin, wo ein Sattel hätte sein sollen. Dieser Krieger würde niemals absteigen. Roß und Reiter waren eins, untrennbar miteinander verbunden. Der Rumpf des Mannes ging zwischen den Flügeln des Pegasus einfach in dessen Leib über.

»Glaubtet ihr wirklich, ihr wäret die ersten, die meine Insel erreichten, mit Hilfe ruchloser Magie oder aber durch schieres Glück?« erklang eine hohle Stimme unter dem Helm.

»Wer bist du?« fragte Genia. Lorenco war überrascht, wie beherrscht die Prinzessin klang, so als wäre in dem Augenblick, in dem das Grauen greifbar wurde, alle Angst von ihr gewichen.

»Ich bin Satorius, der Städtezerschmetterer, der wahre Einiger des Nordens, der Adler über allen Küsten und Bergen der Inneren See.«

»Bist du der Dieb, der meinem Vater die *corona aquilina* stahl?« fragte die Prinzessin herausfordernd.

Lorenco ließ seine Rechte auf den Schwertknauf sinken, das Herz voller Bewunderung und Sorge. Das störrische Mädchen von einst war verschwunden. Genia trat auf wie eine Herrscherin, stolz und ohne Furcht. Und ohne Weisheit! Sie stand viel zu nah an Satorius. Sie war in Reichweite seines Schwertes.

Statt aufzubrausen lachte der Kaiser. »Wie kann ich stehlen, was mir gehört? Ich bestimme, wer würdig ist, meine Krone zu tragen. Es ist die Krone eines Kriegerkaisers! Dein Vater, Genia, hat sein Anrecht auf sie verwirkt.« Satorius beugte sich ein wenig im Sattel vor.

Lorenco zog Genia zurück und stellte sich zwischen die beiden.

»Ich weiß, wie dein Vater gestorben ist«, flüsterte die hohle Stimme. »Ich weiß von jedem, der diese Krone einmal getragen hat, wie er starb. Dein Vater lag auf den Knien und hat um sein Leben gebettelt. Er hat sich benäßt, bevor sie ihm sein wimmerndes Maul mit einem Axtblatt gestopft haben. Der Schlag hat ihm den Unterkiefer abgetrennt und seine Zunge ...«

»Genug!« unterbrach Lorenco den Kaiser. »Ich fordere Euch im Namen meiner Herrin! Ich bin der Erste Ritter des Imperiums und berufe mich auf das alte Recht, den Imperator im Zweikampf zu vertreten, wenn er nicht in der Verfassung ist, eine Waffe zu führen. Ihr redet von Kriegerehre. Also werdet Ihr gewiß kein Weib zum Kampfe fordern.«

Der Kaiser neigte das Haupt und sah ihn lange an. »Ich nehme deine Herausforderung an, Lorenco Nardes Odera, Sproß des *dux* von Cornia. Und ich hoffe, du bist im Kampf so gut wie im spitzfindigen Wortgeplänkel.«

»Ich werde mich bemühen, Euch ein würdiger Gegner zu sein.« Lorenco dachte fieberhaft an Guelfos Lektionen über den Kampf mit Mythosgestalten. Er mußte die Schwachstelle des Kaisers finden, wenn er ihn besiegen wollte. »Gestattet, daß ich an Eure Ritterlichkeit appelliere. Ihr seid hoch zu Roß, ich aber habe kein Pferd. So möchte ich Euch bitten abzusteigen, damit der Kampf unter gleichen Voraussetzungen für beide ausgetragen werden kann.«

Satorius stieß ein gehässiges Lachen aus. »Wer sagt, daß ich ritterlich bin? Du siehst sehr genau, daß ich nicht absteigen kann.« Er strich dem schwarzen Pegasus über den Nacken. »Wir sind eins! Eigentlich sollte ich dich für deine Frechheit niederstrecken. Doch du belustigst mich und sollst deinen Willen bekommen.« Der Kaiser klatschte in die Hände und stieß einen Schrei aus, der wie das Rauschen von Sturmwind in Bäumen klang.

Hufschlag ertönte. Ein dürres Pferd kam aus dem Nebel. Es war ... Lorenco hörte Genia erschrocken aufkeuchen. Bleiche Rippen stachen durch das Fell des Tieres. Eine struppige Mähne hing ihm bis weit in die Stirn und verbarg fast seine leeren Augenhöhlen. Das Pferd war gezäumt wie ein Schlachtroß und trug einen schweren Kriegssattel. Schwarz angelaufene Silberscheiben schmückten seine Zügel.

Lorenco strich dem Kadaver über die Stirn und sprach leise zu ihm. »Wir werden dich und deinen Herrn rächen, hörst du?«

Das Roß schnaubte. Dunkler Schleim troff von seinen Nüstern.

Lorenco zog den Sattelgurt enger. Die Rippen des Kadavers knackten, und die vertrocknete Haut riß auf. Der Ritter fluchte leise. Er würde keinen sicheren Halt haben.

Mit gemischten Gefühlen stieg er in den Sattel. Das Pferd tänzelte unruhig und warf den Kopf in den Nacken. Guelfo hatte inzwischen dem toten Ritter, der als Trophäe aufgestellt war, Schild und Lanze entrissen. Als der Zauberer ihm die Waffen reichte, sagte er halblaut: »Er besteht aus erschreckend vielen Geschichten. Gegensätze, die er zusammen zwingt. Wasser, Luft, Erde. Die Götter seien mit Euch!«

Lorenco streifte die beiden Stützriemen des Schildes über. Sein Arm lag auf einem Lederpolster, das im Kampf den Treffern etwas von ihrer Wucht nehmen würde. Die Lanze war in gutem Zustand. Ihr Blatt hatte kaum Rost angesetzt.

»Verlierst du, verlieren auch die Prinzessin und der Wilde ihr Leben« sagte Satorius. »Siegst du, gehört die Adlerkrone deiner Herrin.«

Unsicher blickte Lorenco zu Genia. Sie nickte ihm zu. Er wünschte, er wäre so zuversichtlich. »Kymo, Inselgebärerin, Schutzherrin des Hauses Nardes, hilf mir in diesem Kampf, und ich werde deinem Tempel ein Bildnis aus Gold und Elfenbein weihen«, flüsterte der Ritter.

»Bist du bereit?« fragte Satorius. Er deutete mit der Lanze in den Nebel. »Du reitest vom Triumphbogen aus an und ich von der Grabhalle.« Ohne eine Antwort abzuwarten, riß er den Pegasus herum und war fast augenblicklich im Nebel verschwunden.

Das war Wahnsinn, dachte Lorenco. Ein Lanzengang im Nebel! Jeder würde seinen Gegner erst im letzten Augenblick kommen sehen, wenn man sich nicht sogar gänzlich verfehlte.

Der Erste Ritter zog am Zügel. Das untote Pferd gehorchte. Wieder warf es den Kopf in den Nacken und stieß ein Pfeifen aus, das vielleicht ein Schnauben hätte werden sollen. Offenbar brannte es auf den Kampf.

Lorenco schnallte den schweren Maskenhelm von seinem Gürtel und setzte ihn auf. Kühl lag der versilberte Stahl auf seinen Wangen.

Als er den Triumphbogen erreichte, wendete der Ritter sein Pferd. Genia und Guelfo waren vom Nebel verschlungen. Auch Satorius war nirgends zu sehen. Welch ein Unsinn! Was versprach sich der Kaiser von einem Kampf unter diesen Bedingungen? Konnte er etwa im Nebel sehen?

Lorenco war sich nicht einmal sicher, ob er in die richtige Richtung anritt, als er dem Pferd die Sporen gab. Dumpf klang sein Hufschlag auf den Marmorplatten. Der Ritter hatte das Gefühl, als ritte er mit verbundenen Augen auf einen Abgrund zu. So dicht war der Nebel inzwischen, daß er kaum die Spitze seiner eigenen Lanze sehen konnte.

Plötzlich hörte er links von sich Hufschlag. Er duckte sich und riß den Schild hoch. Knirschend schrammte Satorius' Lanze über das lederbespannte Holz. Nur einen Augenblick war der mächtige Pegasus als ein Schatten zu sehen. Er riß den Kopf hoch, und das gewundene Horn traf Lorenco am Helm. Der Schlag riß den Ritter nach hinten. Fast wäre er aus dem Sattel gestürzt.

Als er sein Gleichgewicht wiedergefunden hatte, war Satorius längst im Nebel verschwunden und der Hufschlag verklungen.

Blindlings irrte Lorenco umher. So mußte sich eine Maus fühlen, mit der eine Katze spielte, dachte der Ritter verbittert. Das war kein Duell. Satorius würde ihn einfach abschlachten! Offenbar wußte dieser Blutsäufer jederzeit, wo er nach ihm suchen mußte.

Wieder näherte sich Hufschlag. Dann brach das Geräusch abrupt ab, und eine bedrückende Stille kehrte ein.

»Bitte Kymo, Segen meiner Ahnen, hilf mir. Nimm den Nebel von diesem Feld, und ich werde dir einen neuen Tempel errichten lassen!«

»Lorenco!« Das war Genia! Ihre Stimme überschlug sich vor Panik. »Er fliegt! Du kannst ihn nicht mehr kommen hören!«

Der Erste Ritter riß sein Pferd herum und trabte in die Richtung, in der er Genia vermutete, als schräg von oben eine Lanze herabfuhr. Sie durchbohrte den Hals den Pferdes und stieß bis auf die Marmorplatten hinab. Die Wucht des Aufpralls riß Satorius die Waffe aus der Hand. Lorenco hob den Schild, um seinen Kopf zu decken. Hufschlag prasselte auf das Holz. Flammen leckten über den Schild.

Das untote Pferd brach in sich zusammen. Lorenco sprang aus dem Sattel und landete federnd. Hastig löste er die Lederbänder des Schildes und schleuderte ihn zur Seite.

»Erst das Roß, dann der Reiter!« spottete der Kaiser des Nordens hoch über dem Ritter.

Eine Brise wehte über den Platz und zerriß die Nebelschleier.

Satorius landete gut zwanzig Schritt entfernt, dicht vor dem langen Grabbau. Er hielt nun einen Morgenstern in seiner Rechten. Langsam ließ er die schwere, dornengespickte Eisenkugel um ihre Kette kreisen.

Lorenco zog sein Schwert und erwartete den Angriff. Sein Gegner war Rechtshänder und ein Morgenstern eine schwerfällige Waffe. Wenn er kalten Blutes blieb, konnte er daraus einen Vorteil ziehen.

Der Kaiser ließ den Pegasus in langsamem Trab angreifen. Klirrend wirbelte die tödliche Kugel. Lorenco wartete bis zum letzten Augenblick, um dann auf die linke Seite des Pegasus zu wechseln. Es war unmöglich, mit einem Morgenstern so schnell die Schlagrichtung zu ändern. Doch bevor er selbst angreifen konnte, traf ihn ein Flügelschlag des Pegasus. Der Ritter wurde zu Boden geschleudert und fand sich zwischen den glühenden Hufen des Ungeheuers. Hastig rollte er zur Seite, nur um im nächsten Augenblick einem Stoß des Horns ausweichen zu müssen.

Der Boden glühte von den flammenden Hufschlägen. Ein Tritt versengte Lorencos Haar. Fluchend versuchte er zwischen den Beinen des Pegasus hindurchzukriechen, doch Satorius ließ sein Reittier auf der Stelle tänzeln. Sausend fuhr der Morgenstern nieder und streifte den Küraß des Ritters an der linken

Schulter. Dornen durchschlugen das Metall und gruben sich in sein Fleisch.

Lorenco wirbelte herum. Satorius scherte sich einen Dreck um den ritterlichen Ehrenkodex. Er würde ihn einfach zu Tode trampeln. Sich in diesem Kampf an die Gebote der Ehre zu halten war tödlich!

Lorenco hechtete zwischen den Beinen des Pegasus hindurch, rollte sich über die unverletzte Schulter ab und versuchte sich aufzurichten, als das Horn des Ungeheuers hinabstieß. Der Ritter wollte mit einer Drehung ausweichen. Zu spät. Sengender Schmerz durchfuhr ihn, obwohl er kaum mehr als eine Schramme am Arm abbekommen hatte. In blinder Wut schlug Lorenco mit einem Rückhandhieb nach einem der Vorderhufe. Die Klinge durchtrennte das Pferdebein dicht über der Fessel.

Schrill wiehernd stieg der Pegasus auf die Hinterhand. Lorenco sprang vor und führte einen wütenden Hieb nach dem linken Flügel des Tiers. Knirschend schnitt der Stahl durch die hohlen Knochen. Halb durchtrennt hing der Flügel in einem grotesken Winkel herab. Dunkles Blut spritzte Lorenco ins Gesicht. Einen Herzschlag lang war er trotz des schützenden Maskenhelms geblendet. Blinzelnd warf er sich in die Zügel.

Das riesige Tier geriet aus dem Gleichgewicht. Hilflos auskeilend stürzte es zu Boden.

Lorenco taumelte zurück. Ringsum hatten die Hufe flammende Spuren in den Marmor gebrannt. Ihm war, als liefe er über glühende Kohlen. Die Hitze brannte sich durch die dicken Sohlen seiner Stiefel. Fluchend sprang er von einem Fuß auf den anderen und umrundete den gestürzten Pegasus.

Satorius, der eins war mit seinem schauerlichen Reittier, war unfähig sich aufzurichten. Sich mit der Linken aufstützend, ließ er langsam den Morgenstern kreisen, um Lorenco auf Abstand zu halten.

Der Ritter schnellte vor. Die Kette des Morgensterns wickelte sich um seine Schwertklinge. Mit einem Ruck entriß er Satorius die Waffe und ließ sie klirrend zu Boden fallen.

»Sei verflucht, Nardes, du ...«

Ein gerader Stich traf den Kaiser genau unter dem Nasenschutz des Helms. Zähne splitterten. Das Schwert stieß durch den Gaumen und trat im Nacken wieder aus. Ein Zittern ging durch die mächtigen Schwingen des Pegasus, dann lag die Kreatur still.

Sturmböen fegten über den weiten Platz. Vielstimmiges Geschrei hallte im tosenden Wind. Die Luft war erfüllt von geisterhaften Gestalten. Die Gerüste mit den toten Reitern brachen zusammen. Ein Schädel rollte Lorenco vor die Füße und bleckte die Zähne zu einem Grinsen.

»Du hast uns erlöst«, schrie der Wind. »Erlöst.«

Dem Ritter war schwindelig. War es der plötzliche Sturm, der an seinen Kleidern zerrte, oder waren es fahle Hände? Schemenhafte Gestalten ritten mit dem Wind.

»Wir wissen, was du suchst«, raunten sie. »Nimm das Horn. Es hat noch immer seine Macht. Wer das Horn trägt, der vermag durch Stahl und Stein zu gehen. Nimm das Horn!«

Lorencos Schwert beschrieb einen blitzenden Bogen. Es durchtrennte das Horn des Pegasus dicht über der Stirn. Der Ritter schob die Klinge in die Scheide zurück und kniete nieder. Das Horn war von klebrigem Schleim überzogen. Es fühlte sich warm an.

Als Lorenco aufstand, wurde das Schwindelgefühl noch schlimmer. Leichte Übelkeit machte ihm zu schaffen. Die Auswirkungen des Kampfes? Er nahm den schweren Maskenhelm ab und schnallte ihn an seinem Gürtel fest.

Während des Kampfes hatte er sich dem Grabmal bis auf wenige Schritte genähert. Die Wände des Totenmonuments waren mit grausigen Reliefs geschmückt. Reitertruppen, die ihre Feinde unter den Hufen ihrer Pferde zermalmten. Gefangene, die gezwungen wurden, ihre ehemaligen Kameraden hinzurichten. Nirgends war ein Eingang zu entdecken. Die ganze Mauer wurde von dem Reliefband eingenommen.

Lorenco berührte mit der Spitze des Horns das steinerne Bildnis eines Kriegers, der mit seiner Lanze einen Feind niederstach.

Einige Herzschläge lang geschah nichts. Dann verschwamm das Relief wie ein Spiegelbild in einer flachen Wasserschale, die erschüttert wurde. Der Ritter blinzelte, um den Sinnentrug zu vertreiben, und rieb sich mit den Fingern über die Augenlider.

Als Lorenco die Augen wieder öffnete, fand er sich von rotem Zwielicht umgeben in einem geschlossenen Raum. Die Luft war schwer von Weihrauchduft. Dicht neben ihm stiegen weiße Rauchschwaden aus einer großen Pfanne voll glühender Kohlen. Die Wände waren mit prächtigen Waffen behängt, und auf hölzernen Ständern waren Rüstungen ausgestellt. Zwischen den Scherben zerbrochener Amphoren schimmerten kostbares Geschmeide und schwere Goldmünzen mit fremder Prägung.

Wie trunken torkelte Lorenco inmitten der Pracht. Wie war er hierhergekommen? Stand er im Innern des Grabmals?

Er trat in eine Kammer, in der auf einem großen Steinblock eine einbalsamierte Leiche lag. Sie hielt ein juwelengeschmücktes Schwert in Händen, dessen Klinge dunkel angelaufen war. Rings herum kauerten Gestalten an den Wänden. Die trockene Luft des Grabes hatte ihre Körper erhalten. Sie wirkten fast, als schliefen sie, wäre ihre Haut nicht dunkel und eingefallen gewesen. An den Gewändern erkannte Lorenco, wie viele Frauen unter den Toten waren.

Sein Fuß stieß gegen etwas. Klirrend rollte ein goldener Becher davon. Überall waren solche Becher! Gift, schoß es dem Ritter durch den Kopf. Die Konkubinen und Beamten, Eunuchen und Leibwächter … Sie waren ihrem Kaiser ins Grab gefolgt. Was für ein Tyrann mußte Satorius gewesen sein, selbst im Tode noch diese Morde zu befehlen! Oder waren sie ihm freiwillig ins Grab gefolgt?

Auf einem Sockel in einer Wandnische schimmerte eine stählerne Helmkrone. Über dem Nasenschutz war ein schmükkender Adlerkopf eingearbeitet, dessen Augen aus Feueropalen unverwechselbar waren. Beide Steine hatten einen Einschluß, der wie eine dunkle Pupille aussah. Das konnte man nicht fälschen! Dies war die *corona aquilina*.

Vorsichtig streckte der Ritter die Hand nach dem kostbaren Kleinod aus. Kalter Schweiß rann ihm von der Stirn. Jeder Atemzug fiel ihm schwer. Dieses Grab erstickte ihn. Er blinzelte, wischte sich über die Stirn … Waren da Stimmen? Hatte ihn jemand gerufen?

Der Weihrauch! Sein Duft konnte einen benommen machen, redete sich Lorenco ein. Unter der Nische mit der Krone lag die Leiche einer Frau. Noch nach all den Jahrhunderten schimmerte ihr Haar wie fein gesponnenes Gold.

Wieder glaubte der Ritter Stimmen zu hören …

Vorsichtig nahm er die Krone aus der Nische. Und trat zurück. Etwas zerrte an seinen Füßen. Die vertrockneten Finger der blonden Konkubine krallten nach seinen Stiefeln.

Lorenco rang die aufkeimende Panik nieder. Es gab eine Erklärung dafür … Gewiß hatte er eine ungeschickte Bewegung gemacht. Der Kriegerkaiser war besiegt! Die Toten würden in ihren Gräbern bleiben.

Lorencos Beine waren schwer wie Blei. Die Wand … Er hob seine Linke mit dem abgeschlagenen Horn. Langsam senkte sich die Spitze gegen den Stein. Wieder verschwamm alles um ihn herum. Einen Herzschlag lang hatte er das Gefühl, die Knochenhand schlösse sich fester um seinen Stiefel. Seine Augen tränten … Er konnte nichts mehr sehen.

Plötzlich streichelte frischer Wind seine Wangen. Frei! Als undeutlichen Schemen erkannte er die Prinzessin vor sich.

Immer schwerer wurden ihm die Beine. Er ließ das Horn fallen und hob mit beiden Händen die Krone.

Er schaffte noch zwei Schritte, dann brach er in die Knie. Mit letzter Kraft streckte er Genia die Krone entgegen. »Ich habe für Euch gesiegt und bringe Euch, was Euch gehört, meine Herrin …«

»Guelfo, schnell!« Die Stimme der Prinzessin überschlug sich. »Bei den Göttern, Guelfo! Seht nur sein Gesicht. Was geschieht mit ihm?«

Der Fluch des Kaisers

Auf der Insula Nebulae, einen Tag später

»Hier, Guelfo. Ist das die Pflanze, die Ihr gesucht habt?« Die Prinzessin lief hoffnungsvoll über den weißen Sandstrand und näherte sich dem Lagerfeuer, das der Orator entzündet hatte. Ihr alter Lehrer saß umringt von kleinen Tongefäßen, ledernen Beuteln und seltsamen Werkzeugen und starrte mit leerem Blick in die rauchenden Flammen. Dunkle Schwaden waberten in kleinen Wolken auf die offene See hinaus und trübten den Blick auf einen Sonnenuntergang, der Himmel und Meer in eine Sinfonie aus Rot- und Orangetönen tauchte. Vorsichtig hielt Genia dem Magier einen unterarmgroßen Strauch entgegen, dessen gezackte Blätter auf den ersten Blick an eine Brennnessel erinnerten. Am oberen Ende lief die Pflanze in neun filigranen Stengeln aus, an deren Enden blaßblaue Blüten saßen. Keine von ihnen war größer als ein Fingernagel, und ihre Form erinnerte Genia an kleine Seesterne. »Damit könnt Ihr Lorenco doch heilen, oder?

»Ajontwurz.« Müde besah Guelfo den Strauch.

»Ich habe beim Ausgraben darauf geachtet, die Wurzel nicht zu beschädigen«, fuhr sie aufgeregt fort. »Seht!«

Sie deutete auf das erdigbraune Wurzelgeflecht, das wie wirres Haar zu Boden hing.

»Der Ajont widerstehet dem Gift in kranker Brust«, murmelte Guelfo nachdenklich, »erleichtert und erteilt dem Herzen Freud und Lust. Wer die Götter und deren Gnade liebet, des Lebens Jammertal durchwandelt unbetrübet …«

Der Orator schüttelte bekümmert den Kopf. »So lautet der Sinnspruch, den mich eine alte Hexe lehrte, aber … Hoheit, ich habe alles versucht. Ich habe Amulette aus Gratianskraut gefertigt, ich habe einen Absud aus Tabermontes gebraut, und ich habe es mit einer Salbe aus der Milch der Gurablätter versucht. Keine Wirkung. Nichts. Ich bin eben kein Heiler wie dieser

Cinctus Guavinus. Gegen den Fluch, der auf Odera lastet, bin ich machtlos.«

»Aber warum habt Ihr mich dann nach dieser dreimal verfluchten Pflanze suchen lassen?« fuhr Genia den Orator aufgebracht an.

»Weil es das letzte Mittel war, das mir noch einfiel«, antwortete Guelfo niedergeschlagen. »Aber es wird nichts nutzen. Ebenso wenig wie all meine anderen fruchtlosen Versuche, Odera zu heilen. Das Horn des geflügelten Pferdes ist mit einem seltsamen Zauber belegt. Ihr habt gesehen, welche Wunder es zu wirken vermag. Zugleich ist es aber auch vergiftet. Ein heimtückisches Gift, das ich nicht kenne. Es trübt die Säfte des Körpers und erhitzt das Fleisch. Es zehrt ihn von innen heraus auf, so wie dieses Feuer das trockene Gestrüpp verzehrt. Es tut mir leid. Aber all mein Wissen vermag Lorenco nicht zu retten. Er wird sterben. Es wäre sicher besser, wenn Ihr ...«

»Nein! Das leide ich nicht!« Die Prinzessin schlug Guelfos ausgestreckte Hand zur Seite. Das konnte nicht sein. Das *durfte* nicht sein. Nicht jetzt. Nicht, nachdem sie endlich die Krone gefunden hatten.

»Guelfo!« Zornig funkelte Genia ihren alten Lehrer an. »Ich werde nicht zulassen, daß Ihr jetzt aufgebt! Ihr seid der größte Zauberer im gesamten Imperium!«

»Nein, Hoheit. Das war ich nie. Die Wahrheit ist, daß ich gar kein Zauberer bin. Ich bin nur ein weitgereister Mann, der an die Grenzen seines Wissens stößt.«

»Ihr ...« Genia blickte den Orator ungläubig an. »Ihr habt einst dieses ... dieses schreckliche Flußpferd besiegt. Das hat vor Euch kein anderer vollbracht.«

»Das war großes Glück ... Ich habe eben nicht auf die Ritter, sondern auf das Volk gehört.«

»Ihr habt die Würgegeister auf Venabulae gerufen!«

»Nein. Ich meine, vielleicht. Ja. Bei den Rätseln der Sphinx, ich war selbst überrascht, daß dieses zusammengeschusterte Rezept Wirkung zeigte. Eigentlich ...«

»Und Lorenco hat mir erzählt, daß er nur mit Eurem Rat Wademar bezwingen konnte. Einen leibhaftigen Riesen!«

»Auch das hatte eher etwas mit Verstand und Glück als mit echter Zauberei zu tun.«

Genia berührte den Leomannen sanft am Arm. »Guelfo, ich kenne niemanden, der sich solcher Taten rühmen könnte. Niemanden. Ihr *seid* ein Zauberer. Denn wenn all das bloß Glück war, dann erklärt mir, wie es kommt, daß Euch dieses Glück nie verläßt? Ich bitte Euch. Das seid Ihr Lorenco schuldig. Und mir.«

Guelfo starrte stumm in die Flammen und rieb müde an seiner schiefen Nase. Dann räusperte er sich. »Soweit ich es erkennen kann, läuft es immer auf dasselbe hinaus: Die Wahrheit liegt im Wort.«

Genia schüttelte den Kopf. »Das sagt Ihr immer wieder. Aber was bedeutet es?«

»Es bedeutet, daß man die Märchen, Sagen und Legenden ernst nehmen sollte, die um die Fabelwesen gewoben wurden. Dieser Gedanke läßt mich seit meinem Erlebnis mit dem Behemoth nicht mehr los. Ich weiß selbst nicht, warum bislang noch kein anderer darauf gekommen ist. Aber der Mythos und das Fabelwesen gehören stets zusammen. Sie bilden die zwei Seiten einer Münze. Man kann von einem auf das andere schließen. Als wir Euch aus den Fängen Wademars befreit haben, habe ich diese Überlegung das erste Mal bewußt in die Tat umgesetzt. Ich behaupte nicht, daß ich wüßte, warum diese übermächtigen Wesen auf der Welt sind. Aber hier ...«, Guelfo deutete auf sein Herz, »hier spüre ich, das diese Wahrheit der Schlüssel zum Verständnis jener Ungeheuer ist. Das ist das ganze Geheimnis meiner ... Zauberei.«

Genia nagte an ihrer Unterlippe. »Heißt das, daß Ihr Lorenco nur helfen könnt, wenn Ihr mehr über den Kaiser des Nordens erfahrt?«

Guelfo lachte freudlos. »Wenn Ihr so wollt, Hoheit: ja. Das heißt es. Wenn ich recht habe, muß es für die Vergiftung einen Grund geben. Es müßte so sein wie beim Blutigen Pfeifer, beim

Behemoth und bei Wademar. Nur gibt es hier niemanden, den ich bitten könnte, mir Geschichten vom Kaiser des Nordens zu erzählen.«

»Wart Ihr es nicht«, erklärte die Prinzessin, »der mir einst beibrachte, daß jeder Erzählung, und sei sie noch so versponnen, ein wahrer Kern zugrunde liegt?«

Überrascht sah Guelfo auf. »Ja, aber ganz so habe ich es nicht gesagt.«

»Lorenco hat die Adlerkrone in der alten Grabanlage gefunden. Dieser schreckliche Reiter nannte sich selbst Satorius. Wenn er tatsächlich der Geist jenes alten Kaisers war, der dort einst bestattet wurde, müßte es dann nicht so sein, daß wir hier auf der Insel den Kern seines, wie sagtet Ihr, seines Mythos gefunden haben?«

Der Orator nickte verblüfft. »Das ist eine merkwürdige Art, mir meine eigene Lehre zu erklären. Ja, wenn man es von dieser Seite aus angeht ...«

»Ich laufe zu Lorenco und hole das seltsame Horn. Damit können wir uns gewiß noch einmal Zutritt zu dem Grabmal verschaffen, oder?«

Guelfo zog zwei Holzscheite aus dem Feuer. »Laßt uns zu Euren Ahnen beten, daß wir fündig werden.«

Der Adler über allen Küsten und Bergen

Auf der Insula Nebulae, eine halbe Stunde später

Guelfo hielt das brennende Scheit in die Höhe und rümpfte die Nase. Die düstere Grabkammer wurde von schwachem Weihrauchduft geschwängert. Wie nach Oderas Kampf gegen den Kaiser hatte sich der Stein durch die Berührung mit dem Horn des Pegasus zu einer ätherischen Substanz verwandelt, die ihn an

Quecksilber erinnerte. Mit dem Unterschied, daß die verzauberte Fläche einen sogleich auf die andere Seite zog, sobald man sie berührte. Das war echte Zauberei! Keine der Taschenspielereien, derer er sich während seiner gesamten Laufbahn bedient hatte. Inzwischen schämte er sich dafür, daß er sich Genia gegenüber so verletzlich gezeigt hatte. Sie hatte ihn sogar dazu gebracht, ihr sein mächtigstes Geheimnis zu verraten. Zugleich fühlte er den Stolz des Lehrers in sich, daß seine Schülerin in der Lage gewesen war, seinen Gedankengängen zu folgen und diese auf unbekümmerte Weise weiter auszuführen.

Der wahre Kern einer Geschichte! Das war kühn. Bislang hatten sich seine Überlegungen um Fabelwesen und ihren Mythos stets im Kreis gedreht. Es war wie die berühmte Frage, was zuerst da gewesen war: der Fischreiher oder das Ei? Was aber, wenn diese Frage verkehrt war? Guelfo fühlte eine seltsame Erregung. Ohne es zu ahnen, hatte Genia ihm einen Weg gewiesen, der ihn womöglich zum Ursprung jener Kraft führen würde, die Götter, Fabelwesen und vielleicht sogar manchen Menschen zur Handhabung von Zauberkräften befähigte. Guelfo atmete scharf ein. Jetzt war es erst einmal wichtig, den Fluch zu brechen, der auf Odera lag.

Hinter ihm unterdrückte die Prinzessin einen leisen Schrekkenslaut. Sie hatte den einbalsamierten Leichnam entdeckt, der auf dem Steinblock inmitten der Grabkammer lag. Er hielt ein juwelengeschmücktes Schwert in Händen, dessen Klinge dunkel angelaufen war. Rings herum kauerten weitere mumifizierte Leichen an den Wänden, deren Haut dunkel und eingefallen war. Krieger, Schreiber, Diener und eine auffallend große Menge Frauen. Der Harem des Kaisers? Welcher Schrecken mußte sich an diesem Ort nach der Bestattung des Tyrannen abgespielt haben?

»Ist das Kaiser Satorius?« wollte Genia wissen. Guelfo trat an den Steinblock heran und runzelte die Stirn. »Ja, es sieht so aus.«

»Aber das ist ein Mensch. Ganz anders als sein ... Geist.«

Guelfo wußte auf dieses Rätsel selbst keine Antwort. Auch er hatte erwartet, hier den Leichnam eines Pferdemannes vorzufinden. Statt dessen nun das. Er hob die Fackel, um sich genauer umsehen zu können. Das Grab war angefüllt mit reichen Beigaben. Er entdeckte vergoldete Vasen, prunkvolle Stühle, Geschmeide, Waffen, Pferdegeschirr und Sättel, ja, sogar einen hölzernen Pferdekopf in einer der Ecken. Manche Schätze waren hinter dichten Spinnweben verborgen. Als er eines der Gespinste zur Seite schob, entdeckte er im Licht der Fackel farbenprächtige Wandmalereien, die seinem Auge bislang verborgen geblieben waren. Das größte von ihnen zeigte eine ruhmreiche Schlacht gegen Krieger, die mit Piken und Schwertern bewaffnet waren. Ritter mit Lanzen stoben wild in die feindlichen Reihen; einige stießen in große Flügelhornmuscheln. An ihrer Spitze ritt ein Mann, der auf seinem Haupt unverkennbar die Adlerkrone trug. In seiner Rechten hielt er jenes Schwert zum Kampf erhoben, das nun den Toten auf dem Steinblock schmückte. Satorius!

Auf einer anderen Wandmalerei waren Schiffe abgebildet, die am Bug von einem Pferdekopf geziert wurden. Nach und nach wurde ersichtlich, auf welche Weise Satorius einst das Reich des Nordens geschmiedet hatte. Er hatte die Länder von der Inneren See aus erobert. Schiffe und Reiter. Segel und Pferde. Guelfo fühlte, daß vor ihm alle Mosaiksteine ausgebreitet lagen, die zum Verständnis des Mythos vom Geisterkönig notwendig waren. Und doch wußte er nicht, wie er sie zusammensetzen sollte.

»Guelfo, was ist das?« Genia, die sich vorsichtig zum einbalsamierten Leichnam des Kaisers vorgetastet hatte, deutete nach oben. Über ihnen an der Decke waren Dutzende geschliffener Quarzsteine eingelassen, die im Licht der Fackeln funkelten.

»Ich vermute, es handelt sich dabei um Abbildungen der Nachtsterne. Die Seefahrer haben sich früher an ihnen orientiert.«

»Nachtsterne?«

»Ich vergaß, Ihr seid zu jung.«

»Ja. Nein. Sie waren … eine Art Lichterscheinung, wie der Regenbogen, so wurde mir erzählt. Angeblich sind sie einige

Jahre vor meiner Geburt verschwunden. Ich kenne das Wort nur aus den Erzählungen einiger ... verzeiht, alter Leute.«

Guelfo schwenkte die Fackel und betrachtete die Decke ebenso fasziniert wie die Prinzessin. »Ich hingegen kenne sie noch aus meiner Jugend. In meinen Kindheitserinnerungen ist der Nachthimmel immer voller Lichter.«

»Voller Lichter?«

»Hunderte, Tausende Sterne. Ein unübersehbares Meer.«

»Das kann ich mir nicht vorstellen. Lichter wie der Mond?«

»Nein, viel kleiner, Hoheit. Und viel heller. Wie Diamanten auf schwarzem Samt. Und der Mond sah damals auch anders aus. Er glomm nicht in diesem unheimlichen Blau, Grün oder Grau, wie er es heute tut. Er war eine strahlende Kugel aus milchigem Silber.«

»Das hört sich wunderschön an. Warum gibt es keine Sterne mehr?«

»Das scheint niemand zu wissen. Die Sphinx hat wiederholt Antworten gegeben, aber sie sind mir unverständlich. Sie antwortet stets in der Muttersprache des Fragestellers. Daher kenne ich meist nur Übersetzungen. Eine Antwort lautet«, fuhr der Leomanne nach kurzem Nachdenken fort, »daß die Welt Trauer trage. Ich weiß nicht, was es bedeuten soll, geschweige denn, warum die Welt Trauer trägt. Eine zweite Antwort besagt, daß der Himmel unrein geworden sei. Es könnte auch ›sündhaft‹ bedeuten. Die Gelehrten sind dieser Antwort nachgegangen und haben gefragt, welche der Götter oder Sterblichen sich versündigt haben – aber die Antworten darauf sind noch mysteriöser. Bei den Leomannen des Imperiums, so hörte ich, kursiert neuerdings eine Legende, daß das Licht vom Himmel entschwunden sei, weil es zur Erde fiel – in Gestalt Aionars.«

»Aionar! Ich hasse den Gott der Savannenvölker. Er bringt nur Unglück und Leid über die Welt!« Genia seufzte. »Doch habt Ihr schon etwas herausgefunden? Wißt Ihr inzwischen, wie sich Lorenco heilen läßt?«

»Nein.« Guelfo hielt die Fackel vor das große Schlachtengemälde. »Aber der Mann dort an der Spitze ist unzweifelhaft Satorius. Er war kein Ungeheuer. Nach allem, was uns diese Grabkammer verrät, war er ein Mensch. Dennoch, er muß zu seiner Zeit der größte Streiter des Nordens gewesen sein.«

»Wie?« Genia sah ihn verblüfft an. »Wiederholt das!«

»Er war ein Mensch.«

»Nein, das andere!«

Guelfo runzelte die Stirn. »Daß er der größte Krieger des Nordens war?«

»Ihr spracht vom größten Streiter des Nordens! *Streiter*, Guelfo.« Genia fuhr sich durch das lange Haar. Sie wirkte über die Maßen aufgeregt. »Erinnert Ihr Euch daran, was ich Euch über die Prophezeiung der Rosenfee erzählte? Damals an meiner Wiege?«

»Ihr meint diese romantische Geschichte, die Eure Amme Salada verbreitet hat?« Guelfo versuchte skeptisch zu klingen, doch Genia hatte erzählt, daß sie der Rosenfee selbst begegnet war. Es hatte ihn nicht überrascht. Nicht mehr.

»Richtig, Guelfo. Das waren genau die Worte, die Odia gebrauchte. Sie hat mir prophezeit …« Genia wirkte mit einemmal verlegen. »Sie hat mir prophezeit, daß mir einst seine Liebe gehören werde.«

Guelfo schüttelte den Kopf. »Krieger. Streiter. Das sind nur …«

»Worte?« Genia sah ihn mit großen Augen an. »Die Wahrheit liegt im Wort, Guelfo! Das pflegt Ihr stets zu sagen.«

Guelfo fühlte sich von seiner Schülerin in die Enge getrieben. Zum zweitenmal an einem Tag. »Angenommen, mit der Prophezeiung Odias hat es eine Bewandtnis, die sich mir derzeit noch verschließt. Keinesfalls kann Euer … Liebesglück mit Satorius verbunden sein. Der alte Kaiser ist tot. Dort liegt er. Odera können Gedankenspiele dieser Art gewiß nicht retten. Nein, Hoheit, wir müssen einen Grund dafür finden, warum uns Satorius' Geist in der Erscheinung dieses Ungeheuers gegenübertrat. Und wir müssen einen Grund für Oderas Vergiftung …« Sein

Blick streifte die goldenen Becher, die neben den Leichen am Boden lagen.

»Bei allen Würgegeistern! Das ist es!« Ungestüm drückte er Genia die Fackel in die Hand und hob einen der goldenen Becher auf. Gift! Natürlich. Welch ein tückisch einfaches Geheimnis! Guelfo keuchte. »Das ist es. Bei allen Göttern, das ist es!«

Ohne es recht zu bemerken, entriß er Genia die Fackel wieder und trat dicht an die Wandmalereien heran.

»Der Ursprung eines jeden Mythos! Jetzt verstehe ich, doch wie ...« Grimmig fuhr er zur Prinzessin herum, die ihn höchst verwundert anstarrte. »Hoheit, Satorius war ein Ungeheuer! Einst mochte er vielleicht ein Mensch gewesen sein, doch sein Geist erscheint uns heute als Ungeheuer, weil er selbst eines war. Die Adlerkrone, die Pferde, die flügelartigen Segel, bei allen Göttern, sogar die Hörner finden sich auf den Malereien wieder. Dieser verfluchte Tyrann hat seinen eigenen Mythos erschaffen! Erinnert Euch an seine Worte! Er sprach: ›Ich bin Satorius, der Städtezerschmetterer, der wahre Einiger des Nordens.‹ Und dann sagte er noch etwas ... ›Der Adler über allen Küsten und Bergen der Inneren See.‹«

Guelfo betastete seine Schläfen. »Seine Schiffe und seine Pferde gaben ihm die Macht. Und er dehnte diese Macht über den Tod hinaus aus. Er befahl, daß ihm seine Untertanen sogar ins Grab zu folgen hatten. Er ließ sie vergiften. Er verkündete, daß seine eigenen Nachfahren die Krone nur tragen durften, solange er sie für würdig befand. Das ist es ... Macht über das Grab hinaus. Macht, die jeden und alles mit in die Gruft reißt. Wie eine Hand greift er aus seinem Grab und fordert seine alten Rechte ein. So wie er sich seine Krone zurückholte.«

»Aber warum erst jetzt?«

»Sprach Satorius nicht davon, daß die Adlerkrone die Krone eines Kriegerkaisers sei? Mit Verlaub, Hoheit, aber Euer Vater war alles andere als ein Krieger. Gemäß dem Mythos hatte Imperator Rigorius sein Anrecht auf die Krone tatsächlich verwirkt!

Er war ihrer nicht würdig. Spätestens seit seine Soldaten sich im Kampf gegen die Fabelwesen als nutzlos erwiesen.«

»Aber mein Urahn Gratianus war ihrer würdig!« fauchte Genia. »Er hat Satorius' Erben besiegt. Er hat ein viel größeres Reich geschaffen als dieser Städtezerschmetterer oder einer der anderen Kaiser vor ihm! Dieses Ungeheuer ist nicht unbesiegbar!« Genia wirbelte zu dem aufgebahrten Leichnam herum und entwand ihm das juwelengeschmückte Schwert.

»Ich meinen Adern fließt das Blut jenes Gottkaisers, der dein Blut besiegt hat!« schrie sie den Toten an. In ihren Augen schimmerten zornige Tränen. »Du Ungeheuer hast Lorenco als Stellvertreter meines Vaters im Zweikampf anerkannt. Lorenco hat dich besiegt! *Er hat dich besiegt!*« Wie eine Furie wirbelte sie herum und schmetterte Satorius' Schwert mit Macht gegen eine der Steinwände. Mit klirrendem Geräusch fiel es zu Boden. Eine der Juwelen brach heraus und kullerte zu Guelfos Füßen.

»Du bist besiegt, Tyrann. Du hast keine Macht mehr über ihn!« Genia brach in Tränen aus. Vorsichtig berührte Guelfo sie an der Schulter. Er hatte bis zu diesem Moment nicht geahnt, welche Gefühle die Prinzessin für den Ersten Ritter hegte. Nun wußte auch er um eines *ihrer* Geheimnisse.

»Hoheit!« flüsterte er betroffen. »Geht nun zu Odera. Ich werde alles tun, was in meiner Macht steht, um den Mythos des Kaisers des Nordens zu brechen. Notfalls werde ich hier alles zerschlagen. Nur ... allzu große Hoffnungen solltet Ihr Euch nicht machen.«

Bittere Tränen

Auf der Insula Nebulae,
wiederum eine halbe Stunde später

Genia rannte am Ufer entlang. Sie merkte kaum, wie sich ihr Haarband löste und das schwarzes Haar hinter ihr wie Trauerflor im Wind wehte. Sie hielt erst inne, als sie das Grabmal weit hinter sich wähnte. *Nicht Lorenco!* ging es ihr immer und immer wieder durch den Kopf. *Nicht er.*

Schluchzend wischte sie sich über das Gesicht und folgte dem schmalen Trampelpfad zurück zu jener kleinen Lichtung dicht am Strand, auf der sie ihr Lager errichtet hatten. Sie hatten einen Ort weit entfernt vom toten Wald und von Satorius' Grabanlage gewählt. Noch immer verfolgte sie der schreckliche Anblick der Toten im Grabgewölbe.

Die dichten Baumkronen spendeten über Tag kühlenden Schatten, jetzt aber hüllten sie den Ort in gespenstisches Zwielicht.

Der Ritter lag in eine Pferdedecke eingehüllt auf einem weichen Lager aus Blättern und Rinden. Regungslos ruhte sein Kopf auf einer ihrer Satteltaschen. Inzwischen bereute sie es, Lorenco so lange allein gelassen zu haben.

Neben ihm hatte sie seine Rüstungen und Waffen drapiert: den Maskenhelm, der Küraß und das Schwertgehänge. Die Schwerthand des Ritters aber ruhte auf der Krone des Nordens, dem schweren, goldenen Helm mit den Feueropalen. Das weit aufgerissene Maul des Adlerkopfes schien sie lauthals zu verspotten. Sie hatte die Krone gewonnen und dafür verloren, was ihr am liebsten im Leben war.

Guelfo hatte darauf bestanden, die Krone zu vergraben, solange sie sich auf der Insel aufhielten. Doch Genia hatte es nicht übers Herz gebracht, dem tapferen Ritter die Trophäe zu nehmen. Mit der Krone im Arm bot der Sterbende ein Bild, das sie auf eigentümliche Weise berührte.

Sie kniete neben ihm nieder und tupfte ihm den Schweiß von der Stirn. Nichts deutete darauf hin, daß der Fluch des schrecklichen Reiters gebrochen war. Lorencos Wangen waren eingefallen. Seine Haut welkte dahin, so daß sein Antlitz an das Gesicht eines alten Mannes erinnerte. Wie Todesrunen malten sich die Adern schwarz vom Gift unter der dünnen Haut ab. Der Anblick war zum Fürchten!

Lorencos Augenlider flatterten, und sein Atem war nur zu spüren, wenn sie sich dicht über ihn beugte. Nie hätte sie geglaubt, daß ihr Erster Ritter eines Tages nicht mehr an ihrer Seite weilen könnte. Ebenso wenig, wie sie es für möglich gehalten hätte, daß Guelfos Weisheit am Ende doch versagte.

Ihr Blick streichelte das Gesicht des tapferen Corniers. Liebevoll dachte sie an ihre erste Begegnung am Kaiserhof zurück. Sie war 13 Jahre alt gewesen, als sie ihn das erste Mal auf dem zehntägigen Kaiser-Turnier in Gratianda hatte siegen sehen. Lorencos Unerschrockenheit und sein kämpferisches Geschick hatten bei Hofe für viel Gesprächsstoff gesorgt. Nach diesem Sieg hatte ihr Vater ihm eine persönliche Audienz gewährt – und ihn zum Ersten Ritter des Imperiums erhoben. Genia erinnerte sich noch gut an ihre Überraschung an jenem Abend, als er so unverhofft auf Venabulae erschienen war. Er hatte sein Leben aufs Spiel gesetzt, um sie aus der Hand eines übermächtigen Feindes zu erretten. In Pentarosae war er an ihrer Seite gewesen, als Prosperus versucht hatte, sie zu entehren. Er hatte einen Riesen bezwungen und es dann mit einem halbmenschlichen Ungeheuer aufgenommen, nur um für sie die Krone des Nordens zu erstreiten.

Lorenco …

Wieder brach sie in Tränen aus. Lorenco war die Antwort auf all ihre Fragen. Er war es die ganze Zeit über gewesen. Warum nur war sie so dumm gewesen, all dies nicht früher zu erkennen?

Jetzt war es zu spät für Reue.

Es gab nur noch einen Dienst, den sie ihm erweisen konnte. Traurig öffnete sie den Verschluß ihrer Satteltasche und suchte nach Odias Rose, die sie mit einem Samttuch umhüllt hatte. Noch immer hatte sie ihre Farbpracht nicht eingebüßt.

Beklommen trat Genia an das Lager des Ritters heran. Sie mußte an die Geschichte zurückdenken, die Lorenco ihr im Rosengarten des Palasts von Pentarosae erzählt hatte. An jenen Brauch aus den Zeiten ihres Urahns Gratianus. Sie nahm die Rose und heftete sie an Lorencos Schild. Ein letztes Geschenk. Sie wußte, daß er sich über diese Geste gefreut hätte.

Unvermittelt bäumte sich der Ritter auf und tat einen tiefen Atemzug. Verwirrt schlug er die Augen auf und richtete den Blick auf sie.

»Lorenco!« Genia fuhr überrascht herum und sah den Vergifteten staunend an. Ein Wunder! Oder war es mehr? Das erste Mal, seit er vor dem Grab zusammengebrochen war, war er wieder zu Bewußtsein gelangt. Doch nicht nur das! Täuschte sie sich, oder wurde das Fleisch, welches das Gift ihm von den Knochen geschmolzen hatte, wieder voller? Seine Haut schien sich zu straffen, und das dunkle Gift wich zusehends aus den Adern.

»Lorenco!« stammelte sie, während sie seine Hand zärtlich umfaßt hielt.

»Hoheit? Die Halle der Helden. Ich dachte … Ist das der Tod?«

»Nein, Lorenco!« Genias Augen füllten sich erneut mit Tränen. »Ein wahrer Ritter stirbt nicht, bevor seine Zeit gekommen ist.«

Sein Blick fiel auf die Rose an seinem Schild. Gerührt erwiderte er den Druck ihrer Finger, und Genia spürte, wie seine Kraft zurückkehrte. »Ich bin kein stolzer Heerherr, Hoheit«, sagte er.

Ohne weiter darüber nachzudenken, bettete sie den Kopf auf seine Brust. Das erste Mal seit dem Tod ihrer Mutter fühlte sie sich wieder geborgen. »Nein, Lorenco, du bist kein Heerführer. Aber ganz ohne Zweifel bist du der größte Streiter des Nordens!«

Der Fluch des Königs

Auf der Insula Nebulae , in der Inneren See,
am 26. Tag des Flutregenmondes, im 243. Jahr des Imperiums

Warmer Wind wehte vom Meer her. Die Sonne berührte fast den Horizont. Lorenco konnte das Salz in der Luft schmecken. Die See war weit vom Ufer zurückgewichen. Der Ritter genoß den Frieden dieses Augenblicks. Guelfo hatte ihm empfohlen, einen weiten Spaziergang zu machen. Der Weise behauptete, daß so die Säfte seines Körpers wieder ihr rechtes Verhältnis zueinander fänden.

Lorenco konnte sich an nichts erinnern, was nach dem Kampf mit dem Geisterkönig geschehen war. Von Guelfo wußte er, daß Genia nicht von seiner Seite gewichen war, als er mit schwerem Fieber darniedergelag. Sie hatte ihm kühlende Kompressen angelegt und ihm mit einem Löffel Wasser eingeflößt.

Auch jetzt ließ die Prinzessin ihn nicht einen Augenblick alleine. Wie ein Schatten hielt sie sich stets in seiner Nähe und schwieg. Ihr Gesicht war schmaler geworden. Dunkle Ränder hatten sich unter ihre Augen gegraben. Das Mädchen, das er aus dem Schwebenden Palast befreit hatte, hatten die letzten Monde durchgreifend verändert. Ihre Gegenwart beunruhigte ihn. Sie war begehrenswert, auch wenn die Strapazen sie gezeichnet hatten. Wäre sie nicht die Tochter des Kaisers …

»Hoheit?«

Ruckartig hob Genia den Kopf. »Ja?«

»Würdet Ihr Euch bitte abwenden … Der lange Weg hat mich erhitzt. Ich möchte ein Bad nehmen.« Er war verrückt, dachte Lorenco. Was tat er hier? Er erteilte seiner Herrin Befehle. Und brachte sie in Verlegenheit.

Sie ließ sich nichts anmerken. Mit einem Nicken drehte sie sich um.

Der Ritter streifte seine Tunika ab. Langsam watete er ins Wasser. Verstohlen blickte er zurück. Genia drehte ihm noch immer den Rücken zu und blickte zum Mangrovenwald, den die Ebbe des Wassers beraubt hatte. Es versetzte Lorenco einen kleinen Stich, daß sie ihm keinen verstohlenen Blick schenkte. Er fand seinen Körper schön und war sich sicher, im Licht der untergehenden Sonne gut auszusehen. Enttäuscht ließ er sich im Wasser treiben.

Lorenco sah der Sonne zu, die in einem blutroten Spektakel im Meer versank. Der Wind hatte abgeflaut. Von Norden griff ein weißer Sandarm weit in die See hinaus. Vor der Dünung geschützt, war das Wasser hier glatt wie ein Spiegel.

Ein Plätschern ließ den Ritter herumfahren. Genia! In dem Augenblick, in dem er sich nach ihr umdrehte, warf sie sich der Länge nach ins Wasser, obwohl es so flach war, daß es ihr kaum bis zu den Knien reichen konnte. Mit unbeholfenen Zügen schwamm sie ihm entgegen. Der Spiegel der See zersplitterte. Am Strand lag ihr Chiton.

Lachend spritzte sie ihm mit der flachen Hand Wasser ins Gesicht. Dann tauchte sie unter, um sich vor ihm zu verbergen. Mit dem Gewand schien sie einen Teil ihrer Last abgelegt zu haben. Sie erlaubte sich noch einmal, ein Mädchen zu sein.

Lorenco ließ sich auf das Spiel ein. Ausgelassen setzten sie einander nach. Immer wieder streiften sich ihre Körper. Und jedesmal, wenn einer den anderen gefangen hatte, hielten sie sich ein klein wenig länger umklammert, bevor sie sich trennten. Ihr Spiel wurde träger. Lorenco spürte, wie Genia zu zittern begann. Das Wasser zog ihnen die Wärme aus den Gliedern. Dennoch mochte keiner von ihnen zum Strand zurückkehren. Wenn sie ihre Kleider anlegten, dann wären sie wieder der Ritter und die Kaisertochter.

Der Gedanke an das Unausweichliche nagte an Lorenco. Er wünschte beinahe, es hätte diesen Augenblick des unvermuteten Glücks nie gegeben. Er war zu vergänglich und würde sich niemals wiederholen. Wie ein Wundmal würde dieser Abend in seiner Erinnerung verbleiben und ihn quälen. Er löste sich von Genia, schwamm ein Stück weit in die Bucht hinaus und ließ sich treiben.

Ein Schatten schoß über den Meeresgrund. Genia tauchte prustend vor ihm auf. Im fahlen Mondschein wirkte das Wasser auf ihrem Leib wie flüssiges Licht. Schon nach wenigen Herzschlägen war das Trugbild zerronnen, doch Lorenco war wie versteinert. Nie zuvor hatte er etwas von so magischer Schönheit gesehen. Es war das erste Mal seit langem, daß er keine Worte fand, einer nackten Frau an seiner Seite zu schmeicheln.

Dann war der Zauber des Augenblicks gebrochen. Genia verschränkte die Arme über den Brüsten und ging in die Hocke, so daß ihr das Wasser bis zum Kinn reichte. Sein Starren hatte sie verunsichert. Oder war es sein Schweigen? Mit den Füßen rudernd entfernte sie sich.

Lorenco folgte ihr. Schnell hatte er sie eingeholt und griff nach ihrer Schulter.

»Sie werden mich holen und töten, nicht wahr?«, sagte sie leise.

Der Ritter hob sanft ihr Kinn und strich ihr das strähnige Haar aus dem Gesicht. Er brachte es nicht fertig, sie anzulügen. Ihre Verletzlichkeit erregte und beunruhigte ihn zugleich. Was sollte er tun? Ihre Nähe fliehen und ein Leben lang darüber grübeln, was ihm in dieser Nacht entgangen war? Oder sollte er bleiben in der Gewißheit, daß sich niemals wiederholen würde, was immer auch geschehen mochte? Er konnte sich nicht entscheiden.

»Findest du mich schön?«

Ihre schüchterne Frage gab Lorenco seine Selbstsicherheit zurück. Jetzt bewegte er sich wieder auf vertrautem Grund! Zu oft hatte er diese Worte schon gehört. Es war wie im Kampf, wenn er die Schwachstelle seines Gegners entdeckte. Was nun kam, war in Dutzenden Affären erprobt. Er flüsterte ihr zärtliche Worte ins Ohr, und sie war nur allzu bereit, ihm alles zu glauben, was er sagte.

»Wer ist Ianassa?«, unterbrach ihn Genia plötzlich. »Du hast von ihr in deinen Fieberträumen gesprochen.«

Die Frage traf ihn wie ein Guß Eiswasser. Was hatte er wohl noch im Fieber gelallt? Was wußte sie? War es Zufall, daß Genia ihm ins Wasser gefolgt war? Wollte sie wie Ianassa sein? Lorenco entschied sich, bei der Wahrheit zu bleiben. »Ianassa hat mich in der Nacht vor der Schlacht meine Angst vergessen lassen. Sie hat mich geliebt, im heiligen Becken eines Tempels.«

»Läßt Liebe einen die Angst vergessen?«

»Ja«, erwiderte er zögerlich. »Doch das, wovor man sich fürchtet, hat meist Geduld. Es wartet. Liebe schützt einen nicht wirklich davor.«

»Ich will nicht davonlaufen«, sagte sie. »Aber die Nächte … Immer wieder träume ich von unserer Leibwache. Davon, wie sie meine Schwestern und Brüder ermordet haben. Und in den Träumen finden sie auch mich. Sie reißen mir die Kleider vom Leib und … Und dann hauen sie mich mit ihren Schwertern in Stücke. Wie ein Lamm, das man schlachtet und zerlegt.«

»Ich wünschte, ich könnte Euch vor Euren Träumen beschützen«, sagte Lorenco aufrichtig.

»Liebe mich!« forderte sie mit entwaffnender Verzweiflung.

Behutsam nahm er ihre Hand. »Jede Liebe beginnt mit einem Kuß, kaiserliche Hoheit, mit einem zärtlichen Tasten. Die Körper müssen einander kennenlernen, dann wird ihre Umarmung um so inniger sein.«

Sie hing an seinen Lippen. Verzweifelt wollte sie jedes seiner Worte glauben, und er schämte sich, daß er von dem, was er so oft getan hatte, nicht poetischer sprechen konnte. Lorenco hob sie aus dem Wasser und trug sie zum Ufer. Zärtlich rieb er sie mit seiner Tunika trocken, bis sie nicht mehr vor Kälte zitterte.

»Wärme mich«, sagte sie leise und zog ihn zu sich hinab. Sie umschloß ihn mit ihren Schenkeln, ungeschickt und leidenschaftlich.

Sie liebten sich lange. Beide waren sie verzweifelt entschlossen, jeden denkbaren Augenblick des Glücks zu erhaschen. Dann kam ihr Schrei. Langanhaltend und schrill. Erst dachte er, Genia spiele ihm etwas vor … Doch der Schrei war aus einem echten Gefühl geboren. Vielleicht war er mit dem Schrei eines Falken zu vergleichen, der nach langer Zeit im Käfig endlich die

Schwingen ausbreiten durfte, um dem weiten Himmel entgegenzueilen.

Wie ein Kind schlief sie von einem Augenblick zum anderen ein. Lorenco setzte sich auf und sah ihr beim Schlafen zu. Tiefer Friede überkam ihn. Fühlte sich so ein Vater, der seine verängstigte Tochter in den Schlaf gewiegt hatte? Der Ritter lauschte auf ihren Atem. Er ging ruhig und regelmäßig. Gewiß hatte sie jetzt keinen Alptraum. Konnte er deshalb nicht schlafen? Fühlte er sich verpflichtet, über ihre Träume zu wachen? Neben ihr zu liegen, bereit, sie zu wecken, wenn ein Nachtmahr sie quälte? War das Liebe? Unwahrscheinlich, beruhigte er sich. Er hatte sich noch nie wirklich verliebt.

Bis zum Morgengrauen lag er wach und sah ihr zu. Die ganze Nacht über hatte sie sich dicht an ihn geschmiegt, so als wäre er ein sicherer Ankerplatz für ihre Träume.

»Du bist schon wach?«, fragte sie verschlafen.

Er lächelte.

Sie streckte die Glieder. »Diese Nacht haben mich keine Alpträume gequält.« Scheu lächelte sie zurück. »Du hast alle Ungeheuer vertrieben, mein Ritter.«

Nicht vertrieben, dachte er. Ich habe sie eingeladen, mich heimzusuchen.

Ein Mann von Ehre

An einem Strand in der Wildnis des Golfes von Guavia, am 28. Tag des Mosquitomondes, im 243. Jahr des Imperiums

Guelfo blickte auf das offene Meer, in dessen flirrendem Licht der Riese so schnell entschwunden war, daß er schon wieder nur ein Traum zu sein schien. Die Flamingos und Pelikane, die vor ihm entflohen waren, kehrten an ihren Strand zurück, wo noch der Abdruck seines Knies zu sehen war. Es war ein erhebender

Augenblick gewesen, als Guelfo ihn vor der neuen Kaiserin des Nordens das Knie hatte beugen und den Treueid hatte sprechen lassen. Niemand in der Geschichte hatte jemals solch einen Kämpfer aufzubieten gehabt. Mit diesem Vasallen hatte die Prinzessin gute Aussichten, das zerbröckelnde Imperium zu erneuern.

Guelfo hob eine kleine Flügelhornmuschel auf und blickte versonnen in die Schlucht, in dessen Schatten Genia und Odera warteten. Die Hochebenen und lang gestreckten Bergzüge des Kaiserreiches des Nordens, die am Horizont landeinwärts zu sehen waren, reichten hier fast ans Meer und boten ein natürliches Versteck.

Selbstverständlich hatten sie Wademar zuerst zu seinen Fischgründen und dem Felsenturm zurückwaten lassen. Als sie vom Kopf des Riesen aus Reiter am Strand gesehen hatten, waren sie sicherheitshalber abgebogen. Weder Guelfo noch Wademar hatten erkennen können, welcher Herkunft die halbe Hundertschaft Reiter waren – aber man hatte kein Metall blinken gesehen, und das sprach eher gegen imperiale Kavallerie.

Seufzend warf er die Muschel wieder in den Sand. Er hatte in den letzten Tagen auf der Insel viel Gelegenheit gehabt nachzudenken. Ihm war nicht entgangen, daß die Prinzessin und der Ritter kaum voneinander hatten lassen können, und so hatte er viel Zeit allein verbracht.

Wenn er das Glück der beiden betrachtete, fühlte er vor allem seine eigene Einsamkeit. Er mußte an die vornehmen Mädchen am Lino denken, in die er sich verliebt hatte und die ihm unerreichbar geblieben waren. Er war nur der dritte Sohn eines Häuptlings und die Hrochnir ein unbedeutender Stamm, von mächtigeren Stämmen umgeben und bedrängt. Das edle Blut seines Vaters allein gab ihm nur geringe Privilegien, und seine ersten Raubzüge nach der *Leomanning* waren ein übler Reigen von Mißerfolgen, Verletzungen und Demütigungen gewesen. Unbewußt faßte er sich an die gebrochene Nase, die er sich statt der erhofften Rüstung verdient hatte. Immer noch besser als das, was seinem Bruder Swindewill geschehen war …

Wie auch immer: Es war nicht zuletzt sein Verdienst, daß das Imperium wieder eine Krone hatte. Und Genia, dieser durchsetzungsfähigen kleinen Gratianerin, war es tatsächlich gelungen, sie selbst zu erringen. Das erlaubte ihr, frei einen der sieben Könige als Gatten zu erwählen. Er gönnte ihr dieses Glück in einem Leben, das nicht viele Freiheiten kennen würde. Und wie es aussah, hatte sie auch bereits einen Liebhaber gefunden, der ihre Nächte versüßen würde, wenn sie ihre ehelichen Pflichten – und die dem Imperium gegenüber – erfüllt hätte.

Guelfo hatte keine Illusionen mehr, was imperiale Vorstellungen von Ehe und Treue anging. Er selbst hatte im Bett einer elephantinischen Edeldame Karriere gemacht. Und ihr Gatte, der Kaiserpriester, war stolz gewesen, sich mit dem klugen Liebhaber als Berater zu schmücken. Ein leomannischer Ehemann hätte ihn zweifellos erschlagen, wenn nicht erwürgt. Aber Florindas Gatte Patrokles hatte ihm, der zunehmend verstanden hatte, sich als Eingeweihter leomannisch-sphingischer Geheimlehren darzustellen, schließlich die Weihe zum Kaiserpriester ermöglicht – als erstem Barbaren überhaupt.

Damals war der *furor leomannicus* noch ein willkommener Faktor gewesen, eine Machtballung aus den Savannen, die die südlichen Rivalen des Imperiums wie Mutanga, Urtumbrien, Mersa und Lotopha erzittern ließ. Alles, was mit Leomannen und dem Süden zu tun gehabt hatte, hatte der dekadenten Oberschicht als verheißungsvoll neu und vital gegolten. Allenthalben hatten sich Adelige, dem Vorbild des Imperators folgend, eine Leomannengarde zugelegt – so auch Florinda. Niemand hätte geahnt, daß die Barbaren sich durch all diese Völker fressen würden wie ein Steppenfeuer …

Die Flamingos flogen beleidigt schnatternd auf. Guelfos Instinkte, die in der Savanne geboren worden waren, ließen ihn sich ducken und landeinwärts laufen. Zu spät, schalt er sich, du hast geschlafen. Er erreichte die Mangroven, als er die Hufe schneller werden hörte.

Bei den Pranken des Löwen, sie hatten ihn gesehen. Er lief in die Schlucht, den Pfad entlang, den Odera gehackt hatte. Zwischen den Felswänden stand die Luft wie eine Mauer.

Unter den Feigenbäumen, nahe einem kleinen Wasserfall, saßen Genia und der Ritter. Der Schatten der Baumgruppe war willkommen in der brütenden Hitze. Guelfo hatte keine Zeit, höflich zu hüsteln, wie er es auf der Insel getan hatte.

»Reiter!« rief er.

Odera war so schnell auf den Beinen, das Schwert in der Hand, daß die Prinzessin beinahe zur Seite geschleudert wurde. »Wie viele?«

»Weiß ich nicht. Vermutlich die, die wir in der Bucht des Riesen sahen. Ich nehme an, daß sie Wademar doch erspäht haben und ihm am Strand gefolgt sind.«

Durch das Dickicht der Palmen und Fieberbäume hörte man Rufe.

»Leomannen«, stieß Guelfo gepreßt hervor, als er die Sprache erkannte. Unglaublich! Selbst wenn das Kaiserreich der Fünf Rosen bereits überrannt worden war, konnte das Hauptheer unmöglich auch nur Pentarosae passiert haben. Der Spähtrupp mußte etliche hundert Meilen über die Heerstraße vorgestoßen sein. Da war zweifellos Zauberei im Spiel ...

»Haben sie Euch gesehen?«

»Wenn es Leomannen sind: ja. Und der Pfad herein ist unübersehbar.«

Der Erste Ritter schnellte herum und blickte an den Felswänden empor. »Kein Versteck, sondern eine Falle«, fauchte er.

»Mein Schuld«, knirschte Guelfo. »Ich hätte verhindern müssen, daß Ihr diese Schneise schlagt. Und vor allem hätte ich mich draußen nicht blicken lassen dürfen.«

»Denkst du, daß du klettern kannst?« fragte Odera die Prinzessin mit rührend besorgtem Unterton.

Genia raffte bereits ihr Kleid, aber ihr Blick zu den Wänden war nicht sehr zuversichtlich. Draußen hörte man den Ruf eines Spähers.

»Klettern ist tödlich!« sagte Guelfo und duckte sich ins Unterholz, wo er aus dem Dickicht gekommen war. »Die Leomannen schießen Euch mit ihren Speeren einfach aus der Wand.«

Mehrere Pferde schnaubten nahe an der Schneise.

»Und wenn wir uns verstecken?« fragte der Ritter.

»Sie wissen, daß ich herinnen bin. Sie werden den Kessel absuchen – oder einfach anzünden.« Nun erklang das Geräusch von Klingen, die den Eingang verbreiterten.

Odera stellte sich breitbeinig vor die Prinzessin. Auf seinem Gesicht lag grimmige Entschlossenheit.

»Es nutzt niemandem, wenn Ihr hier einen heldenhaften letzten Kampf liefert«, sagte Guelfo, den Blick zu Boden gerichtet. Sein Entschluß hatte sich angeschlichen wie eine Löwin im Savannengras. »Hier herinnen ist alles, wofür wir gekämpft haben: die letzte Gratianerin, die Kaiserkrone des Nordens, ein Mann, der beide beschützen kann – und ein überflüssiger Zauberer.« Der Leomanne erhob sich aus seiner Deckung: »Lebt wohl, Eure Imperiale Hoheit!«

»Guelfo ...« Genia war neben Odera getreten, die schlanke Hand erhoben, als wollte sie ihn berühren.

Der Zauberer grinste schief: »Die Sphinx hat mir geweissagt, daß ich einst das Schermesser reichen muß, wenn ich für die ganze Welt zwischen Wahrheit und Freiheit zu wählen habe.«

»Verzeiht«, wisperte die Prinzessin, »ich verstehe nicht ...«

»Ich auch nicht. Ich habe es damals nicht verstanden und bin in den letzten zwanzig Jahren nicht ein Quentchen klüger geworden. Aber ich denke, es bedeutet, daß ich nicht befürchten muß zu sterben, solange ich kein Schermesser in der Hand hatte.«

Ein grimmiges Lächeln huschte über Oderas Gesicht. »Deswegen schneidet Ihr Euren Bart mit diesem gekrümmten leomannischen Messer?«

»Mit dem Klauenmesser – ja.«

»Was werden sie mit Euch machen?« flüsterte Genia. »Mit einem Priester des Imperators, den sie so hassen?«

»Keine Ahnung. Mal sehen, wie gut ich Leomannisch inzwischen noch spreche.«

Von draußen kam ein Ruf in gebrochener *lingua regia*: »Komme raus, sonst wir kommen rein!«

Genia klammerte sich an Lorencos Arm.

Guelfo holte sein Klauenmesser hervor, wog es kurz in der Hand und steckte es dann deutlich sichtbar in den Gürtel seines Ornats. Einmal wandte er sich noch um: »Eure Imperiale Hoheit, als Euer ehemaliger Lehrer wünsche ich mir: Wen immer Ihr zu Eurem Gemahl wählt, nehmt einen Mann, der dem Imperium Frieden geben kann – und wenn Ihr die Hälfte aller Länder abtreten müßt.« Er verneigte sich formvollendet. »Es war mir ein Vergnügen, Euch zu unterrichten. Euer Diener.«

Genias Haltung war ebenso tadellos und voller Würde: »Die Götter mit Euch, Guelfo. Und der Segen des Imperiums!«

Der Zauberer grüßte den Ritter und wandte sich in das Dikkicht. »Ich komme!« brüllte er auf Leomannisch.

»Guelfo«, hörte er die Stimme Oderas, »was immer ich über Euch sagte: Ihr seid ein Mann von Ehre.«

»Hab mir ein wenig abgeschaut«, antwortete der Barbar rauh.

Diener der Krone

Im Bergland des Fürstentums Guavia,
am 27. Tag des Grünen Erntemondes,
etwa einen Mond später

Genia ritt hoch erhobenen Hauptes an Lorencos Seite einen mit Steinen und Wurzelwerk übersäten Bergpfad entlang. Der Cornier kannte die gebirgigen Höhen, welche die südliche Grenze zum Königreich Mediogenien markierten, von früheren Jahren her. Bewußt hatte er einen Weg gewählt, der so abgelegen war, daß sie seiner Überzeugung nach nicht einmal die berüchtigten Wegelagerer des Berglandes fürchten mußten. Schon seit Tagen wechselten schroffe Felsen, knorrige Bäume und sanfte Gebirgswiesen einander ab. Auf ihnen blühten blaue Lupinen, um die immerfort Hummeln und Bienen summten. Das Hufgetrappel der Pferde, das leise Klirren der Waffen ihres Geliebten und das Pfeifen und Zwitschern der Goldfinken, Felsspötter und Heidelerchen waren ihr längst zu einer wohl vertrauten Weise geworden.

Vier Wochen waren vergangen, seit Guelfo sich geopfert hatte. Nach ihrer Begegnung mit den Leomannen hatten sie sich an der Ostküste der Inneren See durchgeschlagen, immer weiter dem Norden entgegen. Während des Tages erzählte Lorenco ihr in leuchtenden Farben von seiner geliebten Heimat, wo sein jüngerer Bruder Valerianus, der *dux* von Cornia, auf sie wartete. Sie beide waren einst die Wortführer unter den Gleichaltrigen gewesen, die den Erwachsenen auf der Burg viele Streiche gespielt hatten. Genia lächelte bei den Gedanken an Lorencos Anekdoten, mit denen er sie Tag um Tag unterhielt.

Die Nächte verbrachten sie auf verschwiegenen Lichtungen, in den einsamen Schutzhütten der Schäfer und gelegentlich auch in Herbergen. Es waren Nächte, die von Zärtlichkeiten erfüllt waren. Manches Mal hatten sie sich so lange geliebt, daß sich Genia tags darauf vor Müdigkeit kaum auf dem Pferd hatte halten können. Es war wie ein Rausch. Ein unendlicher Rausch. Noch nie zuvor hatte sich Genia so frei gefühlt – und so lebendig.

Zugleich spürte sie, daß sich diese Zeit mit jedem Tag, den sie Cornia näher kamen, dem Ende zuneigte. Auch Lorenco wußte das. Sie erkannte es an dem melancholischen Blick, mit dem er sie ansah, wenn er sich unbeobachtet wähnte, und sie spürte es an der Art und Weise, wie er sie des Nachts berührte und begehrte.

Schon bald würde sie einen standesgemäßen Gemahl unter den Königen der drei Kaiserreiche erwählen müssen. Sie war die künftige Imperatoria. Auf ihr ruhte die Hoffnung des gesamten Imperiums. Sie war kein unbekümmertes, verzogenes Mädchen mehr; sie war jetzt eine Frau, die sich der Verantwortung stellen mußte, die ihre Blutlinie mit sich brachte.

»Warte, Liebste!« Lorencos besorgte Stimme schreckte sie aus ihren Gedanken. Der Ritter zügelte sein Roß, und Genia brachte Ginope zum Stehen. Jetzt hörte auch sie es: fernes Geschrei und ein seltsames Brüllen, das schwach von den Bergwänden widerhallte. Vorsichtig ritten sie auf einen Grashügel zu, der von mächtigen Bäumen bewachsen war. Dahinter konnten sie die eingestürzten Schindeldächer eines verlassenen Dorfes ausmachen. Die gedrungenen Häuser schmiegten sich an das Ufer eines klaren Bergsees. Überall im Ort waren Pferde, um die sich Burschen in blauen Waffenröcken kümmerten. Am Rand des Gewässers aber war ein seltsames Treiben auszumachen. Gut zweihundert Männer zerrten an den Seilen eines gewaltigen Netzes, das sie offenbar an beiden Seiten des Ufers durch den See gezogen hatten. Irgend etwas Gewaltiges befand sich darin, das wild das Wasser aufschäumte. Die Männer zogen es geradewegs auf eine halbe Hundertschaft Bewaffneter zu; darunter ein gutes Dutzend Ritter, die mit Lanzen und Schwertern bewaffnet darauf warteten, daß das, was auch immer sich im Netz verfangen hatte, das Ufer erreichte. Unvermittelt schnellte ein gewaltiger Pferdekopf aus dem Wasser, der am Ende eines langen Reptilienhalses saß. Tückische Augen musterten die Streiter in ihren blinkenden Rüstungen, dann öffnete das Ungeheuer sein riesiges, zahnbewehrtes Maul und stieß erneut ein Brüllen aus. Erschrocken klammerte sich die Prinzessin am Arm ihres Geliebten fest. Dann entdeckte sie das eigentlich Seltsame: Das Seeungeheuer trug eine blinkende Krone auf dem Kopf.

Ein lautes Horn ertönte, Bolzen flogen von allen Seiten heran, und mit lautem Geschrei stürmten die Kämpfer voran. An ihrer Spitze befand sich ein Mann, der einen dunkelroten Waffenrock trug. Unerschrocken drangen er und seine Ritter auf das Ungeheuer ein, das seinen Häschern erbitterten Widerstand leistete. Immer wieder schnappte das Maul mit den Reißzähnen zu und schleuderte blinkende, wild strampelnde Gestalten hinter sich in den See. Schnell wurden die Unglücklichen von ihren schweren Kettenhemden in die Tiefe gezogen.

Nach und nach färbte sich das Wasser rot vom Blut des Ungeheuers. Ohne innezuhalten, hackten und schlugen die Ritter auf das Wesen ein. Schließlich gelang dem Mann in dem dunkelroten Waffenrock ein gewaltiger Streich, mit dem er das Ungeheuer enthauptete. Umgehend fand der Kampf ein Ende. Die Ritter wateten erschöpft ans Ufer, hinter sich den fürchterlichen Pferdekopf des Wesens herziehend.

«Ich erkenne die Waffenröcke. Das ist König Bellicus von Mediogenien!«

«Ich weiß«, murrte Lorenco. «Er hat die Meerenge schon vor einiger Zeit mit einem Heer überquert, angeblich um Euch aus Wademars Fängen zu erretten. Sicher sucht er die Krone. Nach allem, was man hört, ist er einer der wenigen Herrscher im Reich, die für ihre Unerschrockenheit gerühmt werden. Aber ich schätze, an der Krone, die er soeben erbeutet hat, wird er sich nicht lange erfreuen.«

Tatsächlich sahen sie, wie der König am Ufer wütend den Kopf schüttelte und das Beutegut einem seiner Männer überließ. Gewiß hatte ihn die Sage um das Ungeheuer mit dem seltsamen Zierat in die Berge Guavias gelockt.

Lorenco beugte sich überraschend zu der Prinzessin und küßte liebevoll ihre Hand. Traurig blickte er ihr in die Augen. «Herrin meines Herzens ... Hoheit ... Das Schicksal zwingt uns viel zu früh dazu, aus unserem Traum zu erwachen. Weit früher, als ich es vorhersehen konnte. Was immer vor uns liegen mag, ich werde stets der Eure bleiben. Bis an das Ende meines Lebens!«

Bevor Genia einen Ton hervorbringen konnte, hatte Lorenco den Maskenhelm aufgesetzt. Dann nickte er ihr zu. Vielleicht war es besser so. Kein langer Abschied. Sie schluckte und richtete sich auf ihrem Schimmel auf, wie es sich für eine Kaiserin geziemte.

Seite an Seite trabten sie den Hügel hinunter. Kaum hatten sie den Dorfrand erreicht, wurden sie von Spießknechten umringt, die Boten zum Ufer sandten.

Es dauerte nicht lange, und König Bellicus nahte zusammen mit sechs Rittern seines Gefolges. Er war ein Bär von einem Mann und mindestens fünfzehn Jahre älter als Genia. Sein Waffenrock war vom Blut des Ungeheuers besudelt. Das Schwertgehänge an seiner Seite klirrte bei jedem seiner Schritte. Den verbeulten Maskenhelm trug er unter den Arm geklemmt.

Bellicus war ein gutaussehender Mann. Ein gepflegter Vollbart umrahmte sein markantes Gesicht, in dem blaue Augen funkelten. Die Fältchen um seine Augen verrieten ihr, daß er gewöhnlich gern lachte. Im Augenblick aber wirkte er unleidlich.

Bevor sein Seneschall die Stimme erheben konnte, der sichtlich Schwierigkeiten hatte, mit Bellicus Schritt zu halten, dröhnte bereits die Baßstimme des Königs: »Sieh an, ein fremder Ritter und eine Edeldame. Wer seid Ihr und was wollt Ihr hier? In diesem entlegenen Gebirge trifft man für gewöhnlich nur Bauern und Strauchdiebe an!«

»Sitzt ab und verneigt Euch! Vor Euch steht der König dieses Landes!« rief der Seneschall barsch.

»Befleißigt Euch eines höflichen Tons, Mann!« blaffte Lorenco zurück. «Ihr steht Ihrer Imperialen Hoheit Genia Gratiana, Tochter des Imperators, gegenüber!« Lorenco nahm schwungvoll seinen Helm ab und deutete galant zu ihr. Verwirrt schauten der König und seine Männer zu ihnen auf.

»Nicht so voreilig, Ritter!« fuhr der König unbeeindruckt fort und musterte sie beide aus verengten Augen. »Wer seid Ihr?«

»Lorenco Nardes Odera. Der Bruder des *dux* von Cornia. Erster Ritter des Imperiums.«

»Es hieß, Ihr wäret mit dem Rest der Adelsgarde auf dem Schlachtfeld bei Duros Xenthos ums Leben gekommen.«

Einer der Ritter aus dem Gefolge des Königs trat an Bellicus heran und flüsterte ihm etwas zu. Bellicus zog überrascht eine Augenbraue hoch.

»Ihr habt Glück, Odera. Mein Rittmeister hat Euch erkannt. Doch was Euch betrifft ... Imperiale Hoheit«, der Titel kam nur zögernd über Bellicus' Lippen. »Verzeiht bitte mein Mißtrauen. Aber man erzählt sich, die Prinzessin werde von einem Riesen gefangengehalten. Statt dessen treffe ich sie nun hier im Circassara-Gebirge Guavias?«

Genia erinnerte sich noch gut an den reservierten Empfang, den ihr Oheim ihr bereitet hatte. Kühn hob sie ihr Haupt. »König Bellicus, sicher wird es manchen geben, der mich aus jenen Tagen wiedererkennt, da ich im Dormon meines Vaters in Eurem Lande weilte. Bis dahin bitte ich Euch, dies als Zeichen meiner Würde zu nehmen.«

Huldvoll nickte sie Lorenco zu, der zu den Packtaschen griff und einen in einfaches Leinen gewickelten Gegenstand hervorholte. Vorsichtig schlug er den Stoff zurück und hielt die *corona aquilina* hoch über seinen Kopf. Rot leuchteten die Feueropale im Licht der Sonne.

Ein Raunen ging durch die Umstehenden, als sie die goldene Kaiserkrone erkannten. König Bellicus riß verblüfft die Augen auf, und einen Moment lang stahl sich ein begehrliches Funkeln in seinen Blick. Einer seiner Ritter trat einen Schritt auf Lorenco zu. Der Cornier gebot ihm Einhalt, indem er mit der freien Hand seine Klinge halb aus der Scheide zog.

»Mir beliebte, die Krone des Nordens selbst zu finden, König!« fuhr Genia in einem Tonfall fort, der ihrer toten Tante Emerentia zur Ehre gereicht hätte. Hoffentlich bemerkte niemand, daß ihr das Herz bis zum Hals schlug. Was, wenn der König kein Ehrenmann war?

Bellicus atmete scharf ein. Dann, endlich, beugte er sein Knie vor ihr. Die Ritter um ihn herum taten es ihm gleich.

»Imperiale Hoheit, es ist mir eine Ehre, Euch meinen Schutz andienen zu dürfen.«

»Im Namen des Imperiums danke ich Euch, Bellicus. Die Queste, zu der ich die Könige des Reiches aufrief, hat ein Ende gefunden. Und nun wünsche ich, daß Ihr mir eine Eskorte und Schiffe für die weitere Reise nach Norden stellt. Mein Ziel ist Mons Flora, jene Stadt, die dem Zugriff der Steppenhorden am weitesten entzogen ist. Schickt Boten in alle Teile des Reiches aus, die verkünden sollen, daß dort zum Fest der Kronen der Kronkonvent tagen wird. In Mons Flora werde ich meinen Gemahl und künftigen Imperator ernennen!«

Tempora mutantur

In der Nähe der Inneren See, am 7. Tag des Wolkenmondes, im 244. Jahr des Imperiums

Sarmantha saß auf dem Stamm eines entwurzelten Baumes und blickte über die weite Wiese. Aus dem Wald war ein Rudel der einheimischen weißgefleckten Hirsche getreten. Sie waren kleiner als Hunde und schienen Menschen nicht als Feinde zu betrachten. Anders war es nicht zu erklären, daß sie das nahe Heerlager nicht scheuten. Während die Hirschkühe ästen, hielt ihr zartgliedriger Beschützer Wache.

Leichte Schritte näherten sich. »Da bist du ja«, hörte Sarmantha Eleta sagen und spürte eine Hand auf ihrer Schulter. Wie stets zog sich sofort alles in ihr bei der Berührung zusammen. Die Hand verschwand so rasch, als hätte eine Schlange nach ihr gebissen.

»Entschuldige«, murmelte Eleta und stieg über den Baumstamm.

»Nein, ich muß mich entschuldigen«, erwiderte Sarmantha. »Du kannst nichts dafür.«

»Ich hätte nicht so gedankenlos sein dürfen«, widersprach Eleta mit gesenkten Augen.

»Wir tragen beide keine Schuld«, schlug Sarmantha mit gekünsteltem Lachen vor. Sie haßte sich dafür, daß nach all den Wochen noch immer ein Teil von ihr im Kerker von Pentarosae gefangen war.

»Gesandte des *dux* von … ach, ich habe vergessen, woher … sind da. Sie wollen zu dir«, eröffnete ihr Eleta.

»Zu mir?« Sarmantha war verwundert. »Nicht zu … Swidpal?«

»Soweit ich weiß, ist er gar nicht im Lager.«

»Ich werde mich um sie kümmern«, versprach Sarmantha und erhob sich.

»Swidpal wird das nicht mögen«, sagte Eleta scheinbar beiläufig. Sarmantha wußte, daß die Worte keine Ermahnung sein sollten. Seit ihrer Gefangenschaft in Pentarosae war für Eleta und die anderen alles gut, was dem ernannten Befehlshaber des Gottesheeres mißfallen konnte. Ein gefährliches Spiel, das sie trieben.

Sarmantha entdeckte die drei Gesandten nicht weit von ihrem Zelt entfernt. Vier Leomannenkrieger hielten ein strenges Auge auf sie. Gewiß waren sie längst sorgfältig nach Waffen durchsucht worden. Das Gottesheer hatte aus seinen Fehlern gelernt und empfing niemanden mehr so offen wie noch vor Wochen, seitdem der Träge Folkbod, einer von Swidpals Stellvertretern, beinahe durch die Hand eines Mörders umgekommen war. Er hatte lange mit dem Tod gekämpft und war seither nicht mehr derselbe. Die Vorstellung, daß ihn jemand heimlich hatte töten wollen statt offen und in erklärter Absicht, war für den Trägen Folkbod schwer zu verkraften. Die Zeiten ändern sich, brummte er seither oft düster.

Auf Sarmanthas Wunsch sagte Eleta Kelomachos, Caetulus und Andrimedea wegen der Besucher Bescheid, außerdem noch Urubrecht und Küniwill. Die beiden Krieger hatte Gnutewig kurz nach Pentarosae mitgebracht und als entfernte Verwandte vorgestellt. Daß sie außerdem gute Freunde des Langen Hrodleips gewesen waren, hatte Sarmantha erst vor wenigen Tagen erfahren. Sie wußte nicht recht, wie sie es aufnehmen sollte.

Als alle versammelt waren, schickte Sarmantha nach den Gesandten. Die drei Männer waren offensichtlich keine Adligen, wiewohl sie teuer gekleidet auftraten. Sie stellten sich als die Mercatoren Macrinus Gonae, Hosidius Costibis und Valgo Forcabiblos vor.

»Kaufleute«, erklärte Caetulus den Begriff für jeden, der ihn nicht kannte. Dabei bemühte er sich kein bißchen darum, leise zu sprechen.

Forcabiblos schien der Wortführer zu sein. »Wir überbringen eine äußerst vertrauliche Botschaft von *dux* Phillipus von Undaguenta«, erklärte er und verstummte wieder. Vielsagend wanderten seine Blicke über die Anwesenden.

»Sprich«, forderte ihn Sarmantha auf.

Der Mercator zuckte mit den Schultern: »Der *dux* ist gewillt, den Anführern der Leomannen die stattliche Summe von sechzigtausend Aurealen zu bezahlen, so sie seine Lande verschonen und ihren weiteren Weg östlich Undaquentas wählen.«

Sarmantha war einen Augenblick sprachlos. »Ich bin keine Heerführerin.«

Forcabiblos nickte knapp. »Das ist dem *dux* bekannt. Doch ist er bereit, Euch die Summe von fünftausend Aurealen zu übergeben, so Ihr die Heerführer der Leomannen dazu bringt ...«

Caetulus fiel ihm ins Wort: »Sag eurem *dux,* daß er ...«

Sarmantha brachte ihn mit einer Handbewegung zum Schweigen. »Ist der *dux* auch bereit, Aionar zu folgen und das Reich Gottes zu verwirklichen?«

»Wir erhielten keine Weisung, darüber zu verhandeln«, antwortete Forcabiblos höflich. »Doch meine ich, daß der *dux* weitere Verpflichtungen durch die Zahlung der sechzigtausend Aureale als abgegolten ansieht.«

Sarmantha wußte nicht, ob sie lachen oder weinen sollte. »Der *dux* weiß doch, daß unser Krieg nicht wegen Gold und Beute geführt, oder?« fragte sie langsam.

»Gewiß«, bestätigte Forcabiblos. »Doch da sich *dux* Phillipus rühmt, ein großer Menschenkenner zu sein, hat er uns ermächtigt, unser Angebot bis auf achtzigtausend Aureale zu erhöhen.«

Sarmantha schüttelte den Kopf und blickte zu Caetulus: »Jetzt darfst du reden.«

»Richtet eurem *dux* aus«, begann Caetulus und ließ sich im folgenden haarklein darüber aus, was der Fürst von Undaquenta mit seinem Gold anstellen sollte. Die Gesandten lauschten mit einer Andacht, daß sich Sarmantha nicht gewundert hätte, wenn sie nach Tinte und Pergament verlangt hätten, um sich Notizen machen zu können.

»Ihr dürft gehen«, sagte Sarmantha, als Caetulus zu Ende gekommen war. Doch die drei rührten sich nicht. Irgend etwas war hier seltsam!

»Dürften wir noch eine weitere Botschaft vortragen?« bat nun der Mercator Gonae.

»Vom *dux*?«

»Nein, von uns als Abgesandten der Mercatoren Undaquentas und anderer Lande«, entgegnete Gonae. »Im Gegensatz zu *dux* Phillipus ist uns bewußt, daß eine neue Zeit angebrochen ist, in der kein Platz mehr für das Imperium in seiner bisherigen Form ist. Die Köpfe des Reiches fallen, doch wäre es ein Fehler, auch seine Lebensadern zu zerschneiden. Wir Mercatoren, die wir mit allen Teilen des Reiches Handel treiben, sehen schlimme Folgen voraus, wenn dieser Fall einträte. Ein Zusammenbruch des Handels würde unsägliches Leid bedeuten und zu Hunger und Unruhe führen. Tut unsere Sorge nicht leichthin ab, Verkünderin.«

Sarmantha fiel auf, daß er diese Anrede zum ersten Mal gebraucht hatte. Bestimmt war das kein Zufall.

»Ihr wollt das Rudel wechseln«, faßte sie seine Worte kurz zusammen.

Gonae konnte ein Schmunzeln über das Sprachbild nicht unterdrücken. Dennoch griff er es auf: »Das setzte voraus, daß wir je zum anderen *Rudel* gehört hätten. Aber das stimmt so nicht. Wir sind hart arbeitende Menschen, die viel für das Wohl des Imperiums geleistet haben. Doch die Anerkennung blieb man uns bislang schuldig. Die Fürsten des Reiches entsinnen sich unserer nur, wenn sie Gold benötigen. Ich verhehle nicht, daß uns manche dann hofieren. Doch ist diese Zeit vorbei, sind wir wieder so wertlos wie alle anderen.«

»Also treiben euch verletzter Stolz und Eigennutz?«

»Daran ist nichts Falsches«, beeilte sich Gonae zu sagen. »Sicherlich ist es zu unserem Nutzen, unseren machtlosen Hausgöttern zu entsagen und die Statuen der vergöttlichten Kaiser zu zerschlagen. Wer wäre denn töricht genug, sich einem Gott zu verwehren, der leibhaftig und siegreich durch die Welt schreitet? Selbstverständlich ist es unser Nutzen, vernünftig zu handeln anstatt närrisch. Doch auch damit habt Ihr recht, daß wir uns auch weiter unseres Besitzes erfreuen wollen. Wer wollte das schließlich nicht? Wen dürstet nach Armut und Not?«

»Aionar zu folgen bedeutet mehr, als sich nur in Worten zu ihm zu bekennen«, gab Sarmantha zu bedenken.

»Zweifellos«, meldete sich der dritte Mercator zu Wort. »Es bedeutet die Verwirklichung seiner Herrschaft zu erstreiten und als Eure Verbündeten zu kämpfen. Auch dazu sind wir bereit.«

Jenseits des Savannenlandes

Derselbe Ort, drei Stunden später

Sarmantha fühlte sich, als hätte sich ein Vorhang geöffnet. Die unerwarteten Verbündeten, die vor einer halben Stunde wieder aufgebrochen waren, änderten so vieles. Stimmte auch nur ein Teil von dem, was der dritte von ihnen, Hosidius Costibis, in Aussicht gestellt hatte, so würde das Imperium bald von einem Aufstand um den anderen geschüttelt werden. Sein Zerfall würde sich immer mehr beschleunigen und das Ende des Krieges, der ihr seit ihrer Peinigung in Pentarosae und dem anschließenden blutigen Strafgericht wie eine Aneinanderreihung von Schrekken erschienen war, würde in erreichbare Nähe rücken. Eine lange nicht mehr gekannte Fröhlichkeit erfaßte Sarmantha. Eleta hätte doch noch Zeit, einen Lehrer zu finden, der ihr die Dichtkunst beibrächte.

Ein Neuankömmling, der ohne zu fragen das Zelt betrat, riß

Sarmantha aus ihren Gedanken. Der Schwarze Swidpal erwies ihr die ungewöhnliche Ehre seines Besuches.

Sein Zorn war unverhüllt. »Alle raus!« befahl er barsch. »Ich habe etwas mit der Verkünderin zu bereden.«

Sarmantha sah zu Caetulus, Eleta und den restlichen Verbliebenen und nickte. Zögernd verließen sie das Zelt. »Ihr auch«, forderte Sarmantha Urubrecht und Küniwill auf, als sie merkte, daß die beiden Krieger geblieben waren. Widerwillig folgten sie den anderen. Swidpal sah ihnen nachdenklich hinterher. Als er mit Sarmantha allein war, setzte er sich vorsichtig in einen vielfach ausgebesserten Klappsessel.

»Du hattest heute Gäste«, eröffnete er die Unterhaltung mit bebender Stimme.

»Du warst nicht im Lager«, erwiderte Sarmantha.

»Als spielte das eine Rolle für dich!« schnauzte Swidpal sie an. »Ich bin der Befehlshaber des leomannischen Heeres. Was bist du? Du bist nichts. Du bist keine Herzogin, keine Kriegerin. Niemand gab dir die Macht, dich als eine aufzuführen. Dennoch tust du es. Dennoch maßt du dir das Recht an, dich ständig in meine Belange einzumischen. Dabei bist du nicht einmal Leomannin.«

»Ich handle nach Aionars Willen.«

»Ja, ja«, tat Swidpal ihren Einwand mit einer herrischen Geste ab. »Glaubst du, ich erinnere mich nicht mehr an die Zeit, als du zu uns kamst? Du warst nichts. Nie hat dich jemand zu irgend etwas ernannt. Du kamst, hast von Aionar gepredigt, hast Anhänger um dich geschart und dabei klammheimlich immer mehr an dich gerissen, bis dich jeder für unentbehrlich hielt, bis jeder glaubte, du fülltest tatsächlich ein Amt aus. Wahrscheinlich hast du dir auch den Titel Verkünderin selbst ausgedacht.«

»Aionar gab ihn mir«, erwiderte Sarmantha scharf. »Er ist mein Gott und meine Stärke. Ich befolge, was er mich geheißen hat.«

»Verdammt«, brüllte Swidpal, »er ist auch mein Gott! Er ist der Gott der Leomannen. Du bist keine Leomannin.«

Er verstummte und starrte sie einige Augenblicke haßerfüllt

an. »Ich habe keine Geduld mehr mit dir, Sarmantha«, sagte er schließlich. »Du und dein ganzer Haufen werdet uns morgen verlassen.«

»Ich bin die Verkünderin, ob es dir gefällt oder nicht«, hielt Sarmantha dagegen.

»Dann verkünde irgendwo anders«, verspottete Swidpal sie.

»Und falls ich deinen Wunsch nicht befolge?« fragte Sarmantha.

»Dann stirbst du«, flüsterte der Leomannenführer. »Dann stirbst du.«

»Wie Hrodleip?«

»Ja, verdammt. Wie er!«

In diesem Augenblick wurde der Zelteingang geöffnet, und Malachias trat ein. Wahrscheinlich hatte ihn Eleta oder einer von Gnutewigs Verwandten geholt. Er kam so passend, als hätte er draußen auf sein Stichwort gewartet.

»Später«, sagte Swidpal kurz angebunden, um ihn zu vertreiben.

»Lieber nicht«, widersprach Malachias. »Ich denke, ich sollte Zeuge dieser Unterhaltung sein. Ich habe ein ausgleichendes Gemüt und weiß zu beruhigen und zu vermitteln. Wir wollen nicht, daß abermals jemand unnötig stirbt.«

Swidpal starrte ihn verständnislos an. »Was wagst du zu behaupten?«

»Ich trage dir Hrodleips Tod nach, Swidpal«, erklärte Malachias ruhig.

»Es war mein Recht, ihn zu töten!«

»Ja, das war es«, bestätigte sein Gegenüber. »Trotzdem war es eine überflüssige Tat. Du hättest mit seiner Niederlage zufrieden sein können. Er war ein tapferer Mann. Glaubst du, ich hätte nicht verstanden, wem sein Tod wirklich galt?« Lange unterdrückter Zorn sprach aus ihm.

Swidpal erhob sich wachsam aus dem Sessel. »Wohin bringt uns das, Malachias? Willst du Hrodleip rächen und mich nun selbst herausfordern?«

Malachias stieß ein kurzes Lachen aus: »Von *selbst* kann keine Rede sein. Hrodleip handelte aus eigenem Antrieb. Als ich siebzehn Jahre zählte, hatte ich bereits fünfzehn Gegner besiegt. Hätte ich dich herausgefordert, Swidpal, so stündest du nicht mehr hier. Nein, sei unbesorgt, ich will nicht mit dir kämpfen. Mir reicht es, wenn du die Führerschaft des Heeres niederlegst und mich als deinen Nachfolger benennst.«

Swidpal lief rot an. »Du mußt übergeschnappt sein. Warum sollte ich das tun?«

Malachias lächelte: »Weil ich das Zelt von meinen Kriegern umstellen ließ. Verzichte freiwillig und setze ein Lachen auf, wenn du die Führung an mich übergibst, oder ich lasse dich in Fesseln fortführen.«

»Damit kommst du nicht durch!«

»Wer sollte es verhindern?«

Die Frage verunsicherte Swidpal. »Folkbod«, antwortete er nach kurzem Zögern, als spräche er zu einem schwerfälligen Kind.

»Immerhin eine Antwort«, erwiderte Malachias, ging zum Zelteingang und kehrte mit dem Trägen Folkbod zurück.

Sarmantha war mindestens genauso verwirrt wie der Leomannenführer. Was ging hier vor?

»Gib nach«, sagte Folkbod sogleich zu Swidpal. »Es ist nicht gut, wenn die Gläubigen Aionars sich gegenseitig bekämpfen. Wir beide, Swidpal, sind alte Savannenkrieger. Auf den weiten Ebenen war einst unser Feld. Doch hast du in letzter Zeit gezählt, wie viele unserer Kämpfer noch Leomannen sind? Jeder vierte ist es inzwischen nicht mehr. Dabei wird es nicht bleiben. Die Zeiten ändern sich, Swidpal. Übergib die Anführerschaft anderen Händen.«

Swidpal versank eine Zeitlang in düsterem Schweigen, dann gab er sich geschlagen.

»So sei es«, sagte er und spuckte aus.

Sarmanthas jubelte innerlich. Der Vorhang hatte sich noch weiter geöffnet.

Der dux von Cornia

Am Hof von Mons Flora, Fürstentum Cornia, Kaiserreich des Nordens, am Mittag des 13. Tages des Händlermondes, im 244. Jahr des Imperiums

Mehr als drei Monde hatte die Seereise von der Inneren See, durch die Enge von Hormuras und dann nach Norden die Küste entlang gedauert. Die langen Wochen mit Genia waren ein Geschenk der Götter gewesen. König Bellicus hatte ihnen eine stattliche Hexeris überlassen, eine Kriegsgaleere von sechsundfünfzig Schritt Länge und mit sechshundertdreißig Ruderern. Mit ihren vier eisenbeschlagenen Kampftürmen und vierhundert Rittern und Seesoldaten glich die *Schwert der See* mehr einer schwimmenden Festung als einem Schiff. Die Hexeris war das Flaggschiff der Flotte von Königs Bellicus. Siebzehn weitere Galeeren gaben ihr Geleit.

Siebenundvierzig Häfen hatte die Flotte angelaufen, und Genia hatte im immer gleichen Ritual die Adlerkrone gezeigt. Alle Herrscher entlang der Küste waren zum Kronkonvent nach Mons Flora geladen worden, und nach jedem Landgang waren weitere Galeeren und Küstensegler zu Genias Flotte gestoßen. Als sie schließlich Porta Oldeo in Cornia erreichten, folgten ihnen nahezu hundert Schiffe.

Bei all den Empfängen und Feierlichkeiten, die zu Ehren der jungen Prinzessin gegeben wurden, hielt sich Lorenco stets im Hintergrund. Doch wenn sie wieder auf der mächtigen Hexeris waren und der Pavillon im Heck des Schiffes sie vor zudringlichen Blicken schützte, blieben ihnen wenige gestohlene Stunden der Muße und Liebe. So kam es, daß es Lorenco zum allerersten Mal schwer ums Herz wurde, als er die vertrauten Steilklippen seiner Heimat am Horizont sah. Er war zu unbedeutend, um auf eine Hochzeit mit der Kaisertochter hoffen zu dürfen. Ihre Liebe mußte enden, sobald sie den Boden Cornias betraten.

Im Hafen aber wartete noch ein anderer Schrecken auf ihn. Sein jüngerer Bruder Valerianus, der *dux* des Herzogtums Cornia, lag mit einem schweren Fieber darnieder, so hieß es. Mit einem guten Pferd waren es vier Tagesritte von Porta Oldeo nach Mons Flora. Doch Genia würde mit ihrem riesigen Gefolge gewiß mehr als eine Woche brauchen, um die Provinzhauptstadt zu erreichen.

So trennten sich die Liebenden, und Lorenco ritt voller Sorge voraus. Würde Valerianus sterben, so mochte Claudio Nardes Odera, der Bruder ihres Vaters, nach der Macht greifen. Und er war nicht gerade als ein Freund des Kaiserhauses bekannt. Es war fraglich, ob er Genia anerkennen und ihr Asyl gewähren würde, während sie den Widerstand gegen die Löwenkinder vorbereitete.

Mit gemischten Gefühlen ritt Lorenco in den weiten Hof des Palasts ein, in dem er so viele Stunden seiner Kindheit verbracht hatte. Es war wie eine Reise in die Vergangenheit. Wie früher empfing ihn der weißhaarige Majordomus, während Diener sein Pferd zu den Ställen führten.

Der alte Mann war den Tränen nahe, als er Lorenco erzählte, daß Valerianus am Seefieber erkrankt sei. Seit Wochen rang der *dux* mit dem Tod, und allein die Gewißheit, daß Lorenco auf dem Weg nach Cornia war, hatte ihm die Kraft gegeben durchzuhalten. Der Alte schloß mit den Worten: »Daß du nun hier bist, ist zugleich sein Tod und seine Erlösung.«

Beklommen sah der junge Ritter die breite Treppe hinauf, die vom Hof zu den Fürstengemächern führte. Er wollte den Weg nicht gehen, wollte nicht derjenige sein, der den Lebenswillen seines Bruders brach. Lorenco spürte die erwartungsvollen Blicke der Dienerschaft. Auf See hatte er sich oft vorgestellt, wie er und Genia mit einem ausgelassenen Fest in der Hauptstadt empfangen wurden. Doch statt Jubelschreien gab es nur Schweigen.

Er winkte einen Diener mit einem Krug Wasser heran. Gierig trank er in langen Zügen. Dann ließ er sich Wasser über die Hände gießen und wusch sich den Staub aus dem Gesicht. Anschließend klopfte er seinen weiten Umhang aus. Damit war die Frist verstrichen. Er konnte nicht mehr länger auf dem Hof verweilen, ohne daß auch der letzte merkte, wie er seine Pflicht hinausschob.

Schweren Herzens erklomm er die Treppe. Hier hatte er mit seinem Bruder vor zwanzig Jahren so manches Duell mit Holzschwertern ausgefochten. Und gemeinsam hatten sie davon geträumt, als Ritter des Kaisers waghalsige Abenteuer zu bestehen. Doch das Schicksal hatte ihnen einen anderen Weg bestimmt. Als Erstgeborener war Lorenco an den Hof des Imperators geschickt worden, als Faustpfand für die Treue seines Vaters. Valerianus aber war zurückgeblieben. Als sich abgezeichnet hatte, daß Lorenco den Kaiserhof nicht mehr verlassen würde, hatte man Valerianus auf den Antritt der Herrschaft in Cornia vorbereitet.

Lorencos Beine waren schwer wie Blei, als er dem Majordomus durch lange Flure und über zwei weitere Treppen in den Westflügel des Palasts folgte, der hoch über dem See lag. Endlich erreichten sie eine Tür, mit einem Vorhang aus schimmernden schwarzen Basaltperlen. Der Ritter zögerte. Wieder bestürmten ihn bedrückende Bilder seiner Kindheit. Im weiten, lichtdurchfluteten Raum hinter diesem Vorhang war einst seine Mutter gestorben. Auch sie war vom Seefieber, dem Fluch dieser Stadt, dahingerafft worden.

Leise klickten die schwarzen Perlen, als Lorenco den Vorhang zerteilte. In dem weiten Gemach umfing ihn der Geruch des Todes. Sein Bruder Valerianus war ein großer, kräftiger Mann gewesen, als er ihn vor Jahren zum letzten Mal gesehen hatte. Die ausgezehrte Gestalt, die auf dem Lager vor den hohen Fenstern zur Terrasse ruhte, hatte kaum noch Ähnlichkeit mit dem Mann von einst. Wie altes, fleckiges Pergament spannte sich die Haut über seinen Schädel. Sein Haar war lichter geworden und an den Schläfen ergraut. Fieberglanz spiegelte sich in Valerianus' braunen Augen.

»Gut, dich zu sehen, Erster Ritter.« Die Stimme seines Bruders war kaum mehr als ein Flüstern. Hechelnd rang er nach Atem.

Lorenco kniete sich neben die Bettstatt. Ein übler Gestank ging von Valerianus aus. Mit jedem seiner Atemzüge breitete sich der Odem des Todes aus, denn das Seefieber ließ einem bei lebendigem Leibe die Lunge verfaulen. Es war, als erstickte man unendlich langsam. Jeder Atemzug fiel ein klein wenig schwerer. Man konnte die Krankheit nicht besiegen. Die Kunst der Ärzte vermochte lediglich ihren Verlauf zu verlangsamen und damit die Qualen bis zum Tod zu verlängern. Deshalb verzichteten viele darauf, sich überhaupt behandeln zu lassen, oder beendeten gar mit einem Schierlingsbecher ihr Leben.

»Mein Herz ist voller Stolz«, stieß Valerianus keuchend hervor.

»Sprich nicht. Du mußt dich schonen und Kräfte sammeln«, sagte Lorenco.

Der *dux* lächelte matt. »So kräftig wie in dieser Stunde werde ich nie wieder sein. Alles verläßt mich ... Ein Mann, der nicht einmal mehr seine Blase beherrschen kann, sollte nicht Herrscher über Cornia sein. Es ist gut, daß du gekommen bist. Endlich ... Jede Stunde habe ich gebetet, daß du hier stehen mögest, bevor der Tod an meine Seite tritt.« Ein Hustenanfall schüttelte Valerianus, und schaumiges Blut troff von seinen Lippen. »Ginge es nach Hortensius, wäre ich wohl schon seit Wochen tot. Du erinnerst dich doch an ihn, den alten Heuchler ... Es ist wie damals bei Mutter. Er will einem nicht sagen, wie es wirklich um einen steht, aber sein Gesicht vermag keine schlechten Nachrichten zu verbergen. Ich muß nur seine traurigen Hundeaugen sehen ...« Valerianus lachte kurz auf. Dann ging sein Lachen in Husten über. Feine, hellrote Bluttröpfchen sprühten auf das weiße Leintuch, mit dem er zugedeckt war.

Aus dem Nebenzimmer eilte ein älterer Mann herbei, der die grüngesäumte Tunika eines Medicus trug. Lorenco erkannte in dem kahlköpfigen, gebeugten Greis erst auf den zweiten Blick. Tullius Hortensius, den Hofarzt der Familie, der sie in Kindertagen zur Kräftigung ihrer Lebern mit einem Sud aus Algen und Tintenfischeiern gequält hatte.

Hortensius hatte einen silbernen Kelch mit dunkler Flüssigkeit mitgebracht. »Trinkt das!« befahl er Valerianus in einem Ton, der keinen Widerspruch duldete. Dann wandte er sich an Lorenco.

»Wenn Ihr Euren Bruder umbringen wollt, Erster Ritter, dann macht nur weiter so. Sein Lebensfunke verlischt, und Ihr laßt ihn bis zu Erschöpfung reden. Das ist die blanke Unvernunft!«

»Vergib ihm«, stieß Valerianus hustend hervor. »Er hat sich nie daran gewöhnt, daß wir keine Kinder mehr sind, die man herumkommandiert.«

»Wer sich wie ein dickköpfiges Kind aufführt, der wird von mir auch wie ein Kind behandelt«, schalt der Medicus. »Jetzt trinkt aus. Ich bringe Euch dann ein wenig Laudanum, damit Ihr schlafen könnt.«

»Verschon mich damit! Ich werde bald für immer die Augen schließen. Das letzte, was ich jetzt brauche, ist ein Schlaftrunk.« Valerianus atmete schwer. »Du hast die Erlaubnis zu gehen ... Und schick mir Galabrinus. Er weiß, was ich von ihm will.«

Der alte Medicus bedachte Lorenco mit einem giftigen Blick. »Wenn Ihr Euren Bruder vor der Zeit ins Grab bringen wollt, dann macht nur weiter so.« Leise vor sich hin grummelnd zog er sich zurück.

»Er ist ein wenig ... senil. Gibt nicht zu viel auf seine Worte«, entschuldigte sich Valerianus. »Seit mehr als einem Mond ermahnt er mich jeden Tag, daß meine Zeit gekommen sei und ich meinen Frieden mit unseren Hausgöttern machen soll. Aber ich konnte nicht ... Ich wußte ja, daß du kommen würdest.« Er lächelte schwach. »Weißt du, Bruder. Ich habe mit dem Tod einen Pakt geschlossen. Er verschont mich, bis alle Staatsgeschäfte geregelt sind ...« Valerianus schloß müde die Augen.

Lorenco glaubte schon, er sei eingeschlafen, als sein Bruder plötzlich leise lachte. »Gut, daß du spät gekommen bist ... Glaube nicht, daß ich dir dafür gedankt hätte, daß du der Ritter und Held sein durftest und ich der *dux* werden mußte ... Wie oft habe ich dich darum beneidet!«

Lorenco schüttelte sanft den Kopf. Sollte er seinem Bruder vom Neid, der Mißgunst und den Intrigen am Hof des Imperators erzählen? Und von der ständigen, bohrenden Angst, der Vater könne in Mißgunst fallen und Mörder des Kaisers kämen im Schutze der Nacht, um einen mit einem Kissen zu erstikken, oder, schlimmer noch, gar am hellichten Tag, um einen in Schimpf und Schande als Sproß eines Verräters öffentlich hinrichten zu lassen? Als Lorenco begriffen hatte, was es wirklich bedeutete, Gast am Hof des Imperators zu sein, war aller Glanz der prächtigen Feste und Turniere für ihn verblaßt. Wie oft hatte er Valerianus darum beneidet, der Zweitgeborene zu sein. Das bedeutete Freiheit, solange der Erstgeborene lebte und am Kaiserhof weilte.

Leise klickten die Perlen des Vorhangs. Ein kahlköpfiger Schreiber trat ein. Er trug auf einem weißen Leintuch einen Kranz aus frisch geschnittenem Lorbeer, dazu ein kleines Flaschchen aus Bernstein und eine Lederrolle für Dokumente.

»Galabrinus?« fragte Lorenco überrascht. Er hatte den Schreiber als einen Mann mit üppiger Lockenpracht in Erinnerung.

Der Schreiber lächelte scheu. »Der bin ich, Herr.«

»Du hast alles vorbereitet?« fragte Valerianus.

»Ja, Herr. Ich bin bereit.« Galabrinus öffnete das kleine Bernsteinfläschchen und träufelte ein wenig Rosenöl auf Valerianus' Hände. »Knie nieder, Bruder«, sagte er mit zittriger Stimme. Dann strichen seine Hände über Lorencos Schläfen. Valerianus' Berührung fühlte sich an, als streiften ihn dürre Winteräste. Es war fast kein Fleisch mehr an den Fingern, die sein Haupt salbten.

Valerianus drückte ihm den Lorbeer auf die Stirn. »Nun führst du das Amt des *dux* von Cornia, mein Bruder. Ich entsage dieser Würde. Du knietest nieder als Lorenco Nardes Odera, erhebe dich nun als Lorenco Odera Nardes *dux Corniae*. Nicht länger steht dein Familienname am Ehrenplatz, sondern der Name unseres Geschlechts, Nardes. Möge dich dies stets daran erinnern, daß nun dein Handeln allein dem Wohle Cornias und der Vermehrung des Ruhmes des uralten Geschlechts der Nardes dienen darf.« Valerianus sank erschöpft auf das Kissen zurück. »Bereite die Urkunde«, flüsterte er.

Galabrinus zog sich an ein Stehpult in einer Ecke des Zimmers zurück. Bald erfüllte der Duft von schmelzendem Siegellack die Kammer. Der Hofschreiber prägte sein Amtssiegel als Zeuge unter das Dokument. Dann trat er an das Bett und führte Valerianus die Hand, als der *dux* seinen schweren Siegelring in den heißen Lack drückte.

»Nun ist es also vollbracht.« Er seufzte erleichtert und streifte den Ring ab. »Trittst du meine Nachfolge an, Bruder?«

Lorenco nickte, unfähig, ein Wort zu sagen. Er wußte, wieviel seinem Bruder trotz aller Reden die Herrschaft bedeutet hatte. Daß er noch zu Lebzeiten sein Amt aufgab, war eine ungewöhnliche Geste. Nie zuvor war so etwas in der langen Geschichte des Hauses Nardes geschehen.

Galabrinus verneigte sich vor Lorenco. »Mein Fürst, mit Eurer Erlaubnis, werde ich mich zurückziehen und dem Hof verkünden, daß Ihr nun die Geschicke Cornias lenkt.«

Als sich der Vorhang hinter dem Schreiber schloß, räusperte sich Valerianus leise. »Du ahnst nicht, wie groß die Bürde ist, die du mir abgenommen hast. Es liegt ein Schatten über unserem Haus. Deshalb hat Claudio, der Bruder unseres Vaters, auch nicht sein Erbrecht geltend gemacht. Wie ein alter Steinadler hockt er auf *castra Peliada,* seinem Felsennest. In der Nacht vor dem Kaiserfest im vergangenen Jahr hat es ein schlimmes Omen gegeben.« Valerianus deutete zu den hohen Fenstern hinaus auf den See. Etwa eine Meile entfernt vom Hafen lag dort eine kleine, von Zedern bewachsene Felseninsel. Zwischen den Stämmen leuchteten die weißen Säulen eines Tempels, in dem Kymo, die Inselgebärerin, die Mutter des Meeres verehrt wurde. Seit Anbeginn der Zeiten stand das Geschlecht der Nardes unter ihrem Schutz und führte ihr heiliges Tier, den Delphin, im Wappen. Nur den Angehörigen der Familie Nardes und einer Handvoll auserwählter Priester war es erlaubt, die Insel zu betreten.

»Welches Omen?« fragte Lorenco ruhig.

»Ein Windstoß hat alle Lichter, alle Fackeln und alle Räucherpfannen im Tempel verlöschen lassen. Dabei war es keine stürmische Nacht.« Die Stimme seines Bruders wurde immer leiser, während er sprach. »Hier in der Stadt hat man von dem Wind nichts bemerkt. Er scheint nur den Tempel betroffen zu haben.«

Lorenco mußte sich vorbeugen, um zu verstehen, was sein Bruder flüsterte. »Die Priester sagen, dies sei ein böses Vorzeichen. Sie sagen, das Geschlecht der Nardes werde verlöschen, so wie die Lichter in unserem Tempel verloschen sind. Ich wollte es nicht glauben, bis uns zwei Monde später die Nachricht von der Schlacht bei Duros Xenthos erreichte und es hieß, du seiest gefallen. Wenig später kam Onkel Parmenio bei einem Reitunfall um, und Drusilla starb im Kindbett. Der Fluch erfüllt sich.« Valerianus stieß einen tiefen Seufzer aus und lag ganz still.

Einen Herzschlag lang fürchtete Lorenco schon, sein Bruder sei gestorben, dann zitterten seine Augenlider, und er tat einen schweren Atemzug.

Lorenco versuchte ihm mit einem Lächeln Mut zu machen. »Wie du siehst, lebe ich. Und Kymo hat ihren Segen nicht von unserem Geschlecht genommen.« Er erzählte von der Nacht vor der Schlacht und dem Treffen mit der geheimnisvollen Ianassa. Vielleicht war sie eine der Nereiden Kymos gewesen. Ein Meeresgeschöpf, das in eine Menschenhaut schlüpfen konnte. Lorenco war nach all den Monden davon überzeugt, daß Ianassa der Delphin gewesen sein mußte, der ihn im Kalykados vor dem Ertrinken bewahrt und auf wundersame Weise seinen Siegelring ans Ufer getragen hatte. Dank ihr war er nicht im Zentrum der Schlacht gewesen. Ganz gleich, wie tapfer er auch gekämpft hätte, dort hätte er nicht bestehen können, denn dem Heer des Imperators war der Untergang bestimmt gewesen. So aber hatte er entkommen und Genia retten können.

Der Atem seines Bruders ging nun regelmäßiger. Gebannt lauschte er seiner Erzählung. Nur einmal unterbrach er Lorencos Bericht. »Ich habe gehört, daß die Leomannen dich fürchten wie einen Rachegeist. Sie nennen dich den Würger. Du sollst als lautloser Tod durch die Nacht schleichen.« Er lächelte. »Hier in Cornia glaubt keiner diese Lügen. Wir kennen dich, Lorenco.

Du bist ein Ritter. Vielleicht der erste seit langem, der diesen Titel zu Recht trägt. Man erzählt sich überall von deinen Taten, und die Gaukler singen Lieder von dir, dem Ersten und dem letzten Ritter des Imperiums. Es ist gut, daß du nun der *dux* bist. Mit dir ist die Hoffnung zurückgekehrt, den Barbarensturm aufzuhalten.« Valerianus' Lippen waren blau und sein Gesicht aschfahl. Seine Kräfte waren erschöpft. »Ich hoffe, ich werde Genia sehen. Es heißt, sie sei wunderschön ... Erzähl weiter. Erzähl von dem Riesen und von der Flucht nach Pentarosae ... Dein Leben ist wie die Geschichten, die uns Vater damals vor dem Schlafengehen erzählt hat. Nur daß diese Geschichte wahr ist ...«

In der Gruft

Mons Flora, in der Gruft am Fürstenhof, abends, vier Tage später

Der alte Majordomus führte die wenigen Ehrenwachen und Verwandten aus der großen Gruft, so daß Lorenco nun endlich allein war. Der Ritter blickte in das gemauerte Grab im Marmorboden. Valerianus lag auf ein safrangelbes Tuch gebettet, angetan mit seinem perlengeschmückten Fürstenumhang, einem breiten goldenen Gürtel über seiner weißen Tunika und rot gefärbten Schnürstiefeln. Sein Kopf ruhte auf einem Kissen. Man hatte ihn geschminkt, damit er etwas ansehnlicher erschien, doch keine Schminke der Welt vermochte sein eingefallenes, ausgezehrtes Gesicht zu verbergen.

Sein Bruder war das letzte Glied, das ihn mit seiner Kindheit verbunden hatte, dachte Lorenco traurig. Valerianus hatte sich gewünscht, daß er ihm von ihrer gemeinsamen Kindheit erzählte. Von ihren Streichen und den Turnieren, von ihren Träumen ... Er war mit einem Lächeln auf den Lippen gegangen.

Lorenco schluckte hart. Was waren Erinnerungen, die man mit niemandem mehr teilen konnte? Mühlsteine um den Hals, die einen hinab in dumpfes Brüten und Verzweiflung zogen. Wenn ihm wenigstens Genia geblieben wäre ... Aber sie würde unter den Königen wählen müssen. Das verlangte das Imperium. Wer war schon der *dux* von Cornia? Der Fürst eines Landes am Ende der Welt. Sosehr er es auch wollte, er hatte nicht den Einfluß oder die Truppen, um das Schicksal des sterbenden Reiches noch einmal zu wenden. Genia brauchte einen anderen Mann als ihn, wenn sie das Imperium retten wollte.

Lorenco nahm den Lorbeerkranz von seiner Stirn und bettete ihn auf die Brust seines Bruders. Dann erhob er sich und trat an das Holzgerüst mit dem Flaschenzug, das die schwere marmorne Platte trug, mit der das Grab geschlossen wurde.

Der Blick des Ritters wanderte durch die weite Gruft. Nur wenige Totenlichter waren aufgestellt, doch selbst im Zwielicht schien der weiße Marmor zu leuchten. Die Luft war stickig. Es roch nach welken Blumen und dem Ruß der Öllampen. Die Gruft der Nardes war ein großer Kuppelsaal, der tief unter dem Fürstensitz im Fels lag. Über die Jahrhunderte hatte man die Grabkammer mit verschwenderischer Pracht ausgestattet. In die Wände waren Dutzende von Nischen eingelassen. Über hundert Porträtköpfe aus Marmor hatte man aufgestellt. Manche waren bemalt und sahen fast lebendig aus. Die Köpfe der Fürsten waren mit goldenen Lorbeerkränzen geschmückt. In ihren Zügen spiegelte sich Stolz, seltener Weisheit. Auch eine Büste von Valerianus gab es schon. So jung sah sein Bruder aus!

Die Augen des steinernen Abbilds wirkten lebendig. Man hatte sie aus dunklem Türkis gefertigt und Pupillen aus Onyx eingesetzt. Fragend sahen sie ihn aus der Nische heraus an. Würde sich die Prophezeiung der Priester erfüllen? War es dem Haus Nardes bestimmt zu verlöschen? War er, Lorenco Odera Nardes, der Letzte seines Geschlechts, der den Titel *dux* tragen würde? War es sinnlos, sich gegen die Flut der Barbaren zu stemmen? War der Untergang des Imperiums längst schon nicht mehr abzuwenden?

Ein Kaiserpriester bei Hof hatte einmal behauptet, das Imperium sei so groß, daß selbst sein Untergang länger andauern würde, als manches andere Reich überhaupt Bestand gehabt habe. Der Mann hatte sich geirrt. Nichts schien die Leomannen aufhalten zu können.

Lorenco blickte noch einmal hinab in das offene Grab. Sein Lächeln in der Todesstunde war Valerianus erhalten geblieben. »Ich wünschte, du könntest an meiner Seite sein«, flüsterte der Ritter und löste die Sperre an der Kurbel des Flaschenzugs. Langsam senkte sich die schwere Marmorplatte und versiegelte das Grab. Eine kunstvolle Plastik nach neuester Mode schmückte sie. Sie zeigte Valerianus seitlich aufgestützt auf einer Kline liegend. In der linken Hand hielt er Weintrauben, während die Rechte offen dem Betrachter entgegengestreckt war. Das Steinbild war so lebensecht bemalt, daß Lorenco das Gefühl hatte, Valerianus müsse ihn jeden Augenblick ansprechen oder sich erheben, um die bedrückende Gruft zu verlassen.

Lange sah Lorenco das Bildnis an. Valerianus mußte es etliche Monde vor seinem Tod in Auftrag gegeben haben. Es war von dem berühmten Bildhauer Praxitekros ausgeführt worden, dem berühmtesten Meister seiner Kunst im Kaiserreich des Nordens. Wo würde er selbst wohl einst begraben sein? fragte sich Lorenco. Würde er als Rabenfraß auf irgendeinem namenlosen Schlachtfeld enden? Er sollte nach einem Bildhauer schicken lassen, der eine Grabplatte für ihn fertigte. Er sollte vorbereitet sein, wenn er dem Tod ins Antlitz blickte.

Lorenco ging zwischen den Gräbern hindurch, die in konzentrischen Kreisen den Boden der weiten Halle füllten. Er würde seinen Ahnen keine Schande machen! Ganz gleich, wie verzweifelt der Kampf auch sein mochte, der vor ihm lag, Genia konnte auf ihn zählen!

Er verließ die Gruft durch das hohe, bronzebeschlagene Tor und trat auf den langen Flur, der zurück zum Palast führte. Dort erwartete ihn kniend eine Gruppe junger Ritter. Sie alle waren wohl gerüstet und hatten zum Zeichen der Trauer blütenweiße Umhänge angelegt.

»Mein Fürst, wir legen Euch unsere Schwerter zu Füßen«, sprach der vorderste von ihnen. Er hatte kurz geschorenes schwarzes Haar und ein strenges Gesicht.

»Wer seid Ihr?«

»Söhne des Adels und der bedeutendsten Mercatorenfamilien«, entgegnete der Wortführer. Er hatte das Haupt erhoben und sah Lorenco nun offen ins Gesicht. Stolz und der feste Glaube an seine eigene Unbesiegbarkeit spiegelten sich in den himmelblauen Augen des jungen Ritters. »Mein Name ist Tertullian Jugandus Sancrius. Wir waren die Leibwache des *dux* Valerianus und möchten unsere Klingen nun in Euren Dienst stellen, mein Fürst.«

Lorenco betrachtete die Ritter nachdenklich. Es waren nur zwölf. Er mußte an die Adelsgarde denken, die Blüte der Ritterschaft des Imperiums. Wenn er sie jetzt hier unter seinem Kommando hätte ... Wenn sie nicht in Duros Xenthos dahingeschlachtet worden wäre ... Unter seiner Führung wäre sie eine Waffe gewesen, die die Leomannen das Fürchten gelehrt hätte.

»Mein Fürst!« Trotz spiegelte sich jetzt in Tertullians Zügen, fast als hätte er Lorencos Gedanken erraten. »Beurteilt uns nicht nach unserer Zahl. Beurteilt uns nach der Zahl derer, die unter unseren Klingen sterben.«

Lorenco mußte lächeln. Der junge Ritter erinnerte ihn daran, wie er einst gewesen war, als er voller Furcht vor Zurückweisung um Aufnahme in die Adelsgarde gebeten hatte. »Ich werde Euch nicht als meine Leibwache in Dienst nehmen«, entgegnete der *dux* entschieden.

Tertullians Antlitz verhärtete sich.

»Ihr sollt die ersten in der neuen Adelsgarde sein«, fuhr Lorenco fort. »Ich bin noch immer der Erste Ritter des Imperiums, und die Kaiserin Genia wird treue Streiter an ihrer Seite brauchen. Erhebe dich nun, Tertullian Jugandus Sancrius, Ritter der Kaiserin. Und auch ihr anderen, steht auf! Nie wieder sollt ihr vor mir knien, auch wenn ich euer *dux* bin. Von dieser Stunde an sind wir Waffenbrüder, und es zählen weder der Ruhm noch der Rang eurer Ahnen. Meine Achtung erlangt ihr nur durch Tapferkeit und Waffengeschick. Ich erwarte euch morgen zu Sonnenaufgang auf dem Fechthof des Palasts. Heute trefft ihr mich in Trauer, und es ist ein leichtes, mein Herz durch Worte der Treue zu berühren. Doch morgen muß mich eure Kunstfertigkeit mit dem Schwert überzeugen, denn nur die Besten werden der Kaiserin in der Adelsgarde dienen.«

Die Ritter erhoben sich und gaben den Gang frei. Manche wirkten erschrocken. Andere strahlten vor Stolz oder starrten ihn einfach nur mit offenem Mund an.

Lorenco fühlte sich plötzlich viel leichter ums Herz. Er wußte nicht, ob er ein guter *dux* sein würde. Aber er wußte, daß er ein guter Erster Ritter war. Er würde eine neue Adelsgarde aufstellen und jeden Tag damit beginnen, daß er die Leibwache der Kaiserin ausbildete. Die Stunden mit den jungen Kriegern würden ihm die Last der anderen Aufgaben erleichtern.

Der Imperator spricht

Am Hof von Mons Flora, am 23. Tag des Roten Erntemondes, zwei Monde später

»Der Saal ist bereit, Guelfo. Alle warten.« Der Gaukelmeister verneigte sich wie üblich viel zu tief und übertrieben.

»Sind die schwarzen Vorhänge bestimmt blickdicht?«

»Da kommt nicht einmal ein Mosquito durch – und schon gar kein Auge.« Der Schausteller zupfte nervös das schwarze Gewand zurecht, das seinen ganzen Körper einhüllte.

»Angst?«

»Bühnenfieber sagen wir dazu. Ja. Hab ich – und zwar mächtig. Vor so vielen Königen und obersten Priestern habe ich noch nie Theater gespielt.«

»Es ist kein Theater, es ist eine kultische Handlung.« Aber sie wußten beide, daß er log.

Guelfo schritt durch den Raum und flüsterte ein letztes Mal die wichtigsten Sätze. Er hatte wenig Zeit für die Vorbereitung gehabt. Die Tage seit seiner Ankunft in Mons Flora waren voll überstürzter Entscheidungen gewesen – und die bevorstehende Krönung machte immer weitere nötig.

Genia und Odera – der *dux,* wie man ihn nun zu nennen hatte – hatten sich aufrichtig gefreut, als der verschollene Gefährte nach so vielen Monden wieder zu ihnen gefunden hatte.

»Wir wußten nicht, ob Ihr überhaupt noch lebt«, hatte die Prinzessin geflüstert, und der Orator hatte sich eingeredet, daß ihre Augen ein wenig feucht waren. Sie hatte ihn zweimal gedrängt, ihr zu schildern, wie er seine Begegnung mit den Leomannen überstanden habe – aber bislang hatte die Eile der Krönungsvorbereitungen es Guelfo erlaubt, sich um eine Geschichte zu drücken, die er ohnehin niemals erzählen konnte.

»Hat man Euch ... gefoltert?« hatte sie gefragt.

»Ich hätte nicht gedacht, daß ein Mensch solche Schmerzen erleben und überleben kann«, war seine Antwort gewesen. Die Wahrheit lag im Wort. Aber wie sollte er ihr erklären, daß die Folter erst begonnen hatte? Daß sie vielleicht niemals enden würde – wenn er heute nicht ein Orakel sprechen konnte, das in die Geschichte des Imperiums eingehen würde ...

»Schnell, Ihre Imperiale Hoheit spricht bereits!«

Der Orator schreckte aus seinen Gedanken. Dann folgte er dem Gaukelmeister, der ihn bis hinter die schwarzen Vorhänge führte. Er konnte Genias Stimme hören, die im Tempelsaal in rituellen Worten die Priester der einzelnen Kulte rief. Einer nach dem anderen antwortete in salbungsvollen Worten und erklärte sich bereit, den Segen seiner Gottheit für die bevorstehende Krönung zu erflehen.

Noch einmal vergewisserte er sich, daß alle Requisiten und

Akteure bereit waren: das Kohlebecken, die Harzklumpen, die Myrrhe, der Gaukelmeister und der Bauchredner, beide kaum sichtbar in ihren schwarzen Kleidern.

Es hatte einigen Zwist mit den traditionellen Kulten gegeben, das Orakel in der Art durchzuführen, wie Guelfo es wünschte. Doch er war der wichtigste Berater der zukünftigen Kaiserin, der ihr ausdrückliches Vertrauen genoß. Und die Priester hatten dem zukünftigen Ersten Kaiserpriester wenig entgegensetzen können, als er sein wichtigstes Argument vorgebracht hatte: Kein Sterblicher war dieser Tage noch sehr willig, die Götter anzurufen, damit sie sich in eine Entscheidung einmengten – denn seit etwa zwanzig Jahren taten sie das wirklich. Fast alle teilten die Befürchtung, daß es heute ein Spiel mit dem Feuer sei, den Sonnengott Luculentus und die Sternengöttinnen anzurufen. Wenn man die Gier bedachte, mit welcher der Gott des Regens und die Göttinnen der Erde ihre Gläubigen quälten, dann war es besser, wenn die obersten Götter blieben, was sie waren: die Sonne eine Fackel, die nicht mehr sengte, und die Sterne eine Erinnerung alter Männer.

»Kaiserpriester Guelfo, mein Orator, ich befehle Euch zu mir!« Genias Stimme klang klar und fest. Sie hatten die Zeilen geübt, aber sie sprach sie, als hätte sie schon ihr ganzes Leben Befehle gegeben. Und dennoch: Gerade weil er seine Schülerin besser kannte als jeder andere, erfüllte ihn der Gedanke an die Zukunft des Imperiums mit Sorge.

Auf ein Zeichen des Leomannen hin öffneten sich die Vorhänge, so daß er auf die Empore treten konnte. Die Tempelhalle strahlte vom Gold und Geschmeide der Gäste. Von den sieben Königen waren nur die des Kaiserreiches des Nordens und des Elfenbeinernen Kaiserreiches anwesend. Jenseits des zentralen Altars stand Genia in einem verschwenderischen, eng taillierten Atlaskleid, auf dem Haupt die ausladende Haube mit dem Rosenfächer darauf. Zu ihrer Rechten standen König Bellicus von Mediogenien und Aegilius, der neue König von Gondallo, hinter ihnen unter anderem die mächtigen Fürsten von

Palmena, Westermark und Guavia, der Fürst von Bitterland, Seefürst Nubeculus von Hormuras und der Fürst der Ananasküste, der wegen des Riesen Maganta seit fünfzehn Jahren im Exil in Mediogenia lebte. Und natürlich Fürst Lorenco Odera Nardes von Cornia. Zu ihrer Linken standen die Könige von Elephantinos und Gardiamara und hinter ihnen die Fürsten des Elfenbeinernen Kaiserreiches.

»Im Namen der Mächte, die sind und die wissen«, erhob Guelfo seine mächtige Stimme, »im Namen der Götter und im Namen der Menschen. Wir rufen dich, Imperator Gratianus der Große, Kaiser des Nordens, dreifacher Kaiser, Herr des Hauses Gratianus.«

»Heil Gratianus!« schallte es aus den Kehlen der Mächtigen. Ja, es war nur der unsterbliche Wille von Genias Vorfahren, der all diese Herrscher an diesen entlegenen Ort gezwungen hatte. Es war verständlich, daß Genia zunächst in Cornia Zuflucht gesucht hatte, wo ihr Odera den Schutz seines Hauses bieten konnte. Aber was die Krönung betraf, hätte es kaum eine ungeschicktere Geste geben können, als sie hier zu vollziehen, in einem Land, das im Norden so abgelegen ins Meer ragte, daß die meisten Bewohner des Imperiums noch nie von ihm gehört hatten. Die Herren und das Volk des Imperiums waren gewohnt, daß der Imperator in seinen größten Städten Hof hielt, die allesamt durch Heerstraßen verbunden waren. Doch hier waren sie tausend Meilen von der Insula Nebulae entfernt, die Genias Anspruch auf den Thron bewahrt hatte, und zweitausend Meilen von Pentarosae und den unbesiegbaren Horden der Savannenvölker. Die Savanne selbst schien ein Leben weit entfernt. Nein, sie war tatsächlich ein Leben weit weg. Guelfos Leben.

Der Zauberer wandte sich um und stellte sich feierlich hinter die Räucherschale. Unter weiteren Anrufungen warf er abwechselnd einen Harzbrocken und eine Handvoll Myrrhe ins Feuer. Sorgfältig achtete er darauf, daß jede Geste eine deutlich aufsteigende Rauchwolke erzeugte.

»O ihr Mächte, die sind und die wissen, Vögel des Himmels

und Fische des Meeres, Geister der Erde und Geister des Feuers, o allwissende Sphinx, hört meine Frage.« Guelfo konnte durch die Rauchschwaden die gespannten Blicke der Herrscher sehen. Sie alle warteten auf die Antwort der Prinzessin – obwohl sich die Anzeichen mehrten, daß Genia erst am Tag der Krönung unter den Königen einen bitten würde, an ihre Seite zu treten: als ihr Gemahl, als neuer Imperator.

Auch der Orator fragte sich, wen sie erwählen würde. Genau betrachtet war sie ihm gegenüber dieser Antwort ebenso ausgewichen, wie er es getan hatte, als sie ihn nach seinem Erlebnis bei den Feinden gefragt hatte. Sie schien König Bellicus zu schätzen. Aber es war durchaus möglich, daß sie einen der Könige des Kaiserreiches der Fünf Rosen wählte, welche die volle Wucht des *furor leomannicus* zu ertragen hatten. Der junge König von Gatanien, dessen Vater bei Duros Xenthos gefallen war, kämpfte irgendwo in Vandalgo, bereits zweihundert Meilen nördlich seiner eingeschlossenen Hauptstadt. Von König Severus gab es keine Nachricht, seit er aus Pentarosae aufgebrochen war, um die Krone zu suchen, und Erbprinz Prosperus, der, so hieß es, den Leomannen nur durch das Opfer einer Hundertschaft Leibgardisten entkommen war, verbarg sich bei Verwandten im äußersten Westen. Der Sohn von König Magnanimus von Gratiandien schließlich hatte unterwürfig um Verzeihung gebeten, daß er weder zur Krönung der Imperatoria noch zu seiner eigenen anreisen könne. Die Göttin Gorgonia habe ihm verboten, sein Land zu verlassen, ehe er nicht seinen Pflichten ihr gegenüber nachgekommen sei.

Falsche Götter, dachte er! Es war Zeit, daß ihnen jemand entgegentrat …

»Imperator Gratianus der Große«, rief Guelfo, «gib dieser deiner Tochter deinen Segen, auf daß sie die *corona aquilina* trage.« Wieder warf er einen Harzbrocken ins Feuer. Langsam schlossen die beiden Gaukler den Vorhang. Wieder eine Handvoll Myrrhe. Der heilige Rauch würde weiter aufsteigen, während der Vorhang geschlossen war, seine Stimme würde die Frage wiederholen.

Es war an der Zeit, daß Guelfo Verantwortung für die Menschen dieses Imperiums übernahm. Allzu lange hatten all seine Bestrebungen seiner Karriere gedient. Aber nun wartete das höchste Amt auf ihn, das ein Zauberer, ein Priester, ein Barbar überhaupt erreichen konnte. Und er fühlte die Sinnlosigkeit all der Macht und Pracht, von der er so lange geträumt hatte. Sie war sinnlos, wenn er sie nicht nutzte, um das Schicksal all dieser Menschen zum Besseren zu wenden ...

Guelfo prallte zurück, keuchend vor Anstrengung. Da war eine Gestalt in den Schwaden über der Räucherpfanne.

»Aufhören!« stieß er atemlos hervor, dann, gedämpfter: »Kein Harz mehr!« Das Gesicht in den Schwaden war unverkennbar. Der Leomanne trug das Bild seit Jahren auf seinem Ornat, und jeder Palast und jeder Platz im Imperium war mit Standbildern davon geschmückt.

Gratianus! Wie war das möglich? Der Kopf, größer als ein Leomannenschild, blickte zum Vorhang, zur Halle, zu den Wartenden. Wenn Guelfo den Vorhang jetzt öffnete, würden sie ihn alle sehen. Das war nicht vorgesehen.

Würde er sprechen? Was würde er sagen?

Alles, was der Zauberer vorbereitet hatte, zielte darauf ab, das Orakel selbst zu sprechen – das in Worte zu fassen, was alle erhofften und erträumten. Er hatte nicht vorgehabt, etwas anderes als die Wahrheit zu sagen – die ungeliebte Wahrheit. Aber was, wenn ihm Gratianus – der unsterbliche Gratianus – widerspräche?

Er hätte sein Leben verwirkt. Da draußen waren Priester von einem Dutzend Göttern, die er gedemütigt hatte, die nur darauf warteten, den Barbaren zu Fall zu bringen, der statt der Götter die Sphinx und die Vögel anrief.

Die Sphinx. Nein, wie so oft konnte sie ihm nicht helfen. Ihr Orakelspruch blieb ihm unverständlich: kein Schermesser weit und breit. Und inzwischen war die Sphinx von Aionar bezwungen worden. Die Stadt, welche die Sphinx zu gebären versucht hatte, hatte sich als Totgeburt erwiesen.

Guelfo war allein – und das war der Augenblick zu beweisen, ob wahr war, woran er glaubte.

»Öffnen!« zischte er.

Als die schwarzen Tuchbahnen sich teilten, schritt Guelfo erregt hinaus, wandte sich der Rauchsäule zu und warf sich auf die Knie, die Arme erhoben. Hinter ihm ging ein ehrfürchtiges Raunen durch die Menge, als sie den ersten Imperator erkannten.

»Imperator Gratianus der Große«, stieß der Orator hervor, die Kehle klamm vor Ehrfurcht und Tollkühnheit, »du bist erschienen.« Nein, das Antlitz schien nicht sprechen zu wollen. »Gib deinem Diener ein Zeichen.« War es möglich, daß er diese Erscheinung beeinflussen konnte? So wie den Riesen Wademar? Wie das giftige Flußpferd Behemoth? War der Blutige Pfeifer nicht auch ein Gespenst gewesen – und er, Guelfo, hatte ihm befohlen, sein unheiliges Lied andernorts zu spielen? Und die Sphinx? Hatte nicht selbst die Sphinx seinem Flehen Folge geleistet und für ihn gesprochen?

Dem Zauberer wurde schwindlig. War es möglich, daß seine Macht so viel größer war, als er geahnt hatte? War das der Grund, warum die Leomannen ihn verschleppt hatten?

»Gib deinem obersten Diener ein Zeichen.« Ja, er war der oberste Kaiserpriester. Das mußte er hervorheben. »Laß mich für dich sprechen.«

Die Spannung unter den anwesenden Königen hätte nicht größer sein können. Bei den Pranken des Löwen, welche Macht! Er könnte hier und jetzt verkünden, was immer er wollte. Hinter sich wußte er Genia, die vor einer Aufgabe stand, die kein Mensch tragen konnte. Noch war sie nur ebenbürtige Verwandte dieser Könige, aber bald …

Für einen Augenblick zuckte der irrwitzige Gedanke durch seinen Kopf, sich selbst zu ihrem Gatten zu ernennen. Er könnte Genia retten, das Imperium, den Frieden, die Welt.

Nein! Er war ihr Lehrer, nicht ihr Liebhaber. Er war Zauberer, kein Imperator. Und er war Leomanne …

»Bei den tausend Stimmen von Irian«, rief er, und seine Stimme klang selbst in seinen Ohren fremd. »Bringt die Krone! Bringt sie vor die Augen des ersten Imperators, denn ohne Krone gibt es kein Imperium.«

»Bringt die Krone!« gaben hinter seinem Rücken Genia und die Könige den Befehl weiter.

Guelfo hatte zu schreien angefangen. »Euer Sonnengott am Himmel ist zu einer trüben Scheibe verblaßt, eure Sternengöttinnen haben euch verlassen, eure Regengötter und eure Erdgöttinnen tun nichts, als immer mehr Menschenopfer zu fordern. Es ist Zeit zu erkennen, was die Wahrheit ist!«

Speichel sprühte. Er hechelte und röhrte, und ein fremdes Brüllen erwachte tief in seiner Kehle. »Könnt ihr immer noch nicht sehen? Denkt ihr, ich habe dieses Imperium erschaffen, damit meine Kinder fressen, während andere verhungern?«

Da war so viel in ihm, daß hinausgeschrien werden wollte. Die Hungerjahre am Lino. Sein Bruder Swindewill, den die Feinde skalpiert hatten. Die Toten von Duros Xenthos.

»Habe ich Burgen gebaut, damit ihr euch vor euren eigenen Völkern darin versteckt?«

Die Leomannen, die sich vom Imperium hatten kaufen lassen. Die inzwischen schon imperiale Namen trugen. Die Mörder vor dem Zorn ihrer eigenen Brüder beschützten.

»Habe ich irgendwann gesagt, daß manche meiner Völker weniger wert sind als andere?«

Hinter ihm wurden Stimmen laut.

»Habe ich Gesetze gemacht, damit ihr Angst habt?«

»Die Krone!« klangen ferne Rufe durch Guelfos Toben.

»Habe ich Frieden gemacht, damit ihr Krieg führt?«

»Die Krone ist verschwunden!«

»Jemand hat die Krone gestohlen!«

Wille der Ahnen

Der neue Kaisertempel von Mons Flora, abends, am Tag des Festes der Kronen

»Es ist soweit, Imperiale Hoheit!«

Genia nickte Patrokles huldvoll zu. Der Erste Kaiserpriester trug eine strahlend weiße Tunika. Fahrig strich er sich über das dünne, schwarze Haar, das so aussah, als flösse es in Rinnsalen von seinem Schädel. Dann gab er den acht jungen Tempeldienerinnen neben der Sänfte ein Zeichen, die lange Schleppe ihres mit Golddraht verstärkten Imperialgewandes anzuheben. Das prachtvolle Kleid aus silbern schimmerndem Atlas und dunklem Brokat war wie immer so eng geschnürt, daß es ihr den Atem raubte. Schwer lastete es auf ihren Schultern, und einen Moment lang kam es ihr vor wie das Sinnbild jener Bürde, die sie in diesen Tagen tapfer zu tragen hatte. Würdevoll stieg sie die 77 Stufen zum Tempelberg empor; vorbei am Spalier der Fackelträger, die den Aufweg links und rechts säumten. Starr blickten die jungen Männer geradeaus, nicht ahnend, welche Gedanken und Gefühle Genia in dieser Stunde plagten.

Noch immer gab es keinen Hinweis auf den Verbleib der Adlerkrone. Fassungslos dachte sie an den Tumult zurück, den die Nachricht des neuerlichen Diebstahls beim Kronkonvent ausgelöst hatte. Nur dem energischen Eingreifen Lorencos und König Bellicus' hatte sie es zu verdanken, daß ihr unter diesen Umständen ein Abgang in Würde gelungen war. Guelfo war in jenem Augenblick nicht ansprechbar gewesen. Sein beeindruckender Zauber, der Gratianus von ihm hatte Besitz ergreifen lassen, hatte ihn schlichtweg überwältigt.

Die Stunden und Tage darauf waren von zermürbenden Gesprächen erfüllt gewesen. Guelfo und seine Helfer hatten später ausgesagt, daß sich die Krone während ihrer Orakel-Vorbereitungen noch nebenan im prachtvollen Flügelsaal befunden habe, wo man sie all die Tage zuvor ausgestellt hatte. Vom Zugang zur gut einsehbaren Orakelbühne abgesehen, hatten an allen Eingängen Wachen gestanden. Niemand war an ihnen vorbeigelangt.

Lorenco war es schließlich gewesen, der an den ersten wundersamen Raub der Krone erinnert hatte. Obwohl diesmal keine Hufspuren auf dem Steinboden der Halle zu finden waren, hatte er ein Dutzend ausgesuchte Ritter zurück zu dem Riesen Wademar geschickt, um überprüfen zu lassen, ob sich Satorius, der Kaiser des Nordens, erneut erhoben habe. Eine solche Form der Unsterblichkeit war, wie Guelfo ausdrücklich erklärte, nicht untypisch für die wundersamen Geschöpfe der Welt. Und erst am gestrigen Abend war mittels zweier Brieftauben die Nachricht eingetroffen, daß der Trupp die Insel verlassen vorgefunden habe. Es war zum Verzweifeln. War das diesmalige Verschwinden der *corona aquilina* dem Wirken von Gratianus' Geist zuzuschreiben? Niemand mochte dies ausschließen. Genia dachte jeden Abend an die mahnenden Worte ihres Urahns zurück – und inzwischen glaubte sie zu wissen, was er von ihr verlangte.

Immerhin, die Könige und Fürsten hatten die Krone gesehen.

Die künftige Kaiserin nahm schwer atmend die letzte Stufe. Plötzlich wurde ihr schlecht. Sie legte die Hand auf ihren geschnürten Leib. Niemand durfte ihre Schwäche bemerken. Sie mußte sich zusammenreißen.

Genia tat so, als betrachtete sie ausgiebig den majestätischen Säulentempel, an dem Tag für Tag Hunderte emsiger Steinmetzen, Bildhauer und Sklaven arbeiteten. Die Luft roch nach Mörtel und Rauch. So weit ihr Blick reichte, lagen grob behauene Marmorquader bereit. Die mächtigen Säulen der Tempelanlage schienen in kläglichem Bemühen nach dem dunklen Himmelzelt zu greifen. Erst in einer Woche würden die Arbeiten am Dach des Tempels beginnen. Die kaiserliche Verehrungsstätte sollte ebenso prachtvoll werden wie die Tempel des Kaisertums in den Hauptstädten der sieben Königreiche; derzeit aber war sie nicht mehr als eine große Baustelle.

Von der nahen See kam Wind auf, der Genias erhitztes Gesicht etwas kühlte. Erleichtert betrachtete sie das düstere Häusermeer rund um den Tempelberg. Überall inmitten des nächtlichen Mons Flora waren kleine Lichtinseln zu erkennen, die sich bis hin zu den wuchtigen Stadtmauern erstreckten. Ob so einst der Sternenhimmel ausgesehen hatte? Genia seufzte und fühlte unendliche Dankbarkeit, als sich das Schwindelgefühl wieder legte.

An der Seite von Patrokles betrat sie einen marmornen Säulenhof, der das Allerheiligste der Anlage bilden würde. Der Ort wirkte aufgeräumt, war mit Blumen und Sternenstandarten geschmückt und wurde ebenfalls von zahlreichen Fackelträgern erleuchtet. Längst waren die Adligen eingetroffen, die sie gegen Mittag an diesen Ort bestellt hatte. Kronenraub hin oder her, jedem der Männer war klar, daß die Zeit zum Handeln gekommen war.

Bei ihrem Eintreten verstummte das allgemeine Flüstern, und die Anwesenden gingen vor ihr auf die Knie. Wie wenige es doch waren. Nur zwei Könige: König Bellicus von Mediogenien und König Aegilius von Gondallo. Hinter ihnen kamen jene Fürsten, die bereits während des Kronkonvents zugegen gewesen waren. Sehnsuchtsvoll streifte ihr Blick den frisch gekürten *dux* von Cornia. Lorenco wirkte wie versteinert. Sie wußte, wie nahe ihm der Tod seines Bruders ging. Wie gern hätte sie ihm Trost gespendet – und wie sehr bedurfte sie des seinen.

Doch zwischen ihm und ihr stand die Entscheidung, die sie heute Nacht zu fällen hatte. Sie war sich noch immer unsicher.

Die acht Tempeldienerinnen halfen ihr, auf dem federgeschmückten Thronstuhl Platz zu nehmen. Ausgewählte Sklaven hatten ihn bei Anbruch der Dämmerung auf den Berg geschafft. Im Schatten einer der Säulen entdeckte sie jetzt auch Guelfo. Ihr alter Freund betrachtete sie ernst und nickte ihr unmerklich zu.

Eine Weile war nur das Rascheln ihres Gewandes und das Knistern der Fackeln zu hören, deren Schein fünf kolossale Statuen in warmes Licht hüllte. Es waren die ersten von insgesamt 23, die bereits fertiggestellt worden waren. Ernst und finster blickten die Abbilder ihrer vergöttlichten Ahnen auf Genia herab. Wie sie heute wohl entschieden hätten?

Patrokles trat vor, an seiner Seite ein Diener des Sonnengottes Luculentus sowie die oberste Priesterin des neu gestifteten Tempels der Kymo. Ihnen schlossen sich unter anderem ein Priester des Regengottes Umbros an, eine junge Oberpriesterin der Totengöttin Molochia, die oberste Kornhüterin der Fruchtbarkeitsgöttin Dimatria und eine Priesterin der Frühlingsgöttin Verda – unbekannte Gesichter, doch die höchsten Vertreter ihrer Kulte, die in Mons Flora zugegen waren. Genia stellte bitter fest, daß bei weitem nicht alle Priester ihrem Ruf nach Mons Flora gefolgt waren.

»Heil Gratianus! Heil Gratianus! Heil Gratianus! Beugt die Knie in Demut! Senkt das Haupt in Ehrfurcht! Spürt den göttlichen Odem, der diese Halle durchweht!« durchbrach Patrokles' singende Litanei die erwartungsvolle Stille. Seine Stimme klang irgendwie hohl. »Heute erweist uns der jüngste Sproß des Kaiserhauses die Gnade, diese Hallen mit ihrer Anwesenheit zu segnen.«

Im Dunkeln hinter ihr begann ein mehrstimmiger Knabenchor zu singen, der die Großtaten des ersten Imperators pries. Als er endete, fuhr der Priester fort. »Wir haben uns heute nacht an dieser Stätte versammelt, um ihre Imperiale Hoheit Genia Gratiana in den Götterstand zu erheben, Seite an Seite mit ihren Ahnen. Noch bevor der Tag graut, wird eine neue Imperatoria über das Reich gebieten, um ihm jenen Schutz angedeihen zu lassen, den das Imperium in dieser dunklen Stunde so dringend benötigt.«

Wie gern hätte sie Guelfo diese Worte sprechen gehört. Aber ihr Orator hatte darauf hingewiesen, daß sie ihn erst zum Ersten Kaiserpriester ernennen konnte, sobald sie Imperatoria war, und daß angesichts ihrer prekären Lage wenigstens die Autorität des Priesters, der sie vergöttlichte, unbestreitbar sein mußte.

Patrokles wandte sich zu ihr um. »Zuvor aber gilt es, eine Entscheidung zu verkünden, wem unter den Königen des Imperiums als ihr kaiserlicher Gemahl die Ehre zuteil wird, an der Seite Ihrer Illuminiszenz die Obhut über das Reich anzutreten.«

Erneut senkte sich erwartungsvolle Stille über den Tempelberg. Genias Blick streifte die Könige von Gondallo und Mediogenien, die sich feierlich erhoben hatten. Eine Weile blieb ihr Blick an der kräftigen Gestalt von König Bellicus hängen. Ob ihre Entscheidung die Richtige war?

Sie atmete noch einmal tief ein und erhob sich.

»Könige und Fürsten des Imperiums«, hallte ihre klare Stimme zwischen den Säulen und Statuen. »Ihr alle habt das Orakel vernommen, das vor einer Woche zu uns gesprochen hat. Gratianus persönlich hat verkündet, was in der dunkelsten Stunde des Imperiums zu geschehen hat.«

Aus den Augenwinkeln heraus bemerkte sie, wie sich Guelfo gespannt über die Höckernase rieb. »Mein Entschluß wird allein von dem Bestreben geleitet, dem Imperium wieder zu alter Blüte zu verhelfen. Gratianus' Worte sind mir noch gut in Erinnerung, und so wiederhole ich sie an dieser Stätte. Er sprach, daß Könige keine besseren Menschen seien als jeder andere Mann im Reich. Daher bin ich in mich gegangen, um die Zeichen neu zu bewerten, die mir meine göttlichen Ahnen auf dem Weg nach Mons Flora haben zukommen lassen. Zeichen, die jetzt in einem neuen Licht erstrahlen. Ich fordere daher jenen Streiter auf, sich zu erheben, der jüngst die Adlerkrone erstritt und dessen Loyalität zum Reich und zum Haus Gratianus ohne Zweifel ist. Lorenco Odera Nardes, *dux* von Cornia, tretet an meine Seite!«

Endlich war es heraus.

Ungläubiges Tuscheln erfüllte das Allerheiligste von einem Ende bis zum anderen.

»Ein Fürst?«

»Wie kann sie ...?«

»Ihr habt Gratianus doch selbst gehört!«

Aegilius wandte sich beleidigt den hinter ihm stehenden Adligen zu, und Bellicus ... Wäre sein dichter Vollbart nicht gewesen, hätte Genia geglaubt, ihn schmunzeln zu sehen.

Lorenco erhob sich steif. Ungläubig blickte er sie an. Endlich trat er vor, um die Sternenringe an ihrer Hand zu küssen.

Sein Blick verschmolz mit dem ihren. Sie wußte, was er dachte. *Du bist verrückt! Du bist verrückt! Bei allen Schicksalsmächten ... Ich liebe dich!*

Genia wandte sich Patrokles zu, der sie ebenso wie die anderen Priester mit offenem Mund anstarrte. »Erster Kaiserpriester. Fahrt mit dem Ritus fort!«

Aionars Geschenk

Am imperialen Hof von Mons Flora,
am 11. Tag des Grünen Erntemondes,
im 244. Jahr des Imperiums

»Die Gesandte Aionars!«

Ein Raunen ging durch die Versammelten, als die Feinde auf den Hof traten. Drei streng blickende Frauen führten die Gesandtschaft an. Allenfalls eine von ihnen war Leomannin. Eine zweite stammte unverkennbar aus Kurjameos, während die dritte vermutlich in einem der südlichen Vasallenstaaten geboren war. Sie waren völlig gleich gekleidet, doch nicht nach Leomannenart, sondern wie bei den Frauen des Imperiums üblich mit einer Tunika und dem weiten Frauenmantel über den Schultern, jedoch in düsteren Farben. Selbst ihre Brüste hatten sie hochgebunden.

Vier Krieger begleiteten die Frauen. Drei von ihnen erschienen geradezu wie der Inbegriff leomannischen Kriegertums: groß, hellhäutig, das blonde Haar offen, mit Löwenhäuten über den Schultern und bewaffnet mit Speer und Klauenmesser. Beim vierten hatte Guelfo keine Vorstellung, wo seine Wiege gestanden haben mochte. Seine Haut war sanftbraun, das Haar schwarz und leicht gelockt. Die Ebenmäßigkeit des Gesichts hätte jeden Bildhauer in Entzückensrufe ausbrechen lassen und ihn bewogen, den Fremden unverzüglich zum Vorbild für Kaiser- und Heldenstatuen zu machen. Denn aus den Augen sprach eine Überheblichkeit, wie sie jedem Bildnis des Reichsgründers gut zu Gesicht gestanden hätte. Gekrümmte Beine verrieten ihn als lebenslangen Reiter. Eine langstielige, hammerähnliche Waffe hing an seinem Gürtel. In einer vokalreichen Sprache wandte er sich an die letzten beiden Männer der Gesandtschaft. Sie zogen einen vierrädrigen Wagen, auf dem sich ein langes Bündel befand. Behutsam ließen sie die Deichsel los und entfernten sich. Doch sie strebten keineswegs dem Ausgang zu, sondern wandten sich an den nächsten Gardisten.

Guelfo war fassungslos. Er war überzeugt, der erste am imperialen Hof zu sein, der das Geschehen begriff. Die beiden gehörten nicht zu den Aionariern. Sie waren Gefangene, die soeben ihre Freiheit erhalten hatten!

Guelfo war versucht, in die Hände zu klatschen, um der schlanken Frau, welche die Gesandtschaft anführte, seine Anerkennung zu erweisen. Welch ein bösartig durchdachter Auftritt! Das war also der Feind, mit dem es das Imperium zu tun hatte: Er kam als Gesandtschaft vieler Völker, die man nicht einmal alle kannte. Er trug fremde und vertraute Gewänder und zeigte damit, daß er längst überall zu Hause war. Als Träger seines Gastgeschenkes benutzte er ganz selbstverständlich die besiegten Krieger dieses angeschlagenen Reiches.

Sarmantha, Sarmantha, dachte Guelfo bewundernd. Wie sorgfältig du plantest, daß dieser Tag zu deinem werde!

Die Würdenträger, denen der enge Innenhof des Fürstenschlosses ohnehin kaum Platz bot, drängten sich zusammen, um eine Gasse zu öffnen. Guelfo konnte sehen, wie sie die Nasen rümpften. Doch wieviel an diesem Mienenspiel war noch ernst zu nehmen? Wie viele Anwesende flüchteten sich in Verachtung, um sich nicht eingestehen zu müssen, daß der Feind keineswegs aus Wilden und aufmüpfigen Viehhirten bestand?

Die Gesandte sprach: »Seid gegrüßt, Imperatoria, seid gegrüßt, Könige und Fürsten des Imperiums!«

Sie war furchtlos bis auf zehn Schritt vor den gefiederten Thron getreten, wo zwei Gardisten in meergrünen Tuniken den Bannkreis für alle mit Ausnahme der engsten Vertrauten Genias bezeichneten. Aller Augen richteten sich auf die Kaiserin, der die Gesandte die althergebrachte Anrede verweigert hatte.

»Ich bin die Gesandte Aionars. Ich bin Sarmantha, seine Verkünderin«, fuhr Sarmantha fort. Das unterdrückte Murmeln wurde lauter. Guelfo wurde bewußt, daß er wohl der einzige war, dem ihr Name etwas sagte. Er blickte zu Genia, die so ruckartig den Kopf bewegte, daß die Federn an ihrem Mantel zitterten.

»Deinesgleichen haben meine gesamte Familie erschlagen«, stieß sie leidenschaftlich aus. Das gleißende Diadem, die Edelsteine auf dem Kleid, an dem noch immer jeden Tag genäht wurde, der scharlachrote Mantel, die Tausende Schwung- und Schwanzfedern von Seeadler, Bergadler, Flamingo und Kondor an dem neu errichteten Thron, sie alle konnten die Jugend der Kaiserin nicht verhehlen. »Doch an meinem Hof erleidet niemand Schaden, der auf die Heiligkeit des Gastrechts vertraut. Sag, was du zu sagen hast!«

»Ich bringe ein Geschenk für Euch und eine Botschaft an Eure Könige und Fürsten«, antwortete Sarmantha mit fester Stimme. Sie wandte sich um und sagte halblaut zu den Kriegern: »Holt es, Kinder.«

Die Männer zerrten das Bündel vom Wagen und wickelten es aus der schützenden Plane. Natürlich hatte der *dux* von Cornia mit der Adelsgarde das Geschenk für seine kaiserliche Gemahlin untersucht. Doch die Höflinge waren verwirrt, als sie sahen, was das Bündel enthielt. Selbst Guelfo hätte nicht verstanden, wenn Lorenco ihn nicht eingeweiht hätte. Erst Sarmanthas Erklärung vermochte den Hof zu erleuchten: »Aionar, der einzig verehrungswürdige Gott, hat seinen Fuß an die Küste der Inneren See gesetzt. Der Riese Wademar bestand darauf, ihm den Zutritt zu verweigern. Nun ist der Riese nicht mehr. Nach leomannischer Sitte verlor er seinen Schopf. Diesen bringe ich Euch, damit er Euch zu denken gebe.«

»Guelfo«, befahl die Imperatoria ernst, »mein Erster Kaiserpriester.«

Der Zauberer verließ den Platz zu ihrer Linken und schritt an den beiden Gardisten vorbei zu dem Geschenk. Er versuchte sich einzureden, die über vier Schritt lange Rolle müsse eine Fälschung sein, womöglich die felsgraue Pelzdecke eines unbekannten Tieres. Doch als er das Bündel aufrollte, wußte er, daß das nicht stimmte. Die Haut des Skalps ähnelte nichts, das jemals einem Schoß entschlüpft war. Sie war nicht gegerbt, getrocknet oder anders haltbar gemacht worden. Doch sie verrottete auch nicht. Auf der Oberseite wirkte sie noch immer lebendig und geschmeidig, wenn auch kalt.

Guelfo wandte sich um und sagte düster: »Eure Illuminiszenz, das ist offensichtlich der Skalp Wademars.«

Ein Stöhnen ging durch die Reihen der Fürsten, Priester und Magistraten.

»Ohne jeden Zweifel?« fragte König Bellicus von Mediogenien.

Guelfo wandte sich an die Gesandte. »Hat Aionar ihn im Wald getötet oder am Strand?«

»Welche Bedeutung hätte das?« erwiderte Sarmantha in einem Ton, als hätte sie nie eine überflüssigere Frage gehört.

Guelfo fühlte einen heiligen Schauer. Keine Bedeutung! Hatte Aionar den Riesen tatsächlich in seinem ureigenen Element bezwungen? Dem Zauberer war unvorstellbar, daß er sich einmal an diese Haare geklammert hatte, um nach der Krone des Nordens Ausschau zu halten. Beiläufig vernahm er, daß die Kaiserin nach der Botschaft verlangte.

»Ihr Könige, Ihr Fürsten, Ihr Priester, Ihr Ritter«, rief Sarmantha. »Ihr alle, die Ihr Macht zu haben glaubt: Ich bringe Euch die Botschaft der einen und der anderen Hand. Der zu Euch spricht, ist der endlose Aionar. Der, dem der Zorn der Gerechtigkeit die Macht gibt. Der, dessen Kriegspläne und Jagdlisten wahr werden. Der einzig verehrungswürdige Gott spricht: Ich komme zu euch. Kniet nieder vor euren Brüdern und bittet um Verzeihung. Schwört ab dem Kaisertum. Kniet nieder und seid bereit, denn ich werde bald unter euch sein!«

»Frevel!« kreischte der alte Kaiserpriester Achates. Ein zweiter Priester warf sich vor der Empore auf die Knie. »Streckt sie nieder, Eure Illuminiszenz. Häuten und Entbeinen ist ...«

Schlagartig verstummte der Saal, als Genia sich erhob. Ihr schweres Kleid knisterte, aber ihre Stimme war eigenartig ruhig: »Ich habe dir Gastrecht gewährt. Geh nun! Freies Geleit. Auch der Seefürst von Hormuras wird dein Schiff in der Meerenge erneut passieren lassen. Geh nun – aber im Namen meiner vergöttlichten Vorfahren verspreche ich: Solltest du jemals wieder den Fuß auf den Boden des Kaiserreiches setzen, werde ich keine Gnade kennen!«

Sarmantha verneigte sich artig: »Aionar streckte Euch beide Hände entgegen. Ihr traft Eure Wahl.«

Während die Gesandten sich zurückzogen, glich der Kronrat einem kurz vor dem Ausbruch stehenden Tumult. Das neue vereinfachte Hofzeremoniell konnte die Würdenträger kaum in Zucht halten. Rigorius hatte stets mit drei Königen und zwei Dutzend Fürsten an seiner Seite Hof gehalten, vor über tausend Edelleuten, Heerführern, Magistraten, Rittern, Priestern und Zauberern. Aber die Schar der Vasallen, die sich vor seiner Tochter versammelt hatten, war tragisches Abbild der Lage, in der sich das Imperium befand. Nur die Enge des Schloßhofs verbarg die Lücken, die Tod und Untreue bereits gerissen hatten.

Neben dem Thron stand der Stuhl, den die Imperatoria für ihren Gemahl, den *dux* und obersten Strategos, hatte aufstellen lassen – auch wenn er oft verwaist blieb, weil Lorenco unentwegt ins Feld zog. Daneben stand Bellicus von Mediogenien – der einzige anwesende der sieben Könige. Auch König Aegilius von Gondallo weilte an der Südgrenze, seit die Savannenvölker den Krieg nach der Regenzeit wiederaufgenommen hatten; erst vor drei Tagen war eine Nachricht von einer erfolgreichen Abwehrschlacht am Kondorpaß gekommen.

Der König von Elephantinos hatte bereits klargemacht, daß er nur eine Kaiserin akzeptieren könne, welche die Elfenbeinkrone trüge. Die Treueschwüre des Königs von Gardiamara waren, so stand zu befürchten, nur Lippenbekenntnisse; bislang hatte er keine Truppen auf den langen Marsch geschickt.

Der junge König von Gatanien hatte sich nach langer Flucht ergeben. Das Königreich war ohnehin vollständig in der Hand der Pardingar; der Fürst von Vandalgo war auf einer neu errichteten Pyramide in seiner eigenen Stadt öffentlich hingerichtet worden. Und der junge König von Gratiandien hatte sich öffentlich zum Aionarsglauben bekehrt, nachdem der Löwengott leibhaftig erschienen war und sein Land von der Fruchtbarkeitsgöttin Gorgonia befreit hatte.

»Mein Gemahl, wo steht der Feind?« bat Genia um die Nachrichten, die ihn ausnahmsweise heimgeführt hatten. Lorenco trat zu der Flügelhornmuschel zwischen den Sternenstandarten, die ihn als obersten Strategos auswies. Ein Teppich mit den Grenzen der Kaiserreiche und den Namen aller Fürstentümer wurde ausgerollt. »Die Kampflinien verlaufen weiterhin etwa entlang des Krokodilflusses, durch Myrtenreich und Auguria, mit einem neuen katastrophalen Durchbruch bis Kataraktis, etwa hundert Meilen südlich von Gondallo; das ist bereits die Grenze des Kaiserreichs des Nordens. Vor allem auf den Strömen gleiten sie oft auf Schilfbündeln an unseren Festungen vorbei.« Die Offiziere drängten sich um den Teppich.

»Meine Herren, Eure Berichte?« wandte der *dux* sich nun an die Herolde jener Generäle, die im Feld standen, zumeist zweitausend Meilen entfernt.

Die Fürsten von Zeliador und Myrtenreich beteuerten ihre Loyalität und forderten noch dringender als in den Vorwochen ein Entsatzheer. »Die Aionarier umfassen nicht nur die ursprünglichen Horden euphorischer Gläubiger, sondern inzwischen zahllose ehedem imperiale Soldaten, die sich ihnen angeschlossen haben. Wo immer sie vorstoßen, bauen sie ihre Wagenburgen auf, und ihre Rinderherden ziehen mit ihnen.«

»Sie haben den Krokodilfluß überschritten«, berichtete der

Legat aus Myrtenreich. »Ihre Belagerungsingenieure und Baumeister verfügen über Gerätschaften, die jede Stadtmauer zermalmen und jeden Strom überschreiten. Es heißt, daß die Pläne für die fahrbaren Türme, Geschütze und Bücken von einem einzigen Weisen stammen, den sie den Mechanicus nennen.«

Es gab aber auch gute Nachrichten: Der Seefürst von Hormuras hatte eine Flotte der Leomannen vernichtend geschlagen.

»Was ist mit dem Sklavenaufstand?« fragte der Schatzmeister.

»Die Sklaven haben den Kampf um die Städte aufgegeben und fliehen jetzt in Horden nach Süden.«

Der Fürst von Zimmeta war erschlagen worden – ob von Aionariern oder Imperialen, konnte keiner sagen. Die Aufstände der Bergvölker in Guavia und Gondallo gefährdeten indessen die Heerstraße.

»Diese Angaben sind wenig zuverlässig wegen der vielen Aufstände, der Hungerrevolten und etlicher abtrünniger Fürsten«, wandte der Fürst der Ananasküste ein. Was, dachte Guelfo, würdest du antworten, wenn dir Aionar anböte, deine Stadt vom Riesen Maganta zu befreien?

»Haben wir Nachrichten aus dem Süden, die durch die marodierenden Bürgerheere der Mercatoren gelangt sind?« fragte der kaiserliche Gemahl.

Ein Offizier in der Tracht der bunten Völker trat vor; sein Kopf war bandagiert. »Südlich des Dschungels ist der Feind bis Uhurubad vorgedrungen. Der Sultan von Kurjameos hat sich bereits nach der Schlacht von Duros Xenthos auf die Seite des Feindes geschlagen. Ich habe gehört, daß es auch in Corallis zu Unruhen kam. Vielleicht gibt es deswegen keine Nachricht aus Gardiamara.«

König Bellicus schnaubte abfällig; es war allgemein bekannt, daß er Gardiamara für abtrünnig hielt.

»Und was berichten die Kundschafter vom Kap im Norden?«

»Eure Imperiale Hoheit, es scheint tatsächlich, daß dieser Admiral Myriander eine Passage durch die Jaguarinseln findet.« Die Nordspitze galt allgemein als unschiffbar; einer der Gründe, warum Cornia so abgelegen war. Niemand am Hof wagte Zweifel zu äußern – nicht nachdem sie Wademars Skalp gesehen hatten.

»Das bedeutet«, erklang die ruhige Stimme von König Bellicus, »das der Großteil des Kaiserreiches der Fünf Rosen verloren und das Elfenbeinerne Kaiserreich unerreichbar ist. Und nun beginnt der Angriff auf unser Kaiserreich.«

»Richtig«, räumte Lorenco ein, »aber es bleibt festzustellen, daß die Savannenvölker in den letzten Monden schwere Verluste erlitten haben, während wir unsere Fronten verkürzen, versprengte Truppen sammeln und neue Heere aufstellen konnten. Wenn unsere Pläne aufgehen, werden wir im nächsten Frühling in die Offensive gehen. Meine Hauptsorge ist, daß es vielerorts zu Bürgerkrieg kommt, weil die Mercatoren versuchen, einzelne Länder zu übernehmen oder gar den Leomannen unbeschadet zu übergeben. Selbst in friedlichen Provinzen treiben Aionarsmissionare ihr Unwesen«, ergänzte der Strategos, »und immer wieder dringen Spähtrupps tief in unsere Gebiete ein; wir vermuten, daß die Schamanen der Löwengötzler imstande sind, sie vor unseren Soldaten zu verbergen. Und am wenigsten ist natürlich vorherzusagen, wo Aionar selbst auftritt.«

»Unvorstellbar, daß diese Tiere das wagen«, fauchte der alte Kaiserpriester Achates. In den Pfalzen des Imperators Rigorius hätte kein Höfling so frei sprechen können. Eine Speerwurfweite Abstand, hatte das Zeremoniell verlangt. Aber der ganze Innenhof des Palasts von Mons Flora maß nicht so viel …

»Ich halte es für bezeichnend«, ergriff nun Guelfo das Wort, »daß Ihr unsere Feinde noch immer als Tiere bezeichnet – trotz all ihrer Siege. Diese Tiere, wie Ihr sie nennt, haben den imperialen Kaiserkult, der fast drei Jahrhunderte Bestand hatte, aus den Köpfen und Herzen unserer Untertanen gefegt und durch etwas ersetzt, was sie glücklich und frei macht.«

Patrokles, der einst den leomannischen Liebhaber seiner Gattin zum Kaiserpriester gemacht hatte, trat vor: »Eure Illuminiszenz, die Aionarier kämpfen gegen den Kult des Imperators mehr noch als gegen seine Truppen. Schon die Schlacht bei Duros Xenthos fand zum Fest der Kronen statt. Sie lassen Bauern und Sklaven unverschont, sie geben Soldaten die Gnade, sich ihnen anzuschließen, aber Ritter, Edelleute und Kaiserpriester, die man sonst gegen Lösegeld freikaufen kann, massakrieren sie auf das Grausigste. Eure Illuminiszenz, diese Barbaren kämpfen nicht gegen unsere Untertanen – sie kämpfen gegen uns in dieser Halle.«

Genia wandte sich den Priestern der anderen Götter zu, die auf der breiten Freitreppe zu den Kolonnaden standen, traditionsgemäß nach Kulten gereiht. »Welche Hilfe können uns die Götter geben?«

Ein feister Oberpriester in Blau und Grün schüttelte den massigen Schädel: »Umbros' einzige Antwort war, daß er wieder mehr Menschenopfer verlangt. Wir opfern inzwischen an jedem Vollmond zwölf Jünglinge und zwölf Jungfrauen – in jedem Land.«

Eine auffällig junge Priesterin mit den Insignien der Unterwelt sagte: »Seit Molochia die Oberpriesterin verschlungen hat, hat keiner von uns mehr gewagt, zu den merasischen Grotten zu reisen.« Sie mußte nicht erwähnen, daß der Weg zum Heiligtum im Osten ohnehin längst von den Pardingar versperrt wurde.

Eine dickliche Matrone hob theatralisch ihren Kornstab: »Dimatria sitzt untröstlich in all ihren Tempeln und weint um jeden Toten.«

Und eine Oberpriesterin in Frühlingsgrün verneigte sich: »Verda läßt antworten, sie sei eine jungfräuliche Gottheit der Aussaat und fürchte sich selbst vor dem Löwengott.«

Guelfo hatte zwei der erwähnten Götter gesehen, aber er konnte nicht umhin, innerlich verächtlich zu grinsen, als er dieser Ansammlung göttlicher Ohnmacht gewahr wurde.

Genia wandte sich, den alten Regeln folgend, zu den Priestern der Sternengöttinnen, die mit denen des Sonnengottes vor einer Generation noch die mächtigsten Kulte gebildet hatten. Aber die Antwort war die gleiche nebulöse Floskel, mit der die Priester seit zwei Jahrzehnten die Verhüllung ihrer Gottheiten zu verklären suchten. Und der Sonnenpriester war ohnehin unter einem weißen Trauerschleier verborgen. Vor wenigen Wochen hatte ein Bote die unvorstellbare Nachricht gebracht, daß Aionar Luculentus in dessen Heiligtum vernichtet habe. Das Licht der beiden aufeinanderprallenden Götter, so die Gerüchte, war so hell gewesen, daß die überlebenden Priester und Tempelwachen allesamt erblindet waren. Noch schrecklicher aber sei der Schrei gewesen, den der Sonnengott ausgestoßen habe – der Todesschrei eines Gottes.

Patrokles ergriff wieder das Wort: »Eure Illuminiszenz, geben wir uns keinen Illusionen hin: Die mächtigste Gottheit des Imperiums seid Ihr. Die Anwesenheit oder das Wohlwollen des Imperators allein gewährt Schlachtenglück. So war es seit den Tagen des großen Gratianus. Auf dem Licht des Imperators beruhen zweieinhalb Jahrhunderte Unbesiegbarkeit.«

»Aber eben darauf beruht doch die Katastrophe«, jammerte der alte Achates. »Der göttliche Schlachtenlenker ist tot, sein Licht verloschen, sein Heer besiegt. Und auch wenn sein Blut in der Imperatoria weiter besteht ... Verzeiht, Eure Illuminiszenz, es ist die Verzweiflung, die mich unverschämt macht: Ihr müßt das Licht neu entzünden.«

»Seit Duros Xenthos führen wir keine Schlachten mehr nach dem Rat der Kaiserpriester!« erwiderte Lorenco barsch. »Hätte Imperator Rigorius nicht verblendet durch den Rat der Priesterschaft den Angriff viel zu lange hinausgezögert, wäre die Schlacht niemals verloren gegangen! Seit meine Feldherren nur noch auf den Rat der Vernunft hören, haben unsere Truppen wieder zu siegen gelernt!«

Nach einer angemessen höflichen Pause kam schnell die Streitfrage auf, die den Hofstaat seit der Krönung immer deutlicher teilte. Die eine Gruppe betrachtete Mons Flora lediglich als Ort der Krönung und wollte wieder zum gewohnten Kaisertum übergehen. Der Zusammenhalt des Imperiums verlangte, so ihr Argument, daß die Imperatoria im Vierteljahresabstand von einer Königsstadt zur nächsten reiste. Aber der Satz, den keiner auszusprechen wagte, war: Wie können wir von unseren Soldaten verlangen, daß sie irgendwo in den Dschungeln kämpfen, wenn Ihre Illuminiszenz sich im hintersten Winkel des Imperiums versteckt?

Die andere Fraktion hatte eher resigniert. Für sie galt der Kaiserkult nur mehr dem Kaiserreich des Nordens. Überall in Mons Flora wurde gebaut, um die Fürstenstadt zu einer würdigen Residenz der Imperatoria zu machen. Aber die Pedanterie, mit der sie über die neuen Bildnisse der Gottkaiserin sprachen, hatte etwas vom Plappern einer Witwe, die den Tod ihres Gatten verdrängt.

Der Leomannenzauberer neben dem Thron dachte indessen über die Städte nach, die Aionar aus dem neuen Land stampfen ließ, das an den Meeresküsten entstanden war. Die Hände hinter seinem Rücken ließen eine Gurunuß zwischen den Fingern hinauf und hinunter wandern.

»Guelfo, was ist Eure Meinung dazu?«

Der Orator tauchte aus den Strudeln seiner Gedanken auf. Sie hatten wieder über Todesurteile gesprochen. »Eure Illuminiszenz, Ihr kennt meine Meinung zu der Politik, jeden Ungehorsam mit eiserner Hand zu ersticken. Ich glaube nicht daran, daß man ein Imperium nur auf Angst aufbauen kann. Aber ich muß auch zugeben, daß ich es war, der Euch riet, den drei Heerführern in Myrtenreich und Zimmeta Gnade zu gewähren, als sie sich weigerten, gegen die Anhänger Aionars vorzugehen. Und nun hören wir, daß sich zwei dieser drei Heerführer bereits auf die Seite der Savannenvölker gestellt haben.«

Nein, seine Ratschläge, seit Genia Kaiserin war, waren zweifellos nicht die gewesen, die seine Stellung neben ihrem Thron verlangt hätten. Aber wie sollte ein einzelner Mensch solche Entscheidungen treffen? Natürlich stellten die geheimen Gemeinden der Aionarsgläubigen eine Bedrohung dar. Aber die Imperatoria hatte, von fanatischen Kaiserpriestern wie Achates angetrieben, einfach das alte Gesetz ihres Vaters erneuert, demzufolge jeder Anhänger Aionars ohne Richterspruch sein Leben verwirkt hatte.

»Guelfo, Ihr habt mir berichtet, daß über Seine Imperiale Hoheit, meinen Gemahl, schlimme Geschichten kursieren. Was wißt Ihr Genaues darüber?«

Der Leomanne zupfte sich am Bart. Er hatte aufgehört, sich die Oberlippe zu rasieren. Mit dem Vollbart wirkte er nicht mehr wie ein imperialer Zauberer, sondern wie ein fremdartiger Weiser. »Die Aionarsanhänger verbreiten übelste Mären über den *dux*. Sie nennen ihn den Würger.« Guelfo sprach zu Genia gewandt und mied Lorencos Blick. »Und auch hier im Norden ... Der Tod des letzten *dux*, so heißt es, sei allzu gelegen für den zukünftigen kaiserlichen Gemahl gekommen.« Nun wandte er sich ostentativ dem Fürsten von Mons Flora zu. »Es wird gemunkelt – verzeiht, Imperiale Hoheit –, daß Ihr Eurem Bruder seinen letzten Atemzug geraubt haben sollt.«

Ehre

Imperialer Palast von Mons Flora, nachmittags,
am 23. Tag des Wolkenmondes, im 245. Jahr des Imperiums

Genia blickte zum geschwungenen Bogenfenster des Blumensaals hinaus und beobachtete die Kampfhandlungen um Mons Flora. Seit einer Woche bereits lagerte das zusammengewürfelte Heer der Aionarsanhänger im Lantinius-Tal, und vor drei Tagen hatte der Feind damit begonnen, die Stadtmauern zu bestürmen. Die Wälle waren stark und gut bemannt. Unter Lorencos Aufsicht hatte man aus dem Umland zudem ganze Wagenzüge mit Nahrungsmitteln in die Stadt gebracht, als sie die überraschende Nachricht der Landung eines Leomannenheeres bei Porta Oldeo erreicht hatte. Ohne Unterlaß arbeiteten Schwertfeger und Bogenmacher und fertigten neue Waffen, mit denen sie die Wehrfähigen bestückten, die man unter den Städtern und Flüchtlingen ausgehoben hatte.

Die Landung und der rasche Angriff hatten sie überrascht. Der größte Teil der imperialen Truppen stand viel weiter im Süden und hatte dort sogar einige Siege gegen die Leomannen erzielen können. Lorenco war nur in der Stadt gewesen, weil er Genia persönlich die Nachricht hatte überbringen wollen, daß sich das Blatt zum besseren wendete. Und dann war die Katastrophe über sie hereingebrochen. Myriander hatte starke Verbände der Leomannen mit der Flotte nach Norden gebracht und so die Verteidigungslinien umgangen. Dafür gab es nur eine Erklärung. Die Leomannen wollten ihren Kopf. Sie wollten das Reich mit einem überraschenden Schlag enthaupten, so wie sie es bei Duros Xenthos getan hatten.

Mons Flora hatte einstmals 30 000 Einwohner gezählt, doch jetzt drängten sich auf den Straßen und Plätzen der Stadt nahezu die doppelte Anzahl an Menschen. Wie vielen Flüchtlingen sie den Schutz der Mauern hatten verweigern müssen, wußte niemand genau zu sagen. Sie waren am Ansalo-See vorbei weiter nach Norden in Richtung Margano gezogen.

Der Imperatoria war elend zumute – wie so oft in der letzten Woche. Natürlich tat sie alles, um ihre Schwäche zu verbergen. Sie mußte jetzt stark sein; außerdem wollte sie nicht, daß sich Lorenco um sie sorgte. Doch der niederschmetternde Anblick, der sich ihr vom Palastberg aus bot, trug nicht dazu bei, das Gefühl zu mindern. Dutzende Häuser waren bereits unter dem Beschuß schwerer Schleudermaschinen eingestürzt, über anderen stieg schwarzer Rauch auf. Die Heerscharen der Löwenanbeter fluteten um die Stadtmauern wie Kolonnen hungriger Wanderameisen. Es mußten Tausende sein. Und mit jedem Tag wurden es mehr. Die Männer auf den Zinnen ließen ohne Unterlaß Pfeile auf sie herabregnen, doch im Tal sah man bereits die Umrisse mächtiger Belagerungstürme, die der Feind sicher schon bald zum Einsatz bringen würde. Am schlimmsten aber war Genia der Kriegslärm, der selbst bei Nacht nicht verstummen wollte. Er brandete gegen den Palast wie Hornissensummen, in das sich das dumpfe Dröhnen der Katapulte mischte. Selbst auf dem nahen Tempelberg hatte Lorenco mächtige Schleudermaschinen in Stellung bringen lassen.

»Dieser Malachias soll verflucht sein!« schreckte sie die wütende Stimme ihres Gemahls aus den Gedanken. »Irgendwie muß es ihm gelungen sein, das vereinigte Heer von König Severus und dem Seefürsten von Hormuras aufzuhalten. Sie hätten schon längst im Latinius-Tal eintreffen müssen. Auch von König Aegilius von Gondallo haben wir nach wie vor keine Nachricht ...«

»Noch besteht kein Grund zur Sorge, Kaiser!« war die wohltönende Stimme des jungen Ritters Tertullian zu vernehmen. Er war inzwischen der Vertraute Lorencos, den der neue imperiale Gemahl alsbald zum Ersten Ritter geschlagen hatte.

Tertullian deutete auf eine große Karte aus Rindsleder, die auf einem runden Tisch inmitten des Blumensaals lag. Die mit reichem Blütendekor geschmückten Wände der Halle standen in scharfem Kontrast zu dem kriegerischen Aussehen der zwölf Männer, die sich hier versammelt hatten. Die Ritter mit ihren langen weißen Umhängen gehörten allesamt zur neugegründeten Adelsgarde, und Genia wußte, daß jeder von ihnen ohne zu zögern für sie in den Tod gegangen wäre – ein Gedanke, der die Herrscherin bedrückte. Unter den Vertrauten fehlten einzig König Bellicus, der persönlich die Truppen am hart bedrängten Osttor kommandierte, sowie Guelfo, der seit dem Vortag versuchte, mehr über die Pläne und Vorstellungen der Angreifer in Erfahrung zu bringen.

»Sicher haben Severus und der Seefürst versucht, Certania zu umgehen, um zu uns zu stoßen. Außerdem trägt ihr Heer noch immer die Amphoren des Grolls bei sich.«

»Richtig!« fuhr ein Dritter fort, den ihr Lorenco erst vor zwei Tagen als Octavio Sempronimus vorgestellt hatte. »In den heiligen Gefäßen schlummert schließlich der Atem des Regengottes Umbros. Nach der schweren Niederlage, die unsere beiden Heerführer den Leomannen bei Mandagos zugefügt haben, werden sich unsere Feinde hüten, sich Severus und Seefürst Nubeculus noch einmal zur Schlacht zu stellen.«

»Diese Nachricht ist bereits zwei Wochen alt!« fluchte Lorenco. »Was ich wissen muß, ist, ob der Angriff auf Mons Flora wirklich nur ein vereinzelter Durchbruch dieses verfluchten Myrianders ist oder ob die Fronten im Süden zusammengebrochen sind!«

»Was ist, wenn Aionar auch den Regengott inzwischen besiegt hat?« wandte Genia unvermittelt ein. Die Köpfe der Männer ruckten hoch und sahen die Imperatoria überrascht an. Noch nie hatte sie sich in ihre Debatten eingemischt. Militärische Entscheidungen überließ sie stets Lorenco. Doch diese Frage lag so nahe, daß sie gestellt werden mußte. »Was bleibt dann von seinem Atem?«

»Dann bleiben uns noch immer 70 000 Soldaten, teure Gemahlin!« erwiderte Lorenco ruhig. »Wenn Severus meine Nachricht erhalten hat und seine Truppen auf dem Anmarsch sind, dann werden wir den Feind im Tal von zwei Seiten aus in die Zange nehmen können. Die Schlacht von Mons Flora wird für die Löwenanbeter so vernichtend sein, wie es Duros Xenthos für das Heer deines Vaters war. Unsere Lage sieht verzweifelter aus, als sie tatsächlich ist. Wenn wir hier siegen, dann reißen wir das Ruder herum. Viele Überläufer werden sich wieder dem Imperium anschließen.«

»Dazu wird es nicht mehr kommen!« hallte es vom Eingang her.

Guelfo trat ein, barfuß, mit bloßem Oberkörper und offen wallendem Haar. Zu Genias Verwunderung trug er quer über der Brust eine Löwenfellschärpe. Seine Rechte stützte sich auf einen Speer. Den Bart hatte er nun endgültig zu einem kriegerischen Vollbart gestutzt. Begleitet wurde er von zwei Dutzend Männern, die hinter ihm in den Blumensaal drängten. Die Ritter der Adelsgarde schienen von dem ungehörigen Auftritt des Zauberers ebenso überrascht wie Genia selbst.

Guelfo beschrieb mit den Armen eine umfassende Geste. »Myriander, der Wolf des Meeres, hat seine Heerscharen ins Herz von Cornia geführt. Porta Oldeo ist fest in seiner Hand.« Er hielt inne, um seine Worte wirken zu lassen. »Ebenso, wie sich das Seetor von Mons Flora in diesem Augenblick in seiner Hand befindet.«

»Was!? Wieso geht diese Nachricht an Euch und nicht an mich, den Obersten Strategos?« brüllte Lorenco zornentbrannt.

»Weil ich es so angeordnet habe …«

Irgendwo in der Stadt erklangen Alarmglocken. Genia wurde bewußt, daß Guelfos Gefolge nicht wie üblich aus Barden und Schreibern bestand. Die Männer hatten harte Gesichter. Sie trugen die Farben der Stadt, doch bei einem konnte Genia ein Klauenmesser im Gürtel stecken sehen.

»Guelfo! Ihr werdet doch nicht …«

»… zu den Feinden übergelaufen sein?« beendete Guelfo ihre Frage. «Nein, ich stehe, wo ich immer stand: auf der Seite von Vernunft, Frieden und Menschlichkeit!«

Lorenco zog blank, und seine Ritter taten es ihm gleich. Schützend umringten sie die Imperatoria. Auch die Eindringlinge hoben jetzt die Waffen. Einige von ihnen waren blond. Leomannen!

Offensichtlich warteten sie nur auf ein Zeichen Guelfos. Genias ehemaliger Lehrer umklammerte den Schaft seines Speers mit einer Entschlossenheit, daß die Knöchel an seinen Fingern weiß hervortraten.

»Ich dachte, ich hätte den Mythos zerstört, als ich die Krone für alle Zeit verschwinden ließ. Aber du hast leider darauf bestanden, dich zur Imperatoria krönen zu lassen – ohne Krone!« Er duzte Genia zum ersten Mal in ihrem Leben.

Lorenco knirschte mit den Zähnen. »Ihr also habt die Krone geraubt! Ich wußte, daß Euch nicht zu trauen ist. Und ich hatte mein Messer bereits an Eurem Rücken …«

Guelfo wischte Lorencos Einwand mit einer gebieterischen Geste beiseite. »Ich tat es während des Orakels. Ich habe versucht, die Freiheit zu retten *und* dein Leben, Genia. Aber du hast darauf bestanden, dein Leben mit dem zu verbinden, was sterben muß für unser aller Traum.«

»Unser aller Traum?« fuhr Genia ihn wütend an. »Sprecht Ihr etwa von den Hirngespinsten, die diese löwenanbetenden Barbaren verbreiten?«

»Genia, versteh doch. Aionar ist nicht unser Feind! Ich habe ihn gesehen. Als ich mich in Guavia den Leomannen stellte, rechnete ich mit Folter, Verstümmelung und Tod. Mit Rache – so wie das Imperium kämpft! Aber Aionar ist die Gerechtigkeit. Für ihn sind wir alle gleich: Brüder und Schwestern von Geburt an.«

Genia schwindelte es. Ihre Gefühle schwankten zwischen Fassungslosigkeit und glühendem Zorn. Wütend drängte sie Lorenco und Tertullian zur Seite. »Warum, Guelfo? Warum ausgerechnet Ihr?«

»Sie sagten, daß er mich sehen will.« In den Augen des Kaiserpriesters glühte ein unheimliches Feuer. »Wir feierten die Leomanning von Tausenden von Soldaten, Bauern, Fischern, die nun unsere Brüder wurden. Und dann ... erschien er. Genia, ich bitte dich, gib auf. Verzichte darauf, in einem sinnlosen Kampf zu sterben. Du siehst, daß meine Männer keine Kriegsbemalung tragen. Unterwirf dich Aionars Gnade. Ich weiß, daß die Könige und Fürsten, die sich ihm stellten, den Tod fanden – aber für dich wird ein mächtiger leomannischer Zauberer sprechen.«

»Ihr werdet es nicht wagen, Hand an die Imperatoria zu legen! Sie ist eine Göttin!« fauchte Tertullian, ihr Erster Ritter. Doch Genia wußte, daß er und die anderen kaum gegen die Übermacht würden bestehen können, die Guelfo mit sich führte. Beiderseits begannen die Krieger nun auszuschwärmen und einen Kreis zu bilden.

»Genia, Kindchen«, fuhr Guelfo fort, als hätte er den Ritter nicht gehört. »Alles, was du über die Aufrechterhaltung eines Mythos weiß, habe ich dich gelehrt. Und du weißt, daß ich gründlich bin, wenn ich einen Mythos angreife. Du denkst doch nicht, daß auch nur einer von jenen, die ich in diesen Saal geführt habe, noch an deine Göttlichkeit glaubt?«

»Das ist nicht die Frage, Guelfo!« zischte Genia kalt. Wie

konnte dieser überhebliche Verräter es wagen, sie ›Kindchen‹ zu nennen? »Wißt Ihr noch? Die Wahrheit liegt im Wort. Was ist mit dem Wort, das Ihr mir gegeben habt? Wie konntet Ihr, nach allem, was wir gemeinsam erlebt haben ... wie konntet Ihr ausgerechnet *mich* verraten?«

Guelfo hob das Kinn, und diesmal waren seine Worte wie Messer. »Weil du an dem Tag, als ich dir von der verlorenen Schlacht und dem Tod deiner Familie berichtet habe, kein Wort darüber verloren hast, daß Zehntausende Soldaten ihr Leben gelassen hatten – für dich. Weil du neue Statuen von dir meißeln läßt, während die zwanzigjährige Dürre jeden Tag neue Menschenleben kostet! Weil man allein mit dem Kleid, das du trägst, hundert Kinder vor dem Hungertod retten könnte.« Guelfo wurde lauter, und aus den Messern wurden Schwerter. »Weil du, um die Krone zu bekommen, die gleiche Rücksichtslosigkeit gegenüber deinen Getreuen und selbst deinen Eiden gezeigt hast wie deine Vorfahren! Und weil du nach einem halben Jahr auf dem Thron bereits hundertmal mehr Menschen getötet hast als dein Gatte, der sein ganzes Leben gekämpft hat. Genia, es bricht mir das Herz, aber du bist ein ... Ungeheuer – und du weißt, was ich mit Ungeheuern tue!«

Zorn. Verachtung. Wut. Enttäuschung. Und Betroffenheit. All diese Gefühle rotteten sich in Genias Brust zusammen. Am liebsten hätte sie geschrien. Töricht. Guelfo hielt sie noch immer für ein törichtes und verwöhntes kleines Mädchen. Aber das war sie nicht. Nicht mehr. Ein heißes Prickeln kroch ihr Rückgrat entlang.

»Bist du mit deiner Lektion zu Ende, Verräter?« zischte sie und scherte sich nicht weiter um die Etikette. »Und jetzt hör *mir* zu ... Lehrer. Menschen begehen Fehler. Auch ich habe Fehler begangen. Aber dafür hüte ich einen Traum. Denn *ich* träume von einem Reich, in dem die Menschen über sich selbst bestimmen. Du magst deine Bestimmung bei einem Löwengott aus der Savanne gefunden haben. Jene aber, die mir dienen, suchen diese Bestimmung bei sich selbst. Ich bin nur die Verkörperung all dieser Sehnsüchte. Vor allem aber ... bin ich ein Mensch! In Wahrheit, Guelfo, dienst *du* einem Ungeheuer!«

Die Welt zerbrach in wirbelnde Steinsplitter. Lorenco riß Genia zu Boden und warf sich schützend über sie. Dicht neben ihnen lag ein Ritter reglos in einer immer größer werdenden Blutlache. Ringsherum erklangen die Schreie Verwundeter. Lose Steine fielen aus dem zerschmetterten Kuppeldach. Als Genia wieder aufsah, gähnte ein gewaltiges Loch in der Außenwand des Blumensaals. Steinstaub schwängerte die Luft. Einer der Katapultsteine hatte den Palast getroffen.

Guelfo selbst war bis zu einer der hinteren Wände geschleudert worden, doch er erhob sich bereits wieder.

»Raus hier!« Lorenco zog Genia hoch. Gemeinsam mit Tertullian und den anderen Rittern stürmten sie auf die Pforte zu, die zum Treppenturm führte. Wundersamerweise war nur ein Ritter Opfer des Beschusses geworden.

»Laßt sie nicht entkommen! Ihnen nach!« war Guelfos lautes Gebrüll zu vernehmen. Die Übermacht seiner Krieger war erdrückend.

Einer der Ritter verschloß im letzten Augenblick die Tür zum Turm und stemmte sich mit einem seiner Kameraden dagegen. Schultern, Fäuste und Schwertknäufe hämmerten auf der anderen Seite gegen das Holz. Die beiden blieben zurück, während Lorenco und die restlichen Ritter mit Genia die enge Wendeltreppe zum Untergeschoß hinabeilten. Sie schlüpften in einen Gang, doch kaum hatten sie ihn betreten, als ihnen aus einem Vorraum neuerliche Stiefelschritte entgegendröhnten. Doch diesmal waren es Soldaten des Palasts. Genia atmete befreit aus, als sie unter ihnen König Bellicus erblickte. Von seinem Schwert troff Blut. In seinen Augen spiegelte sich Erleichterung, als er sie sah.

»Euren Ahnen sei gedankt, Eure Illuminiszenz! Das Seetor ging durch Verrat verloren. Der Feind fiel uns in den Rücken. Irgendwie muß es ihm gelungen sein, auf anderem Weg in die Stadt vorzudringen. Inzwischen wird nicht nur auf den Straßen gekämpft, die Löwengötzler wüten bereits im Palast. Ich habe keine Ahnung, wie ...«

»Es war Guelfo, Bellicus. Er hat uns verraten!« fluchte Lorenco.

»Und wie kommen wir jetzt noch hier raus?« wollte der König wissen.

»Die verborgene Grotte mit dem Boot! Unten im Palastberg. Wenn wir sie erreichen, dann können wir die Imperatoria über den See in Sicherheit bringen. Der Geheimgang dorthin beginnt im Westturm.«

»Der wird noch immer von unseren Männern gehalten«, erwiderte Bellicus. »Aber die Leomannen stehen bereits im Innenhof und werden uns den Weg dorthin abschneiden. Oder wir versuchen, über die Dächer zu fliehen ... Aber das können wir Euch, Illuminiszenz, natürlich nicht zumuten. Dafür muß man klettern können.«

»Der Trophäenraum! Neben dem Schauzimmer, wo die Krone ausgestellt wurde«, überlegte Genia laut. »Grenzt er nicht an den Turm?«

Lorenco nickte. »Aber der Raum hat keinen Zugang zum Turm, Königin meines Herzens. Er ist eine Falle!«

»Das wird sich zeigen!« bestimmte Genia rätselhaft. »Folgt mir!«

»Liebste ...?«

»Vertrau mir, mein Gemahl!«

Lorenco, Bellicus, den verbliebenen Rittern und den sechs Männern der Palastgarde blieb nichts anderes übrig, als hinter ihr herzueilen. In einigen Räumen und Gängen wurde gekämpft, andere waren menschenleer. So auch der Trophäenraum. Genia achtete nicht auf all die Schätze, Waffen und anderen Ausstellungsstücke, die auf Brokatkissen und in Schatullen ruhten oder an den Wänden hingen. Sie hastete vielmehr zu der Vitrine, in der das wundersam gedrehte Horn lag, das sie einst dem geflügelten Pferd des Geisterkönigs abgenommen hatten. Noch immer schimmerte es in einem eigentümlichen Licht.

Mit dem Horn in der Hand wandte sie sich zu Lorenco um.

»Jetzt wird sich zeigen, ob die Kraft, die du mit deinem Blut bezwungen hast, noch immer Bestand hat. Welches ist die Wand zum Turm?«

»Bei Kymo, ja!« rief Lorenco, dann aber legte sich ein Schatten über seine Züge. Er wandte sich Bellicus zu. »Königliche Hoheit, auf ein Wort!«

Mißtrauisch beobachtete Genia, wie Lorenco und Bellicus sich abwandten und leise miteinander flüsterten. Bellicus wirkte überrascht, beinahe aufgebracht, doch schließlich nickte er. Lorenco trat wieder zu ihr. »Entschuldige, ich habe ihm nur verschiedene Wege zum Tunnel beschrieben ... Versuche es, meine Liebe!« forderte er sie auf.

Genia trat an die Wand zum Westturm und berührte mit der Spitze des wundersamen Horns die Wand. Die Fugen der Mauer wanden sich wie verletzte Schlangen. Alles schien zu verschwimmen, so wie ein Spiegelbild auf flachem Wasser verschwamm, wenn man einen Stein hineinwarf. Die Männer hinter ihr gaben Laute des Staunens von sich.

»Kommt!« Genia wollte beherzt durch die Wand schreiten, als Lorenco sie zurückhielt.

»Warte ... Bellicus und seine Leute werden dich begleiten. Ich hingegen werde den Weg über die Dächer wählen, um unsere Feinde auf eine falsche Fährte zu führen. Wir treffen uns auf Castra Peliada. Dort wird uns mein Onkel erwarten.«

»Lorenco, das ist doch viel zu gefährlich!«

»Herrin meines Herzens!« Lorenco nahm ihr Gesicht in beide Hände und küßte sie vor all den Männern. Überrascht hielt sie die Luft an. Dann blickte er ihr tief in die Augen. »Hast du etwa Angst, daß ich abstürze?« Er lachte leichthin, so als hätte er einen Scherz gemacht. »Du vergißt offenbar die Felswände bei Venabulae. Dagegen ist das hier ein Kinderspiel.«

»Versprichst du mir, auf dich aufzupassen?«

»Ich verspreche dir, daß ich kein Wagnis eingehe, das nicht notwendig ist. Ich werde sie lediglich ... ablenken.«

»Lorenco, ich muß dir etwas sagen ...«

Lautes Kriegsgeschrei aus den Gängen des Palasts ließ Genia erschrocken innehalten. Die Köpfe der Ritter flogen besorgt herum.

»Wir sehen uns an einem sicheren Ort.« Lorenco küßte ihre Hände und hob das Schwert zum Gruß. »Dein, auf immer ...!«

Er lächelte melancholisch, dann gab er Tertullian und den anderen ein Zeichen. Kurz darauf waren die Ritter im Nebenraum verschwunden.

»Gut, Bellicus«, seufzte Genia. Sie deutete auf die verzauberte Wand. »Bringt mich aus der Stadt und dann zu dem Treffpunkt, den Ihr mit meinem Gemahl ausgemacht habt!«

Die Verschleierte

Am Fuß des Burgbergs von Castra Peliada,
Fürstentum Cornia, vier Tage später

Lorenco zügelte den Grauen und blickte auf den Weg am Steilhang zurück. Die Handvoll getreuer Ritter schloß schnell zu ihm auf. Ihre Gesichter waren gerötet von dem scharfen Ritt. Schweiß lief von den Flanken ihrer Pferde. Weit hinter den Reitern, am Eingang des Tals, war eine helle Staubwolke zu erkennen. Sie hatten die Leomannen nicht abschütteln können.

Der Ritter nahm seinen schweren Maskenhelm ab und wischte sich den Schweiß von der Stirn. Es war angenehm, den warmen Wind auf dem Gesicht zu spüren. Lächelnd nickte er der verschleierten Reiterin im grünen Jagdgewand zu, die als letzte den Hügelkamm erreichte.

Vor den Flüchtlingen lag eine alte Brücke, die in weitem Bogen über einen Abgrund führte. Am Aufgang war ein Stein mit dem Wappen des springenden Delphins aufgestellt: das Wappen des Hauses Nardes. Lorenco löste das Horn vom Gürtel und setzte es an die Lippen. Der auf- und abschwellende Ruf hallte von den Felsen wider.

Jenseits der Brücke kauerte ein kleines Dorf unter einer Steilklippe, auf der sich eine mächtige Burg erhob: Castra Peliada, der Stammsitz der Familie Odera. Nie war diese Burg erobert worden. Die Leomannen würden sich hier ihre Schädel einrennen. Der massige Bergfried schien nach dem Himmel zu greifen. An drei Seiten war die Anlage von Steilhängen geschützt. Der einzige Zugang wurde durch einen massigen Torturm und eine hohe Mauer versperrt. Der Platz vor dem Tor aber war so eng und abschüssig, daß ein Feind dort keine Katapulte aufstellen konnte. Wer Castra Peliada erobern wollte, mußte die Mauern erstürmen und einen hohen Blutzoll zahlen.

Die Flüchtenden folgten dem Steilweg durch das Dorf. Er war gesäumt von kleinen Häusern aus sandfarbenem Bruchstein. Lorenco atmete tief ein. Die Luft hier oben war klar und erfüllt vom schweren Duft der Bergzedern.

Das Dorf lag wie ausgestorben. Sein Bote war also eingetroffen, dachte der Ritter zufrieden.

Im Burgtor erwarteten ihn ein Dutzend Waffenknechte und Claudio Nardes Odera, sein Onkel. Claudio war ein stämmiger Mann um die fünfzig mit einem Gesicht, das an einen verwitterten Fels erinnerte.

»Ich habe deine Nachricht erhalten, Imperiale Hoheit!« Er lachte und breitete die Arme aus. »Lorenco, Kaiser des Imperiums. Junge, ich erinnere mich noch, wie du auf meinen Knien gesessen hast.«

Der Erste Ritter schwang sich aus dem Sattel. Besorgt blickte er ins Tal hinab. Die Leomannen hatten aufgeholt! »Ist die Burg verteidigungsbereit?« fragte er ungeduldig.

»Komm erst mal zu Atem, Junge.« Claudio legte ihm einen Arm um die Schultern und führte ihn auf den Burghof. Ziegen und Schafe drängten sich hier. Küchengerät, Bündel mit Kleidern und Feldwerkzeug lagen zu Haufen geschichtet entlang der Außenmauer.

Männer mit von Wind und Sonne zerfurchten Gesichtern grüßten die Flüchtlinge mit einem Nicken. Eine junge Frau versuchte sich linkisch mit einer feierlichen Verbeugung. Die Bergbauern waren ein rauher Menschenschlag. Sie hielten nicht viel von den Ritualen der Macht, die ein kaiserlicher Hofstaat zelebrierte. Man konnte in ihren Gesichtern lesen, was in ihren Köpfen vorging. Lorenco sah Sorge und Treue. Sie würden zu ihnen stehen. Hinter diesen Mauern mußten sie keinen Verrat fürchten.

Mit einem dumpfen Hall schloß sich das schwere Burgtor. Ein Bursche führte die Pferde zu den Ställen.

Claudio machte eine ausholende Geste, die Hof und Burg umfaßte. »Hunger werden wir nicht leiden. Wir sind nicht gerade viele, wie du siehst. Es reicht kaum, um die vordere Mauer zu bemannen. Ich habe gerade einmal ein Dutzend Waffenknechte, und wir können vielleicht hundert Bauern bewaffnen.« Er deutete zu den Rittern mit den weißen Umhängen. »Du hast auch nicht gerade ein Heer mitgebracht.« Claudio senkte seine Stimme zu einem Flüstern. »Sind das alle, die noch treu zum Kaiserhaus stehen?«

Lorenco wandte sich zu den sieben überlebenden Rittern der neuen Adelsgarde um. Sie waren staubbedeckt und erschöpft, und doch glänzten ihre Augen vor Kampfeseifer. Er mußte an Tertullians Worte denken. »Beurteile uns nicht nach unserer Zahl. Beurteile uns nach der Zahl derer, die unter unseren Klingen sterben.«

Claudio lachte. »Das hier ist nicht der Kaiserhof. Du mußt mir keine schönen Worte in die Ohren säuseln, damit ich dir folge. Uns verbindet unser gemeinsames Blut. Das zählt mehr als Worte.«

»Würdest du die Kaiserin zu ihren Gemächern bringen lassen?« fragte Lorenco förmlich.

Claudio nickte mit wissendem Blick. »Ich habe deine Nachricht erhalten und alles vorbereiten lassen.«

Lorenco lächelte müde. »Ich weiß, wir sind spät. Aber die

Leomannen sind gute Jäger. Zweimal hätten sie uns fast gestellt. Zuletzt mußten wir einen weiten Umweg reiten.«

Der Burgherr winkte einer Magd und fuhr dann mit erhobener Stimme fort: »Caecilia, bring Ihre Illuminiszenz, die Imperatoria Genia, zu den Gemächern meiner Tochter und sorge dafür, daß ihr alle Annehmlichkeiten unserer bescheidenen Burg zuteil werden.«

Niemand jubelte der Herrscherin zu. Und doch war Lorenco sich sicher, daß diese verschlossenen, mürrisch wirkenden Männer und Frauen ihr Letztes geben würden, die Kaiserin zu verteidigen. Es war die richtige Entscheidung gewesen hierherzukommen, auch wenn dies für alle in der Burg den Tod bedeuten könnte.

»Sehen wir uns die Wilden an!« Lorenco trat durch eine schmale Pforte in den Torturm. Es war dunkel hier und kühl. Der Geruch von altem Mauerwerk, Rauch und Schinken schlug ihnen entgegen. Treppe um Treppe stiegen sie hinauf. Als sich über ihnen die Luke zur Turmplattform öffnete, erklang ausgelassenes Kinderlachen. Der Ritter beschleunigte seine Schritte und stieg durch die Falltür nach oben. Eine Schar Kinder focht mit Holzschwertern ihre eigene Schlacht. Sie wichen vor ihm zurück.

Wütend wandte er sich an seinen Onkel, der ihm dichtauf folgte. »Sei verdammt, Claudio! Ich hatte dir doch befohlen, sie fortzuschicken!«

Die Augenbrauen des Burgherrn ruckten zusammen, so daß sie einen durchgehenden dunklen Balken bildeten. »Wohin hätte ich sie denn schicken sollen? In die Berge, wo es bald von Plünderern nur so wimmeln wird? Peliada ist nie erobert worden. Hier sind sie sicher!«

Ein kleines Mädchen mit langen schwarzen Zöpfen und einem schön geschnitzten Holzschwert trat vor Lorenco. Es legte den Kopf in den Nacken, um zu ihm aufzublicken. »Warum magst du keine Kinder?«

Er fühlte sich überrumpelt und schäbig. Er konnte ihnen doch nicht sagen, was er wußte. Seine Lippen zitterten. Er vermochte nicht einmal dem Blick standzuhalten.

»Livia, bring die anderen nach unten«, sagte Claudio sanft und schob das Mädchen mit den Zöpfen und ihre Spielgefährten zur Treppe.

»Das ist der Erste Ritter«, hörte Lorenco einen Jungen mit schwarzen Locken flüstern, der ihn voller Bewunderung ansah. »Zusammen mit den Weißmänteln wird er die Barbaren verjagen.«

Die leomannischen Reiter hatten inzwischen die Brücke passiert. Es mochten etwa dreißig Mann sein. Ihre struppigen Savannenpferde kamen überraschend schnell den steilen Weg durch das Dorf hinauf.

Lorenco war froh, daß das Burgtor schon verschlossen war.

Ein riesiger Krieger mit rotblonden Zöpfen schien der Anführer der Leomannen zu sein. Einige seiner Männer trugen groteske Masken und hatten sich mit schwarzweiß gestreiften Fellen behängt.

Der Anführer schrie Kommandos in der bellenden Sprache der Barbaren. Die Reiter saßen ab und stürmten auf die Mauer zu. Da bemerkte Lorenco, daß einige von ihnen Wurfanker mitgebracht hatten.

»Bemannt die Zinnen!« schrie der Ritter in den Hof hinab. »Schnell!« Er eilte zur Bodenluke auf der Turmplattform. Daß sie bis hier hinaufkamen, war unwahrscheinlich, aber die Festungsmauer war nur etwas mehr als zehn Schritt hoch.

Schon schlugen klirrend die Krampen der Wurfanker gegen die Mauer.

Lorenco drängte sich fluchend durch die Kinderschar, die den Turm noch immer nicht verlassen hatte. Noch nie hatte er erlebt, daß eine Burg so schnell angegriffen wurde. Gewöhnlich nahmen sich Belagerer mindestens einen Tag Zeit, um ihr Feldlager einzurichten. Wäre Castra Peliada nicht so schwach bemannt gewesen, wäre diese Strategie auch glatter Selbstmord gewesen. Aber so, wie die Dinge im Augenblick standen, hatten die Leomannen gute Aussichten, die Burg im ersten Sturm zu nehmen.

Als Lorenco die Tür zum Wehrgang aufstieß, kletterte der erste Krieger schon über die Zinnen. Er hatte sich Gesicht und Arme mit schwarzen und weißen Streifen bemalt. Sobald er Lorenco erblickte, zog er eine schwere Keule aus seinem Gürtel.

»Damit ein Treffer läßt platzen Kopf wie reife Melone«, stieß der Leomanne in gebrochener *lingua regia* hervor.

Lorenco unterlief den Keulenhieb und rammte dem Krieger sein Schwert bis zum Heft in den Bauch. Der Leomanne keuchte, ließ die Waffe fallen und umklammerte dann den Ritter mit beiden Armen. Der Kerl war bärenstark. Lorenco wand sich verzweifelt im eisernen Ringergriff, während der Savannenkrieger ihm ins Ohr zu beißen versuchte. Blut schoß in pulsierenden Stößen aus der tiefen Bauchwunde und lief ihnen warm die Beine hinab.

Der Leomanne warf sich gegen die Brüstung zum Hof. Er wollte sie beide in den Tod stürzen! Doch seine Kräfte ließen nach. Seine Augen funkelten, wie im Wahn. »Du mir dienen in Schattenland!«

Lorenco bog das Kinn des Mannes zurück. Mit einemmal erschlaffte der Krieger und fiel. In seinem Leib steckte noch immer Lorencos Schwert.

Der Ritter fluchte. Hinter sich hörte er ein Geräusch. Die Tür zum Torturm hatte sich geöffnet. Das Mädchen mit den Zöpfen blickte auf den Wehrgang, wo sich ein weiterer Leomanne über die Brüstung auf die Mauer zog. Als er sah, daß Lorenco unbewaffnet war, grinste er breit und zog provozierend langsam seinen Sicheldolch.

Lorenco verspürte eine unbändige Wut, ein Gefühl, das im Kampf keinen Raum haben sollte. Er wußte nur zu gut, wie wichtig es war, einen kühlen Kopf zu bewahren und daß blinder Zorn zu leichtfertigen Angriffen verleitete. Dennoch hatte er den Wunsch, einfach auf den Krieger loszugehen und ihn mit bloßen Händen zu erwürgen. Es war der Fluch der schwarzen

Galle, der auf seinem Geschlecht lag. Der blinde Kampfeszorn hatte manchen seiner Ahnen das Leben gekostet.

»Ritter!« Das Mädchen an der Tür warf ihm geschickt sein Holzschwert zu.

Lorenco machte einen Satz nach vorn, fing die Waffe im Flug und griff den Leomannen an. Mit dem Kinderschwert blockierte er einen Hieb des Dolches; die Klinge schnitt in das harte Holz, vermochte das Schwert jedoch nicht zu durchtrennen, sondern blieb stecken. Mit einer Drehung aus dem Handgelenk entwand der Ritter seinem Gegner die Waffe. Dann ging er ihm an die Gurgel.

»Würger …«, röchelte der Savannenkrieger, als Lorenco ihm mit dem Daumen den Kehlkopf eindrückte. Der Atem des Mannes stank nach saurer Milch.

Langsam hob Lorenco seinen Gegner über die Brüstung und ließ ihn in die Tiefe stürzen.

Inzwischen waren weitere Verteidiger auf dem Wehrgang erschienen. Jemand drückte dem Ritter ein richtiges Schwert in die Hand. Wenige Augenblicke später waren die Angreifer zurückgeschlagen.

Lorenco war ganz benommen von der Wut und der Kraftanstrengung. Als sich eine Hand auf seine Schulter legte, fuhr er herum und hätte beinahe seinen Onkel niedergestochen. Keuchend wich er zurück. »Tu das nie wieder, Claudio. Nie wieder …«

»Junge, es ist vorbei.« Der alte Burgherr schüttelte den Kopf. »Du bist ja stark wie ein Bär! Auch wenn man es dir nicht ansieht. Ich hatte keine Ahnung, welche Kräfte in dir schlummern.«

»Ich auch nicht«, erwiderte der Ritter matt.

Über die Brücke beim Hügelkamm ritten weitere Verstärkungen für die Leomannen heran, und weit entfernt im Tal nahte eine riesige Staubwolke.

»Sie haben ein ganzes Heer gegen uns aufgeboten«, sagte Tertullian, nahm den Helm ab und wischte sich den Schweiß von der Stirn.

Lorenco lächelte. »Du hast den Stab weitergereicht?«

Der Ritter nickte.

»Ich hoffe nur, daß niemand mitgezählt hat und merkt, daß du plötzlich einen achten Ritter in deinem Gefolge hast«, flüsterte der Burgherr.

Lorenco deutete in Richtung des Dorfes, in das sich die Leomannen zurückgezogen hatten, um sich für einen neuen Angriff zu formieren. »Sie werden dafür sorgen, daß die Zahl allzu bald wieder paßt.«

In diesem Augenblick erschien eine verschleierte Frauengestalt hinter den Zinnen des Bergfrieds. Lorenco riß sein Schwert hoch. »Heil, Kaiserin Genia! Heil, Genia Gratiana. Siegbringerin!«

»Heil Genia!« wurde der Ruf ringsum aufgenommen. Auch wenn die Frau noch immer verschleiert war, so erkannte doch jeder den scharlachroten Mantel. Das Scharlach, das allein der Kaiserfamilie vorbehalten war.

Ritter wie Bauern streckten der Herrscherin die Waffen zum Gruße entgegen und feierten den Sieg des Imperiums.

Lorenco trat an die Brüstung zum Hof. »Kameraden! Die Kaiserin hat einen Schleier angelegt aus Trauer über den Verrat, den man in Mons Flora beging. Nur eure Treue vermag diesen Schleier zu heben. Helft mir, die Barbaren zu vertreiben! Noch nie wurde Castra Peliada erobert. Sollen sich die Wilden an diesen Mauern die Schädel einrennen! Dies wird der stolzeste Sieg der jungen Kaiserin sein. Gebt all eure Kraft, damit Genia auf immer ihren Schleier hier zurückläßt. Für die Kaiserin!«

»Für die Kaiserin!« wurde sein Schlachtruf aufgenommen. Fast übertönte er ein helles Geräusch, das von tief unten am Burgberg heraufdrang: das Geräusch von Stahl, der auf Stein schlug.

Das letzte Gefecht

Castra Peliada, am Abend des 29. Tages des Wolkenmondes, zwei Tage später

Lorenco kauerte unter der Pforte zum Torturm. Er preßte die Hände auf das dunkle Holz, damit sie zu zittern aufhörten. Das mußte ein Zauber sein! Irgend etwas machten die Barbaren und ihre verfluchten Priester mit ihm. Er hatte in zahllosen Schlachten gekämpft, aber noch nie war es so wie in den letzten beiden Tagen gewesen. Die Kinder in der Burg weinten ohne Unterlaß. Und auch ihn packte immer wieder das blanke Entsetzen. Wenn man miteinander sprach, flüsterte man nur, so als wäre da etwas ... Etwas, das ständig um einen war.

Heute früh hatte sich einer der Bauern von Wehrgang die Klippen hinabgestürzt. Lorenco hatte es gesehen. Der Mann war einfach aufgestanden, war auf die Zinnen gestiegen und dann gesprungen. Ohne Grund ... Ohne ein Wort.

Sieben Angriffe der Leomannen hatten sie zurückgeschlagen. Aber der Preis war hoch gewesen. Fast die Hälfte der Verteidiger war tot. Von den Überlebenden war kaum einer ohne Wunde. Sie würden nicht mehr lange aushalten. Und Hoffnung auf Rettung gab es nicht.

Dicht vor dem Tor schlug ein Pfeil auf den gepflasterten Hof. Andere folgten. Es ging wieder los. Gestern hatten die Leomannen Verstärkung durch sambranische Bogenschützen erhalten – Männer, die vor einem Jahr noch im Heer des Imperators gekämpft hatten. Niemand, der sich unbedacht zwischen den Zinnen zeigte, war mehr sicher. Selbst im Burghof, umgeben von hohen Mauern, die schützen sollten, mußte man um sein Leben fürchten. Die Sambraner schossen in steilem Bogen Pfeile in den Himmel, die fast senkrecht auf den Hof niedergingen. Nur wer zum Brunnen mußte, um Wasser aus der Zisterne zu schöpfen, wagte sich dort noch hin.

Der Ritter schmunzelte trotzig. Die Sambraner hatten dafür

gesorgt, daß sie alles Vieh in die Festhalle der Burg getrieben hatten. Sein Onkel hatte deshalb einen Tobsuchtsanfall gehabt. Aber es gab keinen anderen geeigneten Platz für die Schafe, Ziegen und Gänse.

Mit einem metallischen Klang prallte ein Pfeil von der Kurbel des Brunnens ab und rutschte über das Pflaster.

Der Befehlshaber auf der anderen Seite war ein Verschwender, dachte Lorenco. Er selbst hätte eine solche Strategie der Verschwendung niemals gestattet. Von hundert Geschossen fand vielleicht ein einziges sein Ziel. Aber man schürte die Angst.

Wie Hagelschlag prasselte ein weiterer Schauer Pfeile in den Hof. Dann war es wieder still, bis auf das Hämmern, tief unten am Burgberg, das seit der ersten Stunde der Belagerung andauerte.

Vom Dorf her erklang ein Schrei, wie von einem Raubtier. Dumpfer Trommelschlag setzte ein. Lorenco versuchte sich nicht vorzustellen, was die Leomannen dort taten. Wie hatten diese Barbaren nur das Imperium zerschmettern können? Wilde aus den Savannen!

Er blickte zum Bergfried. In den Fenstern schimmerte goldenes Licht. Die Frauen und Kinder waren dort oben und alle Männer, die zu schwer verwundet waren, um noch zu kämpfen. Dies war das letzte Bollwerk der Festung. Um diesen Turm würde das Kaiserreich seine letzte Schlacht schlagen. Der Palas oder die Eckbastionen auf den Mauern wären nicht zu halten, wenn die Leomannen erst auf dem Burghof Fuß faßten.

Aus dem Innern des Turms erklangen Schritte. Claudio trat an die Tür. Der Onkel trug den linken Arm in einer Schlinge. Am Morgen hatte ein Angreifer ihm einen Dolch durch den Unterarm gestoßen.

Claudio streckte den gesunden Arm zur Tür hinaus, so als ob er prüfen wollte, ob es regnete. Dann grinste er schief. »Es hat aufgehört.«

Der Ritter entspannte sich und erwiderte das Lächeln. So war sein Onkel schon immer gewesen. Meist wirkte er verschlossen, aber wenn Not am Mann war und alle anderen wie aufgescheuchte Gänse herumliefen, dann war er es, der die Ruhe bewahrte und selbst über die haarsträubendsten Dinge spaßen konnte. Und wo bei anderen ein gemeinsames Schweigen bald beklemmend wurde, gab Claudios Schweigen Kraft. Es vertrieb sogar die Angst, die eben noch Lorencos Gedanken beherrscht hatte.

»Die Wilden müssen ganz schön verzweifelt sein«, sagte der Burgherr ohne Ironie. »Hörst du das?«

Die Frage war rein rhetorisch. Das Trommeln und das klirrende Hämmern am Fuß des Burgbergs waren nicht zu überhören.

»Sie können dort noch hundert Jahre auf den Fels einschlagen. Das ist massiver Granit. Wenn sie einen Tunnel zu uns hinaufgraben wollen, vergeuden sie nur sinnlos ihre Kräfte. Man merkt, daß sie keine Ahnung von ...« Sein Onkel stutzte.

»Hast du das gesehen?« Claudio deutete zu den Ställen hinüber.

Lorenco kniff die Augen zusammen. Etwas bewegte sich dort im Schatten.

Der Burgherr zog sein Schwert. »Hat es doch einer der Wilden über die Mauer geschafft!«

Gemeinsam stürmten sie los, um den Eindringling zu stellen. Sie hatten schon fast den Brunnen in der Mitte des Hofs erreicht, als das Sirren von Pfeilen erklang. Lorenco machte einen Hechtsprung nach vorn und rollte sich in Deckung hinter die gemauerte Brunneneinfassung. Ringsherum schlugen Geschosse auf das Pflaster und zersplitterten. Dann war es wieder still.

Der Ritter richtete sich auf. Claudio stand am Brunnen. Seine Hände lagen auf der Umfassungsmauer. Er schwankte leicht. Seine Augen waren geweitet und der Mund aufgerissen. Zwischen seinen Lippen ragte eine blutige Pfeilspitze hervor, fast neckisch, als wollte der Tod Lorenco seine stählerne Zunge entgegenstrecken. Der Burgherr brach in die Knie.

Lorenco eilte zu seinem Onkel. Er wollte ihn aufheben, ihn zu den anderen Verwundeten in den Bergfried bringen, doch er wußte, daß es zu spät war. Er strich seinem Onkel über den kahlen Schädel und drückte sanft die Augenlider zu. Claudio Nardes Odera würde nun für immer schweigen.

Etwas traf Lorenco im Rücken. Ein stechender Schmerz ließ ihn aufstöhnen. Ein Pfeil! Er mußte weg hier vom Hof! Verfluchter Schatten! Hätten sie nur nicht ihre Deckung verlassen! Geduckt rannte der Ritter über den Hof. Rings um ihn schlugen weitere Pfeile ein. »Wo bist du?« schrie er außer sich. »Stell dich!«

Ein leises Wimmern erklang.

Lorenco fand die Schattengestalt hinter einem Mauervorsprung beim Stall, die Knie angezogen, den Kopf auf die Brust geneigt und mit beiden Händen umklammert. Es war Livia.

»Verdammtes Gör! Was machst du hier? Hat man dir nicht eingeschärft, im Bergfried bei den anderen zu bleiben?«

»Ich …« Sie zeigte ihm eine Stoffpuppe. »Ich mußte Ollo holen … Er war so allein.«

Lorenco wollte schreien. Eine Puppe! Dafür war Claudio gestorben. Eine Puppe!

Livia schob Ollo hastig zurück unter ihr Kleid und hob schützend die Arme, als rechnete sie damit, geschlagen zu werden.

Lorenco zitterte vor mühsam unterdrückter Wut … Nein, es war der Boden, der zitterte. Das Pflaster des Hofs. Tief unter seinen Füßen erklang ein Grollen. Die Pferde im Stall wieherten und schlugen mit den Hufen gegen die hölzernen Verschläge. Die Trommeln unten im Dorf waren plötzlich verstummt.

Wieder grollte es tief im Fels. Und dann versetzte etwas Lorenco einen Stoß. Es war, als hätte man ihm den Boden unter den Füßen weggezogen. Er stürzte vornüber und schlug mit dem Helm hart gegen die Stallmauer. Grelle Lichter tanzten vor seinen Augen. Dachschindeln schlugen rings herum auf und zerbarsten.

»Der Turm!« schrie Livia.

Der mächtige Bergfried neigte sich. Breite Risse klafften in seinen Mauern, und plötzlich begann ein Teil des Turms zu rutschen. Mit ohrenbetäubendem Getöse stürzte die halbe Außenmauer in den Abgrund. Der Boden zitterte, als wäre der Fels, auf dem man die Burg errichtet hatte, plötzlich lebendig geworden und wolle nun das Menschenwerk abschütteln. Teile des Palas verschwanden, Zinnen rissen von den Mauern und stürzten in den Hof. Staub quoll in dichten Wolken empor, löschte alle Lichter und drang erstickend in Nase und Rachen.

Hechelnd rang der Ritter um Atem. Er zog Livia dichter an sich heran und schützte sie mit den Armen. Als er sich bewegte, meldete sich ein stechender Schmerz in seinem Rücken.

Staub wogte wie dichter Nebel über den Burghof. »Du gehst in die Schmiede!« stieß Lorenco keuchend hervor. »Verstehst du mich, Livia?«

Er spürte, wie das Mädchen nickte.

»Versteck dich dort im Kohlenhaufen hinter der Esse. Und rühr dich nicht! Hast du mich verstanden? Ganz gleich, was passiert: Du bleibst dort, bis ich dich hole!«

Wie Blinde tasteten sie sich über den Hof. Der Staub senkte sich nur langsam. Überall erklangen Schreie und Stöhnen. Noch immer lösten sich einzelne Steine aus dem geborstenen Mauerwerk und rollten polternd in die Tiefe.

Langsam wurde die Sicht etwas besser. Ein dunkles Maul öffnete sich vor ihnen. Sie hatten ihr Ziel erreicht. Die Schmiedewerkstatt war halb offen gebaut, damit die Hitze der Esse besser abziehen konnte.

Lorenco versetzte dem Mädchen einen sanften Stoß. »Versteck dich! Und rühr dich nicht vom Fleck.«

Der Ritter wartete, bis Livia im Dunkel der Werkstatt verschwunden war. Dann rief er: »Zum Tor! Alle kampffähigen Männer sammeln sich beim Tor!«

Es waren kaum ein Dutzend Männer, die seinem Ruf folgten. Das letzte Aufgebot. Tertullian gehörte zu ihnen. Sein weißer Umhang war blutverschmiert, der rechte Arm grotesk verdreht, so daß er das Schwert nun in der Linken hielt. Dazu kamen zwei Männer in Waffenröcken mit dem Delphinwappen der Familie Nardes und einige Bauern.

»Ihr seid verwundet, Imperator!« rief Tertullian bestürzt.

Lorenco winkte ab. »Der Pfeil sitzt nicht tief. Sich darum zu kümmern bleibt jetzt keine Zeit!« Besorgt blickte er auf die breite Bresche vor ihnen. Die Mauer neben dem Tor war eingestürzt und nur mehr eine Geröllhalde. Überall in der Finsternis jenseits der Burg erklangen Rufe. Das Trommeln hatte wieder eingesetzt. Ein langgezogenes Brüllen erklang. Kein Mensch brächte einen solchen Laut hervor. Die Leomannen mußten irgendwelche Tiere im Heerlager haben. Der Schrei erinnerte Lorenco an das Gebrüll eines wütenden Löwen, den er einmal in der Arena von Mediogenia gesehen hatte.

»Männer von Peliada!« Lorenco hustete. »Ihr habt standgehalten, wo andere längst aufgegeben hätten. Ihr seid der Kaiserin gefolgt, als ein ganzes Reich sie verraten hat. Es erfüllt mich mit Stolz, an eurer Seite gekämpft zu haben.« Lorenco stockte und unterdrückte den würgenden Hustenreiz. Er hob sein Schwert an die Lippen und küßte die Klinge dicht über dem Heft. Dann deutete er mit der Waffe zur Ruine des Bergfrieds. »Eure Frauen und Kinder starben mit der Kaiserin. Schickt ihnen die Schatten vieler Leomannen als Diener, bevor wir ihnen folgen! Für die Kaiserin! Für Genia!«

»Für Genia!« schrie Tertullian mit sich überschlagender Stimme, und die Bauern stimmten in seinen Schlachtruf ein. »Für Genia!«

»Für ...« Der wirbelnde Staub gebar einen Schatten. Der Waffenknecht neben Lorenco wurde zu Boden gerissen. Gleich einem Raubtier kauerte ein Leomanne auf dem Gestürzten und stach mit einem Sicheldolch auf ihn ein. Der Angreifer hatte sich mit dicken, erdigen Farben eine Raubtierfratze auf das Gesicht gemalt. Lorencos Schwert beschrieb einen blitzenden Bogen, und der Kopf fiel in den Schutt der Bresche.

Überall huschten nun Schatten durch den wogenden Staub, und ganz nah ertönte das Brüllen des Löwen.

Plötzlich stand ein hagerer Kerl vor dem Ritter. Statt eines Helms trug er eine Maske mit wallender Löwenmähne. Er stieß ein heiseres Fauchen aus und sprang auf Lorenco zu wie eine Raubkatze, die eine Gazelle anfällt. Lorenco drehte sich halb zur Seite. Ein Sicheldolch schrammte über seine Brustplatte. Mit einem Rückhandhieb zog er dem Leomannen das Schwert über die Kehle.

Lorenco bückte sich, entwand dem Sterbenden einen seiner Dolche und blockte einen Schlag ab, der auf seinen Kopf zielte. Als der neue Angreifer den Helm des Ersten Ritters erkannte, wich er erschrocken zurück.

Die letzten Verteidiger des Imperiums fochten tapfer, aber sie wurden aus der Bresche zurück in den Hof gedrängt. Zu groß war die Übermacht der Feinde. Aus den Augenwinkeln sah Lorenco, wie Tertullian von zwei Männern in Löwenfellen zu Boden gezerrt wurde. Der Erste Ritter stieß einen Mann zur Seite und rannte los. Ein Krieger mit Maske wollte ihm den Weg verstellen, wich dann aber plötzlich zurück.

Tertullian schaffte es noch einmal, sich halb aufzurichten, als ein riesiger Krieger ihn mit einem Fußtritt wieder zu Boden schickte. Der Leomanne trug eine Haube, die an eine wallende Löwenmähne erinnerte. Um seine Unterarme waren Armschienen aus Messing geschnallt, aus denen lange, stählerne Krallen ragten. Wie ein Raubtier schlug er mit diesen Krallen zu und zerfetzte Tertullian die Kehle. Dann legte er den Kopf in den Nacken und brüllte wie ein Löwe.

Ein Speerstoß traf Lorenco an der Hüfte. Er wurde halb herum gerissen und schlug mit dem Rücken hart gegen eine Mauer. Brennender Schmerz durchfuhr ihn. Der Pfeil! Durch den Aufprall hatte er sich tief unter sein rechtes Schulterblatt gedrückt. Lorenco spürte einen metallischen Geschmack auf den Lippen. Blut! Sein Angreifer starrte ihn mit weitaufgerissenen Augen an und schrie etwas. Lorenco schnellte vor und rammte ihm den Dolch in die Brust.

»Für Genia!« keuchte er und preßte die Linke auf die Wunde an seiner Hüfte. Wohin er auch blickte, waren Leomannen. Sie hatten schon mit dem Plündern begonnen. Die Kämpfe auf dem

Hof waren verebbt. Der Löwenkrieger kniete über Tertullian und schnitt dem Ritter die Kopfhaut ab.

Blut rann Lorenco aus den Mundwinkeln, sammelte sich kurz am hohlen Kinn der Helmmaske und rann dann weiter den Hals hinab. Die Leomannen standen in weitem Halbkreis vor ihm und starrten ihn an. Unheimliche Gestalten, grotesk mit Fellen und Masken verkleidet. Nie zuvor hatte der Ritter solche Krieger gesehen. Warum griffen sie nicht an? Hatten sie Angst vor ihm?

Ein schriller Schrei erklang. Livia kam aus der Schmiede gelaufen, dicht gefolgt von einem Krieger in blutverschmierter Tunika. Der Plünderer mußte sie aufgeschreckt haben. Das Kleid des Mädchens war schwarz vor Kohlenstaub. Es rannte blindlings auf den Hof und prallte gegen den Löwenmann, der über Tertullian gebeugt kauerte.

Lorenco stieß sich von der Mauer ab. Seine Beine gehorchten ihm nicht mehr. Er torkelte wie ein Betrunkener. Schon hatte der hünenhafte Krieger die Krallenhände gehoben.

»Löwenmann!« schrie Lorenco verzweifelt. »Ich fordere dich zu einem Zweikampf.« Es hieß, daß die Leomannen einen ausgeprägten Ehrenkodex hatten und eine Aufforderung zum Duell niemals zurückweisen durften.

Der Krieger fuhr herum. Seine Augen funkelten wie Bernstein im Fackellicht. Er hatte geschlitzte Pupillen. Ein Fabelwesen! Kein Mann, den eine Mutter geboren hatte. Lorenco erinnerte sich an wirre Gerüchte über eine besondere Kriegerkaste unter den Leomannen: Männer, die halb Mensch und halb Löwe waren. Aber diese Geschichten handelten immer in weiter Ferne, in den Savannen im tiefen Süden. Sie sollten nicht hier sein! Nicht auf dem Hof der Burg, auf dem er unter der Aufsicht Onkel Claudios seine ersten Fechtstunden erhalten hatte. Hatte ein solcher Tiermann überhaupt ein Ehrgefühl?

»Verschone das Kind!«

»Niemand in diesem Kral wird leben, Würger!« Der Löwenkrieger sprach stockend, so als fiele es seiner Zunge schwer, Worte zu formen. »Nur du! Deine Sippe, dein Stamm … Alle werden dich sterben sehen.«

Deshalb hatten die Krieger ihn gemieden, wann immer sie ihn erkannt hatten! Lorenco blickte sich um. Überall lagen Tote. Die Schlacht war vorüber. Er lebte nur deshalb noch, weil jemand den Befehl gegeben haben mußte, ihn gefangenzunehmen!

Lorenco blickte auf das blutige Messer in seiner Linken. Langsam führte er die Klinge zum Hals, dicht unter den Ansatz des Maskenhelms. »Ihr wollt mich lebend? Dann laßt das Mädchen gehen.«

Es war totenstill auf dem Hof. Immer mehr Männer drängten herbei, um zu sehen, was geschah. Lorenco begann zu zittern. Er spürte, wie warmes Blut von der Hüfte seine Beine hinab rann. Sein Schwert entglitt seiner Hand und fiel klirrend auf das Pflaster. Der Ritter ging in die Knie. Seine Kräfte versiegten. Aber immer noch hielt er stolz den Kopf erhoben, die gekrümmte Klinge an die Kehle gedrückt.

»Wer dir Zuflucht gewährt hat, hat sein Leben verwirkt, Würger. Ganz gleich ob Mann, Weib oder Kind!« erklang eine vertraute Stimme. Zwischen den Kriegern trat Guelfo hervor. Unter all den anderen Leomannen wirkte der abtrünnige Kaiserpriester, der Lorenco immer so stattlich vorgekommen war, geradezu klein. »Du kannst dich deinem Schicksal nicht länger entgegenstemmen, Kaiser. Deine Macht und dein Mythos sind gebrochen. Niemand gehorcht mehr deinen Befehlen.«

»Ihr wollt mich in Mons Flora hinrichten lassen, Guelfo? Ich glaube, es liegt in meiner Hand, ob Euch das gelingt oder nicht.«

Guelfo preßte die Lippen zusammen. Dann nickte er kaum merklich. »Das Mädchen wird leben!« rief er mit volltönender Stimme. »Es soll die Zeugin unseres Sieges sein. Die letzte, die den Ihren vom Tag unserer Rache am Würger berichten kann. Ich schwöre bei Aionar, daß ihr Leben geschont wird.«

Lorenco blickte den Abtrünnigen an. Würde er wenigstens diesen Schwur halten? Bedeutete ihm ein Eid auf seinen Gott mehr als sein Eid auf den alten Imperator? Der Ritter wußte, daß ihm keine Wahl blieb, als Guelfos Versprechen zu trauen. »Ich gebe mich euch gefangen«, stieß er mit letzter Kraft hervor. Dann kippte er zur Seite. Ihm wurde schwarz vor Augen. Dann waren rings um ihn Füße. Stimmen schrien durcheinander.

Livia kauerte neben ihm. Lorenco versuchte zu lächeln.

Sie sah ihn mit großen, tränenerfüllten Augen an. »Warum hast du das für mich getan? Warum?«

Der Ritter wollte antworten, doch sein Mund war voller Blut. Er brachte nur ein Röcheln hervor.

Guelfo ließ sich neben dem Mädchen nieder und legte ihm den Arm um die Schultern. »Weil er ein Mann ist, auf dessen Freundschaft man sich immer verlassen kann.«

»Er hat so sehr mit mir geschimpft ...«, stieß Livia mit erstickter Stimme hervor. »Er hat mich doch nicht einmal gemocht ...«

Lorenco wollte ihr sagen, daß das nicht stimmte. Doch sein Körper gehorchte ihm nicht mehr. Ihm war kalt.

Guelfo nahm seinen Umhang von den Schultern, rollte ihn zusammen und schob ihn Lorenco unter den Nacken.

»Wenn ich in dem Versteck geblieben wäre ... Er befahl mir, mich nicht von der Stelle zu rühren.« Livia schluchzte. »Ich wollte auf ihn hören, wirklich! Aber da war ein Mann, der hat immer wieder seinen Speer in den Kohlenhaufen gestoßen. Warum hat er sich für mich geopfert? Er war doch der Kaiser.«

»Er hat das getan, weil er ein Ritter war ...« Guelfo stockte. »Und du, du warst eine Jungfrau in Not. Du weißt schon, so wie in den Märchen ... Die Ritter helfen immer den Jungfrauen in Not. Und sie sind ihnen niemals böse, ganz gleich, was die Jungfrauen getan haben.«

Lorenco sah zu Guelfo auf. Der Leomanne war ein Verräter ... ein treuloser Hund! Und doch war er ihm dankbar für seine Worte. Er versuchte diese Dankbarkeit in seinen Blick zu legen, aber Guelfo wollte ihm nicht in die Augen sehen.

Es war so kalt ... Und das mitten im Sommer. Die bemalten Krieger, das Mädchen und der verwüstete Burghof verschwammen ...

Lorenco hatte das Gefühl zu fallen. Gleichzeitig schien er aus großer Höhe auf die Burg hinabzusehen.

Genia ergriff seine Hand. Sie beide gingen an einem weißen Strand entlang. So wie an jenem Abend, vor unendlich langer Zeit, als er ihr seine Liebe gestanden hatte.

Die Wahrheit

Auf dem Platz der Blumen, Mons Flora, Reich Aionars, am 3. Tag des Sturmmondes, im 245. Jahr des Imperiums

Das Trommeln rollte durch die Gassen von Mons Flora. Das waren keine kleinen Kesselpauken, wie sie imperiale Hilfstruppen einsetzten. Es waren die Felle von Savannenbüffeln, gespannt über qualmenden Feuerstellen, damit sie während des Hämmerns nicht erschlafften. Unbewußt begann Guelfo, mit den nackten Füßen zu stampfen. Die Sieger tanzten überall auf dem Platz.

Ja, endlich war er einer der Sieger. Aber hatte er gekämpft?

»Noch eine halbe Stunde – dann ist es vorbei.« In Sarmanthas sanfter Stimme schwang etwas von einer Mutter, die das Klauenmesser ansetzt, um ihrem Sohn einen Skorpionstachel aus dem Leib zu schneiden. Guelfo erwiderte den Blick der Verkünderin. Sie hatte bezaubernde Augen in einem Gesicht, das die Jahre hart gemacht hatten.

So viele der großen Magier waren da: der rotblonde Herzog Herispero, dessen Stimme so gewaltig war, daß er allein mit ihr einen Minotaurus getötet hatte; ihm waren die Liwasker in den abschließenden Kampf gegen die Burg Peliada gefolgt. Starra, eine Runenwerferin und Weissagerin, deren rote Amulette Menschen in Tiere, Männer in Helden und Frauen in Sklavinnen verwandeln konnten. Aionhart, dessen Geisterbeschwörer und Runenwerfer die Stoßtrupps der Leomannen ungesehen

Hunderte Meilen weit ins Feindesland eindringen ließen. Leomedes, dessen geheimnisvolle Gerätschaften Stein, Wasser und Luft überwanden. Myriander, der Wolf der See, dessen elephantinische Gewänder verrieten, daß er die Savanne noch nie gesehen hatte. Aber auch er war jetzt ein Bruder …

Tiefe, kehlige Rufe brandeten auf der anderen Seite des Platzes auf. Die blonden Mähnen verdeckten, was geschah, aber Guelfo wußte auch so, daß Herispero und die Liwasker nahten.

Die Leomannen hatten auf dem Platz aus Erdreich und Tonziegeln eine einfache Stufenpyramide erreichtet, die an die Heiligtümer der Savanne gemahnte. Die Ringkämpfer lösten sich lachend voneinander, schwere Steingewichte wurden fallengelassen. Die heiligen Kampfspiele der geheimen Männerbünde gingen in einen allgemeinen Stampftanz über. Und nicht nur die blonden Hünen tanzten.

Sie alle waren jetzt Brüder: die Usurugardir und Burgwanen, die den Kampf begonnen hatten, die Hrodermannen, Raudergunder, Urassagunder und Klawermanir, die gesehen hatten, wie ihr Löwengott ebenso in Aionar aufgegangen war wie ihr Stamm in dem Volk der Leomannen, die Goldwangir, Pardingar, Mangogardir und Gautamannen, die sich – überwältigt oder begeistert – dem Löwensturm angeschlossen hatten, die Fieberländer, Mersaer, Lotophäer, Gatanier und Pentarosaer – gleichgültig, ob man sie wegen ihrer Begeisterung für Aionar verfolgt hatte, ob sie niedergerungen worden waren oder ob sie den einzig verehrungswürdigen Gott erst hatten sehen müssen, um zu begreifen. So wie Guelfo …

Die Gasse in der rhythmisch wogenden Menge verbreiterte sich. Die meisten Liwasker ragten selbst unter den Leomannen noch auf, und die kleineren tanzten so schnell und kraftvoll, daß man ihre animalischen Fratzen immer wieder emporschnellen sah.

»Dein Sieg, Guelfo!« sagte Sarmantha. Aber es war kein Lob, sondern eine Aufforderung.

»Zeig es uns, Guelfo!« riefen die drei Hrochnir – drei seiner Stammesbrüder, die der *furor leomannicus* so weit in den Norden getrieben hatte wie ihn. Es war schön, wieder Leomannisch zu hören und zu sprechen.

Der Zauberer setzte sich in Bewegung. Die Tonziegel der Treppenstufen gaben nach und machten jeden Schritt hinauf doppelt beschwerlich. Guelfos Beine schienen den Weg verweigern zu wollen. Wie viel schwerer mußte dem Mann auf der anderen Seite dieser Weg fallen ...

Der Leomanne versuchte dem Rhythmus der Trommeln zu folgen und wappnete sich für die Begegnung. Zwei vollgestaltige Löwenkrieger sprangen links und rechts die Stufen hinauf, die Schädel stolz erhoben, wie nur ein Mensch es vermag. Die Liwasker führten den Gefangenen hinauf. Der würzige, atemhemmende Schwall der Menge stieg Guelfo in die Nase. Männerschweiß, der Geruch der Erwartung. Der Leomanne dachte an wilde Ponys, Elefanten, Krokodile, Savannenbüffel, Giraffen – und natürlich Löwen. Er hatte sich immer gewünscht, einmal selbst zur Spitze einer der Stufenpyramiden aufzusteigen: das Privileg der Runenwerfer, der Herzöge, der Helden. Wenn auch nicht zu diesem Preis ...

Überraschend stand er auf der Plattform. Die Menschenmenge war unüberblickbar; sogar auf den Dächern der mehrstöckigen Bürgerhäuser drängten sich einträchtig Leomannen und Cornier, Krieger und Kinder. Zwei riesenhafte Maskenkrieger kamen herauf, jeder eine langes ledernes Seil in den Fäusten. Die zwei Löwen schnürten auf der letzten Treppenstufe an der Plattform entlang.

Dann trat Herispero herauf, eine Fackel in der Hand. Er riß die Arme empor, und Jubel brandete auf. Ein vieltausendstimmiges Brüllen.

»Endlich!« Die Stimme des Herzogs hallte von den Mauern wider. Die Horden verstummten schlagartig. »Viele Jahre haben wir gekämpft. Tausende unserer Brüder und Schwestern sind gefallen für diesen Augenblick.« Er deutete hinab, zur gegenüberliegenden Seite. »Brüder und Schwestern, ich gebe euch ... das Imperium!«

Die Antwort war ohrenbetäubend. Das Gebrüll wurde zu einem auf und ab schwellenden Chor, der sich dem Rhythmus der Trommeln anpaßte.

In diesem Augenblick taumelte Lorenco herauf. Die beiden Liwasker wickelten sich die Lederseile um den Unterarm; das jeweils andere Ende lag um den Hals des Gefangenen. Lorenco war nackt bis auf die blutbesudelte Reithose. Sie hatten ihm die Verbände abgenommen, und seine Wunden bluteten wieder. Der schrecklichste Anblick aber war sein Gesicht ...

»Er war sein Priester. Doch dann sah er das Licht. Er war der Mann, der uns die Tore zu dieser Stadt öffnete. Begrüßt unseren jüngsten Bruder Guelfo!«

Die Schreie rissen den Zauberer aus seinem Taumel. Er wußte nicht, was mehr schmerzte: das Zischen derer, die den Priester haßten, oder das Jubeln derer, die den Verräter begrüßten.

Herispero ging knapp an Guelfo vorbei, drückte ihm die Fackel in die Hand und schlug ihm im Vorbeigehen anerkennend auf die Schulter – und zugleich mit der Linken in die Leber.

»Mach es richtig, Kaiserling!« knurrte der Herzog, dann stieg er von der Pyramide. Alles in Guelfo hatte sich verkrampft. Mit diesen Hieben, mit diesen Worten, mit diesem Unterton hatten sie ihn gequält, damals, als er der Schwächling gewesen war, als ihm sein erster Viehraub nichts eingebracht hatte als eine gebrochene Nase, als sie seinen Bruder ohne Schopf zurückgebracht hatten und nur mehr er dagewesen war, die Familienehre zu wahren. Deswegen war er Söldner der Sphinx geworden, deswegen stand er heute hier.

Er mußte jetzt etwas sagen. Aber seine Kehle war wie ausgedörrt.

»Tötet ihn!« rief ein Leomanne in das Rumoren der Menge – und Guelfo war sich nicht sicher, wen er meinte.

Er mußte jetzt sprechen. Er warf noch einen Blick auf Lorenco und begrub in sich, was er sah. Dann hob er die Arme. Der Lärm verebbte nur langsam.

»Dieser Mann«, rief er auf *lingua regia* und blickte dort hinab, wo er Sarmantha und seine Hrochnir wußte, »hat sich zum Fürsten dieser Stadt erhoben und zum Imperator dieser Welt.« Er hatte sich die Worte genau zurechtgelegt – und nun klangen sie so falsch.

»Hat ihn einer von euch dazu gemacht?« Niemand antwortete. »Hat einer von euch gesagt: Lorenco Odera Nardes, führe uns?« War alles falsch, was er getan hatte?

»Tötet den Würger!« schrie einer auf leomannisch.

Das war nicht richtig! Die Leomannen wollten den Würger tot sehen. Aber hier und heute mußte der Imperator sterben – für die Brüder und Schwestern, die noch kämpften. Für Herzog Malachias, der mit dem Hauptheer in Gondallo vorrückte, für Herzog Wiltrach, der im Süden die Überlebenden der Stadt der Sphinx vor sich hertrieb, für Herzog Ruchhelm, der mit den Pardingar den Osten befriedete. Die Nachricht – der Mythos, den er heute in Mons Flora schaffen mußte – würde ihre stärkste Waffe gegen die letzten Imperialen sein.

»Ja, er ist der Würger«, brüllte er jetzt in seiner Muttersprache. »Er hat Dutzende von euch getötet.« Er wechselte in die *lingua regia*. »Aber vor allem ist er der Imperator!«

Schlagartig war die Klarheit da.

»Ich habe Aionar gesehen«, stieß er hervor, und die Begeisterung flammte in ihm auf wie in dem Augenblick, als es geschehen war. »Ich habe Aionar gesehen«, übersetzte er. Er würde in beiden Sprachen sprechen. Das war es doch, worum es ging: daß jeder verstand. »Und Aionar sprach zu mir, und seine Stimme war wie der Ruf des Löwen, der über die Savanne rollt. Und er, dem der Zorn der Gerechtigkeit die Macht gibt, sagte: ›Ihr seid alle Brüder und Schwestern. Es ist keiner unter euch, der mehr wert ist. Ihr sollt nicht vor anderen Menschen knien, und ihr sollt euch nicht fürchten. Und wenn ihr euch fürchtet, werde ich euch befreien.‹ So sprach der einzig verehrungswürdige Gott.«

Jetzt hörten sie ihm zu.

»Wollt ihr frei sein?«

Das tausendstimmige ›Ja!‹ fegte über den Platz der Blumen wie eine Sturmböe.

»Die Priester – Priester, wie ich einer war – haben euch erzählt, der Imperator sei ein Gott. Aber er ist kein Gott. Er ist ein gefesselter Mann.« Er deutete dort hin, wo er Lorenco wußte. »Sie haben euch erzählt, er sei der Mächtigste der Welt. Aber er hat keine Macht: er steht hier und wartet, was wir mit ihm tun.«

»Tötet ihn!« brandeten wieder Rufe auf.

»Sie haben euch erzählt, das Licht aus seinen Augen befehle dem Imperium.« Ein Knoten würgte seine Hals. Doch er mußte den Satz nun sprechen. »Aber da ist kein Licht!« Er wandte sich dem Gefangenen zu. »Da sind keine Augen mehr!«

Guelfo starrte in Lorencos Gesicht. Sie hatten ihm die Augenlider an den Brauen festgenäht und ihn mit dem gebündelten Licht von Hohlspiegeln geblendet. Mach es richtig, zwang er sich selbst. Er packte den schwarzen Haarschopf. Lorenco zuckte zurück. Die beiden Liwasker knurrten und spannten die Lederseile. Der Mann keuchte. Aber als der Leomanne nach seinem Haar faßte, ruckte der Kopf erneut zurück. Nein, mit Kraft war diesem Nacken nicht beizukommen.

»Lorenco«, zischte Guelfo, »es ist vorbei. Ich muß dich zerstören, damit das Imperium tot ist. Der Kaiser und der Würger. Ich werde diesen Mythos in den nächsten Jahren ausrotten, und keine Lüge wird mir zu niedrig sein. Aber der Ritter darf weiterbestehen. Wenn du schnell stirbst, kann ich verantworten, dich neben deinen Ahnen zu bestatten!« Und dann neigte er sich noch näher.

»Lorenco, hör mir gut zu«, flüsterte er; nicht einmal die beiden Liwasker durften das hören. »Wir haben Genia gefunden.« Sofort verharrte der Fürst, der Ritter, der Mann. »Ihr Leichnam war fast völlig zerschmettert. Aber ich war ihr Lehrer, ich habe sie genau erkannt.«

Aus Lorencos zerstörten Augen quoll eine Träne.

»Verstehst du, Lorenco? Wenn du tot bist, ist das Imperium tot. Die Jagd endet, sobald du tot bist.«

»Dann tu es!« Die Stimme war heiser und entschlossen – so entschlossen, wie dieser Mann jeden seiner Schritte getan hatte.

»Ich wünschte, wir hätten diese Welt zusammen sehen können«, flüsterte Guelfo. Aber da war keine Antwort mehr. Und von unten wurden die blutrünstigen Schreie immer lauter. Also hob der Leomanne die Fackel – und dann stieß er zweimal zu.

Mit schweren Schritten stieg er herab. Beiderseits der Pyramide stiegen auch die Liwasker rückwärts herunter und spannten dabei Stufe für Stufe die Lederseile.

Er hatte getan, was nur er tun konnte. Wenn er einen Mythos zerstörte, dann war er gründlich. Das Licht des Imperiums war erloschen, der Imperator zweimal geblendet: einmal, damit er wirklich blind war, einmal, damit es jeder gesehen hatte. Die Blindheit würde für alle Zeiten ein Zeichen für die Krankheit des Imperiums sein.

So wie Guelfo selbst blind gewesen war: fünfundzwanzig Jahre lang. Die Sphinx hatte ihm die Antwort nicht geben können, die Liebesnächte mit Florinda nicht und schon gar nicht die gesammelten Weisheiten der Kaiserpriester, denen er seinen Aufstieg zu verdanken hatte.

Erst Aionar hatte ihm die Augen geöffnet, als er sich in seiner ganzen Göttlichkeit präsentierte und nicht das tat, was jeder mit einem Feind tut. Vor Aionar waren alle gleich – und sein Zorn galt nur jenen, die das leugneten.

Wie hätten die Menschen auch anderes als Brüder sein können? Das bunte Heer zeigte doch, wie schnell aus Leomannen Imperiale und aus Imperialen Leomannen werden konnten. Auch unter den vielen Magiern und Magierinnen, die Aionar folgten, waren Fieberländer, Urtumbrier und Kurjamäer – und ein Leomanne, der beinahe bis zum Schluß auf der Seite der Feinde gestanden hatte.

Und der endlose Gott selbst war Verkörperung der Wünsche aller Völker nach Befreiung, Gerechtigkeit und Brüderlichkeit.

Vor einem Jahr hatte er, Guelfo, fassungslos am Rand des Kreises aus lodernden Scheiterhaufen gestanden, in dem ihm

Aionar erschienen war. Und als er zu einem der Heerführer gesagt hatte, so habe er sich den Löwengott nicht vorgestellt, hatte dieser geantwortet: »Weil er nicht ist, was du dir vorstellst, sondern was alle sich vorstellen. Als er uns das erstemal leibhaftig erschien, damals vor beinahe zwanzig Jahren, da lief er noch auf vier Beinen ...«

Aber Aionar war die Freiheit – selbst die Freiheit von den Stammesgöttern, aus denen er erstanden war. Er befreite die Menschen auch von den magischen Wesen, die sie in der Sklaverei der Angst hielten: von Riesen und Menschenfressern, Imperatoren und selbst den Göttern. Es war die Aufgabe der Menschen, die Freiheit zu erhalten.

Hinter sich hörte Guelfo, wie die ledernen Seile gespannt wurden, die um Lorencos Hals lagen.

»Tod dem Würger!« schrien die Leomannen. Und dann warfen sich von allen Seiten Männer in die Seile. Hinter Guelfo starb einer der wenigen Menschen, der sein Freund hätte sein können, aber niemals sein Bruder. Und alles, was er diesem Mann hatte geben können, war eine Lüge gewesen, die ihm den Tod erleichterte. Denn natürlich wußte Guelfo, daß die Jagd nicht vorbei war – und vermutlich würde sie niemals vorbei sein ...

Der Schwur

In den Ruinen von Castra Peliada, einen Tag später

Die Steinbrücke nach Castra Peliada erzitterte unter dem Huftritt von knapp zwei Dutzend Pferden. Die Reiter stammten allesamt aus den nördlichen Ländern und gehörten zu jener versprengten Schar, die König Bellicus von Mediogenien nach der Flucht aus Mons Flora um sich versammelt hatte. Wütend drängten sie über die tiefe Schlucht, hinter der der Familiensitz des *dux* von Cornia lag. Schon von weitem konnten die Ritter das Ausmaß der Zerstörung erkennen, das die Leomannenhorden hier angerichtet hatten. Der Trupp zügelte seine Rösser, als er inmitten des ehemaligen Dorfes angelangt war, das noch vor wenigen Tagen unter dem Schutz Castra Peliadas gestanden hatte. Einer schwärenden Wunde gleich kauerte es unter einem steilen Felsen, dessen Schatten im roten Abendlicht bis zur Brücke reichte.

Keiner der Reiter sprach ein Wort. Eine Weile waren nichts als das Schnauben der Pferde, gelegentliches Klirren von Waffen und der stete Bergwind zu hören, der säuselnd durch die Ruinen fuhr. Die Luft roch nach Rauch. Noch immer schwelten verborgene Glutnester inmitten der Trümmer, die von der Gründlichkeit zeugten, mit der die Aionarsanhänger die Siedlung zerstört hatten. Doch so sehr die Männer der Anblick auch bedrückte, weitaus niederschmetternder war das Bild, welches der einstige Fürstensitz des *dux* von Cornia bot.

Die steinerne Pracht war vergangen. Palas und Bergfried waren aufgerissen, als hätte ein Riese seine Faust auf die steinerne Wehr niederfahren lassen. Die Mauern waren in die tiefe Schlucht unter dem Berg abgerutscht, so daß Turm und Herrenhaus ihr Innerstes einem jeden preisgaben, der die Brücke passierte.

»Ich ahnte nicht, daß es so schlimm sein würde!« durchbrach König Bellicus die Stille. Seine Stimme klang heiser. Der Herrscher entledigte sich seines Helms mit dem blauen Roßbusch und strich sich über den Bart. Schließlich gab er einem Ritter aus seinem Gefolge ein Zeichen. Der klemmte sich einen Strohhalm zwischen die Daumen und imitierte eine kurze Folge zwitschernder Vogellaute. Schrill hallten sie von den Felswänden wider. Kurz darauf polterten kleine Steine auf dem geschundenen Burgberg, und zwei königliche Kundschafter erhoben sich aus ihren Deckungen. Es waren zwei der Männer, die Bellicus bereits am Vortag ausgeschickt hatte, um nicht in eine Falle der Löwenanbeter zu geraten. Doch jene, die Castra Peliada zerstört hatten, schienen das Gebirge schon vor Tagen wieder verlassen zu haben.

Endlich waren die beiden Männer heran und verneigten sich

tief vor der Reiterschar. Jeder von ihnen trug Jagdmesser und Bogen, und ihre Kleidung verriet, daß sie aus Cornia stammten.

»Keine Überlebenden!« nuschelte der Kleinere von ihnen, ein drahtiger Kerl, auf dessen Stirn eine frische Narbe prangte. »Die Löwengötzler haben sämtliche Verteidiger auf Castra Peliada hingeschlachtet, Männer wie Frauen«, ergänzte der andere. »Wir haben keine Erklärung, wie sie die Burg ... so zurichten konnten.«

»Habt ihr eine Spur von meinem Gemahl gefunden?« Genia war längst an die Seite von Bellicus geritten, den Blick beklommen auf die Ruine über ihren Köpfen gerichtet. Sie fühlte sich bei dem Anblick wie betäubt, doch ihre Stimme klang klar und fest. Sie wußte nicht, woher sie die Kraft dazu nahm.

»Er ... Seine Imperiale Majestät war nicht unter den Toten, aber ...« Dem Mann versagte beim Anblick der Imperatoria die Stimme. Betreten wandte er den Blick ab.

»Er ist tot, Eure Illuminiszenz.«

Diesmal war es König Bellicus, der gesprochen hatte. Seine Stimme klang tonlos, und auch er schien es nicht zu wagen, ihr in die Augen zu blicken. »Er wurde hingerichtet. Gestern bereits.«

Genia fuhr entsetzt zu ihm herum. »Er wurde hingerichtet? Wie ...?«

»Die Leomannen haben ihn erdrosselt. Öffentlich. In Mons Flora. Aber es ist nicht klar, ob er da noch lebte. Die Aussagen sind ... widersprüchlich.«

Eine kalte Faust schloß sich um Genias Herz. Lorenco ... tot. Sie hatte es all die Tage über geahnt und versucht, sich darauf vorzubereiten. Aber der bittere Verlust, den sie in diesem Moment fühlte, schnitt wie eine scharfe Klinge in ihr Innerstes. Vor Verzweiflung und Schmerz hätte sie am liebsten laut geschrien; doch der einzige Laut, der über ihre Lippen drang, war ein leises Stöhnen.

Wieso berichtete ihr Bellicus erst jetzt davon? All die Männer um sie herum – wußten sie ebenfalls um Lorencos Tod? Und wenn ja, wie lange schon?

Nein, keine Tränen. Keine Tränen. Sie hätte ihrem Leid so gern nachgegeben, aber nicht hier. Nicht vor den Rittern. Sie war die Kaiserin. Genia schloß die Augen, atmete tief ein und blinzelte. Dann hob sie kühn das Haupt.

»Ihr habt mich getäuscht, König. Habe ich recht? Ihr hattet nie vor, mich rechtzeitig nach Castra Peliada zu bringen. Seht mich an, Bellicus ... Bei meinen Vorfahren, erklärt Euch!« verlangte sie mit schneidender Stimme.

König Bellicus wandte ihr endlich das Gesicht zu. Genia blickte in gerötete Augen, aus denen all der Kummer sprach, den der Mann empfand. Der König weinte! Sie hatte sich ihren Schmerz versagt, doch Bellicus, dieser stolze, wackere Kämpe ... er weinte. Um das Imperium. Um sein Königreich. Und vielleicht auch um Lorencos Ende.

»Er hat es von mir verlangt, Illuminiszenz!« flüsterte er. »Es war der letzte Beweis seiner Liebe zu Euch. Durch seine Tat hat er unsere Feinde getäuscht. Alle. Die Leomannen glauben, Ihr wäret auf Castra Peliada ums Leben gekommen. Nur deswegen haben sie die Berge wieder verlassen. Von uns und einigen anderen Eingeweihten abgesehen, weiß niemand, daß Ihr noch am Leben seid. Bitte ... Ich habe versucht, es ihm auszureden, aber ... Verzeiht mir.«

In einer vertraulichen Geste ergriff Bellicus ihre Hand. Sie wollte sie fortziehen, doch auf eigentümliche Weise tröstete sie seine Berührung. Wenn sie tief in sich hineinlauschte, fühlte sie, daß Bellicus keine Schuld traf. Sie lebten nur deswegen, weil Lorenco so gehandelt hatte. Er war ein Ritter gewesen. Ein Ritter bis zu seinem letzten Atemzug.

Genia schaute sich zu den Männern ihres Gefolges um. Es war ein versprengter Haufen. Viele tapfere Männer. Darunter der Fürst von Bitterland und der Sohn des Fürsten von Westermark. Ihre letzten Getreuen. Zumindest, soweit sie wußten. Sicher waren noch viele andere entkommen, aber die mußten sie erst finden.

»Illuminiszenz!« Bellicus hatte seine Fassung zurückgewonnen und ballte kämpferisch die Schwerthand zur Faust. »Ich gelobe, die Tat Eures Gemahls soll nicht umsonst gewesen sein. Es wird uns gelingen, ein neues Heer aufzustellen. Wir werden die Leomannen dorthin schicken, woher sie ...«

»Seid kein Narr, Bellicus.« Genia schwang sich vom Roß. Trotz des Schmerzes, der in ihrer Brust wütete, fühlte sie sich leicht. Fast als schwebte sie über der Welt. Der Tod war nicht das Ende von allem. Lorencos Leib mochte zerstört sein, nicht aber seine Liebe zu ihr.

Gleich neben dem mit Asche bedeckten Dorfbrunnen lag eine kleine, liebevoll genähte Stoffpuppe, die der Aufmerksamkeit der Belagerer entgangen war. Welchem Kind sie wohl einst gehört haben mochte?

Die Kaiserin hob sie auf und strich wehmütig lächelnd über ihren Leib. Sie hatte Lorenco nicht mehr sagen können, daß sie sein Kind unter dem Herzen trug. Ob er es geahnt hatte? Tief in seinem Innern? Genia hoffte es. Sie schloß die Augen und lächelte traurig. Was Salada zu alledem wohl gesagt hätte? Auch ihre Amme würde sie wohl nie wiedersehen. Wahrscheinlich war sie schon lange tot.

Nein, Lorencos Opfer durfte nicht vergebens gewesen sein.

Erneut ließ sie den Blick über die Reiterschar schweifen. Sie waren allesamt Ritter. Alte Ritter und solche, die Bellicus neu erhoben hatte. Doch die Tage des Rittertums waren vergangen. Selbst ihr Geliebter hatte den Feind nicht im offenen Kampf, sondern nur durch eine List bezwingen können. Was also sollte aus ihnen werden, jetzt, da die Länder des Imperiums an den Feind gefallen waren? Die Männer brauchten ein Ziel. Und die einzige Hoffnung, die sie hatten, war sie selbst. Ihre Kaiserin.

Genia verstaute stumm die Stoffpuppe in einer der Packtaschen und schwang sich vorsichtig wieder in den Sattel. Hin und wieder konnte sie bereits fühlen, wie sich Lorencos Sohn bewegte. Sie war sich sicher, daß ihr Kind ein Junge werden würde. So sicher, wie sie stets an die Rosenfee geglaubt hatte. Mit aller Würde, die sie aufbringen konnte, richtete sie sich im Sattel auf und blickte ihre Getreuen an.

»Ritter, hört mich an! Der Krieg um das Reich der drei Kronen ist verloren. Aber der Gedanke und mit ihm die Ideale des Rittertums, die Kaiser Gratianus den Großen vor zweieinhalb Jahrhunderten ein Reich vom Meer des Nordens bis hin zum Ozean des Südens, vom Dschungel bis zu den Gestaden von Cita schmieden ließ – sie leben in uns fort. Sie leben so lange, wie wir die Erinnerung daran bewahren – und diese weitergeben!« Genia dachte mit Bitterkeit im Herzen an den Verräter Guelfo zurück, der ihr Vertrauen so schändlich mißbraucht hatte. Er war der wahre Verantwortliche für den Tod Lorencos.

»So, wie die Aionarsanhänger das Imperium in all den Jahren mit ihren Einflüsterungen verseucht haben, werden wir uns von nun an heimlich unter sie mischen. Wir werden die Fackel des Widerstands entflammen und von Königreich zu Königreich tragen. Wir werden den Feind bekämpfen, wann immer wir können und wo immer wir können. Doch von nun an werden wir uns bei unserem Tun der List bedienen. So wie es auch mein kaiserlicher Gemahl getan hat. Sollten wir diesen Kampf zu Lebzeiten nicht gewinnen, dann werden ihn unsere Söhne und Töchter für uns ausfechten. Sollten auch sie scheitern, so möge unseren Enkeln und Urenkeln gelingen, was uns verwehrt blieb! Ich verspreche Euch: Gratianus' Reich wird eines Tages wiederauferstehen! Das wird der Tag sein, an dem man mit Stolz jener Männer gedenken wird, die diesen Sieg vorbereitet haben. Wenn Ihr bereit seid, mir auch auf dieses Schlachtfeld zu folgen, wenn Ihr bereit seid, mit mir gemeinsam diese schwere Bürde zu tragen, dann gelobt hier, an diesem Ort, Eure Treue! Schwört bei der Adlerkrone! Schwört, daß unser Kampf nicht enden wird, bis der letzte Leomanne aus dem Reich vertrieben wurde! Schwört auf die *corona!*«

Die Männer sahen ihre Kaiserin mit leuchtenden Augen an, und für einen Moment glaubte Genia, daß König Bellicus ihr anerkennend zulächelte. Wie ein Mann zogen die Ritter ihre Klingen und streckten sie feierlich dem Himmel entgegen.

»Auf die *corona!* Auf die *corona!*« erscholl es feierlich aus den Männerkehlen.

Inmitten der lauten Rufe aber war das leise Krächzen eines Vogels zu hören. Genia legte den Kopf in den Nacken und wußte Speranto am Himmel über ihr, noch bevor sie ihn entdeckte. Ruhig zog der wundersame Falke über der Ruine Castra Peliadas seine Kreise. Sein Gefieder … Wie seltsam! Heute glänzte es wirklich silbern!

Neue Hoffnung durchströmte die junge Kaiserin. Entschlossen riß Genia an den Zügeln, dann drückte sie der Stute ihre Stiefel in die Flanken und preschte durch die Reihen der Ritter hindurch auf die Brücke zu. »Folgt mir, Ritter! Folgt mir in eine neue Zukunft!«

Epilog

»… Also gelobten die Ritter Genia Treue, und ihr Schwur gab dem neuen Bund seinen Namen: Corona. Lange noch war Genia Herz und Haupt der Verschworenen. Weder der Tod zweier ihrer Kinder noch die Ereignisse während der grausamen Jahre der Götzenkriege vermochten sie zu brechen. Aus dem Haß auf die Eroberer aus der Savanne, die ihr alles genommen hatten, und der Feindschaft gegenüber dem Gott Aionar, der ihnen so befohlen hatte, zog sie ihre Kraft. Als Genia Gratiana, die letzte Kaiserin des vergangenen Imperiums, im siebenundsiebzigsten Jahr ihres Lebens ihren letzten Atemzug tat, war der Nachthimmel wieder gänzlich frei von Wolken, und die Sterne leuchteten ihr.«

Varatreo schlug die Seite um in der Erwartung, daß noch mehr käme. Doch das war alles. Der Schlußsatz, mit dem Geschichten aus alter Zeit üblicherweise endeten, fehlte hier: Und weil sie alle gestorben sind, leben sie nicht mehr!

Das war merkwürdig! Warum hatte der Chronist darauf verzichtet? Zwar hatte er Genias Tod erwähnt, aber nicht den aller anderen. Sicherlich, nach fünf Jahrhunderten war kaum damit zu rechnen, daß noch einer der Erwähnten das Sonnenlicht sah. Das sagte einem der gesunde Menschenverstand! Doch diese berechtigte Annahme galt auch für andere Geschichten aus vergangenen Tagen. Dennoch wurde auf diesen Schlußsatz nie verzichtet. Das war überall so, wo Varatreo je gewesen war. Deshalb glaubte er auch nicht an eine spießländische Besonderheit, zumal die Geschehnisse sich nicht hier zugetragen hatten, sondern in Gegenden, die heutzutage im Merkantilischen Imperium lagen, soweit er das beurteilen konnte. Irgend jemand mußte das Buch hierhergebracht haben. Wer und warum, war eines von vielen unlösbaren Rätseln.

Plötzlich hatte er einen Einfall … Vielleicht ging es gar nicht um Menschen, sondern um den Ritterbund. Möglicherweise gab es ihn noch! Der Name war ihm gleich bekannt vorgekommen. Irgendwo hatte er ihn schon einmal gehört! Aber wo?

Varatreo schloß die Augen, um die ferne Erinnerung herbeizuholen ... Ein Wirtshaus ... eine Kaschemme ... eine schmierige, kaum beleuchtete Hafenspelunke ... ein Ausruf: Macht Platz, ihr guten Leute, für den achtbaren Ritter Arcimbaldo vom Bunde der Corona! ... Nein, auf keinen Fall. Zu elenden Absteigen paßten keine edlen Herren. Dort flüsterte man eher: Laß dir nichts anmerken. Der gehört zur Corona!

Erst jetzt bemerkte Varatreo den Streit, der unter *Mutters* Kindern ausgebrochen war. Sie waren ungewohnt wortreich.

»Es gibt keine Riesen und geflügelten Rosse«, riefen einige.

»In der roten Kammer sind aber Bilder von ihnen«, widersprachen andere. »Man kann nichts malen, was es nicht gibt! Vielleicht sind sie jetzt tot, aber es hat sie einmal gegeben: die Riesen, die Flüsse aus schreienden Menschen und alles andere!«

»Aber jetzt nicht mehr. Und Sterne fallen auch nicht vom Himmel.«

Varatreo war versucht zu widersprechen. Aionar war von den Sternen gekommen und wieder dorthin zurückgekehrt. Deshalb nannte man ihn jetzt den Abwesenden Gott. Nicht grundlos war sein Symbol ein Stern. Und daß jährlich das Sternenfest gefeiert wurde – ebenso wie das der Lichtwerdung, seit die Dunkelheit verschwand –, hatte bestimmt auch etwas damit zu tun.

»So groß wie ein Hügel! So groß wie ein Berg«, hörte Varatreo mit halbem Ohr. Dann begegnete er *Mutters* Blick.

»Wo ist das Gold?« fragte sie.

Varatreo erinnerte sich, was er ihr vor drei Tagen versprochen hatte. Wo waren die verheißenen Schätze? Was sollte er bloß antworten?

»Corona«, stammelte er. »Bei der Corona. Aber ich weiß nicht ...«

»Ich kenne die Corona«, sagte *Mutter* hart.

Varatreo starrte sie überrascht an. Er traute dem riesigen, unförmigen Weib alles zu, selbst daß sie gewohnheitsmäßig ihre Männer erschlug und auffraß. Aber daß sie in Dingen bewandert sein konnte, die für ihn nur losgelöste Wörter waren, wollte er nicht glauben. Das konnte nicht sein. Dummes Geschöpf! Eher gab es Einhörner!

Er erschrak. Zorn sprühte aus ihren Augen. »Ich weiß, was die Corona ist!«

Varatreo schlug das Herz bis zum Hals. Winselnd stammelte er Entschuldigungen.

»Geh jetzt!« hörte er plötzlich.

Er verstummte. Hatte er richtig verstanden?

»Geh jetzt!« wurde er abermals aufgefordert.

Varatreo legte das Buch zur Seite und erhob sich. War das wahr? Er tastete sich rückwärts zum Eingang der Basilika, da er nicht wagte, *Mutters* Brut aus den Augen zu lassen. Eine der fetten Töchter ging zu ihr. Sie grinste ihn an und flüsterte etwas in *Mutters* Ohr. Aber *Mutter* verzog keine Miene. Das Mädchen lächelte ihn erneut an.

Varatreo atmete auf, als er den Eingang erreichte. Blitzschnell wandte er sich um. Aber er trat nicht ins Freie. Eine Herde von Hirschen rannte an der Basilika vorbei. Ein halbes Dutzend Berglöwen folgten ihr. Sie sahen nicht aus, als jagten sie sie, eher als flüchteten sie gemeinsam. Über den mittäglichen Himmel zog ein riesiger Vogelschwarm.

Ein Donnerschlag erschütterte die Welt und hallte millionenfach wieder!

Er war so überraschend und so laut, daß Varatreo vor Schreck stürzte. Steine und Verputz regneten von der Decke der Basilika. Sie knirschte und kreischte. Schneller, als er es für möglich gehalten hätte, war Varatreo wieder auf den Beinen und taumelte ins Freie. Dort fielen gerade die Sterne vom Himmel. Sie waren zwar nicht selbst zu erkennen, doch ihre weißen Schweife füllten das Firmament. Von den Bergen rollte Donner, leuchteten Blitze und stieg schmutziger Rauch auf.

Was mochte das bedeuten? fragte sich Varatreo furchterfüllt. Heute und an den beiden letzten Tagen hatte er von solchen Zeichen gelesen. Jetzt traten sie ein! Was war das für ein seltsames Zusammenspiel, was für eine bösartige Kumpanei?

Hustend stolperten Mutters Söhne und Töchter aus der Basilika. Die Tochter, deren Lächeln ihm gerade noch Schauder über den Rücken gejagt hatte, wußte eine Antwort. Sie zeigte auf ihn: »Er ist schuld! Er hat das verbotene Buch geöffnet und seine Geheimnisse wahr werden lassen! Nun wird es wieder Riesen geben!«

Varatreo wurde ganz eisig: »Ich habe nur daraus vorgelesen, du dumme Gans. Ich habe es nicht einmal gefunden. Dein schwachsinniger Bruder war es! Ich habe mit alldem nichts zu tun. Lesen ist völlig harmlos!«

Ein neuer Knall erschütterte die Welt, und ein blendendes Licht erschien am Himmel: eine zweite Sonne. Nun begriff Varatreo. Was geschah, hatte zwar mit ihm zu tun, doch er war nicht die Ursache. Und es war auch kein unglaubwürdiges Zusammenspiel, sondern Fügung. Die Heiligen hatten ihn zu ihrem Instrument erwählt, damit er diesen einfältigen, aber auch abscheulichen Wesen die Welt erkläre! Varatreo deutete zum Licht des fallenden Sterns: »Sehet! Das ist der Abwesende Gott, der zurückkehrt, um erneut über die Welt zu wandeln. Seht ihn in seiner Pracht! Ja, ihr einfältigen Gemüter, erneut wird es Riesen und geflügelte Pferde geben, doch der zurückgekehrte Gott Aionar wird sie wie ehedem niederringen.«

Varatreo glaubte im Schein dieser Erkenntnis zu leuchten, wußte es sogar mit jeder Faser. Er wandte sich zu *Mutter*, die zu den ihren gestoßen war und nun vor ihn trat.

»Ich weiß, wer Aionar wirklich ist«, behauptete sie und schlug Varatreo mit aller Kraft einen Stein auf den Schädel.

Anhang

Weitere Geheimnisse der Gezeitenwelt

»Gleißend hell, vor dunklem Himmelspergament,
so träume ich von einstiger Sternenpracht.
Verglühtest jäh am Firmament,
an nur einem Tag, nur einer Nacht!«

– Demogenes, imperialer Hofdichter

Ein geheimnisvoller Schleier liegt über Magus Magellans Gezeitenwelt. Die Sterne des Nachthimmels werden seit Jahrzehnten von Wolken verdeckt, das Klima hat sich verändert, und wundersame Fabelwesen betreten die Bühne der Welt, um ihr Spiel mit den Sterblichen zu treiben.

Der Roman *Das Geheimnis der Gezeitenwelt* spielt in einer Epoche, die erstmals von einer kosmischen Katastrophe mit ungeahnten Ausmaßen heimgesucht wird. Denn am jenseitigen Ende der Welt ist ein gewaltiger Meteorit eingeschlagen, dessen globale Auswirkungen auch die Protagonisten der vorliegenden Geschichte zu spüren bekommen.

Zu allem Unglück ist das kosmische Gestein von rätselhafter Kraft durchdrungenen. Mit ihr hält eine wundersame Magie Einzug in die Gezeitenwelt, die Träume wie auch Alpträume wahr werden läßt – und den Untergang des Imperiums herbeiführt.

So schicksalhaft die im vorliegenden Roman geschilderten Ereignisse auch sind, sie stellen nur das Präludium zur großen Gezeitenwelt-Saga von der Wiedergeburt der Magie dar.

Denn eines Tages erstrahlen die Sterne wieder. In den folgenden Jahrzehnten und Jahrhunderten verblassen die wundersamen Geschehnisse zu Mythen und Legenden, und die Kirche des Abwesenden Gottes, die den Glauben an Aionar am Leben erhält, begründet eine neue Ordnung in den Ländern des untergegangenen Reiches. Obwohl sie noch alten Zaubern sehnlich nachhängt, ist auf der Gezeitenwelt längst ein neues Zeitalter angebrochen: Kühne Seefahrer aus fernen Ländern befahren die Ozeane, in den neu entstandenen Reichen werden großartige Entdeckungen gemacht und mächtige Handelshäuser wenden sich begehrlich den Schätzen und Errungenschaften dreier Kontinente zu.

Da verkünden Astronomen und Himmelskundige die Entdeckung eines Schweifsterns, der gleich einem Fanal am Firmament steht!

Niemand weiß, daß der ferne Himmelstrabant der Welt schon einmal Unglück brachte. Als der Schweifstern vorüberzieht, wird die Gezeitenwelt abermals von himmlischem Feuer getroffen. Doch dieses Mal haben die Nachfahren Genias, Lorencos, Guelfos und Sarmanthas weniger Glück. Dieses Mal werden zahllose Städte und Länder bei der Katastrophe verwüstet; ganze Völkerschaften begeben sich auf Wanderschaft, und gleich einem Traumbeben verbreitet sich die wundersame Magie erneut auf der Gezeitenwelt.

Damit beginnt ein großartiges Fantasy-Epos, das von phantastischen Abenteuern und wahr werdenden Träumen ebenso erzählt wie von Liebe, Freundschaft und rätselhaften Entdeckungen, deren Ursprünge weit in die Vergangenheit reichen. Als die Protagonisten das Geheimnis der Gezeitenwelt entdecken, ist es fast zu spät: Längst hat ein Krieg begonnen, der nicht allein über das weitere Schicksal einiger Völker, sondern über das der Menschheit selbst entscheiden wird.

Bislang sind folgende, in sich abgeschlossene Romane erschienen:

Gezeitenwelt 1: Der Wahrträumer
Gezeitenwelt 2: Himmlisches Feuer
Gezeitenwelt 3: Das Weltennetz
Gezeitenwelt 4: Die Purpurinseln
Gezeitenwelt 5: Das Traumbeben
Weitere Romane in Vorbereitung

Inhalt

PIPER FANTASY

Magus Magellans Gezeitenwelt 2

Himmlisches Feuer

Roman von Hadmar von Wieser

Hg. von Bernhard Hennen. 559 Seiten. Serie Piper

Auch auf der anderen Seite der Gezeitenwelt, im fernen Serkan Katau, steht der neue Stern am Himmel – doch hier sieht man ein neues Zeitalter heraufdämmern. Der Herrscher des mächtigsten Reiches des Planeten erkennt darin die Aufforderung, das zu tun, was der sagenhafte erste Kaiser einst tat, jener Kriegsherr der Geheimen Kammer, der die Mantikoren bezwang und verspeiste.
Im zweiten Roman des großen Fantasy-Zyklus *Die Gezeitenwelt* nimmt Hadmar von Wieser die Fäden auf, die Bernhard Hennen in *Der Wahrträumer* entrollte, und spannt sie rings um den Globus. Es treten neue Helden auf, deren Leben von Meteoriten und Flutwellen, Rätseln und Geheimnissen bis in die Grundfesten erschüttert wird. *Himmlisches Feuer* – das ist die Geschichte der tollkühnen Jagd auf einen Gott. Die Geschichte einer Liebe, die zwei Kontinente überspannt. Die Geschichte der Suche nach einem Ich, das hinter Rätseln und Horror verborgen liegt.

06/1006/04/L

PIPER FANTASY

Magus Magellans Gezeitenwelt 3

Das Weltennetz

Roman von Thomas Finn

Hg. von Bernhard Hennen. 413 Seiten. Gebunden

Auf der Gezeitenwelt dämmert ein neues Zeitalter herauf. Die Rümpfe mächtiger Karavellen durchpflügen den Ozean des Morgens. Es ist die spektakulärste Expeditionsflotte, die die Königreiche der Ehernen Liga jemals aussandten. Ihr Ziel: die geheimnisvollen Purpurinseln. Doch die Mission steht unter keinem guten Stern, denn die Weltenkatastrophe fordert auch unter den Seeleuten ihren Preis. Was als ruhmreiche Entdeckungsfahrt begann, wächst sich aus zu einer Irrfahrt durch verheerte Länder. Eine Odyssee voller Intrigen und Irrungen, Wunder und Liebe, an deren Ende eines der größten Geheimnisse steht: das sagenhafte Weltennetz!

Im dritten Roman des Gezeitenwelt-Zyklus spinnt Thomas Finn die Saga weiter, die mit »Der Wahrträumer« begann und mit »Himmlisches Feuer« eine Zuspitzung erfuhr. Neue und bekannte Heldinnen und Helden stoßen im Zwielicht einer von Rätseln und Katastrophen heimgesuchten Welt aufeinander. Ihr Schicksal ist durch ein geheimnisvolles Netz verknüpft, das die Welt zu umspannen scheint.

06/1010/03/R

Magus Magellans Gezeitenwelt 4
Die Purpurinseln

Roman von Thomas Finn
Hg. von Bernhard Hennen. 387 Seiten. Gebunden

»Das Fell des wundersamen Wesens schimmerte weiß wie Alabaster. Anmutig legte es die Flügel an den Löwenkörper und warf die Mähne zurück. Ein ehrfürchtiges Raunen lief durch die Tempelhalle, und überall fielen die Menschen auf die Knie. Kein Zweifel: Es war die wahre Sphinx. Das leibhaftige Rätsel.«
Das Orakel von Thalliopê ist nur eine der Entdeckungen, die Kapitänin Surjadora und Prinz Nukulahi auf ihren Reisen über die Meere der Gezeitenwelt machen. Die Suche nach dem Geheimnis des Weltennetzes führt sie ins ferne Eulykien, wo die rätselhafte Sphinx zu all jenen spricht, die verzweifelt genug sind, dem Orakel ihre dringlichste Frage zu stellen.

06/1018/01/L

Magus Magellans Gezeitenwelt 5
Das Traumbeben

Roman von Karl-Heinz Witzko
Hg. von Bernhard Hennen. Roman. 536 Seiten. Gebunden

Wie der Vorbote eines Alptraums, der die Gezeitenwelt heimzusuchen droht, entflammt der Unheilsstern auch am Himmel über Ikarilla, dem Land der Rösser und Palmen. Während anderswo fürchterliche Naturkatastrophen ganze Völker ins Verderben stürzen, löscht ein Meteorsplitter mit einem Schlag die Herrscherelite Ikarillas aus.
Allein der Jarmate Mojeb, der die Weltenkatastrophe im Alkoholrausch verschläft, zeigt sich unbeeindruckt von dem politischen Erdrutsch im Reich. Er ist ein Fremdling, gleichermaßen gefürchtet wegen seiner scharfen Klinge und seiner schlechten Scherze. Mit einer Schar unfreiwilliger Begleiter macht er sich auf den Weg nach Sadi, der Stadt der Tausend Heiligen, um dort eine Frau zu finden, die mancherlei Geheimnis umgibt.
Im fünften Roman der Gezeitenwelt dreht Karl-Heinz Witzko die Uhr ein weiteres Mal zurück und legt den fünften Grundstein der Saga. Neue, aber auch vertraute Heldinnen und Helden stoßen aufeinander und geraten in den Sog einer sich wandelnden Wirklichkeit, die ungeahnte Schrecken mit sich bringt.

06/1015/03/R

PIPER

Monika Felten

Die Nebelsängerin

Das Erbe der Runen
Roman. 459 Seiten mit CD zum Buch. Gebunden

Finstere Mächte, Unheil und Verrat haben die Magie der Nebel gebrochen, welche die Elben einst woben. Die junge Nebelsängerin Ajana ist eine Grenzgängerin zwischen der realen Welt und dem Volk der Elben. Als Erbin eines uralten Amuletts gerät sie in den Bann verzauberter Runen und wird hineingerissen in einen mächtigen Strudel geheimnisvoller Abenteuer.
Erfolgsautorin Monika Felten hat die junge Sängerin Anna Kristina dafür gewonnen, ihren Roman durch stimmungsvolle Songs zu bereichern. Mit der CD zum Buch erhält Monika Feltens phantastischer Kosmos neben dem geschriebenen Wort noch eine zweite Dimension – die der Musik. Ein bisher einmaliges Projekt in der deutschen Fantasy: der Zusammenklang von unerhörter Spannung und einzigartigem Hörgenuß.

01/1392/01/L

Bernhard Hennen

Das Nachtvolk

Roman. 273 Seiten. Serie Piper

In den Sümpfen Aquitaniens, verborgen hinter einer Nebelwand, lebt das Nachtvolk, ein verirrter Keltenstamm mit eigenen Göttern und einer Feenkönigin. Als am Hof von Worms die Kunde eintrifft, König Gunthers Nichte befinde sich in der Gewalt des Nachtvolks, schickt man den Barden Volker von Alzey zu ihrer Rettung aus – und hofft, sich des unliebsamen Schürzenjägers auf diese Weise für immer zu entledigen. Erzählt man sich doch, daß noch nie ein Mensch lebend den schauerlichen Gefilden des Nachtvolks entkam. Doch das Schicksal nimmt einen anderen Verlauf …

05/1391/01/L

Bernhard Hennen

Der Ketzerfürst

372 Seiten. Serie Piper

Nur der Feuervogel, glaubt der Spielmann Volker von Alzey, vermag ihn zu seiner verschollenen Geliebten zu führen. Und so folgt er dessen Spur und reitet ins Land der Franken. Doch statt dem Fabelwesen begegnet er Fürst Ricchar und seinem unheimlichen Heer. Dieser will das verhaßte Christentum ausrotten und dem Römischen Reich zu neuem Ruhm verhelfen. Wie viele andere kann sich auch Volker dem Charisma des Anführers nicht entziehen. Als er jedoch eine Bardin vor dem Scheiterhaufen rettet, wendet sich sein Schicksal jählings, und in höchster Not bleibt ihm nur die Flucht. Bald darauf entbrennt ein verheerender Krieg zwischen dem König der Nibelungen und dem Ketzerfürsten …

05/1494/01/R

Bernhard Hennen

Nebenan

Roman. 541 Seiten. Serie Piper

Alles war in bester Ordnung. Doch nun droht der Welt, genauer: Köln, ein heilloses Durcheinander. Nöhrgel, der Älteste der Heinzelmännchen, ruft seine Mannen zusammen, um das Böse aufzuhalten. Denn durch die Torheit einiger Studenten sind Übeltäter von »Nebenan« in unsere Welt gelangt: der Erlkönig, der als Öko-Terrorist ein Atomkraftwerk lahmlegt, Cagliostro, der mit bösem Zauber ein Vermögen macht, und die rabiaten Trolle, die nicht nur die Polizei kurz und klein schlagen. Bis zum Vatikan reichen die Rettungsversuche – doch letztendlich können nur die Heinzelmännchen retten, was zu retten ist.

05/1536/01/L

Wolfgang Hohlbein

Das Vermächtnis der Feuervögel

Fantasy-Storys. 269 Seiten. Serie Piper

Wolfgang Hohlbein, der »deutsche Stephen King«, ist der meistgelesene Autor phantastischer Spannungsromane. Jedes seiner Bücher wurde ein Bestseller. In der vorliegenden Sammlung mit sieben Fantasy-Storys ziehen Menschen unversehens die Rache eines verzauberten Vogelschwarms auf sich oder sehen ihre Umwelt plötzlich durch die Augen eines anderen Wesens. Nie ohne eine Prise Horror mixt Wolfgang Hohlbein dem Leser unwiderstehliche und einzigartige Cocktails, wie sie meisterhafter niemand zu zaubern versteht.

05/1477/03/R

Markus Heitz

Schatten über Ulldart

Ulldart – Die Dunkle Zeit 1.
399 Seiten. Serie Piper

Kurz vor seinem Tod prophezeit ein Mönch, dass die Dunkle Zeit den Kontinent Ulldart erneut mit Leid und Zerstörung überrollen werde. Der verwöhnte Prinz Lodrik wird unterdessen in die Provinz gesandt, um die Stelle des neuen Statthalters einzunehmen. Noch ahnt Lodrik nicht, dass er das Schicksal seiner Welt entscheiden wird – denn die Dunkle Zeit droht zurückzukehren, und er wird der Retter oder Zerstörer Ulldarts sein …

Der Auftakt zum sensationellen Epos »Ulldart – Die Dunkle Zeit« – ausgezeichnet mit dem Deutschen Phantastik Preis

05/1755/03/L

Markus Heitz

Der Orden der Schwerter

Ulldart – Die Dunkle Zeit 2.
495 Seiten. Serie Piper

Lodrik wird neuer Herrscher des Reiches Tarpol. Doch seine Reformen rufen Neider, Intriganten und falsche Freunde auf den Plan. Bald weiß Lodrik nicht mehr, wem er trauen kann, und ist auf die Hilfe finsterer Gestalten angewiesen, um seine Macht zu verteidigen. Und über allem schwebt die verhängnisvolle Prophezeiung, dass die Dunkle Zeit wiederkehren und die Welt in Leid und Zerstörung versinken wird …

Die spektakuläre Fortsetzung der großen Fantasy-Saga »Ulldart – Die Dunkle Zeit«

05/1756/03/R

Markus Heitz

Das Zeichen des dunklen Gottes

Ulldart – Die Dunkle Zeit 3.
525 Seiten. Serie Piper

Das Böse droht, die Überhand auf dem Kontinent Ulldart zu gewinnen. Die eigene Machtstellung wird dem jungen Herrscher Lodrik zum Verhängnis: Unter dem Einfluss verräterischer Freunde und intriganter Berater hat er sich in einen unberechenbaren Kriegstreiber verwandelt. Seine wahren Gefährten werden verfolgt und geraten in Lebensgefahr. Doch sie geben nicht auf: In der Ebene von Telmaran stellen sie sich Lodriks Herr, und eine vernichtende Schlacht beginnt …

»Markus Heitz hat eine große Zukunft vor sich.«
Saarländischer Rundfunk

05/1757/03/L

Christina Zina

Die Schwerter von Oranda

Roman. 318 Seiten. Serie Piper

Chantal Bergner, eine junge Wissenschaftlerin, hat es sich zur Aufgabe gemacht, den fernen Planeten Oranda zu erforschen. Sie begibt sich auf eine Zeitreise und gelangt an ihr Ziel. Heimlich schlüpft sie in die Rolle einer Kriegerin und dient fortan Herzog Aldo, der sich in seine tapfere Streiterin verliebt. Bald kommt Chantal geheimnisvollen übernatürlichen Kräften in Gestalt der Neun Lebenden Schwerter auf die Spur. Der Sage zufolge soll im verborgenen noch ein Zehntes Schwert existieren, das über die anderen gebietet. Als ein feindlicher Herzog sich im Besitz dieses Meisterschwertes wähnt, entbrennt ein schicksalhafter Kampf um die Macht auf Oranda.

05/1595/01/R

SERIE PIPER